धीरेन्द्र सिंह

(उपन्यास)

फ़िज़ूल रातें

धीरेन्द्र सिंह

हिन्द युग्म

ISBN: 978-81-19555-18-5

प्रकाशक :
हिंद युग्म
सी-31, सेक्टर-20, नोएडा (उ.प्र.)-201301
फ़ोन- +91-120-4374046

मुद्रक : मनीपाल टेक्नोलॉजीज लिमिटेड
कला-निर्देशन : विजेन्द्र एस विज

पहला संस्करण : जून 2025
मूल्य : ₹499

Fizool Raatein
A novel by *Dheerendra Singh*

Published By
Hind Yugm
C-31, Sector-20, Noida (UP)-201301
Phone- +91-120-4374046
Email- sampadak@hindyugm.com
Website- www.hindyugm.com

First Edition: Jun 2025
Price: ₹499

बेशर्मी और शर्म—यही हैं ख़ून-ख़राबे की जड़ें।
–सलमान रुश्दी (ललित कार्तिकेय के अनुवादानुसार)

जादुई यथार्थवाद के जादूगर सर सलमान रुश्दी को समर्पित।

लूँ वाम बख़्त-ए-ख़ुफ़्ता से यक-ख़्वाब-ए-ख़ुश वले
'ग़ालिब' ये ख़ौफ़ है कि कहाँ से अदा करूँ

पापा, मुझे ता-ज़िंदगी इस बात का अफ़सोस रहेगा कि आप इस किताब को पढ़े बग़ैर ही हम सबको छोड़कर चले गए। शुक्रिया तो नहीं कहूँगा लेकिन आपकी हिमायत के बग़ैर मैं कभी लेखक नहीं बन सकता था।

जी. आर. वशिष्ठ तुम्हारा शुक्रिया। तुमने बहुत सब्र के साथ इस किताब की प्रूफ़ रीडिंग की।

कहानी के पीछे की कहानी

कहानियाँ पढ़ना और सुनना मेरे लिए उन कामों में से है, जो *अब* मुझसे, मुझे मेरी नींद से उठाकर भी करवाया जा सकता है। मैं बचपन में अपनी दादी की सुनाई कहानियों से हमेशा मायूस रहा। एक उम्र के बाद मुझपर खुला कि उन्हें कहानी नहीं, बकवास कहा जाना चाहिए। 'एक था राजा एक थी रानी, रानी मर गई ख़त्म कहानी' की बुनियाद पर मुझे उनकी सुनाई एक कहानी याद आती है, जिसमें एक राजा और एक रानी के सिवा कोई नहीं था। *फिर वो किस बात का राजा हुआ? न किसी सिपाही का ज़िक्र, न उसके दरबार का, न मंत्रियों का, न दोस्तों का, न उसकी अय्याशियों का।* मैं अक्सर यही सोचा करता। "राजा जब कभी अपने किसी काम से महल या शहर से बाहर जाया करता, तो रानी को एक कमरे में क़ैद कर दिया करता।" मैंने दादी से जानना चाहा, "ऐसा क्यों?" वो कहतीं, "औरतों का पर्दे में रहना ही अच्छा है। उसपर किसी ग़ैर मर्द का साया पड़ना कोई भली बात है क्या?" मैं पूछता, "लेकिन वो उतने दिनों तक अपने कमरे में क़ैद, किया क्या करती थी? क्या खाती थी? क्या पीती थी?" वो कहतीं, "आगे सुनो वर्ना चुप-चाप सो जाओ।" और अक्सर मैं सो जाना ही पसंद किया करता। और अक्सर दादी की कोई कहानी पूरी नहीं हो पाती थी। एक रोज़ इत्तिफ़ाक़ से ये कहानी पूरी हुई, पर मैं इस कहानी का आनंद नहीं ले सका। काफ़ी वक़्त के बाद मुझे समझ आया कि ये एक रिवायती कहानी है, जो नस्ल-दर-नस्ल हमारे ख़ानदान के नाबालिग़ लड़के-लड़कियों को सुनाने के लिए किसी पुरखे ने गढ़ी थी। ये सब औरतों पर क़ाबू रखने और उनके हदों में रहने के लिए दी जाने वाली तर्बियत थी, जो कहानी के तौर पर हमारे कानों में भरी जाती रही है। मेरा पूरा बचपन ऐसी ही वाहियात या पर्दे की आड़ में सुनाई गई कहानियों के बीच बीता। मैं जवान होता गया और आहिस्ता-आहिस्ता कहानियों को लेकर मेरी तमीज़ में इज़ाफ़ा होता गया। हौले-हौले मुझे एहसास होने लगा कि कहानी लिखने का भी शौक़ शायद मेरी हथेली पर मुझसे पूछे बग़ैर भाग्य की रेखा की तरह, मेरी पैदाइश के पहले ही खींच दिया गया था। मैं सिर्फ़ कोशिश ही कर सकता हूँ कि आप तक अपनी कहानी पहुँचा सकूँ। मेरी कहानी आड़ से

दुबककर झाँकने वाली कहानी नहीं है। मुख़्तसर भी नहीं। उसे पूरा होने में वक़्त लगेगा। काफ़ी वक़्त। क्या आप तैयार हैं ? नहीं होंगे तब भी आपका इनकार मेरी बेशर्मी के पहाड़ के आगे एक धेले से ज़्यादा की हैसियत नहीं रखता।

मैं अपनी बेशर्मी पर मुस्कुरा रहा हूँ। आप भी मुस्कुराइए और जोखिम उठाने के लिए तैयार हो जाइए :

एक क़िला :

अनगिनत बुर्जों और सैकड़ों नीले गुंबदों वाला, मज़बूत पत्थरों से बना गेरुआ रंग का तीन प्रवेश द्वारों वाला, कभी किसी सदी (तारीख़ों को नज़रअंदाज़ करते हुए) में बना 'किरमानियों' का विशालकाय क़िला, जो पथरीली चट्टानी पहाड़ी पर, सामने के मैदान से पैंसठ मीटर ऊँचाई पर स्थित है। जिसके अंदर अद्भुत नक़्क़ाशीदार किवाड़, जालीदार खिड़कियाँ और कई भव्य कमरे हैं, जिनमें प्रेरित करने वाली सजावटों का विस्मयकारी संग्रह है। इसके अलावा ख़ानदानी पालकियाँ, घोड़ों के हौदे, विभिन्न शैलियों के लघु चित्रों, संगीत वाद्यों, पोशाकों, मँहगी कारों और फ़र्नीचर का भी आश्चर्यजनक संग्रह है। बाहर से अदृश्य, घुमावदार सड़कों से जुड़े इस क़िले का सद्र दरवाज़ा इतना ऊँचा है कि इसकी ऊँचाई को निहारने वाला अक्सर सीढ़ियों पर पीठ के बल लुढ़क जाता है। सैकड़ों सीढ़ियों के अलावा वाहनों के आवागमन के लिए एक घुमावदार सड़क भी है, जो सद्र दरवाज़े के बाएँ, उससे कुछ दूरी पर दूसरे प्रवेश द्वार से लहराती हुई नीचे मैदान की तरफ़ उतरती है। एक और सड़क, जहाँ ऊँचाई पर महल के उस ख़ास कमरे की विशाल खिड़की खुलती है, जो अक्सर-ओ-बेश्तर नहीं खुलती है, इस घुमावदार सड़क को जोड़ती हुई शहर के बाज़ार की तरफ़ जाती है। यहाँ से अक्सर शहरियों का आना-जाना बना रहता है। क़िले का पिछला हिस्सा, जिसमें कई विशाल नीले गुंबद, एक विशाल छत और कई अनगिनत खिड़कियाँ हैं, दूर तक फैली नदी में डगमगाता रहता है।

नदी- जिसने बेशुमार बदबुओं को धोते वक़्त अपने नथुने सिकोड़े होंगे।

नदी- जिसने बेशुमार नंगे बदनों को देखते वक़्त अपनी आँखें मूँदी होंगी।

नदी और ढेरों आलसी मगरमच्छ।

नदी- बेशुमार मछलियों वाली नदी, जिसमें वो छलांगें लगातीं, महल के ऊँचे गुंबदों को चूमने की कोशिशें करतीं और वापस डूब जातीं। एक दायरा किसी नुक़्ते से शुरू होता और दीर्घ वृत्त पर ख़त्म।

तवज्जो—

इस क़िले का ताल्लुक़ मेरी कहानी से बस इतना है, जितना कि बढ़े हुए नाख़ूनों का अस्ल नाख़ूनों से होता है। वक़्त आने पर जिन्हें काटकर फेंक दिया जाता है।

—धीरेन्द्र सिंह 'फ़ैयाज़'

एक

कमरे से चीख़ने की आवाज़ें आईं। पर्दे खुले। रौशनियाँ दाख़िल हुईं। खिड़कियाँ सहम गईं। दरवाज़े बंद हुए। उपस्थित नौकरानियों की घनी परछाइयाँ कमरे की दीवारों पर आसेबों की तरह सरपट दौड़ने लगीं, मानो उन्हें किसी काम की बहुत जल्दी हो।

नौकरानियों के आग्रह शुरू हुए, "बस मालकिन थोड़ा-सा। बस थोड़ा-सा और। थोड़ा-सा और ज़ोर लगाइए। बस बस थोड़ा और। बस बस हो गया।"

पौ फटने को थी। क्षितिज की रिक्तता गाढ़े लाल, गुलाबी और पीले रंग से भर जाने को थी। सूरज सुलगते हुए बारूद के गोले की तरह आसमान में चढ़ने को था। किरणें हमला करने वाली थीं। एक धमाका होने को था। धमाका हो गया। नाभि के रिश्ते के धमाके में चीथड़े उड़ गए। अब बस रह गया तो रूह से रूह का रिश्ता। रिश्ता— निभाने का रिश्ता।

दो अलग-अलग बदन आज़ू-बाज़ू लेटे हुए। एक का क़द दूसरे से दस गुना बड़ा। मंसूरा बिस्तर पर लंबी साँसें खींचती-छोड़ती हुई ऐसे पड़ी थी जैसे उसे सैकड़ों टूटी हुई हड्डियों के दर्द से अभी-अभी राहत मिली हो। उसके होंठों पर मुस्कुराहट ऐसे चस्पाँ थी जैसे सूरज की लालिमा आसमान में। उसके क़द के दसवें हिस्से के बराबर नन्हे-से बदन के गले से निकलती 'कुआओं-कुआओं' की नर्म आवाज़ें, रौशनदानों और खिड़कियों से बाहर निकल हवाओं की अदृश्य टाँगों से झूलकर पूरे महल में घूम आईं।

किरमानियों का इंतज़ार ख़त्म हुआ। ख़्वाबगाह में पैदा हुआ एक 'ख़्वाब देखने वाला' शाहज़ादा।

"मुबारक हो! मंसूरा बीबी ने लड़का जना है।"

जरीस और उमराह ने ख़ुशी में एक छलांग मारी और आसमानी सफ़र का 'लघुत्तम' हल किया। रही-सही ख़ुशी पर उमराह ने अपने हाथों की दसों उँगलियाँ ख़ाली कर दीं। जरीस की गोरी, लंबी, चिकनी और चुस्त हार से घिरी रहने वाली गर्दन अब आज़ाद थी। कठपुतली की तरह मटकते हुए उन दोनों के हाथ और पाँव, उनके द्वारा महसूस किए जाने वाले हर्ष को अभिव्यक्त करने में उनके सहायक प्रतीक हो रहे थे। उन दोनों की आँखें उनकी पलकों से बाहर कूदने को थीं। अजीब-ओ-ग़रीब हँसी हँसने वाले जरीस ने किरमानी पैलेस की दीवारों को 'ईको पॉइंट्स' में बदल दिया।

"आख़िरकार मैं बाप से दादा बन गया। या ख़ुदा आख़िरकार। यही होना था। मैं जानता था, यही होगा।"

महल के तमाम पौधों पर खिले फूलों को शाख़ों से उतार लिया गया। नंगे, बेज़बान पौधे कोई ऐतराज़ जताए बग़ैर हवाओं में झूलते रह गए। घड़ी पर एक वक़्त ऐसा आकर गुज़र गया, जो तारीख़ में दर्ज हो सकने की हैसियत रखता था।

जब रूमो आईने के सामने रेहल की सूरत अपने हाथों को चिपकाकर अपनी उँगलियाँ अपनी गर्दन पर फेर रही थी :

मुझे बताना चाहिए कि मंसूरा कौन है? जरीस कौन है? उमराह कौन है? और कौन है ये रूमो?

जी, ज़रूर।

जरीस, मंसूरा का ससुर है और उमराह सास। रूमो, उमराह की ख़ास नौकरानी है, महल की शाही रसोई की सद्र। और उमराह के अपने हाथों की दसों उँगलियाँ ख़ाली करने का मतलब है कि उसने जब रूमो के मुँह से ये ख़ुशख़बर सुनी कि मंसूरा ने लड़के को जन्म दिया है, तो उसने रूमो को अपनी दस की दस अँगूठियाँ तोहफ़े में दे दीं। जरीस की गर्दन आज़ाद होने का मतलब है, उसने उस वक़्त जो एक क़ीमती हार पहना था, उसे उतारकर रूमो को दे दिया।

मैं फिर से शुरू करता हूँ :

रूमो जब आईने के सामने रेहल की सूरत अपने हाथों को चिपकाकर अपनी उँगलियाँ अपनी गर्दन पर फेर रही थी, तब एक सवाल उसके गेहुँआ कानों में

तेज़ाब की तरह उतरता है। उसके कानों में जमा मोम पिघलकर बाहर बह पड़ा। उसने बिल्कुल ठीक सुना था।

"अम्मी, ये इतने सारे ज़ेवर कहाँ से लाई हो? आज तो आप रूमो नहीं मल्लिका रूमो लग रही हो।"

"श्श्ऽऽऽ... आहिस्ता बोलो। किरमानियों को पोता हुआ है। महल की रौशनी देखो। क्या तुमने कभी इतना मधुर संगीत सुना है? जैसे हर एक मुंडेर पर तानसेन बैठा हो। रूमो को मल्लिका रूमो बनाने की वज्ह बस यही अदनी-सी ख़बर ही तो है। जब मैंने जरीस और उमराह को ये बताया कि उनको पोता हुआ है, तो बेगम साहिबा ने अपनी सारी उँगलियाँ ख़ाली कर दीं और मेरी भर दीं। नवाब साहब ने अपनी चिकनी गर्दन को नंगा कर दिया और मेरी गर्दन पर ये बोझ लटका दिया।"

रूमो ने चिंता जताते हुए कहा, "सोचती हूँ कि इसे पहने रखूँ, लेकिन मेरी क्या मजाल कि मैं नवाब का दिया हुआ हार उन्हीं के सामने पहनकर जा सकूँ। चलो नवाब जरीस तो दिन में एक-आध दफ़ा ही टकराएँगे, लेकिन उमराह तो रसोई में पच्चीसों बार टकराएँगी। ख़ुदा न करे कोई पकवान बिगड़ जाए या सब्ज़ी-तरकारी में ज़रा-सा नमक ही नीचे-ऊपर हो जाए, तो मुझे अपनी उँगलियों से ही जाना पड़ेगा। ना बाबा ना।"

"तो क्या आप इन्हें कभी पहनेंगी नहीं?" उसके बेटे ने मासूमियत भरे अंदाज़ में पूछा।

"कुछ कहना मुनासिब नहीं। और ख़ौफ़ भी तो हैं वो भी तीन-तीन," अपने आप में कुछ सोचते हुए हुए रूमो ने कहा।

"ख़ौफ़? तीन-तीन? कैसे?"

"पहला : गर्दन कटने का। दूसरा : उँगलियों से जाने का। तीसरा : इनके चोरी होने का। या ख़ुदा ऐसे तोहफ़े भी किस काम के? किरमानियों के ये तोहफ़े बेच लें तो अच्छा वर्ना वापस महल में जाएँगे। क्या फ़ायदा ऐसे तोहफ़ों का कि हार गले में नहीं डाल सकते, अँगूठियाँ उँगलियों में," रूमो ने उलझन भरे लहजे में कहा।

"तो क्या वाक़ई आप इन्हें बेचने वाली हैं?" उसके बेटे ने फिर सवाल किया, जो साँप की तरह कुंडली मारे नंगी ज़मीन पर पड़ा हुआ था। जिसके दोनों हाथ उसके दोनों दाएँ और बाएँ गालों पर थे। उँगलियों के दबाव से उसके गालों पर ऐसे निशान उभर आए थे, जैसे किसी ने गीली मिट्टी पर अपने पंजे छाप दिए हों। उसके सर के घने सियाह रेशमी बालों पर रखी सफ़ेद इस्लामी गोल टोपी पूर्णिमा के चाँद

की तरह नुमायाँ हो रही थी। उसकी सवालिया आँखें उसकी माँ को एकटक देखती रहीं और सोचती रहीं, 'ये कितना अजीब है, पौधों को बोओ, उगाओ, उनकी देखरेख करो और जब उनपर फूल आ जाएँ, तो उन्हें महकने की इजाज़त न दो।'

उसने कहा, "क्या अब्बू आपको ऐसा करने देंगे?"

"वही तो मैं सोच रही हूँ। क्या मुझे उनसे पूछना होगा? क्या मुझे उनसे पूछना चाहिए?"

दुनिया की सबसे क़दीम तरकीब का फ़ायदा उठाते हुए उसके बेटे ने कहा, "आप मुझसे उम्र में बड़ी हैं, आप बेहतर समझती होंगी।" और इस फ़िक्र से अपना हाथ अलग कर लिया। रूमो ने अपने माथे पर बल डालते हुए उसपर तीन लकीरें उकेर दीं। उसने अपने कूल्हे एक मचिया, जिसके चारों पायों की उम्र चार पीढ़ी के बराबर थी, जिसमें बीस-पच्चीस साल के वक़्फ़े में सूत की बुनाई के अलावा कोई और काम नहीं होता था, पर टिका दिए। उसने अपनी सलवार को घुटनों तक खींचा। उसकी गोरी-चिट्टी टाँगों पर उगे नाबालिग़ रोएँ अपने वजूद पर फ़ख़्र फ़रमा रहे थे। उसने कमर को आराम देने की ग़रज़ से अपनी सलवार का नाड़ा ढीला किया। उसके दोनों हाथों ने हिंदू रिवाज के अनुसार प्रार्थना की मुद्रा इख़्तियार की। उसने अँगूठियों से सुसज्जित अपनी उँगलियों को एक बार फिर से गिनना शुरू कर दिया : एक—दो—तीन—चार—पाँच—छह—सात—आठ—नौ—दस।

उसने वापस अपने हाथों को अपनी छाती पर रखा, जो ढाल में फँसी हुई दो तलवारों की तरह नज़र आ रहे थे। उसने अपनी गर्दन पर चमकता हुआ हार देखा और मन ही मन सोचा, कितने हीरे? कितने मोती? कितने नीलम? और पुखराज कितने? कितने का हार? कितनी दौलत? पूरे क़र्ज़ पर भारी पड़ने वाली दौलत। उसके ज़ेहन में बग़ैर संभोग के पैदा हो चुका एक सवाल किलकारियाँ मार रहा था कि अँगूठों में अँगूठियाँ कौन पहनता है? इससे साफ़ ज़ाहिर था कि अनपढ़ रूमो, जिसे इत्तिफ़ाक़ से महज़ दस तक की गिनती आती थी, महारानी की बेवक़ूफ़ी (या दिखावे के तौर पर की जाने वाली फ़िज़ूलख़र्ची) पर मन ही मन तंज़ कस रही थी। उसने मेहराबनुमा एक अरवे की तरफ़ इशारा करते हुए, अपने बेटे से कहा, "देखो उस शीशी में बादाम का तेल बचा है क्या? हो तो लाओ, मेरे सर में लगा दो। आह, बहुत दर्द हो रहा है, जैसे अभी कोई धमाका होगा और मेरा सर फट जाएगा।" उसने अपना सर सहलाते हुए अपने आप में बड़बड़ाते हुए कहा, "या अल्लाह! ये कैसा तोहफ़ा है? ये कैसी ख़ुशी है? और ये दौलत कैसी? और आख़िर किस

काम की? तूने इस ख़बर के लिए मेरी ही ज़बान क्यों चुनी? अब कौन इतने बड़े बोझ को दिमाग़ के भरोसे छोड़कर आराम की नींद सो सकेगा।" वो अपने बालों को खोल देती है और दीवार पर सर टिकाकर वापस उस रौशनदान की तरफ़ देखने लगती है, जहाँ से पैलेस की तीव्र रौशनियाँ अंदर आने की लड़ाइयाँ लड़ रही थीं। सिमटती हुई उसकी टाँगों और टखनों तक उतरती हुई उसकी सलवार ने दूसरी आँखों के लिए उसकी टाँगों पर उगे नाबालिग़ रोओं को अदृश्य कर दिया। उसका बेटा भूरे चमचमाते कच्चे कद्दू की तरह उड़ने के हुनर से महरूम, उसे तेल की शीशी देते हुए, उसके ज़मीन पर रखे हुए क़दमों के पास लुढ़क जाता है, और मुग़ल सल्तनत के ज़माने में चलने वाले सिक्के की नक़्ल में बनाया गया सोने का एक जाली सिक्का (जिसका राज़ अब तक निहाँ है कि रूमो के पास वो सिक्का कहाँ से आया था? और मैं किसी तरह की कोई झूठी कहानी गढ़कर रूमो को किसी की भी नज़र में गिरा या उठा सकने का जोखिम नहीं उठा सकता) मुँह में लील लेता है। लार की धुलाई से लालटेन की कमज़ोर रौशनी के बावजूद सिक्का नए और असली सिक्के, बल्कि एक पल को पीले चंद्रमा की तरह चमक उठता है। सिक्के की परिधि पर अनेक नन्हे-नन्हे नक़ली सितारे रौशन हो जाते हैं।

दरअस्ल चाँद, सूरज, सितारे, ग्रह, उपग्रह हर समय आसमान में एक दूसरे के आसपास मौजूद रहते हैं, लेकिन क़ुदरत की माया हमारी आँखों पर फ़रेबी पर्दा डालकर हमें 'हर समय' उन्हें देख सकने के अधिकार से वंचित रखती है। कभी-कभी तो देखने के अधिकार से भी।

क्या है ये सूरज? ये चाँद? ये सितारे? ये पृथ्वी?

रूमो ने उसके हाथ से सिक्का छुड़ाया और झल्लाते हुए बोली, "पागल हो क्या? ये कोई मुँह में लीलने की चीज़ है? हलक़ में अटक जाता तो अभी लेने के देने पड़ जाते।" उसका बेटा अपनी अधखिले फूलों-सी आँखों से रूमो को उसी मासूमियत से देखता है, जैसे फ़लक पर रेंगता चाँद हमें देखता है, जब हम उसे देखते हैं। जैसे वो जानता ही नहीं कि वो घटता है, लावजूद होता है, फिर बढ़ता है, पुरवजूद होता है। जैसे उसे अपने फ़ना होने का दुख नहीं। पैदा होने की ख़ुशी नहीं। जैसे वो जानता ही नहीं कि वो एक पखवाड़ा अपनी मुकम्मल सूरत हासिल करने और एक पखवाड़ा अपने ग़ायब होने के सिलसिले में व्यस्त रहता है। *वो नहीं जानता या हम, कि ऐसा कुछ नहीं होता?* रूमो का बेटा खीसे निपोर देता है। उसके दाँत बेतरतीब मगर एक घुमावदार क़तार में मसूड़ों पर जड़े थे। लेकिन

पूरे के पूरे अट्ठाइस सिपाही (अक़्ल के दाँत; अभी अक़्ल भी उतनी नहीं, तो दाँत भी उतने नहीं, यानी पूरे दाँत नहीं) उसकी अकेली जीभ पर क़ाबू पाने में हमेशा से नाकामयाब साबित होते आए हैं। उसके खुरदरे दाँतों का रंग ऐसा था, मानो सिलबट्टे में किसी ने अमचूर पीसकर उसपर कपड़ा मारे बग़ैर ही छोड़ दिया हो। रूमो उसका माथा चूमती है। वो भोले बिलौटे की तरह आँखें झपकाता है। कहता है, "अम्मी अगर ये सिक्का मेरे हलक़ में अटक जाता, तो?" "अटका तो नहीं ना? अगर अटक भी जाता, तो घूँसे खाते और उगल देते।" रूमो उसके सर पर थपकी मारते हुए कहती है, "उससे भी न होता तो मुँह में चिमटी डालकर उसे खींचना पड़ता।" "और अगर मैं उसे गटक जाता, तब?" उसके बेटे ने शरारती लहजे में पूछा। "तब तुम्हें सुब्ह पाख़ाने में से अपना सिक्का ढूँढ़ना पड़ता," रूमो ने उसके कान खींचते हुए कहा। भोला बिलौटा फिर से खीसे निपोरता है। अट्ठाइस दाँत (अक़्ल नहीं है) खुरदरे, ऐसे जैसे किसी ने सिलबट्टे पर अमचूर पीसकर उसपर कपड़ा मारे बग़ैर ही छोड़ दिया हो। उसने कहा, "आपके साथ कभी हुआ ऐसा?" "कैसा?" रुमो ने पूछा। "आपके हलक़ में कुछ अटक गया हो फिर आपने घूँसे खाए हों या उसे चिमटी डालकर निकाला गया हो या सुब्ह— या— या— सुब्ह आपने भी पाख़ाने में—?" रूमो हँस पड़ी। पूरे बत्तीस दाँत (अक़्ल दाढ़ समेत पूरे बत्तीस सिपाही, जो बेशतर उसकी अकेली जीभ पर क़ाबू पाने में कामयाब साबित हुए हैं।), सफ़ेद चमकदार, संगमरमर की तरह, जैसे दूध के दाँत। उसने उसे दुलारते हुए कहा, "मार खाओगे तुम।" "अम्मी बताओ ना?" उसने जानने की ज़िद की। रुमो ने कहा, "अभी तक तो नहीं अटका था, पर आज अटका है। और हलक़ में नहीं, गर्दन पर ये हार," उसने अपने दाहिने हाथ की पहली उँगली से हार को छूते हुए कहा, "मेरी तो उँगलियाँ भी गिरफ़्तार कर ली गई हैं। अब इन भरी-भरी चमकदार उँगलियों से सिल में बट्टा तो रगड़ा नहीं जाएगा, न ही मुझसे ये हार पहना जाएगा। हाए! देखो तो कितना भारी हार है। उफ़! क्या वाक़ई ये मर्द नवाब के पहनने का हार है? गुलुबंद हार, औरतों जैसा, गर्दन से चिपका हुआ बिल्कुल ऐसा, जैसे किसी शैतान का पँजा।"

खट-खट

खट-खट

खट-खट

खट-खट

"अरे! लगता है तुम्हारे अब्बा आ गए। आती हूँ।" रूमो दरवाज़े तक जाती है। साँकल खोलती है, जो उन दो पलड़ों वाले दरवाज़ों की चौखट के ऊपरी हिस्से के एकदम बीचो-बीच लगे एक कुंदे से जड़ी थी, जिन्हें लकड़ी के दो बारीक वुडेन स्लैब चार हिस्सों में बाँट रहे थे और उन चार हिस्सों को और चार हिस्सों में बाँटते हुए उनसे भी बारीक एक क्रॉसनुमा आकार में हर चौथाई हिस्से पर ठुके दो-दो स्लैब, जिनके केंद्रों पर सफ़ेद रोग़न किए हुए लकड़ी के फूल बने थे।

वो एक बिना चाँद वाली काली रात थी। सियाह रात। बिजली के चमकते तारों से लेकर हर एक दरख़्त की हर शाख़ पर उल्लू बैठे थे। नर उल्लू मादाओं को और मादाएँ नरों को ताक रही थीं।

हर शाख़ पे उल्लू बैठा है!

उनकी आँखों को ग़ौर से देखने पर ऐसा लग रहा था, मानो वो कोई अय्याश मगर चौकन्ने सिपाही हों, जिन्हें पूरी रात शहर की रखवाली करने के उद्देश्य से मुस्तैद किया गया हो। हवाओं से उड़ती धूल, महल से उठती रंग-बिरंगी रौशनियाँ पहनकर शहर भर में आवारागर्दी करती हुई, आते-जाते राहगीरों की आँखों में चुभ रही थी। आसमान में उगे हुए तारे ऐसे लग रहे थे, मानो किसी ने काले विशाल मख़मली कपड़े पर नन्हे हीरे टाँक दिए हों। उनकी उतरी हुई शक्लें ऐसी जान पड़ रही थीं, जैसे वो किरमानियों के क़िले में चमकती रौशनियों को देखकर जल-भुन रहे हों। हल के आकार में दिखने वाला 'सप्तऋषि तारा मंडल' किरमानियों के ख़िलाफ़ साज़िश रच रहा किसी छोटे गिरोह-सा आपस में खुसुर-फुसुर करता हुआ जान पड़ रहा था।

शहर के बाएँ हिस्से में मधुर-मद्धिम संगीत और रंगीन रौशनियों के बीच एक मामूली-सी दावत चल रही थी, जहाँ किरमानियों के आसपास के रहने वाले काफ़ी रिश्तेदार मौजूद थे, लेकिन शहर के दाएँ हिस्से में दूर तक एक सन्नाटा फैला था। घरों के दरवाज़े बंद थे। रौशनियाँ गुल थीं। सड़कों पर कुछ एक पुलिस वाले गश्त लगा रहे थे, जिनके जूते रात के सन्नाटे में घोड़ों की टापों की तरह खड़क रहे थे। उन्होंने अपने कंधों पर बंदूक़ें टाँग रखी थीं। उनके जूते इतने बदसूरत थे, जैसे उनसे ग़ुस्साए किसी आलसी मोची ने बेमन से भैंसों का चमड़ा गलाकर उन्हें जूतों का आकार दे दिया हो। उनकी जुराबें ख़ाकी रंग की थीं। वो ढीली-ढाली और ऊनी लग

रही थीं। उन्होंने ख़ाकी रंग की वर्दियाँ (हाफ़ पतलून, हाफ़ क़मीज़) और कमर पर भूरे रंग की चमड़े की बेल्टें पहनी हुई थीं। उनके सरों पर लाल और ख़ाकी रंग की पगड़ियाँ बँधी हुई थीं। उसी समय वहाँ से घोड़े पर सवार एक फ़िरंगी पुलिस अफ़्सर गुज़रा, जिसके पीछे-पीछे पैदल चल रहे सिपाही ठीक वैसी ही वर्दियों में थे, जैसी उन गश्त लगाने वाले सिपाहियों ने पहनी हुई थीं। अफ़्सर गुलाबी चेहरे वाला, उठी हुई बारीक मूँछों वाला एक रौबदार नौजवान था, जिसके सर पर तिरछी हैट अदब के साथ बैठी हुई थी, जो अपनी गड़बड़ हिंदी और दुरुस्त अंग्रेज़ी में कुछ बड़बड़ाता हुआ वहाँ से गुज़र रहा था।

शायद वो कह रहा था, "कोई बाहर आया, तो मैं उसे गोलियों से भून दूँगा, इफ़ एनी वन कम्स आउट, आई विल शूट दैट बास्टर्ड।"

शायद ?

नहीं, बिल्कुल यही— कोई बाहर आया, तो मैं उसे गोलियों से भून दूँगा।

लोग खिड़कियों पर लगे पर्दों की आड़ से बाहर देखने की कोशिश कर रहे थे, पर उन्हें साफ़-साफ़ कुछ दिखाई नहीं दे रहा था।

"इफ़ एनी वन कम्स आउट, आई विल शूट दैट बास्टर्ड," वो फिर चिल्लाया।

भेड़ियों के चीख़ने की आवाज़ें आ रही थीं। नजीबुल एक घुटी हुई घबराहट के साथ घर में दाख़िल होता है। रूमो नजीबुल की तरफ़ देखती है और जासूसों की तरह अपनी गर्दन दरवाज़े के बाहर इधर-उधर घुमाती है। नजीबुल फ़ौरन उसे खींचकर अंदर करता है और दरवाज़े भिड़ा देता है। इस अदने-से वक़्त में वो बस इतना ही देख पाई कि बाहर फ़िरंगियों का एक चाटुकार हिंदुस्तानी सिपाही कंधे पर पतली नली की एक रायफ़ल झुलाता हुआ टहल रहा है। वो 'हरामज़ादो' के आगे, 'कोई बाहर दिखा, तो उसकी हड्डियाँ तोड़ दूँगा' जोड़कर बक रहा था।

[नजीबुल यानी- नजीब-उल्लाह यानी- रूमो का शौहर]

नजीबुल की काँसरी बाज़ार में ग़लीचों की दुकान थी। वो तरह-तरह के ग़लीचे बना लेने में उस्ताद था। उसकी दुकान के आसपास कई कसाइयों की दुकाने थीं। रहीम ख़ान की दुकान, जिसके कबाब पूरे शहर भर में मशहूर थे। वहीं नज़दीक कच्चा गोश्त वग़ैरा बेचने वाले कसाइयों की भी छुट-पुट दुकानें थीं। इसी माहौल के दरमियान मोहम्मद फ़ारूक़ी और ज्ञान प्रकाश दत्त की तीन पीढ़ियों की साझेदारी से आबाद किताबों की एक अच्छी-ख़ासी दुकान भी मौजूद थी, जिसमें तक़रीबन बीस हज़ार से भी ज़्यादा किताबें थीं। दुकान में अंग्रेज़ी अदब से लेकर फ़ारसी, उर्दू की

शायरी समेत ज्योतिष विद्या और मज़हबी किताबों का अच्छा-ख़ासा ज़ख़ीरा था। मोहम्मद फ़ारूक़ी अपने आप को उन फ़ारसियों के ख़ानदान से बताता था, जिन्होंने अब के मध्यप्रदेश के शहर बुरहानपुर पर दो सदियों तक हुकूमत की थी, फिर भी जिनकी वीरता की गाथा गाने वाला कोई नहीं है। ज्ञान प्रकाश ब्राह्मण था। वो लोगों में डींगें हाँकता फिरता था कि दत्त क़बीले के मोहयालों ने कर्बला की लड़ाई इमाम हुसैन (680 C.E.) की तरफ़ से लड़ी थी।

अपने इस बयान के मुताबिक़ वो एक हुसैनी ब्राह्मण कहलाएगा, बावजूद इसके वो विधिबद्ध पूजा-पाठ करने वाला, जनेऊ पहनने वाला एक तिलक धारी ब्राह्मण था। वहीं फ़ारूक़ी ने आख़िरी वक़्त कब नमाज़ पढ़ी थी, ये किसी को नहीं मालूम था। यहाँ तक कि उसके गुज़र चुके बाप, क़ब्र में पाँव लटकाए उसकी माँ, उसकी बीवी किसी को भी नहीं। फ़ारूक़ी की कोई औलाद नहीं थी। वो इस ग़म में नहीं कि उसकी कोई औलाद नहीं है और ज़िंदगी के आख़िरी दिनों में उसकी देखभाल करने वाला कोई नहीं होगा, बल्कि इस शंका के तहत बहुत शराब पीने लगा था कि वो बहादुर फ़ारसी फ़ारूक़ियों के ख़ानदान का आख़िरी चराग़ है। उसके बाद फ़ारूक़ियों का ख़ानदान ख़त्म। यहाँ तक कि उसके बाद कोई नहीं बचेगा, जो लोगों को बतलाएगा कि उसके पुरखों ने बुरहानपुर पर दो सदियों तक हुकूमत की थी। किताबों की दुकान का आधा मालिक होने के बावजूद फ़ारूक़ी इतना बददिमाग़ कैसे हो सकता था, भी कोई नहीं जानता था। फ़ारूक़ी लाख शराबी हो गया था, लेकिन कभी किसी ने उसके क़दम और ज़बान को लड़खड़ाते हुए नहीं देखा। हिसाब के पक्के फ़ारूक़ी को लोग शराबी कहने से कतराते थे। बाज़-औक़ात फ़ारूक़ी, दत्त को तिलकधारी मुल्ला कहकर चिढ़ाया करता। ख़ानदानों के शजरे निकालने का शौक़ीन फ़ारूक़ी हमेशा उन किताबों या उन बुज़ुर्गों की तलाश में रहता था, जिनकी मदद से वो अपने दिमाग़ में घूम रहे ख़ानदान का शजरा निकाल सके। दत्त, सिवाए इसके कि दत्त क़बीले की मोहयाल बिरादरी ने कर्बला की लड़ाई में इमाम अल-हुसैन का साथ दिया था, अपना कोई और शजरा न बताता था, न फ़ारूक़ी की इस बात पर यक़ीन करता था कि वो दरअस्ल ब्राह्मण नहीं, बल्कि हुसैनी ब्राह्मण है और न ये कि हुसैनी ब्राह्मण ही मोहयाल बिरादरी है, जिसका हिंदू और इस्लाम दोनों से संबंध है। मोहयालों ने न केवल कर्बला की जंग में इमाम हुसैन का साथ दिया, बल्कि कुफ़्फ़ के तूफ़ान में अपने सात बेटों की क़ुर्बानी भी दी थी। यहीं से मोहयाल बिरादरी का जन्म हुआ, जिनकी अक़ीदत

इस्लाम में है, ख़ासतौर से तीसरे शिया इमाम 'अल-हुसैन इब्न अली इब्न अबी तालिब' में। किताब 'हिस्ट्री ऑफ़ मोहयाल' के मुताबिक़, जब कर्बला की वारदात हुई, तब लगभग 1,400 ब्राह्मण बग़दाद में रह रहे थे। किंवदंती के अनुसार 'रहब सिद्ध दत्त' या 'रहिब सिद्ध' या 'सिद्धयोग दत्त' (तीनों एक ही शख़्स के नाम हैं।) कर्बला की लड़ाई के वक़्त बग़दाद के आसपास रहने वाले 'करियर-सैनिकों' के एक छोटे-से समूह के रहनुमा थे। किंवदंती में उस स्थान का ज़िक्र है, जहाँ वो 'डेयर-अल-हिंदी' के तौर पर रह रहे थे, जिसका मतलब है 'द इंडियन क्वार्टर' (जो आज वर्तमान में अल-हिंदी से मेल खाता है।)

***

दत्त, फ़ारूक़ी की इन बातों पर कान न धरते हुए हर हर महादेव का नारा लगाकर उससे कहता कि तुम भी नमाज़ पढ़ा करो और शराब कम पिया करो।

रूमो उल्टे क़दम अपने घर में घुसकर चुप-चाप घुटनों के बल बैठ गई। वो हाथ छटपटाती, कंधे झटकती, अपने होंठों और ज़बान में हरकत पैदा करने की कोशिश करती, पर कुछ बोल नहीं पाती। नजीबुल ठीक वैसे ही उसके सामने घुटनों के बल बैठ जाता है, जैसे रूमो। वो रूमो के कंधों पर अपने हाथ रखता है और रोना शुरू कर देता है। उसके बयान में, जो साफ़ ज़ाहिर था, वो ये था कि अब वो कहीं का नहीं रहा। उसने रूमो को बताया कि आज उसकी दुकान के सारे ग़लीचे और जानमाज़ें (जिन्हें वो इक्का-दुक्का ख़ास दोस्तों के लिए दिल्ली के कुछ ख़ास बुनकरों के यहाँ से मँगवाता था। और उन्हें बेचते समय सभी से कहता था, "आपके लिए ख़ास दिल्ली से मँगवाया है।) निकालकर सड़क पर फेंक दिए और घासलेट डालकर उनमें आग लगा दी। वो कह रहे थे, "दुकानें बंद करो, दुकानें बंद करो।" "हम सबने बहुत तेज़ी से हाथ चलाए फिर भी— फिर भी—" वो ज़ोर-ज़ोर से रोने लगा। उसके रोने की आवाज़ इतनी तेज़ और तीखी थी कि उसका सो चुका बेटा भभककर उठ गया। रूमो दौड़कर उसके पास गई और उसकी छाती थपथपाने लगी। रूमो ने उसे दोबारा सुलाने की कोशिश की, लेकिन पलक झपकने के एक मामूली-से अंतराल में ही उसकी नींद आँखों से फ़रार हो चुकी थी। उसने काफ़ी घबराए हुए लहजे में कहा, "अब्बू— अब्बू— अम्मी— अब्बू को क्या हुआ अम्मी? अब्बू आप ठीक तो हैं। आपको क्या हुआ? क्या हुआ आपको अब्बू? आप रो क्यों रहे हैं?" नजीबुल उसके पास गया और उसे अपने

सीने से लगा लिया। वो अपने बेटे के गाल पर ठहरी आँसू की एक भारी, चमकदार पारदर्शी बूँद को उँगली से झटकता हुआ बोला, "कुछ नहीं हुआ मेरे प्यारे बच्चे। मैं एकदम ठीक हूँ। तुम सो जाओ।" नजीबुल ने उसके सर पर हाथ फेरते हुए उसे कसकर अपने सीने से लगा लिया। उसे घुटन और साँस लेने में तकलीफ़ हुई। वो छटपटाकर अलग उससे दूर बैठ गया। रूमो ने फ़ौरन उठकर उसे पानी पिलाया और उसके सीने पर हाथ रगड़ने लगी। वो अस्थमा का रोगी था, जिसकी ख़बर न रूमो को थी, न नजीबुल को। वो समझते कि उसे इतनी घुटन में साँस लेने के आदाब नहीं आए हैं। उसे सीखने चाहिए। नजीबुल ने बताया कि वो सिपाही दूसरी दुकानों का तमाम कच्चा गोश्त ज़ब्त कर, रहीम की दुकान के कबाब बड़े चाव से वहीं खड़े होकर चबाते हुए डंडे खड़काने लगा। रहीम पश्तून था, जो तक़रीबन तीस-बत्तीस साल पहले अफ़ग़ानिस्तान से यहाँ आया था, जब अब्दुल रहमान ख़ान की हुकूमत वहाँ के सारे पश्तूनी क़बीले ख़त्म कर रही थी, तब उनमें उसका परिवार भी शामिल था। सारे मारे गए, बस यही बचा था और अब यहाँ भी... उसने अपनी गर्दन झुका ली। उसने आगे कहा, "अब तक तो काँसरी बाज़ार में कुछ न बचा होगा सिवाए कुछ ख़ाली दुकानों और मेरे जल रहे ग़लीचों के धुएँ के।"

इत्तिफ़ाक़ से उस रोज़ ज्ञान प्रकाश किताबों के छोटे-मोटे व्यापारियों से क़र्ज़े की वसूली करने शहर का फेरा लगाने गया था और फ़ारूक़ी ने उस रोज़ इतनी पी ली थी कि वो दुकान तक जाने लायक़ नहीं था। उस रोज़ पहली बार उसके मोहल्ले के लोगों ने उसे 'शराबी' कहा।

नजीबुल दहाड़े मारकर रोने लगा। वो रोया, बहुत रोया। उसके साथ रूमो भी रोने लगी।

दुबले-पतले डीलडौल का उनका बेटा, अपनी दोनों दुबली हथेलियाँ अपने चपटे गालों पर गड़ाए, उनके नज़दीक उकड़ूँ बैठा सब कुछ ख़ामोशी से देख रहा था। रूमो ने अपने और नजीब के आँसू पोंछते हुए कहा, "अच्छा छोड़ो, कुछ दिखाती हूँ।" उसने वो अँगूठियाँ और हार नजीब के सामने रख दिए। नजीबुल उन्हें हैरत की नज़रों से देखता हुआ अपनी पुतलियों को हरकत में लाए बग़ैर गर्दन उठाकर रूमो की तरफ़ देखता है। उसकी भौहें चढ़ती हैं। उसके माथे पर दो गहरी लकीरें उभर आती हैं। सर उठाने पर उसकी लंबी दाढ़ी हवा में हिलती है। उसके चेहरे का भाव इस क़दर सवालिया हो जाता है कि वो कुछ पूछता, उससे पहले रूमो समझ गई। "ये कहाँ से आए हैं?" वो साँस का गाढ़ा घूँट पीती है।

सहज होती है। और अपनी हल्की-फुल्की मुस्कान से नजीब को ढारस बँधाने की कोशिश करती है। कहती है, "जरीस और उमराह की तरफ़ से उनके लिहाज़ से एक मामूली-सा तोहफ़ा।" "मगर क्यों?" नजीबुल ने हैरतज़दा लहजे में पूछा। रूमो ने अपनी दाईं हथेली की उँगलियाँ अपने ललाट के दाहिने हिस्से पर चटकाते हुए कहा, "आप शायद भूल गए। मैंने आपको कुछ महीनों पहले बताया था कि मंसूरा हमल से हैं। ये उनका नौवाँ महीना था और वो आज एक बेहद ख़ूबसूरत बच्चे की माँ बन गई हैं। हाए! कितना ख़ूबसूरत है वो। उसकी आँखें इतनी सुंदर हैं कि पत्थर पर पड़ जाएँ, तो उसे सोना कर दें। होंठ ऐसे, जैसे अल्लाह ने उनकी तख़्लीक़ में बेइंतिहा एहतियात बरतते हुए अपना ढेर सारा वक़्त ज़ाया किया हो। माशाअल्लाह! आपको मालूम है? जब वो पैदा हुआ था, उस वक़्त मैं उसी कमरे में थी। मुझसे कहा गया कि मैं जरीस और उमराह को ख़बर कर आऊँ। मैंने जैसे ही उन्हें ख़बर दी, उन्होंने बग़ैर कुछ सोचे, बग़ैर वक़्त ज़ाया किए, मुझ नाचीज़ को इन क़ीमती तोहफ़ों से नवाज़ दिया। हफ़ीज़ साहब भी कितने ख़ुश थे।" नजीब ख़ामोश रहा। उसने एक अंतराल के बाद अपने होंठों पर हल्की-सी मुस्कान चस्पाँ की और सहज हो गया। वो उठा और अपने पास रखी एक चारपाई पर बैठ गया। उसने रूमो से पीने के लिए पानी मँगाया। रूमो उठती है। पानी लेने जाती है। उसकी रसोई में अलग-अलग आकार के, सफ़ेद रंग के फूलों के चित्रों वाले, तीन मटके घिनौचियों पर तरतीब से रखे हुए थे। उनके आधारों पर चुल्लू-चुल्लू भर मटमैला पानी बुलबुला रहा था। रूमो एक मटके पर से ढँका हुआ मिट्टी का बर्तन उठाती है और पीतल के बड़े-से गिलास में पानी भरकर लाती है। उसने सर पर ऊन का बुना हुआ दुपट्टा ओढ़ा हुआ था, जिसका एक सिरा उसने अपनी बत्तीसी तले, दूसरा गिलास और अपनी उँगलियों के बीच दबा रखा था। नजीबुल उसके हाथ से पानी का गिलास लेता है। तर्जनी में पहनी हुई उसकी नक़ली हीरे की अँगूठी चमक उठती है। वो कहता है, "ये तो असली हीरों का हार लगता है।" "असली? बेशक असली। जरीस साहब ने ख़ुद अपने गले से उतारकर दिया था और ये अँगूठियाँ भी उमराह साहिबा ने दी हैं, उनकी अपनी उँगलियों से उतारकर। नक़ली होने की तो कोई गुंजाइश ही नहीं है।" रुमो ने दावे के साथ उत्साहित होते हुए कहा। "ये काफ़ी क़ीमती होंगे। शायद बहुत क़ीमती।" नजीब ने अब तक अपनी बरक़रार हैरानी के साथ कहा।

रूमो जितनी ख़ुश थी, नजीबुल उतना ही हैरान और बेशक परेशान।

एक ख़ुश।

एक हैरान और परेशान।

दोनों में एक-सी जिज्ञासा।

कुल मिलाकर मुश्किल फ़िक्र- उसका मुश्किल हल।

ये रात का दूसरा पहर था यानी आधी रात, जिसका ज़िम्मेदार सत्रहवीं सदी में गैलीलियों ने धरती को ठहराया था। उन्होंने बताया था कि *सूरज* एक जगह ठहरा हुआ है। ज़मीन उसका तवाफ़ करती है। तभी दिन और रात भी होते हैं। मौसम भी इसीलिए बदलते हैं। और ये भी कि पृथ्वी से लाखों सितारे ऐसी अकल्पनीय दूरी पर हैं, जिन्हें हम नंगी आँखों से नहीं देख सकते।

ये रात एक अवांछित रात थी। छोटे-से चाँद वाली रात (जबकि चाँद ज़मीन का तवाफ़ करता है।) फ़िक्र और मुश्किलों से लबरेज़ और रूमो नजीब के हिस्से में आई लगभग "फ़िज़ूल रात"।

सूरज- अंग्रेज़

पृथ्वी- हिंदुस्तान

और

तारे ?

उन दिनों पृथ्वी कई हिस्सों में बँटकर अपनी-अपनी चुनी हुई अलग-अलग रफ़्तारों से सूरज का तवाफ़ कर रही थी। कहीं पर रुकी हुई छोटी-सी धूसर काले कोयले की तरह चंद्रिका से वंचित गाढ़ी सियाह ज़मीन। कहीं-कहीं रौशन, कहीं-कहीं रौशनी की ओर बढ़ती हुई। ज़मीन बाँटी नहीं जा सकती। लेकिन बँटी हुई है। बँटी हुई थी। बँटती भी रहेगी।

क्या नहीं ?

ये रात इस बँटी हुई ज़मीन के उस हिस्से में थी, जहाँ नजीबुल और रूमो जाग रहे थे, जहाँ दुकानें जला दी जाती थीं, जहाँ जब चाहे लोगों को उनके घरों में बेसबब क़ैद रहना पड़ता था। वो एक शहर था, जिसका नाम मुझे नहीं मालूम, बल्कि वो हिंदुस्तान था। पूरा हिंदुस्तान।

क्या नहीं ?

वाक़ई ये सच है, मुझे उस शहर का नाम याद नहीं। उम्मीद है कभी याद आ जाए। या कोई नाम यूँ ही रख दिया जाए ?

'साहिराबाद' ठीक रहेगा ?

हाँ, ठीक तो है, "साहिराबाद"। जरीसपुर, किरमानी नगर, उमराहाबाद से तो कहीं बेहतर। बिल्कुल दुरुस्त साहिराबाद।

"अब हम साहिराबाद में रहकर क्या करेंगे? हमारी दुकान भी जल गई। ये घर भी महँगी मरम्मत की गुहार लगा रहा है। और फिर आज तक इन तोहफ़ों के अलावा मुझे भी जरीस की गंदी नज़र के सिवाए कोई और ख़ास मेहनताना मिला नहीं है।" रूमो नज़रें झुकाते हुए बुदबुदाई। वो अचानक अपने राजा के प्रति बेअदब हो गई। उसने अपना जालीदार ऊनी दुपट्टा अपनी छातियों पर ढाँपा। नजीबुल चारपाई पर तंबाकू चबाते हुए इस मुश्किल का हल निकालने की कोशिश में अपने पैरों को लटकाकर बैठा हुआ था। उसके पायजामे से उसका जननांग इस तरह नुमायाँ हो रहा था, जैसे उसके पायजामे की जेब में रखी तंबाकू की थैली अचानक सरककर उसकी दोनों जाँघों के बीच आ गई हो। वो उठता है और तंबाकू की पीक घिनौचियों के पास से निकली एक सँकरी नाली में थूकता है। उसने अपनी जीभ को तालू में चिपकाकर कहा, "एकी इहहा गएँ क्या?" *लेकिन इनका करें क्या,* उसने दोबारा मुँह में भरी हुई तंबाकू की पीक थूकी। "कुछ भी करो, मुझे नहीं मालूम और मैं नहीं चाहती कि जरीस जिस तरह से हीरबाई को अपनी जाँघों में झुलाता है।" वो अपने राजा के प्रति और भी बेअदब हो गई। उसने कहा, "कभी मुझे भी— कभी तो— कभी तो मेरी बारी भी आ सकती है। ख़ुदा न करे। मैं ये बिल्कुल नहीं चाहती। मैं तो कहती हूँ इन्हें कहीं बेचो, रक़म लो, *लिया-किया* क़र्ज़ चुकाओ और निकलो यहाँ से।" "लेकिन हम जाएँगे कहाँ?" नजीब ने अपनी दाढ़ी खुजाते हुए कहा। "कहीं भी पंजाब, हिमाचल, कश्मीर, राजस्थान, कहीं भी, मगर साहिराबाद से दूर।" रुमो ने झुँझलाते हुआ कहा। नजीबुल अपनी भौहें सिकोड़ता है और अपने बिना मूँछ वाले नाक के निचले हिस्से पर उभर आई पसीने की बूँद झटकता है। आँखें मीचते हुए अपने निचले होंठ को दाँतों से मसलते हुए हाँ में गर्दन हिलाता है। उसकी दाढ़ी फिर झूलती है। वो कहता है, "लेकिन क्या ये तरीक़ा ठीक है?" "जब बेईमानों की पूँजी ख़ुद चलकर हमारे पास आती है, तो उसे ख़र्च करने का कोई तरीक़ा नहीं होता। अब ये माल हमारा है। हम इसका कुछ भी करें; बेचें, पहनें, बक्सों में महफ़ूज़ कर तालाबंद कर दें, इससे उनको क्या लेना और क्या देना। और फिर तालाबंद कर देने से क्या ये महफ़ूज़ हो गए? क्या सच में? मुझे मालूम है, जब ये तोहफ़े मुझे दिए जा रहे थे, तब हीर ने किन हसद भरी निगाहों से इन पर अपनी बीनाई ख़र्च की थी। हीर चोर है और वो इनकी भी

चोरी करवा सकती है। वो कई दफ़ा चोरी के मामलों में पकड़ी भी गई है, लेकिन जरीस की जाँघों में झूलने का उसे यही नफ़ा हुआ कि वो महल की जेल में क़ैद नहीं करवाई गई। बस एक रात की सज़ा में उसके तमाम गुनाह माफ़ कर दिए जाते हैं।" रुमो ने अपने हल्के-फुल्के ग़ुस्से को ज़ाहिर करते हुए एक साँस में अपनी बात पूरी की।

रूमो पहले ही तीन वज्हें सोच चुकी थी :

पहली- गर्दन कटने का डर।

दूसरी- उँगलियों से जाने का डर।

तीसरी- चोरी होने का डर।

और तीनों हो सकने वाली वज्हें, इससे बढ़कर डर का कारण। ये बात सब नहीं जानते थे, लेकिन किरमानियों की मौजूदा नस्ल दिखने में उदार मगर क्रूर थी। लिहाज़ा ये इतना मामूली फ़ैसला नहीं था कि झटपट लिया जा सकता।

रूमो उठती है और रात का खाना लगाने की तैयारी करती है। उसकी पायलों में गुँथे छोटे-छोटे बारीक घुँघरू उसके पाँव रखने पर इस तरह छन-छना रहे थे, जैसे सियाह रात के गहरे सन्नाटों के बीच गलियों में आसेबों की मादा नस्लें टहल रही हों। वो ज़मीन पर दस्तरख़्वान बिछाती है। ख़ुद नजीब का बनाया हुआ। एक उम्दा कारीगरी का नमूना। रूमो चीनी मिट्टी की दो ख़ाली तश्तरियाँ लाती है, जिनपर सूरजमुखी के खिले हुए बड़े-बड़े एक-एक फूल बने थे। वो कढ़ाई में उबले हुए चावल साथ में भुने हुए आलुओं की सब्ज़ी और कुछ चपातियाँ लाती है। वो धातु का एक पानी भरा मर्तबान लाती है, जिसकी बाहरी सतह पर जंगली जानवर शेर, हिरन, हाथी वग़ैरा के चित्र खुदे हुए थे। उन दोनों ने चपातियों का एक-एक टुकड़ा तोड़ा और एक-एक शंकुनुमा निवाला बनाकर उनमें भुने हुए आलू की सब्ज़ी भरकर, मुँह में रखने से पहले अल्लाह से दुआ माँगी "बिस्मिल्लाह-ए-रहमान-ए-रहीम" और खाना शुरू किया। रूमो ने निवाले को चबाते हुए बात चलाई, "आज मैं बकरे का गोश्त बनाती। मैं रुस्तम को आपके पास भेजने ही वाली थी, लेकिन फिर न गोश्त बनाया, न रुस्तम को आपके पास भेजा। अच्छा ही किया।" रूमो ने अपना सर झटका और निवाले को निगल गई। पानी का घूँट गटकते हुए उसने कहा, "अल्लाह जाने क्या होने को है।"

[रुस्तम यानी- रूमो और नजीब का बेटा]

नजीबुल रूमो की तरफ़ देखता है और फिर रुस्तम को। वो सो रहा था। उसके

हड्डियों वाले गालों पर चारपाई की ताँतों के निशान उभर आए थे। उसके मुँह से लार टपक रही थी। वो अपनी दोनों टाँगे तोड़कर अपने बदन को बाँधे हुए इस तरह सो रहा था, जैसे भरी गर्मी में उसे कश्मीर की वादियों का ख़्वाब आया हो। रूमो खाना ख़त्म होने के बाद तश्तरियाँ और बाक़ी के बर्तन उठाकर ले जाती है। उसने दस्तरख़्वान समेटा, नजीबुल को एक गिलास पानी दिया और ज़मीन पर बिस्तर लगाने लगी। उसने 'हार-अँगूठियों' वाले बक्से पर (बाहर से) और घर के दरवाज़े पर (अंदर से) ताला लगाया।

रूमो इतनी सुंदर औरत थी कि जिसकी वज्ह से नजीब को हज़ार बार लोगों से ये सुनना पड़ता था कि इसने अच्छी क़िस्मत पाई है। इस ठिगने औसत शक्ल वाले मज़दूर की तक़दीर में रूमो को क्या अल्लाह ने बेहोशी के आलम में लिख दिया था। रूमो की क़द-ओ-क़ामत, उसके बदन की तब-ओ-ताब के आगे, नजीबुल बुझा हुआ शोला लगता था। तितलियों जैसी रूमो की आँखें, सुडौल नाक और उसके निचले होंठ के बाएँ हिस्से पर एकदम किनारे पर गुदे पैदाइशी तिल का कोई जवाब नहीं था। बावजूद इसके रूमो और नजीब के बीच गहरा प्यार था।

वे प्यार करने जा रहे हैं।

दोनों ज़मीन पर बिछे बिस्तर पर लेट जाते हैं। रूमो अपना सीना नजीबुल के बाएँ कंधे पर रख देती है। फिर अपने हाथ से उसकी दाढ़ी सहलाते हुए उसके दाहिने कान को चूमती है। नजीबुल रूमो की तरफ़ करवट लेता है और उससे सीना-ब-सीना होकर उसकी जबीन चूम लेता है, उसके होंठ चूमता है। नजीबुल की दाढ़ी के लंबे बाल रूमो की गर्दन में समा जाते हैं। वो अब इतने क़रीब थे कि एक-दूसरे की गंध महसूस कर सकते थे। कर रहे थे। अब उनकी साँसों की आवाज़ और रफ़्तार दोनों तेज़ थीं।

फ़ज्र की अज़ान गूँज रही थी।

अल्लाहु अकबर
अल्लाहु अकबर
अल्लाहु अकबर
अल्लाहु अकबर

अश-हदू अल्ला-इलाहा इल्लल्लाह
अश-हदू अल्ला-इलाहा इल्लल्लाह

अश-हदू अन्ना मुहम्मदर रसूलुल्लाह
अश-हदू अन्ना मुहम्मदर रसूलुल्लाह

ह्य्य अलस्सलाह
ह्य्य अलस्सलाह
ह्य्य अलल्फलाह
ह्य्य अलल्फलाह

अस्सलातु ख़ैरूँ मिनन नउम
अस्सलातु ख़ैरूँ मिनन नउम

अल्लाहु अकबर
अल्लाहु अकबर

ला-इलाहा इल्लल्लाह

यानी :
अल्लाह सब से महान है।
मैं गवाही देता हूँ कि अल्लाह के सिवा कोई दूसरा इबादत के क़ाबिल नहीं।
मैं गवाही देता हूँ कि मुहम्मद स. अ. अल्लाह के रसूल हैं।
आओ इबादत की जानिब।
आओ कामयाबी की जानिब।
नमाज़ नींद से बेहतर है।
अल्लाह सब से महान है।
अल्लाह के सिवा कोई इबादत के क़ाबिल नहीं।

नजीब ग़ुस्लख़ाने में पीतल का लोटा डुबोने पर नाँद में भरे पानी में बनते-फूटते बुलबुलों को देखकर घुटन महसूस कर रहा था। वो अपने हाथ उठाने पर, उनमें मकड़ियों के जाले लिपटे हुए पाता। वो महज़ एक ख़ुशख़बरी के बदले हराम में आए गहनों की सुरक्षा और उन्हें बेचने की तरकीबें सोच रहा था। उसे शुब्हा था,

"शहर का कोई सुनार इन्हें ख़रीदने के लिए राज़ी नहीं होगा। बहुत मुमकिन है कि मुझपर चोरी का इल्ज़ाम भी लगा दिया जाए कि मुझ ग़रीब के पास इतने गहने कहाँ से आए? भला ये बताने से मैं बच जाऊँगा क्या कि ये मेरी बीवी को ख़ुद नवाब और उनकी बेगम ने तोहफ़े के तौर पर दिए हैं? अगर उसने किसी के हाथों महल में ख़बर भिजवा दी तब? नहीं-नहीं। ये सब इतना आसान नहीं है। मगर किया क्या जाए? सच में शहर छोड़ दिया जाए? और कहीं इतनी दूर निकल जाया जाए, जहाँ साहिराबाद का कोई नाम भी न जानता हो?"

रूमो को हर हिंदुस्तानी औरत की तरह फ़ज्र की अज़ान से पहले उठने की आदत डलवाई गई थी। बेश्तर, जब हिंदुस्तान के रहने वाले शौहर ग़ुस्लख़ानों में होते हैं, तब उनकी बीवियों की ज़िम्मेदारी रसोई में घुसकर खाना पकाने की होती है। फिर चाहे सख़्त गर्मियों का मौसम ही क्यों न हो। रूमो तबेली में दाल पकाने के लिए अदहन चढ़ाती है और आटा गूँदने में मसरूफ़ और नजीब की तरह सोचने पर मजबूर हो जाती है। रुस्तम अब भी कश्मीर की वादियों में होने का ख़्वाब देख रहा था।

रुस्तम, अमृता शेरगिल से ठीक आठ साल छोटा और रूमो ठीक आठ साल बड़ी थी। इसे इत्तिफ़ाक़ के अलावा कुछ और नाम देना मुनासिब नहीं होगा कि माँ-बेटा और अमृता तीनों की पैदाइश की तारीख़ इकत्तीस जनवरी थी। रूमो का मायका अपने इलाक़े में काफ़ी ठीक-ठाक घरानों में गिना जाता था, जहाँ औरतों को आज़ादी के सिवा हर बात की आज़ादी थी, बावजूद इसके रूमो पढ़-लिख नहीं सकी। वो बचपन से एक नामी 'मुसव्विरा' बनना चाहती थी। रूमो ने अपनी माँ के घर का कोई बर्तन, कोई दीवार, कोई कोना नहीं छोड़ा था, जहाँ उसने अपने टूटी-फूटी चित्रकारी के हुनर की नुमाइश न की हो। उसके घर पर आने वाले मेहमान अक्सर उसके माँ-बाप से उसके बनाए चित्रों की तारीफ़ किया करते। जवाब में रूमो मुस्कुराती और उसके माँ-बाप कह दिया करते कि और कोई काम-धाम करने में तो इसका जी लगता नहीं है, सो दिन भर कोई न कोई नया रंग ईजाद करती रहती है और दीवारों को बदसूरत करती रहती है। अभी पिछले बरस ही घर में सफ़ेद रोग़न करवाया था, लेकिन मजाल अब कोई पूरे घर में सफ़ेद रंग की एक दीवार भी ढूँढ़ के बता दे। ग़लीचे बनाना नजीब का ख़ानदानी पेशा था। नजीब को रूमो की चित्रकारी ख़ूब लुभाती थी, फिर भी जब कभी नजीब रूमो के घर ग़लीचे पहुँचाने की ग़रज़ से जाता, तो उसके वालिद से उसकी चित्रकारी पर तनक़ीद फ़रमाने

लगता। उसके वालिद कहते, "तुम इकलौते हो, जिसे इन ऊट-पटाँग तस्वीरों में ऐब नज़र आते हैं। वर्ना ये तो पूरा दिन लोगों की झूठी तारीफ़ें सुन-सुनकर फूले नहीं समाती है।" हर बार की तरह रूमो के बाप का ये तयशुदा जुमला पूरा होते ही नजीब रूमो को देखकर मुस्कुरा देता और पैसे लेकर चलता बनता। रूमो जान गई थी कि नजीब उसके हुनर की क़द्र करता है, लेकिन वो सिर्फ़ उसे चिढ़ाने के उद्देश्य से उसकी बुराई करने पर आमादा रहता है। उन दोनों में जब वो पंद्रह-पंद्रह साल के थे, मुहब्बत की बुनियाद की पहली ईंट रखी जा चुकी थी। रूमो ने चालाकी दिखाई और अपने बाप से रोज़ नजीब के बारे में बुरा-भला कहना शुरू कर दिया। उसने यहाँ तक कह डाला कि नजीब उसे फूटी आँख नहीं सुहाता। सज़ा के तौर पर रूमो और नजीब का निकाह करवा दिया गया।

रूमो को बहुत बाद में एहसास हुआ कि वो अमृता शेरगिल जैसी है। क़द-काठी, नैन-नक़्श के अलावा दोनों का हुनर भी एक था, बावजूद इसके कि अमृता का रंग उनकी हंगेरियन माँ और नैन-नक़्श उनके पंजाबी पिता से मिलते थे, जबकि रूमो के माँ-बाप में से किसी ने भी हिंदुस्तान के बाहर की मिट्टी कभी नहीं सूँघी थी। उनमें से कोई भी हंगेरियन नहीं था। न रूमो के वालिद ख़ानदानी रईस थे, न गोरखपुर और अमृतसर में उनकी कोई जागीर थी, न रूमो के वालिद के वालिद को मुल्क से ग़द्दारी करने के बदले में राजा का ख़िताब दिया गया था और न ही रूमो के पिता को कोई भी 'राजा बलीयत' कहकर पुकारा करता था। बलीयत सिर्फ़ हिंदी ज़बान का माहिर था। पुरानी हिंदी, जिसे उर्दू भी कहा जा सकता है। इसी की बदौलत रूमो का शब्दकोश एक पढ़ी-लिखी महिला जितना समृद्ध था। उसने सिर्फ़ क़ुरआन पढ़ने की ग़रज़ से अरबी सीखी, जहाँ उच्चारण की ग़लतियाँ वो हमेशा करता रहा है, जबकि उमराव सिंह को पाँच ज़बानों का अच्छा ख़ासा इल्म था। उन्हें फ़लसफ़े, धर्म और अंतरिक्ष विज्ञान में भी ख़ासी दिलचस्पी थी। वो अक्सर रात में अपने घर की छत पर चढ़ जाते और दूरबीन से सितारों की रफ़्तार का तक़ाज़ा करने में ऐसे मगन हो जाते कि उन्हें वक़्त का कोई अंदाज़ा नहीं रहता। अमृता की माँ मैरी एन्टोनिएट गॉटिस्मिन उमराव सिंह की दूसरी बीवी थीं, जबकि बलीयत अपनी एक शादी में न सिर्फ़ ख़ुश था, बल्कि उसे कई बीवियों वाले मर्दों से नफ़रत थी। बलीयत ने 1928 के आते-आते तक भी कभी आज़ादी की जंग में हिस्सा नहीं लिया। हालाँकि उसे गाँधी की विचारधारा पर यक़ीन था कि एक रोज़ हिंदुस्तान गाँधी के भरोसे आज़ाद हो जाएगा, जबकि उमराव सिंह के वालिद सूरत

सिंह ने पंजाब के महाराजा रणजीत सिंह के साथ मिलकर 1847 में अंग्रेज़ों के ख़िलाफ़ जंग लड़ी थी। अफ़सोस कि जंग में रणजीत सिंह हार गए और उनकी तमाम जायदादों पर अंग्रेज़ों ने क़ब्ज़ा कर लिया। दस साल बाद, जब 1857 में आज़ादी की पहली जंग में सूरत सिंह ने अंग्रेज़ों का साथ दिया, तब बदले में उन्हें गोरखपुर और अमृतसर की रियासतें दी गईं।

अच्छा है बलीयत को कोई राजा नहीं कहता।

दोनों ख़ानदानों में तमाम तरह के फ़र्क़ थे; एक ये भी कि रूमो को अमृता की तरह संस्कृत और फ़ारसी का ज़रा-सा भी इल्म नहीं था।

मैं भी जाग चुका हूँ। मेरे सोने-जागने का वक़्त ऐसा है कि मैंने भले सोते वक़्त फ़ज्र की अज़ान सुनी भी हो, लेकिन जागते वक़्त कभी नहीं। मेरा घर ऐसी जगह पर स्थित है, जहाँ मंदिर और मस्जिदों की इफ़रात है। जागने के बाद मैं अधिकतर मंदिर में गाए जाने वाले भजन और दिन की बाक़ी अज़ानें सुनता रहता हूँ। अरबी और हिंदी का ये मेल-जोल एक रहस्यमई और दिलचस्प ज़बान की ईजाद करता है।

मेरी अलार्म घड़ी की दो सुइयाँ एक जगह पर मरी पड़ी हैं।

12 बज गए।

तीसरी सबसे लंबी और दुबली सेकंड की सुई भाग रही है- टिक टिक टिक टिक। अपना ठिकाना ढूँढ़ती हुई। सबसे अलग, सबसे जुदा। समाज से ख़ारिज।

जैसे मैं।

काँच के चूरन को लपेटकर बनाया गया धागा खींचा जा रहा था। सूरज किसी पतंग की तरह आसमान पर खिंचता चला जा रहा था। एकदम सुर्ख़, हमेशा की तरह पूरा सूरज। तीखी और जला देने वाली रौशनी वाला सूरज, दृष्टि के उन्नयन पर लहरा रहा था।

सूरज- अंग्रेज़

पृथ्वी- हिंदुस्तान

पृथ्वी के सारे टुकड़ों पर पूरा सूरज यानी?

मर्द होने का नाजायज़ फ़ायदा न उठाते हुए अब मेरा बिस्तर छोड़ देना ही मुनासिब है। और इसलिए भी कि मर्द होते हुए भी मेरे पास कोई औरत नहीं है।

जुलूस गुज़र रहे थे। जुलूस में शामिल कुछ इंक़लाबियों के हाथों में काले झंडे और कुछ के हाथों में काले बैनर थे, जिनपर सफ़ेद रंग से हिंदी और उर्दू में

लिखा था :

साइमन गो बैक। साइमन वापस जाओ। सिर्फ़ एक नारा— *साइमन गो बैक।*

[कमीशन के तहत एक भी हिंदुस्तानी नेता को मेंबर नहीं बनाया गया था। 1927 में मद्रास में कांग्रेस का अधिवेशन हुआ, जिसमें इत्तिफ़ाक़ी राए से नेहरु, गाँधी समेत मुस्लिम लीग ने भी इसे बेदख़्ल करने का फ़ैसला लिया। 3 फरवरी 1928 को कमीशन हिंदुस्तान पहुँचा। साइमन कोलकाता, लाहौर, लखनऊ, विजयवाड़ा और पुणे समेत जहाँ-जहाँ भी पहुँचा, वहाँ उसे ज़बरदस्त विरोध से दो-चार होना पड़ा। लोगों ने उसे काले झंडे दिखाए। लखनऊ में हुए लाठीचार्ज में पंडित जवाहर लाल नेहरू घायल हो गए, और गोविन्द वल्लभ पंत अपाहिज। 30 अक्टूबर 1928 को लाला लाजपत राय की रहनुमाई में साइमन का विरोध कर रहे युवाओं को बेरहमी से पीटा गया। पुलिस ने लाला लाजपत राय की छाती पर बेरहमी से लाठियाँ बरसाईं। वो बुरी तरह घायल हो गए और इसी हादिसे की वज्ह से आख़िरश 17 नवंबर 1928 को उनकी मौत हो गई।]

सड़कों पर कुछ बेशर्म कामचोर बुज़ुर्ग, बल्कि बुड्ढे छोटे-छोटे झुंडों में उकड़ूँ बैठे थे। उन्होंने अपनी धोतियाँ अपने घुटनों तक खींच रखी थीं। उनकी बूढ़ी सफ़ेद रोंगटों वाली टाँगें अपने पंजों से लेकर जाँघों तक, उनकी पुरानी मुरझा चुकी लटकती हुई खाल की नुमाइश कर रही थीं। वो इतने कामचोर थे कि वो खाना भकोसने के बाद सिर्फ़ और सिर्फ़ बीड़ी के बारे में सोच सकते थे। उन्होंने उम्र भर सिर्फ़ इतना ही किया। वो अक्सर-ओ-बेशतर उन बातों को भी छेड़ते, जिनके बारे में उन्हें ज़रा भी इल्म नहीं होता, जैसे वो बेमतलब लेखकों का उपहास उड़ाते, ग़ालिब, मीर के उन अशआर पर बातें करते, जो उन्होंने कभी कहे ही नहीं। वो आती-जाती औरतों को छेड़ते, उनकी छातियों को घूरते और कहते, "कितने सुंदर, सुडौल और बड़े-बड़े हैं।" वो ये कहने से भी बाज़ नहीं आते कि गाँधी में वो बात नहीं, वो क्रांतिकारी नहीं है। आलसी बूढ़ा सोचता है, तक़रीरें हाँककर मुल्क को आज़ाद करवा देगा। वो आपस में एक-दूसरे को राजाओं की कहानियाँ सुनाते। वो बताते कि फ़लाँ-फ़लाँ राजा का घोड़ा, जहाँ-जहाँ अपने ख़ुर पटकता था, वहाँ-वहाँ एक हीरा पैदा हो जाता था। वो कहते कि फ़लाँ-फ़लाँ राजा का घोड़ा बिना सुस्ताए, बिना कुछ खाए-पिए सैकड़ों मीलों तक दौड़ लेता था। वो अधिक पत्नियों वाले राजाओं को असली मर्द कहते थे।

मर्द ?

वाक़ई मर्द ?

वो शाहजहाँ को एक अच्छा हुक्मरान बताते और औरंगज़ेब को बेरहम। इन बातों को लेकर उनके मन में एक-दूसरे के प्रति ग़ुबार पैदा हो जाते। बीड़ी के सिवा भी वो ज़हमत उठाते हुए एक दूसरे पर सवाल दाग़ने लगते। उनमें से कोई एक कहता, "औरंगज़ेब तो टोपियाँ सिलता था। जहाँगीर बाग़बानी करता था।" "और इश्क़ भी" दूसरा कहता। कोई पूछता, "किससे? अनारकली से? जिसे अकबर ने दीवार में चुनवाने का नाटक करते हुए तहख़ाने के रास्ते कहीं दूर 'देस' भेज दिया था?" दूसरा बोलता, "हाँ वो नहीं चाहता था कि जहाँगीर और अनारकली में कोई प्रेम संबंध हो।" कोई पूछता, "और शाहजहाँ?" कोई जवाब देता, "शाहजहाँ ने अपनी दूसरी बेगम मुमताज़ की याद में ताजमहल बनवाया था और एक टोपी सिलने वाली औलाद भी पैदा की थी, लेकिन वो असली मर्द नहीं था। उसकी केवल तीन बीवियाँ थीं।" "और महाराणा प्रताप?" "हाँ वो असली मर्द था। ग्यारह बीवियों वाला। उसने हल्दी घाटी के युद्ध में अकबर को पस्त कर दिया था।" "और अकबर?" "अकबर ने दीन-ए-इलाही नाम का एक नया मज़हब चलाया था। हिंदू-मुस्लिम एकता।" "लेकिन औरंगज़ेब ने तो हिंदुओं के सारे मंदिर तोड़े, मूर्तियों के टुकड़े किए, उन्हें चोटें पहुँचाई थीं।" "लेकिन अकबर ने एक राजपूत राजकुमारी से शादी की थी।" "हाँ तो जहाँगीर ने भी ताज बीवी बिलकीस मकानी 'आलियास' से की थी।" फिर वो एक-दूसरे के मुँह ताक़ते, चुप हो जाते, बीड़ियाँ सुलगाते, फिर ठहाके लगाते। वो 'साइमन गो बैक' के जुलूसों को नामर्दों की फ़ौज कहते थे।

नजीब और रूमो गहनों के संबंध में उधेड़-बुन कर-कर के किसी भी नतीजे पर नहीं पहुँचे थे। उनके लिए जैसे सब कुछ रुक-सा गया था। रूमो रोज़ की तरह महल की रसोई का ज़िम्मा सँभालने, वक़्त से पहले वहाँ पहुँच गई। वो रसोई में खाना पका रहे बावर्चियों को निर्देश देते हुए, पक रहे मटन में अपना सीक्रेट मसाला डालकर रसोई के काम से एक सुब्ह में दूसरी बार राहत की साँस ले रही थी। उसने कहा, "देखो, पक गया होगा।" एक नौकर लँगड़ाता हुआ उठता है, जिसकी एक टाँग पोलियो की बीमारी के कारण मुरझा चुकी थी। कहता है, "बीबी अभी कुछ कसर बाक़ी है।" रूमो ने गोश्त का एक टुकड़ा अपनी उँगलियों से मसलते हुए कहा, "अब क्या गोश्त का हलवा बनाना है। आँच धीमी करो और इसे यहाँ

से उतारकर इसपर साग चढ़ाने की तैयारी करो।" उसने चुपके से हथेली पर मटन के सालन की कुछ बूँदें टपकाईं, उन्हें चखा और मन ही मन कहा, "ज़बरदस्त।"

नजीब के पसंदीदा रंगों में गहरा नीला, आसमानी, फ़ीरोज़ी और सफ़ेद रंग थे। उसके बनाए ग़लीचों में इन रंगों का ख़ासा मेल देखा जा सकता था। शादी के बाद रूमो ने जब भी कभी किसी तरह की कोई पेंटिंग बनाई, वो उनमें ख़ासतौर से इन चार रंगों को भरना नहीं भूली। जब कभी उसे गुंजाइश नज़र आई, तब वहाँ उसने गुलाबी, लाल और हल्के पीले रंग को भरना पसंद किया। रूमों और रुस्तम के बेशतर लिबासों का रंग भी यही रहता। इसी सिलसिले में नजीब उस रोज़ अपने पसंदीदा रंगों में से एक सफ़ेद (उनकी ज़िंदगी की तरह बेरंग) रंग की क़मीज़ और उसी रंग की बेढंगी-सी पतलून पहनकर शहर का चक्कर काटने निकला था। उसकी पतलून ज़रुरत से ज़्यादा ढीली और लंबी थी, मानो पिछले चंद महीनों में किसी फ़िक्र के चलते उसकी कमर चौंतीस से घटकर तीस इंच रह गई हो। पतलून की इज़ाफ़ी लंबाई के बारे में क्या कहा जाए। हो सकता है, उसे आज भी वहम हो कि उसकी लंबाई पाँच फ़िट दो इंच से बढ़कर रूमो के क़द के बराबर पाँच फ़िट सात इंच हो सकती है। ये भी मुमकिन है कि उसकी पतलून सिलने वाला दर्ज़ी अपने काम का वैसा माहिर न रहा हो जैसा नजीब था।

काँसरी बाज़ार की तरफ़ बढ़ता हुआ नजीब बूढ़ों के *उस* झुंड से टकरा जाता है। उनमें से एक बूढ़ा उससे पूछता है, "क्यों 'साब' हड़ताल में शामिल होने जा रहे हो?" "कौन-सी हड़ताल?" नजीब ने पूछा। कहने लगा, "लो 'साब' लगता है ये किसी और दुनिया में रहते हैं। पूरे हिंदुस्तान में अफ़रा-तफ़री मची है और इन्हें कुछ ख़बर ही नहीं।" नजीब ने कहा, "काँसरी बाज़ार में मेरी दुकान है, जिसका तमाम सामान कल जला दिया गया, लेकिन मेरे घर से मेरी दुकान तक पूरे दो सौ क़दम के फ़ासले पर मैंने हड़ताल जैसा कुछ नहीं देखा।" बूढ़ा बोला, "दुकान जलाने का 'कारन' यही हड़ताल रही होगी। यहाँ कौन, कब, किसे और किसलिए जला दे कोई जानता है क्या? और फ़िरंगियों की न मानोगे तो क्या चैन से जी सकोगे? इन जुलूसबाज़ों को तो जैसे अपने बीवी-बच्चों की कोई फ़िक्र ही नहीं है।" "बड़े आए हैं मुल्क आज़ाद कराने वाले।" उसने अपने आप में बड़बड़ाते हुए कहा और बचे हुए बीड़ी के टुंडे को ज़मीन पर रगड़कर बुझाने लगा।

नजीब जितना कुछ भी समझ सकता था, समझ चुका था, लेकिन इस वक़्त उसके ज़ेहन में सिर्फ़ दो ही ख़याल ऊधम मचा रहे थे। गहने और उसकी जल चुकी

दुकान। गहने तो कल का और अभी तक आज का मसअला हैं, लेकिन नजीब के इस ख़ानदानी कारोबार की तारीख़ निकालें, तो उसकी दुकान कोई तीन पीढ़ी पुरानी थी। अफ़वाह तो यहाँ तक थी कि मुग़लों के क़िले तक इनकी बनाई क़ालीनों की रसाई और चर्चा था। नजीब का बाप अपने आप को फ़ारसी, अरबी ज़बान का उस्ताद कहने-मानने से कतराता था, लेकिन उसका इल्म उस्तादों से कम नहीं था। उसे फ़ारसी शायरी का बेपनाह शौक़ था। बेदिल और ग़ालिब के सैकड़ों शेर उसे मुँह-ज़बानी याद थे। उसके और उसके दोस्तों के दरमियान जब कभी शराब और हुक्के का दौर चलता, तो वो बताया करता कि ग़ालिब ने बाज़ दफ़ा बेदिल का चर्बा करने की कोशिश की है। कई बार तो मिसरा का मिसरा नक़्ल कर दिया। मीर के बारे में उसकी राए ठीक नहीं थी। उसका कहना था कि मीर का बस चले तो वो अपने अशआर में हगने-मूतने के भी मज़मून बाँधने लगे। *ये उसकी ज़ाती राए थी और बेशक जल्दबाज़ी में क़ायम की गई राए। मैं इससे इत्तिफ़ाक़ नहीं रखता।* उसके अपने दोस्तों में से एक दोस्त उसे टोकते हुए कह देता, "यार मीर के बारे में ज़बान सँभाल कर।" और तमाम गुफ़्तगू, मुबाहिसे में तब्दील हो जाती। मीर के बारे में अपनी हार से वो कभी पशेमाँ और परेशान नहीं हुआ। वो अपनी बनाई क़ालीनों की किनारियों में रिवायती डिज़ाइन बनाने के बजाए बेदिल के शेर लिखना अधिक मुनासिब समझता था। उसका मानना था कि दुनिया में मौजूद हर शख़्स को शायरी में दिलचस्पी होनी चाहिए। इससे इल्म में इज़ाफ़े के साथ-साथ ज़िंदगी के रंग-ढंग, उसे जीने का सलीक़ा भी आ जाता है। वो कहता था, अदब-पसंदी एक शाही लत है, जिसका शिकार मायूस तो होता है, लेकिन अपने हौसले से कभी नहीं जाता। मैं नहीं जानता कि मीर के मुख़ालिफ़ को जन्नत मिली होगी कि नहीं। वो अब जहाँ भी होगा, क्या वहाँ उसे इस बात का अफ़सोस खा रहा होगा कि शायरी के तरफ़दार के ख़ानदान की नस्ल-ए-नौ शायरी के इल्म से महरूम रह गई है। उसे हो न हो, लेकिन ज़ाती तौर पर मुझे इस बात का बेहद अफ़सोस है। नजीब का हौसला टूटता हुआ दिखता है।

ख़ैर।

दो

अगर आप आदतन तारीख़ों का हिसाब रखने के शौक़ीन हैं, तो मैं 'हयुलानी' की पैदाइश की तारीख़ 30 अक्टूबर 1928 मुक़र्रर करना चाहूँगा।

और 31 अक्टूबर 1928 की शाम :

जिस बदल की कोई गुंजाइश नहीं थी, जिस जश्न की तैयारियाँ नौ महीनों से की जा रही थीं, उसका इंतिज़ाम देखकर कहा जा सकता था, ये शाम सदियों से प्रतीक्षित शाम थी। *ये तो होना ही था।* दुनिया भर के शाही इंतिज़ाम एक साथ महल के अंदर धावा बोल चुके थे। रंग-बिरंगी क़नातें लगवाई गईं। बड़े-छोटे, ऊँचे-ठिगने कई क़िस्मों के तंबू गड़वाए गए। मेहमानों के क़ीमती जूतों की शान को मद्दे-नज़र रखते हुए, महल के दरवाज़े से लेकर मेहमानख़ाने तक लाखों फूल बिछवाए गए। कोने-कोने में एक से बढ़कर एक सुंदर महकदार फूलों के गमले रखवाए गए। अधिक ख़ुशबुओं के लिए उनमें 'मेड इन फ्रांस' परफ़्यूम छिड़कवाए गए। क़िले का एक-एक गुंबद सजाया गया। छज्जों पर मशालें रखी गईं और तरह-तरह की जापानी झालरों से खिड़कियों, दरवाज़ों और पेड़ों को सजाया गया। कुछ मेहमानों की दिली ख़्वाहिश पर कि वो वही शराब पिएँगे जो बहादुर शाह ज़फर का हमअस्त्र, पूरी दिल्ली का क़र्ज़दार (या दिल्ली जिसकी क़र्ज़दार थी?) शायर मिर्ज़ा ग़ालिब पिया करता था, ख़ास स्कॉटलैंड से मँगवाई गई थी। तंबुओं के नीचे मेज़ें और कुर्सियाँ क़रीने से लगवाई गईं। हर एक मेज़ पर दीवटों के कई-कई समूह रौशन थे। ख़ासतौर पर बुलाए गए नामचीन अनुभवी पेशेवर बावर्ची जब तड़का लगाते, तो आग की उठती लपटें आसमान छू आतीं और रूमो मन ही मन कहती रह जाती

कि अभी वैसी ख़ुशबू नहीं आ रही है। महल के अंदर की स्वछंद हवाएँ, पकवानों और इत्रों की ख़ुशबुओं से तरबतर थीं। टाइयाँ, हैट, थ्री पीस सूट पहने, सलीक़े से बनाए गए बालों में अमीर सिविलियंस की एक बड़ी तादाद महल के मैदान में टहल रही थी। पगड़ियाँ बाँधे, मूँछों और बिना मूँछों वाले शहर के तमाम नामज़द व्यापारी भी मौजूद थे। देखते ही देखते तमाम आला फ़िरंगी अफ़्सरों का एक बड़ा हुजूम महल में उतराने लगा। आस-पड़ोस के कई नवाबों, राजाओं और जागीरदारों ने भी जश्न में शिरकत की। सब एक-दूसरे से आदाब, नमस्कार, गुड ईवनिंग कहते हुए मुस्कुराकर मिलते। गाउन और छल्लहे बालों वाली गोरी औरतें सिगरिटों के कश लेती हुई एक-दूसरे से अंग्रेज़ी ज़बान में गप्पें लड़ा रही थीं। फिर एक वक़्फ़ा गुज़रा और किरमानियों का ख़ानदान शाही लिबासों में मैदान में उतर आया। शाही औरतों ने, सिवाए गुज़िश्ता और अक्सीर के, अपने चेहरों पर इतना ग़ाज़ा मल रखा था कि उनके गुलाबी-चमकते चेहरे, मुस्कुराहटों के लम्हों में परेशानियों से गुज़र रहे थे। जश्न आधी रात तक चला। गीत गाए गए। डांस किया गया। फ़िरंगी अफ़्सरों की ख़ास फ़रमाइश पर 'एल जॉल्सन' के जैज़ गीत भी रिकॉर्डर पर बजाए गए। देर रात तक वर्दीधारियों समेत सारे रौबदारों के पैर उछलते रहे।

***

रातें एक करिश्माई ताक़तवर गर्भवती की तरह होती हैं, जो नियमित अपनी कोख से सुब्ह को जन्म देती हैं। रातें कितनी भी लंबी हों, कितनी भी छोटी, मगर सुब्ह का पैदा होना एक शास्वत सच है। सुब्ह हुई और दोपहर के आते-आते क़िले के मैदान हौले-हौले अपने सन्नाटों की तरफ़ लौट आए। रात हुई, सुब्ह हुई, फिर रात हुई, फिर सुब्ह हुई, फिर रात हुई, फिर सुब्ह हुई और फिर-फिर यही हुआ। कई दिन बीत गए, मगर जिस सुब्ह का इंतज़ार था, वो अभी किसी डाइन रात के हमल में पल रही थी। उसे वक़्त लगेगा।

***

एक भरे-पूरे क़द के आदमी के लिहाज़ से बने पलंग पर लेटा हयुलानी अपनी मुट्ठियों से बेआवाज़ तालियाँ बजाता। जैसे वो बीती शाम हुए जश्न की दाद दे रहा हो- *शाबाश मेरे प्यारो, मेरे पैदा होने की ख़ुशी तुम्हें मुबारक हो।* वो हवा में पैरों को ऐसे घुमाता, जैसे वो गैलीलियो के अनुसार उन ग्रहों की तरह कोई अदृश्य जादुई

सायकिल चला रहा हो, जिन्हें नंगी आँखों से कोई नहीं देख सकता। हयुलानी का भारी-भरकम पलंग महल की कुछ ख़ूबसूरत और अजीब-ओ-ग़रीब चीज़ों में से एक था। हफ़ीज़ ने उसे बनवाते वक़्त सिर्फ़ शीशम की लकड़ी चुनना ही मुनासिब समझा। उसके मुताबिक़ अगर शीशम पुराना हो, तो वो अस्लहों की धारें बिगाड़ देता है और तो और उनकी नोकों को तिरछा तक कर सकता है। वो एक ख़ास कारीगरी का पलंग था, जिसके चारों लंबवत पायों के निचले सिरों पर ख़ूँख़्वार जानवरों के चेहरे खुदवाए गए थे। उसका ऊँचा सिरहाना, एक पंख फैलाए दुष्ट बाज़ की सूरत इख़्तियार किए, हरदम अपनी मांसाहारी चोंच को कुछ न कुछ नोच खाने की नीयत से हवा में दाएँ-बाएँ डुलाता रहता था। उसके पंख लहराते हुए नीचे की तरफ़ उतरते थे। कारीगर ने शाबाशी पाने के अपने ख़ुदग़र्ज़ मक़्सद को दिमाग़ में रखते हुए बाज़ के घने सफ़ेद बालों से लदे माथे के उतार पर दो ऐसी आँखें जड़ीं, जो हमेशा घूमती रहतीं और देखने में असली लगती थीं। *इतनी असली, असली से भी असली।* हयुलानी का नाम और उसके पलंग की बनावट पहले से तय थी। उन्हें पूरा यक़ीन था कि उनके घर में एक जाँबाज़ किरमानी मर्द ही पैदा होने वाला है। उन्हें लड़कियों की पैदाइश में कोई ख़ास दिलचस्पी नहीं थी। गुज़िश्ता और अक्सीर इस बात का सजीव उदाहरण हैं।

गुज़िश्ता और अक्सीर, हयुलानी को मंसूरा जितना ज़्यादा प्यार करने वाली उसकी बुआएँ, किरमानी पैलेस में क़ैद दो आज़ाद औरतें थीं। उन्हें उतने मौक़े नहीं मिलते, लेकिन जब कभी ऐसा होता, वो दोनों माओं का फ़र्ज़ निभाने से नहीं चूकती थीं। चोरी-छुपे हयुलानी की देखभाल और परवरिश में बग़ैर किसी हिचकिचाहट के धोखे से हाथ बँटाने वाली उसकी दोनों बुआओं को हमेशा दुख होता कि वो उसके लिए खुलकर कुछ नहीं कर सकतीं। वो दोनों हयुलानी के चेहरे में ख़ुश होने की वज्हें तलाशा करतीं, उसे गुदगुदातीं, उसे बारी-बारी से अपनी छातियों से लगातीं और जब कभी हयुलानी का नाबालिग़ उज़्व-ए-मख़्सूस बेमक़्सद कड़ा पड़ जाता, तो वो अपने होंठों पर मुट्ठियाँ रखकर आँखों से मुस्कुरातीं। उनकी इस अजीब-ओ-ग़रीब हरकत के पीछे कोई ख़ुराफ़ात नहीं, बल्कि उनकी अपनी जिज्ञासा थी कि आख़िर ऐसा होता क्यों है? ऐश-ए-नफ़सानी को लेकर उनका तजस्सुस किसी साइंसदाँ से कम नहीं था। वो एक-दूसरे के निप्पल अपने मुँहों में भरकर, एक-दूसरे की योनियों में उँगलियाँ घुमाकर अजीब क़िस्म की उत्तेजना महसूस किया करतीं। वो अक्सर बेलिबास होकर एक दूसरे से लिपटी हुई तसव्वुर किया करतीं कि नंगे

मर्द के साथ सोना भी क्या इतना ही ख़ुशगवार होता होगा? उनके इन दिलचस्प ख़यालों और आम इंसानों से जुदा शहवतअंगेज़ी के क़िस्सों से महल के लोग तब तक ही बेख़बर रहे, जब तक वो दोनों बहनें एक ही नंगे मर्द के साथ, एक ही कमरे में, एक ही बिस्तर पर नंगी नहीं पाई गई थीं। और ये तब की बात है, जब हयुलानी हमल में इतना छोटा था कि उसका उज़्व-ए-तनासुल भी नुमू नहीं हुआ था।

हफ़ीज़ ने कई दफ़ा;

[हफ़ीज़ यानी मंसूरा का शौहर यानी हयुलानी का बाप]

जी, हफ़ीज़ ने कई दफ़ा चिल्लाकर मंसूरा को हिदायत दी थी कि उसके बेटे को हमेशा उसकी बुआओं, बल्कि उनके सायों तक से दूर रखा जाए। लेकिन हयुलानी के नज़दीक मौजूद होने का कभी कोई भी मौक़ा न गँवाने वाली उसकी बुआओं के साए कब किसी पाबंदी में महदूद रह सकते थे। वो तब सिलसिलेवार तीस-इकत्तीस की रही होंगी और जिस उम्र में उस ज़माने के मुताबिक़ उनकी दो शादियाँ हो चुकी होनी थीं, उनकी एक भी नहीं हुई थी। औरत ज़ात को तवज्जो से ख़ारिज रखने वाले, अपनी-अपनी एक-एक बीवी के शौहर जरीस और हफ़ीज़ पराई औरतों के साथ, उनकी मर्ज़ी या मर्ज़ी के ख़िलाफ़ हम-बिस्तरी करने के शौक़ीन थे। उनके मुताबिक़ उनकी इन अय्याशियों की भनक किसी को भी नहीं थी।

उस घटना के बाद, जरीस और हफ़ीज़ ने बहुत कोशिश की कि दोनों कलमुहियों के हाथ पीले कर, उन्हें उनके होने वाले शौहरों के हवाले कर उनसे अपना पिंड छुड़ा लें, लेकिन ऐसा नहीं हो सका। दरअस्ल उन्हें मर्दों में कोई दिलचस्पी नहीं थी। वो सिरे से एक-एक कर, उन मर्दों को नकार देतीं जो उनसे ब्याहने के लिए चुने जाते। वो कभी किसी की आँखों का मज़ाक उड़ाते हुए उन्हें भेंगा कह देतीं, तो कभी किसी की लंबी नाक पर तंज़ करते हुए कहतीं, "अगर आपकी नाक थोड़ी और लंबी होती, तो ये आपके होंठों पर ताले की मानिंद लटकी हुई दिखाई देती" और खिलखिलाते हुए पूरी महफ़िल को पीठ दिखाकर चली जातीं। उनकी बेशर्मी हर हाल में एक नामुमकिन ख़्वाहिश का इज़हार करते हुए कहती कि वो उस मुस्लिम मर्द से निकाह करेंगी, जो अपने अंग विशेष की तरफ़ से हिंदू हो, सिख हो या ईसाई हो। और फिर वो पीटी जातीं। उन्हें कमरे में बंद कर उनकी चोटियों को दीवारों में गड़े खूँटों से बाँधकर, उनके मुँह में इतना कपड़ा ठूँस दिया जाता कि वहाँ से लार तक रिसने की जगह न बचती। उन्हें हफ़्तों तक खाना-

पानी नहीं दिया जाता। उनकी अटपटी माँगों और सोच से तंग आकर किरमानी बस इतना कह पाते, "ये रंडियाँ मर क्यों नहीं जातीं।" लेकिन उनकी क़ुदरती मौत उनसे अभी कोसों दूर थी। फिर तीस-इकत्तीस की उम्र भी कोई बीमारियों से घिरकर मर जाने की उम्र होती है? वो बिजली के पंखों की सनसनाती हुई ब्लेडों की तरह थीं। इतनी मुश्किल सज़ाओं के बावजूद, मजाल कि उन्हें कोई क़ाबू में कर सके। सख़्त क़ानून-क़ायदों और हिदायतों में पाबंद दोनों बहनों ने अपनी आधी उम्रें महल की उन मुँडेरों पर गुज़ारीं, जहाँ से वो नदी के घाट पर नहाते अधनंगे मर्दों और औरतों को देख पातीं। अजीब-अजीब वहमों से ग्रसित दोनों बहनें इतनी अजीब थीं कि वो अपने सीनों से हयुलानी को दूध पिलाने की कोशिश किया करतीं। उन्हें गुमान था कि ऐसा करने से औरतों की छातियों में दूध उतर आता है। मगर वो हर बार ख़ुद को नाकामयाब पाकर अपने आप पर ग़ुस्सा जताते हुए इस तस्कीन की बिना पर ख़ुश हो लेतीं कि हो ना हो उनके ऐसा करने पर रोता हुआ हयुलानी चुप तो हो जाता है। मौक़े आते-जाते रहे और बुआओं के बेशर्म शिकंजे हयुलानी पर वक़्त-वक़्त पर मँडराते रहे। जब हिदायतों के बाद भी वो पकड़ी जातीं, तो उनपर क़यामत आ पड़ती, उन्हें कड़ी से कड़ी सज़ा दी जाती। कम-ओ-बेश वो उतनी ही सख़्त होती, जिसका ज़िक्र मैं पहले कर चुका हूँ। वो दबी आवाज़ों में, ताकि वो उनके कानों की गुफाओं में दाख़िल न हो सकें, अपने बाप और भाई को बेशुमार गालियाँ देतीं। वो कभी-कभी हयुलानी के लिए मँगवाए गए आयुर्वेदिक उबटन, मद्धिम ख़ुशबुओं वाले इत्र, आयुर्वेदिक काजल और आयुर्वेदिक घुट्टियाँ, जिन्हें सिलबट्टे पर देर तक पीसकर हयुलानी को चटवाया जाता था, ताकि उसकी हड्डियाँ मज़बूत हों और वो सेहतमंद रहे, भी चुरातीं और उन्हें अपने शरीरों पर आज़मातीं। उन्हें वहम था कि उनके इस्तेमाल से वो अपनी उजड़ती जा रही चमड़ी को चमकदार और बदन को ताक़तवर बना सकती हैं।

चमक हयुलानी जैसी।

ताक़त अपने भाई और बाप जितनी।

तीस-बत्तीस साल पहले का वाक़िआ है, जरीस को पूरे आठ साल बाद लगातार दो सालों तक मुँह लटकाकर रहना पड़ा। ऐसा नहीं था कि उसे छत्तीस साल पहले रंगून में रहस्यमई मौत मर चुके बहादुर शाह ज़फ़र की यादों ने अचानक बेहिस कर दिया था। ऐसा भी नहीं कि ब्रिटिश सरकार से क़ायम उसके मज़बूत रिश्तों में कोई दरार आ गई थी, बल्कि उसे अपनी आठ साल की मेहनत ज़ाया होने का अफ़सोस

था। जब वो तरह-तरह के टोने-टोटकों और हकीमों के तमाम मशविरों पर अमल करने के बावजूद, दो सालों में लगातार दो बार लड़कियों का बाप बनने पर मजबूर हुआ। वो चार मर्द औलादों की ख़्वाहिश रखता था। वो चाहता था कि जवान होने के बाद अपनी चारों औलादों को मुल्क की चारों दिशाओं में क़ब्ज़ा करने के लिए तैयार करेगा। मगर ऐसा नहीं हुआ। उसका ख़्वाब टूट गया। साथ-साथ ये भी कि अगर उसकी पाँचवीं औलाद भी मर्द पैदा हुई, तो वो उसे हिंदुस्तान के दिल पर हुकूमत करने के दाँव-पेच सिखाएगा। गुज़िश्ता और अक्सीर की पैदाइश के बाद उसके ख़ानदानी नजूमी ने उसे सख़्त हिदायत दी थी कि अगर वो औलादें पैदा करने के इस सिलसिले को आगे क़ायम रखता है, तो उसे औलादों के नाम पर निकम्मी औरत ज़ात की फ़ौज खड़ी करने के अलावा कुछ हाथ नहीं लगेगा।

दोनों बहनों की परवरिश का कोई ख़ास ख़याल नहीं रखा गया। उनको ज़िंदा रहने की रस्म से महरूम नहीं किया गया, ये ग़नीमत एक वक़्त के बाद उनके हक़ में उनपर सज़ा के तौर पर खुली। उमराह ने मजबूरन उन्हें ज़िंदा रखने के लिए चंद महीनों तक नई-नई माँ बनी महल की नौकरानियों की छातियों का दूध पिलाया। और दोनों बहनें नौकरानियों के भरोसे बड़ी होती चली गईं। उन्होंने चलने-फिरने से लेकर महल में बोली जाने वाली ज़बान भी ख़ुद ही सीखी। उन्होंने अपनी ज़बान से पहला लफ़्ज़ माँ नहीं, बल्कि महर बोला। महरुन्निसा का घरेलू नाम। उनकी साठ साल की बुज़ुर्ग धाए, जिसने दोनों बहनों को जवानी के पहले मरहले तक पहुँचाने की ज़िम्मेदारी पूरी करने के बाद, अपनी नौकरी के साथ-साथ दुनिया भी तर्क कर दी थी। उस रोज़ दोनों बहनें यतीम औलादों की तरह फूट-फूटकर रोई थीं। उस दिन किसी नौकरानी ने उन्हें चुप कराते हुए बताया कि वो उनकी माँ नहीं, धाए थी। उनकी असली माँ उमराह है। दोनों बहनों ने एक दिन में दो-दो सदमे सहे और फिर कभी आँसू न बहाने की क़समें खाईं। उन्होंने जरीस के नवाबी रहन-सहन, चाल-ढाल, उसकी उम्र और जिस तरह से महल में मौजूद हर शख़्स उसके आगे आदाब बजाता था, से ख़ुद-ब-ख़ुद जान लिया कि वो उनका बाप होगा। जरीस, हफ़ीज़ के दरमियान रिश्ते में प्यार और तहज़ीब देखकर जान लिया कि हफ़ीज़ उनका भाई होगा। उन्हें राजा की अनपढ़ औलाद न कहा जाए, इस शर्म से बचने के लिए जरीस ने उनकी तालीम का ठीक-ठाक इंतिज़ाम करवाया। उनका उस्ताद हिंदू था। पंडित नारायण शंकर "साहिराबादी"। साहिराबादी तख़ल्लुस से शायरी करने वाले पंडित नारायण शंकर को लोग पंडित जी के नाम से जानते थे। पंडित के

दो अज़ीज़ अहबाब, जिसमें से एक उसकी बीवी और दूसरा उसकी बीवी का भाई था, के अलावा कोई नहीं जानता था कि पंडित, उर्दू का गुमनाम लेकिन बड़ा शायर है। कोई नहीं जानता था कि पंडित को न सिर्फ़ संस्कृत, फ़ारसी, अरबी और उर्दू का ख़ासा इल्म है, बल्कि उसे अंग्रेज़ी ज़बान का उस्ताद भी कहा जा सकता है। पंडित ने अंग्रेज़ी में कई नाटक लिखे लेकिन कभी किसी को पढ़वाए नहीं। न उसने ऐसी कोई जुगत भिड़ाई कि वो कोई नाटक मंडली तलाशकर उन्हें अपने नाटकों में अदाकारी करने के लिए राज़ी करवा सके। पंडित का पहला शौक़ लिखना नहीं, अदाकारी करना था। उसे शेक्सपियर के तमाम नाटक मुँह-ज़बानी याद थे। उसे रोमियो का किरदार इतना पसंद था कि अगर मरते वक़्त उससे उसकी आख़िरी ख़्वाहिश पूछी जाए, तो वो कहेगा, "रोमियो के किरदार पर अदाकारी करना।" मगर ऐसा नहीं होगा। पंडित शर्मीला और संकोची है। वो अपनी कला को लोगों के सामने पेश करने में हमेशा हिचकिचाता आया है। उसने सोचा था कि अपनी कला की विरासत अपनी औलाद को सौंप देगा, लेकिन ऐसा भी नहीं हुआ। पचहत्तर साल का पंडित बेऔलाद रह गया। गुज़िश्ता और अक्सीर में अपनी औलादें देखने वाले पंडित ने उनपर अपनी जान झोंक दी। उनपर उसने इतनी मेहनत की कि उन्हें ज्ञान की दृष्टि से अपनी बराबरी में ला खड़ा किया। दोनों बहनें पंडित की तालीम से इतनी फ़ैज़याब हुईं कि वो अब चार ज़बानों, उन ज़बानों के अदब और सियासी मौज़ूआत पर गुफ़्तगू और बहस-मुबाहिसा क़ायम करने लायक़ हो चुकी थीं। पंडित, रिवाज के उलट उनकी मर्द धाए था, जिसने उन्हें तालीमयाफ़्ता करने के बाद महर की तरह दुनिया छोड़ दी थी। पंडित के ख़ानदान का सिलसिला उसकी मौत के कुछ बरस बाद, उसके घर में आग लग जाने के हादिसे में, उससे उम्र में उन्नीस साल छोटी बीवी और उसके तमाम कलाम के ख़ाक होने के साथ ख़त्म हो गया। पंडित मरने से पहले दोनों बहनों को कला की एहमियत का सबक़ सिखाकर गया था। उसने उन्हें बताया था कि कला इंसान को इंसान बने रहने में मदद करती है। लिहाज़ा गुज़िश्ता रक़्क़ासा बनने के और अक्सीर मौसिक़ीकार बनने के ख़्वाब देखने लगी। जरीस जब कभी दोनों बहनों को नाचते-गाते देखता, तो चिढ़कर कहता, "रंडियाँ कोठा क्यों नहीं खोल लेती हैं।" लेकिन गुज़िश्ता और अक्सीर गालियाँ सुन-सुनकर इतनी ढीट हो चुकी थीं कि उनपर अब किसी गाली, किसी तंज़ या किसी उलाहने का कोई असर नहीं होता था। कुल मिलाकर वो बेशर्म हो चुकी थीं। पंडित का साला ज़िंदा था। वो लोगों को बताता फिरता

था कि उसका जीजा उर्दू का बड़ा शायर था। सबूत के तौर पर उसे पंडित के जो सौ-पचास अशआर मुँह-ज़बानी याद थे, सुना देता। लेकिन फिर भी कभी किसी ने उसकी बात पर यक़ीन नहीं किया। चिलम पीने के शौक़ीन, पंडित के साले को निमोनिया ने अपनी चपेट में ले लिया और तब तक उसका पीछा नहीं छोड़ा, जब तक वो मर नहीं गया।

गुज़िश्ता, अक्सीर का बस चलता, तो वो कब का कोठा खोल लेतीं। लेकिन जिस तरह से दिनो-दिन उन्हें मर्द ज़ात और डरपोक (उनकी माँ की तरह) औरतों से नफ़रत होती जा रही थी, मुमकिन था कि उनके कोठे में सिर्फ़ उन औरतों को दाख़िल होने की इजाज़त होती, जो बहादुरी का जीता-जागता नमूना हों। मुमकिन था, उनके कोठे में उनका नाच-गाना देखने कोई न आता और सिवाए ज़ेहनी तस्कीन के उनका धंधा हमेशा घाटे में जाता। सिलसिलेवार सत्रह-अठारह साल की जवान बहनों ने 'कोठे' का मतलब पंडित से जाना था।

एक ऐसी जगह, जहाँ सुंदर-सुंदर औरतें हाज़िरीन के आगे अपना नाच-गाना पेश करती हैं। महफ़िल में मौजूद मर्द (उसने ज़ोर देकर बताया कि वहाँ बाहरी औरतें नहीं आती हैं।) शराब पीते हैं, पान खाते हैं, चिलम का धुआँ खींचते हैं और नाचने गाने वालियों पर पैसा बरसाते हैं। कुछ कोठों में यहाँ तक होता है कि ज़्यादा पैसे लुटाने वाले को उन ख़ूबसूरत औरतों के साथ रात गुज़ारने का मौक़ा मिलता है।

दोनों बहनों के ज़ेहनों में बाहमी सवाल कौंध गया, "वो मर्द उन औरतों के साथ क्या करते होंगे?"

पंडित के बताए बग़ैर ही, दोनों बहनें जवान होने तक जान चुकी थीं कि मर्द औरतों के साथ जब रात गुज़ारते हैं, तो क्या करते हैं, लेकिन उन्हें ये नहीं मालूम था कि कैसे करते हैं? क्यों करते हैं? और उनके कुछ भी करने पर औरतें कैसा महसूस करती हैं। सिवाए एक बार जान लेने के, उनकी इस विषय में कोई और दिलचस्पी नहीं थी। आपस में तमाम तरह के प्रयोग करने के अलावा एक मासूम मर्द को नपुंसक बनाकर वो अपने आप को अनजाने में किए गए गुनाह से नापाक कर चुकी थीं। वो ख़ुद को इसके अलावा भी कई और गुनाहों का ज़िम्मेदार समझती थीं। उनके अंदर इस एहसास ने गहरी जगह बना ली थी कि उनकी ज़िंदगी में, उनपर मेहरबान हर अच्छे इंसान, महर और पंडित की मौत की ज़िम्मेदार भी वो ख़ुद हैं। वो अपने पैदा होने पर भी अफ़सोस ज़ाहिर करतीं, जिसका ज़िम्मेदार

वो अपने बाप, जो उन्हें बहुत बाद में मालूम हुआ, को ठहरातीं। दोनों बहनों का एक कमरा, जब तक वो चिलम फूँक-फूँककर बेहोशी के आलम में न चली जातीं, धुएँ से ऐसा अटा पड़ा रहता कि उनके कमरे के सामने से गुज़रने वाला हर शख़्स खाँसते हुए गुज़रने के लिए मजबूर रहता। कहने को वो बिगड़ चुकी थीं। उनपर किसी का बस नहीं था। उनके लिए अब सज़ा के तौर पर भी आख़िरी विकल्प सिर्फ़ मौत की सज़ा रह गई थी। वो अपना हर फ़ैसला ख़ुद लेने की आदी हो चुकी थीं। जिस फ़ैसले पर उनका बस न चलता, वहाँ वो ऐसी शर्तें रखतीं कि उन्हें सिवाए खूँटी से लटकाने और मुँह में कपड़ा भरने के कोई और क़दम उठाना पूरे महल में किसी को मुनासिब समझ नहीं आता। महल से बाहर कहीं भी आने-जाने की आज़ादी उनकी पैदाइश के दिन ही उनसे छीन ली गई थी। ये वो वक़्त था जब उनके लिए सब कुछ नामुमकिन जैसा था। फिर भी मार-पीट के भिन्न- भिन्न अनुभवों के साथ जवान हुई बहनों के बदन पत्थर की तरह मज़बूत हो चुके थे। उन्हें किसी का डर नहीं था। मौत की सज़ा का भी नहीं। वो बेशर्मी से, महल के सद्र दरवाज़े को पार करते हुए पाबंदियों की हदों से आगे निकल जातीं और मन-माफिक शहर में आवारा लौंडों की तरह ख़ाक उड़ाती रहतीं। ख़रीदी के लिहाज़ से उनका एक ही शौक़ था, किताबों की ख़रीदारी। फ़ारूक़ी और दत्त की साझे की दुकान उनकी आवारागर्दी का मर्कज़ होने लगी थी, जहाँ दोनों दिन-दिन भर किताबों को उलटती-पलटती रहतीं। कई बार तो क़रीने से लगी किताबों को ऐसे गड्ड-मड्ड करतीं कि दत्त अपने शराबी दोस्त को बस घूरता रह जाता। उनके पास कभी भी पैसे न होने के बावजूद, उन्हें कभी कोई किताब देने से न कभी दत्त ने मना किया न फ़ारूक़ी ने। वहाँ उनका उधार चलने लगा था। एक वक़्त के बाद पढ़ने-लिखने में उनकी दिलचस्पी से अच्छी तरह वाक़िफ़ हो जाने पर दत्त ने ख़ुद अपने हाथों से बही-खाते से उनके नाम का सफ़्हा फाड़कर फेंक दिया था। फ़ारूक़ी ने कहा था, "अच्छा किया।" फ़ारूक़ी नहीं जानता था कि ये दोनों लड़कियाँ कौन हैं? इनका नाम क्या है? उसने कभी जानने की कोशिश भी नहीं।

इस सब के दरमियान, जो सबसे अजीब था वो ये कि शहर पर हुकूमत करने वाला किरमानी ख़ानदान इकलौता ऐसा बड़ा ख़ानदान था, जिसका शजरा निकालने में फ़ारूक़ी की कोई दिलचस्पी नहीं थी। उसके इस किए-धरे का ख़ामियाज़ा मैं उठा रहा हूँ।

अपने ख़ाली वक़्तों में नशे में धुत रहने वाली मगर दीन-दुनिया की ख़ैर-ख़बर

से वाक़िफ़ बहनें अब मुल्क और मुल्क के मौजूदा हालात पर भी गुफ़्तगू करने लगी थीं। उनकी उम्र से लगभग डेढ़ गुना बड़े, दत्त और फ़ारूक़ी उनके दोस्त हो चले थे। उनके दरमियान नेहरू, गाँधी, भगत सिंह, जिन्ना समेत हर सियासी रहनुमा और उनके उठाए क़दमों के संदर्भ से ऐसे-ऐसे मुक़ालमे क़ायम होते कि किसी को 'उमराव सिंह' की तरह वक़्त की कोई ख़बर न रहती।

ये वक़्त वही वक़्त था। वही साल, सन् अट्ठाइस।

***

[तीन साल पहले हिंदुस्तान के सचिव ने जब कांग्रेसी रहनुमाओं को चुनौती दी कि वो तमाम क़ौमें, जो हिंदुस्तान में रहती हैं, को एक साथ लेकर अपनी आपसी सहमती से अगर संविधान का कोई मसौदा तैयार करके लाएँ, तो ब्रिटिश सरकार हमदर्दी के साथ उसपर कान धरेगी। कांग्रेस नेताओं ने इस चुनौती को स्वीकार करते हुए फ़रवरी 1928 में एक सर्वदलीय बैठक बुलाई। लेकिन इससे पहले जिन्ना कांग्रेस छोड़ चुके थे। अब वो मुस्लिम लीग के चमकदार चेहरे के रूप में उभरकर सामने आ चुके थे। इस बैठक में तरह-तरह के मतभेदों के कारण कोई फ़ैसला मुकम्मल नहीं हो सका। अगली बैठक 19 मई 1928 को बंबई में हुई, जहाँ पंडित मोतीलाल नेहरू की प्रेसीडेंसी में भारतीय संविधान का मसौदा तैयार करने के लिए एक कमेटी बनाई गई, जिसमें शामिल होने वाले शख़्स सर अली इमाम, एम्. एम्. अणे, तेज़बहादुर सप्र, मंगल सिंह, जी. आर. प्रधान, सुएब क़ुरैसी, सुभाषचंद्र बोस, एन. एम्. जोशी और जे. पी. प्रधान थे।]

एक मौसम पीछे छूटता हुआ। बदन नोचने वाली गर्मी ने वक़्त के क़ानून की इज़्ज़त करते हुए सज़ा के तौर पर अपने दाँत घिसवा लिए। उसके दाँतों का पीलापन लोगों को भाने लगा। सूरज कुछ धीमा पड़ने लगा।

क्या वाक़ई ?

सूरज- अंग्रेज़

पृथ्वी- हिंदुस्तान

बहरहाल, किरमानियों की क़ौम कितनी भी बहादुर या चालाक क्यों न रही हो, लेकिन वो महल के अंदर मौसमों को बदलने से कभी नहीं रोक सके। मनमाफिक हवाएँ चलीं, आधियाँ आईं, बादल मँडराए, बारिशें हुईं और महल के मैदानों में नामुराद झाड़ और अवांछित घास एक बार फिर से लहराने लगी।

कामचोर बुड्ढे फ़ुर्सत के लम्हों में, जबकि उनके पास कभी कोई काम नहीं था, घरों के सामने दालानों के आगे बने चबूतरों पर कूल्हे टिकाए तक़रीरें हाँकते हुए, अपने वक़्त को ज़ाया करने में बेफ़िक्री के साथ मसरूफ़ रहते। उनकी चौपाल की रौनक़ किसी तरह कम होने का नाम नहीं लेती। अपने-अपने लटकते हुए अंडकोषों के साथ वो फिर जमा थे।

एक ने दूसरे को कोहनी मारी और भौहें उचकाते हुए बीड़ी सुलगाने का इशारा किया। दूसरे ने अपनी बंडी की जेब, जो उसके सीने से नाभि की तरफ़ उतरती हुई बेहूदा ढंग से थिगरी की मानिंद बाहर की तरफ़ सिली हुई थी, से बीड़ियों का एक बंडल निकाला और छह-सात बीड़ियाँ एक साथ सुलगाने लगा। उसकी बंद मुट्ठी किसी प्रकाशपुंज की तरह चमक उठी। उसने जी भरकर धुआँ खींचा। सारी बीड़ियाँ अपनी-अपनी नोकों पर चमक उठीं। उसे गले में खस्की लगी और वो खाँसते हुए सबको बीड़ियाँ बाँटने लगा। वो अपने मुँह से जनरेटर के सायलेंसर की तरह धुआँ फेंकता हुआ कहता है, "एक तो ये गोरे हिंदुस्तान को अपनी बपौती मानकर बैठे हैं, उसपर से ये गाँधी धोती पहने 'देस' भर के चक्कर लगाता रहता है। ये सोचते हैं कि ऐसे हाथ जोड़-जोड़ के भीख माँगने से आज़ादी मिल जाएगी। भला ऐसा मुमकिन है? और एक वो जिन्ना है, जो आजकल शूट टाई की जगह शेरवानी पहनकर बड़े-बड़े पार्कों में सिगरेट सुलगाते हुए अंग्रेज़ी में तक़रीरें झाड़ता रहता है। बड़े क्रांतिकारी बने फिरते हैं। लाला मर गया। जाने क्या करने की सोच के बैठे हैं ये निकम्मे।" "सुना तो है कि भारत सचिव ने कहा है कि सारी क़ौमें आपसी सहमति के साथ अगर संविधान का ख़ाका तैयार कर के लाएँ, तो ब्रिटिश सरकार उसपर सोच-विचार करेगी," दूसरे ने कहा। उसने पहले वाले को कोहनी मारते हुए अपनी बुझ चुकी बीड़ी को दोबारा सुलगाने के लिए उससे माचिस माँगी तभी तीसरा मुँह से धुआँ छोड़ता हुआ कहता है, "सही कह रहो मियाँ। सुना तो हमने भी है और ये भी कि दिल्ली में एक बैठक हो चुकी है, लेकिन पूरी बैठक में हो-हल्ला हो गया और कोई नतीजा नहीं निकल पाया है।"

***

अनपढ़, कामचोर बुड्ढों ने इतनी जानकारी सिर्फ़ अपने बेकार वक़्त को बर्बाद करने की ग़रज़ से उन पढ़े-लिखे लोगों से जुटाई थी, जो इनकी नज़रों में सिर्फ़ "पढ़-लिखकर क्या उखाड़ लिया" जितनी हैसियत रखते थे। और तो और वो कभी

मशविरा नज़्र करने से भी बाज़ नहीं आते थे। "अरे भाई ये शेरवानी वाले, शूट-बूट वाले क्या ख़ाक आज़ादी दिला पाएँगे। ये सब भाषणबाज़ी करने के सिवा कुछ नहीं जानते। मैं तो कहता हूँ, पकड़ लें गर्दन, छीन लें आज़ादी। हुह!" पहले ने कहा। वो ग़ुस्से से अपनी गर्दन झटकता है। "सही कहते हो यार," दूसरे ने कहा। उसने बीड़ी का लंबा कश खींचते हुए इतनी तादाद में धुआँ छोड़ा कि वो बादलों की तरह उनके सरों पर मँडराने लगा।

महल में किसी फ़िरंगी अफ़्सर की सरकारी गाड़ी दाख़िल होती है। अफ़्सर के उतरने से पहले गाड़ी से ऊँची टोपी पहना हुआ एक मर्द उतरता है। उसकी सफ़ेद वर्दी में लाल रंग की चमड़े की एक बेल्ट उसकी कमर से कंधे तक बँधी हुई थी। उसने गाड़ी का दरवाज़ा खोला। अंदर से एक गोरा रौबदार अफ़्सर उतरा, जिसकी भूरी मूँछों का रंग उसके बदन के रंग से इतना मिलता था कि दूर से उसे देखने पर वो साफ़-साफ़ दिखाई नहीं देती थीं, बल्कि वो मुँछमुंडा दिखाई पड़ता था। उसके होंठ मोटे, मगर उसकी मूँछों से ढके हुए थे। उसने सर पर एक तिरछा हैट लगाया हुआ था। उसके हाथ में एक तंबाकू-पाइप था, जिससे वो लगातार धुआँ खींचता और छोड़ता चला आ रहा था। उसका स्वागत करते हुए जरीस महल से बाहर आया, उसने अदब के साथ मुस्कुराते हुए कहा, "वेलकम टू द पैलेस सर।" अफ़्सर ने अपना निचला होंठ दबाया और आहिस्तगी के साथ दो बार अपनी गर्दन ऊपर-नीचे हिलाई। जरीस उसे बैठकख़ाने तक ले गया। खिड़कियाँ खुली हुई थीं और हवा में फड़फड़ाते पर्दों की आड़ से घिसे हुए पीले दाँतों वाली धूप का एक गुच्छा मेज़ के नीचे बिछे ग़लीचे पर यकजा था। कमरे के नज़दीक से गुज़रने वाले नौकरों की परछाइयों के झुंड उनके पैरों को सूँघते हुए गुज़र रहे थे। जरीस अफ़्सर से बैठने का इसरार करते हुए उस कुर्सी पर ख़ुद भी बैठ गया, जिसपर बैठने का हक़ सिर्फ़ और सिर्फ़ उसे ही था। एक ऐसी कुर्सी, जो उस कमरे में बाक़ी कुर्सियों के मुक़ाबले में अधिक ऊँचाई पर रखी हुई थी। उसके हत्थों के बाहरी सिरों पर दहाड़ते हुए शेरों के चेहरे नुमायाँ थे। उसने अपनी एक टाँग दूसरी पर चढ़ा ली। उसकी नोकदार जूतियों की सतहों पर दरीचे से कमरे में आती हुई धूप क्रॉसनुमा निशान बना रही थी। उसने मेज़ पर क़रीने से औंधे रखे हुए काँच के दो चमचमाते गिलासों को सीधा किया और उनमें शराब उड़ेलने लगा। "अ रेअर सिंगल मॉल्ट" जरीस ने आँख मारी और मुस्कुराने लगा। उसने एक गिलास अफ़्सर की तरफ़ बढ़ाते हुए उससे कहा, "बताइए कैसे आना हुआ?" अफ़्सर ने स्कॉच के घूँट से

गला तर करते हुए बंबई में हुई बैठक के बारे में ज़िक्र छेड़ा और मेज़ पर अपने नज़दीक रखी तश्तरी से गर्मा-गर्म कबाब का एक टुकड़ा उठाकर उसका कोना कुतरने लगा। जरीस के चेहरे में कोई भाव नहीं था। उसने बग़ैर कुछ कहे, हिंदुस्तान के सियासी रहनुमाओं पर उन बुड्ढों की तर्ज़ पर तंज़ करने की कोशिश की। वो यक-ब-यक हँस पड़ा और तब तक हँसता रहा जब तक वो खाँसने नहीं लगा। अंग्रेज़ अफ़्सर ख़ामोशी से जरीस को घूर रहा था। उसने शराब का दूसरा घूँट खींचा और पाइप में बुझ चुकी तंबाकू को सुलगाने लगा। उसने कबाब की तारीफ़ की। जरीस ने कहा, "शुक्रिया। ये रहीम ख़ान की रेसेपी है।"

काँसरी बाज़ार की रौनक़ काफ़ी हद तक लौट चुकी थी।

अपनी हरकतों से बाज़ न आने वालीं गुज़िश्ता और अक्सीर जान-बूझकर बैठकख़ाने के दरवाज़े से गाते और अपनी पायलें बजाते हुए गुज़रीं। इधर से उधर, उधर से इधर। वो उस विशालकाय हॉल के आसपास किन्नरों के हुजूम की तरह मँडराने लगीं। जरीस ने चीख़ते हुए उसी कमरे से कहा, "यहाँ से दफ़ा हो जाओ कमबख़्तो। यहाँ कोई तुम्हारा नाच-गाना देखने नहीं आया है।" अंग्रेज़ अफ़्सर ने दरवाज़े के बाहर झाँकने की कोशिश की, मगर उसकी फ़र्ज़ी झिझक ने उसे ऐसा करने से रोक लिया। बहनें, हो न हो उस अफ़्सर को लानत पेश करने की ग़रज़ से वहाँ छाई हुई थीं। अफ़्सर ने जरीस से इजाज़त माँगी और रुख़्सत हो गया।

दोनों बहनें बेशर्मी के साथ वहाँ से जादूगरनियों की तरह ग़ायब हो गईं। और महल के सबसे ऊँचे गुंबद पर चढ़ गईं। वो गुंबद के गिर्द मँडराती चीलों की उड़ानों को निहारने लगीं। वो चीलों के मक़्सद को भाँपना चाहती थीं। ये गुंबद दत्त और फ़ारूक़ी की दुकान के बाद उनकी दूसरी पसंदीदा जगह थी, जहाँ से एक-एक कर के उन्होंने नदी की आँखों में समाए कई रहस्य हल कर लिए थे। उनको आसमानों के पीछे छिपे भेद जान लेने की सनक सवार थी। वो जान लेना चाहती थीं कि सातो आसमान एक-दूसरे से कितनी-कितनी दूरी पर हैं। सूरज, चाँद, सितारे और नौ गृह, बग़ैर किसी सहारे के आसमान में कैसे लटके रह सकते हैं। ज़मीन घूमती है, तो उसे घुमाता कौन है। तमाम ज़बानों, अदब, कला के इल्म से गुलज़ार बहनें साइंस के इल्म से महरूम रह गई थीं। उन्हें गुरुत्वाकर्षण के नियमों के बारे में कोई जानकारी नहीं थी। वो न्यूटन को नहीं जानती थीं। उन्हें गैलिलियो के अलावा किसी वैज्ञानिक का नाम मालूम नहीं था। उन्हें गैलिलियों के साथ हुई बदसुलूकी का हमेशा दुख रहा। वो नहीं जानती थीं कि बग़ैर बच्चा पैदा किए औरत की छातियों से

दूध नहीं निकलता है। उन्हें मौलाना रसूल, तीन पीढ़ी का बुज़ुर्ग, जिसने किरमानियों की हर नस्ल की मज़हबी तालीम का ज़िम्मा अपने सर पर ले रखा था, जो अब भी ठीक-ठाक चाल में चलने लायक़ था, बोलने लायक़ था बशर्ते वो पान खाना छोड़ दे, दीन के किसी भी मौज़ू पर मुबाहिसे क़ायम करने लायक़ था, जो क़ुरआन की एक-एक आयत को वाज़ेह कर सकता था, जिसके लिए शराब हराम थी, का सबक़ याद आता है :

"जब-जब ज़मीन पर जुर्म बढ़ेगा, क़यामत आएगी। जब-जब काफ़िरों की हुकूमतें तफ़्सीली के बाद पूरी ज़मीन पर क़ब्ज़ा कर लेंगी, तब-तब क़यामत आएगी।"

उन्होंने सोचा क्या आसमानों के पार वाक़ई कोई ख़ुदा रहता है? उन्हें अपने इस सवाल के जवाब में क़ुरआन का इल्म नाकाफ़ी महसूस होता, बल्कि पंडित के बताए हिंदू अक़ीदों पर भी उन्हें शक होने लगा था। उनका जन्नत और जहन्नुम के फ़र्क़ से कोई वास्ता नहीं रह गया था। महसूस करने की हैरतअंगेज़ ख़ूबी रखने वाली बहनें, वो सब महसूस कर चुकी थीं, जिसकी तरफ़ आम आदमी का ख़याल आसानी से पाँव नहीं रखता। उन्होंने गुंबद पर बैठे-बैठे देखा नदी के साफ़-शफ़्फ़ाफ़ पानी के नीचे बड़ी मछली को छोटी मछली निगलते हुए। उससे बड़ी को बड़ी मछली निगलते हुए। मगरमच्छों को मछलियाँ निगलते हुए।

वो जान चुकी थीं, जो बड़ा है, ताक़तवर है, वो उसे खाने के लिए ही बना है जो उससे छोटा है, कमज़ोर है। वो जानती थीं कि वो क़तरे से गुहर होने तक का सफ़र तय कर चुकी हैं। वो ये भी जान चुकी थीं कि वो उन गुहरों की मानिंद हैं, जिन्हें लहरों के जाल नहीं, समंदर निगल जाते हैं।

आख़िरकार, उन्होंने साइंस का इल्म हासिल करने की ठानी और सुब्ह होने का इंतज़ार ख़त्म होते ही अपने क़दमों का रुख़ दत्त-फ़ारूक़ी की दुकान की ओर किया। दत्त अलसुब्ह यानी फ़ज्र की अज़ान के दो घंटे बाद और फ़ारूक़ी की आमद से दो घंटे पहले दुकान खोल लेता था। दुकान के मख़्सूस कोने में टँगी सरस्वती देवी की तस्वीर के आगे हाथ जोड़कर मंत्र जाप करते हुए घी का दिया रौशन करता था। इस बीच दुकान में आए गाहक, जो कि अक्सर होता नहीं था, को वो इशारा कर बैठने और उसके पूजा-पाठ ख़त्म होने तक का इंतज़ार करने के लिए कहता। गुज़िश्ता और अक्सीर, जिन्हें अब किसी ख़ुदा, किसी ईश्वर पर ऐतबार नहीं रह गया था, दत्त की अक़ीदत की इज़्ज़त करते हुए दुकान में रखी

काठ की लंबी-सी बेंच पर ख़ामोशी से बैठ जाती हैं। दत्त की आरती पूरी हुई। उसने मुस्कुराते हुए पूजा की थाल बहनों के आगे लाते हुए जगमगाते दिए के गिर्द हाथ घुमाने का इशारा किया। काफ़िर बहनों ने एक बार फिर ख़ुद को काफ़िर महसूस किया। दत्त ने प्रसाद के तौर पर बर्फ़ी का एक-एक टुकड़ा उनकी हथेलियों पर रखा। बहनों ने तीसरी बार ख़ुद को काफ़िर महसूस किया। दत्त ने उन्हें पानी का गिलास देते हुए पूछा, "आज इतनी सुब्ह ?"

अक्सीर ने उत्सुकता के साथ पूछा, "पूजा-पाठ करने से क्या होता है ?" गुज़िश्ता ने उसे कोहनी मारकर आँखें दिखाते हुए चुप रहने का इशारा किया। दत्त उसकी बात का बुरा माने बग़ैर मुस्कुराने लगा और बोला, "मन शांत रहता है। ईश्वर ख़ुश रहता है और वो हमपर अपनी कृपा दृष्टि बनाए रखता है।" "लेकिन कहाँ है ईश्वर ? कैसा दिखता है ? क्या उसके पास हमसे मिलने का वक़्त होता है ?" अक्सीर ने दत्त को ध्यान से देखते हुए जिज्ञासावश पूछा। दत्त ने कहा, "ईश्वर आसमान के उस पार रहता है, देव लोक में। वो सरलता से अपने दर्शन नहीं देता। पहले आपकी श्रद्धा, आपके मन की निर्मलता और निष्ठा को सालो-साल तक जाँचता-परखता है, तब जाकर वो आपको अपने दर्शन देने के लिए सहमत होता है। इस बीच कोई भूल-चूक हुई तो बस।" "यानी जिसके मन में ज़रा-सा भी खोट होता है, उसे उसके दर्शन कभी नहीं होते ?" अक्सीर ने कहा। "कभी नहीं," दत्त ने उसे प्यार भरी निगाह से देखते हुए कहा। "और अल्लाह ?" गुज़िश्ता ने पूछा। "अल्लाह ईश्वर वैसे ही हैं, जैसे मैं और मेरा साझेदार फ़ारूक़ी। सब कुछ अपनी-अपनी श्रद्धा और मान्यताओं पर आधारित है। फ़ारूक़ी हर समय मुझे मुसलमान घोषित करने पर तुला रहता है, लेकिन मैं ख़ुद को हिंदू मानता हूँ और फ़ारूक़ी के मुसलमान होने से मुझे कोई दिक़्क़त नहीं है। वो कमबख़्त कभी नमाज़ तक नहीं पढ़ता। शराब अलग से पीने लगा है," दत्त ने अपनी खिली हुई मुस्कुराहट के साथ जवाब दिया। दोनों बहनों ने एक साथ एक सवाल पूछा, "मतलब वो भी हमारी तरह काफ़िर है ?" दत्त ने ठहाका लगाते हुए कहा, "मैं क्या कहूँ। ईश्वर को मानना न मानना अपनी-अपनी श्रद्धा का विषय है। ईश्वर को अपने माँ-बाप की तरह मानना चाहिए। उसका डर बना रहे तो हम कम-से-कम कोई बुरा काम करने से तो डरते हैं।" अपने आप में कुछ सोचती हुई गुज़िश्ता ने पूछा, "बुरे कामों से आपकी क्या मुराद है ?" दत्त ने धैर्यपूर्वक अपना जवाब देते हुए कहा, "निष्ठा से काम न करना, चोरी करना, किसी को दुख देना, दुख में पड़े हुए व्यक्ति की सहायता न

करना, बेसबब किसी को सताना, किसी की जान लेना, बच्चों को प्यार न करना, बुज़ुर्गों और औरतों की इज़्ज़त न करना वग़ैरा-वग़ैरा।"

दोनों बहनों ने एक वक़्फ़े के लिए ख़ामोशी इख़्तियार कर ली और ध्यान से अपने माज़ी को टटोलते हुए सोचने लगीं कि अगर वो पंडित जी और महर की मौत का ज़िम्मेदार ख़ुद को न मानें, तो उन्होंने सिवाए उस मर्द को नपुंसक बनाने के, कोई बुरा काम नहीं किया है। उन्होंने अफ़सोस ज़ाहिर करते हुए सोचा कि उस गुनाह को भी उन्होंने अनजाने में अंजाम दिया था। उन्हें क्या पता था कि उनका बाप उसके साथ इतनी बेरहमी से पेश आएगा। "क्या अनजाने में हुए बुरे काम को गुनाह कहते हैं?" गुज़िश्ता ने पूछा। दत्त ने जवाब देते हुए कहा, "अगर अनजाने में कोई बुरा काम हो जाए, तो उसे ग़लती और जानबूझकर कोई बुरा काम किया जाए, तो उसे गुनाह कहते हैं। अगर आपको अपनी ग़लती का पछतावा है, और आप ईश्वर से उसके लिए क्षमा माँगते हो, तो वो आपको क्षमा कर देता है।"

दत्त के इस जवाब ने पहली मर्तबा दोनों बहनों को अपने आप में बेगुनाह महसूस करने का मौक़ा दिया। उन्होंने एक पल को सोचा कि उन्हें अब साइंस के अध्ययन की ज़रुरत नहीं है। लेकिन गैलीलियो के साथ हुई नाइंसाफ़ी को वो कैसे भूल सकती थीं। दत्त के तमाम जवाबों से प्रभावित होने के बावजूद, उन्हें अब भी ये मालूम नहीं हो सका था कि पृथ्वी घूमती है, तो उसे घुमाता कौन है? आसमानों के पार बस ख़ुदा है या कुछ और भी? उन्हें गुरुत्वाकर्षण के नियमों की जानकारी भी हासिल करनी थी। उन्हें जानना था कि उनके सीने से उनके प्यारे हयु के लिए दूध क्यों नहीं निकलता। उनकी ख़ामोशियों को एक वक़्फ़ा बर्दाश्त करने के बाद दत्त ने उनसे पूछा, "दो घंटे बीत गए, अब तक तो फ़ारूक़ी भी आने को होगा, लेकिन तुम लोगों ने इतनी सुब्ह दुकान पर आने का कारण अभी तक नहीं बताया है।" दुकान के सामने से गुज़रती सीधी-सपाट सड़क पर सधी हुई चाल-ढाल, भरी-पूरी क़द-काठी वाला, कोट पहने हुए, उसके अपने मुताबिक़ फ़ारूक़ियों के ख़ानदान का आख़िरी चराग़ हवा में छड़ी लहराता, दुकान की तरफ़ आता हुआ दिख रहा था। "वो रहे आपके फ़ारूक़ी साहब," अक्सीर ने दत्त से कहा। "इसके मुँह से अगर शराब की बू न आए, तो भला कौन कहेगा कि ये शराबी है," दत्त अपने आप में बड़बड़ाया। फ़ारूक़ी के दुकान में दाख़िल होते ही बहनों ने एक आवाज़ में कहा, "हम साइंस पढ़ना चाहते हैं। उसी के बारे में किताबों की तलाश में सुब्ह-सुब्ह यहाँ हाज़िर हुए हैं।" "लेकिन हमारी दुकान में विज्ञान से

संबंधित तो कोई किताब नहीं है," दत्त ने कहा। "एक हफ़्ते का वक़्त दो, जितना कुछ मुहय्या हो सकेगा, मैं मँगवा दूँगा," फ़ारूक़ी ने अपनी मौजूदगी दर्ज कराते हुआ कहा, जिसके हाथ में अब छड़ी नहीं, बल्कि बहुत सारे काग़ज़ों का एक बंडल है। उसने आगे कहा, "और कुछ?" "नहीं-नहीं, इतना काफ़ी है। शुक्रिया फ़ारूक़ी साहब, शुक्रिया दत्त साहब। हम एक हफ़्ते बाद इसी वक़्त दोबारा दुकान में हाज़िर हो जाएँगे," कहकर दोनों बहनें उठीं। उन्होंने दुकान की एक अलमारी में से एक किताब छाँटी, जिसका उन्वान था, 'रुबाइयात ऑफ़ ओमर ख़य्याम।' ओमर ख़य्याम की फ़ारसी रुबाइयात का अंग्रेज़ी तर्जुमा जो एडवर्ड फ़िट्ज़गेराल्ड ने किया था, जो सबसे ज़्यादा अपने इसी तर्जुमे के लिए जाना गया। दोनों साझेदारों ने, दोनों बहनों के इंतिख़ाब को देखकर अपनी हैरानी ज़ाहिर की। फ़ारूक़ी ने पूछा, "तुम्हें अंग्रेज़ी आती है?" "जी बख़ूबी आती है," दोनों बहनों ने एक साथ जवाब दिया। "किससे सीखी?" दत्त ने पूछा। "थे एक पंडित जी," गुज़िश्ता ने जवाब दिया। "उनका पूरा नाम क्या था?" फ़ारूक़ी ने पूछा। "पंडित नारायण शंकर 'साहिराबादी'," गुज़िश्ता ने जवाब दिया। "अच्छा-अच्छा पंडित जी से। बड़े पढ़े-लिखे शख़्स थे। अक्सर दुकान पर आते थे और घंटों किताबें उलटते-पलटते रहते थे। मुझे ये जानकर ख़ुशी हुई कि तुमने पंडित जी के साए में रहकर तालीम हासिल की है," फ़ारूक़ी ने कहा। "आप पंडित जी को जानते थे? जानकर ख़ुशी हुई। बहरहाल, इस किताब का क़र्ज़ भी खाते में लिख लीजिएगा," गुज़िश्ता ने कहा। फ़ारूक़ी ने जवाब देते हुए कहा, "इसकी कोई ज़रुरत नहीं है। दत्त पहले ही तुम्हारे नाम का सफ़्हा बही-खाते से फाड़कर फेंक चुका है। दत्त मेरे सिवा उन सब के लिए अपनी जायदाद लुटवा सकता है, जिन्हें पढ़ने-लिखने का शौक़ हो," फ़ारूक़ी ठहाका लगाकर हँसने लगा। "हम जैसों के लिए इतनी फ़राख़दिली अच्छी नहीं वर्ना आपकी पूरी दुकान लुट जाएगी," गुज़िश्ता ने कहा।

एक साथ चारों ठहाके मारकर हँसने लगे। बहनों ने दुकान से रुख़्सती ली। महल की तरफ़ लौटते हुए यक-ब-यक उस अंग्रेज़ अफ़्सर की नज़र उनपर और उनकी उसपर पड़ी, जिसके आगे उन्होंने किन्नरों जैसा सुलूक इख़्तियार किया था। अफ़्सर को नहीं मालूम था, ये जरीस की लौंडियाँ नहीं, बल्कि उसकी अपनी बेटियाँ हैं। अफ़्सर से नज़र बचाते हुए बहनें महल की तरफ़ तेज़-क़दम हो गईं। उसने अपनी गाड़ी से उनका पीछा किया और उनके सामने आकर गाड़ी के ब्रेक पर चढ़ गया। बहनों की ख़ूबसूरती पर फ़िदा होते हुए उसने उनके साथ आम

लड़कियों जैसा सुलूक करना चाहा। उन्हें छेड़ा और *गंदे-गंदे इशारे* किए। मजबूरन बहनों को अपनी शनाख़्त उसे बतानी पड़ी। अफ़्सर पर उनकी पहचान का कोई ख़ास असर नहीं हुआ, मगर उसने उन्हें जाने दिया।

"ऐसे हैं हमारे बाप के दोस्त-यार। उसी की तरह लुच्चे और लफ़ंगे," गुज़िश्ता ने अक्सीर से कहा। एक-दूसरे से अपने बाप को बुरा-भला कहती हुई वो महल के क़रीब पहुँच चुकी थीं। वो महल में दाख़िल हुईं। दरवाज़े पर तैनात सिपाहियों समेत तमाम नौकर-नौकरानियों ने उन्हें नज़रअंदाज़ करते हुए अपने कमरे की तरफ़ जाते हुए देखा। उन्होंने खाने-पीने, चिलम फूँकने और बेइंतिहा मुतालआ करने का कोई वक़्त तय नहीं किया था। एक ही दिन में वो न जाने क्या-क्या करतीं। इतनी बेतरतीब और बेशर्म ज़िंदगी जीने के बावजूद, दिनो-दिन उनके इल्म में इज़ाफ़ा देखकर उनके बाप और भाई उन्हें और भी हसद और नफ़रत भरी नज़रों से देखने लगे थे। हर किसी ने उनसे बात करना और उनके हाल-चाल लेना बंद कर दिया था। वो कमरे में गईं। उन्होंने अपनी चिलम की आग ताज़ा की और अपनी छातियों को धुएँ से भरने में मशग़ूल हो गईं। उनका कमरा धुएँ की लपटों से ठस गया और कमरे के सामने से गुज़रने वालों को खाँसते हुए गुज़रने पर मजबूर करने लगा। उन्होंने 'रुबाइयात ऑफ़ ख़य्याम' के सफ़्हे पलटने शुरू किए और चंद घंटों के अध्ययन के बाद, दोनों ने इत्तिफ़ाक़ी राए क़ायम की कि बेशक तर्जुमा अच्छा है, लेकिन तर्जुमा फिर तर्जुमा होता है। इसमें ख़य्याम की फ़ारसी जैसी बात नहीं। इंजन की तरह धुआँ छोड़ते हुए कमरे से बाहर निकलने पर रसोई की तरफ़ बढ़ते हुए उन्होंने देखा कि मंसूख़ के कमरे में कोई है।

मंसूख़ के कमरे में मंसूख़ ही था। उन दोनों से छोटा भाई, जो लंदन में रहता था। सिफ़ली भी थी। मंसूख़ की बीवी, जिसकी पैदाइश लंदन की थी, जिसका असली नाम सीलीनिया डोम्ज़ था। सिफ़ली और मंसूख़ की मुलाक़ात दस साल पहले, लंदन के टावर ब्रिज़ पर हुई। और चार साल के प्यार के बाद उन्होंने एक-दूसरे से शादी कर ली। अंग्रेज़ी के अलावा वो हिंदी भी ठीक-ठीक बोल और समझ लेती थी। मंसूख़ को साहिराबाद आए हुए चार घंटे बीत चुके थे। वो महल में रहने वाले हफ़ीज़, जरीस और उमराह को छोड़कर अपने तमाम ख़ून के रिश्तों से मेल-मिलाप करने के बाद सिफ़ली के साथ अपने कमरे में था। दोनों बहनों को इसकी कोई ख़बर नहीं थी कि मंसूख़ आने वाला है। उन्हें नहीं मालूम था कि मंसूख़ एक गोरी लड़की का शौहर हो चुका है। किसी ने उनसे उनके परिवार के बारे में कभी

कुछ भी साझा करना मुनासिब नहीं समझा।

महल के आलीशान कमरों में से एक, जहाँ तीन-तीन शानदार सोफ़ों के सेट, एक ऊँचे सिरहाने वाला बेड, छोटा-सा (उनके लिहाज़ से) डायनिंग टेबल, चौड़ी ब्लेडों वाले टेबल फ़ैन और एक फ़ोन था, जिसका दूधिया रिसीवर, हाथी की सूंड की तरह हमेशा डिब्बे से लिपटा रहता था। उसके रोटरी डायलर में लिखे हुए नंबरों पर पहरा देने वाले, उँगलियों की ख़ुशबुएँ पहचानने वाले दस ऐसे बेजान छेद थे, जो मंसूख़ के अलावा किन्हीं और उँगलियों से नहीं घूमते थे। कमरे के रौशनदान से आने-जाने वाली धुएँ से सनी रौशनी फ़र्श की तरफ़ तीन चौड़ी समांतर लकीरें खींच रही थी। मंसूख़ अपने काले चमकदार चमड़े के जूतों के ऊपर तलवे रखकर कमरे में दरीचे के नज़दीक एक कुर्सी पर बैठा था। उस कुर्सी पर, जिसपर कोई भी बैठ सकता था, लेकिन कभी कोई बैठा नहीं था। उसने आदतन अपना एक पैर दूसरे पर चढ़ा रखा था। उसने अपना एक कूल्हा इस तरह से उठा रखा था, मानो उसे पादने की हाजत महसूस हो रही हो। हवा के ज़ोर से खिड़की पर पोशीदा पर्दा बार-बार उसके मुँह से लिपट रहा था। वो बार-बार उसे उधेड़कर चेहरे से हटा रहा था। उसने अपनी जुराबें उतारीं। उसकी एड़ियाँ हू-ब-हू उसके चेहरे की तरह नर्म और गुलाबी थीं। उसका रुख़ कमरे में टँगी हुई 'मोनालिसा' की जाली पेंटिंग के ठीक सामने था।

***

लियोनार्डो, बेरोचिओ का शागिर्द। मोनालिसा 'ड्यूक ऑफ़ मीलान' की बेटी; एक तवायफ़ बेटी, जिसका लियोनार्डो के साथ नाजायज़ ताल्लुक़ था। दुनियादारी के डर से लियोनार्डो ने उसे कभी अपनाया नहीं। एक तवायफ़ शहज़ादी को एक तवायफ़ जैसी सूरत देकर, पेंटिंग की शक्ल में अपनी मुहब्बत बेच डाली।

'न हँसती हुई, न रोती हुई।' *तवायफ़ ऐसी ही होती है।* मोनालिसा लियोनार्डो की ही नाजायज़ औलाद? या उसके ख़ुद के बुढ़ापे की तस्वीर? *एक महान रहस्य।*

***

एक साया उस कमरे की तरफ़ आता हुआ। किसी रक़्क़ासा के घुँघरुओं की छन-छनाहट की आवाज़ तेज़ होती हुई। उमराह उनके कमरे में दाख़िल होती है। कमरे में मौजूद मंसूख़ और सिफ़ली दोनों झुककर उसे आदाब करते हैं।

मंसूख़ ने यक-ब-यक सवाल किया, "अम्मी, अब्बा कहाँ हैं? मैं उन्हें चार घंटे से तलाश रहा हूँ। आपने भी मुझ तक आते-आते इतनी देर लगा दी? भाई भी कहीं नज़र नहीं आ रहे?" "बेटे तुम्हारे आने की ख़बर तो मुझे उसी दिन तुम्हारे भेजे ख़त के हाथ लगते ही मिल गई थी, जिसमें तुमने अपने सफ़र के शुरू और ख़त्म होने की तारीख़ें लिख भेजी थीं। यहाँ तुम्हारी सूरत देखने के लिए मैंने उँगलियों की पोरों पर दिन काटे हैं, लेकिन अट्ठारह साल बाद अगर अचानक तुम्हें देख लेती तो बेहोश होने का ख़तरा पैदा हो सकता था," उमराह ने जवाब दिया। उसने मंसूख़ और सिफ़ली दोनों की जबीनें चूमीं। दोनों ने पलटकर उमराह की हथेली के उल्टे हिस्से चूमे। उसने बात बढ़ाते हुए कहा, "तुम्हें शायद याद नहीं रहा। मैंने तुम्हे चिट्ठी में लिख भेजा था कि तुम्हारे आने तक तुम्हारे अब्बा और भाई सियासी दौरों पर निकल चुके होंगे। तुम कुछ रोज़ पहले आ जाते, तो मुमकिन था कि तुम्हारी उनसे मुलाक़ात हो जाती। तुम तो जानते ही होगे, यहाँ आज़ादी की लड़ाइयाँ ज़ोरों पर हैं।" "हाँ! ख़त तो मिला था, लेकिन उसके कुछ हिस्से में पानी पड़ जाने से हर्फ़ों के चेहरे बिगड़ गए थे। कुछ एक पैराग्राफ़ तो मैं पढ़ ही नहीं सका," मंसूख़ ने जवाब दिया। उमराह ने कहा, "ख़ैर, वो चंद रोज़ में वापस आ जाएँगे। तब तक तुम आराम करो और साहिराबाद की सैर करो। पूरे अट्ठारह सालों से ये तुमसे महरूम रहा है। अब इसकी उदासी को तोड़ो मेरे बेटे। मेरे संग-दिल बेटे। अट्ठारह सालों में भी अपनी ख़ैरियत के बारे में अट्ठारह ख़त न लिखने वाले, अट्ठारह साल बाद अपनी सरज़मीन पर लौटने वाले संग-दिल बेटे," उसने मंसूख़ के गाल पर हाथ रखते हुए कहा, "हयु से मिले?" "हाँ," मंसूख़ ने जवाब दिया। उसने आगे कहा, "बहुत ख़ूबसूरत है। एक दिल लुभाने वाला बच्चा।"

हयु-हयुलानी, जो अपनी बेहतरीन परवरिश के ऐसे सकारात्मक असर में था कि इतनी कम उम्र में जब दूसरे बच्चे अपने सहारे बैठ भी नहीं सकते, वो घुटनो के बल घिसटते हुए पूरे कमरे की परिक्रमा कर लेता था। उसकी नाक की हड्डी सख़्त पड़ गई थी। उसकी आँखों की बनावट और भी साफ़ हो गई थी। उसकी पलकों पर भरपूर बरौनियाँ उग आई थीं। भौहें काली घनी हो चुकी थीं। उसके पारदर्शी खिले हुए गुलाबी रंग के होंठों ने उनका असली आकार ले लिया था। उसके नाज़ुक कानों की बनावट खुलकर सामने आ चुकी थी। उसके क़द में इज़ाफ़ा हुआ। उसकी हथेलियों की लकीरें और भी ज़्यादा गहरी हो गईं, जिन्हें देखकर कोई भी नजूमी उसका मुस्तक़बिल ऐलान करने के लिए उतावला हो सकता था और दावा कर

सकता था कि आख़िर वो बड़ा होकर क्या बनेगा, कब तक जिएगा, कैसे जिएगा, कब मरेगा और कैसे मरेगा।

उसने मंसूख़ की गोद में कुलबुलाते हुए नज़दीक खड़ी अपनी चाची की नाक में ऐसी एड़ी मारी कि उसकी नाक से लहू बह पड़ा। मंसूख़ ने अपनी बीवी की नाक से गिरते लहू को एक पल के लिए नज़रअंदाज़ करते हुए, हयुलानी के गाल खींचते हुए उससे कहा, "क़रीब आने वाली क़यामत क़रीब आ चुकी है और तुम हँसते हो और तुम रोते नहीं, क़यामत क़रीब आ गई और चाँद शक़ हो गया।"

***

किसी फ़िल्म के दृश्यों की तरह मैं एक लंबी छलांग मारने की कोशिश करना चाहूँगा। ये जानते हुए भी कि तमाम एहतियात बतरने के बावजूद मुझे चोट पहुँच सकती है। मैं ज़ख़्मी हो सकता हूँ। ठीक उस अख़बारनवीस की तरह, जो रिश्ते में मेरा परदादा लगता था, जो छँटी हुई, बेहद ज़रूरी और ख़ास ख़बरों को छापने के बावजूद वक़्त-बेवक़्त अंग्रेज़ों के हाथों ज़ख़्मी होता रहा है, आख़िरकार अपना प्रेस बंद करवा बैठा और अंत में उसे सज़ा के तौर पर जेल की खानी पड़ी। उसी जेल में उसकी मौत हो गई। लेकिन ये कहानी उसकी कहानी हरगिज़ नहीं है। न ही ये कहानी उसके दुखों का लेखा-जोखा है। मैं नहीं समझता कि मुझे उसके बारे में आपसे विस्तार में कोई बात करनी चाहिए। मुझे ये बताते हुए बेहद अफ़सोस हो रहा है कि मेरी छलांग सटीक नहीं रही। मेरे बाएँ पैर का अँगूठा बुरी तरह से ज़ख़्मी हो चुका है। मैं एक धुआँसी रात में फँसा हुआ हूँ। आगे का रास्ता गहरे धुएँ से अटा पड़ा है। अब जैसे मैं किसी जंग में शामिल हूँ। हू-ब-हू ऐसे, जैसे किसी विधवा महारानी को क्रूर अंग्रेज़ों की फ़ौज का कोई जत्था दौड़ा रहा हो। मेंढकों की टर्र-टर्र और झींगुरों के झिंग्याने की आवाज़ें मेरे कानो की खाल काट रही हैं। मेरे पैर के ज़ख़्मी अँगूठे से लगातार ख़ून के क़तरे रिस रहे हैं। ज़मीन में पैदा हुए किसी शिशु केंचुए के आकार के ये ख़ून के नन्हे क़तरे रह-रहकर यूँ टपक रहे हैं, मानो किसी भुतहा इमारत के ग़ुस्लख़ाने के किसी बिगड़ैल नल की टोंटी से एक तयशुदा वक़्फ़े में मुसलसल पानी की बूँद टपक रही हो। टप— टप— टप— टप— ख़ुशक़िस्मती से मेरे पैर के अँगूठे से रिस रहे लहू के क़तरे, टपकने पर न कोई प्रतिध्वनि कर रहे हैं और न ही किसी तयशुदा दायरे को शक्ल अता कर रहे हैं। वो ज़मीन पर गिरते ही ग़ायब हो जा रहे हैं, मानो ज़मीन में कई ऐसे छेद हों, जो ख़ून पीने की लत से

बुरी तरह पस्त हों।

मैं मजबूर उचकता हुआ आगे बढ़ता हूँ, लेकिन मैं उचक्का नहीं हूँ।

चौकन्ना सूरज आसमान में चढ़ा हुआ था। सूरज की किरणों का जोश अपने चरम पर था। मंसूख़ महल की सरहद से उतरती हुई घुमावदार पक्की सड़क पार करने के बाद, साहिराबाद की एक कच्ची सड़क पर उतर चुका था, जो उसके मज़हबी उस्ताद रसूल के घर की तरफ़ जाती थी। सड़कों पर उड़ती धूल के कण सोने के महीन बुरादे की तरह चमक रहे थे। मंसूख़ के काले रंग के लिबास कंधों पर से सुनहरे हो गए थे। मंसूख़ की खुली गाड़ी थकी हुई रफ़्तार से मौलाना के घर की तरफ़ बढ़ रही थी। रास्ते में उसने देखीं, चूल्हे के आकार में एक के ऊपर एक क़रीने से रखी हुई धुएँ से रँगी चंद ईंटें, कुछ जला हुआ ईंधन, जैसे कुछ समय पहले ही किसी राहगीर ने वहाँ अपने लिए खाना पकाया हो। अपने घर की दहलीज़ पर बैठी एक लड़की, जिसके लंबे सुनहरे बाल उसके कंधे पर ऐसे रखे थे, जैसे वो कोई शहतूत का शजर हो और उसकी गर्दन के चारों तरफ़ 'सिल्क वर्म्स' ने रेशम की सबसे क़ीमती क़िस्म बुनी हो।

उन निकम्मे बुड्ढों का गिरोह ठीक उसी जगह पर उपस्थित था। धुएँ के बेशुमार छल्ले उनके सरों पर मँडरा रहे थे। वो किसी महिला के सीने के उभारों और उसकी मोटी जाँघों के बारे में कोई अश्लील गप्प मार रहे थे। मंसूख़ तैश में आकर कहता है, "क्या बकवास कर रहे हैं ये बुड्ढे?" उसके ड्राइवर ने कहा, "जाने दीजिये साहब। उनकी तरफ़ मत देखिए और हो सके तो उन्हें सुनिए भी मत। इन बेशर्म, बेग़ैरत बूढ़ों की क़िस्म अजीब है। दुनिया के आम बूढ़ों से परे। ये तो गाँधी जी को भी नहीं बख़्शते। इनके मुताबिक़ गाँधी नपुंसक हैं। इनके मुताबिक़ वो हाथ जोड़-जोड़कर, अंग्रेज़ सरकार को चिट्ठियाँ लिखकर, धरने देकर या अहिंसा के रास्ते पर चलकर आज़ादी के जो सपने देख रहे हैं, सब बेकार हैं। मैंने तो कई मर्तबा इन्हें गोरी मैमों का बलात्कार करने की योजना बनाते हुए तक सुना है। वो तो सख़्त सज़ाओं के डर से इन्होंने आज तक ऐसा कोई क़दम नहीं उठाया। इनका कहना है कि आज़ादी के लिए हम इतना तो कर ही सकते हैं। इनकी तो इतनी उम्र भी नहीं बची की इन्हें उम्र क़ैद दी जा सके और बातें ऐसी कि बस।"

स्टेयरिंग पर लदे ड्राइवर ने गाड़ी अपने बाएँ हाथ की जानिब मोड़ी। रास्ते के दोनों तरफ़ बारी-बारी ग़ौर से देखते हुए मंसूख़ ने देखीं, कुछ नई खुली दुकानें, कुछ नए सरकारी दफ़्तर और काले कोटों में कोर्ट के मैदान में बैठे कुछ वक़ील, जिनमें

से कुछ एक क्रिस्ट्रोफ़र के ग़ैर-मामूली अविष्कार, टाइपराइटर पर "कट-पट, कट-पट" कर रहे थे। छपे हुए स्टैंप इंसानी जीभ की तरह टाइपराइटरों के मुँहों से एक के बाद एक निकलते आ रहे थे। एक वक़ील ने स्टैंप को जल्दी मुकम्मल करने की फ़ुर्ती दिखाई। उसने उसके पूरा होते ही उसपर फूँक मारकर उसकी सियाही फ़ौरन सुखाने की कामयाब कोशिश की। उसने अपने दाहिने हाथ का पँजा उसपर चटाक से मारा और सनसनाते हुए ऐसे खड़ा हुआ, जैसे उसे हाल ही में किसी बड़ी मुसीबत का हल मिला हो।

गाढ़ी कत्थई चमचमाती हुई कार का पिछवाड़ा धूल से ज़र्द हो चुका था। मंसूख़ की गाड़ी मौलाना के घर के ठीक सामने पहुँच चुकी थी। पत्थरों की दो बूढ़ी-कमज़ोर सीढ़ियाँ। उनके आगे आलस खाया हुआ एक दरवाज़ा, जिसकी चौखट के ऊपरी सिरे पर अरबी में 'अल्लाह' लिखा था। घर की दीवारें कमज़ोर थीं। दीवारों पर से सीमेंट की छाप उधड़ चुकी था। बारिश के पानी के निशान साँपों की तरह दीवारों से लिपटे हुए थे। जर्जर खिड़कियों के काँच दरके हुए थे। पूरा घर अपनी ख़स्ता हालत को बयान करता हुआ मरम्मत की गुहार लगा रहा था। मंसूख़ ने कुछ देर घर को ग़ौर से देखा। कुंडी खटखटाई। अंदर से किसी औरत की आवाज़ आई, "आती हूँ, कौन है?" वो बुर्क़े में ऊपर से नीचे तक एक जैसी दिखाई देने वाली एक मोटी और पहलवानों जैसी औरत थी। उसने अगर साड़ी पहनी होती, तो उसकी इज़ाफ़ी चर्बी बेल्ट की मानिंद उसकी कमर से लिपटी हुई दिखाई देती। उसकी चमकदार हथेलियों और गद्देदार पैरों के अलावा उसका पूरा बदन ढँका हुआ था। उसने दोनों कलाइयों में चाँदी की एक-एक चूड़ी और पैरों में घने घुँघरुओं वाली पायलें पहनी हुई थीं, जिनकी छनछनाहट उसके मक़ाम पर पहुँचने से कुछ पहले ही उसकी आमद का पता दे देती थीं। "कौन हो बेटा?" उसने मंसूख़ से पूछा। "सलामअलैकुम, मैं मंसूख़," उससे अपना तअर्रुफ़ पेश करते हुए कहा, "मैं कभी मौलाना का शागिर्द रहा हूँ।" "अच्छा-अच्छा," उसने मंसूख़ को अंदर आने की इजाज़त देते हुए, उसे चिपचिपाती गद्दियों वाली एक कुर्सी पर बैठ जाने को कहा। वो बैठ गया। कुर्सी चरचराई। उसने उस औरत से हिचकिचाते हुए पूछा, "आप फ़ैज़ा हैं? आप शायद मुझे भूल गईं लेकिन मुझे याद है, बचपन में रसूल साहब के शागिर्दों में आपको सबसे ज़्यादा तंग करने वाला मैं ही था। आप भूल गईं कि आपने कितनी बार मुझे उस्ताद की पिटाई से बचाया है। आपने कई सालों तक जिस बच्चे को मार से बचाने के लिए उस्ताद की छड़ी छुपाने

का गुनाह किया था, वो मैं ही हूँ।" फ़ैज़ा के हाफ़िज़े पर जम चुकी धूल साफ़ हुई उसे याद आया। उसने कहा, "अरे मंसूख़ तुम तो जवान हो गए हो।" उसने मंसूख़ का माथा चूमकर उसे दुआएँ देते हुए मौलाना को आवाज़ लगाई, "सुनिए—जल्दी आइए— देखिए कौन आया है— एक बदमाश बच्चा— बहुत बदमाश बच्चा— कितना बड़ा होकर आया है।" "वो नहाने गए हुए हैं," फ़ैज़ा ने हँसते हुए मंसूख़ से कहा। "अब आइए भी—" उसने फिर मौलाना को आवाज़ लगाई।

"आया— आया—" तीन पीढ़ी के बुज़ुर्ग ने ग़ुस्लख़ाने से ऊँची आवाज़ में जवाब दिया। "न जाने कौन आया है। इतना हंगामा किसलिए," मौलाना ने अपने आप में बड़बड़ाते हुए कहा।

मंसूख़ ने आदतन अपनी एक टाँग दूसरी पर चढ़ा ली। उसके जूतों की नोकें चमक रही थीं। उधड़ी हुई दीवार पर टँगी मक्का-शरीफ़ की तस्वीर को उसने देर तक घूरा। कमरे में और भी चीज़ें मौजूद थीं, जैसे बुझा हुआ घासलेट का लैंप, जिसका फ़ानूस अपनी आधी ऊँचाई तक इतना काला हो चुका था कि अब वो चाहकर भी अपनी क्षमता से केवल आधी और धुँधली रौशनी ही पैदा कर सकता था। कुर्सी के पायों तले बिछी हुई एक पुरानी क़ालीन, जिसपर चीटियों का एक जुलूस दीवार पर चढ़ाई करने की तैयारी कर रहा था, जिसके किनारों पर फ़ारसी में बेदिल का एक शेर लिखा हुआ था :

सफ़्हए-सादए-हस्ती ख़त्त-ए-नैरंग नादाश्त,
ख़ीरगी कर्द नज़र-हा रक़्मी पैदा शोद।

मंसूख़ की आँखों के सामने एक किताबों की अलमारी थी, जिसपर मोटी जिल्द चढ़ी किताबें क़रीने से लगी हुई थीं।

रसूल तौलिए से अपना बदन रगड़ते हुए कमरे में दाख़िल हुआ। उसने मंसूख़ को देखकर बग़ैर चौंके अपनी ख़ुशी का इज़हार करते हुए कहा, "अच्छा तो तुम हो, जिसकी वज्ह से मेरी बीवी ने हँगामा मचा रखा है। तुम ही हो वो शैतान बच्चे। *तुम्हीं इतने बड़े होकर आए हो।* मेरी आँखें बूढ़ी हो गईं, लेकिन तुम्हें मुझे इस बात की दाद देनी चाहिए कि मैंने तुम्हें देखते ही पहचान लिया। क्यों! सही कह रहा हूँ?" ठहाकों का दौर चला, मौलाना ने अचानक अपनी नंगी पीठ पर हथेली रगड़ी और एक चींटी को मसलते हुए कहा, "कहते हैं चीटियों के दाँत नहीं होते। फिर भी ये काट लेती हैं। देखो मेरी पीठ पर उभरा हुआ ये गुलाबी निशान," मौलाना ने अपने कान में रह गए साबुन के झाग को पोंछा। बंडी पहनी और अपनी लुंगी

खोलकर उसमें दोबारा दो चुस्त गिरहें लगाईं। उस्ताद ने मंसूख़ से कुछ रस्मी सवाल पूछे, जिनके जवाब उन्हें धड़ा-धड़ मिल गए।

"लंदन से कब आए?"

"कल।"

"तुम्हारी अम्मी, अब्बू कैसे हैं?"

"बेहतर हैं।"

"हफ़ीज़ कैसा है?"

"अच्छे होंगे, वो अब्बा के साथ किसी दौरे पर बाहर गए हुए हैं।"

"तुम्हारी बहनें?"

इस सवाल का जवाब यूँ ही फर्राटे से दे पाना मंसूख़ के लिए आसान नहीं था। उसके गले ने इंजन की तरह तीन गियर बदले। वो अटका। चला। तेज़ चला। और फिर सनसनाते हुए बोला, "ये मेरी बदक़िस्मती है कि मैं उनका भाई हूँ। ऐसी बेहया और कमीनी औरतों से मेरा किसी क़िस्म का रिश्ता भी है, मेरे लिए ये भी अपने आप में एक शर्म की बात है। उस्ताद, मैं माफ़ी चाहता हूँ लेकिन मेरा उनसे कोई लेना-देना नहीं है," मौलाना ने मंसूख़ को समझाते हुए कहा, "किसी भी बात को बिना जाने-समझे उसपर यक़ीन कर लेना, मनमाफिक राए क़ायम कर लेना ठीक बात नहीं है। मुझे ख़बर है कि तुमने भी किसी ईसाई लड़की से निकाह किया है, इसके बावजूद अपनी बहनों की बस इतनी-सी ख़्वाहिश पर कि वो किसी ख़त्ने वाले शख़्स से निकाह नहीं करना चाहतीं, इतना भड़क रहे हो? वो शायद किन्हीं हिंदू लड़कों को चाहती हों। शायद ईसाई या सिख," मंसूख़ ने मौलाना की बात काटते हुए कहा, "लेकिन एक कमरा, एक लड़का और दो लड़कियाँ?" "हो सकता है दूसरा भी रहा हो। वो भाग निकला हो और अब डर के मारे फ़रार हो। पूरा सच तो मैं नहीं जानता, लेकिन किसी को चाहिए कि वो उनसे बात करे और मसअले का वाजिब हल ढूँढ़ने की कोशिश करे। औरत ज़ात हर हाल में इज़्ज़त की हक़दार होती है।"

***

लाइटें बुझाई जा रही हैं।

पर्दा उठाया जा रहा है।

और एक रहस्यमयी घटना आपके सामने फ़िल्म की तरह चलने जा रही है।

डरावना सँगीत बजना शुरू हो चुका है। न चाहते हुए भी आप बॉलीवुड की एक बी ग्रेड फ़िल्म की शानदार पेशकश का लुत्फ़ उठाने के लिए तैयार हो जाइए। फ़िल्म शुरू हो चुकी है।

एक लड़की मैथुन के तमाम सूत्रों से सज्जित किताब, बोलकर पढ़ते हुए दूसरी लड़की को सुना रही है। उनमें शहवतअंगेज़ी अपने उरूज को पाती हुई। एक नया किरदार, निर्वस्त्र अपनी कमज़ोर एंट्री के साथ पर्दे पर दिखाई देता है। अपना पहला और आख़िरी तजरबा करती हुई दोनों लड़कियाँ उसे रिझाने की कोशिश करती हैं। वो, *वो* सब करता है, जो उसे करना था। लड़कियाँ नतीजे की तरफ़ जाती हुईं। *नहीं इसमें कोई सुख नहीं है।* उन्हें आभास होता है, उनमें कुछ अलग है। औरों से बिल्कुल अलग। *वो अलग हैं।* वो इस राज़ को अपने तक रखती हैं। मगर बदक़िस्मती से तीसरा किरदार पकड़ा जाता है। और फ़िल्म का खलनायक उसे कड़ी से कड़ी सज़ा देता है।

***

फ़िल्म ख़त्म 'दी' एंड—

मंसूख़ की गर्दन झुकी हुई थी। उसकी नाक उसकी हथेलियों के पीछे शर्मशार हो रही थी। फ़ैज़ा के वज़्नी नितंबों की वज्ह से कुर्सी की गद्दी बुरी तरह धँसकर चारों तरफ़ से फूलकर ऐसे उभर आई थी, जैसे साड़ी पहनने पर उसके पेट की इज़ाफ़ी चर्बी बेल्ट की तरह उसकी कमर पर उभर सकती थी। सामने मेज़ पर कुछ बारीक कटे हुए ताज़े अमरुद रखे हुए थे। उनपर बेहतर स्वाद के मक़्सद से काला नमक छिड़का गया था। नमक के नन्हे कण तारों की तरह टिमटिमा रहे थे। मौलाना ने मंसूख़ से अमरुद खाने का इशारा करते हुए कहा, "अमरुद का लुत्फ़ लो। बहुत मीठे हैं।" मंसूख़ ने अमरुद का टुकड़ा कुतरते ही उसकी मिठास पर दाद दी, "वाह! वाक़ई बहुत मीठा।" "चीज़ों का स्वाद सिर्फ़ अपनी जीभ बता सकती है," मौलाना ने मुस्कुराते हुए कहा।

तीन

दोनों बाप-बेटे— जरीस-हफ़ीज़— झूठे वादों, झूठी तसल्लियों, झूठी तक़रीरों का सिलसिला क़ायम करते हुए, अपनी रियाया के हर उस कोने में, जहाँ वो अक्सर नहीं जाते थे, अपने भारी-भरकम जत्थे के साथ ख़ाक उड़ाते और अलसाई रफ़्तार में रेंगती उनकी गाड़ी का तअक़्क़ुब करता जुलूस, धूल फाँकता फिर रहा था। उनकी ग़रज़, उनकी उम्मीदों, उनकी ख़्वाहिशों और उनके मक़्सद से नावाक़िफ़ अवाम उनकी हाँ में हाँ मिलाने से नहीं चूकती थी। शेरवानी और रंगीन नुकीली नोकों वाले जूते, जिनकी नोकें बादशाहों की मूँछों की तरह उन्नयन पर घुमावदार सूरत इख़्तियार किए हमेशा तनी रहती थीं। जिन्ना की नक़्ल में 'बेंशन एंड हेज़ेस' सिगरेट सुलगाए हुए, जरीस मंच पर अपना नाटकीय भाषण देने के लिए तैयार था :

"मेरे प्यारे दोस्तो, मेरी रियाया के मेरे प्यारे बाशिंदो। मुझे ये कहते हुए इंतिहाई फ़ख़्र महसूस हो रहा है कि हम मुल्क की आज़ादी की लड़ाई लड़ रहे हैं। इस जंग में शामिल तमाम क्रांतिकारियों को मेरा सलाम। साहिराबाद एक रोज़ आज़ाद होकर रहेगा। एक दिन ऐसा आएगा, जब साहिराबाद की ज़मीन पर फ़िरंगियों के नहीं, हमारे साए साँस लिया करेंगे। इस बेअंत अंधेरे का अंत होकर रहेगा। रौशनी होगी। सब कुछ साफ़-सफ़ेद हो जाएगा। देखना दोस्तो, फिर कोई *किसी का ग़ुलाम नहीं रह जाएगा ?* हम ये जंग जीतकर रहेंगे। इंशा-अल्लाह।"

तालियों की गूँज ने पर्वतों पर सदियों से टिके टीले लुढ़का दिए, झीलों, नदियों और समंदरों के ठहरे पानी में कंपन पैदा कर दिया। आसमानों को छेदकर रख दिया। एक लम्हे के लिए तूफ़ानों के ज़ोर को शर्मिंदा होने के लिए मजबूर कर

दिया। इंसानी कानों के पर्दों को छलनी-छलनी कर दिया। कबूतरों के इलाक़े बदल दिए। इतना सब बदल दिया कि ज़मीन जन्नत होने जा रही है, जैसे बेबुनियाद ख़याल ने हर एक दिमाग़ में पर्याप्त जगह बना ली।

नवाब साहब ज़िंदाबाद। नवाब साहब ज़िंदाबाद। नवाब साहब ज़िंदाबाद। जरीस किरमानी ज़िंदाबाद। मोहम्मद अली जिन्ना ज़िंदाबाद।

***

'एकतारा' के सुरों में घुला हुआ सुरीला शोर, मंसूख़ के कमरे की खिड़की से दिखने वाली, कलेक्टरेट पर ख़त्म हो जाने वाली गली से गुज़रते हुए, एक भिक्षुक के मुँह से मचता हुआ सीधे उसके कानों में आकर थम रहा था। उस भिक्षुक की दाढ़ी सफ़ेद लंबी और घनी थी। उसकी दाढ़ी पर बचे-खुचे कुछ काले बाल बीत चुके वक़्त का मौजूदा वक़्त के साथ ताल-मेल बैठाने की कोशिश करते हुए प्रतीत हो रहे थे। एकतारा का एक कोना उसके कंधे ने और दूसरा उसके बाएँ हाथ ने थाम रखा था। वो सिलसिलेवार अपनी तर्जनी और मध्यमिका तार पर रखता। सुर निकालता। और गाता।

उसने ख़ुसरो की एक पहेली गाई :

"एक नार तरवर से उतरी मासू जनम न पायो
बाप का नाँव जो वा से पूछो आधो नाम बतायो
आधो नाम बतायो 'ख़ुसरो' कौन देस की बोली
वा का नाम जो पूछा मैंने अपने नाँव नबोली

खिड़की से सुन रहे मंसूख़ ने इत्मीनान से जवाब दिया, "नीम की निबोली।"

उसने आगे गाया :

"इंदर चिलमन बाहर चिलमन बीच कलेजा धड़के
अमीर "ख़ुसरो" यूँ कहें वो दो दो अंगुल सरके"

मंसूख़ ने सिफ़ली की तरफ़ देखा, क़ैंची की तरह अपनी उँगलियाँ चलाईं और भौहें उचकाईं। सिफ़ली ने जवाब देने की जल्दबाज़ी दिखाते हुए कहा, "आई थिंक— आई थिंक— मम्म मम्म्म— इट इस सिज़र?"

"यप! करेक्ट," मंसूख़ ने उसके जवाब के जवाब में कहा।

फ़क़ीर ने गाना जारी रखा :

"खड़ा भी लोटा पड़ा भी लोटा

है बैठा और कहे हैं लोटा

ख़ुसरो कहे समझ का टोटा"

सिफ़ली ने सुनते ही 'न' के इशारे में गर्दन हिलाई।

फ़क़ीर ने गाते हुए पहेली दोहराई :

"खड़ा भी लोटा पड़ा भी लोटा

है बैठा और कहे हैं लोटा

ख़ुसरो कहे समझ का टोटा"

सिफ़ली ने फिर न के इशारे में गर्दन हिलाई। उसके पतले होंठ पहेली सुलझाने की कोशिश में एक-दूसरे से गुत्थम-गुत्थी कर रहे थे कि मंसूख ने जवाब देते हुए कहा, "लोटा।" "लोटा ?" सिफ़ली ने आश्चर्य जताते हुए पूछा। पूछते वक़्त उसके गाल सिकुड़े और आँखें मिच गईं। "अ राउंड मेटल पॉट," मंसूख ने जवाब दिया।

"रैनी चढ़ी रसूल की सो रंग मौला के हाथ

जिसके कपड़े रंग दिए सो धन धन वाके भाग

"ख़ुसरो" बाज़ी प्रेम की मैं खेलूँ पी के संग

जीत गए तो पीया मोरे हारी पी के संग"

"चकवा— चकवी दो जने—"

उसका पीछा करते उन बच्चों के झुंड के साथ-साथ वो भी उस गली से होते-होते ग़ायब हो गया, जो उसकी पहेलियों का जवाब एक साथ स्काउट ताली की तर्ज़ में देते थे। न एक *ताल* इधर, न एक *ताल* उधर।

थप-थप— थप-थप-थप— थप-थप— थप-थप-थप

सुरीला शोर धीमा पड़ता गया—

"इन

मत

मारो

कोय—"

ये सब तब हो रहा था, जब दोनों बहनें उस एक हफ़्ते के वक़्त को, जो उन्हें सात दिनों की बजाए सात सदियों जैसा लगने लगा था, समेटकर इस दर्जा एहमियत से ना-हामिल कर देना चाहती थीं कि वो उनकी पलक झपकते गुज़र जाए। उन्होंने चिलम फूँकने, न पढ़ी गई किताबों को पढ़ने के अलावा रहस्यमई ढंग से अपने लिए शराब का इंतिज़ाम भी कर लिया था। उनकी बेइंतिहा नफ़रत के क़ाबिल

अंग्रेज़ों की तर्ज़ में उनके पियाले आपस में टकराते और वो कहतीं, "चियर्स।" ये सब इसी छोटे-से वक़्त के दरमियान हुआ, जब बहनों ने उन्हें छेड़ने वाले अंग्रेज़ अफ़्सर की जाँघों के बीच ऐसी लात मारी कि वो अब शायद कभी ख़ुद को मर्द नहीं कह सकेगा।

नदी की लचक के किनारे बसे शहर, नदी के मुँह पर पाँव जमाए महल की बुनियाद, महल में बने बहनों के कमरे में एक बड़ी-सी खिड़की, जो अब तक कभी नहीं खोली गई थी, जिसके खोलते ही उन्हें नज़र आने वाला था नदी का वो अनमना-उदास हिस्सा, जो अपने किनारों को छोड़कर कहीं जाने को राज़ी नहीं था। ग़ैर-मामूली तारीख़ों से वाक़िफ़ और अफ़वाहों से शर्मिंदा नदी का वो बदनाम हिस्सा, आधी रात में, जिसके ठहराव पर एक ज़िंदा-जावेद पिशाच का राज चलता था। 'टीपू' का राज। जिसका टीपू सुल्तान से दूर-दूर तक कोई वास्ता नहीं था, जिसने नदी के बारे में कई झूठी, मगर डरावनी कहानियाँ गढ़ रखी थीं। यहाँ तक कि नदी के उस हिस्से में बरसों से किसी ने अपनी नाव नहीं उतारी। ये पहले, बहुत पहले कई नावों, मल्लाहों और नावों पर सवार हज़ारों यात्रियों को निगल चुकी है, जिनके मुर्दा जिस्म कभी बरामद नहीं हुए, जिनके कंकाल बरसों बाद समंदर की गहरी सतहों में पाए गए। रात के अंधेरे में नदी पर अपनी हुकूमत चलाने वाला पागल नाविक 'टीपू', जिसके सर के बाल भगवान शिव की जटाओं की तरह गुँथे हुए थे, जिसकी दाढ़ी इतनी लंबी, घनी और उलझी हुई थी कि उनमें परिंदे अपने घोंसले बना, बेफ़िक्र होकर अपनी रातें काट सकते थे, जिसके दिन में ग़ायब हो जाने के रहस्य से कोई भी वाक़िफ़ नहीं था। उसकी शक्ल बेहद डरावनी हो चुकी थी, इतनी कि उसे नज़दीक से देखने वाले अपना पेशाब छोड़ सकते थे। रात के वक़्त अगर उसे कोई उस नदी के किनारे भटकते दिखता, तो वो उन्हें हड़काते हुए कहता, "ये नदी नहीं है काल है काल; जिसने मारा मेरा लाल; टीपू बोला भाग यहाँ से; भाग यहाँ से।" अपने इकलौते और उस बेटे की मौत के दुख में पागल टीपू, जो कभी इसी नदी में उतरा था और फिर लौटकर किनारों पर नहीं आया, एक जटिल रहस्य की तरह हो चुका था।

"ये नदी नहीं है काल है काल"

"ये कैसी आवाज़ है? कौन है ये?" नशे में धुत अक्सीर ने नशे में धुत गुज़िश्ता से पूछा। "कोई पागल लगता है," गुज़िश्ता ने जवाब दिया। खिड़की से बग़ैर इजाज़त घुस आए हवा के झोंके ने एक पल को उनके कमरे में चिलम के

धुएँ से छा चुकी धुंध को छाँट दिया था। दोनों ने राहत भरी साँस ली। गुज़िश्ता ने लंबी साँस छोड़ते हुए कहा, "आह! क्या ठंडी हवा है। काश इंसानों के ज़ेहनों और दिलों में भी ऐसी खिड़कियाँ हुआ करतीं, जिनसे गंदी सोचें बेदख़्ल और अच्छी सोचें दाख़िल हो सकतीं।" अक्सीर ने अफ़सोस ज़ाहिर करते हुए कहा, "काश!"

"ये नदी नहीं है काल है काल," टीपू चिल्लाया।

गुज़िश्ता ने अपने दोनों कानों को अपनी हथेलियों से अचानक ढाँका और चिल्लाते हुए अपने ग़ुस्सैल अंदाज़ में कहा, "अरेऽऽऽ बंद करो ये खिड़की।"

***

सालों पहले टीपू पागल नहीं हुआ करता था। ख़ूबसूरत जवान टीपू एक ऐसा मूर्तिकार था, जिसे ख़्वाबों में आने वाली सरफिरी सोचों को अद्‌भुत मूर्तियों में ढालने में महारत हासिल थी, जिसपर फ़िदा होकर एक औरत ने उसे अपना शौहर हो जाने के लिए मना लिया था। एक ऐसी औरत ने, जो टीपू के हाथों मूर्ति में ढलने का दर्जा रखती थी। मुझे कोई मुग़ालता नहीं है। वो औरत अपनी ख़ूबसूरती के दम पर शहर के तमाम आवारा दिलों पर राज करने का मर्तबा रखती थी।

मैं हमेशा से एक इंसाफ़ पसंद आदमी रहा हूँ। मैंने अपनी ज़िंदगी में तमाम मुश्किलों का सामना महज़ इसीलिए किया है, क्योंकि मैं किसी के साथ हुई नाइंसाफ़ी को कभी बर्दाश्त नहीं कर सका। लिहाज़ा, अगर वो वाक़ई इतनी ख़ूबसूरत थी, तो मुझे उसकी ख़ूबसूरती का बखान करना चाहिए।

उसका क़द लंबा और महज़ इतना लंबा था, जितना किसी औरत, बल्कि इंसान का होना चाहिए। उसके बदन से मिलता-जुलता उसके बालों का रंग भी प्राकृतिक तौर पर बादामी था, जिनकी एक लट उसकी दाईं आँख की बरौनियों से हमेशा लिपटी रहती थी। और इस उद्‌देश्य से कि टीपू उसकी, उस लट को अपनी उँगली से उसके कान पर लपेटे और उसे धोखा देते हुए, उसके नर्म होंठों को चूम ले। अपने घुमावों की बाहरी सतह पर हल्के गुलाबी रंग के उसके कानों की सुंदरता बेमिसाल थी। उसके सुर्ख़ पारदर्शी होंठों पर खिंची हुई लकीरें दुनिया में खींची जा चुकी, खींची जा रही लकीरों में से सबसे सुंदर थीं। उसकी आँखें मोती भरे सीपियों की मानिंद थीं। वो एक अकाल्पनिक ख़ूबसूरत नाक की मालकिन थी, जिसके बूते उसका परिवार ता-ज़िंदगी शान से जी सकता था। उसके हाथ लंबे और हथेलियाँ दुबली थीं, जिनपर उसकी नीली नसों के निशान हमेशा ताज़ा रहते

थे। उसके नाख़ूनों का रंग क़ुदरती गुलाबी था।

अब जब मैं ये लिख रहा हूँ, तब एक शातिर और तख़्लीक़ी ज़ेहन रखते हुए भी, अपने आप को टीपू से कमतर महसूस कर रहा हूँ। मेरे मन में उसको लेकर हसद पैदा हो रही है। मैं उससे जलने पर मजबूर हूँ। लेकिन मैं अपनी इंसाफ़पसंद तबीयत को मायूस नहीं कर सकता। मैंने नहीं किया। टीपू और हुस्न की देवी मेनिका (मुझे उसे यही नाम देना होगा) के इश्क़ के चर्चे क़िस्से-कहानियों की तरह, उनके जीते-जी ही हुक्का गुड़गुड़ाते हुए मर्दों के दरमियान आम हो चले थे। लड़कियों और औरतों का आम तौर पर ख़्वाब हो चला था कि वो कुछ भी कर के मेनिका की तरह ख़ूबसूरत दिख सकें। मेनिका की तरह इश्क़ कर सकें। आलम यहाँ तक आ पहुँचा था कि नई नस्लें उनकी देखा-सीखी इश्क़ में पड़-पड़कर बर्बाद हो रही थीं। एक क़ाबिल डॉक्टर बनने का ख़्वाब पालने वाला टीपू, मूर्तिकार कब और कैसे बना, के पीछे मुख़्तसर कहानी यही है कि वो बन गया, जबकि उसकी ख़्वाहिश थी कि वो डॉक्टर बनकर बीमार हिंदुस्तानियों का इलाज करे। अपनी हुनरमंदी से किसी ऐसी वैक्सीन की ईजाद करे, जिसे किसी ख़ास मुहिम के तहत फ़िरंगियों के शरीर में इंजेक्ट कर, हमेशा के लिए उन्हें अपना ग़ुलाम बनाया जा सके। लेकिन डॉक्टरों द्वारा खाई जाने वाली क़समों से वाक़िफ़ टीपू ऐसा नहीं कर सका। उसका ये ख़्वाब वक़्त के साथ-साथ धुँधला पड़ गया और बाद के दिनों में वो एक नामज़द मूर्तिकार बन गया, जो अकबर के नौ-रत्नों में शामिल होने की हैसियत रखता था। सन् छब्बीस में, जब हयुलानी का कहीं कोई अता-पता नहीं था, शहर में नए-नए आए टीपू की औलाद नदी में अपनी नाव के साथ ग़ायब हो गई थी। ये क़यामतों के बने रहने का वक़्त था, जिसपर ख़ुदा का कोई ज़ोर, कोई क़ाबू नहीं था। ये संघर्षों के मुसलसल चलते रहने का वक़्त था। एक भयानक और बुरा वक़्त। इतना बुरा, जो एक बेमिसाल मूर्तिकार को पागल बना सकता था। टीपू के ही लफ़्ज़ों में, "अच्छा हो या बुरा हो मगर वक़्त सबसे हरामी चीज़ है।"

औलाद के गुज़र जाने के दुख में बेहिस मेनिका दिनो-दिन सूखती गई और भयानक अवसाद की चपेट में आ गई। आहिस्ता-आहिस्ता उसकी तमाम ख़ूबसूरती उसके बदन को धोखेबाज़ दोस्तों की तरह छोड़कर जाने लगी। वो मर गई। जब किसी डॉक्टर, वैद्य या हकीम की तज्वीज़ की किसी भी दवा का उसपर कोई असर न होने लगा, तब टीपू ने अचानक मूर्तियाँ बनाना बंद कर दिया। और इस अफ़सोस में जीने लगा कि काश वो डॉक्टर होता, तो अपनी क़ाबिलियत के बूते

कम-अज़-कम अपनी बीवी को ठीक कर सकता था। लेकिन वो दोगुने दुखों की चपेट में आकर पागल होने लगा, जब एक रात तैरने के हुनर से अनजान उसकी बीवी ने नदी में छलांग लगा दी।

"ये नदी नहीं है काल है काल"

अंधेरा किसी सनकी सरफिरे 'इनकम टैक्स ऑफ़ीसर' की तरह पूरे शहर में बेवज्ह छापा मारता हुआ। रात, एक फ़िज़ूल रात। सुब्ह, और हर सुब्ह अपनी चमकदार रौशनी से रात के गुनाहों को धोकर ज़मीन को पवित्र नहीं कर सकती। शाम— और फिर एक फ़िज़ूल रात।

***

जरीस और हफ़ीज़ के सफ़र के दरमियान पड़ने वाले किसी क़स्बे की एक शाम, एक दावत जिसका इंतिज़ाम और सजावट आँखों को तसल्ली बख़्शने लायक़, याद किए जाने लायक़ थी। प्रवेश द्वार ख़ूबसूरत महलों के दरवाज़ों की तर्ज़ में सजाए गए थे। खंभों पर बिजली के छोटे-छोटे बल्बों वाली झालरें बेशर्म बेलों की तरह लिपटी हुई थीं। शामियाने ऊँचे और शिखरों पर नुकीले थे, जिनसे उतरते हुए कपड़ों के किनारों पर चमकदार लेशें लगी हुई थीं। साधना में लीन साधुओं तक को ललचा देने वाली पकवानों की ख़ुशबुएँ तांत्रिकों की तरह मौजूद ललत्ती ज़बानों को क़ाबू में किए हुई थीं। शराब के नशे में धुत अघाए हुए मेहमान उल्टियाँ करते—फिर खाते—फिर उल्टियाँ करते—फिर खाते। मगर खाते नहीं अघाते। अहमद का, जिसने पूरी दावत का ख़र्च अकेले उठाया था, जरीस से ताल्लुक़ बस इतना ही था, जितना भक्तिराम जैन का अकबर से था। कुल मिलाकर कान होते हुए भी उसकी हाँ में हाँ मिलाने वाला।

उसका नाम अदीबा था। एक कमसिन बंगालन। हीर की फुफेरी बहन। एक नाचने गाने वाली औरत, जो अभी-अभी हफ़ीज़ को धकियाते हुए एक बेरौशन अहाते की तरफ़ जाती हुई बड़बड़ा रही थी, "हरामी कहीं का।" वो गेंहुए रंग की तड़कती-भड़कती एक जवान औरत थी, जिसे नेनू की नाक के मर्तबे से नवाज़ा जा सकता था। मोम की तरह नाज़ुक मगर किसी तापमान में न पिघलने वाली, जिसे देखकर कहा जा सकता था कि उसे ज़रूर देवों के देव महादेव, शेषनाग पर आराम फ़रमाते देव विष्णु के भरोसे देवलोक का राज-पाठ चलाने वाले देव, जिसने कर्ण से उसका कवच और कुंडल दान में माँग लिया था, जिसके श्राप ने पवित्र देवी

अहिल्या को पत्थर में बदल दिया था, जिसे आर्य इंद्र कहकर पुकारते हैं, ने किसी नपे-तुले मख़्सूस साँचे में ढालकर बनाया होगा। कलकत्ते में, जब जापानी और चीनी अफ़ीम के कारोबार के अपने-अपने साम्राज्य की लड़ाई में कटते, मरते और घटते चले जा रहे थे, तब अदीबा अपने नाच गाने से उनका मनोरंजन कर उनसे मोटी रक़में वसूल रही थी। वो उन छोटी आँखों वाले मर्दों को अफ़ीम के सौदों के इतर बस इस बात पर लड़वा देती थी कि नाचते वक़्त उसने किससे सबसे ज़्यादा नज़रें मिलाई थीं। उसकी बाईं भौंह के नज़दीक ज़ख़्म का एक बारीक निशान तब पड़ा, जब इन लड़ाइयों में से एक लड़ाई के दौरान हवा में सनसनाता हुआ एक ख़ंजर, उसकी आँख को छूकर गुज़रा था। अफ़ीम के नशे में बर्बाद होते जा रहे बंगाल के मर्द कब उस निशान को नज़रअंदाज़ करते हुए उसके झाँसे में आ जाते थे, उन्हें कुछ याद नहीं रहता था।

वो कुल निन्यानवे थे।

अंधेरे में एक कुर्सी पर अपने नितंब पसारे बैठी अदीबा की जानिब बढ़ता हुआ, हाथ में थामे हुए प्याले से व्हिस्की छलकाता हुआ हफ़ीज़, उसके इश्क़ में बर्बाद होने वाला सौवाँ मर्द होने जा रहा था। हफ़ीज़ ने उसे झाँसे में लाने की कोशिश में शाइराना अंदाज़ इख़्तियार करते हुए कहा, "हुस्न को इस क़दर रौशनियाँ नहीं उगलनी चाहिए। किसी बेरौशन जगह को कोई बदन कैसे उजाला फ़राहम कर सकता है। देखिए मेरा साँवला बदन दूधिया हो चला है।"

बेहूदा; बेहद बेहूदा; मैं वहाँ अपनी मौजूदगी दर्ज कराकर खाँसते हुए उसे टोकना चाहूँगा।

"मैं दंगे करवा देने वाली औरत हूँ साहब। मुझसे निकलने वाली रौशनियाँ परछाइयाँ नहीं बनातीं। मैं इन फ़र्ज़ी शाइराना अंदाज़ों से मुतवज्जा नहीं होती। मैं नोट देखती हूँ, नोट। सदा से मुझपर माल लुटाने वाला ही मेरे इश्क़ का हक़दार होता आया है," अदीबा ने अपने लटकों-झटकों के साथ कहा।

एक ऐलान होता है : मेहमानों की ख़ातिरदारी का ख़ास ख़याल रखते हुए किया गया है ख़ास इंतिज़ाम। आपकी ख़िदमत में शहर में पहली बार। जी हाँ, पहली बार बंगाल की मशहूर, क़ातिलाना, जानलेवा, अपने लटकों-झटकों से बेहोश कर देने वाली जादूगरनी सिर्फ़ और सिर्फ़ अदीबा का नाच। दोस्तो ज़रा सँभलकर।

अदीबा अपने कंधे झटकते हुए उठती है। कहती है, "आइए हुज़ूर, देखते हैं कितना दम है आप में।"

मंच पर अदीबा के पहले ठुमके ने आधे आगंतुकों को एक झटके में बेहोश कर दिया। तालियों, सीटियों का ऐसा दौर चला कि रात भर किसी को न और कुछ सुनाई दिया, न दिखाई दिया। उसपर इस तरह से पैसे लुटाए जा रहे थे, मानो वहाँ मौजूद हर शख़्स हराम की कमाई खाने वाला हो। इस होड़ में बदक़िस्मती से फ़त्ह हासिल करने का सुख जरीस के हिस्से में आया। ख़ुशक़िस्मती से विजय प्राप्ति के सुख से पहले जरीस ने इतनी शराब पी ली थी कि वो वहीं लुढ़क गया और अदीबा के खाते में सौंवा मर्द भी जवान दर्ज हुआ।

किसी ने कहा, "हमेशा से ऐसे ही रहे हैं हमारे मुल्क के बादशाह।"

जरीस को उसकी अवाम या अंग्रेज़ी हुकूमत ने अब तक किसी ख़िताब से नहीं नवाज़ा था। भक्तिराम जैन की तरह उसकी ख़िदमत में उसे कोई हाकिम-उल-वक़्त, ज़िल्ल-ए-सुब्हानी, मुंसिफ़-ए-ला-सानी, रहमत-ए-इलाही, सितारा-ए-हिंद, आफ़्ताब-ए-आलम नहीं कहता था। अहमद भी नहीं। वो शम्सुज़्ज़माँ नहीं था। वो शाहों का शाह नहीं था। वो सिर्फ़ शाह था। एक ठीक-ठाक रियाया का शाह, जिसने हिंदुस्तान के आज़ाद होते ही अपनी रियाया को एक मुल्क बनाने, अपनी ख़ुद की फ़ौज खड़ी करने, अपनी तस्वीर छपे सिक्के और नोट चलवाने का बेहूदा ख़्वाब पाल रखा था। वो सिकंदर की तरह जंग पर जाना चाहता था।

पूरे हिंदुस्तान पर हुकूमत करने का एक और बेहूदा ख़्वाब।

अहमद अपने थूक से उसके चूतड़ धोने के बदले में उसके किसी एक महकमे का सद्र बनने की ख़्वाहिश रखता था। उसने उससे कह रखा था, "हुज़ूर मेरे बारे में भी कुछ सोचिएगा।"

हफ़ीज़, नशे में लगभग बेहोश हो चुके अपने बाप को उसके कमरे तक पहुँचाने का मामूली फ़र्ज़ अदा कर, अदीबा की बिल्ली चाट रहा था। "आज रगड़ के लूँगा तेरी। बड़ी जादूगरनी बनी फिरती है। पैसों की लालची औरत, बड़ी मुश्किल से हाथ लगी है, साली रांड।" आह— आह— आह— आआअह्ह्ह्ह— आआआअह— अह— अह— अह— जरीस के बाद ख़ुद को सल्तनत का जानशीन समझने वाले हफ़ीज़ का लिंग गुफा में घुटन महसूस करता हुआ, अपने मुँह से फेना छोड़ते हुए बेहोश हो गया।

हमेशा से ऐसे ही रहे हैं हमारे मुल्क के शाहज़ादे।

***

कई दिन बीत चुके थे, जब विज्ञान के ज्ञान की भूखी डाइनों ने—न एक-दूसरे को *उस* निगाह से देखा था, न *उस* इरादे से छुआ था, जिससे उन्हें बग़ैर किसी लाग-लागत के आनंद का चरम हासिल हो जाता था। कई दिन, यानी सदी की मानिंद उनपर गराँ गुज़रने वाले उन सात दिन के मामूली-से वक़्त का दोगुना, यानी दो सदी, उसमें से एक सदी, जो उन्होंने ऑस्कर वाइल्ड की किताब 'द पिक्चर ऑफ़ डोरियन ग्रे' पढ़ते हुए बिताने की कोशिश की थी। बहनें, जो अब एक-दूसरे के जिस्मों से आनंद हासिल नहीं कर पा रही थीं, वो अब उन दूसरे मादा जिस्मों की जुगत भिड़ाने में लगी रहती थीं, जो इंसान हों। कम-अज़-कम इतनी इंसान जितनी वो ख़ुद थीं। जैसे-तैसे मगर सफलतापूर्वक दो सदियाँ बिताने के बाद वो बन-ठनकर अपनी नाम-निहाद बेहयाई की नुमाइश करने साहिराबाद की सड़कों पर उतर चुकी थीं। महल की सरहद के पार राजकुमारियों की हैसियत न रखने वाली बहनों को लोग चेहरों से नहीं पहचानते थे। उन्होंने कभी किसी को अपना पूरा नाम नहीं बताया। वो जानती थीं कि औरतों में हमेशा से कुछ न कुछ बदलने की हसरत रखने वाले मर्द, उन्हें आधी उम्र तक एक नाम से और आधी उम्र दूसरे नाम से पुकारते हैं। उन्हें अपने ही नाम पर मालिकाना हक़ न होने का अफ़सोस था। बेहद अफ़सोस। लिहाज़ा उन्होंने अपने बाप का नाम सिर्फ़ तब लिया, जब उनको, उन्हें छेड़ने वाले मर्द को पीट-पीटकर घायल कर देने की वज्ह से मजबूरन पुलिस चौकी में बैठना पड़ा था। उन्हें छेड़ने वाले मर्दों के अंडकोष घायल करते हुए, दाँत तोड़ते हुए गंतव्य की दिशा में तेज़गाम बहनें फ़ारूक़ी के किए वादे को आज़माने से महज़ इतना दूर थीं कि वो एक-एक सुंदर लड़की को अपनी-अपनी तरफ़ आकर्षित कर सकें। कभी अपने वादों से न फिरने वाला, आज़माइशों पर हमेशा खरा उतरने वाला फ़ारूक़ी, फिर से कामयाब होने जा रहा था। दत्त ने बहनों को बताया, "ये उसी दिन से फ़रार था। एक दिन भी दुकान का मुँह देखने नहीं आया। दिल्ली तक हो आया है। इतनी किताबें जुटा लाया है कि तुम्हें इन्हें अपने घर तक पहुँचाने के लिए कम-से-कम एक हाथगाड़ी भाड़े पर करनी होगी। ख़ैर, बेफ़िक्र रहो, उसका इंतिज़ाम भी जनाब कर चुके हैं। ये रहीं तुम्हारी किताबें और वो रही तुम्हारी हाथ-गाड़ी। भाड़ा फ़ारूक़ी ने भर दिया है।" "लेकिन इन्हें कैसे पता कि हमारा घर (उन्होंने महल कहना ठीक नहीं समझा) कहाँ है और उसका कितना भाड़ा बनता है," गुज़िश्ता ने दत्त से कहा। "सो ही तो, जनाब ने उसे पेशगी की इतनी रक़म दे दी है कि तुम चाहो तो इन किताबों को शहर के

दूसरे कोने तक ले जा सकती हो," दत्त ने दुकान में दूसरी नई आईं किताबें जमाते हुए जवाब दिया। "लेकिन अगर हमारा घर यहीं-कहीं आसपास हुआ और भाड़े की रक़म बच गई तब?" अक्सीर ने दत्त से कहा। "फ़ारूक़ी को इसकी परवाह नहीं," दत्त हँसा। उसने आगे कहा, "और मुझे भी नहीं। मैं वसूल लूँगा उससे। रोज़ तो आता है यहाँ।" दुकान के बाहर अपनी हाथ-गाड़ी पर टिका, दान में पाए लत्ता-लिबास पहने हुए एक नौजवान, जिसका एक हाथ उसकी चड्डी के अंदर और दूसरा उसके दाँतों में फँसे हुए अनाज को कुरेदने में मसरूफ़ था, इत्मीनान से माल को मंज़िल तक पहुँचाने के लिए माल वालियों (जो वो नहीं जानता था) की राह देख रहा था। फ़ारूक़ी, इस गुफ़्तगू को नज़रअंदाज़ करते हुए, आदतन किसी ख़ानदान के शजरे की कड़ियाँ मिलाने की कोशिश कर रहा था। फ़ारूक़ी एहसान करने वालों में से था, जताने वालों में से नहीं। वो श्रेय लेने के बुरे अमल से अनजान था। हाथ-गाड़ी में किताबें लादते हुए, दत्त और बहनों के जोड़े को भी फ़ारूक़ी ने चालाकी से नज़रअंदाज़ कर दिया। गाड़ी में आख़िरी किताब पटकती हुई अक्सीर ने दत्त से पूछा, "फ़ारूक़ी साहब क्या किसी तहक़ीक़ में मगन हैं? क्या उन्हें शुक्रिया कहकर परेशान करना और उनकी मसरूफ़ियत में अड़चन पैदा करना ठीक रहेगा?" "फिर भी तुम्हें अपना फ़र्ज़ निभाना चाहिए," दत्त ने अपनी ठोडी खुजाते हुए कहा। बहनें, जो अपनी पैदाइश के दिनों से ही हिचकिचाने के अमल से अनजान थीं, आज, अब पहली मर्तबा हिचकिचाने जा रही थीं। "शुक्रिया फ़ारूक़ी साहब," उन्होंने हिचकिचाते हुए कहा, "आपकी बदौलत हिंदुस्तान को दो नए साइंसदाँ मुबारक होने जा रहे हैं।" फ़ारूक़ी अपने ड्रामे से बाज़ आते हुए यक-ब-यक हँस पड़ा। दत्त भी हँस पड़ा, चारों के चारों हँस पड़े। इस किताब की दुकान की तमाम ख़ूबियों से बढ़कर ख़ूबी ये थी कि यहाँ हँसते हुए रुख़्सत होने का रिवाज कभी क़दीमतर साबित नहीं हुआ। अंग्रेज़ों तक की कभी हिम्मत नहीं हुई कि वो इस रिवाज को सती-प्रथा की तरह ग़ैरक़ानूनी क़रार कर दें। किसी रूढ़िवादी की हिम्मत नहीं हुई कि इससे चिढ़कर इसकी मुख़ालिफ़त करने पर आमादा हो जाए। बहनों ने रुख़्सती ली। गाड़ीवान ने पूछा, "आप दोनों चलेंगी साथ?" बड़ी बहन ने जवाब दिया, "नहीं, तुम चलोगे हमारे साथ।" नजीब का उन्हें उस बाज़ार में देखना, देखकर पहचान लेना उनके लिए ज़िंदगी में एक ही दिन में दूसरी बार हिचकिचाने का सबब बना। उसने राजकुमारियों की ख़िदमत में आदाब बजाने का मौक़ा न गँवाते हुए उनकी जानिब दौड़ लगा दी, "आदाब बड़ी बी, आदाब छोटी

बी, आप यहाँ?" बड़ी बहन ने इशारा करते हुए उसे गाड़ीवान से दूर बात करने का हुक्म दिया। उसने कहा, "क्या ज़रुरत थी हमें पहचानने की? यहाँ हमें कोई नहीं पहचानता। बेहतर था तुम भी न पहचानते। अब जाओ यहाँ से। और हाँ आज के बाद हम यहाँ दिखें, तो दोबारा पहचानने की गुस्ताख़ी मत करना।" "जी जी मैं वादा करता हूँ, शिकायत का मौक़ा नहीं दूँगा। और ये इतनी सारी किताबें? किसके लिए? क्या ये शाहज़ादे की उम्र भर की तालीम का इंतिज़ाम है?" "नहीं, ये सब हमने, हमारे लिए ली हैं। पढ़ना अच्छी बात है। तुम भी, अगर ख़ुद नहीं पढ़ सके, तो अपनी औलाद को पढ़ाओ-लिखाओ उसे क़ाबिल बनाओ। पढ़ने-लिखने के बारे में उसकी हौसलाअफ़्ज़ाई करो। अब तुम यहाँ से जा सकते हो।" नजीब अपनी दुकान की तरफ़ बढ़ते हुए रुस्तम के बारे में सोचने लगा।

सूरज की किरनें वफ़ादार सिपाहियों की तरह उसके हुक्म पर रुस्तम की आँखों पर टूट पड़ती हैं। आँखों के बचाव में उसकी पलकें तिलतमिलाती हैं। उसकी खुली हुई हथेलियाँ फ़ौरन मुट्ठी की सूरत इख़्तियार कर लेती हैं। लेकिन सारी जंगें मुक्कों से नहीं जीती जा सकतीं। उसने हथेलियों की आड़ ली और तेज़ किरनों से एक छोटा-सा युद्ध लड़ा। वो जीता और उसने सबक़ लिया : जंग जीतने के लिए हथियारों से ज़्यादा तेज़ दिमाग़ की ज़रुरत होती है, जो सूरज के पास हमेशा से था।

सूरज?

रुस्तम की आँखों के सामने अंधेरा छा गया। उसने एक डरावना सपना देखा।

गाड़ीवान ने बहनों को ख़िताब करने के लिए कोई लफ़्ज़ नहीं सोचा। उसने 'आप' लफ़्ज़ से सफलतापूर्वक अपना काम चला लिया। महल के दरवाज़े के सामने तक पहुँचने के लिए, छोटी-सी पहाड़ी की घुमावदार सड़क चढ़ने के मुश्किल काम से गुज़रते हुए वो हाँफने लगा। उसने हाँफते हुए बहनों से पूछा, "क्या ये माल नवाब ने अपने लिए मँगवाया है?" "ऐसा ही समझ लो," गुज़िश्ता ने कठोर स्वर में कहा। "फिर आप दोनों कौन हैं? महल में कोई मर्द नहीं था, जो इस काम को अंजाम दे सकता?" गाड़ीवान ने पूछा। गुज़िश्ता ने उसे जवाब देते हुए कहा, "तुम हमें ही वो मर्द समझ लो। तुम्हारे नवाब के औरत की तरह दिखने वाले मर्द और वफ़ादार नौकर और इतने वफ़ादार कि उनके बदले में मुताले और ज़रूरी तहक़ीक़ों को भी अंजाम देने का काम भी हमारे हवाले है। तुम जानते हो इस रियाया के तमाम नए क़ानून हमने लिखे हैं। सबसे अहम क़ानून बादशाह के हुक्म से इनकार करने पर मौत की सज़ा।" दोनों बहनों ने इतनी संजीदगी से

अदाकारी करते हुए गाड़ीवान के दिल का कोना-कोना दहशत से भर दिया। अगर पंडित ज़िंदा होता, तो इन पर नाज़ करता। लड़कियों की ज़िंदगी पर मुनहसिर किसी ड्रामे पर इनकी अदाकारी और अपने लेखन का मुरक्कब पेश कर वो ज़िंदगी भर तालियों की गड़गड़ाहटों के बीच रह सकता था। अपनी कला का लोहा मनवा सकता था। अपना ख़्वाब पूरा कर सकता था।

"अब अपनी बक-बक बंद करो और माल को ठिकाने लगाओ। और ख़बरदार अगर किसी को बताया कि तुमने इस माल की कहाँ और किसे तरसील की है। यहाँ क़ानून कड़े हैं," अक्सीर ने गुज़िश्ता की तरह अपनी आवाज़ में सख़्ती बरतते हुए कहा। गाड़ी से तमाम किताबें उतारने के बाद गाड़ीवान पलक झपकते ऐसे ग़ायब हुआ, जैसे उसे किन्हीं पिशाचिनियों के चंगुल से आज़ादी मिली हो। उसकी रफ़्तार हवा की रफ़्तार थी।

ख़ुफ़िया तरीक़े से बहनों के कमरे तक किताबें पहुँचाने में उनका मददगार महल में मुलाज़मत कर रहे मुलाज़िमों में से वाहिद था, जिसने कभी बहनों को नज़रअंदाज़ करने की गुस्ताख़ी नहीं की थी, जिसे बहनों से किसी तौर, किसी तरह का कोई ख़ौफ़ नहीं सताता था, बल्कि उनपर नज़र रखने में माहिर ज्ञानचंद उनके हगने-मूतने के वक़्तों तक का हिसाब रखता था। इकलौता वही था, जिसे मालूम था कि दोनों बहनों ने एक दूसरे को कब से *उस* निगाह से नहीं देखा, *उस* इरादे से नहीं छुआ। जिसका नाम ज्ञानचंद भी इसीलिए पड़ा क्योंकि उसके पास कोई ज्ञान नहीं था, बल्कि वो इतना अज्ञानी था कि ज़ोर-ज़बरदस्ती करने पर भी किसी मसअले पर अपना ज्ञान नहीं *पेलता* था। हमेशा से बहनों की ठंडी पड़ी चिलम को चिंगारी के हवाले करने के लिए चरस, गाँजे से लेकर उस हर नशे का इंतिज़ाम करने का ज़िम्मा, जो सिर्फ़ अपने धुएँ के बल पर बहनों को बेहोशी के आलम तक ले जाए, उठाने वाला इकलौता ज्ञानचंद था, जो अब तक उनके लिए शराब मुहैया कराने का भी ज़िम्मेदार हो चुका था। बड़ी बहन पर मन ही मन फ़िदा ज्ञानचंद उनके द्वारा की गईं छोटी-मोटी चोरियों का महज़ चश्मदीद नहीं, बल्कि सहायक भी रहा है। वो बहनों का इतना वफ़ादार था कि कई बार इन 'छोटी-मोटी' चोरियों का इल्ज़ाम अपने सर लेकर दिन-दिन भर मुर्ग़ा बनकर काट देता था। उसे हाथी के पैरों तले कुचलवा दिया जाता, लेकिन महल में एक भी हाथी नहीं था। उसे फाँसी पर चढ़ाकर मौत के घाट उतारा जा सकता था, लेकिन वो इतना दुबला था कि जल्लाद समझता था, उसे फाँसी पर झुलाना सिवाए वक़्त और रस्सी बर्बाद

करने के कुछ नहीं है। ये नहीं मरेगा। ये हड्डियों से साँस लेने वाला ज्ञानचंद, नहीं मरेगा। उसके हाथ कटवाए जा सकते थे, लेकिन वो नशे में इतना लीन रहता था कि उसे उससे दर्द का एहसास नहीं होने वाला था। किए गए जुर्म का तो क़तई नहीं। वो नशेड़ी था। वो नशेड़ियों का नशेड़ी था। वो नशेड़ियों का बादशाह बनने का दम-ख़म रखता था। वो बंगाली नहीं था फिर भी अफ़ीम के नशे में चूर रहने वाला ज्ञानचंद सिवाए शराब के (वो शराब नहीं पीता था। शराब उसके लिए हराम थी। उसका नाम ज्ञानचंद नहीं, उज़्बेक था। एक बादशाह जैसा नाम।) नशे की किसी भी क़िस्म को बग़ैर चखे, बग़ैर सूँघे बता सकता था कि माल कितना चोखा है। मैं सोचता हूँ, इस नशेड़ी का उर्फ़ ज्ञानचंद का उर्फ़ उज़्बेक का महल में क्या काम था? इसे जेल की सलाख़ों के पीछे तो डाला ही जा सकता था। महल में चोरी? और सज़ा न मिले? नागवार, सिरे से नागवार। वो चोर था, नशेड़ी था और एक ऐसी दवा का जानकार था, जिसकी दो ख़ुराक का सेवन करने भर से संभोग का सुख न भोग पाने वाले मर्दों में ऐसी जादुई ताक़त पैदा हो जाती थी कि उनकी चाहने वालियाँ तो क्या, उनकी बीवियाँ तो क्या, चकले की सबसे ढीट रंडियाँ तक गुहार लगा उठतीं थीं। उसने अफ़वाह यहाँ तक उड़ा रखी थी कि ये नुस्ख़ा उसे, उसके पुरखों का दिया हुआ है, जो हिमालय की सबसे मुश्किल चोटियों और गुफाओं में जाकर इस दवा को जमा करते थे। उसे महीनों तक ऐसी ज़मीन के नीचे गाड़कर रखते थे, जहाँ धन गड़ा हो, जिस धन की रक्षा की ज़िम्मेदारी एक नाग उठाता हो। नाग से बचकर, धन का लालच किए बग़ैर दवा को वहाँ दफ़्न करना, बालिग़ होने पर वहाँ से निकालना, आसान नहीं। वो कहता था, इस दवा पर सिर्फ़ और सिर्फ़ उसी का हक़ है। ख़ानदानी हक़। उसके अलावा कोई *भी* दूसरा अगर उसे हाथ लगाएगा, तो वो मुक़द्दस दवा खंडित हो जाएगी। अशुद्ध हो जाएगी और इतनी अशुद्ध कि उसका सेवन करने वाला जान से भी जा सकता है। कम-से-कम नामर्द तो हो ही सकता है। हमेशा बिल्लियों, अमरदों के गोरे-चिकने चूतड़ों की तमन्ना रखने वाले जरीस और हफ़ीज़ की हमेशा आसमान ताक़ती तनी हुई बंदूक़ों के पीछे ज्ञानचंद की महज़ दो ख़ुराकों का नहीं, बल्कि ख़ुराकों पर ख़ुराकों का असर था। वो इससे इतना तंग आ चुके थे कि तसल्ली से मूत भी नहीं पाते थे। लिहाज़ा ज्ञानचंद को संगीन से संगीन जुर्म के लिए मुश्किल से मुश्किल, उससे भी मुश्किल, मुश्किलतरीन सज़ा या तो दिन भर मुर्ग़ा बनाना या कई दिनों तक मुर्ग़ा बनाना मुक़र्रर की गई।

***

अफ़वाहों और निहाँ राज़ों से संबंधित ख़बरों की रफ़्तार हवाओं और दिमाग़ों तक की रफ़्तार से तेज़ होती है। इन ख़बरों को सुपुर्द करने का काम किसी डाकिए के हाथों नहीं होता। ये ज़बान-दर-ज़बान उछल-कूद करती हुईं, वक़्त से पहले अक्सर वहाँ पहुँच जाती हैं, जहाँ इन्हें नहीं पहुँचना चाहिए।

मंसूख़ के कान लोहे के कान नहीं थे। उनमें ताला जड़ने की सुविधा नहीं थी। उसके कानों में ऐसी कोई ख़ूबी नहीं थी कि उन्हें वो सब न सुनाई दे, जो नहीं सुनाई देना चाहिए। मंसूख कहीं का *'वो'* नहीं था। बाक़ी ख़बरों के साथ उसे इस बात की भी ख़बर लग चुकी थी कि बस कुछ लम्हे, और एक औपचारिक ऐलान होने जा रहा है—

"जरीस साहब, हफ़ीज़ साहब महल में तशरीफ़ फ़रमा होने जा रहे हैं।"

जहाँ उसे अठारह साल बाद अपने बाप और भाई की शक्लें देख पाने की ख़ुशी में मर मिटना था, वो भनभनाया हुआ, सैंतीस सौ स्कवायर फ़िट के कमरे में एक होनहार चित्रकार द्वारा बनाई गई उसके बाप के बाप की उस त्रिविमीय तस्वीर के सामने पाँव पटक रहा था, जिसमें छपा हुआ, कब का मर चुका शख़्स, जीता-जागता हुआ मालूम पड़ता था। जिसकी चूड़ीदार सलवार उसके जूतों के ऊपर हमेशा चुस्त रहती थी। जिसके लंबी आस्तीन वाले कोट की बाईं जेब में आधा चाँद बनाती हुई लटकी सुनहरी चैन की चमक सभ्यता का सूचक थी। वो एक ग़ैर-मामूली तस्वीर थी। वो हर दिशा से देखने पर एक जैसी दिखती। बाएँ से देखने पर उसका दाहिना जूता छोटा और बायाँ बड़ा, और दाएँ से देखने पर बायाँ जूता छोटा और दाहिना बड़ा दिखता। उसके बँधे हुए हाथों में भी जादुई घुमाव होता था। उसके सर पर बँधी पगड़ी बहादुर शाह ज़फ़र के दिनों की याद दिलाती थी। वो एक कामयाब, रहमदिल और ईमान पर जान लुटा देने वाले बादशाह की तस्वीर थी, जो इस सदमे में अपनी जान गँवा बैठा था कि उसने हरामज़ादी कंपनी को किसी भी तौर कोई भी समर्थन क्यों दिया था।

ऐलान पूरा हुआ।

आव-भगत की जगह एक बीमार मुबाहिसे ने ले ली। पुरज़ोर ग़ुस्से के साथ एक मुकालमा उन लोहे के कानों को भेद गया, जो दरअस्ल लोहे के नहीं थे, मगर उनमें ये ख़ूबी थी कि वो, जो न सुनना चाहें उन्हें सुनाई नहीं देता था। ये वो चार

कान थे जो कहीं के *'वो'* थे।

"आपके बिगड़ैल दिमाग़ सड़ चुके हैं। उनमें फफूँद उग चुकी है। कुकुरमुत्ते उगना शुरू हो चुके हैं। इससे पहले कि ये छत्तेदार होकर आपके दिमाग़ों पर पूरी तरह छा जाएँ, बाज़ आइए, बाज़ आइए अपनी हरकतों से, बाज़ आइए अपनी मनमानियों से।" दोनों बंदूक़धारी, जो मंसूख़ को गले लगाने की ग़रज़ से भागे पड़े थे, सक्ते में आ गए। "ये किस तरह की बेहूदगी है?" जरीस ने आश्चर्य से भरे अपने ग़ुस्से को जताते हुए मंसूख़ से कहा, "शर्म नहीं आती? अठारह साल बाद अपने बाप-भाई से मिलने के बाद भी, उन्हें सीने से लगाने, दुआएँ देने का मौक़ा दिए बग़ैर बदसुलूकी करते हुए। अंग्रेज़ों के मुल्क में रहकर क्या अपनी तहज़ीब भी कहीं गिरवी रख आए हो?" "तहज़ीब के सबक़ फिर कभी अब्बू," मंसूख़ ने बेअदब होते हुए कहा, "पहले तो मैं ये जान लेना चाहता हूँ कि अदीबा कौन है? और कौन है इस रियाया का शाह, जो नशे में धुत रंडियों के नाच देखने में अपनी रातें गँवाता है?" भड़के हुए मंसूख़ ने सवाल पर सवाल दाग़ना जारी रखा। इस दौरान जरीस का सीना छलनी होते-होते बचा। बड़बड़ाते हुए उसके होंठों पर डरपोक जुम्बिश ने घर कर लिया था। वो लार की तारें बनाए जा रहा था; बनाए जा रहा था। उसके हाथ धड़धड़ाते इंजन के ऊपर रखे हुए रिंच की तरह काँप रहे थे। इससे पहले कि जरीस के सीने में एक और ऐसी गोली दाग़ दी जाती, जो उसकी जान ले लेती, हफ़ीज़ बीच में आ जाता है और कुछ गोलियाँ अपने सीने में भर लेता है। लेकिन अब सब कुछ चरम पर था। *इंतिहाई।*

जरीस ने हफ़ीज़ को हटाते हुए हिंदी फ़िल्मों के विलन की तरह हीरो से अपनी जान की भीख माँगने का नाटक किया। चूँकि हीरो की माँ खलनायक की बीवी थी, इसलिए उसके पास उसकी कनपट्टी पर बंदूक़ रखने का भी कोई विकल्प नहीं था। वो अपनी अदाकारी जारी रखता है। अपने हाथ हीरो के कंधे तक पहुँचाने का जोखिम उठाते हुए कहता है, "ये सब बेबुनियाद है। किसी ने तुम्हारे कान भरे हैं। हम सियासी दौरे पर थे। ऐसे सफ़रों में नाच-गाने के इंतिज़ाम नहीं हुआ करते। होश में आओ तुम। और तमीज़ से पेश आओ। किस बिना पर तुम हमपर ये इल्ज़ाम लगा रहे हो? कोई सुबूत है तुम्हारे पास?" हीरो कमज़ोर पड़ता हुआ। उमराह यानी अपनी बीवी को दाख़िल होते हुए देखते ही खलनायक को अपना पलड़ा भारी महसूस हुआ और पलक झपकते ही उसने अपनी आवाज़ की सख़्ती में इज़ाफ़ा किया। हीरो और कमज़ोर पड़ता हुआ। समझदार हीरो जानता था, अफ़वाहों और

छुपे राज़ों से संबंधित ख़बरों के सुबूत नहीं होते। लेकिन वो ये मौक़ा गँवाना नहीं चाहता था। लगे हाथ उसने बहस के विषय का रुख़ अपनी बहनों गुज़िश्ता और अक्सीर के साथ हो रही नाइंसाफ़ियों की तरफ़ किया। "मेरी बहनों को हमेशा परिवार से दूर क्यों रखा गया? क्यों दूर रखा जाता है उन्हें हमसे, हम सबसे? मुझे भेजे गए आख़िरी ख़त के ज़रीए उनके बारे में, जो बातें लिखी गई हैं, उनमें कितनी सच्चाई है?" "क्या अब तुम इस लायक़ भी हो गए कि अपनी माँ पर शक करो? ख़त में तुम्हारी माँ ने जो भी लिख भेजा था, सब सच था। अब तक सच है। तुम्हें शर्म आनी चाहिए उसपर शक करते हुए। वो एक पाक औरत है। पाँच वक़्त की नमाज़ी। क़ुरआन को अपनी ज़िंदगी समझने वाली। तुम्हें इस बात का अंदाज़ा ख़त पढ़कर ही लगा लेना चाहिए था। अगर नहीं तो सुनो मैं किसी ग़ैरमज़हबी लड़के से उनका निकाह कभी नहीं करा सकता। समझे तुम?" जरीस ने एक बाप होने की हैसियत से अपना ग़ुस्सा जताते हुए भारी आवाज़ में कहा। मंसूख़, सेलीनिआ डोम्ज़ उर्फ़ सिफ़ली के बारे में सोचता रह गया। उसके इस क़दम पर ना किए गए ऐतराजों को सोचता रह गया।

कोई नतीजा नहीं। हमेशा नतीजे नहीं निकलते।

[मोतीलाल नेहरू की सदारत में आठ लोगों को चुना गया : सर अली इमाम, एम. एम. अणे, तेज़बहादुर सप्रू, मंगल सिंह, जी. आर. प्रधान, शुएब क़ुरैशी, सुभाषचंद्र बोस, एन. एम. जोशी और जी. पी. प्रधान। तारीख़ में इसे 'नेहरू रिपोर्ट' का नाम दिया गया। ये भारत के लिए प्रस्तावित नए प्रभुत्व की स्थिति के संविधान की रूपरेखा तैयार करने का ज्ञापन था। हालाँकि मसौदे पर सभी के दस्तख़त किए जाने के बाद दो लोग, शुएब क़ुरैशी और जवाहरलाल नेहरू कुछ सिफ़ारिशों से इत्तिफ़ाक़ नहीं रखते थे। इसका भरपूर विरोध हुआ क्योंकि इस रिपोर्ट के बाद हिंदुस्तान 'अधिराज्य' की स्थिति पर लटक गया था। यानी आधी आज़ादी।]

बहनों के हक़ में छेड़ी गई ये छोटी-सी लड़ाई उन लड़ाइयों में शामिल हो गई, जिनके क़िस्से तारीख़ों में महफ़ूज़ नहीं किए जाते। जो कुछ भी हुआ वो सब कुछ बरबस आए एक तूफ़ान के हाथों यकजा किए गए मलबे के नीचे दब गया। हारे हुए सिपाही के दिन तमाम हुए (नहीं, मंसूख़ को क़त्ल नहीं किया जा रहा। उसे मौत नहीं आई। कब आएगी? मैं नहीं जानता। मैं नजूमी नहीं हूँ।), वो लंदन जा रहा था। सिफ़ली के साथ। हमेशा के लिए। हमेशा-हमेशा के लिए। उसने ठान लिया था कि वो अब उन भाषाओं और लिपियों के शोध में अपनी ज़िंदगी लगाएगा, जो

मौजूद हैं लेकिन उन्हें बोला नहीं जा सकता, पढ़ा नहीं जा सकता, समझा नहीं जा सकता, जिनमें साहित्य-रचना का काम या कभी हुआ नहीं या सदियों पहले होना बंद हो चुका है। वो उर्दू ज़बान के हक़ में भी कुछ करना चाहता था। सिफ़ली ने भी तय किया कि चाहे जो हो, वो मंसूख़ के हर फ़ैसले में उसके साथ रहेगी।

बुद्धिजीवियों के साथ हमेशा से एक मुश्किल रही है, वो समस्याओं, कुरीतियों, ज़ुल्मों को समाज के आगे उजागर करने में, लिखने के माहिर होते हैं, लेकिन उनके हल निकालने में ये अपनी ज़बान या क़लम के अलावा किसी और तरह की ताक़त ख़र्च करने से बचते हैं। वो अपने किसी ख़ास काम में मगन ज्ञानचंद जैसे नशेड़ियों की तरह होते हैं, जिनके पास ज्ञान होता है, लेकिन उनका नाम ज्ञानचंद नहीं होता। ये हर जगह बग़ैर किसी ज़ोर-ज़बरदस्ती के अपना ज्ञान *पेलने* के उस्ताद होते हैं।

ज्ञानचंद ने बड़ी बहन से अपनी मुहब्बत का इज़हार कर दिया और ख़ूब *सूता* गया। बावजूद इसके बहनों को लेकर उसकी वफ़ादारी में कोई कमी नहीं आई। अपनी हरकत से शर्मिंदा ज्ञानचंद ने अपने टूटे दिल को तस्कीन बख़्शने के इरादे से सोच लिया, इश्क़ फिर इश्क़ होता है, एकतरफ़ा ही सही। उसे दिशाओं का ज्ञान था। वो जानता था, चारों दिशाओं के नाम हिंदी में : पूर्व, पश्चिम, उत्तर, दक्षिण और उर्दू में : मशरिक़, मग़रिब, शिमाल, जुनूब हैं। उसकी तारीफ़ बनती है कि आज से पहले वो कभी रास्ता नहीं भटका था। बड़ी बहन के हाथों सूते जाने का उसे कोई अफ़सोस नहीं था। उसने बेइज़्ज़ती महसूस नहीं की। क्योंकि इश्क़ फिर इश्क़ होता है। उसे दर्द नहीं हुआ। क्योंकि दुनिया की सबसे बेहतरीन अफ़ीम का नशा अपने चरम पर था।

"ग़लती हो गई बड़ी बी मुझे माफ़ कर दीजिए। मैं आपका नौकर हूँ फिर भी मुझे अपनी औक़ात और हैसियत दोनों का ख़याल नहीं रहा। जो हुआ सो हुआ, अब आप भी भूल जाइए।" उसने कमरे की सफ़ाई करने में अपना ध्यान लगाया, जिसमें महीनों से धूल और चिलम की राख की इफ़रात इकट्ठा हो चुकी थी। मकड़ियों ने अपना ज़बरदस्त हुनर दिखाते हुए वहाँ दुर्लभ जालों की प्रदर्शनी लगा रखी थी। ऐसे घने जाले, जो जंगली मकड़ियाँ किसी काले जंगल में बहते गँधाते नाले के किनारे खड़े पेड़ों पर बनाती हैं। आईनों पर इतनी गर्द चढ़ चुकी थी कि उन्होंने रूठकर सच के अलावा भी *कुछ भी* बोलना छोड़ दिया था। ज्ञानचंद ने अपनी ज़िंदगी में पहली बार ख़ुद को सर से पाँव तक देखा। उसे अफ़सोस हुआ। उसने देखा उसका बदन लकड़ी के टुंडे की तरह हो चुका है। अगर वो किसी

आदमख़ोर राक्षस को अपने शरीर का मांस बेचता, तो उसे एक बीमार मुर्ग़े जितना भाव मिलता। वो मुर्ग़ा हो चुका था। एक बीमार मुर्ग़ा। आईनों के चेहरे अब साफ़ थे। उनके मुँह में दोबारा ज़बानें उग आई थीं। वाचाल आईनों ने फिर से अपनी बक-बक शुरू कर दी थी। वो सच बोल रहे थे। विधवाओं जैसा रूप धरे बुआएँ अपनी-अपनी सूरतों को लेकर शर्मिंदा थीं। शर्मसार बुआओं ने घंटों तक स्नान किया। नए लिबास पहने। श्रृंगार किया। ज्ञानचंद साफ़-सफ़ाई का काम तमाम कर कमरे के दरवाज़े इस एहतियात के साथ भिड़ाकर जिन की तरह वहाँ से ग़ायब हो गया, मानो बहनें अब किसी साधना में लीन होने जा रही हों।

चार

ये महीना सर्दियों का एक जादूगर महीना था, जिसने महल से लगकर बहती नदी को अपने वश में कर रखा था। नदी से उठते कोहरे को देखकर ऐसा जान पड़ता, मानो नदी अपनी बेहोशी के लम्हों में किसी जादूगर के इशारे पर उसकी अमूद तलवारों की नोकों पर टिकी किसी भट्टी पर चढ़ी हुई उबल रही हो। वक़्त एक चालाक जादूगर है। वो अपने हाथ हमेशा साफ़ रखता है। उसके हाथों में सफ़ाई है, इतनी कि एक जगह ठहरा हुआ होने के बाद भी वो चुपके से गुज़र जाता है और हमें इसकी भनक भी नहीं लगती।

कभी सर्दियों का मौसम मेरा पसंदीदा मौसम हुआ करता था, पर अब नहीं। सर्दियाँ अब वैसी नहीं रहीं। मेरे शहर के लोग अगर एक बिरादरी क़ायम कर सर्दी को बेवफ़ा के ख़िताब से नवाज़ दें, तो मेरी ख़ुशी में इज़ाफ़ा होगा। सर्दी प्रेमिकाओं की तरह हो चली है। उससे बढ़कर उनकी मौजूदगी की तरह, अजीब-सी नकचढ़ी, जो कई बार मौजूद न होकर भी मौजूद होती है और कई बार मौजूद होकर भी नामौजूद। गर्मी का मौसम मेरे लिए एक सच है। बिल्कुल दुख की तरह। दोस्तों की तरह। ज़िंदगी की तरह। सर्दी के मौसम में सर्दी नहीं बारिश हो रही है। फ़र्श पर पड़ती बरसात की बूँदों को उछलता हुआ देखकर ऐसा लग रहा है, जैसे नौज़ायदा बच्चे सड़कों पर नाच रहे हों। वो नालियों में, तालाबों में, नदियों में समा जाएँगे। आख़िरश अपनी शनाख़्त से जाते-जाते समंदरों में तब्दील हो जाएँगे। बारिश के दरमियान धूप निकल आई है। ये उनके लिए बेहतर मौक़ा है, जब वो दकियानूसी, कामचोर बुड्ढे ये कहने से नहीं हिचकिचाएँगे कि कहीं भेड़ियों का ब्याह हो रहा होगा।

जरीस और हफ़ीज़ ने अपनी बीवियों पर कभी हाथ नहीं उठाया। कभी गालियाँ नहीं दीं। कभी कोई ज़ुल्म नहीं किया। यहाँ तक कि कभी शराब के नशे में उनका सामना नहीं किया। अगर उनकी करतूतें, जिन्हें वो बड़ी चालाकी से अंजाम देने के बावजूद अफ़वाहों के शिकार हो जाते थे, कभी साबित नहीं होती हैं, तो वो उनके लिए हमेशा देवता साबित होते रहेंगे। इससे बढ़कर उस औरत के लिए, जो अभी तक किसी ग़ैर-मामूली तस्वीर में तब्दील नहीं हुई है। जरीस की अपनी माँ, जो अब इतनी बूढ़ी हो चुकी है कि उसे हर पल अपनी मौत के दर्शन होने लगे हैं। जरीस ने उसकी देखभाल के लिए उतना ही शाही इंतिज़ाम किया है, जितना एक राजमाता का होना चाहिए। जरीस आदतन ऊँचा बोलता है और वो मजबूरन ऊँचा सुनती है। ऊँची आवाज़ों में उसे महल के अंदर होने वाली हर एक घटना की जानकारी है, जैसे वो जानती है कि वो परदादी बन चुकी है। उसे मालूम है, उसका एक बेटा है, दो नाती और दो नातिनें हैं। दो बहुएँ हैं, जिनमें वो सिर्फ़ एक का, अपनी बड़ी बहू का चेहरा पहचानती है। जिस तरह से बहनों को बहुत बाद में अपने असली माँ-बाप के बारे में पता चला, उसी तरह से उन्हें अपनी दादी के बारे में उसकी मौत के रोज़ पता चला था। उन्हें ये भी नहीं मालूम कि उनकी दादी अब उनके चेहरे भूलती जा रही है। वो ये ख़बर सुनकर कि उसकी नातिनें किसी भयानक बीमारी की चपेट में आकर अपनी जान गँवा बैठी हैं, आँसू बहाने और "अल्लाह के आगे किसका ज़ोर चलता है" कहने के अलावा कुछ न कर सकी। ये एक ऐसा राज़ था, जिसके वजूद को क़ायम रखने के लिए जरीस *कुछ भी* कर सकता था। जिस वक़्त गुज़िश्ता, अक्सीर महर के भरोसे और अपने दम पर बैठना, उठना और चलना सीख रही थीं, उसी वक़्त 'चाँद बीबी' चल सकने के अपने क़ुदरती हुनर से हाथ धो बैठी थी। अपने शौहर की मौत के बाद उसकी अक़्ल, उसका हाफ़िज़ा हौले-हौले कमज़ोर होते चले गए। वो अब जाँबाज़ मल्लिका नहीं रह गई थी। वो विरासत में मिले अपने युद्ध कौशल को भूलती जा रही थी। बिस्तर पर पड़े-पड़े वो उन जंगों को याद किया करती, जो उसके पुरखों ने फ़त्ह की थीं। अपनी कमज़ोर याद्दाश्त के कारण कभी-कभी उसे शुब्हा होने लगता कि फ़लाँ जंग उसके बाप ने जीती थी या उसके दादा ने या उनके दुश्मनों ने। उसे लगातार अजीब-ओ-ग़रीब ख़्वाब आने लगे। जैसे, अपनी सनकी हथेलियों में एक जादुई हथियार थामे हुए वो किसी जंग पर है; उसने ब्रिटिश राज का सफ़ाया कर दिया है; हिंदुस्तान आज़ाद हो चुका है; वो अपने शौहर की मौत का बदला लेने में कामयाब हुई। ख़्वाब देखना

सबसे सस्ता अमल है। ख़्वाब देखे जाने चाहिए। ऐसे ख़्वाब, जो आँखों में आने से पहले दिन-रात का भेद न करें। कम-अज़-कम आँखों की हालत का जायज़ा लिए बग़ैर उनमें समा जाएँ।

चाँद बीबी तब सत्रह साल की थी जब औरंगज़ेब उसे ब्याह कर साहिराबाद लाया था। औरंगज़ेब, जिसका मुग़ल बादशाह औरंगज़ेब से कोई लेना-देना नहीं है। इतिहास उसे कितना भी कठोर बादशाह बताए, लेकिन उसने ऐसा कोई क़ानून नहीं लिखवा छोड़ा था कि उसके बाद कोई दूसरा उसका नाम इस्तेमाल नहीं कर सकता। औरंगज़ेब का नाम औरंगज़ेब 'बादशाह औरंगज़ेब' की किसी अच्छाई या बुराई से प्रभावित होकर नहीं, बल्कि लफ़्ज़ औरंगज़ेब के अपने शाब्दिक अर्थ के आधार पर रखा गया था। औरंगज़ेब— *'अर्श का ज़ेवर' यानी सिंहासन का आभूषण।* चाँद बीबी औरंगज़ेब की तीसरी बीवी थी। एक वक़्त में पहले से दो के साथ तीसरी नहीं, बल्कि अपने वक़्त में अकेली, लेकिन तीसरी। औरंगज़ेब की पहली दो बीवियाँ उसे बेऔलाद छोड़कर अल्लाह को प्यारी हो गई थीं। क़िले की ऊँची फ़सीलों की बुनियादों में राज़ों का इतना बड़ा ख़ज़ाना था कि अगर किसी के हाथ लग जाता, तो वो खड़े-खड़े किरमानियों को ख़रीदकर उन्हें सड़क पर ले आता। उनमें से एक राज़ ये भी था कि औरंगज़ेब की पहली दो बीवियाँ मरीं कैसे? अफ़वाह थी कि पहली वाली किसी ऐसी बीमारी का शिकार हो गई थी, जिसका दहाइयाँ गुज़र जाने के बाद भी नामकरण नहीं हो सका था। अफ़वाह थी कि अपनी तन्हाइयों से तंग आकर दूसरी ने ज़हर खाकर अपने आप को मार डाला था। अफ़वाहें वक़्त से पहले हर जगह पहुँच चुकी थीं और सबने मान लिया था कि ऐसा ही कुछ न कुछ हुआ होगा। औरंगज़ेब अय्याश बादशाह नहीं था। वो औरतों से आँखें मिलाने में झेंपने वाला एक ऐसा बादशाह था, जो औरतों को बुरी नज़र से देखने वालों की आँखें निकलवा लेता था। उसकी सल्तनत में सिर्फ़ एक अंधा (लेकिन पैदाइशी नहीं) था। औरंगज़ेब को अपने परिवार से ज़्यादा उसकी सल्तनत में साँस ले रहे लोगों की फ़िक्र रहती थी। वो महल में कम इधर-उधर ज़्यादा वक़्त गुज़ारता था। उसकी इस ख़ूबी को मद्द-ए-नज़र रखते हुए मुझे (आपको भी) यक़ीन कर लेना चाहिए कि वो अपनी बीवियों की मौत का ज़िम्मेदार होते हुए भी नहीं था। उसकी एक टुच्ची-सी ग़लती सिर्फ़ ये थी कि वो अपनी दोनों बीवियों की मौत के वक़्त भी उनके पास मौजूद नहीं था। मुग़लों के पतन के बाद ये उसकी ज़िंदगी के दूसरे-तीसरे सबसे बड़े दुख थे। उसने सालों

तक अपनी तीसरी शादी के बारे में नहीं सोचा और अपना पूरा ध्यान अंग्रेज़ों की बर्बादी की तरफ़ लगाए रखा। चाँद बीबी से उसकी मुलाक़ात अपनी दोनों बीवियों की मौत के कई साल बाद उस सफ़र के दरमियान हुई थी, जब वो उस चित्रकार की तलाश में एक छोटी-सी फ़ौज के जत्थे के साथ निकल पड़ा था, जो उसके दिमाग़ में ख़लल पैदा करने वाले ख़यालों को तस्वीरों का रूप दे सके। उसके दरबार में कोई दशवंत नहीं था। उसकी क़िस्मत में किसी दशवंत का मिलना नहीं था। उसे मिली चाँद बीबी, जो कूची चलाने की नहीं, तलवार भाँजने की उस्ताद थी। इतनी सफ़ाई से तलवार चलाने वाली कि वो अपने एक वार में सामने वाले को बग़ैर चोट पहुँचाए गंजा कर देती थी। औरंगज़ेब को उससे इश्क़ नहीं हुआ। उसने उसे नज़र उठाकर भी नहीं देखा। उसकी आँखों में उसकी छवि नहीं उतर पाई थी। अगर वो दोबारा उससे कहीं मिलता, तो उसे पहचान भी नहीं सकता था। चाँद बीबी ने अपनी ज़िंदगी में पहली मर्तबा एक ऐसा बादशाह देखा, जो औरतों को घूरता नहीं रहता। चाँद बीबी ने उसे देर तक घूरा। इतनी देर तक कि औरंगज़ेब की शक्ल-ओ-सूरत वो कभी नहीं भूल सकती। वो उसे जब भी मिलती उसे पहचान लेती। औरंगज़ेब के इश्क़ में पड़ने वाली चाँद बीबी का ये पहला इश्क़ था। ज़ाहिर है, पहला इश्क़ किसी से ख़ौफ़ नहीं खाता, मान-मर्यादा का ख़याल नहीं रखता। पहला इश्क़ बेशर्म होता है। चाँद बीबी को कोई ख़ौफ़ नहीं था, सिवाए इसके कि बादशाह की उम्र कुँवारे रहने की उम्र नहीं थी। उसे डर था, उसकी शादी हो चुकी होगी। एक नहीं, कई शादियाँ। बादशाह कई शादियाँ करते हैं। चाँद बीबी ने अपनी ख़ास औरत जासूसों को इस काम में लगा दिया कि वो पता करें, ये बादशाह कहाँ का बादशाह है? शादीशुदा है या ग़ैर-शादीशुदा? आख़िर कितनी बीवियाँ हैं इस बादशाह की? चंद रोज़ गुज़रने के बाद उसे ख़बर हो गई कि बादशाह कुँवारा नहीं लेकिन रँडवा है। साहिराबाद की ख़ुशहाली की ख़बरों ने उसे औरंगज़ेब से अधिक नज़दीकियाँ बढ़ाने के लिए उकसाने में ग़ैर-मामूली मदद की। चाँद बीबी का लगभग, अपने बाप की उम्र के बादशाह, औरंगज़ेब से निकाह हुआ। औरंगज़ेब के नक़्श-ए-क़दम पर उसने अपनी अवाम का दिल जीत लिया। उनकी औलाद हुई। एक ही औलाद 'जरीस', एक ऐसा मर्द बादशाह, जिसमें उसके बाप जैसी एक भी ख़ूबी नहीं थी। जरीस ने अपनी बढ़ती हुई उम्र इस इंतज़ार में काटी कि कब औरंगज़ेब जन्नतनशीन हो और वो तख़्तनशीन। उसे ठीक-ठाक भाषणकला के अतिरिक्त सिर्फ़ संभोग करना आता था, और इस क़दर कि उसे काम के देवता

का ख़िताब दिया जा सकता था। उसकी बंदूक़ ने, जब ठीक से छर्रे छोड़ना भी नहीं सीखा था, तब भी सर उठाकर न जाने कितने चूतड़, कितनी बिल्लियाँ लहूलुहान कर दी थीं। कुँवारी लड़कियाँ उसके बिस्तर तक राजकुमारी बनने के सपने लेकर आतीं और लहू से सनी अपनी जाँघें लेकर उल्टे पाँव लौट जातीं। ये वो रहस्य थे, जो तब खुलते थे, जब वो लड़कियाँ ब्याहकर अपने नए घरों को रवाना होतीं और सुहागरात को रतिक्रिया के दौरान अपने होनहार शौहरों से, जो अक्सर योनियों का कुँवारापन भाँपने के माहिर होते हैं, सुनती थीं, "किस-किस से मरा के आई है रंडी।" उसके बाद उनमें से बेशतर शौहर उन्हें फिर ताउम्र हाथ न लगाने की क़समें खा लेते थे, और वो हमेशा-हमेशा के लिए शारीरिक सुख से महरूम कर दी जाती थीं। अपनी हवस बुझाने के लिए उनके शौहर मनमाने नशे में डूबे हुए चकलों का रुख़ करते और जवान से जवान, क़ीमती से क़ीमती रंडी की जाँघों में घुसे, उनपर अपनी जायदादें क़ुर्बान करते रहते। वो हर तरह से इतने बर्बाद हो जाते कि भाग्य का देवता भी उनकी बेहतरी के लिए कुछ नहीं कर पाता।

सौ-सौ घोड़ों को मुफ़्त में चारा खिलाने वाला जरीस घुड़सवारी के हुनर से नावाक़िफ़ था। पूँछों से अपनी गुदा छुपाए घोड़ों की ख़ुराकें दिन-बा-दिन इस ख़ौफ़ से घटती जा रही थीं कि जिस दिन जरीस उनपर चढ़ेगा, तो उनका न जाने क्या हश्र करेगा। वो पिंजरों में क़ैद उन मुर्ग़े-मुर्ग़ियों जैसे हो चुके थे, जो हलाल होने के ख़तरे से हर वक़्त डरते हुए दानों की इफ़रात होने के बावजूद उन्हें चुगने में दिलचस्पी नहीं रखते। किरमानी ख़ानदान की आख़िरी घुड़सवार तलवार भाँजने की 'माहिरा' चाँद बीबी थी, जिसने घुड़सवारी का हुनर महज़ इसलिए सीखा था कि वो अंग्रेज़ों को हर दौड़ में हराकर उन्हें कमतर महसूस कराने का मौक़ा हासिल कर सके। वो जब, कभी न हारने लग गई, तो फ़िरंगियों ने उसकी घुड़सवारी पर पाबंदी लगा दी। उसने गोल्फ़ सीखा। अंग्रेज़ उसमें भी लगातार उससे हारने लगे और उसके गोल्फ़ खेलने पर भी रोक लगा दी गई। बहादुर शाह ज़फ़र की तरह अंग्रेज़ों के आगे औरंगज़ेब भी कुछ नहीं कर सका। धीरे-धीरे चाँद बीबी अपने हर हुनर से जाती रही। वो बहुत कुछ भूलती गई, ये भी कि उसकी दो नातिने उसी महल में उससे लगभग पंद्रह कमरों की दूरी पर एक ऐसे कमरे में जो सिर्फ़ महल की उम्दा नौकरानी को अलॉट होने जितनी हैसियत रखता था, नशे और किताबों में डूबी रहती हैं। जिन्होंने कभी उस अंधेरी गुफा की तरफ़ अपने पाँव नहीं धरे, जिसके छोर में एक भव्य रौशनी का स्रोत था।

सब कुछ एक हैरतअंगेज़ घुटन के बीच घट रहा था। एक ऐसी कठोर घुटन के बीच, जिसे हर कोई महसूस नहीं कर सकता।

हयुलानी, उससे बातें करने पर, उनपर हँसकर, खिलखिलाकर प्रतिक्रियाएँ देने लगा था। वो कहानियाँ सुनकर सोने का आदी होता जा रहा था। और ऐसी कहानियाँ जो कभी लिखी नहीं गईं। लगभग वैसी ही जैसी ख़ानदानी कहानियाँ मुझे बचपन में सुनाई जाती थीं। उसकी दादी मेरी दादी जैसी अनपढ़ नहीं थी। वो उससे भी अधिक चतुर थी। उसने चालाकी से हयुलानी को सुनाने के लिए गढ़ी, एक लंबी और ऐसी कहानी, जिसमें सिर्फ़ विलेन थे और विलेन दो इंसान मादाएँ थीं। ऐसी भयानक औरतें, जिन्हें पिशाचनियाँ कहा जा सकता था। ऐसी डाइनें, जो ज़िंदा इंसान को निगल जाएँ और पाख़ाने तक की हाजत महसूस न करें। उस कहानी में रची गई एक ऐसी तारीख़ जो मौजूद थी। वो वाक़िए जो कभी हुए ही नहीं। ऐसी हिदायतें, जिनका वजूद में होना फ़िज़ूल, जिनपर अमल करना अपने आप में एक बेवक़ूफ़ी भरा काम था। उसकी चालाकी ने हरे-भरे रौशन महल को एक ऐसे खंडहर में तब्दील कर दिया, जिसमें दो भूतनियों का डेरा और उनके ग़ुलाम लश्कर चमगादड़ों के ख़ेमे थे। हयुलानी का अंदरून एक अजीब-ओ-ग़रीब डर से भरता चला जा रहा था। उसके ख़्वाबों में उससे बात करने देवों के भेजे दूत (अल्लाह के भेजे फ़रिश्ते) नहीं आने लगे थे। वो ख़्वाबों में ख़ुद को एक वीरान अंधेरे में चमगादड़ों से जंग लड़ता हुआ देखने लगा। भूतनियों के चँगुल से आज़ाद होने की लड़ाइयाँ लड़ता हुआ हयु यक-ब-यक नींद से जाग उठता और रोने लगता। उसे फिर सुला दिया जाता। किरमानी ख़ानदान के शाहज़ादे से सब आँखें नहीं मिलाते थे। वो तांत्रिक भी नहीं, जिन्हें अक्सर उसकी नज़र उतरवाने के अलावा इस ग़रज़ से भी बुलाया जाता था कि वो कोई ऐसा बंधेज स्थापित करें कि उसपर कभी किसी आसेब का साया न पड़े। उन भूतनियों का भी नहीं। उससे आँखें मिलाने का हक़ रखने वाले आँख पढ़ने के हुनर से अनजान थे।

महल में बारी-बारी से आने वाले तांत्रिकों का घराना ही नहीं, बल्कि घर भी एक था। उनके उस्ताद ने उन्हें चालाकी से ऐसे मंत्र रटवाए, जिनकी ज़बान (मेरे मुताबिक़) या तो इतनी क़दीमतर थी, जिसे समझने वाली तमाम नस्लें तबाह हो चुकी थीं (और मंसूख को चाहिए कि वो अपनी तहक़ीक़ के संदर्भ में पहला क़दम इसी ज़बान की तरफ़ उठाए) या वो इतनी जदीदतर थी, जो ख़ुद उसी की ईजाद थी, जिसे वो ख़ुद नहीं समझता था और अपने चेलों को समझाना जरूरी

नहीं समझता था। तंत्र विद्या के अज़ीम उस्ताद ने अपने लंपट चेलों को अपनी उम्र एक सौ तीस साल बता रखी थी। उसने उन्हें झाँसा दे रखा था कि उसके पास एक ऐसा दुर्लभ मंत्र है, जो हमेशा उसे जवान बनाए रखता है। उसकी मौत उसके क़ाबू में है। उसकी मर्ज़ी के ख़िलाफ़ मौत तो क्या ख़ुदा भी नहीं जा सकता। वो जब दुनिया से उकता जाएगा, उस रोज़ फ़ैसला करेगा कि उसे कब, किस दिन और किस तरह अपनी देह त्यागनी है। उसने उन्हें लालच देते हुए कहा था, "तुम में से जो भी मुझे अपनी कमाई का सबसे बड़ा हिस्सा देगा, वो ही इस गुप्त मंत्र का असली हक़दार होगा।" उसने उन सब को डरावने लिबास पहनने की नसीहत दी। कभी दाढ़ी और सर के बाल न कटवाने की क़समें खिलवाईं। उसने उन्हें यक़ीन दिलाया कि वो अब किसी मायावी दैत्य से कम हैसियत नहीं रखते। उसने उनके आगे तंत्र विद्या को एक व्यापार के तौर पर पेश किया और राजघरानों की ख़ुफ़िया ख़बरों की जानकारी हासिल करने के गुर, उसकी एहमियत समझाते हुए शहर में खुला छोड़ दिया।

एक रोज़, जब उसकी मौत अपने तमाम चेलों के सामने फिसलने के कारण एक पत्थर से टकराकर सर फट जाने से, उसकी मर्ज़ी के बग़ैर हो गई, तब उसके चेलों को एहसास हुआ कि वो निहायत बेवक़ूफ़ उस्ताद के शागिर्द रहे हैं, जिसने उन्हें बेवक़ूफ़ बनाया और बनाना सिखाया। अपने वजूद को बनाए रखने के लिए सारे चेलों ने घेराबंदी कर फिर क़समें खाईं कि वो इस राज़ को राज़ ही रहने देंगे। उन्होंने अपने एक सौ तीस साल के नौजवान अज़ीम उस्ताद की मौत का ऐलान करते हुए वो सारी अफ़वाहें फैला दीं, जिनकी बिना पर कल का एक लौंडा उनका उस्ताद बनकर उनपर हुक्म चलाता था। अब साहिराबाद में तंत्र विद्या का एक उस्ताद नहीं, बल्कि सात उस्ताद थे। उस्तादों के उस्ताद। अज़ीम उस्ताद। अपने उस्ताद के नक़्श-ए-क़दम पर क़दम-बा-क़दम पाँव रखते हुए, उनमें से एक ने महल में दो भूतनियों की मौजूदगी का ज़िक्र किया। अबूझ ज़बान में मंत्र पढ़े, हो-हल्ला किया, पागलों की तरह अपनी गँधाती ज़ुल्फ़ें बिखेरीं, गर्दन हिलाई, उचका और जलती हुई आग की लपटों में ख़ुफ़िया रसायन फेंकते हुए उन्हें शांत कर दिया। उसने कहा, "भस्म कर दिया। हा हा हा हा भस्म कर दिया। मैंने उन डाइनों को भस्म कर दिया," उसने आगे कहा, "ऐसी डाइनें बार-बार जन्म लेती हैं। ये फिर ज़िंदा हो सकती हैं। मैं फिर इन्हें भस्म करने आऊँगा। मैं आऊँगा। हा हा हा मैं ही आऊँगा।" उसने शाहज़ादे के कमरे का कोना-कोना उस जादुई पानी

के छिड़काव से पवित्र कर दिया, जिसका इस्तेमाल वो अपना पाछा धोने के लिए किया करता था।

हयुलानी की गर्दन पर बीसियों तावीज़ों, जिनमें रहस्यमई रासायनिक पदार्थों और कड़वे मंत्रों की जगह गोबर की राख भरी थी, का बोझ दिन-रात झूलने लगा। उसकी बेचारी कलाइयाँ काले धागों में फँसकर रह गईं।

चाँद बीबी अगर तांत्रिकों के ढोंग-धतूरे अपनी आँखों से देख पाती, अगर अबूझ ज़बान में पढ़े गए निरर्थक मंत्रों की आवाज़ें उसके कानों तक पहुँच सकतीं, अगर वो इस क़ाबिल होती कि तांत्रिक के बदबू मारते केशों की गंध महसूस कर पाती, अगर वो चल-फिर सकती, तो अपनी जाहिल नस्ल को कब का अपनी तलवार के एक वार से गंजा कर, उनके तमाम रुत्बे और गद्दियाँ छीनकर, उन्हें महल से बेदख़्ल कर देती। बारहा उसके पूछने पर, "हयु कैसा है ?" उसे उसकी ख़ैरियत के ऐसे क़िस्से सुनाए जाते, जैसे दरअस्ल होते नहीं, रचे जाते हैं। उसके, "साहिराबाद कैसा है ?" पूछने पर तरक़्क़ी के ऐसे-ऐसे उदाहरण दिए जाते, जिनका वास्तविक रूप से होना एक अकल्पनीय संभावना थी। जबकि साहिराबाद, 'सोइराबेद' होते-होते रह गया था। साहिराबाद में महल के अलावा कोई और निशानी महफ़ूज़ नहीं रह गई थी, जिसे देखकर कहा जा सकता कि यहाँ किसी बादशाह की हुकूमत है। फ़ौजी छावनियों से घिरा हुआ साहिराबाद अंग्रेज़ी दफ़्तरों, अंग्रेज़ी स्कूलों, अंग्रेज़ी शराब के अड्डों और अंग्रेज़ी जश्नगाहों से भर चुका था। अब महल के कड़े क़ानून महल के बाहर कहीं नहीं चलते थे। उस गाड़ीवान पर भी नहीं, जो ज़रा से अतिरिक्त भाड़े के लालच में फ़रार होकर अपना इलाक़ा बदल चुका था। न वो कभी पकड़ा गया, न उसे किसी ने कभी पकड़ना चाहा। ज्ञानचंद पकड़ा गया। एक ऐसी चोरी के जुर्म में, जो उसने नहीं की थी। इतना माल साफ़ करने के बाद भी, जितने में महल के अंदर किसी औरत के लिए इतनी सज़ा फ़राहमी थी कि वो उसे आसानी से काट नहीं सकती, हीर बच निकली। हीर जरीस को बदले में कुछ दे सकती थी। जरीस उसे हमेशा कुछ देना चाहता था, उसके लिए वो ज्ञानचंद का मोहताज था। ज्ञानचंद उसका सूत्र नहीं, बल्कि 'हल उत्तर' दे सकता था। ज्ञानचंद फिर कठोर सज़ा से मुक्त हो गया, लेकिन इस बार उसे मनोरंजन के लिहाज़ से मुर्ग़ा बनाने की जगह एक बैल से मुक़ाबला करने की सज़ा सुनाई गई। कहा गया, अगर वो मुक़ाबला जीतता है, तो उसके अगले पाँच गुनाह बग़ैर किसी सज़ा के माफ़ किए जाएँगे।

"लेकिन मालिक बैल ने अगर मेरी हड्डियाँ चकनाचूर कर दीं, तो मैं कहाँ जाऊँगा? मैं तो कहीं का नहीं रह जाऊँगा। मैं मर जाऊँगा मालिक," उसने जरीस से गिड़गिड़ाते हुए कहा। "हम तुम्हारे इलाज का ज़िम्मा लेते हैं और वादा करते हैं कि कुछ भी हो जाए, लेकिन तुम्हें मरने नहीं देंगे," जरीस ने अपनी ऐंठी हुई भारी आवाज़ में कहा। ज्ञानचंद की आवाज़ में थरथराहट थी। उसने कहा, "लेकिन हुज़ूर।" जरीस अपने सिंहासन से उठा और अपनी इठलाती हुई मुस्कान को छुपाते हुए बोला, "हम कुछ नहीं सुनना चाहते। तुम्हें बैल से मुक़ाबला करना ही होगा।" "हुज़ूर, वो बैल है हुज़ूर और मैं एक इंसान। इंसान जो बैल से लड़ने के गुर नहीं जानता हुज़ूर।" ज्ञानचंद का डर वाजिब था। लेकिन जरीस ने उसकी एक न सुनी और दहाड़ते हुए बोला, "फिर लाओ अपनी गर्दन और आ जाओ हमारी तलवार के नीचे।" उसके पास खड़े एक सैनिक जैसे दिखने वाले मुस्टंडे ने अपनी तलवार को मियान से निकालकर जरीस के हाथों में रख दिया। ज्ञानचंद ने मुँह सिकोड़ा। कहा, "हुज़ूर" और छह फ़िट लंबा हड्डियों का ढाँचा, शर्त मंज़ूर करते हुए, मैदान में उतर गया। उसने एक दुर्लभ योजना बनाई। कुछ देर बैल से जान बचानी है, उसके बाद। उसके बाद उसे क्या करना था? इससे कोई भी वाक़िफ़ नहीं था। सिवाए मेरे। मैं सब कुछ जानता हूँ। दुनिया, फ़लसफ़ों, इतिहासों के विषय में न सही, लेकिन ज्ञानचंद की अगली चाल मुझपर टिकी है। लिहाज़ा *मेरी मर्ज़ी।* ज्ञानचंद किसी तौर अभी नहीं मरना चाहता था। अपनी बीवी, दो बच्चों और अपने एकतरफ़ा इश्क़ की परवाह उसे ज़िंदा रहने के लिए प्रेरित कर रही थी। वो मुक़ाबला जीत गया। ज्ञानचंद अब पहलवान ज्ञानचंद कहलाने लगा। लोग उससे ख़ौफ़ खाने लगे। तमाम नौकरों के दरमियान उसे अच्छी ख़ासी इज़्ज़त मिलने लगी। शहर में अफ़वाह की तरह उसकी बहादुरी के क़िस्से रातों-रात मशहूर हो गए। ज्ञानचंद यहाँ तक ख़्वाब देखने लगा कि उसकी क़ुदरती मौत के बाद शहर में उसका नाम इज़्ज़त से लिया जाएगा। उसके नाती-पोते उसकी बहादुरी के क़िस्से सुनते हुए जवानी हासिल करेंगे। एक बहादुर जवानी। वो अपने दोस्तों के बीच उसका नाम लेते हुए हमेशा सीना तान लिया करेंगे। अगर उनमें से कभी कोई उनसे झगड़ा मोल लेगा, तो वो उसे अनदेखा कर बस इतना कहेंगे, "ओये छोकरे ज़रा सँभलकर। मैं बहादुर ज्ञानचंद का पोता हूँ।" "मैं बहादुर ज्ञानचंद की नातिन हूँ।" वाह; माशाअल्लाह, क्या ख़ूब रहेगा।

उजड्ड बैल, जिससे बैल भी नहीं जीत पाते थे, जो ज़मीन में गहरे गड़े खूँटे

उखाड़ फेंकता था, चबा-चबाकर मोटी-मोटी रस्सियों को रेशा-रेशा कर देता था, ज़मीनों को खोद-खोदकर दीवारों की बुनियादें हिला देता था, शर्म से पानी-पानी बेहोशी में अपनी हार की वज्हें तलाश रहा था। वो सोच रहा था; आख़िर किस काम के ये लोहे जैसे दो-दो सींग, किस काम का ये फ़ौलादी शरीर, किस काम का ये क्रोध और युद्ध कौशल जो एक मरियल इंसान से जीतने के काम न आ सका। अपनी हार से शर्मिंदा बैल भूल चुका था कि बैल आख़िर बैल होते हैं। उनका ज्ञानचंद से क्या मुक़ाबला। वो भूल चुका था कि ज्ञानचंद ने किस होशियारी से अपने दूसरे दाँव में उसके मुँह में इतनी अफ़ीम भर दी थी कि उसके जैसे एक नहीं, पाँच-पाँच बैल हफ़्तों बेहोश पड़े रह जाएँगे। यही हुआ; बैल को कई हफ़्तों के बाद होश आया। होश में आने के बाद भी उसकी शर्म नहीं गई थी। वो इस तरह शर्मसार था कि उसने एक दिन मौक़ा देखकर महल का ऐश-ओ-आराम छोड़ दिया और एक जंगल में जाकर अपने क्रोध और उजड्डपन से हमेशा-हमेशा के लिए संन्यास ले लिया। उसके समूह के बैल उसे गाय कहकर चिढ़ाने लगे थे।

जादू-टोनों, मौज, तफ़रीह, अफ़वाहों और विज्ञान के ज्ञान के दरमियान तना हुआ, चौकन्ना सूरज और दो अंधेरी गुफाएँ, जो अभी अपने वजूद से जाने की नहीं थीं। एक गुफा, जिसमें रहने वाली वृद्ध शेरनी दुनिया से अनजान थी। एक और गुफा, जिसके सिरे पर प्रकाश का कोई महान ख़ज़ाना मौजूद नहीं था, जिसकी चट्टानों से टकराकर टीपू की ललकारें वापस नदी की नाभि में जाकर समाहित हो जाती थीं।

"मैं देख रही हूँ, एक ऐसी दुनिया जहाँ कोई नहीं है," किसी ख़याल में डूबी हुई अक्सीर ने गुज़िश्ता से कहा, "मैंने अपनी मर्ज़ी से चुन लिया है उस एक शख़्स को, जिसे दरअस्ल मेरी दुनिया होना था।" "लेकिन एक दुनिया में एक और दुनिया का मौजूद होना नामुमकिन है," गुज़िश्ता ने अक्सीर को जवाब दिया। मोजिज़ों पर यक़ीन न रखने वाली बहनें अब हर वक़्त मोजिज़ा करने की फ़िराक़ में रहने लगी थीं। वो सोचने लगी थीं कि वो सातो आसमानों को ज़मीन पर उतारकर उसमें चाँद, सूरज समेत तमाम तारे-सय्यारे बाँधकर कशिश-ए-सक़्ल के उस नुक़्ते के पार भेज दें, जहाँ जाने के बाद कोई वापस नहीं लौट सकता। वो दुनिया की तरफ़ से जितनी सताई नहीं गई थीं, उससे ज़्यादा अपने लिए तन्हाइयाँ चुन रही थीं। उन्हें सब कुछ आर्यभट्ट की ईजाद 'शून्य' के बराबर लगने लगा था। वो ख़्वाब देखतीं कि उन्होंने तमाम दरख़्तों के सर काट दिए हैं। जंगल उजाड़ दिए हैं, जहाँ अब कोई परिंदा या

जानवर नहीं भटकता। वो अपने आप को निरा तन्हा महसूस करने लगी थीं। वो तसव्वुर करतीं कि चारों दिशाएँ सूनी पड़ी हुई उन्हें घूर रही हैं, उनसे सवाल कर रही हैं कि सब कुछ से निजात पा लेने के बाद वो इस रिक्तता से कैसे मुक्ति पाएँगी?

गुज़िश्ता ने अक्सीर को संजीदगी से निहारते हुए कहा, "मैं सोच रही हूँ, कुछ नहीं होने पर भी कितना कुछ होता है, बल्कि जब कुछ नहीं होगा, तब होगा कुछ नहीं होने का होना। रौशनी के न रहने पर अंधेरा। अंधेरे के न रहने पर रौशनी। दिन नहीं तो रात। रात नहीं तो दिन। शोर नहीं तो ख़ामोशी। ख़ामोशी नहीं तो शोर। भीड़ नहीं तो तन्हाई। तन्हाई नहीं तो भीड़।" "और अगर हम नहीं रहें तो?" अक्सीर ने पूछा। गुज़िश्ता ने उसे जवाब दिया, "हमारे न होने पर होगा हमारा न होना। कुछ भी कभी ख़त्म नहीं होता।" अचानक उन्होंने महसूस किया कि वो बेहिसी के आलम में सब कुछ भूल बैठी थीं। गर्दिश करते आसमानों, अपने मर्कज़ पर घूमती, सूरज के गिर्द तवाफ़ करती हुई ज़मीन पर उनका कोई वश नहीं। वो इतनी ख़ुदग़र्ज़ और जाहिल कभी न थीं कि दरख़्तों के सर काटती फिरें। पक्षियों, जानवरों के ठिकानों पर क़ब्ज़ा करती फिरें।

मेरा घर दो समांतर रास्तों के बीच स्थित एक इमारत की तीसरी मंज़िल पर है। शाम का वक़्त गुज़रने को है। मैं अपने आप से पूछकर कि शराब पियोगे? इस पश-ओ-पेश में हूँ कि शराब पीना अहम है या किसी कहानी को बग़ैर सोचे अंजाम देना। मुझे शराब पीना आसान लगा, लेकिन हर आसानी दरअस्ल आसान नहीं होती है। वो आसानियाँ तो बिल्कुल नहीं, जो आपको अपनी कहानी बयान करने से रोकें। मैंने शराब नहीं पी। मुझे आसानियों से नफ़रत है। सूरज मग़रिब में ग़र्क़ हो चुका है, लेकिन रास्तों का शोर-शराबा अब भी जारी है। शहरों में शोर की उम्र बड़ी होती है। यहाँ ख़ामोशियाँ शहरों के रास्तों, गलियों, सड़कों और बाज़ारों में नहीं, बल्कि शहर के लोगों के दिलों में क़ाबिज़ रहती हैं। और मैं उन बदनसीबों में से हूँ, जिनकी आँखें तक ख़ामोश रहती हैं। कम बोलने की मेरी बुरी आदत ने मुझे अब पूरी तरह से गूँगा बना दिया है। मैं शोर सुनने का आदी नहीं हूँ, लेकिन मैं बराबर अपने ज़ब्त का इम्तेहान लेते हुए हर वक़्त उस शोर के दरमियान रहता हूँ, जिसके होने में मेरा कोई हाथ नहीं है। दिन अपने सिलसिले के मुताबिक़ रात की तरफ़ तेज़क़दम है। सिवाए मेरी नींद के, मुझ में ऐसा कोई नहीं, जिसे अंधेरे में कोई दिलचस्पी हो, मेरी आँखें भी नहीं, बल्कि इन दिनों मैं दिमाग़ से नहीं आँखों से सोचने लगा हूँ। मेरी आँखें घर के पर्दों में एक आसेब की सूरत देखती रहती हैं,

और बनाती रहती हैं उस एक बदन को, जो कभी मेरे बदन का हिस्सा हुआ करता था। एक बदन से बदन का अलग हो जाना जानलेवा है, लेकिन जान ख़ुद-ब-ख़ुद नहीं जाती। जान जाने को नहीं जाती, जान तो जा चुकी होती है।

***

अगर कोई सवाल है, बकवास किसे कहते हैं? जवाब सामने है। मिसाल सामने है।

वाक़ई, बकवास कर रहा हूँ मैं।

क्या नहीं?

मुझे आपसे जवाब की कोई तवक़्क़ो नहीं।

कहीं भी जाने के बाद वापस लौटना लाज़िम है। मैं लौट आया हूँ।

जॉन विल्सन (नाम में क्या रखा है?) अपने जिस शोध के सिलसिले में हिंदुस्तान आया था, उसका मक़्सद भूलकर काँसरी बाज़ार की, उन गलियों में गुम होते-होते बचा, जो दिल्ली के चावड़ी बाज़ार की नक़्ल में बग़ैर किसी मंसूबे के बनती चली गई थीं। जॉन का रंग फिर भी फ़िरंगियों से मेल खाता था, लेकिन उसका रूप रहस्यमई ढंग से हिंदुस्तानी था। उसने अपने रूप और निकली हुई तोंद का फ़ायदा उठाते हुए अपना नाम चंदू सेठ (नाम में क्या रखा है?) रख लिया था। काँसरी बाज़ार की गलियों में गुम होते-होते बचा चंदू सेठ वाक़ई भूल गया था कि वो उर्दू शायरी की तारीख़, मौजूद और मुस्तक़बिल के बारे में ख़ाका तैयार करने की ग़रज़ से यहाँ आया था। उसने अपने अस्ल मक़्सद से मुँह फेरकर ठान लिया था कि वो अब हिंदुस्तान के हर गाँव, क़स्बे, शहर में मौजूद चावड़ी बाज़ार की नक़्ल में बनाई गईं सारी गलियों को ढूँढ़ निकालेगा। उन गलियों में बने चकलों के छज्जों पर बैठीं, मर्दों को लुभाती औरतों की गणना करेगा। साहिराबाद उसकी फ़ेहरिस्त का आख़िरी शहर था। पूरे मुल्क के चकले की औरतें उसे लेकर हैरत-ज़दा थीं। आख़िर किस क़िस्म का है ये मर्द! पैसे देता है और हमें नंगा भी नहीं करता। हमारी ज़िंदगी के बारे में ज़ाती सवाल पूछता है। डायरी में दर्ज करता है। चला जाता है। और तो और शुक्रिया भी अदा करता है। हस्सास चंदू सेठ ने यकजा की गईं दुर्लभ संख्याएँ कभी किसी के साथ साझा नहीं कीं। इस दरमियान; उसे उस औरत से इश्क़ हो गया, जिसके पास उसकी भरी-भरी छातियों के अलावा ऐसी कोई ख़ूबी नहीं थी कि उससे इश्क़ किया जाए। मर्दों को खुले-आम गालियाँ

देने वाली, उन्हें देखते ही अपने घाघरे को कमर तक खींच लेने वाली उस औरत का नाम भी चंदू ने कभी किसी को नहीं बताया। चंदू उससे शादी कर उसे किसी दूसरे मुल्क ले जाना चाहता था, लेकिन वो ऐसा करने के लिए राज़ी नहीं थी। उसने चंदू से कहा था, "साहब अपनी मिट्टी में मरने का इकलौता हक़, जो हमारे पास है, उसे अपने इश्क़ की भेंट मत चढ़ाइए।" लिहाज़ा यतीम चंदू ने हिंदुस्तान को ही अपना मुस्तक़बिल मान लिया। चंदू ने आधी जवानी जिस औरत (अब वो रंडी नहीं रही) को शादी के लिए राज़ी करने में ख़र्च की थी, जिसे 'केवल' देखते रहने के लिए वो तय रक़म अदा करता आया था, आख़िरश उससे गुप-चुप शादी कर ली। शादी में शिरकत करने वाले मेहमानों में उसका ख़ास दोस्त फ़ारूक़ी और फ़ारूक़ी का साझेदार दत्त था। सिवाए इन दोनों के, इस शादी के बारे में लगभग-लगभग किसी को कुछ पता नहीं था। मगर चकले की मालकिन और हरामख़ोर नाम के एक दल्ले ने चिढ़न से इस ख़बर को अफ़वाह की तरह फैलाने में कोई कसर नहीं छोड़ी थी। फ़ारूक़ी ने उदास सेठ से कहा, "लोग सब भूल जाते हैं। गहरे से गहरा ज़ख़्म, मुश्किल से मुश्किल वक़्त। फिर तुमने तो नेक काम किया है। तुम बहादुर हो मेरे यार।" दत्त ने अपना धरम तोड़ दिया था। उस रोज़ उसने पहली और आख़िरी बार शराब पी और फ़ारूक़ी को धमाकेदार टक्कर दी। दत्त ने नशे में झूलते हुए, फ़ारूक़ी से कहा, "कमीने तेरी दोस्ती के लिए ये आख़िरी जाम। चियर्स।" वो धड़ से ज़मीन पर गिर गया। "कमबख़्त को चोट तो नहीं लगी सेठ, देखो ज़रा," फ़ारूक़ी ने नशे में लड़खड़ाती हुई ज़बान में कहा। चंदू ने दत्त को देखा। उसे हिलाया-डुलाया। और कहा, "ऑल ओके ब्रदर। मेरी मानिए अब आप दोनों घर मत जाइए। यहीं रहिए।" "सेठ मैं तो ठीक हूँ, लेकिन इसका क्या करूँ? अगर इसकी बीवी को मालूम पड़ा, तो हमारी साझेदारी ख़तरे में आ जाएगी," फ़ारूक़ी ठहाके लगाने लगा। दत्त नशे में ठहाके लगा रहा था, सेठ होश में, वो शराब नहीं पीता था। फ़ारूक़ी, दत्त की दुकान की रस्म यहाँ भी बरक़रार रही।

सेठ ने अपने सर्वेक्षण के संबंध में एक किताब लिखने की ठानी, जिसमें उसने 'कौन-कौन' और 'कितने' की बजाए इन सवालों का ज़िक्र करना अधिक उचित समझा कि 'ये क्यों?' और 'कैसे?' उसकी किताब तैयार हुई, लेकिन प्रकाशित न हो सकी। उसने कोई सनसनी नहीं मचाई। उसपर 'रैडक्लिफ़ हॉल' की किताब 'द वेल ऑफ़ लोनलीनेस' की तरह पाबंदी लगने का भी कोई सवाल पैदा नहीं हुआ, जिसके प्रकाशन में फ़ारूक़ी भी चाहकर चंदू की कोई मदद नहीं कर सका था,

जिसकी पांडुलिपि उनकी दुकान में एक ख़ास अलमारी में पड़ी ऊँघती रहती थी।

द वेल ऑफ़ लोनलीनेस— The Well of Loneliness— तन्हाई का कुआँ।

तन्हाइयों के बेशुमार कुएँ।

पूरी दुनिया में खुदे हुए तन्हाइयों के बेशुमार कुएँ, जिनकी कोख से कभी पानी बरामद नहीं हुआ, उन्हें ढाँक देने की हर मुमकिन कोशिश करते हुए दुनिया भर के क़ानूनों ने कोई कसर नहीं छोड़ी।

तर्क : ये ख़तरनाक हैं। इनमें गिरने से राहगीरों को चोट लग सकती है। वो मदद के लिए पुकारते रह जाएँगे और उनकी आवाज़ उनकी गहराइयों में दफ़्न होकर उन्हें ले डूबेगी।

तन्हाई का कुआँ ढाँक दिया गया। फिर भी तन्हाइयों के बेशुमार कुएँ हर मुल्क में। हर मुल्क के हर शहर में मौजूद थे। उनकी गहराइयाँ पानी की उम्मीद में घुटती रहीं। दम तोड़ती रहीं। एक कुआँ महल में भी था। एक गुफा जो तन्हाई का कुआँ थी।

बहनों पर खुल चुका था : निगाह के लंबवत, जो कुछ दिखाई देता है वही आसमान है। यानी ख़ला, एक ख़ाली जगह, जहाँ मौजूद चाँद, सूरज, सितारे, ग्रह, उपग्रह सब का अपना-अपना अलग वजूद है। ज़मीन का भी। सब कुछ गुरुत्वाकर्षण के क़ाबू में है। वर्ना हम हवाओं में इधर-उधर उड़ते फिरेंगे, जो हर हाल में ख़तरनाक है। देखा जाए, तो दुनिया में मौजूद हर शय किसी न किसी के क़ाबू में है। दुनिया का सबसे बड़ा झूठ आज़ादी है। गैलीलियो को लेकर उनके मन में जो दुख था, वो और गहरा हो गया। उन्हें मालूम हुआ कि गुरुत्वाकर्षण का विचार गैलीलियो की देन है। पीसा टावर से गेंदें छोड़ते हुए गैलीलियो का चेहरा वो देख पा रही थीं। उन्होंने न्यूटन के गुरुत्वाकर्षण के नियम ग़ौर-ओ-फ़िक्र के साथ समझने की कोशिश की और वो कामयाब हुईं। उन्होंने वराह मिहिर के बारे में जाना। उन्हें पंडित की याद आई, जिसने पहली बार उन्हें वराह मिहिर के बारे में जानकारी दी थी। उन्हें याद आया कि पंडित ने उनसे एक बार वराह का ज़िक्र किया था; उन्होंने बताया था कि चंद्रगुप्त विक्रमादित्य के नवरत्नों में से एक वाराह मिहिर ने ही अपने पञ्चसिद्धांतिका में सबसे पहले बताया था कि अयनांश का मान 50.32 सेकंड के बराबर होता है। ये सब कुछ उनके लिए एक ऐसे तजरबे के तौर पर सामने आया, जो उनके लिए अकल्पनीय था। उनमें से एक, बग़ैर औलाद पैदा

किए औरतों की छातियों से दूध नहीं निकलता, भी था। वो जान चुकी थीं कि एक औलाद को पैदा करने के लिए उन्हें किसी मर्द के साथ सहवास की दरकार रहेगी, जिसके लिए वो तैयार नहीं थीं। वो मुग़ालते से बाहर आईं। विज्ञान और क़ुदरत के इस बूझ सच ने उन्हें उदास कर दिया। उन्होंने आगे से हयुलानी के साथ वैसे प्रयोग करना हमेशा के लिए बंद कर दिया।

बहनों को अजीब-ओ-ग़रीब ख़्वाब आने लगे थे। ज़ोर-शोर से उनकी शादियों की तैयारियाँ हो रही हैं। आसपास और दूर-दराज़ के इलाक़ो में हफ़्तों तक लड़कों की ढुँढ़ाई चली। उन्हें कम-से-कम दो दर्जन लड़के दिखाए गए। वो लगातार उन्हें नकारती (वही नाक, कान, होंठ) रहीं। उनकी तमाम ना-नुकर और बहानों के बावजूद, उनके निकाह तय कर दिए गए। वो हार गई हैं। वो अवसाद में जीने लगीं। वो और ज़्यादा शराब पीने लगी हैं। अकेले में अंग्रेज़ों की तर्ज़ में उनके पियाले आपस में टकराते और वो कहतीं, "चियर्स।" वो देखती थीं कि कभी-कभी वो अपने ख़ौफ़नाक दिनों की आमद के डर से इतनी शराब पी लेती हैं कि उनके कई-कई दिन बेहोशी में कटते हैं। उन्होंने चालाकी से निकाह की कई रस्में मानने से इनकार कर दिया है। उन्होंने हाथों में मेंहदी नहीं लगवाई। आयुर्वेदिक उबटनों की तमाम शीशियाँ वो नदी में फेंक आई हैं। उन्होंने अपनी पायलों के घुँघरू नोच-नोचकर उनसे अलग कर दिए। वो अपनी पायलों को चाबी के गुच्छे की तरह सारा दिन उँगलियों में घुमाती हुई, गुज़रने वाले नौकर-नौकरानियों पर तंज़ मारती हैं। उनके छिछोरेपन दिनो-दिन इतने बढ़ते जा रहे हैं कि लोगों ने उन्हें पागल समझते हुए नज़रअंदाज़ करना शुरू कर दिया है। *ज्ञानचंद ने भी।* अब उनका कोई वफ़ादार नहीं रहा। उन्होंने कुछ भी खाना-पीना छोड़ दिया है। ज्ञानचंद की बेवफ़ाई ने उनके दुख में इज़ाफ़ा करते हुए उन्हें और शराब पीने की वज्ह दी है। वो और शराब पी रही हैं। उल्टियाँ करती फिर रही हैं। उनकी अँतड़ियाँ, शराब ने, धोबी की तरह कपड़े की मानिंद निचोड़कर रख दी हैं। बर्दाश्त के बाहर दर्द होने पर वो गुहार लगाती हैं। और उनका हाल पूछने वाला कहीं भी, कोई भी नज़र नहीं आता। दूर-दूर के इलाक़ों में बसे हुए किरमानियों के हर एक रिश्तेदार को मदऊ किया गया है। देखते ही देखते महल के दालानों में, सहनों में, गलियारों में, अहातों में दिन भर मेहमानों की अफ़रा-तफ़री मची रहने लगी है। महल के कमरों को उनकी बढ़ती हुई आबादी ने ठसाठस भर दिया है। तमाम रिश्तेदारों के सामने निकाह के रोज़ दोनों बहनें एक साथ विधवाओं की तरह हाज़िर होती हैं। विदाई होती है; और सब

ख़त्म। नहीं, बल्कि शुरू होता है; उनके ख़्वाबों का दूसरा दौर।

दोनों बहने अपने नए घर में (जो ख़ुशक़िस्मती से एक ही था) दाख़िल होती हैं। उनके महल के आगे गंदुम के दाने जितना। उन्होंने अपने स्वागत में खड़ा हुआ, नए रिश्तेदारों का कोई झुंड दरवाज़े पर तैनात नहीं पाया। निकाह वाले घर में भी मेहमानों के नाम पर उन्हें कुछ-एक बुज़ुर्ग, चार-छह बूढ़ी औरतें और खेलते हुए चंद बच्चे दिखाई दिए, जिन्होंने ख़तरनाक अहसासों से भरी हुई आँखों से बहनों को देखा। अनमनी अभिव्यक्ति से चुपड़ा हुआ मुँह लिए उनकी सास ने उन्हें उनके कमरे तक पहुँचाया। उन्हें दूसरी किसी और रस्म के पेचीदा करतबों से नहीं गुज़रना पड़ा। जब सुहागरात के कई दिनों बाद तक उनके शौहर उनके कमरों में नहीं आए, तो उन्हें आसूदगी होने लगी कि शायद उन्हें मर्द के साथ सहवास के उस अमल से नहीं गुज़रना पड़ेगा, जिससे वो गुज़रना नहीं चाहतीं, लेकिन उनकी आसूदगी और तसल्लियों की मीआद कम थी। काफ़ी कम। आख़िरकार उनके कुँवारेपन ने दम तोड़ दिया। वो अपनी कोखों में हमल ठहरने के ख़ौफ़ में जीने लगी हैं। उन्हें अपने दुखों से निजात पाने का कोई रास्ता नज़र नहीं आ रहा है। वो एक रोज़ जी भरकर शराब पीना चाहती हैं। अपने दुखों, नाजायज़ तकलीफ़ों से निबटने का कोई कारगर उपाय ढूँढ़ना चाहती हैं। लेकिन जहाँ उनकी आज़ादी उनके कमरों से रसोई तक महदूद कर दी गई हो, ऐसे में कुछ भी आसान नहीं। उन्होंने चालाकी से तमाम दायरे लाँघने की, भाग जाने की हज़ारों कोशिशें कीं, लेकिन दरवाज़े पर हमेशा बैठे रहने वाला एक बुज़ुर्ग, जो अपनी उम्र के नब्बे साल जी चुका था और भयंकर बीमारियों की चपेट में आने के बाद भी मरने का नाम नहीं ले रहा था, उनकी आज़ादी के ख़ज़ाने में साँप की तरह कुंडली मारकर बैठा था। महीनों बीत जाने के बाद भी वो नहीं जानती हैं कि वो रिश्ते में आख़िर उनका लगता क्या है। उन्होंने कई दफ़ा अपनी सास से ये जानने की कोशिश की, लेकिन वो हमेशा जवाब देने की ज़िम्मेदारी से मुँह फेर लेती। उन्होंने मिलकर एक रोज़ क़सम खाई कि अब चाहे जो हो, वो अपने ख़समों को उन्हें हाथ नहीं लगाने देंगीं और इंतज़ार करेंगी उस बुढ़ऊ की मौत का, जो चौकीदार बना दरवाज़े पर सिर्फ़ खाँसने और खखारने के लिए तैनात किया गया है, जो अपनी बूढ़ी आँखों से आने-जाने वाले का केवल चित्र ही उतार सकता है, मगर सबूत के तौर पर अपने बयान के अलावा कुछ भी पेश नहीं कर सकता।

उन्होंने अपनी क़सम न तोड़ने की क़सम खाई हुई थी। लिहाज़ा उनके बदन

पर से रोज़ नई चोटों और घावों के निशान बरामद होने लगे। उनका बदन रोज़ दी जाने वाली चोटों से छलनी हो चुका है। फिर भी वो बेख़ौफ़ शान से बिस्तर पर लेटी हुई, अपने शौहरों को मुस्कुराते हुए देखतीं और गुंडों की तरह अपने कुर्तों की बाहें सिकोड़तीं हुई कहतीं, "मरना गवारा है, लेकिन तेरे साथ हमबिस्तरी नहीं। कुछ भी कर ले, लेकिन ये नहीं होगा। हरगिज़ नहीं।" और वो तैश में आकर, उन्हें जो कुछ भी मिलता उससे, उनपर वार करते। उन्हें मार डालने की नाकाम कोशिशें करते हुए वो उनकी गर्दनें दबोच लेते और चिल्लाते, "हरामज़ादी किसी रोज़ मैं तेरा सर मुंडवा के उसे किसी भैंसे के पिछवाड़े में घुसा दूँगा।" वो बेशर्मी से खिलखिला कर हँसने लगतीं।

उनके घर कोई अजनबी तशरीफ़ लाया है, जिसके हाथों में ढेरों दावतनामे हैं, जिन्हें बार-बार सँभालने की कोशिश करने के बाद भी एक-आध उसके हाथों से बार-बार सरककर ज़मीन पर गिर जाता है। उसके साथ दो बच्चे हैं, जिन्हें वहाँ रुकने में ज़रा-सी भी दिलचस्पी नहीं है, बार-बार उसके हाथों से गिरे दावतनामों को उठाकर उसे देते और उसे घूरने लगते। उसने मेहमाननवाज़ी का लुत्फ़ तमाम होने के बाद उनकी सास के हाथ में एक दावतनामा रखते हुए कहा, "आना है सभी को, कोई बहाना नहीं चलेगा।" "ज़रूर आएँगे," बैठकख़ाने में मौजूद एक परिवार के पाँच लोगों में से तीन ने एक आवाज़ में एक साथ कहा।

दावत की रात दावत में हाज़िरी लगाने घर में मौजूद छह लोगों में से तीन गए। घर में मौजूद तीन में से एक नींद की मुश्किल गहराई में उतर चुका था। बहनों के आज़ाद होने के ख़्वाब की ताबीर उनके हाथ में थी।

वो ख़्वाब से बाहर आ गईं।

'दुनिया का सबसे बड़ा झूठ आज़ादी है।'

पाँच

साहिराबाद में अफ़वाहों और राज़ों का एक बुलंद क़िला तामीर हो चुका था, जिसकी बुनियाद के पहले पत्थर के तौर पर टीपू की क़ुर्बानी हमेशा याद की जाने की हैसियत रखती है। लेकिन टीपू शहर को भूल चुका था और शहर टीपू को। उसकी शक्ल किसी को याद नहीं थी। किसी को याद नहीं आता था कि ये वही टीपू है, जो अमीरज़ादों के ख़्वाबों में आने वाली परीज़ादों और उनके विचित्र सनकी ख़यालों को अपने नायाब हुनर से शक्लें मुहैया कराता रहा है। उसकी औक़ात (औक़ात ? वक़्त का बहुवचन) अब महज़ एक दीवाने की रह गई थी, जिसे अपने हुलिए की भी कोई परवाह नहीं रहती। दिन में वो कभी किसी को दिखाई नहीं दिया और रात में उसने किसी को अपने, बल्कि नदी के उस विशेष किनारे तक के नज़दीक नहीं आने दिया, जहाँ नदी सबसे गहरी थी; अफ़वाहों के मुताबिक़ जो गहराई राक्षस टीपू का विश्राम स्थल थी।

टीपू आदमख़ोर दैत्य कहलाने लगा था। अफ़वाह यहाँ तक फैल चुकी थी कि नदी के उस हिस्से में एक महान ख़ज़ाना दफ़्न है, जिसकी रखवाली करने वाला दैत्य टीपू किसी को उसके आसपास भटकने नहीं देता। दिन के उजाले में वो नदी की असीम गहराई में समा जाता है और सूरज ढलते ही उसकी सतह पर उतर आता है और अपना नारा बार-बार दोहराता है।

"ये नदी नहीं है काल है काल"

नदी के उस किनारे का नाम, जहाँ उसकी तह तक पक्की सीढ़ियाँ नहीं उतरती थीं, जो ऊँचे, बौने पेड़-पौधों, चिकनी काई और लसलसी घास से घिरा हुआ था,

जिसका 'सुल्तान' *टीपू* था, 'काल-घाट' रख दिया गया।

विल्सन की बीवी को न विल्सन का मज़हब मालूम था न अपना, बल्कि उसे अपना असली नाम भी नहीं मालूम था। वो अपने किराए पर लिए गए नाम को, जिसका भाड़ा वो उसकी अस्ल क़ीमत से भी ज़्यादा चुका चुकी थी, बदल देना चाहती थी। विल्सन ने उसका नाम ज़ुलैख़ा रखना चाहा; मैंने उसे टोका। उसने दूसरा नाम राधा सोचा; मैंने उसे फिर टोका। आख़िर में वो उसे विद्यावती कहकर पुकारने लगा। विद्यावती ख़ुश थी। उसका नाम उसके किसी अपने ने रखा था, जो उसका अपना नाम था, जिसकी उसे अब कोई क़ीमत नहीं चुकानी थी। विद्यावती इतनी ग़ुस्सैल नहीं थी, अक्सर जितना ग़ुस्सा ज़ाहिर कर उसने अपनी ख़ूबसूरती कम कर ली थी। उसने विल्सन से पूछा, "अब मैं विद्यावती विल्सन कहलाऊँगी या विद्यावती सेठ?" "तुम्हें विद्यावती के अलावा किसी और पहचान की कोई ज़रुरत नहीं है। यही है तुम्हारा पूरा नाम," विल्सन ने उसे जवाब देते हुए कहा। वो झिझका, उसने कहा, "तुम अगर इसे भी बदलना चाहो, तो।" "नहीं-नहीं ये नाम बहुत सुंदर है। मुझसे भी सुंदर। पूरी दुनिया से सुंदर।" "विद्यावती" उसने फिर अपना नाम दोहराया। उसने विल्सन से शर्माते हुए कहा, "तुम मुझे प्यार से विद्या भी कह सकते हो।" विल्सन ने आश्चर्य के एहसास के साथ कहा, "अरे! ये तो मैंने सोचा ही नहीं था। विद्यावती; विद्या। अहा! रिअली वैरी नाइस।" देर तक एक-दूसरे को मुहब्बत की नज़र से निहारते हुए दोनों ध्यान के उस प्रकार में लीन हो गए, जहाँ से ईश्वर प्राप्ति का मार्ग प्रशस्त होता है।

विद्या की यादों में अपनी पैदाइश से लेकर वैश्या बनने तक के सफ़र की कोई तस्वीर साफ़ नहीं थी। मगर उसके बाद की हर एक तस्वीर इतनी साफ़ थी कि विल्सन ने उनपर कालिख़ पोतकर उन्हें सियाह करने में अपनी अच्छी ख़ासी उम्र क़ुर्बान कर दी थी। विल्सन ने उसे बाप, भाई, पिता और पति हर रूप में चाहने की कामयाब कोशिशें कीं। विद्या को विल्सन ने शादी से पहले बता दिया था कि वो चंदू सेठ नहीं, जॉन विल्सन है। एक अंग्रेज़, जिसका अंग्रेज़ी हुकूमत से कोई वास्ता नहीं है, जो अपनी क़ौम की इस बदसुलूकी की वज्ह से हमेशा शर्मिंदा रहेगा। उसकी यही शर्मिंदगी उसके द्वारा अपना नाम बदल लेने का कारण बनी। उसने विद्या को बताया कि वो यतीम नहीं है। लेकिन एक अरसे से एक-दूसरे की शक्लें देखने पर अपना लहू जलाने वाले उसके माँ-बाप को उसकी वज्ह से अपना लहू फूँकना पड़ता था। वो किसी को अपनी वज्ह से क़िस्तों में बदन में ख़ून की

कमी से मरता हुआ नहीं देखना चाहता था। इसीलिए उसने, उनके दरमियान रह गई संभावना की एक आख़िरी दीवार भी ढहा दी और उन्हें खुले मैदान में छोड़कर हिंदुस्तान आ गया। उसे अपना मक़्सद याद आया, जिसे दोहराते हुए उसने विद्या से कहा, "मैं यहाँ उर्दू शायरी के बारे में शोध करने आया था। मेरा इरादा बदल गया। फिर मुझे तुम मिल गईं।" "तुम्हें अपने इरादे पर वापस लौट जाना चाहिए," विद्या ने प्यार से उसकी नाक मरोड़ते हुए कहा। अपने इरादे की तरफ़ लौटते हुए विल्सन ने विद्या को 'अलविदा' नहीं कहा। उसने कहा, "आता हूँ।"

अपने पहले इरादे की राह पर निकले हुए विल्सन के दिमाग़ में विद्या का सुझाया एक ख़याल और था। वो अपने शोध से संबंधित तमाम दस्तावेज़ इकट्ठा करने के बाद अपना ख़ुद का प्रिंटिंग-प्रेस खोलने के बारे में संजीदगी से सोचने लगा था। वो अपनी पहली किताब, जिसकी ज़बान अंग्रेज़ी थी, के साथ-साथ दूसरी का भी हिंदी और उर्दू ज़बान में तर्जुमा चाहता था। उसे अपनी इन ख़्वाहिशों को अंजाम देने के लिए दत्त और फ़ारूक़ी की मदद की दरकार थी। दोनों साझेदारों ने उसकी बात को संजीदगी से लिया। उन्हें, उसके दोनों मशविरे बेहतर लगे। उन्होंने कहा, "तुम मुक्त रहो। हम देख लेंगे।" दोनों का साझा ख़याल था कि वो विल्सन के अलावा भी दूसरे लेखकों को प्रकाशित कर सकते हैं। आख़िर कितनी कहानियाँ हैं, जो लिखी नहीं गईं और कितनी ऐसी हैं, जो कभी शाया नहीं हुईं। उनमें से एक विल्सन की पहली दस्तावेज़ी किताब थी, जिसमें बेशुमार वैश्याओं की छोटी-छोटी मगर दर्दनाक कहानियाँ साँस ले रही थीं। ये उनकी मौत का वक़्त नहीं था। विल्सन भी इतनी चीख़ों की मौत का इल्ज़ाम ढोते हुए अपनी बाक़ी की ज़िंदगी ख़ुशी-ख़ुशी विद्या के साथ नहीं गुज़ार सकता था। विद्या भी ऐसा नहीं चाहती थी। और जो विद्या न चाहे, वो विल्सन कभी नहीं चाहता था।

दत्त और फ़ारूक़ी ने अपनी जमा पूँजी का एक हिस्सा निकालकर प्रिंटिंग-प्रेस ख़रीदने के अपने इरादे को अंजाम दिया। उन्होंने शहर के तमाम लेखकों के अलावा दीगर शहरों में भी ऐलान के तौर पर ये ख़बर आम कर दी कि 'फ़ारूक़ी एंड दत्त प्रिंटिंग-प्रेस' (उम्र में कुछ बरस *बुज़ुर्ग* फ़ारूक़ी का नाम दत्त ने अपनी मर्ज़ी से पहले लगाया। फ़ारूक़ी इस बात को लेकर नाराज़ था। उसने दत्त से ग़ुस्से में कहा था, "तुमसे किसने कहा कि मैं तुमसे बुज़ुर्ग हूँ।") न लिखी गई कहानियों को लिखे जाने के लिए प्रेरित और लिखी जा चुकी कहानियों को ख़ुशी-ख़ुशी आमंत्रित करता है। और देखते ही देखते देश भर से आई कहानियों का एक

अंबार लग गया। जिन्हें एक के बाद एक पढ़ने के लिए उन्हें मज़ीद अमले की ज़रुरत समझ आने लगी थी। सो भी हुआ, लेकिन एक भी कहानी दिलचस्प नहीं निकली। उनके मुताबिक़ किसी कहानी में वो बात नहीं कि उसपर बेजा सियाही ख़र्च की जाए। पैसे लगाए जाएँ। नतीजतन लेखकों के साथ-साथ फ़ारूक़ी एंड दत्त प्रिंटिंग-प्रेस को भी मायूसी का मुँह देखना पड़ा। लिहाज़ा उन्होंने विल्सन की पहली किताब को अंग्रेज़ी में शाया करने का मंसूबा बनाया। लेकिन उस किताब को पढ़ने के जो असली हक़दार थे, उनके लिए अंग्रेज़ी, तांत्रिकों के मंत्रों की ज़बान की तरह एक अबूझ ज़बान थी। किताब उतनी ही बिकी जितने में उसकी छपाई भर का ख़र्चा निकाला जा सका। अंग्रेज़ों ने किताब में दिलचस्पी नहीं दिखाई। वो वेल ऑफ़ लोनलीनेस की सनसनी से बाहर नहीं आ पाए थे। उन्होंने तन्हाइयों के असंख्य विशाल और गहरे कुएँ, जो भीड़ के दरमियान निरे अकेले थे, ग़फ़लत में नज़रअंदाज़ कर दिए। फ़ारूक़ी एंड दत्त प्रिंटिंग-प्रेस ने तय किया, अब वो उसी किताब— 'लोनलीनेस इन द क्राउड' का हिंदी और उर्दू में तर्जुमा कराएँगे, लेकिन वो इसके लिए उचित शख़्स पर और पैसे ख़र्च करने की हैसियत में नहीं थे। उन्होंने ख़ुद इस काम को नतीजे पर पहुँचाने की कोशिश की, लेकिन वक़्त की कमी और अन्य ज़िम्मेदारियों ने उन्हें कामयाब नहीं होने दिया।

इत्तिफ़ाक़न, एक रोज़ दोनों बहनें पढ़ी जा चुकी, मगर उधार में ली गईं कुछ किताबें, जिन्हें रखने के लिए उनके कमरे में जगह उपलब्ध नहीं थी, और उसके बाहर फेंक दिए जाने के अलावा दूसरा विकल्प, लौटाने के इरादे से उनकी दुकान पर यक-ब-यक आ धमकीं। दोनों साझेदार इस हक़ीक़त से वाक़िफ़ थे कि बहनों को अंग्रेज़ी के सिवा उर्दू, हिंदी, फ़ारसी, संस्कृत और अरबी ज़बान का भी भरपूर ज्ञान है। आख़िरकार वो पंडित की शागिर्द थीं। लिहाज़ा उन्होंने उनके आगे लोनलीनेस इन द क्राउड के अनुवाद का सुझाव पेश कर दिया। दोनों बहनों के पास उनका क़र्ज़ उतारने का इससे बेहतर कोई और विकल्प नहीं था। उन्होंने फ़ौरन ये कहते हुए कि दत्त साहब, फ़ारूक़ी साहब, हम आपका एहसान तो नहीं चुका सकते, शायद कुछ क़र्ज़ ही चुका सकें, उनके इस सुझाव पर हामी भर दी। महज़ लिपियों के फ़र्क़ के साथ हिंदी का ज़िम्मा अक्सीर और उर्दू का गुज़िश्ता ने उठाया।

***

मैं उजलतपसंद शख़्स नहीं हूँ फिर भी ग़लतियाँ कर देता हूँ और ग़लती करना

इंसानी फ़ितरत है। और मैं इंसान हूँ। एक अकड़ने वाला अकड़ू इंसान। मैं आपसे माफ़ी तलब किए बग़ैर, आपको चंद लम्हे उल्टे पाँव चलने का मशविरा देना चाहूँगा।

बेहतर है। आप ठीक चल रहे हैं। *चलते रहिए।*

गुज़िश्ता और अक्सीर, जब उनकी दुकान पर पहुँचीं, तब उन्होंने पांडुलिपियों का अंबार देखकर अपनी हैरत का और प्रिंटिंग-मशीन देखकर ख़ुशी का इज़हार किया था। उन्होंने फ़ारूक़ी एंड दत्त प्रिंटिंग-प्रेस के मालिक फ़ारूक़ी और दत्त को भरपूर मुबारकबाद पेश की थी। उन्हें उनके कारोबार की ये नई पहल रास आई थी। बड़ी बहन ने अपने इल्म की नुमाइश करते हुए दोनों साझेदारों को बग़ैर पूछे 'आप जानते हैं' जुमले के साथ बताया था कि छपाई का फ़न सबसे पहले गोवा के ज़रीए हिंदुस्तान में दाख़िल हुआ था। तारीख़ के मुताबिक़ 30 अप्रैल 1556 को फ़ादर गैस्पर कैलेजा ने लोयोला के सेंट इग्नाटियस को लिखे गए एक ख़त में एक ऐसे जहाज़ का ज़िक्र किया है, जो एक प्रिंटिंग-प्रेस, जिसका मक़्सद मिशनरी काम में मदद करना था, लेकर पुर्तगाल से एबीसीनिया के लिए सफ़र में था, मगर हालात ऐसे बने कि जहाज़ को प्रिंटिंग-प्रेस हिंदुस्तान में ही उतारना पड़ा। नतीजतन मुल्क में छपाई का आग़ाज़ हुआ। प्रिंटिंग-प्रेस का अहम मक़्सद मज़हबी किताबों को शाया करना था, ताकि वो लोगों को अध्ययन के लिहाज़ से आसानी से मुहैया हो सकें। पुर्तगालियों ने भी इससे यही काम लिया। दोनों साझेदारों ने उसे एकटक घूरकर देखा। अक्सीर ने कहा, "दोनों साझेदार साहब।" वो दोनों मुस्कुराए। उसने आगे कहा, "हमें हमेशा किताबें मुहैया कराने का बेशुमार शुक्रिया। हम फ़िलवक़्त साइंसदाँ बनने के ख़याल को दरगुज़र करते हुए, आपके सुझाव पर काम करना ज़्यादा मुनासिब समझते हैं।" "हम जल्द-अज़-जल्द इसका तर्जुमा आपके सामने पेश करने की कोशिश करेंगे," गुज़िश्ता ने कहा। दत्त, फ़ारूक़ी की दुकान की क़दीम रस्म पूरी हुई।

बस बस, रुक जाइए। अब सीधे पाँव मेरे साथ चलिए।

किसी के साथ चलना, चलते रहना, चलते-चलते मर जाना, एक कला है; एक क्रिया है : संतुलन बनाए रखने की क्रिया। हू-ब-हू वैसे जैसे एक उँगली के दम पर कई किलो वज़न की तलवार को थामे रखना। ये एक कामिल पकवान—*Perfect dish* बनाने जैसा है। मैं इसे समर्पण की दृष्टि से नहीं देखता। कोई किसी के साथ नहीं चलता। कोई किसी के प्रति समर्पित नहीं है। सब कुछ एक अबूझ

डर का प्रत्यक्ष प्रदर्शन है, जिसे देखने के लिए किसी सूक्ष्मदर्शी या टेलीस्कोप की ज़रुरत नहीं होती।

महल की निजी जेल में, जिसकी भनक अंग्रेज़ों को भी नहीं थी कि उनके राज के चलते किसी का भी, किसी तरह का कहीं राज चलता है, कुछ मर्द और औरतें क़ैद थीं। इल्ज़ाम (टुच-पुच चोरी-चकारी, बादशाह की शान में पेश किए जाने वाले कुल सलामों के हिसाब में घपला कर देना, महल के *लौंडे-लौंडियों* को आपस में इश्क़ हो जाना, उसकी पीठ पीछे बादशाह को उसके नाम से पुकारना वग़ैरा) बड़े नहीं थे, लेकिन सज़ाएँ फिर भी ठीक-ठाक थीं। दो साल से लेकर उम्र क़ैद तक। जेल में क़ैद कुल छत्तीस क़ैदियों में से बारह जवान से बूढ़े हो चुके थे और सात बूढ़े होते-होते तक मर चुके थे। अब कुल उन्तीस क़ैदी रह गए थे, (मान्यताओं के मुताबिक़ एक की संख्या से विषम होना शुभ होता है) जो इत्तिफ़ाक़न इकत्तीस होने जा रहे थे। ज्ञानचंद की तरह हर मुलाज़िम के नज़दीक दुर्लभ दवा का दुर्लभ नुस्ख़ा नहीं था। हीर की तरह चालाकी नहीं थी। हर किसी में इतनी हिम्मत नहीं होती कि वो अपना सब कुछ अपने बादशाह के प्रति समर्पित कर सके। अपना एक-एक अंग। सब बचकर नहीं निकल पाते।

चोरी हुई; महल के माल की चोरी हुई, लेकिन महल के अंदर नहीं। बदक़िस्मती से फ़ैसला कमज़र्फ़ बादशाह की ज़बान पर टिका था। बादशाह, जो ख़ुद को ख़ुदा मानने से गुरेज़ नहीं करता था। वही था क़यामत का बादशाह?

जरीस ने ताली बजाई। रुस्तम भागता हुआ आया। उसने अपना सर झुकाते हुए जरीस के हुक्म का इंतज़ार किया। जरीस ने उसे अपना हुक्म सुनाया। रुस्तम ने कहा, "जी हुज़ूर।" उसने फिर सर झुकाया। सर झुकाते समय उसका दाहिना हाथ हमेशा उसके बाएँ सीने (जहाँ दिल होता है) पर रहने लगा है। जरीस फ़िल्मी राक्षसों के अंदाज़ में क़हक़हा लगाता है। रुस्तम के कानो में क़हक़हा गूँज रहा है। उसकी दोनों भौहों के बीच एक घबराई हुई शिकन उभर आई है। उसके रोंगटे चुस्त हो गए हैं। वो याद करता है कि किस तरह रूमो ने अँगूठियों से सजी उँगलियाँ अपने सीने से चिपकाकर अपने आप को आईने में निहारा था। वो लंबी साँस खींचते हुए अपने अम्मी-अब्बा को याद करता है। वो काजल से सने अपने काले आँसू, जो अंदर से काले नहीं थे (इंसान के अंदरून की तरह) अपनी हथेली के ठोस हिस्से से पोंछता है। वो अपने दाँत किटकिटाते हुए आवाज़ से बेअसर दो नाम लेता है : जरीस, हीर।

रुस्तम की पढ़ाई-लिखाई के ख़्वाब, ख़्वाब की मानिंद रह गए हैं। लेकिन उसकी आँखें ख़्वाबों से ख़ाली नहीं हुईं, फिर वो बुरे ख़्वाब ही क्यों न हों। वो अपने आप को एक ग़ुलाम लौंडे की मानिंद देख रहा है। ग़ुलाम लौंडे की आँखें छोटी दिखने लगी हैं। उसकी आँखों के चारों तरफ़ हड्डियों के उभार अब और सयाने हो गए हैं। उसकी गर्दन के ठीक नीचे वाली हड्डियाँ उभर आई हैं और वो इतनी स्पष्ट दिखाई देने लगी हैं, जैसे अफ़ीम के नशे के चक्कर में सूखकर काँटा हो चुके ज्ञानचंद की दिखाई देती हैं।

वो अब रोज़ उसी नदी में नहाता है।

नदी- जिसने बेशुमार बदबुओं को धोते वक़्त अपने नथुने सिकोड़े होंगे।

नदी- जिसने बेशुमार नंगे बदनों को देखते वक़्त अपनी आँखें मूँदी होंगी।

नदी और ढेरों आलसी मगरमच्छ।

नदी- बेशुमार मछलियों वाली नदी, जिसमें वो छलांगें लगातीं, महल के ऊँचे गुंबदों को चूमने की कोशिशें करतीं और वापस डूब जातीं। एक दायरा किसी नुक़्ते से शुरू होता और दीर्घ वृत्त पर ख़त्म।

"ये नदी नहीं है काल है काल"

महल में अंदर जरीस के कानों से नामुमकिन मगर उचित दूरी पर तरह-तरह का चर्चा गर्म था।

रूमो? वो भी चोरी? वो भी ऐसी चोरी, जो कोई कर भी नहीं सकता। कौन नहीं जानता कि हुज़ूर के गले का हार चुराना बहरहाल नामुमकिन काम है, जिसमें जान देनी या लेनी भी (जिसका कोई सवाल ही पैदा नहीं होता) पड़ सकती है। वही अँगूठियों पर भी लागू होता है। आख़िरकार वो महारानी की अँगूठियाँ हैं। ये एक नामुमकिन चोरी है।

ज़ाती तौर पर मैं भी नहीं मानता। रूमो ऐसा कभी नहीं कर सकती है। मैंने उसे हमेशा वफ़ादारी के साथ काम करते हुए देखा है। वो कोई जादूगरनी या जाँबाज़ डकैत नहीं। वो छिपकली तक से डर जाने वाली औरत है। लेकिन ज्ञानचंद के पास फ़िलहाल ख़ौफ़ खाने की कोई वज्ह नहीं थी। वो बैलों के बैल को अपने दूसरे दाँव में हरा देने वाला एक बहादुर और वाहिद मुलाज़िम था, जिसने बादशाह के आगे अपना कभी कुछ समर्पित नहीं किया था। एक उम्र से अपने चूतड़ों को चालाकी से बचाता आया ज्ञानचंद दरबार में सज़ा के ऐलान के मौक़े पर हाज़िर हुआ। उसने कहा, "गुस्ताख़ी माफ़ हुज़ूर लेकिन जग ज़ाहिर है, आपने ख़ुद रूमो

को अपना हार और बेगम साहिबा ने अपनी अँगूठियाँ तोहफ़े में दी थीं। लिहाज़ा आप उनपर जताए जाने वाले मालिकाना हक़ से जाते हैं। फिर भला वो ख़ुद क्यों अपने माल की चोरी करने लगे।" "हक़ से जाते हैं?" जरीस तैश में आकर कहता है, "ज्ञानचंद अपनी हद में रहो।" "हुज़ूर! लेकिन हुज़ूर," ज्ञानचंद ने लंबी साँस खींची। "ज्ञानचंद..." जरीस चिल्लाया। उसने कहा, "और हाँ, ये दरबार चोरी की सज़ा सुनाने के लिए नहीं, बल्कि हमारे दिए गए तोहफ़ों की हिफ़ाज़त न कर पाने के बदले में सुनाई जाने वाली सज़ा के वास्ते लगाया गया है। हम चोर को भी जल्द-अज़-जल्द खोज निकालेंगे और उसे सख़्त से सख़्त सज़ा सुनाएँगे।" "भला ये भी कोई दरबार लगाकर सज़ा देने का मुद्दा हुआ?" ज्ञानचंद अपने आप में बड़बड़ाया। उसने कहा, "हुज़ूर अगर ऐसा है, तो मैं इस काम में आपकी मदद कर सकता हूँ। यक़ीन कीजिए आज, अभी, इसी वक़्त चोर को आपके सामने हाज़िर करवा सकता हूँ।" "ज्ञानचंद तुम हमें कमज़ोर समझने की जुर्रत कर रहे हो। कहीं ऐसा न हो तुम्हारी माफ़ की जाने वाली पाँच ग़लतियों को हम तुम्हारी मज़ीद ज़बान चलाने की नागवार जुर्रत की वज्ह से घटाकर चार कर दें।" "लेकिन हुज़ूर?" ज्ञानचंद की बात काटते हुए जरीस ने उसे हाथ दिखाते हुआ कहा, "ख़ामोश रहो।" "क्या करूँ मैं इस मंदबुद्धि का," ज्ञानचंद ने मन ही मन कहा। उसने कहा, "जी हुज़ूर जैसा आप चाहें। लेकिन मैं आपके कान में कुछ कहने की इजाज़त चाहता हूँ। अगर आप इसे मेरी तरफ़ से की जाने वाली गुस्ताख़ी के तौर पर शुमार करते हैं, तो आज, और अभी इसी वक़्त मैं सबके सामने कहता हूँ कि आज से मैं सिर्फ़ चार ग़लतियाँ माफ़ किए जाने का हक़ रखता हूँ।" जरीस ने ग़ुस्से में अपने सिंहासन के हत्थे पर बने शेर के दाँत उखाड़ने की नाकामयाब कोशिश करते हुए कहा, "ये हम तय करेंगे कि हम क्या करेंगे।" "कहो, क्या कहना चाहते हो," जरीस ने झल्लाते हुए कहा। ज्ञानचंद ने उसके कान में फुसफुसाते हुए कहा, "हुज़ूर अदीबा के बारे में मुझे सब मालूम है। उस रात के बारे में भी।" "लेकिन तुम्हें कैसे?" जरीस ने झेंपे हुए स्वर में कहा। ज्ञानचंद ने कहा, "इसमें मत पड़िए हुज़ूर। आपको तो शायद ये भी नहीं मालूम होगा कि अदीबा, हीर की फुफेरी बहन है। वो उसे कभी भी आपके सामने पेश कर आपको दाग़दार साबित करने के इरादे से रक़्म ऐंठ सकती है। अपनी ज़िदें मनवा सकती है। आपको मुझपर न सही, लेकिन अगर मेरी दवा के नुस्ख़े पर यक़ीन है, तो उसके घर की तलाशी करवाइए। आपका खोया हुआ बहुत-सा माल आपको वापस मिल सकता है और एक जंजाल से हाथों-हाथ

छुटकारा भी।" जरीस हैरान था। वो मन ही मन सोचा रहा था कि इस मरियल गांडू के पास हमारे बारे में इतनी सारी जानकारी कहाँ से आई होगी? उसने हीर के घर की तलाशी लेने का हुक्म जारी किया।

हीर गुनहगार साबित हुई। उसके घर की तलाशी में हार और अँगूठियों के अतिरिक्त भी कई अजीब तरह के सामान, जैसे चीनी मिट्टी की शाही प्यालियाँ, चाँदी की तश्तरी, मंसूरा की चप्पलें, हफ़ीज़ का एक जूता, कढ़े हुए दुपट्टों से लेकर सलवारें, कुर्तियाँ, औरतों के अंदरूनी लिबास, मेज़पोश, गुलदान, एक शराब की बोतल और काँच का एक प्याला वग़ैरा बरामद हुए। जरीस ने अपने माथे पर बल डालते हुए उसे घूरकर देखा और कहा, "कमज़र्फ़ तूने हमारी पसंदीदा शराब की बोतल चुराई थी? और ये प्याला? जिसके आगे हमें सोने, चाँदी तक के प्याले रास नहीं आते।" "और हमारा एक जूता? दोनों क्यों नहीं?" हफ़ीज़ ने कान खुजाते हुए कहा। जरीस ने कहा, "गिरफ़्तार कर लो इसे।" उसे गिरफ़्तार किया गया। महल की जेल इकत्तीस की शुभ संख्या से महरूम रह गई। जरीस के बाएँ हाथ पर खड़ा ज्ञानचंद फिर उसके कान में फुसफुसाया, "हुज़ूर पाँच या चार?" "पाँच" जरीस ने खीझते हुए कहा। "हुज़ूर चाहें तो चार कर दीजिए। मगर मेरी एक शर्त है।" "शर्त? कैसी शर्त? ज्ञानचंद क्या तुम महल के तमाम अदब-ओ-आदाब भूल चुके हो? तुम्हें अपने बादशाह के आगे शर्तें रखने का हक़ किसने दिया?" "गुस्ताख़ी माफ़ हुज़ूर। आप शर्त को दरख़्वास्त समझ लें।" जरीस ने झुँझलाते हुए कहा, "या ख़ुदा।" उसने अपनी गर्दन दरबार हॉल की छत की तरफ़ घुमाई और लंबी साँस छोड़ते हुए बोला, "अरे बको! क्या बकना चाहते हो।" "हुज़ूर मैं चाहता हूँ कि आप अपनी शान में आइंदा ऐसा कोई क़दम न उठाएँ, जिससे उसमें कमतरी आए।" "अब तुम हमारे आगे अपनी नसीहतें भी पेश करोगे?" जरीस ने ज्ञानचंद का गला दबोचते हुए कहा। "नहीं-नहीं हुज़ूर! गुस्ताख़ी माफ़ हुज़ूर। मैं तो बस इतना अर्ज़ करना करना चाहता हूँ कि आपको तोहफ़े में दिए गए माल को भूल जाना चाहिए। अब वो आपका कहाँ रहा। जिसे दिया, सो दिया। रूमो, नजीब अब उनके साथ जो चाहे करें।" जरीस ने इधर-उधर दरबार में मौजूद लोगों की तरफ़ देखते हुए कहा, "तुम चाहते हो कि हम इन्हें बरामद किए तमाम गहने दोबारा तोहफ़े के तौर पर दे दें।" "जी हुज़ूर। आप बादशाह हैं! बादशाह," ज्ञानचंद ने वहाँ उपस्थित लोगों की तरफ़ देखते हुए कहा, "क्यों सही कह रहा हूँ ना?" ज्ञानचंद ने दरबार में 'नवाब जरीस ज़िंदाबाद' के नारे लगवा दिए। जरीस हाथ पर

हाथ धरे बैठा रह गया।

रुस्तम की नींद खुली। वो अपने ख़्वाब से बाहर आया। अपने माँ-बाप को अपनी आँखों के सामने सही-सलामत देखकर चौंका। उसने उन्हें गले से लगाया। रूमो, नजीब ने गहनों को बेचकर, क़र्ज़ वग़ैरा चुकाकर साहिराबाद छोड़कर किसी दूसरे शहर में जाने की योजना बनाई। रूमो के ज़ेहन में अपनी चित्रकारी पर काम करने का ख़याल आया।

कुछ किरदारों को कहानी में वक़्त से पहले अलविदा कहना पड़ता है, वर्ना कहानी सुस्त पड़ जाती है।

फिर भी—

कोई जाने से कब गया है कहीं ।

फिर भी—

ख़ुदा ख़ैर करे, रूमो की उँगलियाँ, गर्दन सब सही-सलामत हैं। उसके हक़ में दुआ कीजिए। समर्पण के झूठ से बेहतर है, दुआ करना। हम इतना तो कर ही सकते हैं। ईश्वर उसे, उसके शौहर, उसके बच्चे को उम्र-ए-दराज़ से नवाज़े।

आमीन।

***

कहानियों का नायक कोई नहीं होता, बल्कि किसी कहानी का कोई नायक घोषित ही नहीं किया जाना चाहिए। कहानियों को मुकम्मल करने में हर एक किरदार का अपना किरदार होता है। नायक होता नहीं, नायक बनने की कोशिश की जाती है। जिसे मैं सिरे से नकारना चाहूँगा बावजूद इसके मैं जानता हूँ, आपने अपना नायक चुन लिया होगा। हो सकता है नायिका भी या नायिकाएँ? कुछ भी हो सकता है। दुनिया में सब कुछ होने के लिए है। आज़ादी सबसे बड़ा झूठ है, लेकिन सब आज़ाद हैं। कहने को आज़ाद? अभी तो इतनी आज़ादी भी नहीं कि हम अपना नायक ख़ुद चुन सकें। कम-अज़-कम अपना हुक्मरान। फ़िलवक़्त पूरी तरह से नामुमकिन। ख़याल फिर भी आ सकता है। जैसे मुझे इस वक़्त हयुलानी का आ रहा है, जिसे कहानी के नायक के तौर भी सोचा जा रहा होगा। मगर लानत है ऐसे नायक पर, जिसने एक ख़्वाब की गिरफ़्त में आकर जवान होने के क़ुदरती अमल से ही मुँह फेर लिया हो। वो तांत्रिकों के झाँसे में कैसे आ सकता है?

मेरे हाथ में हमेशा सब कुछ नहीं है। अगर होता, तो मैं उसे किसी रेल का

ख़ज़ाना लुटवाकर फ़िरंगी सिपाहियों से जान बचाते हुए रेल की छत पर दौड़ाते हुए जवान कर देता।

छलांग ?

नहीं, मैं उचक्का नहीं हूँ। वक़्त को अपनी रफ़्तार से चलने दिया जाए।

ये वक़्त ऐसा वक़्त है, जिसमें न जाने कितनी रहस्यमई जीतों, कितनी हारों का कोई हिसाब नहीं रखा जाएगा, जिन्हें तारीख़ में कोई जगह नहीं मिलेगी। जरीस को भी नहीं। उसकी जीतों और हारों को भी नहीं। दरअस्ल, जब सब कुछ ख़त्म होता है, तब सब कुछ फिर से शुरू होता है। मुक्तियों के द्वार अभी दूर हैं।

मुझे उस अंधेरे की तरफ़ लौटना चाहिए, जहाँ लालटेनों के फ़ानूस उनकी पूरी ऊँचाई तक अब भी काले हैं, जो अब भी जुगनुओं की तरह टिमटिमाती हुई घर के कोनों में पड़ी भिनभिना रही हैं।

गुज़िश्ता और अक्सीर ने तय किया कि वो विल्सन की किताब के तर्जुमे के दौरान न चिलम फूँकेंगी, न शराब पिएँगी। वो कुछ दिन होश में रहना चाहती थीं। उन्हें महल में वाक़िअ ताज़ा वाक़िए की कोई ख़बर नहीं थी। उन्हें महल की जेल के बारे में भी कोई अंदाज़ा नहीं था कि जेल है या नहीं। है तो कहाँ है ? अगर कहीं है, तो उसमें कौन-कौन और क्यों क़ैद है ? उन्होंने अपने बादशाह बाप का दरबार कभी नहीं देखा था। उन्होंने उसके दरबार को हवाई गप्प का मर्कज़ घोषित कर रखा था। महल में दाख़िल होते समय, उनसे ज्ञानचंद टकराया और हमेशा की तरह उसने उन्हें नज़रअंदाज़ नहीं किया। उसने उनसे पूछा, "बीबी जी आपकी ख़िदमत में कुछ पेश करना हो, तो बग़ैर हिचकिचाए हुक्म फ़रमाइएगा।" गुज़िश्ता ने जवाब में कहा, "नहीं, फ़िलहाल ऐसी कोई ज़रुरत नहीं है। हो सके तो कमरे से शराब की तमाम भरी, ख़ाली बोतलों को चालाकी से कहीं ग़ायब कर दो। वहाँ से पियाले, चिलम वग़ैरा उठाकर कहीं फेंक आओ। चाहो तो अपने घर ले जाओ। तमाम माल-मसाला जो भी वहाँ मौजूद हो सब हटा दो।" "ठीक है बीबी जी। और कोई हुक्म ?" ज्ञानचंद ने बड़ी बी का हुक्म अपनी आँखों पर रखते हुए कहा। बड़ी बी ने कहा, "हाँ, कुछ रोज़ के लिए हम अपने कमरे में चूल्हे-चौके और एक अदद राशन-पानी का इंतिज़ाम चाहते हैं। क्या ये हो सकेगा तुमसे ?" "जी, हो जाएगा। ज़रूर हो जाएगा। लेकिन कमरे में क्यों ? बड़े हुज़ूर या उनसे बड़े हुज़ूर सवाल करेंगे फिर ?" "तुम्हारी पाँच ग़लतियाँ माफ़ हैं ना ? हमारे लिए एक-आध क़ुर्बान नहीं कर सकते ?" अक्सीर ने उसकी खिंचाई करते हुए कहा। ज्ञानचंद ने अक्सीर

की शरारत को नज़रअंदाज़ करते हुए बड़ी बी से कहा, "बीबी जी आपके लिए जान हाज़िर है। आप हुक्म कीजिए बस।" "ज्ञानचंद, तमीज़ से पेश आओ। तुम अपनी आशिक़ मिज़ाजी के पैंतरे हमपर मत आज़माया करो।" "मेरी क्या मजाल जो ऐसा कुछ करने की सोचूँ भी।" ज्ञानचंद ने कहा, "माफ़ी बीबी जी, लेकिन आपको कैसे मालूम कि हुज़ूर ने मेरी पाँच ग़लतियाँ माफ़ कर रखी हैं?" गुज़िश्ता ने अपने सीने पर दुपट्टे को ठीक करते हुए ज्ञानचंद की तरफ़ देखे बग़ैर कहा, "हमें तो ये भी मालूम है कि तुम अब पहलवान ज्ञानचंद हो। ज्ञानचंद, आख़िरकार तुम ज्ञानचंद हो।"

ज्ञानचंद सिवाए बड़ी बहन के दुनिया में किसी से ख़ौफ़ नहीं खाने लगा था। हड्डियों के ढाँचे की चाल-ढाल अब किसी राजकुमार से कम नहीं रह गई थी। लोग उससे डरने लगे थे। ख़ुद मुलाज़िम होते हुए भी उसने कई मुलाज़िम पाल रखे थे, जिनकी तनख़्वाह उसके बड़े हुज़ूर अदा करते थे। ये श्रद्धा या कर्तव्य का विषय नहीं, डर का विषय था। अगर वो बैलों के बैल महाबैल को अपने दूसरे दाँव में परास्त कर सकता था, तब उसकी बात न मानने वाले इंसान, जो बैल होते-होते रह गए थे, भला उससे कैसे ख़ौफ़ न खाते। ज्ञानचंद ख़ुद अपनी औलादों को उज़्बेक की बहादुरी के क़िस्से सुनाने लगा था।

उसकी दो औलादें थीं : एक लड़का— सोलह बरस का, एक लड़की— बारह बरस की, लेकिन एकतरफ़ा इश्क़ में यक़ीन रखने वाला ज्ञानचंद नस्लों में भेद नहीं करता था। क्या लड़का और क्या लड़की। अज्ञानी ज्ञानचंद बड़े लाड़-प्यार से दोनों को पाल रहा था। ग़ैर लड़की के इश्क़ में पड़ा हुआ ज्ञानचंद अपनी बीवी से एक आदर्श पति की तरह प्रेम करता था। उसके कहने पर, "नशा करना कब छोड़ेंगे?" उसका जवाब— "आज से, अभी से" होता था। और उसकी नज़र हटते ही वो फिर अफ़ीम गटक जाता था। अफ़ीम से बू न आने का उसने भरपूर फ़ायदा उठाया। उसने इश्क़ की क़ीमत क़रीब से महसूस की थी। उसने तय किया, वो अपने बच्चों को इश्क़ के अज़ीम तजरबे से महरूम नहीं करेगा, बल्कि नशे में उसने अपनी बीवी से यहाँ तक कह दिया कि अगर उसे किसी ग़ैर मर्द से इश्क़ हो जाए, तो उसे इत्तेला ज़रूर करे। वो उस मर्द का ख़र्च उठाने के लिए भी राज़ी था। उसकी निगाह की ख़ूबी थी कि वो बेशर्म नहीं थी। उसने बड़ी बी को भी कभी *उस* नज़र से नहीं देखा था। दोनों में लातादाद फ़र्क़ होने के बावजूद, यही इकलौती बाहमी ख़ूबी विद्वान विल्सन और अज्ञानी ज्ञानचंद को एक जैसा पेश करने में

कुछ-बहुत मदद करती है।

ज्ञानचंद विल्सन को नहीं जानता था। विद्यावती को भी नहीं और जहाँ तक मेरा अनुमान है, वो चंदू सेठ को भी नहीं जानता था। ज्ञानचंद ने अपनी ज़िंदगी का आख़िरी और सबसे लंबा सफ़र तब तय किया, जब वो अपने नाम 'उज़्बेक' को 'उज्जेक' बोला करता था। ये वो सफ़र था, जिसकी यादें भी अगर उसके ज़ेहन में महफ़ूज़ न हों, तब भी हैरत की कोई बात नहीं ठहरती। इस सफ़र की शुरुआत उस ग़रीबी से हुई, जब लोगों के पास शहर बदलने के अलावा कोई और चयन नहीं होता। पूरी दुनिया इसी की ख़ातिर तितर-बितर है। जो जहाँ का है वहाँ का नहीं रह जाता। कोई-कोई तो कहीं का नहीं रह जाता। मगर उज़्बेक साहिराबाद का हो चुका था। उसकी पैदाइश की जगह इस क़दर सेहतमंद लोगों से खचाखच थी कि दवा के उसके ख़ानदानी नुस्ख़े को, जिसकी उम्र तब तीस बरस के आसपास रही होगी, कोई भी पूछने-लेने वाला नहीं था। उसके बाप-दादा ने जुगत भिड़ाकर जैसे-तैसे साहिराबाद ढूँढ़ निकाला; बीमारों का एक बड़ा शहर, और कामयाबी के उरूज को आमने-सामने होकर देखा। इससे बढ़कर उज़्बेक ने, जरीस; एक सनकी मगर सेहतमंद बादशाह, जो सेहतमंदी के मुबालग़े के भी पार निकल जाना चाहता था, की मुलाज़मत चुन ली। उसके लिए इससे बढ़कर सुख और क्या होता कि उसने अपने ग़रीब माँ-बाप और दादा को उनके जीते-जी संपन्न और समृद्ध होकर ख़ुशी-ख़ुशी मरते देखा। विल्सन, जो पूरे हिंदुस्तान की एक मर्तबा ख़ाक छान चुका था, जिसके हिस्से में दो मुल्कों के बीच तय किए गए सफ़र की उपलब्धि भी थी, के लिए इस बात का दुख हमेशा बना रहेगा कि वो अपने माँ-बाप को हँसी-ख़ुशी मरते नहीं देख पाएगा, बल्कि उनकी मौत की ख़बर से भी महरूम रह जाएगा। *कोई क्या कर सकता है?*

***

विल्सन अपने पहले इरादे पर क़ायम दोबारा पराए मुल्क हिंदुस्तान, जो अब उसका मायका भी था और ससुराल भी, की ख़ाक छानने के लिए एक अनिश्चित सफ़र इंतिख़ाब कर चुका था। उसका पहला पड़ाव दक्कन था। हैदराबाद में उसके खाने-ठहरने का इंतिज़ाम दत्त के क़रीबी दोस्त काशिफ़ लासारी की तरफ़ से था। लासारी ने विल्सन का ज़ोरदार इस्तक़बाल किया। उसे रहने खाने की हर मुमकिन और बेहतर सुविधा मुहैया करवाई। उसे एक कमरा दिया, जिसमें दक्कनी

उर्दू अदब के उदाहरणों से तमाम किताबों का ज़ख़ीरा था। पढ़ने-लिखने के लिए एक मेज़ थी, एक कुर्सी थी, एक आरामदायक बिस्तर था, एक खिड़की थी, जो खुली हवा का आवागमन आसान करती थी। कमरे से ही लगा हुआ छोटा-सा मगर साफ़-सुथरा बाथरूम था। विल्सन के पेशे से उसकी आदत का अंदाज़ा लगाते हुए लासारी ने उसके कमरे में कुछ शराब की बोतलें और सिगरेट-सिगार वग़ैरा भी पहले से रखवाए हुए थे। लेकिन लासारी की तरह विल्सन भी न शराब पीता था, न सिगरेट। बहरहाल, उसने लासारी की नवाज़िश का पुरज़ोर शुक्रिया अदा किया और इससे पहले कि वो अपने इरादे से फिर जाए और नीयत बदल ले, उसने उससे आग्रह किया कि वो सिगरेट वग़ैरा के पैकेट और उन बोतलों को वहाँ से हटवा दे। ऐसा ही हुआ। लासारी दत्त की उम्र का था, लेकिन शादी और इश्क़ वग़ैरा में उसका कोई यक़ीन नहीं था। वो अब तक कुँवारा था; हर तरह से कुँवारा, और ख़ुद अपने आप को अपने हर सुख का साथी समझता था। लासारी यतीम था। बग़ैर किसी कहानी के यतीम। उसके माँ-बाप उसे नाम देकर चलने-फिरने लायक़ बनाकर दुनिया को अलविदा कह गए थे। ख़ुद लासारी को कभी याद नहीं आता था कि उनकी मौत कैसे हुई। उसने कभी किसी से ये पूछने-जानने की कोशिश भी नहीं की। उसके बाद हमेशा बुद्धि से काम लेने वाला लासारी अपने आप बड़ा हो गया था। इधर-उधर काम कर उसने पैसा इकठ्ठा किया, तालीम हासिल की और इस दर्जा कि काशिफ़ लासारी, प्रोफ़ेसर काशिफ़ लासारी कहलाया जाने लगा। अंग्रेज़ी और फ़ारसी ज़बान का महान विद्वान।

विल्सन के उससे पूछने पर कि अब तक कुँवारे रह जाने की कोई ख़ास वज्ह? कोई ख़ास ज़िद? उसने कहा कि वो बचपन से तन्हा है। तन्हाई की उसकी आदत किसी नशे की आदत जैसी हो चुकी थी। उसका कोई दोस्त नहीं था। दत्त भी अगर उससे हज़ारों मील दूर न रहता होता, तो दत्त भी शायद उसका दोस्त न होता। दत्त से उसकी मुलाक़ात कब, कैसे हुई, के जवाब में उसने विल्सन को एक वाक़िआ बताया, जिसके मुताबिक़ दत्त की घरवाली उसकी मुँह बोली बहन थी। और बस इतनी बहन, जिसकी हर परेशानी में मदद करने के बावजूद वो उसे अपने घर में जगह नहीं दे सकता था। उसने कहा कि वो अपनी तन्हाई कभी किसी से नहीं बाँट सकता। विल्सन ने संकोचवश उससे पूछा, "तो मेरे साथ क्यों?" लासारी ने कहा, "तुम्हारे साथ भी कहाँ। ये कमरा तो मैंने ख़ासकर अपने घर से दूर एक इसी मक़सद से भाड़े पर ले रखा है कि अगर कोई मुझसे मिलने आए, तो उसे मेरे

साथ न रुकना पड़े।" विल्सन कहता है, "उसे या आपको?" "ये भी दुरुस्त है। मुझे ही समझो," लासारी ने हँसी के हिचकोले लेते हुए जवाब दिया। उसके साथ विल्सन भी मुस्कुराने लगा। उसने पूछा, "यानी आप यहाँ ठहरने नहीं जा रहे हैं?" "हरगिज़ नहीं। तुम क्या चाहते हो? मैं तुम्हारे साथ हमबिस्तरी करूँ?" विल्सन ज़ोर-ज़ोर से हँसने लगा। उसने कहा, "आप कमाल हैं। बस एक सवाल और फिर आपकी ज़हमत तमाम।" "पूछो?" "दत्त साहब तो यहाँ से मीलों दूर के रहने वाले हैं, फिर आपकी मुँह बोली बहन उनकी बीवी कैसे बनीं?" "तुमने ब्रिटेन से यहाँ आकर शादी रचा ली। दत्त तो फिर भी उतने फ़ासले पर नहीं रहता।" विल्सन को लासारी की हाज़िरजवाबी में लुत्फ़ आने लगा था। विल्सन ने लासारी से कहा, "मैं तो वहाँ से यहाँ दो वज्हों से आया था। एक आपके सामने है और दूसरी..." उसने आह भरी। कहा, "ख़ैर।" लासारी ने उसकी दूसरी वज्ह जानने में कोई दिलचस्पी नहीं दिखाई। विल्सन ने इस बात पर ध्यान दिए बग़ैर कहा, "मेरी शादी मेरे इसी सफ़र का हिस्सा है।" "तो जनाब चंदू सेठ, दत्त भी सफ़र करता है। हम भी करते हैं। सफ़र में हादिसे होते हैं। तुम यूँ समझ लो कि मुझपर गुज़रने वाला हादिसा दत्त पर गुज़र गया," लासारी ने धैर्यता दिखाते हुए कहा। विल्सन ने पूछा, "लेकिन वो कैसे? और आपको मेरा नक़ली नाम और मेरी शादी की बात कैसे मालूम?" "मियाँ तुम्हारा दूसरा सवाल क़तई बेतुका है। लिहाज़ा पहले का जवाब सुनो और मुझे इजाज़त दो।" विल्सन मुस्कुराया। लासारी ने आगे कहा, "बात ये है कि दत्त की बीवी को मुझसे इश्क़ हुआ। दत्त को उससे इश्क़ हुआ। मैं इश्क़ में पड़कर अपने आप को अकेले से दुकेला नहीं करना चाहता था। मैंने साफ़-साफ़ कह दिया "माफ़ करना *बहन*" और उस दिन से वो मेरी मुँह बोली बहन हो गई। और फिर मैंने अपनी बहन का हाथ ख़ुशी-ख़ुशी दत्त के हाथ में दे दिया।" "अच्छा-अच्छा ठीक है। फिर भी एक बात समझ नहीं आई।" "अब क्या?" "आपको कैसे मालूम कि दत्त को आपकी बहन से इश्क़ है?" "मिस्टर विल्सन, क्या आप उतनी दूर से यहाँ लासारी और दत्त के रोमांचक क़िस्से लिखने आए हैं? तुम इतना जान लो कि इत्तिफ़ाक़ से किसी तक़रीब में हम तीनों मौजूद थे। मैंने मेरी बहन को मुझपर और दत्त को मेरी बहन पर फ़िदा होते देखा था। ये तमाम वाक़िआ एक रोज़, एक वक़्त का है," और लासारी विल्सन को शब-बा-ख़ैर कहते हुए वहाँ से चला गया।

दिन-दिन भर लाइब्रेरियों में एक कोना पकड़े ख़ामोशी से अपने दस्तावेज़ तैयार करने में लिप्त विल्सन कई-कई हफ़्तों तक किताबों में डूबा रहने लगा। वो

दिन भर यहाँ-वहाँ पुरातत्व विभाग के दफ़्तरों के चक्कर नापते-काटते रात कर लेता। यहाँ तक कि लासारी से भी उसकी कई दिनों तक कोई मुलाक़ात नहीं हुई। विल्सन का दक्कन में जितना काम था वो लगभग तमाम होने को था। उसने अपना बोरिया-बिस्तर बाँध लिया था, लेकिन लासारी के दिए कमरे में ठहरे विल्सन को लासारी का घर नहीं मालूम था, सो भी उसे उसके इंतज़ार में कुछ एक रोज़ बेकार वहीं गुज़ारना पड़े। कुल चार रोज़ बाद विल्सन की ख़बर लेने, जब लासारी उसके कमरे पर पहुँचा, तो उसने विल्सन को उसकी बीवी की तरह इंतज़ार करते हुए पाया, जिस इंतज़ार का लासारी को कोई तजरबा नहीं था। उसने लासारी से कहा, "मेरा काम पूरा हो चुका है। मैं यहाँ अब तक सिर्फ़ आपको कमरे का भाड़ा देने की ग़रज़ से ठहरा हुआ था।" "कैसा भाड़ा? आख़िर तुम दत्त के दोस्त हो और दत्त मेरा दोस्त, उसपर ऐसा दोस्त जिसने मेरी बला अपने सर ले रखी है। उसका एहसान है मुझपर। समझो तुम्हारा भी है।" विल्सन ने उससे कोई ज़ोर-ज़बरदस्ती नहीं की। "अब मैं निकलूँगा," उसने कहा, "आप वाक़ई कमाल हैं। शुक्रिया। आप हमेशा याद रहेंगे।"

उस वक़्त विल्सन के चेहरे का हाव-भाव उदासी भरा था। ज़ाती तौर पर मैं इस बात से इत्तिफ़ाक़ नहीं रखता कि उसे लासारी की जुदाई का ग़म खाने जा रहा था। इससे भी नहीं कि उसने जितने काम की उम्मीद की थी उतना नहीं हुआ था। इससे तो किसी तौर, किसी सूरत नहीं कि विद्यावती, जिसे वो दत्त और फ़ारूक़ी के भरोसे छोड़ आया था, के साथ उससे उम्र में बुज़ुर्ग दोनों दोस्त कोई बदसुलूकी कर सकते थे। दरअस्ल उसे विद्यावती की याद आ रही थी, जिसे कई दिन हुए थे उसने देखा नहीं था। न उसकी आगे कोई उम्मीद भी थी। उसका सफ़र लंबा है। उसके शोध का विषय महान है। उसके वापस लौटकर आने का वक़्त अभी दूर था। काफ़ी दूर। विद्यावती से उसके विरह की मीआद तवील है। उसे दुख सहना होगा। चुप रहना होगा।

विद्या, फ़ारूक़ी-दत्त की दुकान में दत्त के हिस्से का, जो अपने लिए ख़ाली वक़्त चाहता था, ताकि वो आती जा रही पांडुलिपियों की इफ़रात से दो-चार हो सके, उन्हें पढ़ने के लिए अतिरिक्त समय निकाल सके, काम सँभालने की तरबियत हासिल कर रही थी। और फ़ारूक़ी ने उसे निरक्षर से साक्षर बनाने का ज़िम्मा अपने सर ले रखा था। यानी छोटा 'अ', बड़ा 'आ' से लेकर ABCD और अलिफ़, बे, पे सब कुछ सिखाने का ज़िम्मा, एक कामिल तालीमयाफ़्ता औरत बनाने का

ज़िम्मा। विद्या को ये सब कुछ एक अबूझ पहेली की मानिंद महसूस हो रहा था। ऐसी पहेलियाँ जो ख़ुसरो की पहेलियों की तरह आसान नहीं थीं। वो अक्सर सोच में पड़ी रहती थी कि जिसपर औरत ज़ात ने भी कभी रहम नहीं खाया, उसपर मर्द ज़ात बग़ैर किसी तवक़्क़ो के कैसे मेहरबान हो सकती है। वो गणित लगाती रहती कि किसी नस्ल, किसी ज़ात या दुनिया में मौजूद किसी चीज़, किसी घटना को सामूहिक तौर पर एक राए क़ायम करते हुए बुरा कहना कितना जायज़ है? कहाँ तक जायज़ है? और वो हमेशा एक ही नतीजे पर पहुँचती थी : बुरा बहरहाल बुरा होता है, और अच्छा, अच्छा। विद्या विल्सन को याद नहीं करती थी। वो चंदू को याद करती थी। अपने प्यारे चंदू सेठ को। चंदू, जिसकी तोंद लटककर और बाहर आ चुकी थी, जिसके पास उसे और उसके शरीर को प्यार करने के लिए अब कोई अपना था। विद्यावती की तरह। एक महान प्यार; बग़ैर किसी लाग-लागत, शील-संकोच या खीझ के एक-दूसरे से अपनी देह साझा करना, उसे दुलारना, प्यार करना और दुर्लभ साधना में लीन हो जाना। एक-दूसरे का ख़याल रखना, विरह का दुख सहना, एक दूसरे को याद करना, ख़ुश रहना और ख़ुश रखना।

एक सिवा मेरे ये कोई नहीं जानता कि विद्या की कोख में आदम की नस्ल नुमू हो रही है। मैं कोई नजूमी नहीं, फिर भी मैं एक बात दावे के साथ कह सकता हूँ; मादा नस्ल, जिसका नाम दोनों पति-पत्नी की साझा राए से लफ़्ज़ा रखा जाएगा। एक ऐसा लफ़्ज़, जिसका जन्म लफ़्ज़ नाम के लफ़्ज़ से हुआ है, जिसके मआनी दुनिया की किसी डिक्शनरी में मौजूद नहीं हैं। लफ़्ज़ यानी शब्द, लफ़्ज़ा यानी शब्दा? नहीं-नहीं, लफ़्ज़ा यानी वाचाल; ज़्यादा बोलने वाली *लड़की।* बकवास या लफ़्फ़ाज़ी करने वाली लफ़्फ़ाज़ नहीं, बल्कि ऐसा ज़्यादा, जिसे सँभालना और सुनना कठिन नहीं, आसान और *कर्ण प्रिय* हो।

कुछ बातें, जब तक उन्हें उजागर न किया जाए, छुपी रह जाती हैं। लिहाज़ा मेरा फ़र्ज़ बनता है कि मैं उद्घाटन करूँ और उन्हें उजागर करने में अपनी भूमिका निभाऊँ। मंसूरा अपने शौहर को दुनिया का सबसे महान शौहर समझने वाली, एक नर्म दिल औरत थी, जिसका अक़ीदा था : बुरे काम का बुरा नतीजा। इंसानों के सारे फ़ैसले अगर अल्लाह लेता है, तो उसे सब कुछ अल्लाह के ऊपर छोड़ देना चाहिए। मंसूरा औरत ज़ात की मजबूरियों से वाक़िफ़ थी। वो औरतों की बेइंतिहा इज़्ज़त करने वाली एक ऐसी औरत थी, जो अपनी नौकरानियों तक को हुक्म देना गुनाह समझती थी। अपनी ख़्वाबगाह में सास का पहला क़दम पड़ते ही वफ़ादार

और शिष्ट फ़ौजी की तरह उसके सम्मान में फ़ौरन-से-पेश्तर खड़ी हो जाने वाली मंसूरा का ख़ानदान नया-नया ग़रीब हुआ था। 1857 के बाद जिनका पुश्तैनी क़िला सरकारी दफ़्तर में बदल दिया गया और उसके परिवार को अपनी एक छोटी-मोटी हवेली में दिन गुज़ारने पड़े। सब मर-खप चुके थे। जो बच गए थे, उन्हें किसी साज़िश के तहत मार दिया गया था। मंसूरा उसके ख़ानदान के रहते साहिराबाद ब्याहकर लाई जा चुकी थी। ग़मी गुज़रते ही जरीस ने अपनी बहू की ख़ानदानी हवेली में दफ़्न तमाम ख़ज़ाना खुदवाकर उसे किरमानी पैलेस में महफ़ूज़ कर लिया था। उस ख़ानदान की आख़िरी निशानी, उनकी हवेली फ़िरंगियों के हवाले कर दी थी, जिसके बारे में मंसूरा को कोई ख़बर नहीं थी। ख़बर होती भी तो उसपर उसका कोई ख़ास फ़र्क़ नहीं पड़ना था। उसके मुताबिक़ : सारे फ़ैसले अल्लाह लेता है। मंसूरा ने अपनी मर्ज़ी से, जिसे वो अल्लाह की मर्ज़ी समझती थी; सिर्फ़ एक फ़ैसला लिया था कि उसने अपनी औलाद की बुआओं से उससे मिलने, उसे खिलाने, दुलारने और प्यार करने का हक़ नहीं छीना था। मौक़ा देखकर उसने उन्हें कभी आवाज़ नहीं लगाई, लेकिन उनके हाथ आए मौक़े को भी कभी ज़ाया नहीं होने दिया। बदन की तरफ़ से विकासशील हयुलानी की हड्डियाँ दिनो-दिन मज़बूत हो रही थीं। उसके मसूड़े कड़े पड़ चुके थे और उनपर दूधिया दाँतों के उगने का सिलसिला क़ायम हो चुका था। उसने अपनी माँ की छाती से दूध पीना बंद कर दिया था। वो अब इस लायक़ हो चुका था कि उसे उठने, बैठने और रेंगने के लिए किसी के सहारे की ज़रुरत नहीं थी। मगर उसका ज़ेहन एक ख़्वाब की गिरफ़्त में आकर कमज़ोर पड़ता जा रहा था, जिसे एक बीमारी का नाम दिया जा चुका था। उनके मुताबिक़, एक ऐसी बीमारी, जिसका इलाज किसी हकीम, वैद्य या डॉक्टर के पास नहीं, बल्कि तांत्रिकों के पास था। तांत्रिक आते-जाते रहे और महल में दो मादा पिशाचनियों की मौजूदगी का प्रमाण दे-देकर अपनी जेबें गर्म करते रहे। मामला अब उनकी अमरता का था।

गुज़िश्ता और अक्सीर सब कुछ पढ़ना जानती थीं। हर एक किताब। आसपास के माहौल में मौजूद हर एक ज़बान। आँखें भी। आँखों की ज़बान भी। मंसूरा के अलावा सिर्फ़ हयुलानी की बुआएँ जानती थीं कि उसे कोई बीमारी नहीं। कोई प्रेत, भूत या पिशाच नहीं। कोई भी, किसी भी तरह का ख़्वाब देखने का हक़ रखने वाला शाहज़ादा हयु बस एक नींद से मात खा जाता है। मैं भी जानता हूँ, उसे कोई बीमारी नहीं, *एक ख़्वाब* है, जो मुमकिन है उसे बीमार बना दे।

बहनों ने विल्सन की किताब को एक बार ध्यान से पढ़ने से पहले अनुवाद की बारीकियाँ समझीं और सीखीं। सरसरी किताब के सफ़्हे उलटते-पलटते उनके ज़ेहन में उन रंडियों की ज़िंदगियों का ख़याल आता : कैसी मुश्किल, दुख भरी और अजीब ज़िंदगी। कई मर्तबा वो ये तक सोच लेतीं कि काश वो वहाँ जा सकतीं। अगर कोई रंडी राज़ी-ख़ुशी उनके आग्रह पर हामी भर देती, तो वो शरीरिक सुख का लुत्फ़ उठा सकतीं।

दोनों बहनें किताब से आपस में तय की गई किसी एक कहानी को एक साथ पढ़ा करतीं। वो एक ऐसी कहानी पढ़ रही थीं, जिसमें पीड़िता के सिवाए सभी के नामों का उल्लेख था। वो नाम उनके जाने-पहचाने नहीं थे। उस शहर का नाम भी नहीं जिस शहर से कहानी का संबंध था। वो एक ऐसी कहानी थी, जिसमें औरत ने साफ़ तौर पर स्वीकार किया था कि वो अपने शौक़, अपनी मर्ज़ी से रंडी बनी है। उसने ये बात दावे के साथ कही थी कि उसे किसी ने कहीं नहीं बेचा था, बल्कि जब उसने अपने आप को बेचने के बारे में ऐलान किया, तब उसके परिवार समेत पूरे क़स्बे में सनसनी का माहौल था। विल्सन के हाथों लिखी गई उसकी अपनी कहानी में पेश किए गए बयानों ने दोनों बहनों को कुछ देर के लिए ख़ामोश और चकित कर दिया। उन्होंने सोचा कि क्या इस ज़माने में कोई औरत इतनी बेबाक हो सकती है? आख़िर उसमें मौजूद इस हिम्मत का राज़ क्या है? जो राज़ उसने विल्सन को भी नहीं बताया, मगर विल्सन ने लिखा था कि जब उसने इधर-उधर से उसके बयान की वज्ह की तह तक जाने की कोशिश की, तो एक नौजवान निकला, जो उस रंडी, जो पहले कभी लड़की थी, जो फिर कभी औरत नहीं कहलाई, की ज़िंदगी का चश्मदीद था। उसके इश्क़ में पागल नौजवान। उसकी ज़िंदगी की सच्चाइयों से बेहतर वाक़िफ़, जिस अकेले को मालूम था कि उसके घर में अगर उसके बाप और भाई (उनमें शर्म थी?) को छोड़ दें, तो कोई ऐसा मर्द बाक़ी नहीं था जिसने उसके बचपन को बर्बाद करने में कोई कसर छोड़ी हो। एक-एक ने उसकी योनि की गंध सूँघी थी। एक-एक ने उसे बहलाकर उसके नाज़ुक अंग के साथ ज़ोर-ज़बरदस्ती की थी। उसने उस नौजवान लड़के को, जिसका नाम भी कहानी में मौजूद नहीं था, सब कुछ बताया था। अपने बाप, अपनी माँ को भी। सबने उसे मुँह बंद रखने की हिदायत दी और इज़्ज़त का उदाहरण पेश करते हुए सब कुछ भूल जाने को कहा। लेकिन वो भूल नहीं सकी। उसने उस नौजवान से ब्याह करने की अपनी इच्छा ज़ाहिर की। वो बिरादरी का नहीं था। उसने सोचा

कि वो उस लड़के के साथ कहीं भाग जाए, लेकिन लड़का कमज़ोर और कायर साबित हुआ। आख़िरश उसने पूरी दुनिया को चिढ़ाने के मक़सद से उसी शहर में उस पेशे को चुना, जिसे चुनने का ख़याल मुश्किल से किसी लड़की के ज़ेहन में आता है। विल्सन ने अपनी बात रखते हुए लिखा : मैं नहीं जानता कि ये मुश्किल कितनी बड़ी मुश्किल थी। मैं नहीं जानता कि उसका चुनाव सही था या ग़लत। मुझे सिर्फ़ उसका आख़िरी बयान याद है, जिसमें उसने कहा था : साहब लड़कियाँ कहीं नहीं जातीं। लड़कियाँ मौजूद होती हैं, अपनी मौजूदगी के इकलौते मक़्सद के साथ। विल्सन ने लिखा था कि वो उसके हर बयान से महज़ इतना समझ सका कि वो मर्द ज़ात की तरफ़ से बेतहाशा सताई गई औरत थी। गुज़िश्ता, अक्सीर ने तय किया कि वो इस कहानी के अनुवाद में विल्सन को समझ आई इस अधूरी बात को स्पष्ट करेंगी। वो लिखेंगी : लड़कियाँ सच में कहीं नहीं जातीं। कहाँ जा सकती हैं? लड़कियाँ होती हैं, अपने होने के वाहिद मक़्सद के साथ। लड़कियाँ बहुत से बहुत भेजी जाती हैं। या भाग जाती हैं।

दोनों बहनें हैरतों और सवालों की धुंध में फँसी हुई वो राहगीर हो चुकी थीं, जिन्हें उससे आगे का रास्ता नज़र नहीं आ रहा था। वो सफ़र में होते हुए भी, सफ़र में नहीं थीं। वो एक ऐसे रास्ते में थीं, जो कहीं नहीं जाता था। दरअस्ल रास्ते कहीं नहीं जाते। जाने वाले रास्तों से होकर जाते हैं। वो सोचती रहने लगीं कि शरीर की अहम ज़रूरतों में खाने, पीने, मूतने, मल त्यागने, सोने, जागने, बोलने, ख़ामोश रहने के अलावा भी कुछ अहम है, जैसे एक भरपूर शरीर का मालिक होने के बाद भी किसी दूसरे शरीर की इच्छा करना। एक ऐसी इच्छा जो सबके मन में पैदा होती है। बावजूद इसके, इस इच्छा को दुनिया ने तरह-तरह के पर्दों से पोशीदा कर रखा है। क्यों? क्यों किसी एक शरीर का किसी दूसरे शरीर को छूने का मन होता है? उससे लिपटने का मन होता है? क्यों उसके उन अंगों को छूने और जीभ लगाने का मन होता है, जो शरीर के अपशिष्ट त्यागने के अंग हैं। क्या ये सब प्रजनन प्रक्रिया का हिस्सा भर है या इससे भी अलग कुछ और? जैसे सुख या उससे भी बढ़कर : संतुष्टि का मार्ग? अगर ये सब कुछ प्रजनन से संबंधित है, तो क्यों किसी औरत के मन में शारीरिक सुख की परिभाषाएँ दुनिया में बनाई गईं परिभाषाओं से जुदा हैं। कोई ख़याल पैदा तो नहीं किया जा सकता। ख़याल तो मौजूद होता है। यानी उसे सिर्फ़ सोचा जा सकता है। औरत होकर औरत के शरीर की इच्छा रखना, मर्द होकर मर्द के शरीर की इच्छा रखना गुनाह तो नहीं हो सकता। तब तो हरगिज़ नहीं,

जब उसी महल में ऐसे मर्द मौजूद हों, जो न औरत को बख़्शते हों, न मर्दों को, न अमरदों को। क्या इसे मानसिक विकृति का नमूना कहा जाना चाहिए? नतीजतन उन्हें महसूस होता कि इच्छाओं के साथ वफ़ादारी का होना ज़रूरी है। हमें वफ़ादारी के साथ अपनी इच्छा पूर्ति के लिए मुनासिब शख़्स को चुन लेना चाहिए। फिर भी अगर हमारे द्वारा चुने गए विकल्प विशेष से हमारा मन उठने लगे या हमें उसके अतिरिक्त कोई दूसरा भाने लगे, तो हमें उसे धोखा दिए बग़ैर सब कुछ साफ़-साफ़ बताकर उससे अलग हो जाना चाहिए। हमें बग़ैर हिचकिचाए उससे कह देना चाहिए कि वो अब हमारे लिए शारीरिक या मानसिक सुख का कारण नहीं रहा।

***

कमरे में मौजूद सन्नाटा, ख़ामोशी का रंग इख़्तियार करते-करते हल्के-फुल्के शोर में तब्दील हुआ। अचानक अक्सीर ने गुज़िश्ता से पूछा, "क्या ऐसा नहीं हो सकता कि औरतों के पास कोई ऐसी जादुई ताक़त होने लगे, जो उनकी तरफ़ उठने वाली हर एक बदनिगाह को उनकी बदनिगाही के मुताबिक़ सज़ाएँ देने का ज़िम्मा उठाए। औरत को अगर कोई उसकी मर्ज़ी के ख़िलाफ़ हाथ लगाने की कोशिश करे, तो उसका बदन किसी काँटेदार पौधे में तब्दील हो जाए और उस मर्द के हाथों को छेदकर छलनी कर दे।" गुज़िश्ता चुप रही; चुप रही; कुछ और देर चुप रही। वो बोली, "औरत हमेशा मोजिज़े की फ़िराक़ में रहती है, इसीलिए नहीं, बेशक नहीं।" अक्सीर भी चुप हो गई। उनकी चुप्पी का रंग ख़ामोशी नहीं सन्नाटा था।

अक्सर सन्नाटे किसी हादिसे के गुज़र जाने या उसकी आमद की अलामत होते हैं।

ये वो सन्नाटा था, जिसकी वज्ह दो भरी-पूरी उम्रों पर हादिसों पर हादिसे गुज़र जाना था। असलीयत में बग़ैर किसी गुनाह की सज़ाएँ काटना। ऐसी सज़ाएँ, जो किसी को मुल्ज़िम नहीं, बल्कि साबित मुजरिम बनाने पर आमादा हो जाएँ। फिर भी ऐसा नहीं हुआ। अफ़वाहों के इतर, दोनों बहनों ने वाक़ई कोई गुनाह नहीं किया था। क़िले की दीवारों की हद में उनके गुनाहों को गुनाह कहना अपने आप में एक अज़ीम गुनाह है। मेरे मुताबिक़, जिसकी सज़ा मौत की सज़ा तय की जानी चाहिए।

फिर भी, मेरा ख़याल एक नामुमकिन ख़याल है। ऐसा नहीं हो सकता। साहिराबाद की सल्तनत बहनों की हुकूमत का हिस्सा नहीं थी। वो क़ानून, जो अब सिर्फ़ महल के अंदर मान्य रह गए थे, उन्हें भी दरअस्ल गुज़िश्ता और अक्सीर ने

नहीं लिखा था। महल के अंदर चलने वाले बादशाह के ज़ाती क़ानून एक तरह से मूर्ख साम्राज्यों की तर्ज़ में बनाए गए हवा-हवाई क़ानून थे। फिर भी गुनाह और उनकी सज़ाएँ शक्लों के, ख़ुदगर्ज़ी के, मख़्सूस मक़सद के मुताबिक़ तय की जाती थीं। बदक़िस्मती से दोनों बहनें ज्ञानचंद से भी ज़्यादा बदक़िस्मत थीं।

फिर भी, मौजूदा वक़्त में नशे से पूरी तरह मुक्ति पा चुकी बहनों को आहिस्ता-आहिस्ता दिन-रात की तावीली समझ आने लगी। वो उन्हें इतने तवील लगने लगे, जितने में वो अपनी ज़िंदगी का कोई न कोई एक ख़्वाब पूरा कर सकती थीं। बहनों ने अपने कमरे में मौजूद एक छोटी-सी रसोई से काम लेना शुरू कर दिया। रसोई में मौजूद चिमनी, जिसका इस्तेमाल अब से पहले कभी नहीं हुआ था, किसी रहस्यमई सुरंग की मानिंद हो चुकी थी, जो रास्तों की तरह कहीं नहीं जाती थी। फिर भी जिसके पार मुश्किल दूरियों पर आसमान थे। चिमनी पूरी तरह से मकड़ियों के जाले से पट चुकी थी। वो चमगादड़ों के साम्राज्य में तब्दील हो चुकी थी, जिससे होकर गुज़रने वाला धुआँ वापस रसोई की तरफ़ भेज दिया जाता था। मजबूरन उस चिमनी का मुँह, जो दो मुल्कों के दरमियान खिंची हुई सरहद का किरदार अदा करती थी, जिसके अंदर एक अदृश्य फ़ौज किसी को इधर से उधर जाने की इजाज़त नहीं देती थी, हमेशा के लिए बंद कर दिया गया। अब उनके कमरे में धुएँ की मौजूदगी की वज्हें बदल चुकी थीं। इसीलिए मजबूरन उन्हें अपने कमरे की उस खिड़की को खोलना पड़ता, जिसके पार दिखाई देती थी एक अनमनी नदी, नदी का वो विशेष हिस्सा जहाँ का सुल्तान टीपू था, जो दिन में कभी नज़र नहीं आता था, मगर रात के वक़्त उसकी ललकारें भरपूर सुनाई देती थीं और बहनों के काम में ख़लल पैदा करती थीं।

"ये नदी नहीं है काल है काल, जिसने मारा मेरा लाल"

छह

दिलफ़रेब बाज़ार में हर तरफ़ हारमोनियम गहरी साँसें लेते हुए सुनाई पड़ रहे थे। औरतें अपने घरों के दरीचों पर टिकीं, आते-जाते मर्दों को छेड़तीं और इशारे करतीं नज़र आ रही थीं। गलियों में फिर रहे तमाम निठल्ले मर्द उन औरतों को लुभाने की हर मुमकिन कोशिश करते हुए नज़र आ रहे थे। और देखनेवाला सोच रहा था कि बुलानेवाला को अपनी दुकान खोलने के लिए कोई और उचित जगह नहीं मिली थी? वो सोच रहा था कि क्या बुलानेवाला ने उसे दिलफ़रेब बाज़ार का ही पता दिया था? तसल्ली हो जाने के बावजूद कि पता तो दिलफ़रेब बाज़ार का ही है, वो किसी से भी उसकी दुकान का पता पूछते हुए झिझक रहा था। वो सोच रहा था कि कहीं कोई उससे ये न कह दे कि जनाब यहाँ दवाइयों की दुकानें कहाँ? ये मोहल्ला तो किन्हीं और दुकानों का है। सोचनेवाला ने यहाँ तक सोच लिया कि भाड़ में जाए बुलानेवाला। मैं इन्हीं गलियों में कहीं गुम हो जाता हूँ और मौज की इस रंगीन दुनिया में खो जाता हूँ, लेकिन उसने अचानक देखा कि बुलानेवाला उससे कुछ दूर खड़ा, उसकी राह देख रहा है। ये उन दोनों की पहली मुलाक़ात थी, फिर भी उसने बुलानेवाला को पहचान लिया। वो दुबली-पतली सेहत वाला एक अधेड़ उम्र का शख़्स था। सोचनेवाला पेशेवर सोचनेवाला था। वो कुछ भी सोच सकता था। और तो और, वो अपनी सोच के आगे किसी को कुछ नहीं सोचने देता था।

"तुम न दिखते तो मैं यहीं कहीं गुम हो जाने की फ़िराक़ में था," सोचनेवाला ने कहा, "मगर फिर तुम दिख गए और फिर मुझे ख़याल आया कि मैं ऐसी ही

रंगीन दुनिया में खो जाने के मक़्सद से ही तो तुम्हारे पास आया हूँ।" बुलानेवाला दबी हँसी हँसा। "आइए-आइए, मेरे साथ चलिए, वो रही मेरी दुकान," उसने कहा, "इंशा-अल्लाह ऐसा ही होगा। आप कमाल देखिएगा। ऐसी ही किन्हीं गलियों में आप ऐसे गुम हो जाने लायक़ हो जाएँगे कि फिर कोई भी आपको नहीं ढूँढ़ पाएगा। आप, अपने आप को भी नहीं जनाब।" बुलानेवाला ने सोचनेवाला का कंधा दबाया। सोचनेवाला ने बुलानेवाला की हौसलाअफ़्ज़ाई और उसकी ख़ुद-ऐतमादी पर दाद देते हुए कहा, "शुक्रिया, अब और क्या चाहिए।" बुलानेवाला ने कहा, "इसमें शुक्रिया की क्या बात है जनाब, मगर आपको ज़रा-सा इंतज़ार करना होगा। आप दूसरे शहर से यहाँ तशरीफ़ लाए हैं। आप चाहें तो दो-एक रोज़ यहीं मेरी दुकान के ऊपर वाले कमरे में ठहर जाएँ। आप ही का काम हो रहा है। बस दो रोज़।" सोचनेवाला ने फ़ौरन मना करते हुए कहा, "नहीं-नहीं, अगर तुम बुरा न मानो तो मैं किसी बेहतर जगह ठहरना चाहूँगा।" बुलानेवाला ने कहा, "क्यों नहीं। जैसा आप चाहें।" उसने सोचनेवाला को एक बेहतरीन होटल का पता बताते हुए कहा कि परसों आपकी दवा वहीं पहुँचा दी जाएगी। सोचनेवाला ने बुलानेवाला के हाथ में रुपयों की एक गड्डी रखी और होटल की तरफ़ चलता बना। दो दिन पूरे हुए और सोचनेवाला अचानक कहीं ऐसे ग़ायब हुआ कि जैसे वो कहीं था ही नहीं।

ये उन दिनों का वाक़िआ है जब बतोलेबाज़ और बहुतसंजीदा दिन-दिन भर "जो भी कहूँगा सच कहूँगा" नाम के रिसाले में काम किया करते थे। शाम होते ही आदतन बहुतसंजीदा अपने साथ किसी न किसी को अपने घर ले आया करता, शराब का दौर चलता और सेक्स पर बातें हुआ करतीं। बतोलेबाज़ ने एक रोज़ जब बहुतसंजीदा से कहा कि टॉल्सटॉय ने मोपासाँ के किसी अफ़्साने पर कहा है कि मोपासाँ को अगर अपने अफ़्साने में अपनी नंगी हीरोइन को नहाते हुए दिखाना ही था, तो क्या इतना कह देना काफ़ी नहीं था कि वो नहा रही है ? अगर ये भी कह दिया होता कि वो नहा चुकी है और उसके बदन पर पानी के बेशुमार क़तरे ठहर गए हैं, तब भी ठीक था, लेकिन उसे ये कहने की क्या ज़रुरत थी कि पानी के उन क़तरों का रंग फ़िल्मों की हीरोइनों के जिस्म की रंगत की तरह हल्का गुलाबी या सुनहरी था। यहीं से साहित्य में अश्लीलता की शुरुआत होती है। इतना सुनते ही बहुतसंजीदा बतोलेबाज़ पर भड़क गया। कहने लगा, "तुम क्या जानो औरत के जिस्म के राज़। न तुमने निकाह किया, न किसी से इश्क़। तुमको ख़ाक मालूम कि मोपासाँ ने हीरोइन के बदन पर ठहरे क़तरों की रंगत का इज़्हार क्यों किया है ? वो

गुलाबी-सुनहरे क़तरे न होते, तो वो औरत किस क़दर सपाट और चपटी लगती। उन्हीं क़तरों की रंगत के इज़हार ने ही उस औरत के किरदार को ज़िंदगी दी है। उसकी ज़िंदगी को ख़ुशमिज़ाजी बख़्शी है। तुम किसानों की आप-बीती लिख लेते हो, इसका मतलब ये हरगिज़ नहीं कि तुम किसान औरतों की नफ़्सियात से वाक़िफ़ हो। मियाँ औरत को लिखते हुए ख़ुद औरत हो जाना पड़ता है। तुम तख़्लीक़ के लम्हों में कभी औरत बने हो? तुमने कभी अजनबी औरत की छुअन महसूस की है? कभी किसी अजनबी औरत के हाथ लगाने पर तुम्हारा बदन झनझनाया है? सो मेरी जान, टॉल्सटॉय कभी-कभी गाँधीपने पर उतर आता था और कुछ नहीं है।" बहुतसंजीदा ने बतोलेबाज़ से कहते-कहते ये तक कह दिया कि मियाँ बतोलेबाज़ तुम क़लम के गृह मंत्री हो और मैं विदेश मंत्री। न तुम कभी बहुतसंजीदा बन सकते हो और न मैं कभी बतोलेबाज़, टॉल्सटॉय टॉल्सटॉय है और मोपासाँ मोपासाँ। कायनात लाख इधर की उधर हो जाए लेकिन बहुतसंजीदा न झूठ बोल सकता था, न अपनी बात से फिर सकता था। बहुतसंजीदा शराब के नशे में भी वही बोलता था जो होश में। उसने नशे में कही अपनी किसी बात का कभी अफ़सोस नहीं किया।

बहुतसंजीदा दिनो-दिन एक धुआँधार शराबी होता जा रहा था। बतोलेबाज़ को मन ही मन उसकी ये हरकत कचोट रही थी। सालों बाद, जब बतोलेबाज़ से रहा न गया, तो वो बहुतसंजीदा को उसके शहर से अपने शहर ले जाने के लिए उसके घर पहुँचा। उस रोज़ भी बहुतसंजीदा अंधा-धुंध शराब के नशे में सालों पहले हुईं तमाम बातें और घटनाएँ दोहराता रहा। बतोलेबाज़ उसकी याद्दाश्त के बारे में सोच-सोचकर हैरान हुआ जा रहा था कि इतने नशे में भी उसे सारी बातें जैसी की तैसी कैसे याद हैं? बहुतसंजीदा ने बतोलेबाज़ से कहा, "ये तमाम बातें हाफ़िज़े में दुरुस्त कर लो मेरी जान। शायद चंद दिनों बाद तुम्हें ये मरहूम बहुतसंजीदा की याद में लिखनी पड़ें।" बतोलेबाज़ आपे से बाहर हो गया। उसने कहा, "अगर तुम्हें मेरी दोस्ती इतनी अज़ीज़ है, तो फिर तुम्हें शराब छोड़ना पड़ेगी। तुम तो दीवानों, बल्कि जाहिलों की तरह पीते हो। क्या तुम्हें इस बात का एहसास नहीं कि जिस घर में तुम शराब पीते हो उसी घर में तुम्हारी मासूम-सी बेटी ख़ामोशी भी रहती है। ये वही ख़ामोशी है, जिसकी निहायत ख़ूबसूरत तस्वीर तुमने मुझे भेजी थी। जानते हो वो तस्वीर अभी तक मेरे पास महफ़ूज़ है," बग़ैर ये सोचे कि बहुतसंजीदा नशे में है, उसने आगे कहा, "तुम तो क़लम के विदेश मंत्री हो, लेकिन क्या तुम ख़ामोशी के उस घरेलू रद्द-ए-अमल को भी महसूस नहीं करते, जो चंद बरस

के बाद तुम्हारी कैफ़ियत तुम्हारे हालात देखकर उसके ज़ेहन में नुमू होगी? और तुमको इस बात का एहसास नहीं तो ख़ुद को क़लम का विदेश मंत्री नहीं, बल्कि स्वार्थ और अशांति का मंत्री कहा करो। क्योंकि ऐसा आदमी हमेशा अपने अंदर बंद रहता है। अपने तक ही महदूद रहता है और सिर्फ़ अपने बारे ही में सोचता है।" "इस बकवास की कोई ज़रुरत नहीं थी और न ही तुमको मेरे निजी मामलों में दख़्ल देने का दूर-दूर तक कोई हक़ हासिल है," बहुतसंजीदा ने बतोलेबाज़ से कहा। बतोलेबाज़ बग़ैर ख़फ़ा हुए, बग़ैर उसकी बातों को दिल से लगाए वहाँ से ये सोचकर और इस यक़ीन के साथ अपने शहर के लिए रवाना हो गया कि बहुतसंजीदा अभी नशे में है। होश में आते ही वो पछताएगा। लेकिन ऐसा नहीं हुआ, बल्कि चंद रोज़ के बाद जब कहीं उन दोनों की दोबारा मुलाक़ात हुई और बतोलेबाज़ ने उससे उस रोज़ के बारे में शिकायत की, तो उसे मालूम हुआ कि उस रोज़ नशे में जो कुछ भी बहुतसंजीदा ने उससे कहा था वो उसके अंतिम वाक्य थे। वो नशे की नहीं, होश की बातें थीं। उसी रोज़ बतोलेबाज़ ने ये तय किया कि वो बहुतसंजीदा के तमाम लेखों के अश्लील हिस्सों की अश्लीलता मनवाकर रहेगा। वो पंजे झाड़कर बहुतसंजीदा के पीछे पड़ गया। और देखते-देखते बहुतसंजीदा ऐसी तल्ख़-कलामी पर उतर आया, जिसके बारे में बतोलेबाज़ ने सोचा तक नहीं था। एक रोज़ जब बतोलेबाज़ ने एक बार फिर उसके बहुत शराब पीने पर अपना ऐतराज़ दर्ज कराया, तब बहुतसंजीदा ने उसे तल्ख़ लहजे में जवाब देते हुए कहा, "तुम बेशक मेरे दोस्त हो, लेकिन मैंने तुम्हें अपने ज़मीर की मस्जिद का इमाम मुक़र्रर नहीं किया है। आइंदा ज़बान सँभालकर।" बतोलेबाज़ ने हार मान ली। फिर दोनों की कभी मुलाक़ात नहीं हुई। बतोलेबाज़ सोचता ही रह गया कि न तो बहुतसंजीदा से दोस्ती रख सकता है, न उसे आहिस्ता-आहिस्ता ख़त्म होते देख सकता है।

बहुतसंजीदा धीरे-धीरे पूरा ख़त्म हो गया। सोचनेवाला ख़त्म होता जा रहा था। जरीस बीमार रहने लगा था। उसकी बीमारी एक 'बदमाश' बीमारी थी, जिसका इलाज नवाब झज्जर की तरह उसके पालतू शेर ज्ञानचंद के पास भी नहीं था, जिसने कभी अपने नवाब को अपने ऊपर सवारी करने, *उतनी* शान की नुमाइश करने का मौक़ा नहीं दिया, बल्कि उसने उसे हज़ारों शेरनियों पर सवारी करने की वो ताक़त दी, जो अब उसकी कमज़ोरी में तब्दील होती जा रही थी। ज्ञानचंद के नुस्ख़े की बेशुमार ख़ुराकों ने उसपर उल्टा असर करना शुरू कर दिया था। दरअस्ल वो *कहीं*

का नहीं रहा था। ऐसे में कोई *कहीं का* नहीं रहता। जरीस का कोई वफ़ादार नहीं था, इतना तो हरगिज़ नहीं कि वो उसे अपने राज़दानों में शुमार कर सके। कुल मिलाकर इस मामले में वो निरा तन्हा था। *अब* तशरीफ़ों के ख़याल से भी ख़ौफ़ खाने लग जाने वाले बादशाह ने अपने शेर हकीम पहलवान ज्ञानचंद उर्फ़ 'उज़्बेक' को अपनी ख़्वाबगाह में अपने *पाँव* लाने का हुक्म दिया। ज्ञानचंद जादूगर के ख़िताब से रह गया था। उसे जादू आता भी नहीं था। मरता क्या न करता। अपनी पाँच ग़लतियों की माफ़ी के ख़याल के ऐतमाद पर न चाहते हुए भी अपनी चट्टान की तरह कठोर तशरीफ़ का टुकड़ा, बल्कि पूरी तशरीफ़ के साथ पाँव बजाते हुए वो नवाब की ख़्वाबगाह में हाज़िर होने की आज्ञा माँगते हुए कहता है, "हुज़ूर इजाज़त है ?"

"आओ ज्ञानचंद, तुमने हमारे कानों में बहुत राज़ उड़ेले हैं। बहुत उल्टियाँ की हैं। अब तुम्हारी बारी," बीमार बादशाह ने अपनी हमेशा अकड़ी रहने वाली आवाज़ को हल्का ढीला करते हुए कहा। "हुज़ूर, लेकिन मेरी क्या बिसात जो शाही राज़ों से रू-ब-रू हो सकूँ। मैं तो आपका एक अदना-सा मुलाज़िम हूँ। आपकी तेज़ाबी उल्टियों से मेरे कान जल-भुन जाएँगे। पिघल जाएँगे हुज़ूर।" "तुम हमेशा से ग़लतफ़हमियों का शिकार रहे हो ज्ञानचंद। बहरहाल, डरो मत।" "हुज़ूर..." जरीस से कुछ फ़ासले पर खड़े ज्ञानचंद ने बेहद शाइस्तगी के साथ कहा। जरीस ने कहा, "और फिर, क्या किसी बादशाह का मुलाज़िम उसका राज़दाँ नहीं हो सकता ?" "हुज़ूर..." उसने कहा, "बेशक हुज़ूर। क्यों नहीं हुज़ूर। और फिर बादशाह चाह ले, तो क्या नहीं हो सकता।" अपने आप को वाक़ई पहलवान मान चुका ज्ञानचंद सोच में रह गया। वो सक्ते में था कि उसे श्राप से नवाज़ा जाएगा या वरदान से। उसने मन ही मन सोचा, "भला हुज़ूर ने इस अज़ीम काम को अंजाम देने के लिए मेरे ही कान क्यों चुने ? क्या मेरे कान काटे जाने वाले हैं ? नहीं-नहीं हुज़ूर मेरे साथ ऐसा नहीं कर सकते।"

वाक़ई नहीं। आख़िर ज्ञानचंद 'बून मैन' था।

बून मैन शेर हकीम पहलवान ज्ञानचंद उर्फ़ 'उज़्बेक'

नहीं, ज्ञानचंद इतने बड़े नाम का बोझ उठाने लायक़ हरगिज़ नहीं।

"ज्ञानचंद हमारे क़रीब आओ।" "हुज़ूर..." घबराया हुआ ज्ञानचंद नवाब के क़रीब जाते हुए सोच रहा था, "मुझ जैसे कामचलाऊ शक्ल वाले हड्डी के ढाँचे को, जिसके होंठ भी अब किसी काम के नहीं रहे, नवाब इस दर्जा मुहब्बत से पेश आते हुए अपने क़रीब आने का हुक्म नहीं, इल्तिजा फ़रमा रहे हैं। भला क्यों ?"

ज्ञानचंद सरकते-सरकते नवाब के *काफ़ी* क़रीब जाकर खड़ा हो गया। "थोड़ा और क़रीब आओ ज्ञानचंद। हम बादशाह हैं, क्या हमें ख़ुद चलकर तुम्हारे क़रीब आना होगा?" "नहीं-नहीं हुज़ूर। आप मुझे शर्मिंदा न करें हुज़ूर।" जरीस अपने आप को ज़ब्त किए हुए कहता है, "इसी बात पर खिंचते चले आओ।" "हुज़ूर।" "आते जाओ" उसने कहा, "थोड़ा और थोड़ा और। बस। बात कुछ ऐसी है ज्ञानचंद कि तुम्हारी दवा के नुस्ख़े ने हमपर मुख़ालिफ़ असर करना शुरू कर दिया है।" "हुज़ूर" ज्ञानचंद ने उसके मुँह की तरफ़ अपना कान बढ़ाते हुए कहा। "बात को ध्यान से सुनो और अपनी ज़बान बंद रखो," जरीस ने चिल्लाते हुए अचानक अपना स्वर मद्धिम कर लिया। ज्ञानचंद, "हुज़ूर" कहते हुए सीधा खड़ा हो गया। "क्या हुज़ूर? हमें इसका इलाज बताओ ज्ञानचंद," जरीस से नज़र चुराते हुए ज्ञानचंद ने कहा, "लेकिन हुज़ूर, ये मेरी दवा का उल्टा असर नहीं, उसकी बेशुमार ख़ुराकों का उल्टा असर होगा। मैंने आपसे पहले ही इसके बारे में अर्ज़ किया था हुज़ूर।" "किया होगा। हम बादशाह हैं, अर्ज़ियों और मशविरों पर हम अपनी मर्ज़ी के मुताबिक़ कान धरते हैं।" "हुज़ूर, लेकिन इसमें मेरा क्या क़ुसूर हुज़ूर?" "क़ुसूर तो तुम्हारा ही है। तुम्हें हमें रोकना चाहिए था।" "हुज़ूर, लेकिन अभी आपने कहा कि..." ज्ञानचंद अपनी बात कहते-कहते रुक गया। जरीस ने बादशाहत भरे लहजे में कहा, "हमने जो कहा उसे हम दोबारा नहीं सुनना चाहते।" "हुज़ूर!" "हमें इसका इलाज चाहिए ज्ञानचंद, इसका इलाज चाहिए। हम अपने उज़्व-ए-तनासुल को इस दर्जा हारा हुआ नहीं देख सकते," जरीस ने चिड़चिड़ाते हुए लेकिन नर्म स्वर में कहा। "सो तो बनी बात है हुज़ूर। लेकिन मैं सिर्फ़ एक दवा का नुस्ख़ा जानता हूँ हुज़ूर। आपका इलाज मेरे पास नहीं हुज़ूर। किसी हकीम के पास होगा हुज़ूर।" "क्या तुम चाहते हो, ये ख़बर आम हो जाए कि तुम्हारा बादशाह अब मर्द नहीं रहा?" "ख़ुदा गवाह हुज़ूर, मैं भला आपके बारे में ऐसा कैसे सोच सकता हूँ हुज़ूर।" "तो ध्यान रहे, आज से तुम हमारी बीमारी के राज़दाँ ही नहीं, बल्कि हमारी जगह बीमार भी तुम ही हो।" "हुज़ूर, मगर मैं हुज़ूर?" "क्या तुम्हें अपने बादशाह की शान और अपनी जान प्यारी नहीं है? क्या तुम मेरी शान और अपनी जान के लिए इतना नहीं करोगे?" जरीस ने अपने बिस्तर पर रखे गोल तकिए को ग़ुस्से से मसलते हुए कहा। जरीस के लिए ये समझ पाना मुश्किल था कि ज्ञानचंद उसकी इस परिस्थिति का आनंद ले रहा है या वो वाक़ई इतना अज्ञानी है कि उसे अपने बादशाह की इशारे-इशारे में की जा रहीं कोमल प्रार्थनाएँ समझ नहीं आ रही

हैं। उसने कहा, "कुछ समझे तुम?" ज्ञानचंद ने कहा, "हुज़ूर!"

ज्ञानचंद अब अपने बादशाह के उस राज़ से वाक़िफ़ था, जिससे सिवाए बादशाह के सिर्फ़ और सिर्फ़ वही वाक़िफ़ था। ज्ञानचंद की रही-सही चाल-ढाल और भी नवाबी और अतरंगी हो गई। वो अब महल में कहीं से भी गुज़रते वक़्त आसपास मौजूद नौकरों को धक्का देते हुए जाना अपना हक़ समझने लगा। पहले से पहलवान ज्ञानचंद की ताक़त से वाक़िफ़ नौकर-चाकर उसकी हरकतों पर उसे सिर्फ़ हैरत (ग़ुस्से की नहीं) की निगाह से देखने पर मजबूर थे।

ज्ञानचंद ने बादशाह के *उस* महान राज़ को राज़ रहने दिया, लेकिन उसने किसी हकीम के आगे ख़ुद को उस बीमारी का बीमार नहीं बताया। अपनी ही दवा के अचूक नुस्ख़े की कभी एक भी ख़ुराक न फाँकने वाला ज्ञानचंद भला *उस* बीमारी को अपने *शरीर* क्यों लेने लगा। ज्ञानचंद ने कई मंसूबे बनाए। वो इस सोच में पड़ गया कि आख़िर किया जाए, तो क्या किया जाए? मेरा कोई दोस्त रिश्तेदार भी नहीं। मैं किसी दीगर नौकर के *शरीर* ये बीमारी मढ़ दूँ, फिर भी हकीम के आगे उसकी हाज़िरी लाज़िम होगी। आख़िर बीमारियों का इलाज बीमारी बताने वाले को नहीं, बीमार को देखकर किया जाता है। एकतरफ़ा इश्क़ में पड़ा हुआ ज्ञानचंद अपने बादशाह की उन हर एक करतूत से वाक़िफ़ था, जो सबूतों के अभाव में कभी साबित नहीं हो सकी थीं। बादशाह द्वारा अपनी दूसरी (हक़ीक़तन पहली) मुहब्बत पर किए गए ज़ुल्म भला वो कैसे भुला सकता था। वो जानता था, बादशाहों के गुनाह साबित नहीं होते, हो भी जाएँ, तो वो अपने आप को सज़ाएँ कब से सुनाने लगे। कब सुनाते हैं। उन्हें सज़ाएँ सुनाता कौन है? उन्हें सज़ा सुनाएगा कौन?

ज्ञानचंद अज्ञानी था, बेवक़ूफ़ नहीं। *अजीब है।*

ज्ञानचंद ने एक योजना बनाई। अब वो ख़ुद को एक *योजना अधिकारी* के तौर पर भी देखने लगा था। उसके हाथ एक ऐसा मौक़ा लगा, जो लंबी तपस्याओं के फलस्वरूप उसे वरदान में भी कभी नहीं मिलने का था। ज्ञानचंद अपने मंसूबे के तहत अपने बीमार बादशाह के इलाज के मक़सद से उस हकीम के पास गया, जो ख़ुद उसकी दवा की दूसरी ख़ुराक का मोहताज था। उसने उससे अपनी मुसीबत अर्ज़ की। हकीम को उसकी बात पर यक-ब-यक ऐसी हँसी आई कि पानी पीते हुए उसके आख़िरी घूँट से वो मरते-मरते बचा। उसके नथुनों से पानी फ़व्वारे की धारों की तरह बाहर बिफर पड़ा। उसकी आँखें इतनी लाल हो गई थीं, मानो एक

लम्हे के लिए उनमें ख़ून उतर आया हो। ज्ञानचंद ने अपनी दोनों भँवों के दरमियान ख़ाली जगह को पूरते हुए, हकीम को घूरकर कहा, "मियाँ, मेरी मुसीबत तुम्हारी हँसी की वज्ह बनेगी ऐसा तो मेरा ख़याल नहीं था। आख़िर तुम कैसे भूल सकते हो कि अभी तुम्हारे *लुल्ल* ताले की चाभी मेरे पास है। अगर मैंने उसमें कुछ गड़बड़ कर दी, तो तुम्हारा ताला ही नहीं, बल्कि तुम भी *लुल्ल के लुल्ल* रह जाओगे।" "अरे! अरे! माफ़ करना पहलवान जी," हकीम शर्मिंदा हुआ, उसने कहा, "मेरी हरकत नागवार थी, लेकिन मेरा मक़्सद नहीं। भला आप की मुसीबत कोई हँसी-ठिठोली का मौज़ू है? लाहौल विला क़ुव्वत। मैं! वो भी ऐसा सोचूँ, वो भी आपके बारे में? अल्लाह माफ़ करे।" ज्ञानचंद ने अकड़ते हुए कहा, "अल्लाह माफ़ करे न करे लेकिन मैं तुम्हें तभी माफ़ करूँगा, जब तुम मुझे इस मुसीबत से छुटकारा दिलवाओगे।" "पहलवान जी मुझे दो रोज़ का वक़्त दीजिए। अंगूर को केला बनाने का नुस्ख़ा तो मैं ईजाद न कर सका, लेकिन सड़े हुए केले को एक स्वस्थ अंगूर ज़रूर बना सकता हूँ। यक़ीन कीजिए मेरा। बस दो रोज़।" ज्ञानचंद ने हकीम को पीठ दी और हँसा। उसने अफ़ीम का छर्रा चबाया और "ठीक है, आता हूँ दो रोज़ बाद," कहकर वहाँ से चलता बना।

महल की जानिब रुख़ किए ज्ञानचंद ने अपने एक हमउम्र को जान-बूझकर धक्का मारा। उसने कहा, "होश में चलो भाई।" ज्ञानचंद ने उसे पलटकर देखा। उसने कहा, "पहलवान जी आप? आप तो आँखों पर पट्टी बाँधकर चला कीजिए। हक़ है आपका।" अगर ज्ञानचंद का क़द उसके बौने बादशाह के आगे उसके आसपास भी होता तो पीठ से उसकी चाल देखकर कोई भी दोनों के दरमियान (कंकड़-पहाड़ का) फ़र्क़ आसानी से नहीं पहचान पाता। ये ग़नीमत थी कि ज्ञानचंद बेवज्ह किसी को थप्पड़ वग़ैरा नहीं मारा करता। उसका मानना था कि बेजा किसी को तंग करने से उसमें और उसके हुज़ूर में क्या फ़र्क़ रह जाएगा। वो अपने आप को अपने बादशाह से अलग समझता था। इतना अलग कि ख़ुद को, उसके आगे उससे बेहतर बादशाह समझता था। इसमें कोई शक नहीं कि वो एक बेहतर बादशाह था, मगर अँगूर को केला बनाने का जादुई, बल्कि चालाक हुनर रखने वाला बादशाह।

***

विल्सन, दक्कन से संबंधित उर्दू शायरी के बारे में तमाम दस्तावेज़ इकठ्ठा

कर, ट्रेन में बैठे-बैठे उनकी ग़लतियाँ दुरुस्त कर रहा था। उसकी अपनी कोशिशों से इकट्ठी की गई जानकारियाँ काफ़ी जान पड़ती थीं। उसने तक़रीबन हर एक शायर, उसकी शायरी, उनकी ज़बान, उनके ज़बान बरतने के लहजे से लेकर उनसे संबंधित तमाम वाक़िए भी जमा किए थे। विल्सन के मुताबिक़ दक्कन में शायरी पकी हुई, मगर उसकी ज़बान अधपकी-सी थी। ट्रेन में खचाखच भरी भीड़ को ध्यान से निहारता हुआ विल्सन सोच रहा था कि ये भीड़ क्या है? कौन हैं ये लोग जो रोज़ कहीं न कहीं जाते हैं? कहीं न कहीं से आते हैं। क्या करने जाते हैं? क्या कर के आते हैं? क्या सब उसकी तरह अपने मक़्सद को पूरा करने के लिए इधर से उधर पाँव मारते रहते हैं? क्या इस अनंत दुनिया में कहीं कोई ऐसा कोना है जहाँ जाने के बाद, इंसान के अंदर से कहीं भी जाने की ख़्वाहिश हमेशा के लिए ख़त्म हो जाए? क्या कोई ऐसा है जो भीड़ नहीं है, भीड़ का हिस्सा भी नहीं है? क्या भीड़ या भीड़ का हिस्सा न होना तन्हा होने की अलामत है? क्या तन्हा होना कोई लानत है? क्या भीड़ में शामिल शख़्स तन्हा नहीं हो सकता? उसने एक बार ख़ुद को निहारा, अपने बारे में सोचा। उसे उसका जवाब मिल गया। वो तन्हा था। अपने काम में मुब्तिला, उसे संजीदगी से अंजाम देने के बावजूद भी तन्हा। उसे दुनिया का कोई ऐसा कोना ज्ञात नहीं हो सका, जहाँ जाकर किसी की, कहीं भी जाने की हसरत तमाम हो सके। ये सवाल बाहमी तौर पर एक वक़्त में दो ज़ेहनों में चल रहा था। दो ज़ेहन ही क्यों? बल्कि बेशुमार ज़ेहनों में चल रहा होगा, जो कम-अज़-कम मेरी दस्तरस के बाहर हैं। हमेशा रहेंगे। किसी की फ़िक्र करना, एक मुश्किलतरीन अमल है। मैं हमेशा इससे बचने की कोशिश करता आया हूँ। किसी ऐसे की फ़िक्र करना, जिसे ख़ुद अपनी फ़िक्र न हो, दुनिया में मौजूद हर तरह की बेहूदगियों में से एक है। उन सब में सबसे अव्वल। मैं ऐसा नहीं कर सकता। मेरा मानना है, फ़िक्र करने से बेहतर है, क़दम उठाना, लेकिन मुझ जैसा आलसी कहीं नहीं जाना चाहता। कोई-कोई तो कहीं जाना ही नहीं चाहता। कहीं न जाने के इस सिलसिले में अपनी ज़िंदगी तक के नज़दीक न जाना सबसे डरावना है। आलसीपन का चरम। लेकिन विद्या और विल्सन सब की तरह नहीं हैं। मुझ जैसे कमज़र्फ़ की तरह तो बिल्कुल नहीं। कहीं आने-जाने से कभी न थकने वालों की एक जीती-जागती मिसाल। मिसालों की मिसाल।

विद्या अपने उस्ताद फ़ारूक़ी की पनाह में इस क़ाबिल हो चुकी थी कि वो हिंदी और उर्दू ठीक से पढ़ सकती थी। लिख सकती थी। वो चाहे तो किसी गुमनाम

पते पर विल्सन के नाम ख़त भी लिख सकती है।

मैं सोच रहा हूँ कि क्या विद्या मेरी तरह सोच रही होगी? बेशक। ये सवाल इतना आसान और बेहूदा था, जिसे ख़ुद से पूछने के बाद मुझे अपने आप में शर्मिंदगी महसूस हो रही है। मैं ये कैसे भूल सकता हूँ, दुनिया में एक वक़्त में एक ख़याल को सोचने वाले बेशुमार लोग होते हैं। क्या विद्या उनमें से एक नहीं हो सकती थी? ख़ैर, मैं अपने आप से माफ़ी माँगता हूँ। मैंने अपने आप को माफ़ किया।

मुझे विद्या की फ़िक्र है, कहीं वो इस ख़ुशी में कि वो अब विल्सन को ख़त लिख सकती है, उसके लिखे ख़त पढ़ सकती है, पागल न हो जाए। इंसान एक ज़िंदगी में दो मर्तबा पागल हो, ये किसी तौर उसके हक़ में बेहतर निशानी नहीं है।

मुझे विद्या की फ़िक्र क्यों है जबकि उसे ख़ुद अपनी फ़िक्र है। उसे तो विल्सन की भी फ़िक्र है। वो एक समझदार औरत है, जो उन जाहिलों की फ़िक्र कभी नहीं करती, जिन्हें ख़ुद अपनी फ़िक्र नहीं होती। मेरे अंदाज़े (जो मुझे नहीं लगाने थे) के मुताबिक़ विद्या ने विल्सन के नाम ख़त पहुँचाने के लिए एक पता मुक़र्रर कर लिया है। एक-एक कर के विल्सन के ख़त पढ़कर उनका जवाब लिखने का ख़याल उसके मन में हिलोरें मार रहा है।

मुझे विद्या की ख़ुशी में दख़्ल नहीं देना चाहिए।

हमेशा आसमान की तरफ़ देखकर चलने वाला जरीस, अचानक हरदम ज़मीन की तरफ़ देखने लगा था। उसने इस बेसब्री से उन औरतों का भी इंतज़ार नहीं किया था, जो ख़ुद उसके बिस्तर की तरफ़ खिंची चली आती थीं, उनका तो हरगिज़ नहीं जो खींचकर लाई जाती थीं (लौंडे-लपाड़ों का? जाने दीजिए), जिस बेसब्री से वो अपने शेर ज्ञानचंद का इस यक़ीन के साथ इंतज़ार कर रहा था कि बस वो ही साबित होगा उसकी ज़िंदगी में ख़ुदा की तरफ़ से भेजा गया फ़रिश्ता। वो इस सोच में डूबा रहता कि उसकी बीमारी को इस दर्जा गुप्त नहीं होना चाहिए था। "मैं चाहूँ तो भी झाड़-फूँक नहीं करवा सकता।" *मैं नहीं।*

ज्ञानचंद उसकी ख़्वाबगाह में इजाज़त लेते हुए हाज़िर हुआ, जहाँ पिछले कई रोज़ से सिवाए ज्ञानचंद के किसी के भी आने-जाने पर पाबंदी थी। हफ़ीज़, उमराह, बल्कि हसीन से हसीन उस औरत को भी नहीं, जो अपनी मर्ज़ी से उसपर अपना सब कुछ क़ुर्बान कर देना चाहती हो। सब सोच में थे कि अचानक कोई इस तरह तन्हाईपसंद कैसे हो सकता है? आख़िर क्यों? उमराह ने सोचा, "शायद थक गए

होंगे।" हफ़ीज़ ने सोचा, "दौरों से ऊब गए होंगे या शायद भीड़ से उकता गए होंगे।" जरीस ने कहा, "क्या ख़बर है ज्ञानचंद ?" "बस हुज़ूर दो रोज़।" ज्ञानचंद ने शोख़ी से जवाब दिया। "अच्छा," जरीस का स्वर उदास था। उसने कहा, "तुम जा सकते हो।" ज्ञानचंद ने कहा, "हुज़ूर।" "ठहरो," जरीस ने कहा। ज्ञानचंद रुका। उसने पलटते हुए कहा, "हुज़ूर।" "क्या हफ़ीज़ भी हमारी तरह तुम्हारी दवा की ख़ुराकों की इफ़रात के असर में है ?" "हुज़ूर," ज्ञानचंद ने झेंपते हुए कहा। "ज्ञानचंद !" जरीस का स्वर ऊँचा और मिसमिसाया हुआ था। उसने कहा, "क्या हुज़ूर हुज़ूर लगा रखा है ? क्या तुम हमारी बात का हाँ या न में जवाब नहीं दे सकते ?" "हुज़ूर।" "ज्ञानचंद—" जरीस चिल्लाया। उसने कहा, "तुम एक ग़लती कर चुके हो ज्ञानचंद। कुछ समझे ? तुम एक ग़लती कर चुके हो।" "हुज़ूर, मैं जाहिल हो सकता हूँ हुज़ूर, लेकिन इतना जाहिल तो नहीं हुज़ूर कि आपके आगे अपनी जहालत की नुमाइश करूँ हुज़ूर। मेरी क्या मजाल हुज़ूर जो आपके सवालों का हाँ या न में जवाब दे सकूँ हुज़ूर। क्या आप वाक़ई मेरे इस दर्जा तमीज़ से पेश आने वाले लहजे को बेअदबी में शुमार करेंगे हुज़ूर ? ख़ुदा झूठ न बुलवाए हुज़ूर, मैं आपकी जितनी इज़्ज़त करता हूँ उतनी तो ख़ुदा की भी नहीं करता। हुज़ूर मैंने बुज़ुर्गों से सुना है कि बुज़ुर्गों की बात का जवाब हाँ या न में नहीं देते हुज़ूर। आप तो आका हैं हुज़ूर। माई-बाप हैं हुज़ूर। हुज़ूर आप बादशाह हैं, बादशाह। हुज़ूर मैं आपके आगे पेश आने की तहज़ीब को सलाम करते हुए, हाँ की बजाए "जी" कहकर आपका जवाब देना चाहूँगा हुज़ूर। जी हुज़ूर, आपका ख़याल दुरुस्त है हुज़ूर। मैं आपकी रियाया का मामूली-सा ख़िदमतगार छोटे हुज़ूर के आगे अपनी बात रखकर भी कामयाब नहीं हो सका हुज़ूर। क्या उन्हें भी आपकी तरह कुछ ?" "या ख़ुदा!" जरीस ने मन ही मन कहा। "नहीं, ऐसा कुछ नहीं है। तुम जा सकते हो।" "हुज़ूर। हुज़ूर चार या ?" "अरे, पाँच पाँच पाँच अब जाओ यहाँ से।" जरीस ने सख़्त लहजे में चिल्लाते हुए कहा। ज्ञानचंद ने विनम्रता के साथ कहा, "मेहरबानी हुज़ूर।"

आख़िर ज्ञानचंद अब एक *फ़रिश्ते* की *भी* हैसियत रखता था।

ये अतिश्योक्ति नहीं कहलाएगी। हक़ीक़तन मुबालग़े जैसा कुछ भी कहीं नहीं होता। मैं अपनी बेवक़ूफ़ी दोहराते हुए ज्ञानचंद की फ़िक्र करने पर मजबूर हूँ।

बून मैन फ़रिश्ता शेर हकीम पहलवान ज्ञानचंद उर्फ़ 'उज़्बेक'

कहीं ज्ञानचंद इस बोझ के नीचे दबकर मर न जाए।

अब तक तो आपको यक़ीन हो चुका होगा, ज्ञानचंद ऐसा नहीं होने देगा। वो सब कुछ सँभाल सकता है। पहाड़ के बोझ से भी ज़्यादा बोझ।

गुज़िश्ता, अक्सीर ने यादृच्छिक रूप से विल्सन की किताब से पढ़ने के लिए एक और कहानी चुनी, जिसमें एक महान साम्राज्य के किसी युवराज का ज़िक्र था—

[विल्सन की अंग्रेज़ी में लिखी गई कहानी का तर्जुमा फ़िलवक़्त मुझे करना होगा, जिसे आप अक्सीर की तरफ़ से किए गए तर्जुमे के तौर पर ले सकते हैं।]

वो कोई छब्बीस-सत्ताईस बरस का सूरज की तरह दमकता हुआ नौजवान था। उठी हुई मूँछें, सियाह लंबे घुँघराले बाल, चौकोर चेहरा, भरा-पूरा बदन। उसकी लंबाई इतनी थी कि उसे चकले के हर एक दरवाज़े से अपनी शान के ख़िलाफ़ मजबूरन सर झुकाकर जाना पड़ रहा था। उसकी आवाज़ भारी थी। किसी भी औरत को मोह लेने वाली आवाज़। नाम था कुँवर हरमेन्द्र प्रताप सिंह। उस रोज़ वो शराब के काफ़ी नशे में था। उसे सँभालने के लिए उसके साथ उसके छह मुलाज़िम थे। युवराज की चमक-दमक, उसका निहायत ख़ूबसूरत चेहरा देखने वालियों की उसके अलावा किसी और शख़्स पर नज़र ही नहीं गई। किसी को ठीक से याद नहीं कि उसके साथ छह लोग थे या पाँच या सात या इससे कम या इससे ज़्यादा। उसकी तब-ओ-ताब के आगे किसी को इतना भी याद नहीं रहा कि जब वो लड़खड़ाता था, तो उसे सँभालने वाले हाथ कितने होते थे। हमारी उस्तानी ने इससे पहले किसी गाहक को देखकर न इतना डर ज़ाहिर किया था, न इतनी ख़ुशी। चौंकी तो वो कभी नहीं थी। उसने युवराज से कहा, "सरकार आपको ज़हमत उठाने की क्या ज़रुरत थी। हुक्म किया होता।" युवराज ने उसे घूरकर देखा फिर मेरी तरफ़ देखने लगा। मैं उसकी नज़रों के सामने अपने आप को पाकर असहज महसूस कर रही थी। उसने उसे कोई जवाब नहीं दिया। उसकी जगह उसके एक मुलाज़िम ने, जो अपने हाव-भाव से उनमें से उसका सबसे क़रीबी और वफ़ादार जान पड़ता था, जवाब दिया, "हम यहाँ से गुज़र रहे थे। युवराज की नज़र अचानक इन पर पड़ी (उसने मेरी तरफ़ इशारा किया, मैंने कभी ख़्वाब में भी नहीं सोचा था कि ज़िंदगी में कभी कोई मुझसे इस दर्जा तहज़ीब से पेश आएगा। *इन पर*) इन्होंने अंदर आने की हठ की। युवराज के आदेश का मतलब आप बेहतर समझती हैं।"
"जी-जी, भला इसमें समझने की बात क्या है? युवराज का हुक्म युवराज का हुक्म है आख़िर। हुक्म करिए युवराज," उस्तानी ने उसे झिझकते हुए जवाब दिया। उसने

सोने के सिक्कों से भरी एक पोटली उस्तानी के बग़ल में पटक दी। हम सारे के सारे बिकने के लिए युवराज के सामने किसी सामान की तरह सजाकर पेश किए गए थे। *हमें हमेशा सज-धजकर रहना होता है।* युवराज ने मेरा हाथ पकड़ा। मैंने उसके लड़खड़ाते क़दमों को सँभालते हुए दिशासूचक यंत्र का काम किया। मैं उसे अपने कमरे की तरफ़ ले गई। मैंने एक-एक कर अपने लिबास उतारना शुरू किए। मैं कमर तक नंगी हो चुकी थी साहब। उसने मेरा हाथ पकड़ लिया। मुझे घूरने लगा। सालों पहले बेशर्मी की तालीम हासिल कर चुकी मैं, उस रोज़ शर्म से पानी-पानी थी। मुझे भान हुआ, जैसे आज मेरी सुहाग की रात है। वो मुझे घूरता रहा। मेरे जिस्म में अपनी उँगलियाँ फिराता रहा। और बिस्तर में मेरी बग़ल को सूँघता हुआ, मेरा हाथ पकड़कर सो गया। मैं पूरी रात उसके पंजे की गिरफ़्त में थी, जो मुझे नोच भी नहीं रहा था, आज़ाद भी नहीं कर रहा था। सुब्ह नींद खुलते ही उसने मुझे उसी जगह पाया, रात जहाँ छोड़ा था। उसने मुझसे कहा, "हमारे साथ चलो। हम तुम्हें रहने के लिए इससे हज़ार गुना बेहतर जगह देंगे। राजकुमारी की तरह रखेंगे तुम्हें।" मैंने डरते हुए उससे सवाल करने की हिम्मत जुटाई। मैंने कहा, "राजकुमारी की तरह या राजकुमारी बनाकर?" उसने ठहाका लगाया और कहने लगा, "दोनों में फ़र्क़ क्या है?" मैंने कहा, "राजकुमारी महल में रहती है और राजकुमारी जैसी महल से दूर। राजकुमारी जैसी के बच्चे अपने बाप के नाम से महरूम रह जाते हैं। राजकुमारी जैसी दरअस्ल राजकुमारी जैसी भी नहीं होती, रखैल होती है।" *"युवराज"*

"साहब ग़ुस्से से उसकी आँखें ख़ून से तर हो गई थीं। उसने मुझे थप्पड़ मारा और अपने तमाम लोगों के साथ यहाँ से चला गया।" उसने विल्सन से पूछा, "बहरहाल, साहब आपका क्या इरादा है? क्या आप किसी ऐसे ही इरादे से यहाँ तशरीफ़ लाए हैं।" "नहीं, मैं सिर्फ़ आपकी कहानी सुनने आया था," विल्सन ने सहज भाव से ठहरी हुई आवाज़ में कहा। "क्या करेंगे मेरी कहानी का? हम जैसों की कहानियों का?" उसने अपने कंधे पर रखे बालों को पीठ की तरफ़ झटकते हुए कहा। "मालूम नहीं," विल्सन ने कहा।

"विल्सन ने करने के लिए ये काम क्यों चुना होगा? ऐसे दुखों को उजागर करने से क्या हासिल, जिनका कोई चारा ही न हो?" अक्सीर ने गुज़िश्ता से पूछा। गुज़िश्ता ने जवाब में कहा, "दुख उजागर करने से दिल पिघल सकते हैं। मज़्लूम को इंसाफ़ मिल सकता है। कुछ नहीं तो तसल्ली ही सही कि कोई तो है, जो उनके

दुख सुनना चाहता है। ये किताब महज़ दुखों का ही नहीं, दुर्लभ रहस्यों का भी ख़ज़ाना है।"

दोनों ने फ़ैसला किया कि वो आज किसी दुल्हन की तरह सोलह श्रृंगार करेंगी। उन्होंने इस मर्तबा ज्ञानचंद की बजाए मंसूरा के पास जाकर अपनी ख़्वाहिश का इज़हार करना बेहतर समझा। मंसूरा ने दाएँ-बाएँ देखा और श्रृंगार की सभी वस्तुओं, ख़ूबसूरत लिबासों से उनके ख़ाली हाथ भर दिए। उनकी बेरंग ज़िंदगियाँ रंगीन कर दीं। उसने हयु की तरफ़ इशारा किया। वो अपने आलीशान बिस्तर पर, जिसमें एहतियातन लगवाई गईं बाज़ की आँखें बहनों को अफ़सोस भरी निगाहों से देख रही थीं, जो कभी उनको डराने के काम नहीं आईं, ऊधम मचा रहा था। बहनों ने उसका माथा चूमा और वहाँ से अपनी भाभी को शुक्रिया बोलते हुए दबे पाँव चली गईं।

दोनों ने भरपूर श्रृंगार किया। छाँटकर अपनी-अपनी पसंद के लिबास पहने और फ़ारूक़ी-दत्त की दुकान की जानिब रुख़ करने का मन बनाया। बड़ी बहन ने छोटी से कहा, "दुख बहुत कमज़ोर शय है। इसे हराने के लिए सिर्फ़ इसे चिढ़ाना होता है। दरगुज़र करना होता है। दुख को तवज्जो न दी जाए, तो वो दुखी हो जाता है।" "और हम ख़ुश। हम इसे जी भरकर चिढ़ाएँगे," छोटी बहन ने कहा। इत्तिफ़ाक़न महल से बाहर जाते हुए, उनसे रास्ते में ज्ञानचंद टकराया। बड़ी बहन की ख़ूबसूरती, उसकी नाज़-ओ-अदा देखकर अथाह अफ़ीम के नशे में भी होश में रहने वाला ज्ञानचंद बेहोश होते-होते बचा। वो लड़खड़ाया, एक खंभे से टकराया और धड़ाम से ज़मीन पर गिर गया। बड़ी बहन ने कहा, "सँभलकर पहलवान।" दोनों बीसवीं-इक्कीसवीं सदी के कॉलेज की ख़ूबसूरत लड़कियों की तरह, जो लड़कों को घायल करने का बेहतरीन हुनर रखती हैं, खिलखिलाती हुई वहाँ से चली गईं। ज्ञानचंद ने कहा, "बड़ी बी।" किसी ने कुछ नहीं सुना।

काँसरी बाज़ार की चहल-पहल वापस लौट आई थी। नजीब की दुकान के अलावा वहाँ सब कुछ जैसा का तैसा दिखाई देने लगा था। पश्तूनी रहीम की दुकान भी। फ़ारूक़ी-दत्त की दुकान में, जो अब सिर्फ़ एक दुकान ही नहीं, बल्कि प्रिंटिंग-प्रेस भी हो चुकी थी, लोगों की आवाजाही और बढ़ गई थी। लोग आते और अपनी-अपनी कहानियों की हस्तलिखित पांडुलिपियाँ वहाँ पटककर चले जाते। फ़ारूक़ी अपनी नाक पर चढ़े चश्मे से बाहर आँखें तरेरता हुआ इशारा करता, "वहाँ, उधर।" फ़ारूक़ी के हाथ में उस दिन भी हमेशा की तरह काग़ज़ों का

एक पुलिंदा था। वो अब इस फ़िराक़ में रहने लगा था कि अगर किसी ख़ानदान की दुरुस्त कड़ियाँ मिलाकर उसके शजरे के साथ, उनकी कहानियों को यकजा कर किसी किताब की शक्ल दी जाए, तो फ़ारूक़ी नस्ल का आख़िरी चराग़ मर भले जाए, लेकिन वो अमर ज़रूर हो सकता है। दत्त पांडुलिपियों के ढेर पर बैठा अपनी आँखें फोड़ता हुआ, मायूसियों पर मायूसियाँ बर्दाश्त करते हुए, ज़िंदा रहने की कोशिशें करता हुआ, दोनों बहनों को देखते ही कहता है, "आओ लड़कियो, किताबें पढ़ना तुम्हारी रूचि का काम है ना? ले जाओ ये किताबें। तुम्हारी ज़िंदगी भर का सामान है," उसने हँसते हुए अपनी बात आगे बढ़ाई, "मैं तो जानता ही नहीं था, सारे अभागी लेखक निकलेंगे।" बहनों को एकाएक हँसी आ गई। अक्सीर ने कहा, "नहीं दत्त साहब, हम फ़िलवक़्त विल्सन की किताब से अपना काम चला लेंगे।" "सो भी है," दत्त ने लंबी साँस छोड़ते हुए जवाब दिया। उसने कहा, "और ये हमारे फ़ारूक़ी मियाँ, न जाने किस शोध में डूबे रहते हैं। ईश्वर जाने क्या धमाका करने वाले हैं। ये पांडुलिपियाँ कम पढ़ते हैं, गाली ज़्यादा देते हैं और बेजा अपनी ज़बान गंदी करते रहते हैं।" फ़ारूक़ी ने अपना चश्मा उतारते हुए अपनी कुर्सी पर बैठे-बैठे वहीं से आवाज़ देते हुए कहा, "दत्त, शरीफ़ तो अब तुम भी नहीं रहे।" उसने बहनों की तरफ़ देखते हुए कहा, "शराब ये भी पी चुका है।" दत्त ने अपनी आँखें बहनों की तरफ़ घुमाते हुए कहा, "देख रही हो लड़कियो। जनाब को कुछ न मिला, तो विल्सन की शादी की रात मुझे शराब पिलाकर आए दिन उसका हवाला देकर मुझे बदनाम करते रहते हैं।" गुज़िश्ता ने कहा, "इसमें बुरा क्या है? ज़ौक़ का शेर नहीं सुना आपने? ज़ाहिद शराब पीने से काफ़िर हुआ मैं क्यों?" "क्या डेढ़ चुल्लू पानी में ईमान बह गया," दत्त ने फ़ौरन अगला मिसरा बाँचा। उसने कहा, "जनाब ने नहीं सुना शायद।" "मियाँ हमने तो बीस बरस पहले सुन लिया था। तब से लोगों को सुना रहे हैं।" फ़ारूक़ी के इस जवाब को सुनते ही दत्त ने कहा, "मगर आपकी सुन कोई नहीं रहा और आप भी किसी की सुनते नहीं।" एक साथ सभी हँसने लगे। विद्यावती भी। अक्सीर ने उसकी ओर इशारा करते हुए दत्त से पूछा, "आपकी तारीफ़?" "इनकी तारीफ़ विल्सन बेहतर करता है," दत्त ने मुस्कुराते हुए कहा। उसने कहा, "मैं समझी नहीं।" "यूँ समझ लो विल्सन की लगाम अब इनके हाथों में रहती है।" "मतलब?" "मतलब ये कि ये विल्सन की बीवी हैं।" "आप तो बड़ी ख़ूबसूरत हैं," गुज़िश्ता ने कहा। "हाँ, और मेहनती भी," फ़ारूक़ी वहाँ मौजूद चार के झुंड को पाँच में बदलता हुआ कहता है। "जनाब इनके उस्ताद

हैं," दत्त ने चुटकी लेते हुए बहनों से कहा। "नसीब वाली हैं," अक्सीर ने अपने उस्ताद पंडित जी को याद करते हुए कहा।

बहनों ने विद्यावती को अपने साथ बाज़ार की सैर पर ले जाने की ख़्वाहिश ज़ाहिर की। उन्हें उसके उस्ताद का जवाब मिला, "इसमें पूछने की क्या बात है।"

गली के अगले नुक्कड़ पर एक घर के आगे बने चबूतरे पर जमा छह-सात लोगों की टोली, एक नौजवान लड़के को, जिसने अपनी नाक और होंठ के बीच बग़ैर इजाज़त के उग आने वाले झूठी शान के प्रतीक को जड़ से उखाड़ फेंका था, घेरकर उसे मुँछ-मुंडा, मुँछ-मुंडा कहकर उसका मज़ाक़ उड़ा रही थी। किसी ने कहा, "अबे चिकने, बदनिगाहों की बदनिगाही से बचकर ज़रा आँ।" लड़के ने कहा, "नेहरू जी के भी मूँछें नहीं हैं।" किसी ने कहा, "हिटलर की तो हैं।" लड़के ने झट से जवाब दिया, "उसकी झाँट जैसी मूँछें होने से बेहतर तो मुँछ-मुंडा रहना है।" बहनों समेत विद्यावती भी उसका तर्क सुनकर खिल-खिला पड़ी। गुज़िश्ता ने कहा, "लड़का होशियार है।" विद्यावती ने संकोच खाते हुए बहनों से पूछा, "आप कहाँ रहती हैं?" उन्होंने उसे अपना तआरुफ़ बताकर उसे असहज करना ठीक नहीं समझा। गुज़िश्ता ने फ़ौरन जवाब दिया, "यहाँ से काफ़ी दूर।" विद्या ने कहा, "जी, मैं आपको क्या कहकर बुला सकती हूँ?" अक्सीर ने सवालिया तअस्सुर इख़्तियार करते हुए उसकी तरफ़ प्यार से निहारकर कहा, "दोस्तों को उनके नाम से बुलाते हैं ना? मैं अक्सीर और ये गुज़िश्ता।" "नाम ख़ूबसूरत हैं आपके," विद्या ने कहा। "फिर; नाम हैं किसके? एँ, आँ?" अक्सीर ने चुटकी बजाते हुए जवाब दिया। "मुझे आपसे एक मदद चाहिए। क्या आप...?" विद्या ने सकुचाते हुए पूछा। "बेशक, हक़ से कहो। और हाँ आप भारी लफ़्ज़ है, दोस्तों से तुम कहकर पेश आना हल्का एहसास है। दोस्ती में सब कुछ हल्का रहना चाहिए," गुज़िश्ता ने कहा। विद्या ने शर्मीली हँसी हँसते हुए कहा, "अच्छा ठीक है।" उसने कहा, "तो बेझिझक बताओ क्या मदद चाहिए?" "बात कुछ ऐसी है कि चंदू को लिखे ख़त की इस्लाह उस्ताद से करवाने में लाज-सी आती है। मैं पढ़ी-लिखी नहीं थी। फ़ारूक़ी साहब की मेहरबानियों से इस लायक़ हुई कि अब काफ़ी कुछ पढ़-लिख लेती हूँ।" उसने ख़त गुज़िश्ता के हाथ में रखते हुए कहा, "मैं चाहती हूँ कि आप इस उर्दू के ख़त को पढ़कर देखें इसमें कहीं कोई ग़लती तो नहीं है।" गुज़िश्ता ने उसका ख़त ग़ौर से पढ़ा। वो उसे चिढ़ाने लगी और विद्या शर्माने। उसने कहा, "बेहद ख़ूबसूरत ख़त लिखा है। हाँ एक ग़लती है इसमें, यहाँ।" उसने ऐन उसी

जगह अपनी उँगली रखते हुए कहा, "ग़लत, लफ़्ज़ का आख़िरी हर्फ़ ते की जगह तोए होना था और तुमने उम्र को अमर लिख दिया है। ज़रा इसे भी ठीक करो। *ऐन-मीम-रे।*" "और कोई ग़लती?" विद्या ने पूछा। "नहीं, कुछ भी नहीं।" गुज़िश्ता कुछ देर ठहरी। रुककर उसने विद्या से पूछा, "लेकिन तुमने ख़त लिखने के लिए उर्दू ज़बान ही क्यों चुनी?" उसने कहा, "जिसे कोई ज़बान न आती रही हो, उसके लिए हर ज़बान एक-सी होती है। किसी की शुरुआत हिंदी से होती है, किसी की अंग्रेज़ी से, मेरी उर्दू से हो गई। सच कहूँ, तो उर्दू मुझे इन सब में सबसे आसान लगी। न जाने क्यों! सीखी तो मैंने हिंदी भी है। लेकिन फिर मैं चंदू को कैसे चिढ़ाती कि सिर्फ़ उसे ही उर्दू नहीं आती। अब मुझे भी आती है।" वो लजाई। "बहुत चाहती हो विल्सन को?" अक्सीर ने पूछा। उसने कहा, "उनसे कम। वैसे मेरे लिए तो वो मेरे चंदू सेठ हैं, विल्सन नहीं।"

वो तीनों सैर में मगन फ़ारूक़ी-दत्त की दुकान से काफ़ी दूर आ निकली थीं। दोनों बहनें उस रोज़ राजकुमारियों से कम नज़र नहीं आ रही थीं। उन्हें अपनी बेटियों की नज़र से देखने वाले फ़ारूक़ी-दत्त ने संकोचवश उनकी तारीफ़ नहीं की थी। हालाँकि विद्या ने कहा था, 'आप दोनों बहुत ख़ूबसूरत हैं।' उन्होंने कहा था, 'शुक्रिया, लेकिन आपसे कम।' अपने मज़हब से अनजान विद्या भी एक भरपूर विवाहिता के रंग-ढंग में थी। उसे माँग में सिंदूर भरना, लंबे झुमके पहनना, कलाइयों को चूड़ियों से भरा रखना, माथे पर बिंदी लगाना, घुँघरूदार पायलें पहनना, बिछिया पहनना उसके लिए किसी प्राचीन, रूढ़िवादी रिवाज को मानने जैसा नहीं था। इस सब को वो अपने ज़ाती शौक़ के तौर पर लेती थी। वो तीनों नजीब के घर से कुछ पहले उन *बुड्ढों* के झुंड के नज़दीक से गुज़रने को थीं।

उनमें से एक ने बीड़ी की राख को उँगली से झटककर उन तीनों पर ग़ौर से निगाह डालते हुए कहा, "ये तो वही है ना?" "कौन?" दूसरे ने पूछा। उसने विद्या की तरफ़ इशारा करते हुए कहा, "अरे ये तीसरी वाली जो साड़ी पहने है।" उसने पूछा, "लेकिन वही कौन?" उसने कहा, "अरे नाम याद नहीं आ रहा, वो गोरों जैसा दिखने वाला कौन है; कौन; अरे कौन था?" "चंदू?" तीसरे ने कहा। "हाँ हाँ, चंदू।" उसने कहा, "उसी की घरवाली है ये।" "ये तो रंडी थी ना?"

यक-ब-यक, चार-छह पलकें झपकते ही वहाँ ख़ामोशी नहीं, सन्नाटा था। बहनों और विद्या के अलावा उनमें से किसी को कुछ सुनाई नहीं दे रहा था। कुछ दिखाई नहीं दे रहा था। वो उठने, चलने, भागने लायक़ नहीं रह गए थे। उनके

बचे-खुचे दाँतों ने उनके मसूड़ों को अलविदा कह दिया था। वो कुछ बोल सकने के लायक़ नहीं थे फिर भी बोल रहे थे। वो क़समें खा रहे थे :

"आज के बाद ऐसी गुस्ताख़ी कभी नहीं होगी।"

"औरत देवी होती है।"

"उसकी इज़्ज़त करना चाहिए।"

"हम सब कुत्ते हैं, गधे हैं, भड़वे हैं, लुच्चे हैं, लफ़ंगे हैं, नीच हैं।"

"हम सब भोसड़ीवाले हैं।"

"गांडू हैं।"

"हमें माफ़ कर दो।"

"हम कभी दोबारा यहाँ नज़र नहीं आएँगे।"

"हमें माफ़ कर दो।"

"हमें माफ़ कर दो।"

बहनों ने अपना पूरा श्रृंगार इस ज़रूरी जंग में क़ुर्बान कर दिया। लेकिन विद्या अब और भी ख़ूबसूरत लग रही थी। बहनों के एक वार से नपुंसक हो चुके उस फ़िरंगी अफ़्सर ने, जिसे ज्ञानचंद की अचूक दवा के बारे में कोई ख़ैर-ख़बर नहीं थी, सब कुछ बहुत दूर से देखा। उसने इस सनसनीख़ेज़ ख़बर को महल तक पहुँचाने के काम को अंजाम दिलवाया। ख़बर, बहनों के महल पहुँच चुकने के बाद एक रोज़ की ताख़ीर से बादशाह के कानों तक पहुँची, लेकिन बादशाह को अब किसी भी बड़ी से बड़ी ख़बर (लीग की भी नहीं) में कोई दिलचस्पी नहीं थी। आज दूसरा रोज़ था। उसे अपने शेर ज्ञानचंद का इंतज़ार था।

ज्ञानचंद अपने बादशाह की तरह ज़िम्मेदाराना मगर निठल्ली चाल बरतता हुआ, क़दमों को तौल-तौलकर रखता हुआ, इस रफ़्तार से हकीम के यहाँ जा रहा था, जैसे उसे किसी की परवाह न हो। अपने हुज़ूर जरीस किरमानी की भी नहीं। उसने फिर किसी अजनबी को धक्का मारा। वो पलटा। उसने कहा, "अरे पहलवान जी आप?" ज्ञानचंद ने उसे कोई जवाब देना मुनासिब नहीं समझा। वो अपने गंतव्य की दिशा में उसी लहराती चाल से चलता-चला गया। वो एक जगह रुका। एक अड्डा। एक ऐसा अड्डा, जहाँ से उसे दुनिया की सबसे शुद्ध अफ़ीम महज़ ख़रीद के भाव में मिल जाती थी। उसने अपनी थैली (एक तरह का कपड़े का बटुआ जिसमें वो अफ़ीम, अपनी जादुई दवा की ख़ुराकें और कुछ छोटी-मोटी ज़रूरी चीज़ें रखता था) से अफ़ीम से भरी एक डिबिया निकाली, उसे दुकानदार

के बग़ल में फेंकते हुए बोला, "माल चोखा नहीं है बनिया। अगर मैं तुम्हारे भरोसे पर बग़ैर देखे माल उठा ले जाता हूँ, तो क्या तुम मुझे इस दर्जा घटिया माल ठिंगाओगे, जिसे हफ़्ते भर में ख़त्म किए जाने के बजाए, एक रोज़ में निबटा दिया जाए और उसका कोई असर भी न हो?" "पहलवान जी, भला मेरी क्या मजाल जो ऐसी जसारत करूँ। आप उस रोज़ जल्दी में थे। मैं आपको आवाज़ लगाता रह गया लेकिन आपने एक न सुनी। दरअस्ल ग़लती से उस रोज़ किसी और गाहक का माल आपके हाथ में धर दिया और आपका उसके हाथ में," बनिया ने कहा। "फिर क्या हुआ उसका?" ज्ञानचंद ने इतराते हुए पूछा। "होना क्या था, उसी रोज़ से बेहोश पड़ा है। उसकी घरवाली आई थी। ख़ूब झगड़ी, चार गालियाँ अलग से सुनाकर गई है। कह रही थी कि मैं नस्लें तबाह कर रहा हूँ। घर बर्बाद कर रहा हूँ। भला मैं कोई फेरी वाला हूँ? जो घर-घर जाकर अपना माल बेचता फिरता हूँ। मैं किसी से कहने नहीं जाता कि वो मेरे यहाँ पधारे और किफ़ायती दामों पर अफ़ीम के नशे का लुत्फ़ उठाए। ख़ैर, दुकानदारी में ये सब होता रहता है। मेरे लिए गाहक तो क्या उसका पूरा परिवार ही भगवान होता है," बनिया ने बनियों के अंदाज़ में कहा, "लीजिए, ये रहा आपका माल।" उसने ज्ञानचंद की तरफ़ अफ़ीम की डिबिया, जिसमें उसने सियाही से एक ख़ास क़िस्म का निशान बना रखा था, जो लगभग शेर जैसा दिखाई देता था, बढ़ाते हुए कहा, "और कोई सेवा सरकार?" "नहीं, कुछ नहीं। कितना रुपया बनता है इसका?" ज्ञानचंद ने सीधे-सपाट अंदाज़ में कहा। "सरकार ग़लती दुकानदार करे और हर्जाना गाहक भरे? हम ऐसी रीत को मानने वाले ब्यापारी नहीं हैं।" ज्ञानचंद के चेहरे पर एक घमंडी मुस्कान तारी हुई। जिस बनिया को वो अपनी पहलवानी के क़िस्से से पहले हमेशा आदाब बजाकर उसकी दुकान में दाख़िल और रुख़्सत हुआ करता था, अब वो उनमें से दोनों काम नहीं करने लगा था। बनिया, जो उससे एक आम गाहक, बल्कि छटे हुए नशेड़ी की तरह पेश आया करता था, उसका अब इस तरह ज्ञानचंद से तहज़ीब और तमीज़ से पेश आना ज्ञानचंद के कुल सत्ताईस-अट्ठाइस इंच के सीने को फुलाने का काम कर रहा था। यही कोई चौवन-पचपन (नहीं, छप्पन नहीं)। बनिया क़िस्मत वाला था कि उसे ज्ञानचंद का धक्का कभी नहीं खाना पड़ा। सड़क को अपनी बपौती समझकर झूमते हुए, अपनी लापरवाह चाल में चलते हुए उसने फिर एक राहगीर को धक्का मारा। उसने उसे मुड़कर देखा। और कहा, "अरे आप?" उसने ज्ञानचंद को सलाम किया और चुप-चाप वहाँ से चलता बना।

वो हकीम के यहाँ पहुँचा। होते हुए भी हकीम का नाम कोई नहीं लेता था। अक्सर हकीमों का कोई नाम नहीं होता। होता है, फिर भी उसे, उनके पेशे के पीछे दबकर रहना पड़ता है। "साहब" हकीमों को मुफ़्त में हासिल हुआ ख़िताब होता है। "बस यूँ ही" जुमले की एक बेहतर मिसाल। हकीम ने ज्ञानचंद को देखते ही उसका ख़ैर-मक़्दम किया। उसे बैठने को कहा। वो उसके लिए फ़ौरन पानी से भरा एक गिलास लाया। पीतल के उस गिलास में हकीम की उँगलियों के साफ़-सुथरे निशान पड़ गए थे। अगर हकीम ने कोई गुनाह किया होता और उसके केस का इंचार्ज अफ़्सर ज्ञानचंद होता, तो वो मौक़ा-ए-वारदात पर पाए गए उस गिलास को अदालत में सबूत के तौर पर पेश कर उसे फ़ौरन अंदर करवा देता। हकीम डरपोक था। वो अपने बेहया ख़्वाबों में भी कोई ऐसा गुनाह करने के ख़्वाब नहीं देखता था, जिनके बदले में सज़ाएँ सरकार देती थी। अंग्रेज़ी सरकार।

"तुम्हारे दो दिन पूरे हुए हकीम," ज्ञानचंद ने अफ़ीम की चटनी चाटकर पानी का एक घूँट उतारते हुए कहा। "वो कब रुकने के थे मालिक," हकीम ने कहा। "फिर कहाँ है समाधान?" ज्ञानचंद ने अकड़ खाते हुए पूछा। "आपकी राह देखता हुआ।" हकीम होते हुए भी उसने हकीमों की तरह नहीं, बल्कि ठग बनियों (साहूकार और भी बेहतर) की तर्ज़ में पेश आते हुए कहा, "मेरा भी ख़याल रखिएगा पहलवान जी।" "हाँ-हाँ, याद है। वो भी हो जाएगा।" "लीजिए ज्ञानचंद भाई ये चार ख़ुराकें हैं। पहले नीली वाली पुड़िया, फिर हरी, फिर लाल और फिर ये पीली वाली। पंद्रह-पंद्रह दिन के फ़ासिले से लेनी हैं।" ज्ञानचंद ने पुड़िया अपनी थैली में रखते हुए हकीम से विदाई माँगी। वहाँ से निकलते हुए उसने दोहराया : पहले पीली, फिर हरी, फिर लाल, फिर नीली।

सात

महल में सरपट दौड़ते नौकरों के तेज़ क़दम भी इस एहतियात से ज़मीन को कुचल रहे थे कि 'धप', 'धक', 'फक्क', 'धुप्प' जैसी कोई आवाज़ न उठे। सारे काम तेज़ रफ़्तार से हो रहे थे। बातें इशारों में की जा रही थीं। पहले पीली, फिर हरी, फिर लाल, फिर नीली रटते हुए ज्ञानचंद महल की सरहद में दाख़िल हुआ। महल में मौजूद लोगों के हाव-भाव उसे परिचित नहीं लग रहे थे। सब बहुत सरसरी में थे। किसी ख़ास काम को अंजाम देने की तैयारियों में व्यस्त। ज्ञानचंद ने माहौल को ध्यान से भाँपा। उसने समझा; आज उसे अपनी पहलवानी के झूठे क़िस्से के बूते हासिल हुए झूठे रुत्बे का ग़लत इस्तेमाल नहीं करना है। उसने समझदारी से काम लिया। उसने किसी को जबरन धक्का नहीं मारा। उसने इशारे-इशारे में पास खड़े एक मुलाज़िम से पूछने की कोशिश की, *'क्या हुआ?'* उसे अपने सवाल का जवाब इशारे में मिला। उसने इशारा समझने की कोशिश की। उसपर खुला, कोई मर गया है। उसने फिर उससे इशारे में पूछा, *'कौन?'* उसके इशारे के मुताबिक़, उसे समझ आया, वो जो महल में सबसे बड़ा है। उसने सोचा; समझा; उसे धक्का-सा लगा। वो चिल्लाते हुए जरीस के कमरे (बल्कि ख़्वाबगाह) की तरफ़ भागा :

हु———ज़ू———र———

उसके साथी ने उसका पीछा किया। उसे पकड़ा और उसके कान में ग़ुस्से से, मगर डरते हुए खुसफुसाकर कहा, "पहलवान जी।" वो ज़रा ठहरा। उसने आगे कहा, "हुज़ूर नहीं, चाँद बीबी, उनकी वालिदा-ए-मोहतरमा।" "एँ! चाँद बीबी? हुज़ूर की वालिदा!" मन ही मन कहते हुए, ज्ञानचंद ने इधर-उधर देखा। अपना मुँह

सिकोड़ा। उलझन में अपने बाल खुजाए।

चाँद बीबी नहीं रहीं। वही चाँद बीबी जो चाँद बीबी नहीं रह गई थी, वो अब नहीं रही।

'इन्ना लिल्लाहि वा इन्ना इलायहि राजिऊन' दुआ पढ़कर ज्ञानचंद महल के अंदर गया। उसने अपने हुज़ूर को ढूँढ़ने की कोशिश की। महल के अंदर भी सब महल के बाहर मौजूद लोगों की तरह ख़ामोश थे। सब एक-दूसरे की आँखों को अनदेखा कर, इधर-उधर भटक रहे थे। जरीस अपनी माँ की लाश के पास ख़ामोश खड़ा था। वहाँ गुज़िश्ता और अक्सीर के अलावा हफ़ीज़, मंसूरा और उमराह भी मौजूद थे। मंसूरा के सिवाए किसी की आँख में एक आँसू नहीं था। उसने इस हादिसे को अपने अल्लाह की मर्ज़ी के तौर पर क़ुबूल किया। उसकी आँखों में आँसू इस बात की अलामत थे कि उसका कोई अपना उससे हमेशा-हमेशा के लिए जुदा हो गया है। मंसूरा जब मंसूरा किरमानी कहलाई, तब चाँद बीबी की उम्र ढल चुकी थी। वो मंसूरा को प्यार-दुलार नहीं दे सकी। फिर भी, मंसूरा ने चाँद बीबी की आख़िरी साँस तक निष्ठा के साथ उसकी देखरेख में अपना हाथ बँटाया था। ख़ानदानी रहस्यों की रखवाल चाँद बीबी की बहादुरी के क़िस्सों और उसके दिव्य चरित्र से मंसूरा बहुत प्रभावित थी। चाँद बीबी के जब तक दिमाग़ और हाथ चले, उसने तलवार चलाना बंद नहीं किया। कुल राजघराने में वो इकलौती तलवारबाज़ी के हुनर की मल्लिका थी। उसके बाद किसी ने इस हुनर को सीखना ज़रूरी नहीं समझा। उसके बाद उसकी बादशाह औलाद और बड़े शाहज़ादे ने बंदूक़ें चलाना सीखीं। महल में अब भी एक बुज़ुर्ग ज़िंदा था, जो तलवार चलाने का माहिर था। इतना माहिर कि चाँद बीबी के अलावा पूरी रियाया में ऐसा कोई बाक़ी नहीं रह गया था, जो उसकी तलवार का मुक़ाबला कर सकता। लोग उसे फ़ारस बाबा कहते थे। लोग उसका नाम भूलते जा रहे थे, मगर वो ज़िंदा था। शायद उसकी मौत उससे अभी कुछ दूर थी। लोग समझते थे, पर वो ज़ेहनी बीमार *भी* नहीं हुआ था। फिर भी रियाज़त के तौर पर हवा में घंटों तलवार भाँजता रहता था। मंसूरा के बाद एक वही था, जिसे राजमाता के मर जाने का सबसे अधिक दुख था, जिसे वो पागलों की तरह अपनी तलवार चमकाकर, उसे हवा में भाँजकर दूर करने की कोशिशें कर रहा था। लोग उसपर ध्यान नहीं दे रहे थे। इसके पहले भी उसपर कभी कोई ध्यान नहीं दिया गया। उससे मंसूब कोई क़िस्सा महल में या साहिराबाद में अफ़वाह की तरह मशहूर नहीं हुआ। वो गुमनाम था। उन गुमनाम लेखकों और कवियों की तरह,

जो अपनी मौत के दशकों, कभी-कभी सदियों बाद अपने काम से पहचाने जाते हैं।

क़िले के मख़्सूस कोने में चाँद बीबी की क़ब्र खोदी गई। उसे वहाँ हमेशा-हमेशा के लिए दफ़्न कर दिया गया। उसकी मौत की ख़बर महज़ ख़बर होकर रह गई। न अच्छी, न बुरी, न अफ़वाह।

जरीस सहज था। उसे देखकर कहा जा सकता था : होनी को कौन टाल सकता है, जैसे सार्वभौमिक सत्य पर उसका अटल विश्वास है। उसे चाँद बीबी की मौत का दुख कम और फ़रिश्ते ज्ञानचंद की आमद का इंतज़ार ज़्यादा था। ज्ञानचंद किरमानी नहीं था। लिहाज़ा उसे हक़ नहीं था कि वो ताज़ा-ताज़ा खोदी गई चाँद बीबी की क़ब्र के आसपास किरमानियों के साथ खड़ा होकर उसमें *मिट्टी डाल सके।* जिस चाँद बीबी को वो जानता भी नहीं था, उसके लिए दुआ पढ़ सके। गुज़िश्ता, अक्सीर की रगों में किरमानियों का सौ फ़ीसद ख़ून नहीं दौड़ता था, सो भी किसी ने उन्हें ख़बर करना मुनासिब नहीं समझा। तिसपर तंज़ ये कि उन्हें किसी की परवाह कहाँ। उन्हें ये ख़बर भी बहुत बाद किसी नौकरानी से नहीं, बल्कि इस मर्तबा ज्ञानचंद से ज्ञात हुई। उस वक़्त उनके चेहरों पर दो-दो अफ़सोसों का एहसास एक साथ साफ़ ज़ाहिर हो रहा था। ज्ञानचंद ने कहा था कि मैं भी नहीं जानता था कि आपकी दादी भी थीं। वो ज़िंदा भी थीं। इसी महल में रहती थीं। वो एक बहादुर औरत थीं। बहनों ने ज्ञानचंद की तरफ़ देर तक देखा। फिर ज़मीन देखी, आसमान देखा, लेकिन उन्हें आसमान नहीं छत दिखाई दी। एक मज़बूत छत, आसमान को टक्कर देने वाली छत।

सोग की उम्र दुख की उम्र से हमेशा कम रही है। यूँ भी कि सोग मनाया जाता है और *दुख होता है।* दुख सहा जाता है। सोग और दुख में इस एक समानता के सिवा और कोई समानता नहीं है कि आप सोग मनाने पर दुख ज़ाहिर कर सकते हैं और दुख होने का सोग मना सकते हैं। मातम का समय पूरा हुआ। सब अपने-अपने नाटकीय किरदारों से बाहर आए। और अपने-अपने काम-काज में लग गए। जरीस की आँखें ज्ञानचंद से टकराईं। ज्ञानचंद ऐसे चोखे माल के नशे में था कि वो बड़ी बी की नाज़-ओ-अदा का तसव्वुर करते हुए लड़खड़ाकर गिरने को था, पर वो नहीं गिरा, वो बच गया। जरीस ने उसे अपनी ख़्वाबगाह में हाज़िर होने का इशारा किया। वो हाज़िर हुआ। नशे के गहरे एहसास में डूबा हुआ, अपनी लड़खड़ाती हुई ज़बान को सँभालने की कोशिश करता हुआ, अपने हुज़ूर से नज़रें बचाते हुए, वो एक दीवार से लगकर खड़ा हो गया। उसने कहा, "हुज़ूर आदाब।" जरीस ने

अपना सर हिलाकर उसका आदाब क़ुबूल करते हुए पूछा, "क्या हुआ ज्ञानचंद ?" "कुछ नहीं हुज़ूर। मैं बिल्कुल दुरुस्त हूँ हुज़ूर।" "कमबख़्त, हमारा क्या हुआ ?" "आपका क्या होना है हुज़ूर, आप तो बादशाह हैं।" "ज्ञान———चंद," जरीस चिल्लाया। "हुज़ूर," ज्ञानचंद ने अपने नशे को क़ाबू में करते हुए कहा। जरीस ने कहा, "दरवाज़ा बंद करो।" "हुज़ूर," ज्ञानचंद ने डरते हुए दरवाज़ा भिड़ाया। उसका डर दूसरा था। जरीस ने लंबी साँस खींची। अपने ग़ुस्से को शांत करते हुए उसने कहा, "यहाँ हमारे नज़दीक आओ।" "हुज़ूर," कहते हुए ज्ञानचंद इस तरह अपने क़दम सँभाल-सँभालकर रखते हुए जरीस के पास आया कि उसे भनक भी नहीं लगी कि वो नशे के चरम के भी चरम पर है। "कमबख़्त हमारी दवा का क्या हुआ ?" जरीस ने उसके कान में कहा। "हुज़ूर मैं इसीलिए तो यहाँ हाज़िर हुआ था," उसने कहा, "मगर यहाँ आया तो मालूम हुआ कि..." जरीस ने उसकी बात काटते हुए कहा, "हाँ हाँ ठीक है। अब बताओ।" "क्या हुज़ूर ?" "या अल्लाह।" जरीस ने कहा, "क्या हुआ है तुम्हें ज्ञानचंद ? क्या तुम होश में नहीं हो ? क्या तुम वाक़ई भूल बैठे हो कि हमने तुम्हें किस मक़सद से यहाँ बुलाया है ? हम कह रहे थे कि हमारी दवा ज्ञानचंद," उसने अपने दाँत किटकिटाते हुए कहा, "हमारी दवा; दवा दवा; दवा कहाँ है हमारी ?" "हुज़ूर," ज्ञानचंद ने अपनी थैली से हकीम की दी हुई दवा की चार ख़ुराकें उसके हाथ में रखते हुए कहा, "हुज़ूर बस दो महीने और; और आप गोली चलाने के लिए तैयार।" जरीस की आँखों में ख़ुशी के आँसू आते-आते रह गए। वो ज्ञानचंद को शाबाशी देना चाहता था, मगर वो बादशाह था। उसके मुलाज़िम की हिम्मत कैसे हुई कि वो अपने बादशाह से ऐसी ज़बान में पेश आए। लिहाज़ा उसने कहा, "ज़बान सँभाल के ज्ञानचंद।" ज्ञानचंद ने उसके आगे झुकते हुए कहा, "माफ़ी हुज़ूर।" ज्ञानचंद की समझ से परे था कि उसने माफ़ी किस बात के लिए माँगी है। उसने मन ही मन सोचा, "अबे मैंने किया क्या है ?" जरीस ने कहा, "दो महीने यानी ?" ज्ञानचंद ने कहा, "हुज़ूर ये दवाएँ पंद्रह-पंद्रह दिनों के फ़ासिले से लेनी हैं। पहले पीली वाली पुड़िया, फिर लाल, फिर हरी, फिर नीली।" नशे की पीनक में, ज्ञानचंद को हकीम की कही हुई एक ज़रूरी बात याद नहीं आ रही थी। अहम बात तो ये थी कि उसे याद भी नहीं था कि हकीम ने उससे कोई अहम बात कही भी थी।

***

गुज़िश्ता, अक्सीर विल्सन की किताब के तर्जुमे को सिलसिलेवार कहानी-दर-कहानी अंजाम देना शुरू कर चुकी थीं। उनके लिए छलांगें लगाना आसान नहीं था। आख़िरकार मेरी तरह वो दोनों भी उचक्की नहीं थीं। वो एक कहानी पढ़तीं और ठहर जातीं। कई-कई दिनों तक उसके असर से बाहर नहीं आ पातीं। उनके गिर्द एक ऐसी दुनिया नुमायाँ होती जा रही थी, जो उनकी तन्हाइयों के कुएँ से भी डरावनी और बदतर थी। उनका कुआँ चारों ओर से खाइयों से घिर चुका था। वो हिंदी फ़िल्मों की पुलिस की तरफ़ से नहीं घेरी गई थीं कि वो किसी अजनबी रिहाइशी की कनपटी पर गन लगातीं, पुलिस को मजबूरन हथियार डालने पड़ते और वो किसी महफ़ूज़ जगह में जाकर छुप जातीं। ये घेराबंदी मुश्किल थी, द्रोणाचार्य के चक्रव्यूह की तरह। जिसे भेदने का पूर्ण कौशल अभिमन्यु के पास नहीं, उसके पिता अर्जुन के पास था। लेकिन चक्रव्यूह के अंदर अर्जुन नहीं अभिमन्यु फँसा था।

मर्दों से घिरी हुई औरतें, जो उनसे छुटकारा पाने के बदले में उन्हें पैसे देती नहीं, लेती थीं। पैसों के बदले में देती थीं कुछ और, जो सब कुछ दे देने के बराबर था। ये चक्रव्यूह अजीब था। पहले घूस लो, फिर बदले में अपना सब कुछ दे दो, लेकिन ली गई घूस फिर भी नहीं। और, आज़ाद हो जाओ। और, आज़ाद होने लिए दोबारा तैयार हो जाओ। ये चक्रव्यूह द्रोणाचार्य का रचा चक्रव्यूह नहीं हो सकता। ये धर्म-अधर्म की लड़ाई नहीं थी। ये लड़ाई बहुत छोटी थी। इसकी माँगें तुच्छ थीं। महज़ आज़ादी। आज़ादी, बग़ैर किसी शर्त के। लेकिन इस जंग के सिपाही भूल गए थे कि आज़ादी दुनिया का सबसे बड़ा झूठ है। मैं ज़ाती तौर पर चाहता हूँ कि उन्हें कभी विज्ञान का ज्ञान न हो। उन्हें आज़ादी लफ़्ज़ और उसकी व्याख्या झूठी न लगे। ये लड़ाई ज़रूरी लड़ाई थी, जिसे लड़कर भी कोई नहीं लड़ रहा था।

वो औरतें, जो घिरना चाहती थीं औरतों से, मगर वफ़ादारी के साथ, जिनके नज़दीक भटकने से मर्द हल-हल काँपते थे। सब कुछ अबूझ था। अबूझ है।

आज़ादी लफ़्ज़ की सबकी अपनी-अपनी परिभाषाएँ थीं। इन सब में सबसे जुदा परिभाषा थी हिंदुस्तान की, जो ज़मीन की मानिंद एक विशालकाय सूरज के चंगुल में फँसा हुआ था। उसकी आज़ादी अहम थी। सबसे बड़ी। जिसके बाद सब आज़ाद होने वाले थे। सब यानी सब के सब। लेकिन हुए नहीं।

ये कहानी आम थी। हैरत की बात है कि ऐसी कहानियाँ अब तक आम हैं। सन् सैंतालीस के गुज़र जाने के चौहत्तर साल बाद भी।

'उसने' विल्सन को बताया था : कोई एक नहीं होता साहब। कुछ याद नहीं रह जाता। भला हम जैसों की आप-बीती, याद की जाने की हैसियत रखती है? हम जैसे दिन-दिनभर निर्मल जल से अपनी आत्मा, अपना मन शुद्ध करने की जुगत में लगे रहते हैं, फिर भी नहीं हो पाते। हम अंदर से इतने उलझ चुके होते हैं कि हमारे अंदरून से कोई उलझना ही नहीं चाहता। बाहर से क्या है साहब? ये देह? ये चिकनी, गुलाबी तनी हुई चमड़ी? ये हमारी भरी-भरी छातियाँ जिनमें हर मर्द समा जाना चाहता है? ये नाभि के नीचे का अंग, जो कभी औलाद जनने का सुख नहीं भोग सकता। साहब इसका चुस्त रहना कितना क़ीमती है जानते हैं आप? दुनिया के हर पेशे में तजरबे के साथ कमाई बढ़ती है, लेकिन हमारा पेशा ऐसा इकलौता पेशा है, जहाँ जितना ज़्यादा तजरबा, उतनी कम कमाई। आप सबसे बड़े तजरबाकार हो जाने के बाद भीख माँगने भर के लायक़ रह जाते हैं। बस। हमारी आँखों में कोई नहीं देखता। हमारा सर, हमारा माथा उम्र भर प्यार के लिए तरसता (वात्सल्य से महरूम) रह जाता है। हमारे होंठों को होंठ, हमारे मुँह को मुँह नहीं समझा जाता। हमें कुछ सोचने का हक़ नहीं है। सब को ख़ुश रखना होता है। यहाँ आने वालों में कोई अपनी बीवी का सताया हुआ होता है, कोई अपनी प्रेमिका से धोखा खाया हुआ, कोई-कोई तो ऐसा होता है जिसके पास कोई वज्ह नहीं होती, फिर भी आता है, कोई अय्याश है, किसी की हवस का दर्जा ऐसा बुलंद होता है कि उसकी अकड़ कभी जाती ही नहीं। गंधाते, नशे में धुत्त मज़दूर, जो कुछ करने के लायक़ नहीं होते, वो भी साहब वो भी। वो भी हमसे नवाबी रंग में पेश आते हैं। वो भी हमारी मालकिन से कहते हैं, "किस चूतिया रंडी को भेज दिया मेरे साथ। इसे तो खड़ा करना भी नहीं आता।" साहब ज़बान पर ध्यान मत दीजिएगा, हमारा पेशा ही ऐसा है कि ज़बान का कितना भी ध्यान दे लें, आख़िर में सार तो यही ज़बान है, यही लफ़्ज़ हैं। कोई हमारी मारता है और कोई हमें। कोई कहता है, हम उसे मारें। कोई गला दबाता है, कोई गला दबाने को कहता है। रंडी की कहानी इतनी ही होती है। बीच-बीच में मौक़ा मिल गया, तो खा-पी लेते हैं, हग-मूत लेते हैं। कई बार तो मर्द को उसकी मर्दानगी का एहसास दिलाने के लिए बिस्तर पर भी मूत देते हैं। मेरा नसीब अभी ठीक है।

ख़ामोशी से उसकी कहानी सुनने वाला मैं अचानक बोल पड़ता हूँ। उससे पूछता हूँ, 'नसीब? ठीक? वो कैसे?'

उसने लिखा, उसका जवाब था: मेरी उम्र अभी कम है। सिर्फ़ सत्रह। मुझे

चोदने अमीरज़ादे आते हैं। वो कम-से-कम बदबू नहीं मारते। उनमें से कई को मुझसे इश्क़ हो जाता है। लेकिन उनके इश्क़ पर कौन यक़ीन करेगा साहब, जो एक इनकार पर *'अपनी माँ चुदा'* कहकर चले जाते हैं। मेरी बाक़ी कहानियों में याद रखने लायक़ कुछ नहीं था। एक वाक़िआ है, जो मुझे याद है। एक लड़का था। यही कोई अठारह बरस का। मुझे बहुत पसंद करता था। आप गुमान में मत जाइएगा। वो सिर्फ़ पसंद करता था, इश्क़ नहीं। अच्छा ये था कि उसने मुझे कभी गाली नहीं दी। कोई ज़ोर-ज़बरदस्ती नहीं की। लेकिन ज़बरदस्ती की शुरुआत, तो पैसा फेंकने के बाद शुरू हो चुकी होती है। उसमें दम था। वो दमदार है, ऐसा दिखाने के लिए मुझे कोई नाटक नहीं करना पड़ता था। दो-दो घंटे लग जाते थे उसे। पैसा भी दोगुना देता था। मगर उस कल के छोकरे के पास पैसा आता कहाँ से था, ये मैं नहीं जानती। उसके शरीर से बदबू नहीं आती थी, लेकिन उसके मुँह से आती थी। शराब की, जी मचला देने वाली बू। मुझे ये भी नहीं पता कि उसके पास शराब के लिए पैसे कहाँ से आते थे। एक रोज़ उसने बहुत पी रखी थी। कहने लगा, "नहीं आज नहीं, आज उस सब का मन नहीं।" मैंने कहा, "फिर आया क्यों है इधर ?" उसने कहा, "कुछ बात करनी है।" वो अचानक ख़ूब रोने लगा। साहब उसे आज़ादी की जंग में शामिल होना था। वो क्रांतिकारी बनना चाहता था। मैं उसे देखती रह गई। मैंने सोचा ये ख़ुद आज़ाद नहीं है, अपनी आदतों से, बल्कि बुरी आदतों से। मैंने सोचा और उसे यही जवाब दे दिया। फिर वो कभी दोबारा यहाँ नहीं आया। कुछ रोज़ बाद ख़बर मिली कि उसने ख़ुदकुशी कर ली। मैं नहीं जानती कि उसकी मौत की गुनहगार मैं हूँ या वो ख़ुद। क्या कहूँ ? रही होगी उसकी भी कोई कहानी। मैं नहीं जानती कि उसकी ख़ुदकुशी को मैं उसकी बहादुरी कहूँ कि कायरता। मैं बस इतना जानती हूँ कि मैं मरने से डरती हूँ। मैं नहीं मर सकती। फिर कोई दो-दो बार मर के कौन-सी ख़ुशी हासिल कर लेगा।

विल्सन ने उसके बारे में लिखा : वो बोलती बहुत थी। उसकी ज़बान इससे भी बुरी थी। मैंने बहुत कोशिश की कि उसकी कहानी अपनी ज़बान में लिखूँ, पर मैं पूरी तरह से कामयाब नहीं हो सका। कुछ शब्द मुझे जैसे के तैसे उसकी ज़बान में लिखने पड़े। इस दरमियान मैंने पाया कि कुछ कहानियों के पहलू जितने सियाह होते हैं, उनकी ज़बान उससे भी ज़्यादा सियाह। कोई चारा ही नहीं रह जाता कि हम चाहकर भी उसमें कोई फेर-बदलकर सकें। वैश्या, फ़ाहिशा, अज़्मतफ़रोश, जिस्मफ़रोश जैसे लफ़्ज़ अदबी लफ़्ज़ हैं, जिनमें सुंदरता है लेकिन सच्चाई नहीं।

उन्हें बोला तो रंडी ही जाता है।

इस कहानी की नायिका ने बहनों को प्रभावित किया। उन्हें वो रंडी से बढ़कर बहादुर लगी। सब कुछ कह देने वाली। ग़ुस्से के इज़हार को हक़ समझने वाली। सबकी तरह आज़ादी चाहने वाली, लेकिन आज़ाद न हो पाने वाली। अगर वो उसे लाचार समझ रही थीं, तो उसकी लाचारी उससे बेहतर समझ रही थीं। वो इस कहानी को पढ़कर रंजीदा नहीं हुईं। संजीदा भी नहीं। इतना हुआ कि वो अपने आप को इससे कम बेबस समझ रही थीं। वो किसी पेशे में नहीं थीं, मगर उन्हें एहसास हुआ कि अगर वो किसी काम को पेशा बनाएँगी; बतौर लेखक या तर्जुमाकार, तब भी उनकी आमदनी तजरबे के साथ-साथ बढ़ेगी। यहाँ तक कि उन्हें पहली मर्तबा ये एहसास हुआ कि वो ख़ुशनसीब हैं। दुनिया में ज़िंदा-जावेद साँस लेते हज़ारों-लाखों लोगों से ज़्यादा ख़ुशनसीब।

रात का पहला क़दम शाम की दहलीज़ पर पड़ चुका था। सूरज ढल चुका था (मगर नहीं), अंधेरा होने को था (पहले से था), अंधेरा हो गया। अंधेरा ही अंधेरा। खुला हुआ *वो* दरीचा, जो उनकी रसोई से उठने वाले धुएँ के लिए निकास द्वार, ताज़ा हवा के लिए प्रवेश द्वार की भूमिका निभा रहा था, अब उनकी तन्हाई बाँटने का काम भी करने लगा।

खुले हुए दरीचे तन्हाई बाँट लेते हैं।

मगर दुनिया के हर कमरे की क़िस्मत में ऐसे दरीचे नहीं होते, जिनसे दिन की रौशनी का फ़ायदा उठाकर बेशर्म कोलाहल अंदर नहीं घुसता, जिनसे लगकर कोई नदी बहती हो, एक ऐसी नदी, जो रौशनी में अपार शांति का केंद्र हो, जिससे अंधेरे में उठती हो सिर्फ़ एक शख़्स की आवाज़। सिर्फ़ और सिर्फ़ एक आवाज़।

"ये नदी नहीं है काल है काल, जिसने मारा मेरा लाल"

दुर्भाग्य से ऐसे कमरे अभागे भी हो सकते हैं। ऐसे कमरे में गुज़र करने वाले और भी अभागे। भाग्य का पलटना करवट पलटने जैसा आसान नहीं, लेकिन प्राकृतिक उतना ही है, जितना नींद में करवट बदलना। महसूस किया जा चुका है कि अपने आप को अभागा समझने वाले उतने अभागे नहीं हैं। शुरुआत अच्छी है।

नहीं?

बहनों ने कोशिश की, टीपू की उस ललकार को समझने की, जो मुँह उठाकर आधी रात गए खिड़की से उनके कमरे में घुसने की कोशिश किया करती थी। उन्होंने कोशिश की उस शख़्स को देखने की, जिसके महान दुख से, नाम से,

क़िस्से से, कलाकारी से वो पूरी तरह अनजान और नावाक़िफ़ थीं। उन्हें अंधेरे में एक नाव के सिवा कुछ नज़र नहीं आया। उन्हें अफ़सोस हुआ कि उनके पास एक दूरबीन होनी चाहिए थी। मगर इस अफ़सोस के चलते वो भूल गई थीं कि वो उस घनघोर अंधेरे को काटने के लिए अपने जीते-जी पर्याप्त उजाला कभी नहीं बना सकेंगी।

"ये नदी नहीं है काल है काल, जिसने मारा मेरा लाल"

ये ललकार अभागी थी, जो इतनी बुलंदतर और बेशर्म होने के बावजूद कमरे में पूरी तरह से दाख़िल नहीं हो पा रही थी। फ़िलवक़्त, जिसकी क़िस्मत महान क्रांतिकारियों के उन नारों जैसी थी, जिनकी ललकार फ़िरंगी कानों तक नहीं पहुँचती थी।

"ये— नहीं—काल, जिसने—मेरा लाल"

दरीचे पर कोहनी टिकाए बड़ी बहन ने क़रीब खड़ी छोटी बहन से पूछा, "कौन होगा इस वक़्त? और ये क्या कह रहा है? ये— नहीं—काल, जिसने—मेरा लाल? क्या तुमने भी यही सुना?" "हाँ कुछ-कुछ ऐसा ही— ये नदी— नहीं—काल, जिसने—मेरा लाल।" "मतलब? ये नदी— नहीं—काल, जिसने—मेरा लाल?" गुज़िश्ता ने संजीदगी से सोचते हुए कहा। "ये ही जाने," अक्सीर ने कहा, "और इसका अल्लाह या भगवान या जो भी हो।"

***

जरीस, हकीम की तज्वीज़ की गई दवाओं की पहली ख़ुराक ले चुका था और दो हफ़्ते गुज़र जाने का बेसब्री से इंतज़ार कर रहा था। ज्ञानचंद हकीम को अपने जादुई नुस्ख़े की दूसरी ख़ुराक दे चुका था; चुप-चाप अपने घर से हकीम के यहाँ जाकर, हकीम के यहाँ से महल आकर। बेवज्ह किसी को धक्का मारे बग़ैर। हकीम ज्ञानचंद के नुस्ख़े की ज़ाब्ताकुशाई करने की कोशिशों में लगा था। उसने उसकी दवा के नुस्ख़े की नक़्ल करने की कोशिश की। उसने एक और नुस्ख़ा बनाया। मारे ख़ुशी के उसे ख़ुद पर आज़माने की कोशिश की। उसे उसका असर होता दिखाई दिया। इससे पहले कि वो नक़्ल किए गए नुस्ख़े के असर से कुछ काम ले सकता, वो मर गया। बेहतर हुआ सिर्फ़ वही मरा। चाँद बीबी की मौत की तरह उसकी मौत पर भी कोई ख़ास मातम, ख़ास शोर-शराबा नहीं हुआ। उसकी बीवी थी, एक बच्चा था, सो वो रोते रहे। बाक़ी ने "अल्लाह मग़रिफ़त फ़रमाए," कहकर रस्म अदा

की, *मिट्टी डाली* और चलते बने।

हफ़ीज़ एक यात्रा पर कहीं *भी* जाने की योजनाएँ बना रहा था। वो कहाँ जाएगा, किस रास्ते जाएगा, कहाँ-कहाँ ठहरेगा, किस-किससे मिलेगा, क्या-क्या और कितनी बात करेगा? उसने तय कर लिया था कि इस बार वो सफ़र में लुत्फ़ उठाई अय्याशियों के कोई सबूत नहीं छोड़ेगा। उसे ज्ञात नहीं था, वो कहाँ जाने वाला है। वो बस जाना चाहता था। उसका कहना था कि महल के काम-काज और माहौल से वो कुछ थका-हुआ-सा महसूस करने लगा है। उसकी आँखें नए नज़ारे माँगती हैं, साँसें नई हवाएँ और कान माँगते हैं नई-नई आवाज़ें, नई ज़बानें। उसके ख़ासम-ख़ास मुलाज़िम नुक़्सानदेह ने चापलूसी करते हुए सुझाव दिया, "सरकार, क्यों न कलकत्ते की तरफ़ निकलें।" "मशविरा अच्छा है तुम्हारा," उसने शाहज़ादों के अंदाज़ में कहा, "सुना है वहाँ की आब-ओ-हवा अलग है। तहज़ीब भी।" "और ज़बान भी सरकार," नुक़्सानदेह ने अपने चाटुकार अंदाज़ को और भी लचकदार बनाते हुए कहा, "यानी आपकी आँख, नाक, कान सब ख़ुश।" "बेशक," हफ़ीज़ ने कहा, "बजा फ़रमाया नुक़्सानदेह। हम कलकत्ता चलेंगे।" "आपकी बाक़ी ख़्वाहिशें पूरी करने का भी इंतिज़ाम कर लेंगे सरकार," नुक़्सानदेह ने अपनी चापलूसी की मात्रा को और बढ़ाते हुए कहा। हफ़ीज़ ने अपनी कमीनी मुस्कान बिखेर दी। उसने नुक़्सानदेह को हुक्म दिया, "तैयारियाँ करो। हम कल निकलेंगे।" "सरकार।" "ध्यान रहे नुक़्सानदेह," हफ़ीज़ ने निर्देश देते हुए कहा, "हम किसी सियासी दौरे पर नहीं जा रहे हैं। ये हमारा ज़ाती सफ़र है। हमारे साथ हमारे और तुम्हारे सिवा सिर्फ़ तीन लोग और जाएँगे, जिनमें से एक ड्राइवर और हमारी हिफ़ाज़त के लिहाज़ से हथियारों से लैस दो सिपाही।" "सरकार।"

तैयारियाँ तमाम हुईं। आयातित इत्र, अंग्रेज़ी तर्ज़ के लिबास : कोट, पैंट, शर्ट, टाई, हैट और जूते सब मिलाकर उसका कुल सामान इतना था कि उसकी गाड़ी अंदर से और छत की तरफ़ से उसी के सामान से ठस चुकी थी। जी सरकार, जी हुज़ूर के अलावा जवाब में कुछ न कह सकने की हैसियत रखने वाले चारों के चारों अपने-अपने सामान के थैले लिए मायूसी भरी निगाह से गाड़ी को देखते रह गए। उनमें से किसी की भी हिम्मत नहीं हुई कि वो हफ़ीज़ से कह सकें, हुज़ूर हमारा सामान? नुक़्साहदेह भी नहीं कह सका कि सरकार मेरे ख़याल से एक गाड़ी की ज़रुरत और महसूस हो रही है। नुक़्सानदेह ने थैले में रखे गीले जाँघिए को छूकर उसकी नमी महसूस की, उसे सूँघा और वापस उसी थैले में रख दिया। चारों एक-

तज्वीज़ करना याद रहा मगर रास्ता नहीं? इससे बेहतर हम रेलगाड़ी से आए होते। देख रहे हो किस क़दर धूल उड़ रही है। रास्ता तो छोड़ो चेहरे तक धुँधले पड़ चुके हैं।" उसने अपने चेहरे से धूल की महीन परत अपने ख़ुशबूदार रूमाल से हटाते हुए कहा, "ए ज़रा देख के।" और; धूल की लपटों के आगे ड्राइवर को रास्ता साफ़ नज़र नहीं आया। और; उसने गाड़ी गड्ढे में कुदा दी। हफ़ीज़ की ठोडी गाड़ी के डैश बोर्ड से जा लगी। उसका दाँत टूट गया। हमेशा-हमेशा के लिए। उसने आव देखा न ताव, चलती गाड़ी में ड्राइवर को एक ज़ोरदार तमाचा जड़ दिया। इस क़दर ज़ोरदार कि उससे गाड़ी की स्टेयरिंग सँभाली न गई। और; उसने उसे रास्ते के नीचे खेत में कुदा दिया। सब के सब तितर-बितर हो गए। एक-दूसरे के ऊपर लद गए। नवाबज़ादा हफ़ीज़, जो सिर्फ़ चढ़ना जानता था, ड्राइवर की चूक की वज्ह से अपने ऊपर तीन-तीन लोगों को चढ़ा हुआ देख रहा था। "हरामज़ादो बाहर निकलो," हफ़ीज़ ने चिल्लाते हुए कहा। सब गाड़ी से बाहर आए। उसने नुक़्सानदेह और ड्राइवर को इस इशारे के साथ घूरकर देखा कि वापस लौटकर उन्हें मौत की सज़ा सुनाई जाएगी। उसने ख़ून थूका (मेहनत का नहीं) और इधर-उधर अपने दाँत को ढूँढ़ने लगा। उसने फ़रमान जारी किया कि अगर उसे उसका दाँत नहीं मिलेगा, तो वो उन चारों के बत्तीस के बत्तीस (बेअक़्लों के अक़्ल वाले भी) दाँत तुड़वा देगा। हफ़ीज़ दर्द से कराहते हुए रह-रहकर चारों को गालियाँ बक रहा था, "भोसड़ीवालो तुम्हारी बहन को चोदें तुम लोगों ने हमारे ख़िलाफ़ कोई साज़िश तो नहीं रची है?" उसने नुक़्सानदेह की गर्दन पकड़ ली। उसने कहा, "और तुम, भोसड़ीके ऐसे ले जाओगे हमें कलकत्ता।" नुक़्सानदेह ने कहा, "मालिक ग़लती हो गई।" हफ़ीज़ ने उसकी गर्दन छोड़ दी। नुक़्सानदेह ने ड्राइवर की तरफ़ देखते हुए उसे इशारे-इशारे में दाँत किटकिटाते हुए गाली दी, "मादरचोद।" उसने कहा, "अबे ओए होश में गाड़ी नहीं चलाते बनती?" ड्राइवर ने कुछ नहीं कहा। उसका सर झुका हुआ था। वो चारों के चारों अपने-अपने मुँह पर चुप धरे गाड़ी के अंदर, बाहर धूल में बेवक़ूफ़ों की तरह हफ़ीज़ का दाँत ढूँढ़ रहे थे। दाँत हीरे का नहीं था कि शुआओं की नज़र में आते ही चमक उठता। मोती का भी नहीं। ताँबे का कह सकते हैं, जिसकी कमज़ोर चमक ने उन चारों की मेहनत में इज़ाफ़ा कर दिया। सर-ए-राह गुज़रने वालों में से उसे कोई नहीं पहचानता था कि जनाब साहिराबाद के नवाबज़ादे हैं। चार-छह राहगीरों ने रुककर उनसे पूछा, "क्या हुआ भाई? क्या गुम हो गया?" "सरकार का दाँत टूटकर कहीं गिर गया है," नुक़्सानदेह, जिसने

पाँच दफ़ा जवाब देना गवारा नहीं समझा, छटवीं बार जवाब दे ही दिया। "वो अब कहाँ मिलेगा ऐसी धूल-धक्कड़ में। मिल भी जाएगा तो कौन-सा जबड़े में लग जाएगा," राहगीर ने कहा। "नुक़्— सा — न— दे—" हफ़ीज़ चिल्लाया। उसे दर्द हुआ, वो कराहा, "आह!" नवाब की औलाद होने के नाते वो अपने दर्द को इतना ही बयान कर सकता था। उसने कहा, "चुप-चाप अपना काम करो।" वो फिर कराहा, "आह!" गाड़ी का कोना-कोना छान मारने के बाद भी उसमें दाँत कहीं नहीं मिला। ख़ुदा जाने, उसका दाँत किस उजलत में था कि मौक़ा पाते ही फ़रार हो गया। नुक़्सानदेह ने कहा, "सरकार इजाज़त हो, तो कुछ अर्ज़ करूँ?" "बोलते जाओ, मैं सुन रहा हूँ," अपने जबड़े पर हाथ रखे हुए हफ़ीज़ ने कहा। "सरकार आसपास कोई न कोई गाँव ज़रूर होगा।" "तो क्या वहाँ से मज़दूर बुलवाकर हमारा दाँत ढुँढ़वाओगे? कितनी और बेइज़्ज़ती करोगे और करवाओगे हमारी?" हफ़ीज़ ने ग़ुस्से में कहा। "सरकार मैं तो कह रहा था कि धूल छानने के लिए अगर छन्नी मिल जाती, तो इस कार-ए-दुश्वार को आसान किया जा सकता था।" अचानक उसके ड्राइवर की नज़र धूल के नीचे दुबककर बैठे हुए दाँत पर पड़ी। उसने फ़ौरन उसे हफ़ीज़ के हाथ में धरते हुए कहा, "सरकार।" हफ़ीज़ ने उसके दूसरे गाल पर पहले से ज़्यादा ज़ोरदार थप्पड़ जड़ा। उसने कहा, "क्या करें हम इस आधे दाँत का?" दिन दहाड़े, तब के शहर हों कि गाँव, की रात जैसा सन्नाटा छा गया।

हफ़ीज़ की जगह जरीस होता और नुक़्सानदेह की जगह ज्ञानचंद, तो वो उससे कह सकता था, "हुज़ूर अब दाँत गया सो गया। उसका क्या अफ़सोस करना। दर्द है सो भी कुछ रोज़ में मिट ही जाएगा। आधा दाँत किस काम का हुज़ूर? दूसरा टुकड़ा मिल भी जाएगा तो चिपकेगा कैसे?" वो प्राप्त वरदान का फ़ायदा झट से उठा लेता।

इस सख़्त हिदायत के साथ दोबारा सफ़र का आग़ाज़ किया गया कि आइंदा अगर उसे एक भी झटका लगा, तो वो ड्राइवर समेत सबको सख़्त से सख़्त सज़ाएँ देगा। दाँत तुड़वा डालने से भी सख़्त। नुक़्सानदेह ने हिचकिचाते हुए कहा, "सरकार दो-चार घूँट ले लीजिए दर्द कम हो जाएगा।" हफ़ीज़ ने उसके मशविरे का स्वागत किए बग़ैर बाज़ू में रखी बोतल को उठाया और दो-चार की बजाए उसमें बाक़ी तमाम घूँटें गटक गया। वो बड़बड़ाया, "आँखों के लिए नए नज़ारे, साँसों के लिए नई हवाएँ, कानों के लिए नई आवाज़ें, नई ज़बानें। और हमारी

आँख, नाक, कान सब ख़ुश।" उसने पीछे पलटकर देखा और ख़ाली बोतल नुक़्सानदेह के सर पर दे मारी। नुक़्सानदेह की खोपड़ी खोखली थी, मगर चूर-चूर नहीं हुई। उसे उसकी उँगलियों में डली नक़ली सोने की अँगूठियों ने महफ़ूज़ रखा। वो चिल्लाया भी नहीं, *माफ़ी— सर— कार।* उसने कुछ नहीं कहा। माफ़ी भी नहीं। सरकार भी नहीं। उसके साथ-साथ बाक़ी तीनों ने भी अपने लबों पर ऐसी चुप्पी धर रखी थी, मानो हाल ही में उन्हें अपनी मौसियों के शांत होने की ख़बरें मिली हों।

नुक़्सानदेह मन ही मन एक योजना बना रहा था।

नहीं, उसे जान से मारने की नहीं।

वो सोच रहा था कि अब कलकत्ता कितना दूर है? कलकत्ते में सबसे हसीन और मशहूर वैश्या कौन है? मैं उसे अपनी जान पर खेलकर भी ढूँढ़ निकालूँगा और सरकार के आगे पेश कर दूँगा। सरकार के दर्द को कम करने का, उनकी ज़ेहनी हालत को बेहतर करने का इससे अच्छा और कोई हल हो ही नहीं सकता। कलकत्ता दूर नहीं था। उस रास्ते पर से गुज़रने वालों की ज़बान अब हिंदी या हिंदी की उपभाषा नहीं थी। ये तब मालूम हुआ, जब ड्राइवर ने एक घोड़ा-गाड़ी वाले को रास्ता पूछने की ग़रज़ से रोका।

"सुनिए जनाब, कलकत्ता के लिए कौन-सा रास्ता जाता है? बायाँ या दायाँ?"

"बॉम।"

"कितना दूर है यहाँ से?"

"दुइ घॉटा।"

"शुक्रिया।"

"शॉगुतो।"

दो घंटे जैसे-तैसे गुज़र गए। ग़नीमत है कि आगे का रास्ता बेहतर था। ड्राइवर की एहतियात ने नवाबज़ादे को कोई झटका तो दूर, हिचकोले भी महसूस नहीं होने दिए।

अब कलकत्ता था। नए नज़ारे, नई हवा, नई ज़बान। और होटल स्पेंस।

"दिस वे सर," होटल के मैनेजर ने हफ़ीज़ का ख़ैर-मक़दम करते हुए कहा। वो उसे होटल के सबसे बेहतरीन कमरे की तरफ़ ले गया। उसने कहा, "ये रहा आपका आलीशान कमरा।" हफ़ीज़ ख़ुश नहीं था। एक से बढ़कर एक अद्वितीय साज़-ओ-सामान से सुजज्जित कमरे उसे अपने महल के निजी कमरे के आगे बहुत कमज़ोर जान पड़े। उसने अनमने ढंग से कहा, "अच्छा है," उसने इधर-उधर

देखा, "काफ़ी अच्छा है," उसने कहा।

नुक़्सानदेह थका हुआ था। वो नींद चाहता था, मगर नहीं। वो नहीं सो सका। ऐसे में कोई तुक नहीं बनता कि ड्राइवर सो सकेगा। नुक़्सानदेह को उसी काम के लिए, कलकत्ता की सैर के लिए रवाना कर दिया गया, जिसकी उसने योजना बनाई थी। नुक़्सानदेह को हर हाल में कामयाब होना था। नुक़्सानदेह को बंगाली ज़बान न आने के तमाम ख़ामियाज़े उठाने पड़े। उसके भटकते रहने की मीआद बढ़ती चली जा रही थी। वो समझ नहीं पा रहा था कि उससे मुख़ातिब शख़्स उसके सवाल का जवाब दे रहे हैं या गालियाँ। हल तो दूर की कौड़ी था। नुक़्सानदेह ने खीझकर जब किसी को हरामी कहा, तो पीटा गया। हरामी लफ़्ज़ का मतलब बंगाली समझते थे। हरामी लफ़्ज़ का मतलब इतना आसान है कि जो हरामी न हो वो भी समझता है। नुक़्सानदेह ने महसूस किया कि बंगाली ज़बान उसकी ज़बान के अलावा दूसरी ऐसी ज़बान है, जिसमें चूतड़ को पाछा कहा जाता है। तशरीफ़ की तरह एक, कहा और लिखा जा सकने वाला लफ़्ज़।

इत्तिफ़ाक़न, नुक़्सानदेह की मुलाक़ात उस एक शख़्स से हुई, जो साहिराबाद के आसपास के किसी इलाक़े का रहने वाला था। लिहाज़ा दोनों की ज़बानें एक थीं और नवाब भी। उसने, जिसका नाम हर गोपाल था, हड़बड़ी में नुक़्सानदेह से अपने शाहज़ादे की ख़िदमत में अपनी जान लुटा देने तक का वादा कर दिया। उसने हैरत जताते हुए कहा, "परदेस में अपने लोग मिल जाएँ, तो सुख ही अलग है मियाँ। तिसपर आप शाहज़ादे के ख़ासम-ख़ास हैं।" ड्राइवर ने नुक़्सानदेह को घूरकर देखा। उसने कहा, "काम की बात?" गोपाल ने ड्राइवर की तरफ़ देखा और कहा, "आप हुक्म कीजिए।" "शाहज़ादे के लिए एक गुलबदन की तलाश है। एक ऐसी फुलझड़ी जो सरकार के तन-बदन में आग लगा दे। एकदम; मतलब; तुम समझ रहे हो ना," नुक़्सानदेह ने कहा, "हो पाएगा तुमसे?" "समझिए हो गया। लड़की गुलाब है गुलाब," गोपाल ने चंचल स्वर में कहा। "बेहतर है।" नुक़्सानदेह को इत्मीनान हुआ। उसने पूछा, "कब तक?" "कुछ घंटे दो घंटे का वक़्त दीजिए। ढूँढ़ना पड़ेगा कि गुलाब अपनी ख़ुशबू अभी कहाँ ख़र्च कर रहा है।" "मगर ये वक़्त तो ज़्यादा है गोपाल मियाँ," नुक़्सानदेह ने कहा, "सरकार की अच्छी नींद की परवाह करो।" "ज़्यादा कहाँ है। गुलाब का फूल होता, तो अभी हाथ में धर देता। मगर वो लड़की है। गुलाब के फूल जैसी लड़की। उसपर नायाब!" उसने अपनी भौहें चढ़ाकर मुंडी हिलाते हुए कहा, "इंतज़ार तो करना पड़ेगा।" "आओ

फिर बैठो गाड़ी में। इससे तुम्हारे बताए नायाब गुलाब को ढूँढ़ने में शायद कुछ कम वक़्त लगे," नुक़्सानदेह ने कहा। गोपाल गाड़ी की पिछली सीट पर बैठ गया। वो हर उस जगह गए जहाँ से उस नायाब गुलाब के बारे में ख़बर मिल सकती थी। लेकिन उस हर जगह से मुँह लटकाकर वापस लौटते हुए गोपाल को देखकर नुक़्सानदेह अंदाज़ा लगा लेता कि यहाँ भी नहीं। यहाँ भी नहीं। यहाँ भी नहीं। "क्या गोल-गोल घुमा रहे हो गोपाल मियाँ। तुम्हारे बस का न हो तो साफ़-साफ़ बताओ," नुक़्सानदेह ने कहा, "कितना वक़्त बर्बाद करवा दिया। तुमने तो कहा था, दो घंटे और ये पौने तीन घंटे पूरे होने को हैं।" उसने अपनी घड़ी में समय देखते हुए कहा, "क्या गोपाल; तुमने शाहज़ादे की बंदूक़ देखी है कभी? उसकी नली की ठंडक अपने कान के नज़दीक महसूस की है? मैंने की है। तुम समझे कुछ?" "मैं समझ सकता हूँ। आप घरबाइए नहीं। गुलाब न सही गेंदा सही," गोपाल ने नुक़्सानदेह के कंधे पर हाथ रखते हुए कहा। "ये क्या बेहूदा मज़ाक़ है गोपाल?" ड्राइवर ने कहा। नुक़्सानदेह ने सख़्त आवाज़ में कहा, "गोपाल क्या तुम गुलाब और गेंदे का फ़र्क़ नहीं जानते?" "लेकिन आप इस गेंदे को गुलाब से कम न आँकें। फिर सरकार ने अभी गुलाब देखा कहाँ है? अभी गेंदे को गुलाब कह दीजिएगा फिर गुलाब को कँवल," गोपाल ने अपनी बाईं पलक झपकाते हुए कहा।

हफ़ीज़ गेंदे की ख़ुशबू से ख़ुश था। वो कुछ पल के लिए अपने टूट चुके दाँत के बारे में सब कुछ भूल चुका था। उसका दर्द भी। लेकिन आईने कब कुछ भूलने देते हैं। आईने नुक़्सानदेह या ज्ञानचंद नहीं होते। न उन्हें टूटने का डर, न फूटने का। आईने ने न कुछ सोचा, न समझा और मुँह उठाकर कह दिया कि दाँत के बग़ैर बदसूरत लगते हो। अच्छा होगा, मुँह जितना कम खोल सको, उतना कम खोलो। हँसो तो बिल्कुल भी नहीं। हफ़ीज़ ने अपने पास रखी ख़ाली शराब की बोतल उठाकर आईने पर दे मारी। दोनों : आईना और हफ़ीज़ का अक्स चकनाचूर हो गए। उसने चिल्लाते हुए नुक़्सानदेह को उसके कमरे में हाज़िर होने का हुक्म सुनाया। वहाँ उसका हुक्म सुनने वाला कोई मौजूद नहीं था। उसे दरवाज़े तक आना पड़ा और होटल के एक मुलाज़िम से कहना पड़ा कि जल्द-अज़-जल्द नुक़्सानदेह को पेश करो।

नुक़्सानदेह पेश हुआ। उसने कहा, "सरकार हुक्म।" "हमारा दाँत हमें वापस ठीक उसी जगह चाहिए, जहाँ से उचककर उसने हमारे साथ मज़ाक़ किया है," हफ़ीज़ ने ग़ुस्से में कहा, "ठीक वैसा ही दाँत। ठीक उसी जगह। समझे तुम?"

"सरकार हो सकता, तो मैं अपना दाँत तोड़कर आपके हाथ में रख देता। लेकिन मुझ ग़रीब का दाँत आपकी बत्तीसी में भला जचेगा? मेरे मुँह से तो बदबू भी आती है," नुक़्सानदेह ने अपना चेहरा तिरछा करते हुए कहा। हफ़ीज़ ने अपना दाहिना हाथ दो बार हवा में लहराकर उसे इशारा करते हुए कहा, "तुम यहाँ से जा सकते हो और इसे भी ले जा सकते हो।" नुक़्सानदेह चला गया और उसे भी ले गया, जो बिस्तर के एक कोने में बैठी अपनी हँसी को रोककर अपने मुँह का बेमक़्सद इम्तिहान ले रही थी। उसे जहाँ से लाया गया था, वहीं पहुँचा दिया गया। नुक़्सानदेह को बारहा एक ही सवाल परेशान कर रहा था कि अभी तो सरकार बहुत नशे में थे। हुक्म फ़रमाते ही बिस्तर पर जा गिरे। नींद के आग़ोश में समा गए। लेकिन उनका नशा फिर उतरेगा। फिर चढ़ेगा। हर बार मेरा सर इतना ख़ुशक़िस्मत नहीं हो सकता कि बच जाएगा। बचता चला जाएगा। क्या मुसीबत है। उसने ड्राइवर को लौटते वक़्त थप्पड़ जड़ना चाहा, लेकिन वो शाहज़ादा नहीं था। उसके काम आख़िर उसका सब्र आया। उसने गोपाल को ढूँढ़ा, उसे गाड़ी में धरा और पूरे कलकत्ते का चक्कर लगवा दिया। उसे हर हाल में गुलाब का फूल चाहिए था। उसे हर हाल में अपने सरकार का दुख दूर करना था। आख़िरश उन्हें वो गुलाब मिल गया, जिसकी ख़ुशबू कलकत्ता और कलकत्ता के बाहर जाने कहाँ-कहाँ मशहूर थी। मुलाक़ात का वक़्त तय हुआ। मुलाक़ात हुई और अगले रोज़ हफ़ीज़ के कमरे में पहुँचने का भी वक़्त तय किया गया।

उसने गोपाल से कहा, "शुक्रिया।"

***

"इसमें शुक्रिया की क्या बात है बड़ी बी," अपनी दोनों हथेलियों को अपनी कमर पर बाँधे, ज़मीन की तरफ़ देखते हुए ज्ञानचंद ने कहा। ज्ञानचंद बड़ी बहन के कहने पर दूरबीन लेकर आया था। वो देख लेना चाहती थीं कि रात में दरीचे से किस शख़्स की आवाज़ आती है। कौन है वो? उन्होंने दिन में भरपूर कोशिश की। हर घंटे-दो घंटे में वो दूरबीन लगातीं और दूर-दूर तक देखतीं, मगर उन्हें वहाँ कोई भी नज़र नहीं आता। उन्होंने रात में भी कोशिशें करना जारी रखा, लेकिन दूरबीन की विशेषता उनके किसी काम नहीं आई। दूरबीन, जो रौशनी नहीं बना सकती थी, उनके लिए पूरी तरह से बेकार साबित हुई। वो अब तक जो सुन पाई थीं वो था :

"ये नदी— नहीं—काल, जिसने मारा—मेरा लाल"

वो इस नतीजे पर पहुँचीं कि कोई पागल है, जो बेवज्ह रात होते ही नदी में उतर जाता है और अपनी बकवास करता रहता है। उन्होंने तय किया कि वो दिन की रौशनी में नदी के क़रीब जाकर पता लगाएँगी कि ये कौन है? कहाँ रहता है? उन्होंने दिन निकलते ही नदी का किनारा पकड़ लिया। वो वहाँ घंटों बैठी रहीं, लेकिन उन्हें सिवाए बुझी हुई राख के कुछ ढेरों के कोई भी, कुछ भी नज़र नहीं आया। वो लौट आईं। उन्होंने एक-दूसरे से अपने-अपने अफ़सोस का इज़हार किया, सांत्वनाएँ दीं और विल्सन की कहानी का अधूरा तर्जुमा पूरा करने की तरफ़ आँख, दिमाग़ और दिल लगाया। अपने-अपने हाथ का अँगूठा और वो दो उँगलियाँ लगाईं, जो क़लम पकड़े रखने में उनकी सहायक थीं।

कहानी विल स्मिद नाम के फ़िरंगी की थी। कोई अफ़्सर ही होगा। यक़ीनन अफ़्सर। जिसके बारे में मशहूर था कि उसे वशीकरण के नुस्ख़े आते थे। वो जिस औरत पर अपनी निगाह टिकाकर रख देता था, वो उसके वश में हो जाती थी। वो उससे कोई भी काम करवा सकता था। अपने जूते चटवाने से लेकर कुछ भी चटवाने तक। वो रंडियों के पास जाता नहीं था, बल्कि रंडियाँ उसके पास आती थीं। उसका रुत्बा था। रंडीख़ाने को चलाने वाली भैंस की तरह मुटाई उस औरत की भी उसके आगे कुछ कहने-करने की हिम्मत नहीं होती थी, जो औरत होकर औरत को रंडी बन जाने पर अपना ऐतराज़ जताना तो दूर, उल्टा उसे मजबूर करती थी कि वो रंडी कैसे नहीं बनेगी, उसे बनना होगा। और वो उसे रंडी बनाकर छोड़ती थी। विल्सन ने अपनी इस कहानी के बारे में लिखा था कि ऐसी कहानियाँ अजीब होती हैं, जिनमें हम तय नहीं कर पाते कि कितनी बातें यक़ीन के क़ाबिल हैं और कितनी नहीं। उस लड़की ने उसे बताया था कि वो अक्सर बदल-बदलकर हमें बुलाता था। कमाई के नाम पर उससे एक धेला नहीं मिलता था। फिर भी, किसी ने कभी उसके पास जाने से इनकार नहीं किया, जैसे उसने हम में से हर एक के ऊपर कोई जादू फेर दिया हो। हमारा बस नाम लिया जाता है और हमारे क़दम अपने आप उसके घर की तरफ़ चलते-चले जाते हैं। न जाने हमें क्या हो जाता है, जो उसके लिए हम उसकी दुल्हन की तरह सजते हैं। और अपनी आबरू बग़ैर किसी क़ीमत के लुटाकर चले आते हैं। जब तक उसके पास रहो, तब तक कभी ऐसा तक महसूस नहीं होता कि हम रंडी हैं। हम अपने आप को उसे बेचने आए हैं। हम उसे उसकी पत्नी और रंडी दोनों का सुख देते हैं। उसके मुँह से कभी शराब की बू नहीं आती। बदन से भी नहीं।

विल्सन ने लिखा था : जब मैंने उससे पूछा शायद वो कोई ऐसा नशा करता हो, जिसकी वज्ह से मुँह से बदबू न आती हो, तो मेरे इस सवाल पर वो यक-ब-यक ख़ामोश हो गई और उसने कहा, "ये तो हमने कभी सोचा ही नहीं।" फिर भी मेरे दिमाग़ में एक सवाल रह गया था कि वशीकरण क्या होता है ? कोई किसी को अपने वश में कैसे कर सकता है ? काम तो क़ीमत देकर या ज़बरदस्ती कर के कराए जा सकते हैं। मुझे महसूस हुआ कि महसूस करने का एहसास खो चुका इंसान भला क्या महसूस कर सकता है। बहुत ख़राब में कम ख़राब किसी की क़िस्मत बन जाए, तो वो ख़ुशी-ख़ुशी उसे क्यों न अपनाएगा। रंडी हो जाना पागल हो जाने से कम नहीं है।

विल्सन की तरह गुज़िश्ता और अक्सीर भी इस बात पर एक-राए थीं। रात का दूसरा पहर था। क़तई सियाह रात कि इक्का-दुक्का तारा नज़र आ जाने को भी आँख की क़िस्मत कहा जाएगा। या क़िस्मत वाले की आँख। अंधेरे की ताक़त का अपना मक़ाम है, मगर उसके शोर पर कोई ज़ोर नहीं। वो आवाज़ों को उठने से नहीं रोक सकता। अंधेरे में एक आवाज़ ही तो होती है, जो हमें अपने होने का पता देती है। उसे अपने होने का पता देती है, जो हमारे होने को न होने में बदल देना चाहता है। लिहाज़ा अंधेरे कितने भी सियाह क्यों न हों, आवाज़ लगाते रहना चाहिए। आवाज़ें रौशनी का सूचक हैं। टीपू इसकी जीती जागती मिसाल। उसने आवाज़ लगाई।

"ये नदी नहीं है काल है काल, इसने मारा मेरा लाल"

उसकी आवाज़ सुनी उन चार कानों ने जो उसकी आवाज़ सुनना चाहते थे।

"ये नदी नहीं है काल है काल, जिसने मारा मेरा लाल"

उसको सुनने की हसरत रखने वाले चारों कान इस नतीजे पर पहुँचे कि हो न हो, ये किसी भुलाए न जा सकने वाले दुख का 'भुक्त-भोगी है'। ये शख़्स जो भी है, सौ फ़ीसद इसका बच्चा इसी नदी में डूबकर मरा है। इसकी दीवानगी का सबब इसका रोग नहीं, इसका दुख है।

वो अपने दुख का सोग मनाता है।

आठ

विलक्षण नदी की ख़ास बात थी कि उसका बहाव हमेशा क़ुदरती बहाव रहा है। उसके दिल में अथाह जगह थी। इतनी कि महीनों की मुसलसल तेज़ बारिशों का पानी उसमें कहाँ समा जाता था, ख़ुद नदी के सिवा कोई नहीं जानता था। उसकी रफ़्तार हमेशा एक-सी बनी रही। उसकी रफ़्तार ज़बानों के विकास की रफ़्तार जैसी थी। न बहुत तेज़, न बहुत मद्धिम। लेकिन वो ज़बानों के शब्दकोश की तरह नहीं थी, जहाँ लफ़्ज़ घटाए या बढ़ाए जाने का अपना एक सिलसिला होता है। नदी में साँस ले रहे अल्फ़ाज़ एक दूसरे को कच्चा निगल जाते थे। फिर भी न कभी छोटी मछलियाँ कम हुईं, न बड़ी, न उनसे बड़ी, न बड़ी से बड़ी, मगरमच्छ, केकड़े वग़ैरा भी नहीं। नदी की निर्मलता बनाए रखने के लिए सब के सब ख़ुद को बेझिझक क़ुर्बान कर देते थे। इंसानों के बराबर उम्र के धनी मगरमच्छों की हमेशा एक समान, एक संख्या में मौजूदगी शोध का विषय थी। उन्हें कोई नहीं निगलता था, इसके बावजूद वो ख़ुद को क़ुर्बान कैसे करते रहे होंगे? उनकी तादाद कभी घटती-बढ़ती क्यों नहीं थी? कैसे?

मैं नहीं जानता।

मगरमच्छों का अपना एक इलाक़ा था, जहाँ आकर वो अपने शिकार को इत्मीनान से पचाते थे। उनके नदी में घूमने-फिरने पर कोई पाबंदी नहीं थी। वो अपनी मर्ज़ी के मालिक थे। फिर भी उन्होंने अपनी आरामगाह के तौर पर नदी के एक मख़्सूस हिस्से पर अपना क़ब्ज़ा जमा रखा था। वहाँ, जहाँ नदी का दिल था, जहाँ दफ़्न ख़ज़ाने की रक्षा करने वाला प्रेत टीपू था। दिन में तमाम कोशिशें करने

के बाद भी जब बहनों को टीपू नज़र नहीं आया, उसकी आवाज़ नहीं सुनाई दी, तब उन्होंने ज्ञानचंद से इसके बारे में ज़िक्र किया। ज्ञानचंद, जिसकी तमाम ज़िंदगी अपने घर से महल और महल से अपने घर आने-जाने में बर्बाद हुई जा रही थी, को टीपू के बारे में कोई ख़बर नहीं थी। हकीम या अफ़ीम-अड्डा भी उस रास्ते में नहीं पड़ता था, जहाँ नदी रहस्यों का खज़ाना बनती जा रही थी। ज्ञानचंद को कब फ़ुर्सत थी कि वो बाज़ार में गर्म अफ़वाहों पर अपने कान धरे। उसकी अपनी अफ़वाह का बाज़ार में ऐसा क़ब्ज़ा था कि दूसरी अफ़वाहों को कोई पूछने वाला नहीं था।

बड़ी बहन ने ज्ञानचंद को रात के दूसरे पहर में अपने कमरे में हाज़िर होने का हुक्म दिया। ज्ञानचंद के चेहरे पर एक ऐसी अजीब-सी मुस्कराहट बिखर गई, जिसकी व्याख्या बड़ी बी पर आसानी से खुल गई। उसने ज्ञानचंद को सख़्त हिदायत दी। कहा, "और हाँ, अपनी बदनीयत और इरादे, जो नेक नहीं, उन्हें कमरे की दहलीज़ के बाहर जूतों की मानिंद अपने दिमाग़ से उतारकर आना। वर्ना उसी खिड़की से नीचे फेंक दिए जाओगे।" बड़ी बी के एकतरफ़ा इश्क़ में पड़े ज्ञानचंद ने जवाब के तौर पर सकुचाते हुए महज़ *'बड़ी बी'* कहा। वो इसे ही अपनी क़िस्मत मान बैठा था कि जिस वक़्त राजकुमारियों के कमरे में घुसने की इजाज़त महल की नौकराइयों को भी हासिल नहीं थी, उस वक़्त उस नशेड़ी नौकर को किसी ज़रूरी काम के सबब अंदर आने का न्योता मिलना भाग्य की बात है। उसे इस बात की राहत थी कि उसे पकड़ने वाले दोनों सूरमा उसे नहीं पकड़ सकते। एक शहर से बाहर था और दूसरा अपनी ख़्वाबगाह से निकलने का नाम नहीं लेता था। चाँद बीबी न मरी होती, तो उस रोज़ भी नहीं। उसे जैसे-तैसे दो महीने गुज़ारने थे और अपनी खो चुकी ताक़तों को वापस हासिल करना था। मगर उसे हकीम की दी, पहली ख़ुराक का ख़ुद पर कोई असर होता हुआ महसूस नहीं हो रहा था। फिर भी उसे सिर्फ़ इसीलिए इत्मीनान था कि वो जानता था, आयुर्वेदिक उपचार देर से असर करता है मगर पुख़्ता असर करता है।

उस रोज़ जरीस ने ज्ञानचंद को अपनी ख़्वाबगाह में हाज़िर होने का हुक्म दिया था। उसने दवा की पहली ख़ुराक के शून्य प्रभाव के बारे में उससे शिकायतें कीं। ज्ञानचंद ने इत्मीनान से सब कुछ सुना और उसकी हर एक बात पर ताईद करने से नहीं हिचकिचाया। "हुज़ूर।" "जी हुज़ूर।" "हुज़ूर।" "बेशक हुज़ूर।" "दुरुस्त हुज़ूर।" "हुज़ूर।" ज्ञानचंद भी जानता था, हर किसी के पास उसकी जैसी अचूक दवा का नुस्ख़ा नहीं होता, जो दो ख़ुराक भर में आदमी को घोड़ा बना दे। ज्ञानचंद

ये भी जानता था कि आयुर्वेदिक उपचार देर से असर करता है, मगर पुख़्ता असर करता है।

बादशाह ने कहा, "तुम जा सकते हो।"

ज्ञानचंद ने कहा, "हुज़ूर।"

ज्ञानचंद दिन की लंबाई को इंतज़ार की क़ैंची से काटने में डूबा हुआ था। वो अफ़ीम पर अफ़ीम चाटे जा रहा था। नशे में वो भूल गया कि नशे में उसका दिमाग़ और भी धीमा चलता है। वो चाहकर भी दिन के गुज़र जाने की कल्पना नहीं कर पा रहा था, जबकि दिन ढल चुका था। शाम ढल चुकी थी। आधी रात गुज़र चुकी थी। जब उसके किसी साथी मुलाज़िम ने उसे एक पेड़ के नीचे लुढ़का पाया, तब उसने उसे जगाकर याद दिलाया, "पहलवान जी आधी रात हो गई, घर नहीं जाना क्या? काहे अपना फ़ौलादी बदन इन कीड़े-मकोड़ों के हवाले कर नींद में डूबे हैं। किसी और की न सही अपने इस शरीर की तो परवाह कीजिए।" ज्ञानचंद आख़िर पहलवान था। उसने अपने उस साथी मुलाज़िम की बात का कोई जवाब देना ज़रूरी नहीं समझा। उसने अपना होश ठिकाने लगाया और सरपट बहनों के कमरे की तरफ़ दौड़ पड़ा।

"बड़ी बी" ठक-ठक-ठक "बड़ी बी" ठक-ठक, उसकी आवाज़ के स्वर साँप की फुसकार की तरह थे। मगर वो सॉप नहीं था। आस्तीन का साँप तो हरगिज़ नहीं।

छोटी बी ने बड़ी बी के इशारे पर दरवाज़ा खोला। ज्ञानचंद का नशा उतार पर था। उसे बड़ी बी की सख़्त हिदायत याद आई। उसने अपने जूते उतारने के साथ-साथ दिमाग़ से अपने ठरकी इरादे भी उतार दिए। वो अंदर गया। दरीचा खुला हुआ था। रहस्यमई जुमले की कामयाब ज़ाब्ताकुशाई मुकम्मल हो चुकी थी। आवाज़ आ रही थी।

"ये नदी नहीं है काल है काल, जिसने मारा मेरा लाल"

"सुनो ज्ञानचंद ये क्या कहता है। ये नदी नहीं है काल है काल, जिसने मारा मेरा लाल," बड़ी बी ने कहा। "इसका क्या मतलब हो सकता है ज्ञानचंद?" छोटी बी ने कहा। ज्ञानचंद बड़ी बी को अपनी ख़ुशनिगाह से निहारने का कभी कोई मौक़ा नहीं छोड़ना चाहता था। लिहाज़ा उसने छोटी बी की बजाए बड़ी बी को जवाब देना मुनासिब समझा। उसने कहा, "बड़ी बी ये नदी नहीं है, बल्कि मौत का दरिया है, जिसने इसके लाल यानी बेटे को मार दिया है।" बड़ी बी ने आँखें

तरेरते हुए उससे कहा, "वाह ज्ञानचंद! हम दोनों तो अनपढ़ गँवार हैं, जो इसका मतलब नहीं समझ सकते थे और इसे समझने के लिए तुम्हारे बेशक़ीमती ज्ञान के मोहताज थे, सो ही हमने तुम्हें यहाँ बुलाया था। है ना?" "बड़ी बी," ज्ञानचंद ने भ्रमित भाव से कहा। "बेवक़ूफ़, इसके कहने का क्या मतलब है, से मुराद इसके ऐसा कहने की वज्ह क्या है? क्यों कहता है ये ऐसा? ये दिन में नज़र क्यों नहीं आता? रात में यहाँ, ठीक यहीं कहाँ से नाज़िल हो जाता है?" गुज़िश्ता ने हल्की ऊँची आवाज़ में कहा। "बड़ी बी इसके बारे में मुझे कुछ मालूम नहीं है," ज्ञानचंद ने दबी हुई आवाज़ में कहा। "तो मालूम करते हैं," गुज़िश्ता ने जोश भरे अंदाज़ में कहा। "बड़ी बी?" ज्ञानचंद सकुचाया। "क्या?" बड़ी बी ने अपनी दोनों हथेलियाँ आहिस्ता से विपरीत दिशाओं में घुमाते हुए कहा। ज्ञानचंद ने आँखें फैलाते हुए कहा, "लेकिन इतनी रात गए?" "हाँ तो? जब वो दिन में नज़र नहीं आता, तो रात ही में ना। क्या हुआ है तुम्हें?" बड़ी बी ने ज्ञानचंद को छेड़ते हुए, अपने होंठ भींचकर कहा, "ज्ञानचंद तुम ये किस तरह की बातें कर रहे हो?" ज्ञानचंद ने डरते हुए कहा, "लेकिन?" "लेकिन?" गुज़िश्ता ने सख़्ती के साथ कहा, "क्या लेकिन? चलो हमारे साथ। तुम्हें नदी में उतरकर पता करना होगा, ये कौन है और क्यों है?" ज्ञानचंद ने बहाना बनाते हुए हिचकिचाकर कहा, "बड़ी बी मुझे तैरना नहीं आता।" "अच्छा," गुज़िश्ता ने ज्ञानचंद की मौज लेते हुए धैर्यतापूर्वक कहा, "चलो फिर आज की रात तुम्हें तैरना सीखना होगा।" "लेकिन; बड़ी बी?" "तुम चुप रहो अब," अक्सीर ने कहा, "चुप-चाप जो आपा कह रही हैं वो करो।" "हम तुम्हें अपना हाथ देकर नदी में उतारेंगे," गुज़िश्ता ने उसकी हौसलाअफ़्ज़ाई करते हुए कहा, "घबराओ नहीं सीख जाओगे।"

ज्ञानचंद, जिसने चलने दौड़ने के बाद जो पहला हुनर अपने आप से हासिल किया था, वो तैरना था। वो तैरने का ऐसा माहिर था कि अपने बचपन में नदियों को पार करने में हमेशा विजेता रहा। उसका बहाना कारगर साबित नहीं हुआ। मगर उसके हाथ एक मौक़ा आया *बड़ी बी का हाथ।* उसने झट से हामी भर दी। उत्सुकता के मारे ज्ञानचंद ये भूल गया था, बल्कि उसे ये कभी मालूम ही नहीं था कि नदी का ये हिस्सा वो हिस्सा है, जहाँ नदी के जन्म से ही मगरमच्छों की हुकूमत क़ायम रही है।

तीनों बग़ैर कुछ चुराए, चोरों की मानिंद महल के बाहर निकले और नदी के उस घाट पर पहुँचे, जहाँ टीपू की ललकार छहों कानों पर वाज़ेह थी। साफ़, स्पष्ट।

"ये नदी नहीं है काल है काल, जिसने मारा मेरा लाल।" "ये— नदी नहीं है काल— है काल, जिसने— मारा मेरा लाल— "

"बड़ी बी इस कमबख़्त को भी नदी में यहीं उतरना था। यहाँ झाड़ों का सिलसिला कितना घना है। किनारे पर कैसी लसलसी काई जमी हुई है। मैं छलांग मारकर भी उतरने की सोचूँ तब भी नदी में नहीं गिरूँगा," ज्ञानचंद ने गिड़गिड़ाते हुए कहा, "बड़ी बी हड्डियाँ टूट जाएँगी मेरी। रहम बड़ी बी रहम।" "हैरत है ज्ञानचंद," अपने सीने पर हाथ बाँधे हुए खड़ी गुज़िश्ता ने कहा, "हम किसी पहलवान के मुँह से पहली बार इस दर्जा बुज़दिली से लबरेज़ बातें सुन रहे हैं। किस बात के पहलवान हो तुम?" ज्ञानचंद ने मन ही मन कहा, "किसी बात का नहीं। अफ़वाहों पर भला किसका ज़ोर चलता है।" ज्ञानचंद डरा हुआ था। लँगोट में हग देने से महज़ कुछ कम। वो अपने पहलवानी के तमग़े से ऐसे हाथ नहीं धोना चाहता था। वो भी बड़ी बी के आगे। नामुमकिन। उसे अपने आप को हर हाल में पहलवान; बहादुर पहलवान साबित करना था। आख़िर बड़ी बी उसकी पहली मुहब्बत थी। उसने सोचा *'मुहब्बत जो न करवा ले।'* सोचते-सोचते उसे इस बात की भनक भी नहीं थी कि उसका हाथ बड़ी बी के हाथ में है। उसके पाँव नदी से महज़ एक छलांग की दूरी पर थे। वो सचेत हुआ। उसने बड़ी बी की हथेली की नाज़ुकी महसूस की। बड़ी बी ने उसे धक्का मारा और वो '*याली* (या अली)' कहते हुए नदी में कूद गया। उसकी एक टाँग मगरमच्छ के मुँह से जा टकराई। मरता क्या न करता। उसने अपने तैरने की रफ़्तार में जादुई इज़ाफ़ा किया। वो मगरमच्छ के आगे, मगरमच्छ उसके पीछे। ढेरों आलसी मगरमच्छ। अपने शिकार को देखते ही फ़ुर्ती पकड़ लेने वाले मगरमच्छ। ज्ञानचंद टीपू की नाव की जानिब फ़ुर्ती से बढ़ रहा था। टीपू ज्ञानचंद पर पत्थर बरसाते हुए, "ये नदी नहीं है काल है काल, जिसने मारा मेरा लाल, टीपू बोला भाग यहाँ से —" चिल्लाते हुए अचानक कहीं ऐसे ग़ायब हुआ, जैसे वो वहाँ था ही नहीं। ज्ञानचंद नदी के उस पार उतर गया। उसने ऐसी लंबी-लंबी साँसें खींचीं, जैसे फाँसी पर लटकाए गए ज्ञानचंद का फंदा अचानक टूट गया हो। उसकी जान बच गई हो।

उसने वहीं से तेज़ आवाज़ लगाते हुए कहा, "ब— ड़ी— बी— आ— प— दो— नों— म— ह— ल— वा— प— स— जा— इ— ए— मैं— पी— छे— पी— छे— आ— ता— हूँ—"

बड़ी बी ने उतनी ही तेज़ आवाज़ लगाते हुए कहा, "न— हीं— ह— म—

अ— के— ले— न—हीं— जा— एँ— गे— तु— म— फ़ौ— र— न— वा—प— स— न— दी— में— कू— दो— औ— र— इ—स— त— र— फ़—आ— ओ—"

ज्ञानचंद ने सोचा, क्या मुसीबत है ये, क्या ये मेरी ज़िंदगी की आख़िरी रात साबित होने जा रही है। फिर उसने सोचा, मैं घाट पर आने के लिए बड़ी बी से हाथ देने को कह सकता हूँ। उसका ख़याल उम्दा था, मगर जानलेवा। उसने अफ़ीम चाटी और नदी में फिर कूद गया। इस बार उसके पास नदी पार करने के दो मक़्सद थे; एक ख़ूँख़्वार मगरमच्छों से जान बचाना, दूसरा बड़ी बी का नाज़ुक हाथ। उसका एक मक़्सद पूरा हुआ, दूसरे के लिए उसे बड़ी बी के इशारे पर छोटी बी का हाथ नसीब हुआ। छोटी बी उसका इश्क़ नहीं थी। वो दूसरे मक़्सद में नाकामयाब हुआ। उसने सोचा *'ख़ैर।'*

"क्या हुआ ज्ञानचंद इतना हाँफ क्यों रहे हो ?" बड़ी बी ने ज्ञानचंद की कमर में अपनी उँगली चुभाते हुए कहा, "और तुम तो कह रहे थे कि तुम्हें तैरना नहीं आता ?" "वाक़ई नहीं आता था ? या आज ही नदी की पेचीदगी ने तुम्हें क़ाबिल तैराक बना दिया ?" अक्सीर ने कहा। ज्ञानचंद ने कुछ देर कुछ नहीं कहा। उसने सिर्फ़ सोचा, "आप दोनों थोड़ी उतरी थीं नदी में। आप क्या समझेंगी कि मैं हाँफ क्यों रहा हूँ।" "बोलो-बोलो चुप क्यों हो ?" बड़ी बी ने भौहें उचकाते हुए कहा, "वाक़ई तैरना नहीं जानते थे तुम ?" "थोड़ा-बहुत जानता था," ज्ञानचंद ने बात को गोल-मोल घुमाते हुए कहा, "और थोड़ा-बहुत तैरना तो हर किसी को आना चाहिए।" उसने कहा, "और रही बात क़ाबिलियत की तो लँगड़े के पीछे कुत्ते दौड़ा दिए जाएँ तो वो भी दौड़ना सीख लेता है।" बड़ी बी ने गर्दन तिरछी की। उसने कहा, "क्या बात है ज्ञानचंद। मान गए।" उसने पूछा, "मगर वो कहाँ गया ? अब तो उसकी आवाज़ भी नहीं आ रही है।" "पता नहीं बड़ी बी उसने क्या किया क्या न किया, कुछ देख नहीं पाया मैं। उसपर मेरे पीछे मगरमच्छ लग गए थे। मैं आज कैसे जान पर खेला हूँ, मैं ही जानता हूँ।" "नहीं, हम भी तुम्हारी बहादुरी की क़द्र करते हैं," गुज़िश्ता ने प्रशंसा में कहा, "तुमने हमेशा हमारे लिए जान की बाज़ी लगाई है। हम तुम्हारे एहसानमंद हैं ज्ञानचंद।" "बड़ी बी किस बात का एहसान ! आपका हुक्म मानना मेरा फ़र्ज़ है," उसने मन ही मन कहा, "और आप मेरी पहली मुहब्बत।" "तुम आइंदा भी इसी तरह से हमारे काम आओगे ?" बड़ी बी ने विनम्रता से कहा। "क्यों नहीं फ़र्ज़ तो उम्र भर निभाने की रस्म है," ज्ञानचंद

ने जोशीले अंदाज़ में कहा, "निभाएँगे बड़ी बी। मरते दम तक निभाएँगे।" बड़ी बी ने ज्ञानचंद के कंधे पर हाथ रखकर कृतज्ञ भाव से उसका हौसला बढ़ाया। बड़ी बी की हथेली की गर्मी के नीचे दबा हुआ ज्ञानचंद बर्फ़ की तरह पिघल पड़ा। उसने कहा, "बड़ी बी, हो न हो उसका नाम टीपू है। मैं जब उसके ऐन नज़दीक था, मैंने सुना था, उसने कहा था, "टीपू बोला भाग यहाँ से" हाँ, उसने हू-ब-हू यही कहा था।" "टीपू?" गुज़िश्ता ने जिज्ञासावश पूछा, "तुम जानते हो टीपू कौन है?" "नहीं, मैंने ये नाम कभी नहीं सुना। लेकिन मैं कोशिश करूँगा कि उसके बारे में कुछ मालूमात हासिल कर सकूँ," ज्ञानचंद ने कहा।

बहनों के पास अज्ञानी ज्ञानचंद के अलावा ज्ञानवान फ़ारूक़ी और दत्त भी थे, जो हमेशा उनकी हर मुमकिन मदद करने के लिए तैयार रहते थे। रात के तमाम पहर बीत चुके थे। सुब्ह की सुंदरता के वर्णन की अदबी दुनिया में इफ़रात है। इसलिए कि मैंने सुब्हें कम देखी हैं, मैं उसे दोहराने की बजाए उसका आनंद उठाना बेहतर समझता हूँ। और बहनों के तजस्सुस की, उनके कभी न थकने वाले दिमाग़ और शरीर की प्रशंसा करता हूँ।

बहनों ने नींद में डोल रहे ज्ञानचंद को वहाँ से जाने की इजाज़त दी। वो सिर्फ़ *नींद में डोल* सकता था? वो महल की जानिब जाते हुए टीपू की तरह विलुप्त हो गया। बहनें विलुप्त नहीं हुईं। वो एक-दूसरे को एक-दूसरे के साथ मौजूद देख सकती थीं। उनके पाँव फ़ारूक़ी एंड दत्त प्रिंटिंग-प्रेस की तरफ़ तेज़-रफ़्तार थे। प्रिंटिंग-प्रेस में घटित होने जा रहे दृश्य का वर्णन मैं आपकी कल्पना शक्ति के हवाले करता हूँ।

बड़ी बहन ने दत्त की ग़ैर-मौजूदगी में हमेशा अपने किसी मख़्सूस काम में मुब्तिला रहने वाले फ़ारूक़ी को बेझिझक टोकते हुए कहा, "हमें आपसे कुछ बात करनी है।" फ़ारूक़ी ने अपने चश्मे से आँखें चढ़ाते हुए उन्हें अपनी बात कहने का इशारा किया। "क्या आप किसी टीपू को जानते हैं?" पीछे से चले आ रहे दत्त ने मेज़ पर कुछ किताबें रखते हुए फ़ारूक़ी के जवाब से पहले जवाब दिया, "हाँ।" "लेकिन अचानक सुब्ह-सुब्ह टीपू का ख़याल कहाँ से आ गया?" फ़ारूक़ी ने कहा। "कौन है टीपू?" छोटी बहन ने पूछा। "टीपू है नहीं, टीपू था। उसे कई बरस हुए किसी ने कहीं नहीं देखा," दत्त ने स्पष्ट किया। "और अगर मैं कहूँ कि टीपू है, फिर?" बड़ी बहन ने कहा। "बेटा, लेकिन तुम्हारे कहने से क्या होता है। जो नहीं है, वो नहीं है," फ़ारूक़ी ने जवाब दिया। "टीपू कौन था? क्या करता था?" बड़ी

बहन ने पूछा। फ़ारूक़ी ने जवाब देते हुए कहा, "उसकी कहानी दुख भरी है। वो एक महान मूर्तिकार था। वो आपकी सोच को बुत में ढाल सकने का अनोखा हुनर रखता था। मीर सय्यद अली की चित्रशाला के सबसे चमकदार सितारे दशवंत की तरह, जिसने युवा बादशाह अकबर के अजीब-ओ-ग़रीब ख़यालों, उसकी बेलगाम कल्पनाओं को संतुष्ट करने के लिए जादुई कलशों पर विराजमान हवा में उड़ते दाढ़ियों वाले दिग्गजों, बालों से ढँके चितकबरे डरावने प्रेतों को देवों के रूप में, समंदर के हिंसक तूफ़ानों और नीले-सुनहरे रंग के जानलेवा जीवों और सूरमाओं को नुक़्सान से बचाने के लिए बादलों से अपने हाथ बढ़ाने वाले आसमानी जादूगरों को चित्रित कर, नाम कमाया था। जिसने पौराणिक कथाओं के महानायक हम्ज़ा को अपने तीन आँखों वाले परी घोड़े पर सवार जानलेवा, डरावने प्रेतों और राक्षसों से लड़ते और उन्हें हराते हुए उकेरा था। हम्ज़ा के कारनामों को चित्रित करने के चौदह सालों के अभियान में मौजूद एक सौ एक मुसव्विरों के मुक़ाबले में दशवंत ही एक ऐसा था, जिसे ये बात साफ़ तौर पर मालूम थी कि वो अकबर की काल्पनिक आत्मकथा को उसकी कल्पना के निर्देशों के तहत अंजाम दे रहा है। वो जानता था कि वो सिर्फ़ कूची फेर रहा है, कल्पनाएँ हक़ीक़तन बादशाह की हैं, जिससे इस दौरान उन एक सौ एक मुसव्विरों के अलावा फ़ारस से आए उस्ताद मुसव्विर मीर सैयद अली और अब्दुस्समद ने भी मुसव्वरी के गुर सीखे थे। हो न हो, लेकिन टीपू में दशवंत जैसा ही अलौकिक हुनर था। ऐसी-ऐसी मूर्तियाँ बनाता कि कल्पनाएँ भी अपने बुत को देखकर शर्मा जाएँ," उसने अफ़सोस जताते हुए आगे कहा, "उसके बेटे की मौत हो गई थी; नदी में डूबकर। वहाँ, जहाँ कमज़ोर तैराक मगरमच्छों की ख़ुराक बन जाते हैं। उसके बाद, सुना है उसकी बीवी बीमार रहने लगी थी। फिर उसने भी नदी में उसी जगह कूदकर अपने आप को मगरमच्छों के हवाले कर दिया था। तब से टीपू किसी को कहीं नज़र नहीं आया।" "अब तो लोग टीपू को, उसके महान हुनर को बिसरा बैठे हैं। कोई याद नहीं करता उसको," फ़ारूक़ी की बात ख़त्म होते ही दत्त ने कहा। बहनों की आँखों में यक-ब-यक ऐसी चमक नाज़िल हुई कि उनकी आँखों से आँखें मिलाने वाला अंधा तक हो सकता था। गुज़िश्ता ने इस दर्जा उत्साहित होकर (जैसा फ़ारूक़ी तब होगा, जब उसे किसी ख़ानदान के शजरे की अचानक वो कड़ी मिल जाएगी, जो उसे इंतिहाई मशक़्क़त के बाद भी नहीं मिल रही थी) कहा, "फिर आप यूँ समझ लीजिए कि टीपू है। वो रोज़ रात में शायद नदी के उसी ख़ास हिस्से में अपनी हाज़िरी लगाता है। वो

चिल्लाता है : ये नदी नहीं है काल है काल, जिसने मारा मेरा लाल, टीपू बोला भाग यहाँ से।" "लेकिन तुम्हें कैसे मालूम?" फ़ारूक़ी ने बड़ी बहन के इस बयान पर अपनी दिलचस्पी का इज़हार करते हुए कहा। "हमारे कमरे की खिड़की नदी के ठीक उसी हिस्से में खुलती है, जहाँ टीपू रोज़ रात आता है," गुज़िश्ता ने उत्साहित होते हुए कहा। उसे याद नहीं रहा कि नदी की उस ख़ास रियासत से लगा हुआ सिर्फ़ महल का पिछला हिस्सा है। वहाँ कोई और *घर-वर* मौजूद नहीं है। "लेकिन नदी का वो ख़ास हिस्सा तो किरमानियों के महल के पिछले हिस्से से लगकर बहता है। वहाँ? तुम्हारा घर? तुम्हारे घर की खिड़की? कैसे?" दत्त ने अचानक पूछा। गुज़िश्ता के ज़ेहन में कुछ पल के लिए ख़याल आया कि वो अपने आप को महल की नौकरानियाँ बताकर अपने सच से पल्ला झाड़ सकती हैं। लेकिन उसने अपने बाप समान दत्त-फ़ारूक़ी से झूठ बोलना ठीक नहीं समझा। उसने आख़िरकार दोनों को बता दिया कि वो महल से ताल्लुक़ रखने वाली बदक़िस्मत शहज़ादियाँ हैं। दोनों साझेदार एक पल को हक्के-बक्के रह गए। एकदम सन्न।

उसने दोनों से ज़बान ली कि वो दोनों ये बात किसी और को नहीं बताएँगे। एक वक़्फ़ा गुज़र जाने के बाद दोनों दोबारा सहज हुए। ज़बानें दी गईं। उन्होंने कहा, "ठीक है। आगे बताओ।" बहन ने अपनी तफ़्तीश की तफ़्सील उनके आगे पेश की। वो भरपूर मुत्मइन थे। इतने कि वो ख़ुद भी टीपू को देखने के लिए उत्सुक हो चुके थे।

ये सब कुछ सन् तीस के उस वाक़िए से दो साल पहले हो रहा था, जब जिन्ना के चौदह सूत्रों की माँग की तरफ़दारी करने वाले अपनी मूँछें मरोड़ रहे थे। दाढ़ियाँ खुजा रहे थे। सर धुन रहे थे। लेकिन दूसरे नए मुल्क की माँग हौले से सरकते हुए सन् सैंतालीस के नज़दीक पहुँच जाने को थी। ये सब कुछ उससे पहले घटित हुआ, जब इकत्तीस दिसंबर की रात नेहरू जी ने आज़ादी का जश्न मनाते हुए रावी नदी पर झंडा फहराया। लेकिन घनघोर रातों को तानाशाह की तरह अपने क़ाबू में किए भड़वे सूर्य का अस्त इतना आसान नहीं था। सब कुछ उन कोशिशों के बल पर टिका था, जो चाहती थीं कि अपना भी एक सूरज हो।

प्राकृतिक सूरज
अपनी रातें हों
प्राकृतिक रातें
सूरज- अंग्रेज़

लेकिन चीज़ें इतनी आसान कहाँ होती हैं। तब तो हरगिज़ नहीं, जब उन्हें बेमतलब मुश्किल बनाने की साज़िश रची जा रही हो। ये सब कुछ तब हो रहा था, जब हर कोई अपनी-अपनी योजनाएँ बना रहा था। फ़िरंगियों से लेकर मुल्क के लीडरान, क्रांतिकारी, नौकर, नवाब, बादशाह, महाराजे, शहज़ादे, शहज़ादों के चमचे सब। सब के सब। इसी दौरान ये तीनों भी योजना बनाने के अमल से अछूते नहीं रहे। इन चारों ने भी *एक* योजना बनाई। जिसका पाँचवाँ सिपाही ज्ञानचंद और दो दीगर तैराक थे, जिन्हें इस काम के लिए उनकी अस्ल क़ीमत से दोगुनी क़ीमत अदा की गई थी।

ये सब तब होने जा रहा था, जब गुलाब के फूल के ख़िताब से मशहूर अल्हड़ बंगालन को होटल स्पेंस में हफ़ीज़ के कमरे में पेश किया जा चुका था। "ओहो! आप? यहाँ? वाह भाई वाह! क्या बात है!" उसने व्यंग्यात्मक लहजे में नशे में झूमते हुए कहा, "मैं पैसा देखती हूँ साहब पैसा। हमेशा से मुझपर पैसा लुटाने वाला ही मेरा असली हक़दार रहा है। एँ? ऐसा ही कहा था ना तूने?" उसने अपनी आवाज़ सख़्त करते हुए कहा, "पैसा भी लिया और बदनाम भी किया बहनचोद, आज बचने की नहीं है तू।" टूटे हुए दाँत के साथ उसका चेहरा और भी डरावना लग रहा था। उसने उसके कपड़ों को फाड़कर बेहरहमी से एक पल में उसे नंगा कर दिया। उसने कहा, "इन छातियों पर बड़ा घमंड है ना तुझे?" उसने उसे बिस्तर पर फेंकते हुए कहा, "और ये होंठ," हफ़ीज़ ने उसके गुप्तांग में उँगली डालते हुए ग़ुर्राकर कहा, "और ये चूत। इसी पे नाज़ है ना तुझे। साली हरामज़ादी।" अदीबा डर के मारे उसे एकटक देखने के सिवा न कुछ कर पा रही थी, न कह पा रही थी। हफ़ीज़ उसके ऊपर चढ़ जाता है और उसके निचले होंठ को अपने दाँतों से मसलकर काट देता है। अदीबा दर्द से चिल्लाती है। वो उसके मुँह पर अपना हाथ रखते हुए कहता है, "चुप बहनचोद।" और उसका दुपट्टा उठाकर उसके मुँह में ठूँस देता है। उसकी सलवार से उसके पाँव बाँध देता है। और उसी के कुर्ते से उसके हाथ। वो उसकी गर्दन पर अपने दाँतों के निशान छोड़ते हुए, उसकी छातियों के मरकज़ी नुक़्तों को काट डालता है। उसके साथ बेरहमी से बलात्कार करने के बाद उसका गला घोंटकर उसे मार डालता है। उसने भूखे शेर की तरह उसे शिकार की मानिंद नोच खाया था। वो मर चुकी थी। उसने अपने दो में से एक अंग रक्षक को उसे नदी में फेंक आने का हुक्म दिया। वो साँस लेने के प्राकृतिक अमल से हमेशा के लिए मुक्ति पा चुकी थी। नुक़्सानदेह को बेइंतिहा शाबाशी मिली। लेकिन

वो ज़रुरत से ज़्यादा शाबाशी मिलने को लेकर हैरान था। उसे आभास भी नहीं था कि आख़िर उसे इतनी शाबाशी किस बात के लिए दी जा रही है। उस रोज़ वो हफ़ीज़ के साथ नहीं था, जिस रात अदीबा की हफ़ीज़ से पहली मुलाक़ात हुई थी। हफ़ीज़ ने उससे कहा था, "नुक़्सानदेह हमारे दाँत टूट जाने के नुक़्सान की इससे बेहतर भरपाई नहीं हो सकती थी। हो ही नहीं सकती थी।" अदीबा को मारने से लेकर उसकी लाश को नदी में बहाने तक, सारे कामों को इस तरह ख़ुफ़िया तौर पर अंजाम दिया गया कि जुर्म साबित होने का कोई सुबूत, कोई सवाल नहीं छोड़ा गया।

ये सब इसके बाद होने जा रहा है, जब ज्ञानचंद दोनों दूसरे तैराकों को दिन के उजाले में फिसलती काइयों और झाड़ियों से अटे घाट से सावधानी पूर्वक नदी में उतरकर तैरने के साथ-साथ आदमख़ोर मगरमच्छों से जान बचाने के चालाक गुर सिखा चुका होगा।

इस सब के दौरान मंसूख़ दुनिया की प्राचीनतम ज़बानों के बारे में हासिल 'हेनरी रोलिंस' के शोधों के बारे में जानकारियाँ इकट्ठा कर रहा था, जिसने अपनी अपार मेहनत ख़र्च कर 'बेबिलोनियन', 'एलेमाइट' और 'प्राचीन फ़ारसी' भाषाओं के बारे में एक आवश्यक सिलसिला स्थापित किया था, जिनकी लिपि क्यूनीफ़ॉर्म थी।

विल्सन को उर्दू शायरी के बारे में दिलचस्प जानकारियाँ हासिल हो चुकी थीं, जैसे पंद्रहवीं सदी और उसके काफ़ी बाद तक उर्दू शायरी होती रही लेकिन ग़ज़ल कहीं भी मौजूद नहीं थी, हालाँकि मसनवी और ज़िक्री नाम की उर्दू शायरी की विधाएँ मौजूद थीं।

सब कुछ जो होना था, अब होने को है। दिन का उजाला तमाम थकी-हारी आँखों को अलविदा कहकर आसमान की पीठ के पीछे फ़ारिग़ हो चुका था। रात का अंधेरा बग़ैर किसी की इजाज़त के मुँह उठाकर बेशर्म और आलसी मगरमच्छों की तरह पसर चुका था। रात का दूसरा पहर था। टीपू के प्रगट होने का वक़्त। टीपू अपनी ललकार के साथ प्रगट हुआ।

"ये नदी नहीं है काल है काल—"

सातो जाँबाज़ सिपाहियों का इंतज़ार ख़त्म हुआ। दिन के उजाले का एहसान कि ज्ञानचंद और उसके साथ तैराक साथियों ने फ़ारूक़ी और दत्त के निर्देशन में नदी के उस मख़्सूस किनारे पर तीन जगहों को इतना आसान कर दिया कि रात

के अंधेरे में नदी में उतरने के लिए किसी का हाथ थामने का लालच न सताए। ज्ञानचंद को उस रात इसकी उम्मीद नहीं थी, सो भी उसने इस काम को अंजाम देते हुए सबसे तेज़ हाथ चलाए थे। नदी में सबसे पहले ज्ञानचंद उतरा। उसने बाक़ी दो साथियों को निर्देश दिया कि उन्हें किस दिशा में अपनी तैराकी के हुनर का प्रदर्शन करना है। टीपू उनपर पत्थर बरसाने लगा, लेकिन उसका निशाना *उसकी,* बेशक उसी की ख़ुशक़िस्मती से बार-बार चूका। और किसी को कोई चोट नहीं आई। वो फिर चिल्लाया :

"ये नदी नहीं है काल है काल, इसने मारा मेरा लाल, टीपू बोला भाग यहाँ से।"

फ़ारूक़ी और दत्त ने कभी टीपू से कोई बातचीत नहीं की थी। वो उसकी आवाज़ से अनजान, मगर उसकी सूरत से अच्छी तरह से वाक़िफ़ थे। टीपू के चप्पू भाँजने की रफ़्तार तीनों कुशल तैराकों के आगे कमज़ोर पड़ती दिखाई दे रही थी। मगरमच्छों और टीपू के पत्थरों से जान बचाते हुए, उनमें से एक (वो ज्ञानचंद नहीं था) उसकी नाव में चढ़ गया। टीपू ने उसके सर पर पत्थर से वार करना चाहा। उसका वार ख़ाली गया। मौक़ा पाते ही दोनों तैराक (बेशक ज्ञानचंद और *वो*) भी उसकी नाव में चढ़ गए। तीनों ने मिलकर टीपू को कसकर पकड़ लिया। उनकी पकड़ काफ़ी मज़बूत थी। चाहकर भी टीपू अपने हाथ-पाँव नहीं हिला-डुला पा रहा था। उसकी शक्ल बेइंतिहा डरावनी थी। उससे ख़ौफ़ खाए उन तीनों ने उसके आगे शांत और सहज हो जाने की प्रार्थनाएँ कीं, मगर उसने किसी की एक न सुनी। उनकी पकड़ जिस पल ढीली हुई उसने एक के मुँह पर ऐसा मुक्का जड़ा कि वो वापस मगरमच्छों के मुँहों के हुजूम के बीच अपनी जान बचाने पर मजबूर हो गया। ज्ञानचंद नाव के एक कोने में पड़ा था। दूसरा, दूसरे कोने में। टीपू ज्ञानचंद की तरफ़ पत्थर लिए लपका। ज्ञानचंद को अपनी पहलवानी का क़िस्सा याद आया। वो नहीं चाहता था कि उसके बच्चे और साहिराबाद के लोग उसके गुज़र जाने के बाद उसके बारे कोई ऐसा क़िस्सा मशहूर कर दें कि वो एक अधेड़ उम्र के शख़्स के हाथों मारा गया था। भला वो किसी बैल, बल्कि बैलों के बैल से कैसे कोई युद्ध जीत सकता था। वो पहलवान नहीं हो सकता। "नहीं———" ज्ञानचंद ने अगले पल अपनी जान बचाते हुए, अपना दूसरा दाँव खेला। वो काफ़ी हद तक कामयाब हुआ। उसने नाव को किनारे पर उस जगह लगाया, जहाँ बाक़ी के चार सिपाही उन तीन सिपाहियों का इंतज़ार कर रहे थे।

"आख़िरकार तुम लोगों ने कर दिखाया," फ़ारूक़ी ने चकित भाव से उनसे कहा। "हमने कहाँ कुछ किया है," दूसरा हाँफते हुए बोला, "पहलवान जी न होते, तो मैं तो गया था। इसके हाथ में पत्थर था साहब।" ज्ञानचंद उन सब के सामने, अपने हाथ बाँधे एक असली पहलवान की मुद्रा में खड़ा था। किसी का ध्यान टीपू की तरफ़ नहीं था। "मैं तो उसका धक्का खाने के बाद पहलवान जी की बताई तरकीब ही भूल गया था कि मगरमच्छों से अपनी जान कैसे बचानी है। बस बच गया ग़नीमत है," तीसरा बोला। ज्ञानचंद ने देखा बड़ी बहन उसे घूर रही है। उसने अपने हाथ खोले और पहलवान ज्ञानचंद से वापस ज्ञानचंद की मुद्रा में आ गया। "मगर ये पागल है कौन?" पहले तैराक ने पूछा। "हाँ कौन है ये?" दूसरे तैराक ने फ़ारूक़ी की तरफ़ देखकर कहा। "है कोई। तुम दोनों का काम हो गया है। तुम लोग जा सकते हो," फ़ारूक़ी ने कहा, "और सुनो, बहुत अच्छे। शुक्रिया।" "लेकिन ये कुछ बोल क्यों नहीं रहा?" दोनों तैराकों के चले जाने के बाद गुज़िश्ता ने अचानक कहा, "कहीं तुमने इसे... ज्ञानचंद?" "नहीं-नहीं बड़ी बी मुझे एक दाँव आता है, जिससे मैं एक ही वार में सामने वाले को बेहोश कर देता हूँ। जैसे बैल को किया था। याद है ना आपको?" ज्ञानचंद ने बनावटी मासूमियत के साथ कहा। "लेकिन ये बैल नहीं था ज्ञानचंद," बड़ी बी ने चिल्लाते हुए कहा। दत्त ने उसकी नब्ज़ टटोली, वो चल रही थी। उसका दिल टटोला, वो धड़क रहा था। उसकी साँसें भी अपनी तयशुदा रफ़्तार में आ-जा रही थीं। उसने कहा, "नहीं-नहीं, ज़िंदा है ये।" फ़ारूक़ी बेहोश टीपू के नज़दीक आया। उसने उसे अपनी भाव-भरी आँखों से निहारा। इस अफ़सोस के साथ कि एक खोया हुआ महान कलाकार आज उसके सामने था। सबके सामने था। उसका ये हुलिया, ये हालत देखकर पाँचों की आँखें नम थीं। पाँचवे की इसलिए क्योंकि बड़ी बी की नम थीं। दत्त ने कहा, "यार फ़ारूक़ी, ये अपना टीपू है।" "हाँ यार, आख़िरकार। अपना टीपू," फ़ारूक़ी ने भावुक होते हुए कहा।

नदी के जिस हिस्से पर सालों से टीपू की हुकूमत क़ायम थी, वहाँ का राज-पाठ अब अस्सी-अस्सी नुकीले दाँत रखने वाले मगरमच्छों के विशाल मुँहों के क़ब्ज़े में था। उनकी तादाद अचानक बढ़ सकती है। वार करने वाले मगरमच्छों को, एक झटके में मौत के घाट उतार देने वाला बेहोश था। उसे तीन फ़रिश्ते अपनी-अपनी जुर्रतों के बल पर उसके अपने द्वारा रचे दोज़ख़ से ज़मीन पर उतार लाए थे। उसके लिए जन्नत के दरवाज़े खोलने के लिए ईश्वर ने अभी कोई समय

तय नहीं कर रखा था। उसका पुनर्जन्म हुआ था।

समय बुरा था, फिर भी अच्छाइयाँ घटित होती हुई देखी जा सकती थीं। डॉक्टरों के अलावा, अगर वो कोई अपना न हो, तो बेहोशियों के अक्सर नाजायज़ फ़ायदे उठाए गए हैं। एक मर्द के आगे किसी अजनबी औरत की बेहोशी से इसे समझा जा सकता है। एक चालाक औरत के आगे किसी पैसे वाले मर्द की बेहोशी भी इसकी मिसाल हो सकती है। लुग़वी मआनी से बाहर आकर देखा जाए, तो बेहोशी का एक मतलब लूटने का मक़्सद भी होना चाहिए। इज़्ज़त, पैसा वग़ैरा लूटना। पैसों के मामले में बाज़ डॉक्टर भी इसी सफ़ से ताल्लुक़ रखते हैं।

टीपू उनका अपना नहीं था। टीपू दूर-दूर तक उनमें से किसी का कोई नहीं था। बावजूद इसके, उन्होंने उसकी बेहोशी का एक बेहतरीन और सकारात्मक फ़ायदा उठाते हुए उसके सर के बाल, दाढ़ी वग़ैरा कटवाए। उसे वापस उसी शक्ल में लाए, जो उसकी शिनाख़्त थी। हालाँकि उसकी शक्ल उसकी पहचान का सबसे कमज़ोर सबूत था। उसकी अस्ल शिनाख़्त उसका महान हुनर था और उससे मंसूब वो दो क़िस्से भी, जिनकी वज्ह से टीपू अपनी तमाम पहचानें भूल बैठा था। इस सब के दौरान जो सबसे क्रूर घटना हुई वो ये कि लोगों ने टीपू को बहुत कम वक़्त में भुला दिया। बादशाह, शाहज़ादे, राजे-महाराजे, युवराज अपने ख़्वाबों में आने वाली परीज़ादों को साकार नहीं कर पाने के दुख और उलझन में पागल हुए जा रहे थे। फिर भी टीपू की खोज-परख किसी ने नहीं की। किसी ने किसी की परवाह नहीं की। उन्होंने ख़ुद को पागल होते देखना मंज़ूर किया और टीपू का पागल हो जाना।

किताबों से दूर-दूर तक कोई वास्ता न रखने वाला ज्ञानचंद, फ़ारूक़ी-दत्त की दुकान में अपनी पथरीली तशरीफ़ का टुकड़ा लकड़ी की एक कुर्सी पर जमाकर बैठा हुआ, टीपू के होश में आ जाने की राह देख रहा था। विद्या के उस्ताद फ़ारूक़ी ने विद्या को आज प्रेस के काम से छुट्टी दे दी थी। दत्त ने बहनों को यक़ीन दिलाते हुए कि हम देख लेंगे, उन्हें महल में वापस अपने काम की तरफ़ लौट जाने का मशविरा दिया। वो जा चुकी थीं। अब प्रेस में चार लोग थे; तीन होश में, एक बेहोश।

"दत्त साहब मुझे लगता है, इसकी बेहोशी का वक़्त ज़रा लंबा खिंच गया है। मुझे घबराहट-सी हो रही है; कहीं मेरा दाँव..." ज्ञानचंद ने चिंता जताते हुए कहा, "क्या हमें किसी डॉक्टर या हकीम को नहीं बुला लेना चाहिए?" "ठीक कहते हो ज्ञानचंद, लेकिन तुम ऐसा कौन-सा दाँव जानते हो जिससे तुम बैल तक को बेहोश

कर लेते हो?" दत्त ने उससे उत्सुकतावश पूछा। उसने कहा, "दत्त साहब दाँव-पेच की क्या कहूँ। सब दाँव लगा रहे हैं। सब पेच लगा रहे हैं। ज़िंदगी यहीं अटकी हुई है। फिर भी अपनी जान बचा लेना कला है। फिर दाँव चाहे जो हो, जैसा हो।" "तुम अपने नाम के मुताबिक़ बातें कर रहे हो। अच्छा है। फिर भी क्या तुम किसी बेहतर हकीम के बारे में जानते हो? या आज हम यहाँ फ़लसफ़्याना गुफ़्तगू क़ायम करने के इरादे से एक बेहोश आदमी के सामने यकजा हुए हैं?" फ़ारूक़ी ने व्यंग्यपूर्ण अंदाज़ में ज्ञानचंद से कहा।" "जी, एक है, ख़फ़ीफ़ मुसद्दस सालिम।" "वो मर चुका है," दत्त ने कहा। "क्या! क्या! क्या! मगर कैसे? उसकी उम्र मर जाने की तो नहीं थी," भौंचक ज्ञानचंद ने हकलाते हुए कहा। "हम दोनों में से उसे किसी ने नहीं मारा," फ़ारूक़ी ने ज्ञानचंद से गुस्से में कहा।

शहर का कुशल हकीम अपने खोजी दिमाग़ की ख़ुराफ़ात की वज्ह से मौत की भेंट चढ़ चुका था। ये ख़बर ज्ञानचंद को आज, अब मालूम हो रही थी। वो फ़ारूक़ी का ग़ुस्सा सर-आँखों पर लेते हुए गहरे सन्नाटे की तरफ़ लौट गया। वो सोच रहा था, "ख़फ़ीफ़ मुसद्दस सालिम पर तो फिर भी मेरा ज़ोर था। मैं उसे यहाँ लाने से पहले बता सकता था कि टीपू अफ़ीम के नशे के कारण बेहोश है। उसे होश में लाना है, मगर किसी को बताए बग़ैर कि उसकी बेहोशी की वज्ह क्या है। वो न भी मानता, तो उसे अपनी दवा की और ख़ुराकें देकर मना लेता। अब अगर किसी डॉक्टर को बुलाया गया और उसने किसी तरकीब से ये साबित कर दिया कि ये अफ़ीम के नशे की वज्ह से बेहोश है, तो मेरी पूरी पहलवानी धरी की धरी रह जाएगी। मैंने जिस-जिस के साथ बेसबब धक्का-मुक्की की है, वो सारे मिलकर कोई गिरोह बनाकर मुझे जान से मार सकते हैं। मेरे बच्चे थूकेंगे मुझपर। और हुज़ूर? और बड़ी बी?" ज्ञानचंद मन ही मन चिल्लाया, "नहीं———"

"ज्ञा— दी— न— ये— च— हीं— न्द— काल है काल—" फ़ारूक़ी ज्ञानचंद पर चिल्लाया। टीपू अपने आप में चिल्लाया।

वहाँ नदी नहीं थी। टीपू की नाव नहीं थी। उसकी जटाएँ, उसकी दाढ़ी के बाल की कतरनें कूड़ेदान में फेंकी जा चुकी थीं। टीपू का होश लक्ष्मण की तलवार के वार से नककटी बनाई गई सूर्पनखा के भाई रावण-के-से ग़ुस्से में तब्दील हो चुका था। वो तमाम चीज़ें इधर-उधर फेंकने लगा। वो इस दर्जा तैश में था कि उन तीनों का क़त्ल कर देना चाहता था। उससे अपनी-अपनी जान बचाने की कोशिश में, तीनों उसे बग़ैर कोई चोट पहुँचाए सिर्फ़ अपना बचाव कर रहे थे। ज्ञानचंद सोच

रहा था, मैं आज किसी सूरत अपना दूसरा दाँव नहीं खेलूँगा। तीनों अपने आप को बचाते हुए उससे शांत हो जाने का आग्रह कर रहे थे। उस रात की मानिंद उसका ग़ुस्सा अपने चरम पर था। उसके हाथ में कुछ भी होता, तो फ़ारूक़ी, दत्त समेत ज्ञानचंद भी गया था आज। तीनों ने मिलकर; एक ने हाथ, दूसरे ने पाँव, तीसरे ने उसकी कमर को कस रखा था। टीपू गिरफ़्तार हुए मुजरिम की तरह फड़फड़ा रहा था।

"छोड़ दो हरामज़ादो— मुझे छोड़ दो— जान से मार दूँगा तुम सबको— छोड़ दो मुझे— मुझे छोड़ दो— हस्स हस्सस हस्स— छोड़ दो हरामियो— हस्सस हस्स—" टीपू हाँफ रहा था, "हस्सस हस्स— हस्सस हस्स—" वो ख़ामोश हो गया। हस्सस हस्स— हस्सस हस्स—" अपनी थकी-माँदी आवाज़ में उसने फिर कहा, "छोड़ दो मुझे— मेरी जान के दुशमनो छोड़ दो मुझे— हस्सस हस्स— हस्सस हस्स—"

उसके जोशीले हमलों ने उसकी बची-कुची ताक़त नष्ट कर दी थी। दत्त ने ज्ञानचंद को उसके लिए पानी लाने का इशारा किया। "लो पानी पी लो टीपू। हम तुम्हारे दुश्मन नहीं हैं। दोस्त भी नहीं हैं, मगर तुम्हारे चाहने वाले ज़रूर हैं। शांत हो जाओ टीपू। हम तुम्हारी मदद करना चाहते हैं," दत्त ने आग्रह करते हुए कहा। टीपू ने जग में भरा पूरा पानी ऐसी फ़ुर्ती से पिया, जैसे वो कई दिनों से प्यासा हो : बेशक अफ़ीम और उसके जोशीले वार। अपनी तमाम उम्र शान से जीता आ रहा फ़ारूक़ी, जिसने अपनी ज़िंदगी में कभी किसी के पाँव नहीं पकड़े थे, ख़ुदा के भी नहीं, टीपू के पाँव पकड़े हुए, उससे दो दर्जा नीचे नंगी ज़मीन पर बैठा था। टीपू ने उसके मुँह पर थूक दिया। उसने कुछ नहीं कहा सिवाए, "टीपू शांत हो जाओ। हमारी बात सुनो।" टीपू ने कहा, "नहीं, मुझे जाना है। मुझे जाने दो। मेरी बीवी; मेरा बच्चा; मुझे मगरमच्छों से उनकी मौत का बदला लेना है। हस्स— हस्स— मुझे जानें बचानी हैं।" "किनकी जानें बचानी हैं? अब वहाँ कोई नहीं जाता टीपू। जाना चाहेगा, तो हम नहीं जाने देंगे। हम वादा करते हैं; हम नहीं जाने देंगे। किसी को नहीं जाने देंगे। शांत हो जाओ," फ़ारूक़ी ने कहा। "नहीं, मुझे जाने दो," वो चिल्लाया, "वो नदी नहीं है काल है काल, उसने मारा मेरा लाल— उसने— मा— रा— मे— ए— ए— रा ला— आ— आ— ल।" उसके अंदर अब कुछ कह सकने की ताक़त नहीं रह गई थी। वो गर्दन लटकाकर फूट-फूटकर रोने लगा। हू-ब-हू वैसे, जैसे अपनी जवान औलाद के मर जाने के दुख में उसका बाप रोता

है। हू-ब-हू वैसे, जैसे अपनी बीवी से बेइंतिहा मुहब्बत करने वाले उसके शौहर को रोना चाहिए। उसे जकड़े हुए दत्त के हाथों ने उसपर अपनी पकड़ ढीली कर ली। उसकी पकड़ अब ऐसी नहीं थी, जैसी किसी जोशीले पागल को पकड़ने के लिए लाज़िम होती है। उसकी पकड़ अब टीपू को दुनिया में सबसे ज़्यादा चाहने वाले शख़्स की पकड़ थी। फ़ारूक़ी ने अपनी पकड़ कमज़ोर नहीं की। उसने उसके पाँव नहीं छोड़े, जैसे वो उस महान कलाकार का शागिर्द हो जाने की परम इच्छा रखता हो और उससे गंडाबंधन की प्रार्थना कर रहा हो। टीपू अब सहज था। माओं की तरह तीन-तीन मर्द उसकी सेवा-ख़ुशामद में लगे हुए थे। उसे खाना खिलाया गया। उससे सो जाने की प्रार्थना की गई। दत्त ने उसके लिए अपनी दुकान के बाज़ू में अपना निजी कमरा खुलवाया, जहाँ वो यदा-कदा रात में ठहरकर दुकान और प्रेस से संबंधित ज़रूरी काम-काज निपटाने के लिए रुक जाया करता था।

टीपू सो गया। वो अब बेहोश नहीं था, मगर बेसुध था।

सूरज आसमान में अपनी तयशुदा जगह में ग़र्क़ होने के लिए अपनी अलसाई, फ़रेबी चाल से गाम-गाम था। एक मायावी समय; एक ऐसा पहर जब दुनिया का एक हिस्सा इस धोखे में अपनी-अपनी नींदों की जानिब बढ़ रहा था कि सूरज सो चुका है। तमाम सितारे अपनी-अपनी क़ुव्वत के मुताबिक़ रात की कालिख़ से लड़ने के लिए कोना-ब-कोना मुस्तैद होते जा रहे थे। उस रात आसमान में कश्ती-नुमा चाँद का एक छोटा-सा टुकड़ा ही बाक़ी रह गया था।

तसव्वुर करना हर किसी का पैदाइशी हक़ है और उसे कोई किसी से नहीं छीन सकता, ख़ुद तसव्वुर करने वाला अपने आप से भी नहीं। तसव्वुर करने वाला तसव्वुर कर सकता है कि शाम बूढ़ी है। वो तीन हैं। वो दो और तीसरा एक नन्हा-सा बच्चा जो प्रकृति से प्रेम करता है। नदियाँ उसके लिए रहस्यों का ख़ज़ाना हैं। वो नदियों की गहराइयों में उतरकर उनके रहस्यों को उजागर करना चाहता है। मछलियाँ उसकी प्रेमिकाएँ हैं। मगरमच्छ उसके और उसकी मुहब्बतों के दरमियान दुनिया के किरदार में मौजूद हैं। वो उसके दुश्मन हैं। नदी का निर्मल आब उसका पसंदीदा रास्ता और नाव उसकी चहेती सवारी है। उन दोनों के बीच अथाह प्रेम है। उन दोनों को उस तीसरे से अथाह प्रेम है। वो सोच रहे थे कि काश नदी में तैरते सितारों को बीना-बटोरा जा सकता।

उस वक़्त वहाँ एक ही बच्चा था, मगर एक बच्चे के साथ वो दोनों बच्चे हो चुके नदी किनारे मिट्टी पर अपने-अपने पाँवों के निशान बनाते हुए इधर-उधर

भाग रहे थे।

इतनी ख़ामोशी थी, इतना एकांत कि बस।

वो दोनों पूरी की पूरी उम्र ऐसे ही ख़ुश रहकर गुज़ार देना चाहते थे। उसे याद आया, उसके चमकदार झुमके उसकी जुंबिशों पर बारहा चमक रहे थे। वो थककर नदी किनारे लगे उस शजर के पास, जो कभी किसी को छाया नहीं दे सका था, नदी में पाँव उतारकर बैठ गई थी। वो भी उसके नज़दीक जाकर बैठ गया। उसका बच्चा नदी में उतर गया और फिर नदी की सतह पर वापस नहीं दिखाई दिया। मगरमच्छ ने उसकी बीवी का पाँव दबोचकर उसे भी नदी में खींच लिया।

मेनिका

मेरे बच्चे

टीपू घबराया हुआ नींद से छटपटाकर उठा। उसने अपने सामने तीन लोग पाए। दो वही दो, तीसरा डॉ. मंडेला। वो मंडेला को नहीं जानता था। जानता तो वो फ़ारूक़ी और दत्त को भी नहीं था। लेकिन फ़ारूक़ी, दत्त दोनों मंडेला को जानते थे। मंडेला एक बेहतरीन डॉक्टर था। बिल्कुल वैसा, जैसा एक डॉक्टर को होना चाहिए। वैसा, जैसा कभी टीपू बनना चाहता था। टीपू डॉक्टर क्यों नहीं बना? मंडेला मूर्तिकार क्यों नहीं बना? इन दोनों सवालों के पीछे एक ही तर्क है, वही तर्क, जो टीपू पर लागू था। नहीं बने, बस नहीं बने। जो बने वो बन गए, क्यों बने? बस बन गए। मंडेला चाहे तो ख़ुद को हिंदुस्तानी कह सकता है। वो हिंदुस्तान में पैदा हुआ था। कुछ कक्षाओं की शिक्षा भी हिंदुस्तान में हासिल की। डॉक्टरी की पढ़ाई उसने लंदन में पूरी की और फिर प्रैक्टिस करने लौटकर हिंदुस्तान आ गया। अधिकतर हिंदुस्तानियों की तरह। हिंदुस्तानी फिर भी लौटकर नहीं आना चाहते, मगर वो लौट आया था। क्यों? बस आ गया।

था और है के बीच का फ़र्क़ बहुत बड़ा फ़र्क़ होता है। आपको इसे ख़ुद समझना होगा। वर्ना फिर कभी।

मंडेला का बाप भी डॉक्टर था। मगर, वो नेल्सन मंडेला नहीं था। वो हिंदुस्तान में पैदा नहीं हुआ था। साउथ अफ्रीका में भी नहीं। वो इंग्लैंड में पैदा हुआ था; मगर रहता हिंदुस्तान में था; मगर सिर्फ़ फ़िरंगी अफ़्सरों का इलाज किया करता था। मंडेला दिमाग़ी बीमारियों का इलाज करने का विशेषज्ञ था, मगर वो अपने बीमार बाप का इलाज नहीं कर सका। उसका बाप उसकी तज्वीज़ की दवाएँ लेने से उम्र भर इनकार करता रहा। अंत में उसकी मौत हो गई। उसने सोचा था, मैं गॉड को

प्यारा हो जाऊँगा; मगर नहीं हुआ। वो जीते-जी कभी अपने बेटे को प्यारा नहीं हुआ। मरने के बाद गॉड को नहीं। वो कभी किसी को प्यारा नहीं हुआ। वो प्यार की खोज में आख़िर में मौत को प्यारा हुआ। मौत चाहती तो इनकार कर देती। मगर ज़िंदगी नाम की भी कोई चीज़ होती है। उसका अपना दर्जा होता है, मक़ाम होता है, एहमियत होती है। मंडेला चाहेगा, तो वो गॉड को भी प्यारा होगा; अल्लाह को भी; ईश्वर को भी। वो सबको प्यारा है। ज़िंदगी को भी। मौत के तो सभी प्यारे हैं। मौत सबसे महान है।

मंडेला भी लासारी की तरह यतीम है। ग़ैर-शादीशुदा भी। मगर उसका तर्क लासारी से अलग है। वो तन्हाईपसंद नहीं है। वो ग़ैर-शादीशुदा है, ठीक वैसे ही जैसे वो डॉक्टर है। मतलब *है तो है।* हिंदुस्तान के तमाम ज़ेहनी बीमार, जो टीपू की तरह वक़्त और हालात के सताए हुए नहीं हैं, जरीस, हफ़ीज़ की तरह, जिनके सरों के भीतर दिमाग़ की जगह गू भरा हुआ है, अगर मंडेला से अपनी बीमारी का इलाज करवाते, तो हिंदुस्तान में सन् सैंतालीस के पहले-पहले एक भी जाहिल या यूँ कह लीजिए कोई भी जाहिल नहीं रह जाता। मंडेला, जिसका बाप उसका बाप था, मगर नेल्सन मंडेला नहीं था। मंडेला जो नेल्सन मंडेला नहीं है, नेल्सन मंडेला हो जाता। एक महान समाज सेवक। हिंदुस्तान में हमेशा उसका नाम गाँधी, बोस, भगत सिंह की तरह अदब के साथ लिया जाता। उसकी तस्वीरें सरकारी दफ़्तरों में लगाई जातीं। उसके बुत हर शहर के व्यस्त चौराहों पर लगवाए जाते। उसकी महानता की गाथाएँ स्कूलों में पढ़ाई जातीं। पंद्रह अगस्त और छब्बीस जनवरी की स्कूली रैलियों में उसके नाम के नारे लगाए जाते।

डॉक्टर मंडेला : अमर रहें, अमर रहें

मंडेला अभागा था। उसके पास इलाज के लिए ऐसे मरीज़ कभी नहीं आए। मंडेला सबको प्यारा होगा।

मगर

ख़ैर

वशीकरण मंत्र उस रंडीबाज़ फ़िरंगी के पास था कि नहीं, मगर मंडेला के पास ज़रूर था। मगर मंडेला रंडीबाज़ नहीं था। रंगबाज़ तक नहीं। मंडेला के सामने टीपू इस तरह शांत था, मानो वो जोशीले वार करने की अपनी पूरी ताक़त खो चुका हो। जैसे वो लड़ना, झगड़ना, छटपटाना, गालियाँ देना सब कुछ भूल गया हो। मंडेला की तीन उँगलियाँ टीपू की नब्ज़ पर थीं। उसने अच्छी तरह से टीपू की जाँच की।

मंडेला ने कहा मुँह खोलो, उसने मुँह खोला। मंडेला ने कहा आँखें खोलो— और खोलो, उसने आँखें खोल दीं— और खोल दीं। उसके शरीर का तापमान बराबर था। आख़िरश मंडेला ने उसे ज़ेहनी बीमार नहीं पाया। वो सिर्फ़ दुख का मारा था। अपनी क़िस्मत का सताया हुआ। मंडेला ने उससे कहा, "तुम एकदम ठीक हो दोस्त।" उसने दत्त और फ़ारूक़ी की तरफ़ देखकर उन्हें इशारे-इशारे में बताया, "ऑल ओके।"

मंडेला ने उसकी बेहतर नींद के लिए कुछ दवाएँ लिखीं। मंडेला ने दोनों को अकेले में बुलाकर कहा, "इसका दिमाग़ एकदम ठीक है। आपको इसके खाने-पीने, सोने-जागने का बेहतर ध्यान रखना होगा। इसका अतीत, जो ये कभी नहीं भूल सकता, उसे फ़ौरन भूल जाने के लिए इसे हम या कोई भी मजबूर नहीं कर सकता। इसके लिए यही बेहतर है कि इसे उसके बारे में सोचने के जितने कम मौक़े दिए जाएँ उतना अच्छा। इसीलिए कोई न कोई हर वक़्त इसके आसपास रहना ज़रूरी है।" "लेकिन डॉक्टर, आपके चले जाने के बाद ये फिर से कहीं?" फ़ारूक़ी ने संदेहास्पद भाव से पूछा। "नहीं, अब ऐसा कुछ नहीं होगा," मंडेला ने दत्त की तरफ़ देखते हुए कहा, "वैसे दत्त आपने बताया था, ये मूर्तियाँ बनाने का जादूगर है। क्या मैं इसकी बनाई कोई कलाकृति देख सकता हूँ?" "हमारे ख़्वाबों में हमेशा हमारी बीवियाँ आती हैं। इससे उनके बुत बनवाकर हम करते भी क्या डॉक्टर? क्यों फ़ारूक़ी?" तीनों एक दूसरे का मुँह देखकर हँसने लगे। फ़ारूक़ी ने कहा, "लेकिन इसके घर में इसकी बनाई उन परीज़ादों, बेतुके ख़यालों की दुर्लभ मूर्तियाँ ज़रूर होंगी, जो उनके ख़्वाबों से परेशान होकर बादशाहों, युवराजों और अमीरज़ादों ने बनवाई होंगी। मुश्किल ये है कि हम इसका घर नहीं जानते। दत्त? तुम जानते हो?" "मैं भी नहीं जानता," उसने सो चुके टीपू की तरफ़ इशारा करते हुए कहा, "क्या हमें इससे पूछना चाहिए?" "हरगिज़ नहीं," डॉक्टर ने फ़ौरन दोनों की बात में अपनी बात शामिल करते हुए कहा। उसने आगे कहा, "अगर आप वाक़ई मुझे इसकी नायाब कलाकारी से रू-ब-रू कराना चाहते हैं, तो आप दोनों को ही इसके घर का पता मालूम करना होगा।" "ओके डॉक्टर वी विल," दत्त ने जवाब दिया।

रात
अंधेरा
सन्नाटा
सन्नाटा, जो अलामत है—

नौ

मंसूख़ का शोध काफ़ी हद तक तरक़्क़ी पर था। उसने सिफ़ली को आवाज़ लगाई। सिफ़ली उसके लिए रसोई में टोस्ट और कॉफ़ी तैयार कर रही थी। मंसूख़ के लिए सिफ़ली ऐसी थी, जैसे सलीम के लिए पद्मा। वो उससे कुछ भी साझा कर सकता था। अपने बिस्तर और शरीर से लेकर अपनी जटिल शोध के जटिल पहलू भी। वो उसकी हर एक बात उतने ही चाव से सुनती थी, जितने चाव से वो उसके लिए कॉफ़ी तैयार करती थी। उसे इस बात की कोई जल्दी नहीं थी कि कब ये मुश्किल काम पूरा हो और उसकी शोध से संबंधित तमाम जानकारी किसी विश्वविद्यालय या प्रकाशक के हवाले कर चैन की साँस के साथ आनंद की रातें गुज़ारी जा सकें। सिफ़ली ने कॉफ़ी का कप मंसूख़ की मेज़ पर रखते हुए धैर्यपूर्वक पूछा, "कहाँ तक पहुँचे? यू टोल्ड मी अबाउट क्यूनीफ़ॉर्म स्क्रिप्ट। व्हाट इज़ इट?" मंसूख़ ने अपनी ऐनक उतारी और प्यार भरी नज़र से उसकी तरफ़ देखते हुए साँस का एक भरपूर घूँट अपने फेफड़ों में भरा और उसे छोड़ते हुए बोला, "क्यूनीफ़ॉर्म, एक ऐसी स्क्रिप्ट, जिसका इस्तेमाल मध्य-पूर्व में पूरे 3000 साल तक होता आया था, जिसे पढ़ सकने वाला आख़िरी शख़्स ईसा की पहली सदी की शुरुआत में कभी मर गया था। उसके बाद स्मारकों, पुराने खंडरों, पत्थरों, यहाँ तक कि घरेलू बर्तनों पर गुदी हुई क्यूनीफ़ॉर्म इबारतों को पढ़ सकने वाला कोई नहीं बचा। कितनी अजीब बात है कि एक समय था, जब इसका इस्तेमाल ओल्ड नियर ईस्ट की सैकड़ों ज़बानें लिखने में किया जाता था। जानती हो, ये शुरूआती ब्रॉन्ज़ एज से लेकर कॉमन एरा के आग़ाज़ तक भरपूर इस्तेमाल में रही है।" सिफ़ली

ने अपने होंठों पर दबाव डालते हुए अपना एक कंधा उचकाया। उसने कहा, "इंटेस्टिंग। काफ़ी दिलचस्प। दुनिया में कुछ भी कभी *भी* ख़त्म हो सकता है।"

मगर मैं बदक़िस्मत हूँ। मेरी क़िस्मत में कोई पद्मा नहीं, जिसे मेरी कहानी में दिलचस्पी हो, जो मेरी कुर्सी के पीछे से झाँककर मुझे टोकते हुए कहे, "तुम्हें अपने जीते-जी अपने हीरो को बड़ा कर देना चाहिए।" कोई नहीं जो अपनी उँगलियों से मेरी नाभि को गुदगुदाए और गुदगुदाते हुए उन्हें मेरे शरीर के उतार की तरफ़ ले जाते हुए मेरी सुस्ती को जगाए।

मैं बदक़िस्मत ही सही, वर्ना मैं उससे किस मुँह से कहता कि मेरी कहानी में कोई हीरो नहीं है। मैंने अपने अज़ीज़, रहमदिल पाठकों को अपना-अपना नायक-नायिका चुनने की खुली छूट दी हुई है।

बेहतर है, उसने मुझसे कुछ नहीं कहा। बेहतर है, मुझे उससे कुछ नहीं कहना पड़ा। बेहतर है, सब कुछ बेहतरी की तरफ़ बढ़ता रहे और सब कुछ बेहतरीन हो जाए।

बेहतर है फ़ारूक़ी अपना वादा निभा रहा है।

बुज़ुर्गी के एहसास से मुक्त, लँगड़ा न होते हुए भी हमेशा छड़ी साथ लेकर चलने वाला फ़ारूक़ी, अपनी छड़ी को, जो उसके क़द के आगे काफ़ी बौनी थी, इधर-उधर ज़मीन पर पटकते हुए, छोटी-मोटी गिट्टी और कंकड़ों को रास्ते से हटाता हुआ टीपू का घर ढूँढ़ने निकल पड़ा था। उसने रास्ते में कई अजनबियों से जा-जाकर पूछा मगर किसी को भी न टीपू के बारे में कुछ पता था, न उसके घर के बारे में। सब ये कहकर कि कौन टीपू? मैं किसी टीपू को नहीं जानता, वापस अपने-अपने काम में लग जाते। धूप के तीखे वारों से जूझता हुआ फ़ारूक़ी थक चुका था। उसने अपने माथे पर उतर आए पसीने की बूँदों को उँगली के सहारे पोंछते हुए उन्हें अपनी दाईं भौंह के पास समेटते हुए ज़मीन पर झटक दिया। उसने चैन की साँस ली और सुस्ताने के मक़सद से एक ठंडाई बेचने वाले की दुकान पर रखी एक बेंच पर बैठ गया। "एक बढ़िया ठंडाई बनाओ," उसने ठहरकर कहा, "और हाँ, गुलाब की पत्तियाँ और पोस्ता के बीज ज़रा बढ़ाकर डालना।" "जी जनाब," ठंडाई वाले ने कहा। "देखो तो कैसा मौसम है। ठंडक की आमद के दिन और ऐसी धूप। चाहे अल्लाह करे मगर ऐसी मनमानी ठीक नहीं," फ़ारूक़ी ने कहा। "साहब मौसम की कुछ न कहिए। सूरज को तो जैसे हमपर तरस ही नहीं आता। हमें ही देख लीजिए, अभी तक ठंडाई बेच रहे हैं। क्या करें गाहकों के आने

का सिलसिला ख़त्म ही नहीं होता," ठंडाई वाले ने कहा, "लीजिए साहब पीजिए। कुछ राहत महसूस करेंगे।" फ़ारूक़ी ने एक साँस में पूरी ठंडाई पीने के बाद ठंडाई वाले से पूछा, "तुम किसी टीपू को जानते हो?" "कौन टीपू जनाब? मैं तो किसी टीपू को नहीं जानता," ठंडाई वाले ने फ़ारूक़ी के हाथ से ठंडाई का ख़ाली गिलास लेते हुए कहा। "यार कैसे बेसुध लोगों का शहर है ये," फ़ारूक़ी ने मन ही मन बड़बड़ाते हुए कहा, "बताओ इतने महान कलाकार को नहीं जानते।" वो अपने घुटनों पर हथेलियों से ज़ोर लगाते हुए उठा। उसने अपनी छड़ी उठाई और आगे निकल गया। "इससे बेहतर तो मैंने कोई सवारी कर ली होती," उसने सोचा, "या अपनी ही सवारी लेकर आया होता। मैं भी कितना— ख़ैर।" उसने अपनी बेवकूफ़ी पर अफ़सोस जताते हुए अपनी गर्दन झटकी। "अरे सुनो, रुको ज़रा," उसने एक रिक्शे वाले से कहा, "तुम किसी टीपू को जानते हो?" "कौन टीपू साहब? वो टीपू सुल्तान?" उसने कहा। "ए चुप रहो," फ़ारूक़ी ने उसे हड़काते हुए कहा, "यहाँ से आगे बस्ती की तरफ़ चलो।" बस्ती की तरफ़ जाते हुए फ़ारूक़ी को उसका एक परिचित दिखा। "रुको-रुको," उसने रिक्शा वाले के कंधे पर उँगलियाँ थपथपाते हुए कहा, "बस-बस यहीं।" उसने रिक्शा वाले को भाड़ा देते हुए चंदेल को आवाज़ लगाई और कहा, "यार चंदेल..." उसने अपनी आवाज़ तेज़ की, "चंदेल, सुनो, इधर आओ।" "क्या हाल फ़ारूक़ी मियाँ?" उसने फ़ारूक़ी को देखते ही अपने खिले हुए चेहरे के साथ कहा, "आज इस वक़्त? यहाँ? "कुछ ख़ास नहीं," फ़ारूक़ी ने उसके क़रीब जाते हुए कहा, "तुम किसी टीपू को जानते हो? मैं उसी का घर ढूँढ़ने निकला हूँ।" "कौन टीपू?" चंदेल ने याद करते हुए कहा, "वो मूर्तियाँ बनाने वाला?" "हाँ-हाँ वही," फ़ारूक़ी ने उत्साहित होते हुए कहा। "अच्छा-अच्छा वो," चंदेल ने जिज्ञासावश पूछा, "मगर मियाँ तुमको उससे क्या काम आन पड़ा?" "कोई काम-वाम नहीं है," फ़ारूक़ी ने जवाब देते हुए कहा, "बस उसका पता मिल जाता तो।" "तुम बिल्कुल सही जगह पर रुके हो," चंदेल ने कहा, "यहाँ से आगे जाकर वो गली देख रहे हो बाएँ हाथ पर?" "हाँ-हाँ," फ़ारूक़ी ने कहा। "वहाँ से अंदर जाकर उसके ख़त्म होते ही दाएँ हाथ की गली पकड़ते हुए, आगे उस तिराहे के दूसरे रास्ते पर बस यही कोई बीस क़दम चलकर दाएँ हाथ पर एक गली आएगी," चंदेल ने टीपू के घर का पता बताते हुए कहा, "उसी गली के दाएँ हाथ पर यही कोई बीसवाँ-इक्कीसवाँ घर।" "बीसवाँ या इक्कीसवाँ?" फ़ारूक़ी ने कहा। "इतना याद नहीं," चंदेल ने दिमाग़ पर ज़ोर

डालते हुए कहा, "मगर हाँ, बीसवाँ या इक्कीसवाँ।" "शुक्रिया चंदेल," फ़ारूक़ी ने कहा। "लेकिन टीपू? वहाँ तो अब कोई नहीं रहता," चंदेल ने मन ही मन कहा, अपने कंधे उचकाए और वहाँ से चला गया।

फ़ारूक़ी ने इक्कीसवाँ घर चुना। वही था टीपू का घर। इतना ही मुश्किल और इतना ही आसान था टीपू का पता। रहता तो कोई बीसवें घर में भी नहीं था, लेकिन एक नौसिखिए चित्रकार और एक माहिर मूर्तिकार के घर की बाहरी दीवारों में ख़ासा फ़र्क देखा जा सकता था। एक घर की दीवारें अटपटे चित्रों से रँगी हुई थीं। उन चित्रों में उतनी सफ़ाई नहीं थी, जितनी एक सधे हुए चित्रकार के चित्रों में होती है। दूसरे घर की बाहरी दीवारें ख़त्मशुद किसी तहज़ीब की तहज़ीब का बेहतरीन परिचय देती हुई दिखाई पड़ रही थीं। दीवारों पर मूर्तियों, निशानियों, किसी मख़्सूस ज़बान में लिखे उपदेशों की खुदाई बेशक इतनी सधी हुई, साफ़-सुथरी थी, जितनी दरअस्ल होनी चाहिए। उन दिनों न सिर्फ़ साहिराबाद, बल्कि पूरा हिंदुस्तान तीन तरह की सोचों में बँट चुका था। एक; फ़ारूक़ी, दत्त, गुज़िश्ता, अक्सीर, ज्ञानचंद, विद्यावती, विल्सन जैसे, दूसरे वो जो अपनी जान पर खेलकर भी अपने मुल्क को आज़ाद कराना चाहते थे, तीसरे; जरीस, हफ़ीज़, नुक़्सानदेह जैसे या किसी के जैसे नहीं। वो, जो होते हैं सिर्फ़ अपने जैसे। वो, जो होते हैं अपने जैसों की, अपने जैसों के लिए, अपने आप में महानतम मिसाल। इस तीसरी क़िस्म ने, दोनों कलाकारों के दोनों घरों के बाहरी दालानों को घूरे में तब्दील करने में कोई कसर नहीं छोड़ी थी।

फ़ारूक़ी ने टीपू के और उस चित्रकार के घर की हालत पर अफ़सोस जताया। उसने फ़ौरन दो मज़दूर लगाकर उन दोनों दालानों की सफ़ाई करवाई। अगले रोज़ दोनों साझेदार वहाँ पहुँचे। उनकी नज़र टीपू के घर पर लगे अधखुले, बल्कि अधलगे ताले पर पड़ी, जिसपर कभी किसी की नज़र नहीं पड़ी थी। वर्ना लोगों की चौथी क़िस्म भी होती है।

वो बेहोश थे या बेसुध?

घर के अंदर घुसते ही दोनों साझेदारों ने देखे ख़ूबसूरती के अद्‌भुत उदाहरण। मुजस्समासाज़ी की अज़ीमतरीन मिसालें। उन हाथों की महान कला, जो क़िस्मत से अब तक किसी सरफिरे बादशाह की तलवार के आगे नहीं आए थे। उन्होंने उस घर का कोना-कोना साफ़ करवाया। उसमें रंग-रोग़न करवाया। उन्होंने उसके घर के बैठक कक्ष को प्रदर्शनी कक्ष में बदल डाला। मंडेला को आमंत्रित किया गया। मंडेला ने ख़ुशी ज़ाहिर की, हैरतें ज़ाहिर कीं। उसे अपने फ़ैसले पर नाज़ हुआ।

उसने सोचा, "बेहतर था, मैं मूर्तिकार नहीं हुआ।" उसने कहा, "अगर दुनिया में इस क़दर ख़ूबसूरती है, तो हम किस दुनिया में रहते हैं ब्रदर्स? ओह गॉड, देखो इस चेहरे को।" मंडेला का इशारा मेनिका के बुत की तरफ़ था। लेकिन उन तीनों में से कोई भी मेनिका को नहीं पहचानता था। मेनिका इसी दुनिया की थी, मगर इस दुनिया में नहीं थी। "ये सब देखे जा चुके ख़्वाबों की ताबीरें हैं डॉक्टर। ऐसे ख़्वाब जिन्हें बुतों में ढालने के अलावा कोई और सूरत मौजूद नहीं होती। ये उन ख़्वाबों की ताबीरें हैं जिन ख़्वाबों ने हँसते-खेलते शाहज़ादों और बादशाहों की ज़िंदगियाँ तबाह कर दीं। ये महान अकबरों या यूँ कहिए अकबर *महानों* की जोधाएँ हैं। *'जोधा जो थी, मगर नहीं थी।'* ये सब दीवानगी की इंतिहा के नमूने हैं। हम जैसे तो चाहकर भी ऐसे बेमिसाल ख़्वाब नहीं देख सकते," फ़ारूक़ी ने दत्त की तरफ़ इशारा करते हुए कहा, "क्यों दत्त? क्या तुम हो इस क़ाबिल?" "मेरी तरफ़ से भी मेरी 'न' मंज़ूर की जाए। मैंने चार-छह ख़्वाब देखे थे, सो वो पूरे हो चुके। अब ख़्वाब नहीं, नींद आती है। आख़िरी ख़्वाब एक बस यही है कि नींद आती रहे।" "लेकिन, ख़्वाब का रिश्ता नींद से ही तो है। नींद आती है तभी तो ख़्वाब आते हैं," फ़ारूक़ी ने कहा। "ओह कमऑन फ़ारूक़ी; डू यू रियली थिंक ये नींद में देखे जाने वाले ख़्वाब हैं? या नींदें उजाड़ देने वाले? अभी तुम्हीं ने तो कहा," मंडेला ने आश्चर्य व्यक्त करते हुए कहा, "बुत तो छोड़ो बुतों के इस सिलसिले को देखो, जैसे किसी ने अपनी किसी जंग की यादों को हरदम ताज़ा बनाए रखने के लिए उसे मूर्तियों में ढलवाया हो। देखो तलवार से वार करते हुए उस सेनापति को, उस सिपाही की ढाल को, उस घोड़े की तेज़ आँखों को और उस राजकुमार को देखो, उसकी आँखें देखो, जैसे वो जान चुका है कि उसकी जीत अब पक्की है। कुछ भी किसी अजूबे से कम नहीं।"

***

चूँकि मैं सब कुछ जानता हूँ। इसीलिए मैं ये भी जानता हूँ कि हयुलानी सोलह का होते-होते तक लगभग पागल हो चुका था। उसकी नींदें उजड़ गई थीं। उसे हकीम, डॉक्टर ही नहीं, बल्कि तांत्रिकों का *वो* गिरोह भी ठीक नहीं कर सका, जो उसकी हर एक बीमारी का हल, न जानते हुए भी जानता था। उसने तमाम तावीज़ें, काले धागे उतार फेंके थे। उसने कहा था, "तुम सब जाहिल हो। सब के सब। मेरा बाप भी जाहिल। उसका बाप भी जाहिल। उसके बाप के बाप की बीवी भी जाहिल।

ये एक जाहिलों का ख़ानदान है।"

उसने जिस फ़ारस से अपनी परदादी चाँद बीबी की तरह तलवारबाज़ी के हुनर सीखे थे, उसे ऐसे ही किसी ख़्वाब की वज्ह से, जो नींदें उजाड़ देता है, अनजाने में ही सही मगर जान से मार दिया था। पूरे साहिराबाद में अकेला हयुलानी ही था जो फ़ारस का तलवार में मुक़ाबला कर सकता था। उससे जीत भी सकता था। वो कई रातों से, बल्कि तब से, जब से एक युवक नींद का मतलब समझने लगता है, सोया नहीं था। फ़ारस बूढ़ा हो चुका था। इतना कि उसे मर जाना चाहिए था। मगर वो ज़िंदा था। उस रोज़ अभ्यास के दौरान हयुलानी अचेत था। उसने सिखाया गया वार ग़लत खेला। फ़ारस अपनी ढलती उम्र के चलते उसका वार समझ नहीं सका। आख़िरश जिस फ़ारस को मर जाना चाहिए था, उसे मार दिया गया। सज़ा की कोई गुंजाइश नहीं थी। हयुलानी शाहज़ादा था। किरमानियों का आख़िरी वारिस। आख़िरी इसीलिए कि मंसूख़ कभी हमेशा के लिए लौटकर हिंदुस्तान नहीं आएगा। उसके एक *बेटी* हो चुकी है, जिसकी तालीम और तरबियत वो ग़ुलाम, हिंदी के अलावा तरह-तरह की ज़बानें बोलने वाले हिंदुस्तान में नहीं कराना चाहता, जिनकी अपनी ज़बानों के बारे में शोध भी अंग्रेज़ों ने किए थे। हालाँकि वो अपने मुल्क की ज़बान संस्कृत की कीर्ति पर फ़ख़्र महसूस करता है। वो विलियम जोंस के उस शोध के विषय में जान चुका था, जिसमें 1786 में उन्होंने एशियाटिक सोसाइटी की तीसरी सालगिरह की परिचर्चा के दौरान अपने भाषण में इस बात का ज़िक्र किया कि संस्कृत, यूनानी और लातीनी तीनों भाषाओं की जड़ एक है। वास्तव में इनका संबंध गोथिक और केल्टिक, बल्कि फ़ारसी से भी होना चाहिए। इसी मुशाहिदे में उन्हें ज्ञात हुआ कि संस्कृत के नामन को लातीनी में नोमेन, प्राचीन यूनानी में ओनोमा, आधुनिक जर्मन में नामे और अंग्रेज़ी में नेम कहते हैं। इसी सिलसिले में भाषाओं का एक संयुक्त परिवार सामने आया, जिसे हिंद-यूरोपी कहा गया। और ये भी कि संस्कृत दुनिया की न जाने कितनी भाषाओं की मूल है।

***

बारह की उम्र तक आते-आते हयुलानी नींद की अबूझ बीमारी का मरीज़ हो चुका था। उसे अपने ख़्वाब से मुक्ति मिले, वो सो सके, इसके वास्ते उसपर आज़माई गईं तमाम दवाएँ और मंडेला का जादुई इलाज भी विफल हो चुका था। वो रात में चीख़ता-चिल्लाता, बिस्तर, कमरा, कमरे में मौजूद तमाम चीज़ें तहस-

नहस कर देता। आईने चूर-चूर कर देता। क़ीमती फ्रेमों में जड़ीं क़ीमती पेंटिंगों के काँच फोड़ डालता, उन्हें कीलों से उतारकर टुकड़ा-टुकड़ा कर देता। वो कई बार अपने बिस्तर को आग तक लगा चुका था। उसकी उम्र इतनी थी कि वो किसी को साफ़-साफ़ बता सकता, वो क्यों नहीं सोता था? क्यों नहीं सो पाता था? वो क्या ख़्वाब देखता था? उसके ख़्वाब में आने वाला वो कौन था, जो उसे नींद का ऐसा बीमार बना चुका था कि बूढ़ा हो चुका ज्ञानचंद मजबूरन उसे दवा के नाम पर चोखी अफ़ीम चटवाने लगा था।

उन्नीस का होते-होते तक वो ज्ञानचंद से बड़ा अफ़ीमची हो चुका था। उसकी ये उम्र उस ख़्वाब की व्याख्या करने के लिए काफ़ी थी, जिसने उसे इस मरहले पर लाकर खड़ा कर दिया था कि उसके आगे आली जनाब हफ़ीज़ की भी कोई औक़ात नहीं रह गई थी। उसने अपने ख़्वाब को अपने बाप के सामने ज़ाहिर किया। उसने अपना ख़्वाब बताते-बताते हफ़ीज़ का गरेबान अपनी हथेली में समेट लिया। "समझते हो न? मुझे वो चाहिए। चाहिए का एक ही मतलब होता है, चाहिए। वर्ना मैं पूरे महल को आग लगा दूँगा। समझे हफ़ीज़ किरमानी? समझे कि नहीं?" हफ़ीज़ औरंगज़ेब की तरह एक यात्रा पर निकल जाने को मजबूर हुआ। उसे तमाम यात्राएँ करनी पड़ीं। उसे अपने लख़्त-ए-जिगर यानी जिगर के टुकड़े की दुविधा साझा करते हुए उन लोगों के आगे लाचार देखा जा सकता था, जो उनके आगे नज़र उठाने के भी क़ाबिल नहीं थे।

उसकी यात्राएँ कामयाब नहीं हुईं। इस दौरान उसने किसी का गला नहीं रेता। किसी को सज़ा नहीं सुनाई कि उसने उसे मायूस कैसे किया। महल के बेतुके क़ानून अब महल के बाहर बिल्कुल चलने के नहीं थे। ये सन् सैंतालीस था।

हयुलानी की मानसिक शांति के लिए तुक्का लगाते हुए उसके सामने तमाम लड़कियाँ पेश की जातीं। एक से एक शाही घरानों की। वो कह देता, "नहीं, ये नहीं, ये भी नहीं, ये नहीं है, ये— ये— ये भी नहीं, कोई नहीं, इनमें से कोई नहीं। हटाओ इन्हें मेरी नज़रों के सामने से।"

ऐसे मौक़ों पर वो अधिकतर बंदूक़ों के ज़माने में उसके हाथ में रहने वाली चाँद बीबी की पसंदीदा तलवार हवा में भाँज देता था।

सन्जन्ज़्ज़्ज़— सन्जन्ज़्ज़्ज़

हर वक़्त हवा में लहराती हयुलानी की लापरवाह तलवार ने हफ़ीज़ को कई मर्तबा ज़ख़्मी किया। मगर उसे उसका कोई अफ़सोस नहीं होता था। वो कई बार

दो-दो सदियों से महल के अंदर लगे बुज़ुर्ग पेड़ों को तैश खाकर अपनी तलवार के एक वार से धराशाई कर ज़मीन की धूल चटवा चुका था। वो कम उम्र में ज़्यादा ताक़तवर था। मगर उसकी ताक़त निर्लज्ज थी। लापरवाह भी। वो जैसा भी था, मगर रंगबाज़ नहीं था। लड़कीबाज़, रंडीबाज़ भी नहीं। उसकी समझ क़ानून नहीं जानती थी। फिर भी, वो अपनी उस पिद्दी-सी उम्र में भी ये समझता था कि जान लेना इज़्ज़त लूटने से सस्ता और कमज़ोर गुनाह है। वो समझता था कि हर एक गुनाह का प्रायश्चित अपने प्रेम से पवित्र प्रेम करके किया जा सकता है। उसने कभी किसी की जान लेना नहीं चाही। फ़ारस का क़त्ल उसकी भूल थी। या वो हालत, जो नींद न आने से हो जाती है। या अफ़ीम का असर। मगर उसकी नीयत नहीं। एक फ़ारस था, जिसे वो फ़ारस कहकर नहीं बुलाता था। और एक मंसूरा। क्योंकि उसने उसे बताया था कि गुज़िश्ता, अक्सीर तुम्हारी बुआएँ हैं। हर वक़्त तुम्हारा भला चाहने वालीं। मगर बुआओं ने कहा था, "तुम हमारे भतीजे हो, और इससे बढ़कर दोस्त। मैं गुज़िश्ता, ये अक्सीर। हाथ मिलाओ।" तब छह बरस के हयुलानी ने उनसे शान से हाथ मिलाया था। और सुना था, "हरामज़ादियो मेरे बेटे से दूर रहा करो।" ज़ाहिर है, ये उसका बाप था। "इन कमीनियों से कितनी बार कहा है, मगर इनके बेशर्म कान और इनकी बेशर्मी।" ज़ाहिर है, ये उसकी दादी थी।

ज़ाहिर है मंसूरा को जिन्न की माफिक वहाँ से पलक झपकते ही ग़ायब होना पड़ा होगा। ज़ाहिर है हयुलानी ने अकेले इन आवाज़ों का सामना किया होगा।

ज़ाहिर है, जो ज़ाहिर है, जो निहाँ है, वो निहाँ है और उसके अयाँ होने का मुनासिब वक़्त अभी नहीं आया है।

वापस लौटते हुए :

वक़्त बदलाव का सबसे बड़ा उदाहरण है। सुब्ह-शाम, दिन-रात, अमावस-पूर्णिमा, ऋतुएँ वग़ैरा जैसे हर छोटे-बड़े बदलाव वक़्त के बदलने पर आधारित हैं। वक़्त दरअस्ल बदलावों की बुनियाद है। बुनियाद में पहला पत्थर।

टीपू की देखरेख, बल्कि देखभाल के लिए फ़ारूक़ी को अपनी पहली शागिर्द और दत्त को प्रेस की पहली कर्मचारी विद्यावती का नाम सूझा। वो यहाँ अकेली थी। विल्सन कहीं और अकेला था। टीपू रिश्तों की तरफ़ से वक़्त के बदलावों द्वारा अकेला किया जा चुका था। उन्होंने टीपू के विषय में बताते हुए विद्यावती के आगे महज़ अपना प्रस्ताव रखा। उसकी देखभाल के बदले में मिलने वाले कुछ एक ऐसे फ़ायदे गिनवाए, जिनपर उसका पहले से अधिकार था। वो दोबारा दोहराए जाने

से भी उसके उतने ही काम के निकले, जितने दोहराए जाने से पहले थे। यहाँ कोई चालाकी नहीं थी। दोनों साझेदार विद्वान थे, मगर चालाक नहीं।

आप इत्मीनान से रहिए।

विद्या को एहसास था कि उसने अपनी पूरी ज़िंदगी में कभी कोई पुण्य नहीं किया था। उसने सोचा, "अगर मैंने उन तमाम मर्दों से उन्हें शारीरिक सुख देने के बदले में क़ीमत न वसूली होती, तो हो सकता था, उनमें से कोई न कोई मेरे हक़ में दुआ कर रहा होता। मगर मैंने ऐसा नहीं किया। फिर भी अगर मैंने ऐसा कुछ किया होता, तो क्या कोई वाक़ई मेरे हक़ में दुआ करता? कहलाती तो मैं तब भी रंडी ही। बहुत से बहुत बदचलन कहलाती और क्या। हर हाल में दुआ तो कोई देने से रहा था," उसने फिर सोचा, "आख़िर मुझे क्या करना चाहिए?" आख़िर में उसने सोचा, "मुझे कुछ नहीं सोचना चाहिए।" उसने हाँ कर दी।

विल्सन इब्न-ए-बतूता (जिसने बताया था कि खजुराहो मंदिरों, जिनकी मूर्तियाँ मुसलमानों द्वारा खंडित की गई थीं, के नज़दीक, ऐसे कई योगी रहते हैं, जिनकी उलझी हुई जटाएँ उनके शरीरों जितनी लंबी हो चुकी हैं, जिनके शरीरों का रंग उनकी तपस्याओं की वज्ह से जादुई ढंग से पीला हो चुका है, जिनसे योग की कला और उसके सबक़ सीखने वालों में कई मुस्लिम पुरुष भी शामिल होते हैं) की मानिंद अपनी तरह की एक खोजी यात्रा पर था। अपने लौटकर आने का वक़्त ख़ुद उसे भी मालूम नहीं था। वो अब दिल्ली में था। दिल्ली में उसकी मुलाक़ात सरोजिनी से हुई। सरोजिनी उर्दू ज़बान की स्कॉलर थी। बेहद ख़ूबसूरत। उसकी आँखें जितनी कमज़ोर थीं, दिल और दिमाग़ उतने ही मज़बूत। वो बोस की तरह ओवल शेप्ड मोटे फ्रेम का चश्मा पहनती थी। वो विल्सन की सहायक के तौर पर उसके काम में उसका हाथ बँटाती थी। फ़िल्मी नायिकाएँ या अमीर औरतें जैसी आँखों की हसरत रखती हैं, जिसके लिए उन्हें किसी तरह के शृंगार या ढेर काजल पोतने की हमेशा ज़रुरत होती है, ठीक वैसे ही उसकी क़ुदरती आँखें, अपने केंद्र बिंदु नाक से माथे की तरफ़ तिरछी थीं। उसकी नाक की सुंदरता को महजबीन बानो के अलावा कोई टक्कर नहीं दे सकता था। महजबीन उससे उम्र में काफ़ी छोटी थी। जब वो पैदा होगी, तब उसकी उम्र सरोजिनी के बेटे या बेटी जितनी होगी। वो पाँच साल बाद पैदा होगी, जिसका इस कहानी से कोई ताल्लुक़ नहीं है। फिर भी मैं बता दूँ कि वो बॉम्बे में पैदा होगी। पाकिस्तानी पंजाब के 'भेरा' से हिंदुस्तान आए मास्टर अली बक्स की दूसरी पत्नी प्रभावती देवी, जो आगे जाकर इक़बाल बेगम के नाम

से मशहूर हुई, की कोख से जन्मेगी। रवीन्द्रनाथ टैगोर के छोटे भाई की पत्नी हेम सुंदरी टैगोर उसकी नानी कहलाएगी। और आख़िर में वो एक रहस्यमई मौत मर जाएगी। सरोजिनी की आवाज़ सुरीली थी। महजबीन की तरह, मगर उसकी अदाएँ जान लेवा नहीं थीं। उससे घायल होने के लिए उसके चश्मे के पीछे छुपी आँखों को ग़ौर से देखना होता था, जिसे लोग एक नामुमकिन घटना के तौर पर देखते थे। अगर आप घायल होना ही चाहते हैं, तो उसके लिए उसकी नाक काफ़ी है। वर्ना होंठ जो महजबीन की हमउम्र मुमताज़ ज़ेहन बेगम के होंठों की हू-ब-हू नक़्ल हैं, बल्कि मुमताज़ के होंठ सरोजिनी के होंठों की नक़्ल कहलाएँगे। मुमताज़ छत्तीस की उम्र में मर जाएगी। मगर मुमताज़ का भी इस कहानी से कोई ताल्लुक़ नहीं है। बेहतर है हम विल्सन और सरोजिनी की बात करें।

इससे पहले मैं आपको एक नसीहत देना चाहूँगा। आप सरोजिनी पर घायल मत होइएगा। विल्सन भी नहीं हुआ था। मगर, सरोजिनी हो चुकी थी।

घायल

सरोजिनी घायल हो चुकी थी! किसपर?

विल्सन पर।

बल्कि मैं माज़रतख़्वाँ हूँ। मुझे घायल जैसा लफ़्ज़ इस्तेमाल नहीं करना था। फ़िदा उससे बेहतर लफ़्ज़ है। लुग़त में मौजूद भी है। यानी मुझे सीधा-सीधा कहना चाहिए था, सरोजिनी विल्सन पर फ़िदा हो गई थी। विल्सन एक नर्म दिल इंसान था।

मेरी तरह।

वो न नहीं कह सका।

मेरी तरह।

अगर मैं अतिश्योक्ति में बातें नहीं कर रहा हूँ, तो एक प्राचीन हिंदुस्तानी रिवायत के मुताबिक़ लड़की की ना में हाँ होती है और मर्दों की उनकी चुप में।

सरोजिनी ने उसकी चुप का फ़ायदा उठाया। लेकिन विल्सन नहीं जानता था कि एक तरह से वो भी अपनी चुप का फ़ायदा उठा रहा था। उसे बताना चाहिए था। अपने बारे में। विद्या के बारे में। वो मौक़ा तलाशता रह गया और बात बढ़ती चली गई।

'बात निकलेगी तो फिर दूर तलक जाएगी' -कफ़ील आज़र अमरोहवी

बात इतनी दूर नहीं जा सकी कि फिर लौट न पाती। बातें ख़त्म नहीं होतीं,

मगर जाकर लौट आती हैं। सरोजिनी की उम्र का ज़िक्र करना ज़रूरी नहीं है, फिर भी उसकी उम्र सत्ताईस बरस थी। उसका कोई बेटा या बेटी होने की फ़िलवक़्त, बल्कि उस वक़्त कोई गुंजाइश नहीं थी। वो अविवाहित नहीं, विधवा थी, तिसपर साइंस की जानकार। उसे मालूम था, बग़ैर किसी मर्द के साथ संभोग किए वो इस सुख को हासिल नहीं कर सकती। उसने छब्बीस की उम्र में एक कोशिश की थी। एक नाकामयाब कोशिश। उसका नाम नायडू था। कुछ अजीब ज़रूर है, मगर जो उसका सरनेम होना चाहिए, वही उसका नाम था। उस वक़्त ऐसे लोगों की तादाद न के बराबर हुआ करती थी, जो अपने एक शब्द के नाम के बूते ज़िंदगी गुज़ार देते थे। सरोजिनी की क़िस्मत अच्छी होती और अगर वो हिंदुस्तानी रीति-रिवाजों के मुताबिक़ अपने शौहर का नाम अपने नाम के साथ लगाती, तो आज वो सरोजिनी नायडू कहलाती। मगर वो बदक़िस्मत थी। नायडू में ऐसी कोई बुरी आदत नहीं थी कि वो वक़्त से पहले ऊपर वाले को प्यारा हो जाता। बात दरअस्ल इतनी सीधी नहीं है। बात 1927 की है। 4 सितंबर 1927 की। जब नागपुर ब्रिटिश भारत के मध्य प्रांत और बरार राज्य की राजधानी हुआ करता था, जिसके दायरे में मध्य भारत के बेशतर हिस्से आते थे। लक्ष्मी पूजा के दिन, चार सितंबर की सुब्ह हिंदुओं ने हर साल की तरह एक जुलूस निकाला, जिसे हमेशा की तरह नागपुर के महाल इलाक़े की एक मस्जिद के सामने से गुज़रना था। लेकिन मुसलमानों ने इस बार जुलूस को चारों ओर से घेरकर रोक लिया। और उसे उस इलाक़े से गुज़रने की इजाज़त नहीं दी। ये दंगा 1920 के दशक के दौरान ब्रिटिश भारत के विभिन्न शहरों में हुए दंगों की श्रृंखला का हिस्सा था। दोपहर में, जब हिंदू सुब्ह के जुलूस के बाद आराम कर रहे थे, तब मुस्लिम युवाओं ने ख़ंजर और चाक़ू जैसे हथियारों से लैस अल्लाहु-अकबर चिल्लाते हुए जुलूस निकाला। मुस्लिम युवकों ने राष्ट्रीय स्वयं सेवक संघ के संस्थापक हेडगेवार, जो उस रोज़ नागपुर में नहीं थे, के घर पर पत्थर फेंके। राष्ट्रीय स्वयं सेवक संघ के कार्यकर्ताओं ने जुलूस के मिज़ाज को भाँपते हुए महाल इलाक़े की सँकरी गलियों में निकलकर लाठियों के साथ उत्पात मचाना शुरू कर दिया, जिससे दंगे और भी बढ़ गए।

[वाशिंगटन पोस्ट की एक रिपोर्ट के मुताबिक़ ये दंगा दो दिनों तक चला था, जिसमें बाईस लोग मरे थे और सौ लोग घायल हुए थे]

नायडू उन दिनों नागपुर में था। नागपुर के महाल इलाक़े में।

सरोजिनी विधवा थी। और दूसरा इश्क़ करने के अपने ज़ाती हक़ से वाक़िफ़

थी। उसने अपनी तमाम कहानी विल्सन के आगे जैसी की तैसी पेश कर दी। विल्सन की नर्मदिली एक संजीदा चुप के अलावा उसे कोई और जवाब देने में नाकामयाब रही। नायडू की मौत उसके लिए दुख की एक बड़ी वज्ह रही। लेकिन अंग्रेज़ी के पिद्दी-से जुमले 'Move on' के पीछे निहाँ उसके महान अर्थ (जबकि अक्षर का अपना कोई अर्थ नहीं होता, शब्द का होता है, लेकिन शब्द का अर्थ महज़ शब्द का अर्थ होता है, जिसमें महान जैसा कुछ नहीं होता, जबकि शब्द युग्म एक महान अर्थ की उत्पत्ति कर सकते हैं। इसे ऐसे समझें : अंग्रेज़ी के L का कोई अर्थ नहीं सिर्फ़ ध्वनि है। वैसे ही O, K, A, F, T, E, R का भी कोई अर्थ नहीं है। लेकिन शब्द Look का अर्थ है : देखना, After का : बाद में और शब्द युग्म Look-after का अर्थ है : देखभाल करना, जो देखना और बाद से बड़ा अर्थ है। किसी की देखभाल करना अपने आप में महान काम है) को सच क़ुबूल फ़रमाते हुए, वो उसके दुख से उबर आई थी। उसकी मौत, उसकी मौत का दुख विल्सन के बाद आई-गई बात की मानिंद हो गया था।

बात उस रोज़ की है, जब अमूमन न होने वाली घटना को एक आमंत्रण के तहत घटित किया गया। सरोजिनी ने विल्सन को अपने घर पर रात के खाने की दावत दी। उन दिनों दिल्ली में विल्सन का क़याम एक धर्मशाला हुआ करती थी। धार्मिक कर्म-कांडों के लिए बनाई गई शालाएँ, जहाँ यात्रियों के रहने-ठहरने का इंतिज़ाम हुआ करता है। वो धर्मशाला भी ठीक वैसी ही थी, जैसी दिल्ली की जामा-मस्जिद की धर्मशाला थी, जो अब भी है, जहाँ तिरानवे (ज़ाहिर है मैं 1993 की बात कर रहा हूँ) मुंबई बम धमाके का संदिग्ध चालाकी से अपना नाम बदलकर ठहरा था। विल्सन किसी दंगे का संदिग्ध नहीं था। वो वहाँ अपनी असली पहचान और अपने असली नाम के साथ ठहरा हुआ था। *'जॉन विल्सन।'*

सरोजिनी ने अपने घर को उसमें मौजूद सामान को क़रीने के साथ लगाया हुआ था। हर चीज़ ठीक उसी जगह पर थी जिस जगह पर उसे होना चाहिए था। किताबें भी, जबकि किताबों को हर जगह होना चाहिए।

बहरहाल, मैं बहुत माहौल बनाने के अमल से बचना चाहूँगा। मैं ये नहीं कहूँगा कि रौशनियाँ मद्धिम थीं। खाने की मेज़ पर शम्एँ रौशन थीं। हवा सर्द थी। घर के पर्दे हवा के नशे में झूम रहे थे। मेज़ पर खाने का लुत्फ़ उठाते हुए सरोजिनी की टाँग शरारत करती हुई बारहा विल्सन की टाँग से उलझ रही थी। सरोजिनी की आँखों पर अब कोई ऐनक नहीं थी। उसे दूर का कुछ भी देखने की ज़रुरत महसूस नहीं

हो रही थी। वो एकटक विल्सन को देख रही थी। उसकी आँखें इस दर्जा शरारती हो चुकी थीं कि किसी भी मर्द की ख़ुशनीयत को पल भर में बदनीयत में तब्दील कर दें। मद्धिम लाल-सुनहरी रौशनियाँ भावनाओं को उकसाने की पुरज़ोर कोशिशें कर रही थीं। यक-ब-यक बत्ती गुल हो जाती है और—

नहीं, ऐसा कुछ नहीं हुआ।

दोनों ने आहिस्तगी और इत्मीनान से खाना खाया। विल्सन ने सरोजिनी के व्यवस्थित घर और उसके हाथ के खाने की तारीफ़ की। एक-दूसरे के प्रति दोनों का रवैया संजीदा था।

विल्सन ने कहा, "स— रो— जि— नी—।" वो ठहरा। उसने आगे कहा, "सरोजिनी, उर्दू में तुम्हारे नाम का इमला सीन से शुरू होगा या सुआद से?" "ओह, कमऑन विल्सन तुम शामों का लुत्फ़ उठाना नहीं जानते। इस वक़्त भी तुम अपनी रिसर्च के ख़यालों से बाहर नहीं हो," सरोजिनी ने उससे निराश होते हुए कहा। विल्सन ने शर्मीली मुस्कान बिखेरते हुए कहा, "नो— ओ— एक्चुअली इंग्लिश इज़ माय मदर टँग, उसके बाद मैंने हिंदी सीखी, फिर उर्दू। अब भी मुझे हिंदी के लफ़्ज़ उर्दू में लिखने में कन्फ़्यूज़न होता है। मैं सोच रहा था, तुम्हारा नाम कभी उर्दू में लिखना पड़ा तो कैसे लिखूँगा। नथिंग एल्स।" "सीन से سروجنی," उसने विल्सन को लिखकर बताया। "लेकिन सीन और सुआद में फ़र्क़ क्या है?" विल्सन ने पूछा।

"बट व्हाट इज़ द डिफ्रेंस बिटवीन सीन एंड सुआद?" सिफ़ली ने मंसूख़ से पूछा, जो अभी-अभी रात का खाना खाकर बिस्तर पर पहुँचे थे।

"काफ़ी फ़र्क़ है। सीन (س) का साउंड अंग्रेज़ी के (S) और हिंदी के (स) का साउंड है, जिसका तलफ़्फ़ुज़ बहुत हल्की आवाज़ में किया जाता है जैसे- 'Summer' बोलते वक़्त हम जिस तरह का 'स' बोलते हैं, वो 'सीन' है। सीन का तलफ़्फ़ुज़ करते वक़्त हमारे होंठ कोई ख़ास हरकत नहीं करते, बल्कि सीन का तलफ़्फ़ुज़ मुस्कुराते हुए 'स' बोलना है। मगर सुआद (ص) का तलफ़्फ़ुज़ सीन के बजाए थोड़ा भारी है, जैसे : सदा (صدا) तुमने कभी साइकिल के पहिए में हवा भरी है?" सरोजिनी ने विल्सन को जवाब दिया और एक सवाल किया। मंसूख़ ने सिफ़ली को जवाब दिया और :

"नाह! नोप, मगर हवा भरते हुए देखा ज़रूर है," विल्सन ने कहा।

"नो— ओ— ओ— ओ— नेवर, व्हाई यू आस्किंग मी?" सिफ़ली ने कहा।

"पंप से हवा भरते वक़्त पैदा होने वाली 'स्स्स' की आवाज़ ही सुआद है। सुआद की आवाज़ सीन के मुक़ाबले में मोटी और भारी होती है। सुआद बोलते वक़्त हमारे होंठ अंग्रेज़ी के या हिंदी के (O ओ) के तलफ़्फ़ुज़ की हरकत में होते हैं। अब तुम्हें आईने के सामने खड़े होकर सुआद बोलने की प्रैक्टिस करनी चाहिए। मगर यहाँ नहीं।"

"ओके ओके!" मैं बुद्धू हूँ, की आधुनिक अभिव्यक्ति के साथ विल्सन ने खिलखिलाते हुए जवाब दिया। यानी उसने अपने दाहिने हाथ की चार उँगलियाँ अपने माथे पर मारीं और हँसने लगा।

"पंप से हवा भरते वक़्त पैदा होने वाली 'स्स्स' की आवाज़ ही सुआद है। सुआद की आवाज़ सीन के मुक़ाबले में मोटी और भारी होती है। सुआद बोलते वक़्त हमारे होंठ अंग्रेज़ी के या हिंदी के (O ओ) के तलफ़्फ़ुज़ की हरकत में होते हैं। अब तुम्हें आईने के सामने खड़े होकर सुआद बोलने की प्रैक्टिस करनी चाहिए।"

"येह, आई कैन डू दिस।"

दोनों सिलसिलेवार, विल्सन और सिफ़ली, दोनों सिलसिलेवार सरोजिनी और मंसूख़ से पूछते हैं :

"लेकिन उर्दू बोलने वाले सुआद को इस तरह नहीं बोलते। फिर एक ही आवाज़ के दो हर्फ़ उर्दू की एल्फ़ाबेट में क्या कर रहे हैं?"

"ऐसा इसीलिए कि उर्दू बहुत वक़्त में बनते-बनते बन जाने वाली ज़बान है, जिसमें अरबी और फ़ारसी ज़बान का काफ़ी असर है। उर्दू की लिपि फ़ारसी की लिपि है, जिसे 'नस्तालीक़' कहते हैं। चूँकि आधुनिक फ़ारसी की लिपि, अरबी की लिपि से तैयार की गई थी, इसीलिए फ़ारसी के साथ-साथ उर्दू में भी लिपि के साथ-साथ अरबी भाषा का भी असर देखने को मिलता है। जैसे लफ़्ज़ सूरत, जो हर हिंदी या उर्दू बोलने वाला बोलता है, जिसका इमला सुआद से शुरू होता है, अरबी ज़बान का लफ़्ज़ है। लेकिन उर्दू के शब्दकोश में भी शामिल है, ताकि अरबी और फ़ारसी के शब्द, जो उर्दू शब्दकोश का हिस्सा हैं, का इमला जैसा का तैसा रहे इसीलिए; लेकिन सच कहूँ, तो उर्दू में *से, सीन, सुआद* के तलफ़्फ़ुज़ में कोई फ़र्क़ नहीं है।" मंसूख़ ने एक सिगरेट जलाई लेकिन सरोजिनी ने नहीं।

सिफ़ली ने कहा, "दिलचस्प है। बेहद दिलचस्प।"

विल्सन ने कुछ नहीं कहा। वो सरोजिनी को ग़ौर से सुनने में मगन था। देखने

में भी। मगर ख़ुशनीयत से।

"आई एम् स्लीपी," सिफ़ली ने कहा। "मुआह," मंसूख़ ने सिफ़ली की जबीन चूमते हुए कहा, "गुड नाइट डार्लिंग।"

"अब मुझे निकलना चाहिए। शुक्रिया इतनी शानदार शाम और इल्म के लिए," विल्सन ने कहा।

"विल्सन—" पर्दे की आड़ में टिकी हुई सरोजिनी ने संकोच और शर्मीले भाव में आहिस्तगी से कहा, "मुझे तुमसे कुछ कहना है।"

"हम्म हम्म," विल्सन ने उसे तवज्जो देते हुए कहा, "यस प्लीज़, जो कहना है बेझिझक कहो।"

"कुछ नहीं, शब-बा-ख़ैर। जाओ तुम। अपना ख़याल रखना।"

ख़याल रखने के सिलसिलों और पर्याप्त ऊष्माओं के दायरों में संग हो चुका संगतराश अब हौले-हौले पिघलने लगा था। टीपू अब वो सब हरकतें नहीं करने लगा था, जो एक पागल अमूमन करता है। कह सकते हैं, वो अब पागल नहीं रहा था। वो पागल था ही नहीं।

ये वक़्त भूले हुओं को याद करने का वक़्त था। रात का वक़्त, जो अक्सर यादों के लौटने का वक़्त होता है। हाल ही में अपने पागलपन से उबरा टीपू मेनिका को याद कर रहा है। विल्सन विद्या को और विद्या विल्सन को।

प्यारी मेनिका,

तुम्हें इस तरह से मेरा साथ छोड़कर दुनिया को अलविदा नहीं कहना था। तुम्हें तो मेरा साथ निभाना था। क्या मुझे, हमारे बेटे की मौत का कोई दुख नहीं था? क्या मैं तुम्हारी उदासी, तुम्हारा दुख नहीं समझता था? जानती हो, तुम्हारे बाद मैं अफ़सोसों की ऐसी धुंध में घिरकर रह गया था, जिनका बयान मेरे हर तरह के हुनर से बाहर है। तुम्हारे बाद वक़्त के छोटे-छोटे लम्हे मेरे आगे पहाड़ बनकर खड़े हो गए थे। और उनके पार— उनके पार था एक अपार लम्हों का समंदर। मैंने लम्हों के ठहरे हुए पर्बत तोड़े। उनके शिखरों पर गया। मगर आगे ढलान के बाद समंदर में उतरने की मेरी हैसियत नहीं रह गई थी। मैं टूट चुका था मेनिका। मैं टूट चुका था। मैं पागल हो चुका था। मुझे ये तक याद नहीं कि मैं कब नदी में उतरा। कैसे मेरे पास एक नाव थी। कैसे इतने साल मैंने उस एक नाव में गुज़ार दिए। मैं कहाँ समा जाता था, कहाँ से उभरता था, क्या खाता था, कैसे ज़िंदा रहता था, मुझे कुछ याद नहीं। क्या मैं कच्ची मछलियाँ खाता था? या उन मगरमच्छों का गोश्त, जिन्होंने

तुमको— हमारे बच्चे को—

ये पत्र अपने पते तक नहीं पहुँचाया जा सकता था।

प्यारी विद्या,

मेरी नीदों में ख़लल पड़ गया है। नींद तो छोड़ो, मुझे चैन की साँस लेना भी मयस्सर नहीं। न जाने अचानक ये क्या हुआ है? मैं नहीं जानता। मैं साँसों की इस बिगड़ी हुई रफ़्तार को बरबस आई तुम्हारी याद का नाम देना चाहूँगा। क्या सचमुच ऐसा ही है? सचमुच ऐसा ही हो।

इन दिनों मैं दिल्ली में हूँ। एक अजीब-सा शहर, जो डराता भी है और मोहित भी करता है। यहाँ की हवा साहिराबाद जैसी ताज़ा नहीं है, मगर फिर भी ठीक है। मैं यहाँ एक धर्मशाला में ठहरा हूँ। हैरत की बात तो ये है कि मैं अपने आप में इतना मसरूफ़ हो गया कि मुझे अपनी धर्मशाला का नाम तक नहीं मालूम और उसके पते के बारे में सिर्फ़ इतना जानता हूँ कि मैं जहाँ से चला था, मुझे वहीं वापस आना है।

मैं यहाँ सरोजिनी से मिला था। आज उसके घर रात का खाना भी खाया। उसी के घर से वापस आया हूँ। और तुम्हें याद कर रहा हूँ। तुम्हारी याद तुमसे भी! नहीं-नहीं ऐसा नहीं हो सकता। तुम्हारी याद तुमसे प्यारी कभी नहीं हो सकती—

ये पत्र अपने पते तक नहीं पहुँचाया जा सका।

प्यारे चंदू,

मैं यहाँ ख़ैरियत से हूँ और तुमसे नाराज़, बहुत नाराज़। बहुत दिन हुए मुझे तुम्हारा कोई ख़त नहीं मिला। तुम्हारी ख़ैरियत जान लेती, तो चैन से रहती। तुम कहाँ तक कामयाब हुए? मैं जानना चाहती हूँ और ख़ुशी से झूमना चाहती हूँ। तुम अपने मक़सद में कामयाब होकर जल्द वापस लौट आओ। अपने खाने-पीने का ख़याल रखना। और हो सके तो वर्ज़िश वग़ैरा भी करना। तोंद लटकाकर वापस मत आना, क्योंकि अब मेरा पेट बढ़ने को है। मैं नहीं चाहती कि जब तुमसे गले मिलूँ, तो तुम्हारी तोंद ज़माने की तरह हमारे बीच में आ जाए। और हाँ, ख़बरदार! जो किसी लड़की को आँख उठाकर भी देखा।

तुम्हें जानकर ख़ुशी होगी कि मैं अब अनपढ़ नहीं रही। फ़ारूक़ी साहब ने मुझे बेहतर तालीम दी है। देखो मैं तुम्हारे लिए ख़त लिखने के क़ाबिल हो चुकी हूँ। यहाँ एक महान मूर्तिकार थे। वो पागल हो गए थे। फ़ारूक़ी साहब ने बताया कि उनके बच्चे और बीवी की नदी में डूबने से मौत हो गई थी। मैं इन दिनों उनकी देखभाल करती हूँ। वो इंसानों में बेहतर इंसान हैं। वो किसी से कोई बात नहीं करते। अपनी

नज़रें भी शायद तन्हाई में उठाते हों, तो हों। मैंने सुना है वो दिमाग़ में पैदा होने वाली हर अजीब-ओ-ग़रीब कल्पना को मुजस्समे में ढालने का हुनर रखते हैं। कुल मिलाकर ऐसे ख़्वाब, जो अमीर और फ़ुर्सत आँखें देख सकती हैं, उनकी ताबीरें उनके हाथों में होती है। आना तो मिलना उनसे। मुझे अब नींद सता रही है। तुम भी वक़्त पर सो जाना। चलो अब अपना ख़याल रखना।

ये पत्र अपने पते तक पहुँचाया जा सकता था, अगर विल्सन अपने ख़त में अपना पता लिखकर उसे विद्या के पते पर भेज देता।

लेकिन—

दस

अज़ीज़ क़ारईन; प्रिय पाठको; डिअर रीडर्स : ये दुनिया इतनी बड़ी और विशाल है कि विज्ञान के इस प्रगतिशील, विकासशील, बल्कि विकसित समय में भी मुमकिन है कि वैज्ञानिक जाति आज भी इसके कई दुर्लभ कोनों के दर्शन से अछूती रह गई हो। ये संसार ख़बरों का संसार है, जहाँ हमारी अपनी छोटी-सी दुनिया होने के बावजूद हम हर पल एक ऐसी ख़बर से रू-ब-रू होते हैं, जो हमें चौंका देती है। हम में से कितने हैं, जो कभी चाँद पर पाँव रख सकेंगे? फिर भी, पाठको फिर भी *'चाँद पर पानी होने की संभावना'* जैसी ख़बरों से हम चौंक जाते हैं। *'मंगल गृह पर मानव जीवन की संभावनाएँ'* जैसी ख़बरें हमें रोमांचित करती हैं। *'आज से दो हज़ार साल बाद पृथ्वी पर मानव जीवन को ख़तरा'* जैसी ख़बरें हमें मायूस करती हैं। दो हज़ार साल बाद, पाठको दो हज़ार साल बाद, जबकि हमारी अपनी ज़िंदगी हर एक एहतियात बरतने के बाद भी सौ बरस की दुर्लभ उम्र तक बहुत मुश्किलों से पहुँचती है और भाग्य को न मानने वाले भी आख़िरश इस कामयाबी को भाग्य के खाते में ही दर्ज करने पर मजबूर दिखाई देते हैं। आपने नहीं सुना, योग सिखाकर उम्रों की तवीली के नुस्ख़े देने वाले योगगुरु भी आजकल साठ-पैंसठ की उम्र में चल बसते हैं। जान बचाने वाले डॉक्टरों की भी मौतें होती आ रही हैं। ज़िंदगी को आसान और रोमांचक बनाकर किस तरह एक ख़ुशनुमा उम्र गुज़ारी जा सकती है, के गुर सिखाने वाले ख़बरों में अवसादों के शिकार मिलते हैं। वशीकरण के टोटके सिखाने के माहिर, जिनकी अपनी औलादें उनके वश में नहीं होतीं हैं, जैसे लोग भी इन्हीं ख़बरों का हिस्सा हैं। विडंबना देखिए, कोई किसी

निर्दोष की हत्या कर ख़ुश होता है और कोई ख़बरों में मौत की ख़बर सुनकर दुखी। और मेरी विडंबना देखिए, मेरे पास एक ख़बर है; मेरे पिता के चाचा की सास, जो उनके चाचा से सोलह बरस बड़ी है *मगर ज़िंदा* है, वो एक ठीक न की जा सकने वाली बीमारी को मात देकर वापस ज़िंदगी की तरफ़ लौट आई है (अच्छी ख़बर है)। मगर मेरे पिता के चाचा, जिन्हें कोई बीमारी नहीं थी, चल बसे हैं (बुरी ख़बर है)। फिर भी मुझपर इन दोनों ख़बरों का कोई असर नहीं है। न अच्छा, न बुरा। फिर भी आज से पाँच रोज़ बाद मेरा मुंडन होगा। मुझे तेरह दिन तक अपने शरीर को सजाने-सँवारने की इजाज़त नहीं है। बेहतरीन से बेहतरीन चुटकुले पर हँसने की इजाज़त नहीं है। यहाँ तक कि इन तेरह दिनों के दौरान मैं अपनी पसंद का पकवान भी नहीं खा सकता। भला सोग मनाने का रिवाज भी कोई मानने का रिवाज है?

दुख तो लगाव पर निर्भर करता है। दुख की मीआद भी इसी लगाव पर निर्भर है कि आपको दुखी करने वाले कारक से आपको कितना लगाव था। आप मांसाहारी होकर भी पशुओं से लगाव रखते हैं। और अपने पालतू पशु के मर जाने पर दुखी होते हैं। यही मानव प्रकृति है। इसपर आपका ज़ोर नहीं। होता, तो आप हर एक लगाव से मुक्त अपनी साधना में लीन एक साधू होते।

आप समझ रहे हैं?

मेरे पास एक और ख़बर है। सनसनीखेज़ ख़बर। विल्सन ने उर्दू में 'सरोजिनी' लिखना सीख लिया था।

"ये कोई ख़बर है? उसपर सनसनीखेज़?" "तुम चुप रहो। और जाओ यहाँ से।" लेकिन उसके हाथ ऐसा कोई मौक़ा नहीं आया कि उसे एहतियातन Sarojini या सरोजिनी को سروجنی लिखना पड़े, बल्कि सरोजिनी चाहे, तो विल्सन को Wilson या ولسن, लिख सकेगी। *"क्या ये भी?" "मैं तुम्हारे आगे हाथ जोड़ता हूँ। मेरा पीछा छोड़ दो।" "क्या वाक़ई? इतनी आसानी से? हरगिज़ नहीं।"*

स्पष्ट है, विल्सन पिछले तीस साल से एक दिन में पचास-साठ 'क्रेविन ए' सिगरेट के साथ क्यूबन सिगार का एक पैकेट नहीं पीता था। स्पष्ट है, माउंटबेटन को, जो उसे हरगिज़ नहीं जानता था, उसकी ज़रा-सी भी परवाह नहीं थी। उसके ज़िंदा रहने या मर जाने से हिंदुस्तान की तक़्सीम पर कोई असर नहीं पड़ने वाला था। उसे अपनी बीमारी किसी से नहीं छुपानी पड़ी। उसकी ज़िंदगी में कोई फ़ातिमा नहीं थी। औरत ज़ात के नाम पर उसके पास विद्यावती के सिवा सिर्फ़ एक सरोजिनी थी। विद्या उससे दूर थी, सरोजिनी नज़दीक, मगर सरोजिनी भी उसकी

बीमारी की राज़दाँ नहीं थी, बल्कि विल्सन को ख़ुद भी एक रोज़ तब मालूम हुआ कि वो टी. बी. नाम की एक बीमारी से ग्रसित है, जब उसे अपने सीने में असहनीय दर्द उठने और साँस लेने में तकलीफ़ होने के कारण हस्पताल जाना पड़ा। वो अपनी ज़िंदगी और बीमारी के आख़िरी मरहले पर था। सरोजिनी को नहीं मालूम था कि वो मर चुका है। उसका हक़ है, वो उसके बारे में कुछ भी सोचे या अपने बारे में या उस रात के बारे में, जब उसने न करते हुए भी उससे अपनी मुहब्बत का इज़हार कर दिया था। विद्या भी नहीं जानती। वो उसे बेवफ़ा कह सकती है। विल्सन की बीमारी ने उसे कुछ कहने, किसी से मिलने या किसी को अपने बारे में ख़बर करने तक की मोहलत नहीं दी। ये घटना सोलह अगस्त के बाद होने वाली घटनाओं जैसी थी, लेकिन मैं इतने आगे की बातें क्यों करूँ जबकि मौजूद पर मेरा कोई क़ाबू नहीं है। ऐसे में मेरा भविष्य से जुड़ी बातें करना आपके साथ बेईमानी करने जैसा है। मैं आपसे वादा करता हूँ, मैं आइंदा सिर्फ़ पंद्रह अगस्त तक की ही बातें करूँगा। 15 अगस्त 1947 तक की।

अपनी बात (पूरी) न कह पाने का, अपने सवाल का जवाब न मिल पाने का, सही ख़बरें सही वक़्त पर सही जगह न पहुँच पाने का ख़ामियाज़ा बड़ा ख़ामियाज़ा होता है। मुग़ालता है कि प्रकृति के पास हमारे हर एक सवाल का जवाब होता है, जबकि बात सरासर इसके उलट है, प्रकृति अपने आप में सवालों का कभी न ख़त्म होने वाला ख़ज़ाना है। प्रकृति से हमें सब कुछ हासिल है, सिवाए सवालों के जवाब के, बल्कि वो हमारे हर सवाल के बदले में हमारे सामने एक और सवाल उपहार के तौर पर पेश कर देती है। हमारी ज़िंदगी से जुड़े किरदारों का यूँ ही चले जाना भी 'बस यूँ ही' जुमले की दूसरी बेहतर मिसाल है। जन्नत हर किसी की पहली हसरत होती है; जन्नत, जो बग़ैर फ़ना हुए नसीब नहीं होती। मरना एक ऐसी क्रिया है ? या कर्म है ? या कांड ? या कोई रस्म ? जो भी है, लेकिन मरना अकेले होता है। हमारे साथ कोई मर सकता है, लेकिन हमारे लिए नहीं। हम पैदा फिर भी किसी के साथ हो सकते हैं। किसी के लिए जी भी सकते हैं। लिहाज़ा मुझे ज़िंदगियों की तरफ़ लौटना चाहिए।

टीपू की हालत में अब बेहतर सुधार है। वो अपने आप को पाँच बहादुर सिपाहियों का एहसानमंद मानता है। और छठवें पर उसे ख़बर किए बग़ैर अपनी जान लुटाता है। वो अपने घर की ख़ुशहालत देखकर बेइंतिहा ख़ुशी महसूस करता है और जब-जब मौक़ा मिलता है, फ़ारूक़ी और दत्त को शुक्रिया कहने से नहीं

चूकता। उसे कभी-कभी हँसते हुए भी देखा जा सकता है। उसकी मुलाक़ात गुज़िश्ता, अक्सीर से भी हो चुकी है। उसने उनसे कहा था, "बीबी आप दोनों कमाल हैं।" ज्ञानचंद टीपू को अपने इकलौते दोस्त की नज़र से देखता है। और एकतरफ़ा इश्क़ के फ़ायदे-नुक़्सान गिनाता रहता है।

टीपू ने बहुत बार कोशिश की कि विद्या को शुक्रिया के अलावा भी कुछ (अंग्रेज़ी के मुताबिक़ तीन करिश्माई अल्फ़ाज़) कह सके। लेकिन उसके शरीर ने अभी-अभी हिम्मत जुटाना शुरू किया है। उसे इसके लिए और— और— और— हिम्मत की ज़रुरत पड़ेगी। विद्या नौ महीने से, उसके नाम विल्सन का कोई ख़त न आने की वज्ह से उदास रहती है। उदास विद्या अब एक ख़ूबसूरत बच्ची की माँ है, जिसकी तरबियत में जितना हो सकता था, उतना गुज़िश्ता, अक्सीर का हाथ है। फ़ारूक़ी, दत्त तो थे ही। सब कुछ अच्छा हुआ सिवाए एक घटना के, बल्कि दो घटनाओं के।

पहली आलमी जंग की बीती शाम, हिंदुस्तान देश के कुल निर्यात का एक बटा छह हिस्सा रु 730 मिलियन के साथ निर्यात के उदाहरण से ब्रिटिश साम्राज्य का इकलौता सबसे बड़ा बाज़ार था, लेकिन 1928-29 के वित्तीय वर्षों के दौरान, भारत सरकार का कुल राजस्व रु 1,548 मिलियन, कुल निर्यात रु 3,390 मिलियन और आयात रु 2,630 मिलियन पर पहुँच गया। जंग के दौरान हिंदुस्तान कच्चे माल के अग्रणी आपूर्तिकर्ताओं में से एक था। भारत ने हथियारों और आयुध निर्माण के लिए बड़ी मात्रा में लोहा, इस्पात और अन्य सामग्री प्रदान की। विनिर्माण इकाइयाँ धीरे-धीरे स्थापित हुईं। और पहली बार ब्रिटिश राज ने औद्योगिकीकरण की नीति को अपनाया। भारत ने ब्रिटेन की युद्धकालीन अर्थव्यवस्था को बनाए रखने के लिए एक आपूर्तिकर्ता के रूप में उसके तैयार माल के लिए एक विस्तृत बाज़ार के तौर पर काम किया। जंग के ख़ात्मे के बाद, जंग के दौरान साम्राज्य के प्रति अपनी वफ़ादारी निभाने के बदले में हिंदुस्तानियों को उनके अपने ही मुल्क में कुछ रियायतें देने के लिए मोंटेग्यू-चेम्सफोर्ड सुधारों को लागू किया गया। 1923 में ब्रिटिश राज ने नौ उद्योगों को सरकारी सुरक्षा प्रदान करने की पेशकश करने के साथ-साथ अर्थव्यवस्था के औद्योगीकरण की नीयत से उन्हें नीलाम करने का संजीदा क़दम उठाया। हालाँकि उपाय प्रतीकात्मक दिखाई दिए, जो सिर्फ़ ब्रिटिश उद्यम को वित्त और सुरक्षा प्रदान करने के लिए किए गए थे। ये इससे स्पष्ट था कि सभी लाभकारी ब्रिटिश-रन उद्योग थे। जैसा कि हमेशा से होता आया था कि

हिंदुस्तान का बेश्तर आयात यूनाइटेड किंगडम से होता था।

ये ग्रेट डिप्रेशन इन इंडिया की इब्तेदा थी।

ये सन् तीस था, जब आप में से कई के दिमाग़ों ने हयुलानी को अपना हीरो चुन लिया होगा और उसकी जिस्मानी तरक़्क़ी की दुआएँ कर रहे होंगे। उसके हाथों अंजाम को हासिल हो जाने वाले कारनामों का इंतज़ार कर रहे होंगे। मैं बता दूँ कि वो अब अपनी पैदाइशी जायदाद यानी अपने कमरे से लेकर तमाम महल में धमा-चौकड़ी मचाते हुए नशेड़ियों की तरह लड़खड़ाता रहता है। उसका पहला सनसनीख़ेज़ कारनामा, जो हर हाल में सनसनी से महरूम रह गया, वो उमराह का मुँह नोचना और उसके सजे सँवरे सर के बालों को बुरी तरह से बेतरतीब करना था। जब उमराह महज़ "अरे-अरे-अर— ए— ए— ए— ई— ई— ई— ई— शैतान कहीं का" कहकर रह गई थी। दूसरा कारनामा अपने वालिद हफ़ीज़ की नाक में अपनी उँगली घुसेड़ के उसके नथुने फाड़ देने की कोशिश थी, जो एक नर्म थप्पड़ की सज़ा के साथ नाकामयाब रह गई।

ये सन् तीस ही था, जब ग़ुलाम हिंदुस्तान पर महामंदी का बहुत गहरा असर पड़ा। इतिहासकारों के मुताबिक़ 'ग्रेट डिप्रेशन' ने दीर्घकालिक औद्योगिक विकास को धीमा कर दिया था। हालाँकि संशोधनवादी विद्वानों का तर्क रहा कि भारत के आधुनिक माध्यमिक क्षेत्र में अवसाद का मामूली-सा असर पड़ा था। उत्पादन के संदर्भ से 1929 और 1934 के बीच भारत में कोई अवसाद था ही नहीं।

महान मंदी के दौरान भारी कराधान की प्रतिक्रिया के रूप में किए गए उपायों में से एक नमक सत्याग्रह था, जिसमें गाँधी अपने अनुयायियों के साथ 240 मील की दूरी पैदल तय करने के लिए निकल चुके थे।

सन् 1930

मज़बूत होती हड्डियाँ, बढ़ते जिस्मानी हुलिए, ढलती हुई उम्रों, उम्र के दूसरे मरहले पर होने के बावजूद क़ब्र में लटके हुए पाँवों को अगर उनकी अस्ल रफ़्तार को ध्यान में रखते हुए कहानी को अंजाम दिया जाने लगेगा, तो ऐन मुमकिन है कहानी अधूरी रह जाए। किसी सूरत मेरे जीते-जी कहानी पूरी हो भी जाए, फिर भी एक दूसरी सबसे अटल संभावना बनी रहने की संभावना बनी रहेगी कि आप उकताकर इस किताब को एक कोने में धर देंगे। फिर मुमकिन है कि ये एक किताब न रह जाए, बल्कि किताबों का सिलसिला हो जाए। इक्कीसवीं सदी की वेबसीरीज़ों की तरह। इसे सिलसिलों से बचाने और इसके वज़्न को संतुलित बनाए रखने के

लिए उचक्का न होते हुए भी मुझे छलांगें लगानी होंगी।

ये मेरी दूसरी छलांग है। आपको जानकर ख़ुशी का एहसास होगा कि मैं अपने पाँवों की तरफ़ से ज़ख़्मी नहीं हुआ हूँ। उससे अहम, मैं आपको दिमाग़ी तौर पर ज़ख़्मी होने से बचा ले गया हूँ।

हयुलानी की शक्ल के तमाम नक़्श अब इतने निखर चुके हैं कि जब वो सोलह का हो जाएगा, उससे आगे अगर तेईस का होना चाहेगा, तब भी उसकी बचपन की तस्वीर देखकर कोई भी उसके चेहरे से उसे पहचान लेगा।

"अरे, तुम तो हयुलानी हो, हयुलानी किरमानी, नवाब हफ़ीज़ के जिगर के टुकड़े, शाहज़ादे हयु।"

ये सुनकर हो सकता है, वो उसकी गर्दन दबोच ले और कहे, "मेरे बाप के शाही चमचे, उसके चूतड़ों से कब निकला।"

वो ऐसा ही है। इतना ही मुँहफट। या ईमानदार ?

जब वो बोल नहीं सकता, तब भी वो बोलता था : उए आव आइए, जिसका मतलब समझने के लिए एक से बढ़कर एक भाषाविद आमंत्रित किए गए। अंत में उन्हें अपनी योग्यताओं को कोसते हुए देखा गया। उन्होंने जल्दबाज़ी दिखाई। उन्हें तब तक के लिए इत्मीनान बरतना चाहिए था, जब तक वो नींद का मतलब नहीं समझ जाता। उनके हाथों फ़ारस का क़त्ल हो जाना, उसकी नींद में ख़लल पैदा करने की दूसरी अहम वज्ह बन गई थी। मगर उसकी पहली वज्ह के आगे वो हर हाल में कमज़ोर साबित हुई और वक़्त के चलते उसने उसे भुला दिया। मगर अवसादों का दौर अभी यूँ ही गुज़रने वाला नहीं था। दरअस्ल यहाँ से ग्रेट डिप्रेशन इन इंडिया के साथ अवसादों के दौर की शुरुआत होती है।

टीपू अपनी ज़िंदगी की तरफ़ लौट आया था, मगर अवसाद मुक्त नहीं हुआ था। उसका रोना-धोना तब भी यदा-कदा संभव हो जाता था। ज़िंदा रहना यूँ तो कोई क़ाबिलीयत का विषय नहीं है, फिर भी ज़िंदा रहने के अलावा बहनों द्वारा उन कमीने बूढ़ों की तमाम क़ाबिलीयत का हरण कर लेने के बाद विद्या को रंडी लफ़्ज़ फिर कभी नहीं सुनना पड़ा, मगर उसकी औलाद, जो हयुलानी की लगभग हमउम्र कहलाएगी, की वज्ह से उसके कान तीन अल्फ़ाज़ 'ना', 'जायज़', 'औलाद' आख़िरकार, जिन्होंने 2021 के आते-आते तक भी अपने वजूद को क़ायम रखा, बार-बार सुनने के लिए मजबूर हो सकते थे। हालाँकि अगर नाजायज़ औलाद में से औलाद घटा दिया जाए, तो नाजायज़ एक बेहतर शब्द युग्म है।

नाजायज़-Illegal, Illegitimate, अवैध।

डिप्रेशन इन इंडिया का नाजायज़ 'दौर'। कुल मिलाकर औलाद के अलावा तमाम लफ़्ज़ ऐसे हैं, जो नाजायज़ के साथ मिलकर एक बेहतर शब्द युग्म बनाते हैं, जिनके अर्थ भी अपने आप में सारगर्भित हैं।

दो साल बाद भी विल्सन की कोई ख़ैर-ख़बर हासिल न होने की वज्ह से विद्या उदासी, फिर अवसाद की तरफ़ आ चुकी थी। टीपू अवसाद का मतलब जानता था। वो साहित्यकार नहीं था, फिर भी कलाकार तो था। लिहाज़ा उसे नाजायज़ के अलावा नाजायज़ औलाद का मतलब भी बेहतर मालूम था। उसके शरीर में जितनी हिम्मत थी भी नहीं, उससे भी ज़्यादा हिम्मत जुटाते हुए, उसने विद्या से अपने इश्क़ का इज़हार किया और उसकी बेटी को अपना नाम देने का साहस दिखाया। विद्या किसी तौर राज़ी नहीं थी, मगर दत्त, फ़ारूक़ी ने उसे जैसे-तैसे समझा-बुझाकर राज़ी कर लिया था। वो जानते थे, हो न हो विल्सन या तो मर चुका है या किसी लड़की के इश्क़ ने उसके पाँव बाँध लिए हैं। वो आएगा भी तो ऐसे आने का क्या फ़ायदा। वो इतना ख़ुदग़र्ज़ कैसे हो सकता है? उसने विद्या को ख़बर करना भी मुनासिब नहीं समझा? *(उसने समझा था)* विल्सन बेगुनाह होने के बावजूद गुनहगार साबित हो चुका था। इन सब के बावजूद विल्सन का नाम कोई छोटा-मोटा नाम नहीं रह गया था। उसकी तलाश (विद्या के लिए इंतज़ार *था*) न सिर्फ़ विद्या को थी, बल्कि अंग्रेज़ी फ़ौज से लेकर राजे, महाराजे, युवराज यहाँ तक कि हफ़ीज़ को भी थी। उसकी बीमारी ने उसके साथ बेशक बुरा किया, मगर उसकी किताब ने फ़ारूक़ी एंड दत्त प्रिंटिंग-प्रेस को बिकने से बचा लिया था। उसकी किताब Loneliness in the crowd के हिंदी : भीड़ में तन्हाई), उर्दू : بھیڑ میں تنہائی तर्जुमे के बाद अंग्रेज़ी एडिशन ने भी जो धूम मचाई थी कि बस। सनसनी कहें तो और बेहतर। बड़ी बहन की मदद से उसकी किताब की एक कॉपी मंसूरा ने भी चालाकी से अपने पास महफ़ूज़ कर ली थी। जब हयुलानी पढ़ना-लिखना सीख चुका था, तब निसाबी किताबों के इतर मंसूरा ने उसे विल्सन की किताब भेंट करते हुए कहा था, "इसे पढ़ो मेरे प्यारे। और ध्यान रखना ज़िंदगी में जो चाहे करना मगर ये सब नहीं।" उसने अपने मासूम स्वर में कहा था, "क्या अम्मी?"

बहनों ने जो 1929 में जाना, मंसूरा ने 1929 सही एक बटा छह में, हयुलानी ने वो 1939 में जाना और *समझा भी* कि उसके ख़ानदान के वो मर्द, जो उसकी पैदाइश के वक़्त तक ज़िंदा थे (मंसूख़ को यहाँ शुमार करना ठीक नहीं), किस

क़दर हरामी और मक्कार थे (एक अब भी है)। *यहाँ हरामी शब्द अपने अस्ल मायने में इस्तेमाल नहीं किया गया है।* वो हैवान थे, ऐसा कोई उदाहरण विल्सन की किताब में नहीं मिलता था, मगर कितने बड़े रंगबाज़ थे, ये साफ़ तौर पर ज़ाहिर था। मुख़्तलिफ़ कहानियों की एकल किताब में उसके बाप-दादा कई कहानियों के मरकज़ी किरदार थे। हीरो कहना अपने आप में हीरो शब्द के अर्थ के साथ की जाने वाली ज़ियादती होगा। लिहाज़ा मरकज़ी किरदार या आप उन्हें विलेन कह लें। उन कहानियों को, कहानियों की उस क़िस्म में शुमार कर लें, जिनमें हीरो नहीं होता। बेश्तर फ़्लॉप होने वाली कहानियाँ। मगर जैसा मैंने आपसे पहले अर्ज़ किया कि ये वो कहानियाँ थीं, जो ब्लॉकबस्टर साबित हुईं। जहाँ तमाम विलेन संयुक्त मक़्सद के साथ कहानियों के मर चुके, उस लेखक को ढूँढ़ रहे थे, जो कभी उनके हाथ नहीं लगने वाला था। टीपू का क़दम विद्या के हक़ में बेहतरीन साबित हुआ। कोई नहीं जानता था कि विल्सन की बीवी विद्या भी उसी दुनिया में मौजूद थी, जहाँ उन्हें विल्सन की तलाश थी। विद्या हफ़ीज़ के हाथों लग सकती थी, ग़नीमत कि नहीं लगी।

अपने किसी कुकर्म के बाद कोई सबूत न छोड़ने वाला हफ़ीज़, सबूत के साथ हर तरफ़ से फँस चुका था। हफ़ीज़ अब मन ही मन मंसूरा के आगे ख़ुदा का दर्जा नहीं रखता था। उमराह के आगे भी नहीं, *लेकिन उजागर।* मंसूरा समझ चुकी थी, दुनिया में सब कुछ अल्लाह की मर्ज़ी से नहीं होता। मर्द के साथ हमबिस्तर न होने पर औलाद नहीं हो सकती। नीयत पर क़ाबू हो, तो कोई भी बुरा काम नहीं कर सकता। ये क्या कि किसी की गर्दन काट दी और तोहमत अल्लाह पर? ये कैसी अल्लाह की मर्ज़ी हुई?

हफ़ीज़ ने उमराह और मंसूरा दोनों को ख़ूब समझाया। ख़ूब पट्टियाँ पढ़ाने की कोशिशें कीं, मगर कामयाब नहीं हुआ। बेमक़्सद ज़िंदगी जीने के बावजूद नाकामयाबी से बेइंतिहा नफ़रत करने वाले हफ़ीज़ ने यहाँ तक कह दिया कि ये वो हफ़ीज़ नहीं है लेकिन वो साहिराबाद, जिसका ज़िक्र कहानियों में था, का क्या करता। उसने बहनों को आँखें तरेरते हुए चुनौती दी कि ये कोई और हफ़ीज़ है। तुम्हें जासूसी करने का इतना शौक़ है, तो जाओ जाकर शहर में पता करो कितने हफ़ीज़ हैं, कितने रज़ा हैं।

बहनों ने बेशर्मी के साथ इस काम को अंजाम देने की ठानी। उन्होंने फिर पहलवान ज्ञानचंद की मदद ली और पूरे शहर का इंस्पेक्शन करवाया।

नहीं-नहीं रुकिए।

ज्ञानचंद, जो पहले से ही अपने आप को एक योजना अधिकारी के तौर पर देखना शुरू कर चुका था, ने एक योजना बनाई। उसने अपने मंसूबे को बहनों के आगे पेश किया। बड़ी बी ने अपने तमाम बदन को हवा में लहराते हुए कहा, "वाह ज्ञानचंद! मान गए। बेहतरीन। लाओ तुम्हारी पीठ ठोक दी जाए।" बहनों ने उसे महल के काम-काज से एक महीने के लिए फ़ारिग़ करते हुए उसके प्रस्तावित मंसूबे को अंजाम देने का हुक्म दिया।

मुझे आपको बता देना चाहिए कि बहनों की पैदाइश के रोज़ ही उनसे छीन लिए गए तमाम हक़ आहिस्ता-आहिस्ता लौटाए जाने लगे थे। वो अब नौकरानियों की तरह नहीं शाहज़ादियों की मानिंद गुज़र-बसर कर रही थीं। हालाँकि उन्हें वापस हासिल हो चुकी उनकी आली-शान ज़िंदगी, जिसका हक़ उन्हें उनकी पैदाइश के दिन से था, को गुज़र-बसर कहना, उन्हें हासिल हुई शान-ओ-शौक़त से जलने जैसा है। *मैं भी आख़िर इंसान हूँ।*

मैं सोच रहा हूँ, ज्ञानचंद के पास ज्ञान कहाँ से आया होगा? संगति का असर? फ़ारूक़ी, दत्त, टीपू और दोनों बहनें? यक़ीनन। संगति का असर होना लाज़िम है। चंदन के दरख़्त की तरह बेहिसी कहाँ की अच्छी बात है। ज्ञानचंद महल में महीने भर बाद लौटा। उसके हाथ में बाक़ायदा वो तमाम दस्तावेज़ थे, जिनमें शहर के एक-एक रिहाइशी ने अपने दस्तख़त कर इस बात का सुबूत दिया था कि उनके घर में कोई हफ़ीज़ नहीं है, कोई जरीस नहीं है। इस दौरान ज्ञानचंद के पहलवानी के क़िस्से से वाक़िफ़ मगर शक्ल से नावाक़िफ़ हिंदुओं के मुँह से उसे कुछ जली-कटी भी सुननी पड़ीं।

"आ जाते हैं जाने कहाँ-कहाँ से मुँह उठा के। नशेड़ी कहीं के।"

मगर ज्ञानचंद एक बड़े मिशन पर था। ऐसे में उसने हर किसी को अपनी पहचान बताना मुनासिब नहीं समझा। उसे एहसास था कि इससे वक़्त की बर्बादी के सिवा कुछ हासिल नहीं। बेकार वो मुझसे झेंप जाएँगे। घर के अंदर बुलाएँगे। बैठने को कहेंगे। नाश्ता-पानी को पूछेंगे। और हिंदू होते हुए भी झिझकते हुए कहेंगे, "हमारे पूरे ख़ानदान में किसी का नाम हफ़ीज़ या जरीस नहीं है।"

ये कैसा नामुमकिन नतीजा था? कोई हफ़ीज़ नहीं? कोई जरीस नहीं? इसे बदक़िस्मती की अज़ीमतरीन मिसाल कहेंगे। फिर भी ज्ञानचंद को वक़्त बर्बाद करने की कोई ज़रुरत नहीं थी और बहनों को हफ़ीज़, जरीस से पहले किरमानी (जो

पूरे मुल्क में इकलौता ख़ानदान था) के बारे में सोचना चाहिए था। बहनें अचानक इतनी बददिमाग़ कैसे हो गईं?

ज्ञा—न—च—न्द— (चिल्लाते हुए)

उमराह ने अपनी बेटियों के लिए महल के दो आलीशान कमरे खुलवाए, मगर उन्होंने इनकार कर दिया। वाज़ेह है, उनकी माँ से उन्हें माँ का प्यार हासिल होने लगा था। हयु का बिस्तर महल के कबाड़ में फिंकवाकर उसमें आग लगवा दी गई थी। बहनें अब मंसूरा और हयु से कभी भी मिल सकती थीं। कहीं भी आ-जा सकती थीं। लेकिन *'कभी भी नहीं।'*

उमराह की तरफ़ से बाप-बेटे के अक्षम्य गुनाहों के आगे बहनों के दो मामूली गुनाह माफ़ किए जा चुके थे। एक : वो लड़कियाँ थीं। दूसरा : एक कमरे में दोनों का एक मर्द के साथ बेलिबास पाया जाना।

लेकिन तन्हाई का कुआँ? नहीं। हरगिज़ नहीं।

तमाम ख़बरें मंसूख़ तक भी पहुँचाई जा चुकी थीं। उसके नाम भेजे गए ख़त में उमराह ने अपनी शर्मिंदगी का इज़हार किया था।

प्यारे मंसूख, मेरी जान, मेरे जिगर के टुकड़े,

उम्मीद है तुम और सिफ़ली एक बेहतर ज़िंदगी बसर कर रहे होगे। इंशाअल्लाह ऐसा ही होगा। हम सब भी यहाँ ख़ैरियत से हैं। हयु अब चलने-फिरने लगा है। बहुत शैतानियाँ करता है। तुम्हारी भाभी, भाई सब ठीक हैं। मैं भी। मैं आज बातों को खींचकर नहीं लिखूँगी। मुख़्तसर कहती हूँ, तुम सही थे। मैं ही ग़लत थी। अपने शौहर को इज़्ज़त देना बेटों को प्यार करना ठीक है, मगर उन्हें ख़ुदा मान लेना, उनकी हर एक बात पर जान हाज़िर कर देना, उन्हें कभी शक की निगाह से न देखना, उनके हर फ़ैसले पर गर्दन झुका लेना किसी को हो, मगर अल्लाह को गवारा नहीं हो सकता। अब तो मुझे भी नहीं।

मैंने ग़लती की जो तुम्हारी बहनों को कभी अपना प्यार नहीं दिया। उन्हें सबसे अलग नौकरानियों की तरह रखा। अल्लाह माफ़ करे मुझ जैसी जाहिल माँ को।

ख़ैर अल्लाह से दुआ करना, मेरा जी जल्द हल्का हो जाए। अब और कुछ नहीं कहूँगी। ख़याल रखना अपना।

तुम्हें ढेर सारा प्यार भेजती हुई तुम्हारी माँ

हयुलानी मुसलसल कई दिनों तक बीमार रहा। उसका शरीर सामान्य तापमान पर लौटने का नाम नहीं ले रहा था। सातो तांत्रिकों को महल में फिर मदऊ किया

गया। वो बारी-बारी से उसपर अपनी झाड़-फूँक के मक्कार नुस्ख़े आज़मा रहे थे। "महल में दो पिशाचनियों का साया फिर ज़िंदा हो गया है। उन्हें फिर से शांत करने का वक़्त आ गया है," उनमें से एक ने भारी आवाज़ में तांत्रिकों की तरफ़ से की जाने वाली महान अदाकारी का नमूना पेश करते हुए कहा, "आज उन्हें इसी आग में भस्म होना होगा। हमेशा के लिए। हमेशा-हमेशा के लिए।" उसने अपनी जटाएँ हवा में लहरा दीं। बुख़ार में तप रहा दो बरस का हयुलानी उनके आगे बेसुध पड़ा था। दूसरे ने पहले तांत्रिक की अदाकारी को टक्कर देते हुए कहा, "आज उन्हें इसी आग में भस्म होना होगा।" उमराह ने अपनी खुली हुई हथेलियाँ बाँध लीं। मंसूरा ने कहा, "उन भूतनियों का कुछ करिए। करिए कुछ उनका।" "सब होगा अभी होगा। अभी के अभी," तांत्रिकों के मुखिया ने कहा। सब हुआ सिवाए हयुलानी के शरीर का तापमान सामान्य होने के। तांत्रिकों का शुक्रिया अदा कर उनके हाथ में कुछ पैसे रखकर उन्हें फ़ारिग़ होने को कहा गया। वो चले गए। बहनों ने मंज़र पर उतरती हुई सीढ़ियों के सबसे ऊँचे रौशनदान से सब कुछ देखा। वो दौड़कर हयुलानी के नज़दीक आईं। अक्सीर ने पूछा, "क्या हुआ है हमारे चैंपियन को?" "इसका बुख़ार उतरने का नाम नहीं ले रहा है।" उमराह ने जवाब देते हुए कहा, "अल्लाह जाने क्या हुआ है इसे।" बड़ी बी ने आक्रोशित रवैए में कहा, "और ये जंगली कौन थे?" "पहुँचे हुए तांत्रिक हैं। हयुलानी जब-जब बीमार पड़ा, इन्हीं लोगों ने उसे ठीक किया।" उमराह ने हयु के माथे पर अपनी उलटी हथेली रगड़ते हुए कहा, "मगर इस बार इनके मंत्र किसी काम आते नहीं दिखते।" "और क्या कहते हैं ये?" गुज़िश्ता ने अपनी मुट्ठियों को कमर पर रखते हुए कहा। "हर बार बस यही कि महल में दो पिशाचनियाँ रहती हैं। उन्हीं के दमघोंटू शिकंजे इसकी तबीयत पर बारहा भारी पड़ते हैं।" छोटी बहन ने बीच में उसे टोकते हुए कहा, "कहीं वो हम तो नहीं थे? हमीं हों।" उमराह ने अपनी खुली हथेलियाँ दोबारा बाँध लीं। और, और कसकर। "आप लोग भी," बड़ी बी ने उनकी मूर्खता पर प्यार भरा तंज़ कसते हुए कहा, "क्या आपके दिमाग़ों में डॉक्टरों के बारे में कोई ख़याल नहीं आया?" उसने अपनी आँखें मलते हुए सर झटककर कहा, "हद है।" बहनों ने एक-एक कर हयु को हाथ लगाया। उन्होंने बारी-बारी से कहा, "ये तो बुख़ार से जल रहा है।" और अपनी माँ द्वारा की गई बेवक़ूफ़ाना हरकत को दरगुज़र करते हुए बग़ैर बुरा माने वहाँ से चलती बनीं। उन्होंने ज्ञानचंद को तलब किया।

ज्ञानचंद अज्ञानी होने के बावजूद अपनी हिकमत के बारे में डींगें हाँकते हुए

महल के मुलाज़िमों के एक झुंड को वो कहानियाँ सुना-सुनाकर अपने रुत्बे को और भी बुलंद करने की कोशिश कर रहा था, जो उसके मन में रोज़ नई-नई कारगुज़ारियों के नमूनों के साथ पैदा होती थीं, जैसे : अपने बचपन में उसने एक जंगली भालू को अपने वश में कर उसके दाँत गिनकर लोगों को बताया था कि जंगली भालुओं के बयालीस दाँत होते हैं। चार-चार मंज़िला इमारतों से ज़मीन पर कूदने के बाद भी उसके पाँव कभी ज़ख़्मी नहीं हुए। एक बार उसे एक कोबरा साँप ने काटा था, मगर वो बेहोश तक नहीं हुआ। सब के सब उसे सुनने में ध्यानमग्न थे। उनमें से एक ने कहा, "यूँ ही कोई बैल को थोड़े हरा सकता है।" "बैल क्या मैं तो हाथी तक से भिड़ जाऊँ," ज्ञानचंद ने शोख़ी से जवाब दिया। वो इतना अकड़ चुका था जितना अकड़ने के बाद अगर ढील न दी जाए, तो टूटने के सिवा कोई और विकल्प नहीं रह जाता है। उसकी अकड़ कमज़ोर हुई। वो टूटने से बच गया, जब दौड़कर आते हुए एक मुलाज़िम ने उससे हाँफते हुए कहा, "*आपको* बड़ी बी ने तलब किया है।" "चलो और कहानियाँ फिर कभी," उसने नौकरों के समूह से कहा, "तुम सब घास छीलो *हम आते हैं।*" ज्ञानचंद बड़ी बी के कमरे की तरफ़ भागता हुआ आया। उसने दरवाज़े पर दस्तक दी। अंदर से आवाज़ आई, "कौन है?" बड़ी बी ने आवाज़ लगाते हुए कहा, "ज्ञानचंद? आओ अंदर आओ।" "बड़ी बी आदाब," ज्ञानचंद ने कहा, "हुक्म कीजिए।" बड़ी बी ने उसे फ़ौरन फ़ारूक़ी, दत्त की दुकान पर जाने को कहा। उसने कहा, "उनसे कहना हमारा भतीजा बीमार है। डॉक्टर मंडेला को महल भेजने की ज़हमत करें। और सुनो।" बड़ी बी ने कहा, "इधर आओ।" "जी," ज्ञानचंद ने उसके नज़दीक जाते हुए कहा। बड़ी बी ने उसके कान में उस तांत्रिक गिरोह के बारे में खुस-फुस की। उसने कहा, "हमें उनके बारे में पूरी जानकारी चाहिए। जल्द-से-जल्द।"

ज्ञानचंद अब अपने आप को एक जासूस के तौर पर देख रहा था। ज्ञानचंद ने फ़ौरन बड़ी बी का संदेशा दत्त तक पहुँचाया। दत्त ने फ़ौरन मंडेला से संपर्क किया।

डॉ. मंडेला महल में दाख़िल हुआ। अब फ़ारूक़ी, दत्त के अलावा मंडेला भी जानता था कि दोनों बहनें कोई आम लड़कियाँ नहीं, बल्कि शाहज़ादियाँ हैं। न फ़क़त मंडेला, बल्कि टीपू, विद्या भी, बल्कि अब पूरा साहिराबाद उनसे झेंपकर पेश आने लगा था। मंडेला लेखक नहीं था, सो भी उसके पास छलांग मारने का कोई विकल्प नहीं था। वो छलांग मारकर दिमाग़ का डॉक्टर नहीं बना था। उससे पहले उसे कई बरस हर तरह की सामान्य बीमारियों का इलाज कर सकने की

तालीम से भी गुज़रना पड़ा था। उसने हयुलानी की नब्ज़ पर उँगलियाँ रखते ही कहा, "घबराने की कोई बात नहीं है। सब ठीक हो जाएगा। मामूली-सा बुख़ार है।" उसने इलाज के तौर पर दो रोज़ के लिए दवाओं की चार ख़ुराकें दीं और उसे एक इंजेक्शन लगाया। शाम तक उसका शारीरिक तापमान सामान्य हो गया और वो हँसने-खेलने लगा।

ज्ञानचंद तांत्रिकों के बारे में ख़ुफ़िया जानकारियाँ जुटाने के उद्देश्य से शहर में इधर-उधर भटकने लगा। उसने शहर के हर एक अंधविश्वासी शख़्स से उनके बारे में पूछा मगर उसे तानों के सिवा कोई ख़ास जानकारी नहीं मिली। उसने गालियाँ भी खाईं, मगर बड़ी बी के हुक्म के आगे हर तरह की ज़िल्लत उसके लिए किसी सम्मान से कम नहीं थी। "तुम उन हरामख़ोर तांत्रिकों के बारे में जानते हो जो शहर में खुल्ला घूम रहे हैं और धड़ल्ले से लोगों को बेवक़ूफ़ बनाकर उनसे पैसा लूट रहे हैं," ज्ञानचंद ने कहा, "आख़िर कमबख़्तों को ऐसा क्या आता है कि..." "सुनो बे ज़बान सँभालकर," सामने वाले ने कहा, "वो न होते तो मैं कहीं का न होता। मैं बर्बाद हो चुका होता," उसने ज़ोर देकर कहा, "उन्हीं के मंत्रों का कमाल है कि मेरा नुक़्सान में चलने वाला धंधा आज बीस टका मुनाफ़े पर है।" "तुम जानते हो मैं कौन हूँ?" ज्ञानचंद ने उसपर बरसते हुए कहा, "मेरा नाम सुनोगे तो अभी के अभी लंगोट में हग दोगे। तुम आबाद होने से पहले जितने बर्बाद थे, उससे भी कहीं ज़्यादा मैं तुम्हें बर्बाद करवा सकता हूँ।" "अरे-अरे चलते बनो," उसने कहा, "होगे जो होगे, जो होगे सो अपने लिए होगे।" "काश मेरी अफ़वाह के साथ-साथ मेरी तस्वीरें भी शहर की हर एक दीवार पर चिपकाई जातीं तो," ज्ञानचंद ने मन ही मन में कहा, "इस बदज़बान की इतनी हिम्मत न होती कि मुझसे ऐसे पेश आए।" उसने सोचा, "ख़ैर, मैं इस चिलगोज़े से बहस करने नहीं निकला हूँ। मुझे आगे बढ़ना चाहिए।"

शाम हो आई थी। अंधेरे की पहली क़िस्त चुकने को थी। "अगर मजबूरियों की बात न की जाए, तो मुझे पसंद नहीं कि मैं सिवाए बड़ी बी के किसी और के पीछे-पीछे भागूँ और न ये कि कोई मेरे पीछे भागे।" अपने आप में कहते हुए ज्ञानचंद ने उस शख़्स को दबोच लिया, जो सुब्ह से चुपके-चुपके उसका पीछा कर रहा था। "क्यों बे तुझे किसने लगाया है मेरे पीछे?" ज्ञानचंद ने उसकी गर्दन दबोचते हुए कहा, "बोल? क्यों लगा है मेरे पीछे?" "मैं जानता हूँ, आप ज्ञानचंद हैं," उसने कहा, "और ये भी कि जिन तांत्रिकों की आपको तलाश है वो इस वक़्त

कहाँ हैं? क्या कर रहे हैं? उसकी आवाज़ में कपकपाहट थी। उसने कहा, "मैं उनके बारे में सब कुछ जानता हूँ। अगर वो हरामज़ादे इस शहर में खुले न घूम रहे होते और मैं बेवक़ूफ़ न होता, तो मेरी पंद्रह बरस की औलाद आज ज़िंदा होती।" "क्या किया उन्होंने तुम्हारी औलाद के साथ?" ज्ञानचंद ने उसकी गर्दन पर से अपना हाथ हटाते हुए कहा। "मेरे अंधविश्वास ने उन्हें शह दी," उसने आँसू ढारते हुए कहा, "मैं उनके मंत्रों में उलझा रहा। वो मुझे लूटते रहे। और मेरी बीमार बेटी और बीमार होती गई। और एक रोज़ मर गई।" ज्ञानचंद को अफ़सोस हुआ। "जो हो चुका उसपर कुछ नहीं किया जा सकता," ज्ञानचंद ने उसे ठारस बँधाते हुए कहा, "हाँ, लेकिन अगर तुम *हमें* उनके बारे में सब कुछ सच-सच बता दो, तो *हम* शायद उन्हें सज़ा दिलवा सकते हैं।" उसने ज्ञानचंद को बताया कि वो शहर की एक पहाड़ी के पिछले इलाक़े में कुछ लोगों को ये कहकर ले गए हैं कि वो उनके सौ-सौ सोने के सिक्कों से अपने मंत्रों की शक्ति से दस-दस हज़ार सिक्कों की बारिश करवाएँगे। और सिर्फ़ सौ सिक्कों के शुल्क के बदले में पूरे दस हज़ार सिक्के लेकर इठलाते हुए अपने घर जाएँगे।

ज्ञानचंद तेज़ी से उस पहाड़ी की तरफ़ भागा जा रहा था। जैसे-जैसे वो पहाड़ी के और नज़दीक पहुँच रहा था, वैसे-वैसे उसे पहाड़ी और बड़ी, और दूर नज़र आने लगी थी। उसने अफ़ीम का सहारा लिया। उसे सब कुछ साफ़-साफ़ दिखाई देने लगा। पहाड़ी पर पाँव रखते ही उसे महसूस हुआ कि ये पहाड़ी शहर की दूसरी पहाड़ियों से कहीं ऊँची है। उस पहाड़ी से भी ऊँची जो महल के छज्जों से नज़र आया करती है। उसकी उत्सुक जिज्ञासु निगाहें जल्द-से-जल्द उन तांत्रिकों को देख लेना चाहती थीं। वो तेज़-तेज़ और लंबे-लंबे डग भरता हुआ पहाड़ी के पिछले हिस्से तक पहुँचा। उसने पाया कि वो अजनबी, जो उसका पीछा कर रहा था, उसकी ख़बर पक्की थी। उसने देखा वहाँ तक़रीबन दस लोग तांत्रिकों के हाथों हलाल किए जाने का इंतज़ार करते हुए, अपनी-अपनी जीभों से लारें टपकाते हुए, सौ सिक्कों से दस हज़ार सिक्कों की बारिश देखने के लिए उत्सुक हैं। "या ख़ुदा," उसने सोचा, "बेवक़ूफ़ी और बेवक़ूफ़ों की इससे बड़ी मिसाल भला क्या हो सकती है।" वो वहाँ पहुँचा। "क्या ये तुम्हारा ग्यारहवाँ साथी है?" तांत्रिकों के मुखिया ने ज्ञानचंद की तरफ़ देखते हुए कहा, "क्या तुम भी?" "नहीं, आज नहीं। फिर कभी," ज्ञानचंद ने कहा, "मैं तो बड़ी मुश्किल से आप लोगों तक पहुँच सका हूँ।" उसने अपनी तेज़ साँसों को नियंत्रित करते हुए कहा, "मैं तो ये संदेशा लेकर आया

था कि आपको महल में बुलाया गया है। अभी के अभी।" तांत्रिकों ने उन दसों की तरफ़ छाती फुलाकर देखा। "अभी?" उनके मुखिया ने कहा, "लेकिन; अभी तो; अभी तो हम—" "इन्हें तो आप कल तक यहीं इंतज़ार करने को कह सकते हैं," ज्ञानचंद ने उसकी बात काटते हुए कहा, "मगर शाहज़ादे की तबीयत..." उसने ठहरकर क़हा, "वो किसी का इंतज़ार नहीं कर सकती।"

सुब्ह होते-होते तक ज्ञानचंद तांत्रिकों के गिरोह के साथ महल में हाज़िर होता है। उसने बड़ी बी को उनके बारे में वो सब बताया जो वो जान पाया था। "ज्ञानचंद तुमने हमें कभी मायूस नहीं किया," बड़ी बी ने कहा। बड़ी बी ने उन्हें क्रमशः एक पंक्ति में बैठने को कहा। वो बैठे। विशालकाय कमरे में बड़ी बी और पंक्तिबद्ध बैठे तांत्रिकों के साथ-साथ छोटी बी, ज्ञानचंद, उमराह, मंसूरा, हयुलानी और कुछ नौकर-चाकर भी मौजूद थे। "क्या हुआ शाहज़ादे? फिर वही डाइनें?" उनमें से एक ने हयुलानी की तरफ़ देखते हुए कहा, "हम सब ठीक कर देंगे।" "महल में दो—" दूसरे ने कहा। उनमें से हर एक आँखें ततेरकर सामने खड़ी उमराह, मंसूरा, गुज़िश्ता और अक्सीर को घूर रहे थे। एक ने हवा में अपनी जटाएँ लहराकर अपना ख़ौफ़ बनाने की कोशिश की। उन्होंने फिर उन्हीं मंत्रों से शुरुआत की जो दरअस्ल मंत्र थे ही नहीं। "हरामज़ादो," गुज़िश्ता ने कहा, "आज तुम्हारी ख़ैर नहीं।" उसने बग़ैर आव-ताव देखे उनमें से एक को थप्पड़ जड़ दिया। "सब भस्म हो जाएगा," तांत्रिकों ने एक स्वर में कहा, "तुम सब। तुम सब के सब।" उनके ठीक पीछे खड़े ज्ञानचंद ने उनमें से एक के चूतड़ों पर ऐसी लात मारी कि वो औंधे मुँह उमराह के पैरों पर जा गिरा। ज्ञानचंद ने मन ही मन सोचा, "मैं तो सचमुच पहलवानी कर सकता हूँ।"

सातो तांत्रिकों को धूल चटाने के लिए महल के दो मुस्टंडे पहलवानों को हाज़िर होने का हुक्म दिया गया। उन्होंने धूल ही नहीं चाटी थी। पेशाब भी पिया था। शाहज़ादे हयुलानी का पेशाब। केवल दो बरस का हयुलानी अपनी दादी जान, जिसके प्रति उसके मन में अथाह ग़ुबार था, के नर्म हुक्म पर कैसे उन सब के मुँहों पर अपने क़दमों को साधे हुए बारी-बारी से मूत सकता था। फिर भी उसने कर दिखाया, जैसे वो दो साल से अपने शरीर में मौजूद एक अतिरिक्त थैली में क़िस्त-दर-क़िस्त, बल्कि बूँद-दर-बूँद इसी काम को अंजाम देने के लिए पेशाब इकट्ठा कर रहा था। महल की जेल में अब कुल सैंतीस क़ैदी क़ैद थे।

ग्यारह

नायिकाएँ हमेशा बेचारी रही हैं : *सीता, द्रौपदी, कुंती, गांधारी।* फिर भी जिनके त्याग, त्याग के महानतम उदाहरणों में शामिल हैं। सब के सब पूजनीय। ज्ञानचंद की दो औलादें थीं, मगर लड़का एक ही था। यहाँ उसकी बारह बरस की बेटी का ज़िक्र न करने की मजबूरी को लेकर मैं शर्मिंदा हूँ। उसका सोलह बरस का लड़का जिसका नाम धृष्टकेतु नहीं था। वो कुरुक्षेत्र में पांडवों की तरफ़ से युद्ध लड़ते हुए द्रोणाचार्य के हाथों (अगर वीरगति कहना उचित है, तो) वीरगति को प्राप्त नहीं हुआ था। वो मारा भी नहीं गया था। वो ज़िंदा है (कहानी में) और अपने जीते-जी किसी भी जंग का हिस्सा नहीं होने जा रहा। मेरी कहानी इतनी अजीब और लीक से हटकर नहीं है कि एक मामूली-सा मुलाज़िम तीन आँखें और चार हाथ लेकर पैदा हो। बिलाशक वो आम इंसानों की तरह अपनी माँ की कोख से दो आँखें, दो हाथ और एक ठीक-ठाक दिमाग़ के साथ पैदा हुआ था। ज़बान की तरफ़ से भी वो इतना बदज़बान नहीं था कि—

चूँकि मेरी कहानी में चंदेल जैसा भी एक पिद्दी-सा किरदार मौजूद है, जिसे *'था'* के साथ भुला देना चाहिए, मगर वो इतना मामूली भी नहीं कि मैं चेदि का ज़िक्र भी न करूँ। चेदिराज का ज़िक्र न करूँ। चेदि वर्तमान में बुंदेलखंड का चँदेरी, जो मध्यप्रदेश के अशोकनगर ज़िले में स्थित है। किंवदंती के मुताबिक़, जहाँ द्वापर युग में अढ़ाई पहर सोने की बारिश हुई थी। चेदि, जहाँ के लोग मज़ाक़ में भी झूठ नहीं बोलते थे; धर्म को मानने वाले, ज़िंदगी के हर पहलू से मुत्मइन साधु-संतों से ख़ुशबख़्त सल्तनत थी। कृष्ण का फुफेरा भाई चेदिराज, जिसकी बेटी करेणुमती

नकुल की पत्नी थी। लिहाज़ा वो पांडवों का भी रिश्तेदार था। ख़ैर, महाभारत के मुताबिक़ विदर्भराज के पाँच पुत्र रुक्म, रुक्मरथ, रुक्मबाहु, रुक्मकेस और एक पुत्री रुक्मणी थी। विदर्भराज रुक्मणि का विवाह कृष्ण के साथ कराना चाहते थे, लेकिन रुक्म उसका विवाह चेदिराज से कराने की मंशा रखता था। इसीलिए उसने रुक्मणी का टीका चेदिराज के यहाँ भिजवा दिया। आख़िर में रुक्मणी का विवाह कृष्ण से हुआ। इस वाक़िए को चेदिराज ने (कर्ण की तरह) अपनी बेइज़्ज़ती के तौर पर लिया और वो कृष्ण को अपना दुश्मन समझने लगा। मुझे सीधा-सीधा कहना चाहिए कि चेदिराज शिशुपाल था। और बग़ैर कोई दावा किए महज़ इत्तिला के तौर पर आपसे साझा करना चाहिए कि शिशुपाल ज्ञानचंद नहीं था। शिशुपाल, शिशुपाल था, जो तीन आँखें और चार हाथ लेकर पैदा हुआ था। ये देखकर शिशुपाल के माता-पिता चिंतित थे। उन्हें आभास हुआ कि उनके घर में औलाद के रूप में कोई राक्षस पैदा हुआ है। इस डर से उन्होंने, शिशुपाल को त्यागने का फ़ैसला किया। लेकिन तभी आकाशवाणी हुई कि शिशु का त्याग न करें, जब सही समय आएगा, तो इस बच्चे की अतिरिक्त आँख और हाथ ग़ायब हो जाएँगे। लेकिन इसके साथ ही ये आकाशवाणी भी हुई कि जिस शख़्स की गोद में बैठने के बाद इसकी आँख और हाथ ग़ायब होंगे, वही शख़्स इसका वध करेगा। वक़्त गुज़रा और एक दिन कृष्ण अपने पिता वासुदेव की बहन यानी अपनी बुआ के घर आए। वहाँ शिशुपाल को देखकर उनके मन में प्यार उमड़ा और उन्होंने, उसे अपनी गोद में बैठा लिया। उनकी गोद में बैठते ही शिशुपाल की अतिरिक्त आँख और हाथ ग़ायब हो गए। ये देखकर श्रुतेश्वर परेशान हो गईं, और उन्होंने भगवान कृष्ण से शिशुपाल का वध न करने का वचन लिया। उन्होंने वचन दिया, लेकिन विधि के विधान को वो भी नहीं टाल सकते थे। इसलिए उन्होंने अपनी बुआ से कहा कि वो शिशुपाल की सौ ग़लतियों, बल्कि अपशब्दों को माफ़ कर देंगे लेकिन एक सौ एकवीं ग़लती पर उसे सज़ा देना ही होगी। इसी के साथ उन्होंने अपनी बुआ को ये वचन भी दिया कि अगर शिशुपाल का वध करना भी पड़ा, तो वध के बाद शिशुपाल को इस जीवन-मरण के चक्र से मुक्ति मिल जाएगी। और उसने एक सौ एकवाँ अपशब्द कहकर, तब अपनी गर्दन कृष्ण के सुदर्शन चक्र के हवाले कर दी, जब खांडवप्रस्थ को इंद्रप्रस्थ में बदलने के बाद युधिष्ठिर ने आयोजित राजसूय यज्ञ में शामिल होने के लिए प्रमुख राजाओं को आमंत्रित किया था, जिनमें शिशुपाल भी था। वो देवपूजा के समय कृष्ण का अपमान करने की मंशा से उन्हें गालियाँ देने

लगा। मौक़े पर मौजूद दूसरे कई राजाओं के साथ अर्जुन और भीम भी उसे मारने के लिए तत्पर हो गए, लेकिन पहले युधिस्ठिर फिर कृष्ण ने उन सभी को रोक दिया।

जब शिशुपाल कृष्ण को एक सौ गालियाँ दे चुका, तब कृष्ण ने तीखे स्वरों में गरजते हुए कहा, "बस शिशुपाल बस। अब तेरे मुख से एक भी अपशब्द निकला, तो मैं तेरे प्राण हर लूँगा। मैंने तेरे सौ अपशब्दों को क्षमा करने का वचन दिया था, इसी कारण अब तक तेरे प्राण बचे रहे।" शिशुपाल मर गया और जीवन-मरण के चक्र मुक्त हो गया।

'अब महाभारत भी ?'

कई बार शर्मिंदगी से बचने के लिए भूमिकाएँ बनाई जाती हैं। ये भूमिका उन्हीं भूमिकाओं में से है। मैं ये बताते हुए बेइंतिहा शर्मिंदगी महसूस कर रहा हूँ कि न होते हुए भी ज्ञानचंद किसी न किसी तौर शिशुपाल था। उसके बाल बराबर ही सही। इससे बढ़कर मुझे शर्मिंदगी इस बात की है कि घोर कलियुग के चलते ज्ञानचंद युग पुरुष कृष्ण के हाथों नहीं मारा जाएगा। ये शर्मिंदगियों का सिलसिला है। मुझे और शर्मिंदा होने दीजिए।

और— और— और—

जरीस ने एक सपना देखा : क्या मुझे फिर शर्मिंदा होना होगा ? गोकि आप जानते हैं, जरीस ख़्वाबों का बादशाह है; ख़्वाब देखना किरमानियों का पैदाइशी हक़ है। फिर भी आप इतना जान लीजिए कि अटपटे ख़्वाब और डरावने ख़्वाब में फ़र्क़ होता है। अटपटे ख़्वाबों में आप बहुत से बहुत कहीं के बादशाह होने का ख़्वाब देख सकते हैं, अपने आप को किसी का क़त्ल या अपने ख़ून के रिश्तों में विपरीत लिंगों के साथ हमबिस्तरी वग़ैरा करते हुए देख सकते हैं। लेकिन डरावने ख़्वाबों में एक बादशाह के लिए उसकी गद्दी छिन जाना सबसे डरावना है, और उससे भी डरावना है उसका बेरहमी से मौत के घाट उतार दिया जाना। मगर सस्ती मौत मर जाना ? मेरे ख़याल से ऐसा ख़्वाब ख़ौफ़नाक होने के साथ-साथ शर्मनाक भी होता है। भला क्यों न हो, जब जरीस कोई ऐसा ख़्वाब देखे कि वो अपनी फ़ौज के जत्थे के साथ किसी घने जंगल में शिकार के लिए गया है। वहाँ उसने शान के साथ एक शेरनी को अपने एक वार में घायल कर दिया है, दूसरे में मार दिया, ख़ुद घंटों तक उसकी खाल उतार रहा है, और मन ही मन सोच रहा है कि वो उस शेरनी की खाल के अंदर भूसा भरवाकर उसे अपनी ख़्वाबगाह में 'शो-पीस' के तौर पर रखवाएगा। महीनों तक चलने वाले शिकारबाज़ी के इस सिलसिले में उसने कई तेंदुए, भालू

और उसे परेशान करने वाले इधर से उधर डालों पर छलांगें मारते-फिरते बंदर वग़ैरा भी मारे हैं। हर रोज़ मीठी लाल मिर्चों और देसी घी में पकाया गया हिरन का गोश्त खाया है। उसकी सनक का दर्जा इस हद तक बुलंद होता जा रहा है कि उसने सिर्फ़ अपने मनोरंजन के लिहाज़ से अपने एक सिपाही को दौड़ लगाने का आदेश दिया, और उसके चार फ़र्लांग की दूरी पर पहुँचते ही उसपर निशाना साधकर उसे मारकर पट कर दिया है। और— और— इसी बीच; मैं झिझकते हुए कह रहा हूँ कि भेड़िए और कुतिया के संभोगस्वरुप पैदा हुए एक आधे भेड़िए और आधे कुत्ते ने उसकी जाँघ को अपने नुकीले दाँतों से बुरी तरह ज़ख़्मी कर दिया है। जरीस और उसकी फ़ौज का जत्था उसका कुछ नहीं कर सका। वो सफलतापूर्वक अपनी जान बचा ले गया है। जरीस शर्म से पानी-पानी है : कहाँ *ये* शेरनी कहाँ *वो* कुत्ता। उसके गहरे ज़ख़्म पर तीखी लाल मिर्चों का लेप लगाया गया है। वो जलन और दर्द से कराह रहा है। उसने फ़ौरन सभी को साहिराबाद लौट चलने का हुक्म सुनाया। वो मिर्च की तीव्र जलन को सहता हुआ अपने क़िले की सरहद के इस पार पहुँच चुका है। कुछ रोज़ में आहिस्ता-आहिस्ता उसका ज़ख़्म और उसका दर्द बाहरी तौर पर कम होते-होते ख़त्म हो चुका है। मगर कुछ महीने बीतने के बाद अंदरूनी तौर पर उसे एहसास होने लगा कि वो पानी से ख़ौफ़ खाने लगा है। उसका तरल लहू थक्कों में बदलता जा रहा है। उसकी आवाज़ कुत्तों और भेड़ियों जैसी होने लगी है। उसे इधर से उधर जाने के लिए अपने दोनों पाँवों के साथ-साथ हाथों का भी सहारा लेना पड़ रहा है। वो एक तरह से इंसान से आधा भेड़िया और आधा कुत्ता हो चुका है।

मैं शर्मिंदा हूँ, ये बताते हुए कि साहिराबाद का बादशाह बेहद टुच्ची मौत मरा।

जरीस ने अपने गुप्त रोग के गुप्त इलाज के चलते इकसठवें दिन बिस्तर पकड़ लिया। न चाहते हुए भी उसकी बीमारी का पता सबको लग चुका था। उमराह को, हफ़ीज़ को, मंसूरा को, गुज़िश्ता को, अक्सीर को और कहीं न कहीं हयुलानी को भी। मगर बीमारी का इलाज और उसकी जड़, सिवाए ज्ञानचंद के कोई नहीं जानता था। जरीस की जाँघें, उनके बीच का हिस्सा बुरी तरह से सड़ना शुरू हो चुका था। इससे पहले मंडेला या कोई और डॉक्टर उसके इलाज के लिए महल में अपनी तशरीफ़ लेकर हाज़िर होता, उसने ज्ञानचंद को अपनी ख़्वाबगाह में पेश होने का हुक्म दिया।

ज्ञानचंद हाज़िर हुआ। उसने उसे आदाब करते हुए कहा, "हुज़ूर।" जरीस ने अपने कमरे में मौजूद उमराह और हफ़ीज़ को वहाँ से बाहर जाने को कहा।

मैं थोड़ा-बहुत फिर से शर्मिंदा होना चाहूँगा कि मैं उल्टा चल रहा हूँ। ये सब तब हुआ, जब महल में बहुत कुछ नहीं हुआ था, सिवाए जरीस के, हफ़ीज़ के कान में ये कहने के कि ज्ञानचंद ठीक कहता था। उसकी दवा की दो ही ख़ुराक घुड़सवारी के लिहाज़ से काफ़ी हैं। कहीं तुम भी? "नहीं-नहीं।" न-न करते हुए भी उसने अपने मरने से पहले हफ़ीज़ को बचा लिया। कम-से-कम एक कुत्ते की मौत मरने से। मैं नहीं जानता कि हर बुरी मौत को कुत्ते की मौत क्यों कहा जाता है? जबकि इंसान उनसे बदतर मौतें मरते आए हैं। कुत्ता, जो वफ़ादारी की अलामत है, को एक गाली (बल्कि गालियों) के तौर पर : कुत्ते-कमीने, कुत्ते-कमीने मैं तेरा ख़ून पी जाऊँगा, कुत्ते हो तुम वग़ैरा-वग़ैरा; क्यों इस्तेमाल किया जाता है? चिढ़े हुए कुत्ता प्रेमियों के बीच बात यहाँ तक आ पहुँची है कि आप कुत्ते को कुत्ता नहीं कह सकते। तब तो हरगिज़ नहीं जब आप ख़ुद को एक नेकदिल इंसान साबित करना चाहते हों।

किसी की मौत के बारे में, फिर वो कितनी भी टुच्ची मौत हो, ज़िक्र करना एक संजीदा पहलू है। ऐसे में मज़ाहिया रंग इख़्तियार करते हुए गुफ़्तगू को अंजाम देना बेअदबी है। मुझ जैसे अदबनवाज़ को (हालाँकि नवाज़ के मानी बजाने के भी हैं : तबलानवाज़, हारमोनियमनवाज़, सितार, संतूर वग़ैरा-वग़ैरा) ऐसी हरकतें करने से बाज़ आना चाहिए, लेकिन यक़ीन मानिए मैं कुत्तों का सख़्त चाहने वाला हूँ या कुछ यूँ समझिए कि बहुत बाद में होते-होते हो गया या यूँ कि होना पड़ा। मैं जब पैदा हुआ था, उसके भी कई बरस पहले ये रिवायत चल पड़ी थी कि आप किसी के पालतू कुत्ते को कुत्ता नहीं कह सकते। मैंने अपने बचपन में ऐसा दौर अपनी आँखों से देखा है।

थे एक—

होंगे—

उनके होने न होने से इस समाज को कोई ख़ास फ़र्क़ नहीं पड़ता है, बल्कि ऐसे लोगों की अच्छी ख़ासी तादाद हमारे इर्द-गिर्द ही नहीं दरमियान भी मौजूद है।

था एक—

होगा—

नहीं, वो था और उसके होने से फ़र्क़ पड़ता था। ये बात और है कि उसके न होने से कोई फ़र्क़ नहीं पड़ा। उन्हें तो हरगिज़ नहीं, जिन्हें वाक़ई पड़ना चाहिए था।

रामू नाम था उसका। रामू काका नहीं। मैं क्या कहूँ, मैं उस दौर का अफ़्सानचा

पेश करने की कोशिश कर रहा हूँ, जब रामू अक्सर नौकरों का नाम हुआ करता था। काका शब्द उनके लिए सम्मान के सूचक के तौर पर इस्तेमाल किया जाता रहा है। ख़ुदा गवाह है, मैंने कभी जवान नौकर का नाम रामू नहीं सुना, बल्कि हिंदी सिनेमा ने मेरी आँखों के साथ वो ज़ियादती की है, जो बहरतौर नाक़ाबिल-ए-माफ़ी है। बताइए, मैंने एक लंबा वक़्त ऐसी फ़िल्मों के इंतज़ार में गुज़ारा है कि मैं कहीं से किसी फ़िल्म में किसी अमीर घराने में एक जवान नौकर देख सकूँ, मगर नहीं देख सका, उल्टा देखते-देखते मैं ज़वान हो गया, लेकिन मैं कभी नौकर नहीं हुआ। और तो और मेरा नाम रामू भी नहीं।

देख रहे हैं ना आप?

उसका नाम रामू था, मगर वो इंसान नहीं था। जवान भी नहीं था। लिहाज़ा वो जब कुत्ते से रामू हुआ, तब वो एक पिल्ला था, कुत्ते का पिल्ला। लीजिए साहब ये भी एक गाली है— 'कुत्ते का पिल्ला।' अजीब तो ये है कि मुझे सूअरों के साथ हुई नाइंसाफ़ी का भी बहुत दुख है। जब कुत्ते का पिल्ला होता है, तो सूअर का बच्चा क्यों होता है? चलिए मैं इस नाइंसाफ़ी को दरगुज़र कर वापस रामू पर आ भी जाऊँ, लेकिन जब हिंदुस्तान की आधी ज़ाती और सरकारी ज़मीनें, तालाबों के घाट, नदियों के घाट, खेत वग़ैरा-वग़ैरा इंसानी गू से लबालब रहते थे, तब उसकी सफ़ाई का ज़िम्मा सूअर की बिरादरी ने ही उठाया।

उठाया था कि नहीं?

फिर 'सूअर का बच्चा' किस लिहाज़ से गाली हुई? आप अंदाज़ा लगा सकते हैं, मैं किस दर्जा इंसाफ़पसंद इंसान हूँ।

जी मैं रामू पर था। मुख़्तसर इतना कि रामू के मालिक के घर में ही एक और रामू था। इंसान रामू। इंसान रामू को कुत्ते रामू को रामू की बजाए कुत्ता कह देने की वज्ह से अपने दो दाँतों से जाना पड़ा। लेकिन बाद में, बहुत बाद में इंसान रामू इंसान की मौत मरा। और कुत्ता रामू अपनी, यानी कुत्ते की मौत। कुत्ते की मौत? कुत्ते की अपनी मौत होती है, लेकिन रामू की मौत बद से बदतर हुई। बदतरीन। उसके बदन में कीड़े पड़ जाने के बाद उसे रामू से वापस कुत्ता हो जाना पड़ा। उसके मालिक ने उसे अपने घर के उजाड़ में खूँटे से बाँध दिया और उसकी मौत के दिन तक बँधा रहने दिया।

ख़ैर,

मुझे जरीस पर होना चाहिए:

"ज्ञानचंद हम इस वक़्त इस लायक़ तो नहीं रह गए कि अपना ग़ुस्सा उतारते हुए तुमपर चिल्ला सकें, लेकिन तुम्हें सज़ा सुनाने की क़ाबिलीयत और ओहदा अब भी रखते हैं। हमारे एक हुक्म पर तुम्हारी नस्लें तबाह हो जाएँगी। जानते हो न तुम?" जरीस ने ज्ञानचंद से अपनी असहनीय तकलीफ़ को सहते हुए कराहती हुई आवाज़ में कहा। "हुज़ूर," ज्ञानचंद ने दबी हुई आवाज़ में कहा। "ये क्या है ज्ञानचंद?" जरीस ने अपनी सड़ी हुई नंगी जाँघों की तरफ़ इशारा करते हुए कहा, "कैसी दवाएँ थीं ये?" उसने पेपरवेट के नीचे दबी हवा में फड़फड़ाती दवाओं की खाली पुड़ियाओं (वही नीली, लाल, हरी, पीली) की तरफ़ इशारा किया, "कैसा इलाज था ये?" उसने अपनी जाँघों के दरमियान उस जगह देखा, जहाँ से वो दोनों अपने-अपने रास्ते हो लेती हैं। बादशाह होते हुए भी वो सड़क छाप आशिक़ों की तरह फूट-फूटकर रोने लगा। ज्ञानचंद ने आत्मविश्वास के साथ कहा, "हुज़ूर मैंने तो हकीम से हू-ब-हू बीमारी साझा की थी। उसपर उसने मेरा मज़ाक़ बनाया सो भी सहा। और आप कहते हैं— क्या आपको मुझपर यक़ीन नहीं?" अगर पंडित ज़िंदा होता, तो आज ज्ञानचंद की बल्ले-बल्ले थी। उसे एक बेहतरीन अदाकार के ख़िताब से नवाज़ा जाता। मगर अफ़सोस। लेकिन अफ़सोस क्यों? क्या सिर्फ़ ज्ञानचंद का हक़ है कि वो तमाम क़िले अकेले फ़त्ह कर ले?

"उसे अभी के अभी हाज़िर करवाओ यहाँ," जरीस ने दबे हुए स्वर, लेकिन शाही अंदाज़ में कहा। "हुज़ूर मगर वो अल्लाह को प्यारा हो गया है," ज्ञानचंद बुदबुदाया। "क्या बकवास है ये?" जरीस ने चिड़चिड़ाते हुए कहा, "वो मर गया है? ऐसे कैसे मर गया? उसे किसने इजाज़त दी कि हमें मरने के लिए छोड़कर वो ख़ुद मर जाए?" उसने मिसमिसाते हुए कहा, "ज्ञानचंद तुम नहीं बचोगे। याद रखना, तुम नहीं बचोगे। वर्ना चुप-चाप सब कुछ सच-सच बता दो।" "हुज़ूर मैं सच कहता हूँ। अल्लाह की क़सम," ज्ञानचंद ने अपने गले की गाँठ को अपने दाहिने हाथ के अँगूठे और पहली उँगली से छूते हुए कहा। ज्ञानचंद, जिसे अब भी याद नहीं था कि उसने अफ़ीम के अंधा-धुंध नशे की गिरफ़्त में जरीस के हाथ में दवाएँ धरते वक़्त हकीम की बताई तरतीब (नीली— लाल— हरी— पीली—) बदल दी थी, जिसे बिल्कुल याद नहीं था कि ख़फ़ीफ़ मुसद्दस सालिम ने उससे कहा था कि मियाँ सिलसिला याद रखना वर्ना ये बीमारी तो जाएगी नहीं, साथ में कौन-कौन-सी बीमारियाँ और लग जाएँगी इसका भी कोई ठिकाना नहीं है।

ज्ञानचंद मन ही मन सोच रहा था, "हो न हो इंसान होते हुए घोड़ा बनने की

चाहत रखने वाले उसके अय्याश बादशाह ने एक ही दिन में सारी दवाएँ भकोस ली होंगी और उनके मुज़िर-असरात आज इकसठवें रोज़ बता रहा होगा।" उसने कहा, "हुज़ूर, अगर फिर भी आपको लगता हो कि मैंने कोई ग़लती की है, तो मेरी गर्दन हाज़िर है।" उसने जरीस के कमरे में तिरछी लटकी उसकी ख़ानदानी तलवार को उतारते हुए उसके हाथ में थमाकर नाटकीय ढंग से अपनी गर्दन झुका दी। जरीस की सड़ी हुई जाँघों से आ रही बदबू से बचने के लिए उसने अपने नथुने दबाने की बजाए कुछ पल अपनी साँस रोकना बेहतर समझा। "दूर जाओ हमसे," जरीस ने आदेश देते हुए कहा, "और ये तलवार जहाँ की तहाँ, जैसी की तैसी टाँग दो।" "हुज़ूर," ज्ञानचंद ने एक सभ्य मुलाज़िम के अंदाज़ में कहा। "अब क्या करें हम? क्या करें ज्ञानचंद?" जरीस ने अपने आँसू पोछते हुए कराहती हुई आवाज़ में कहा, "क्या हम मर जाएँगे ज्ञानचंद? हमें बचा लो। बचा लो हमें।" ज्ञानचंद चाहता तो उसे मंडेला का नाम सुझा सकता था। मंडेला उसकी बीमारी के लिए मुनासिब डॉक्टर तो नहीं था, फिर भी वो उसे कोई और डॉक्टर तज्वीज़ कर सकता था। मगर उसने नहीं किया। लिहाज़ा मंडेला ने भी नहीं किया। ज्ञानचंद उसकी हालत देखकर इतना समझ चुका था कि मंडेला तो क्या मंडेला का बाप, बल्कि उसके बाप का बाप भी अब उसकी बीमारी ठीक नहीं कर सकता। बात अब हाथ से आगे निकल चुकी है। इतनी कि मैं अपनी ही बात को काटते हुए, आपसे ये कहने पर मजबूर हूँ कि कुछ बातें जाकर वापस नहीं लौटती हैं। उसने कहा, "हुज़ूर अगर इजाज़त हो, तो एक बात अर्ज़ करूँ?" "इजाज़तें माँगने का वक़्त नहीं है ज्ञानचंद," जरीस ने उसकी तरफ़ *'प्रस्तुत किया जाए'* के लहजे में हौले से हाथ उठाते हुए कहा, "कहो। जो कहना है कहो। जल्दी कहो।" "आपने मेरी पाँच ग़लतियाँ माफ़ की थीं। आप चाहें तो इन चारों ख़ुराकों को मेरी चार ग़लतियाँ समझकर मुझे मेरी बची आख़िर क़ाबिल-ए-माफ़ ग़लती को मौक़े के तौर पर क़ुबूल फ़रमाने की इजाज़त दीजिए," डॉक्टर कहने से बचते हुए ज्ञानचंद ने आगे कहा, "मैं एक ऐसे हकीम को जानता हूँ, जो आपकी बीमारी ठीक कर सकता है। भला साहिराबाद में हकीमों की कोई कमी है क्या।"

उसे मौक़ा दिया गया, मगर साहिराबाद में ख़फ़ीफ़ मुसद्दस सालिम से बढ़कर न कोई हकीम था, न ज्ञानचंद ऐसे किसी हकीम को जानता था। ज्ञानचंद ख़ुद अपने आप को हकीम के तौर पर देख रहा था, जो अपने बादशाह को इस दर्जा कराहते हुए देखना नहीं चाहता था। या चाहता था? जी हाँ कराहते हुए भी देखना चाहता

था और मार देना भी। उसे बड़ी बी से इश्क़ था। उसके हाथों बड़ी बी पर किए गए ज़ुल्म वो भुला नहीं सकता था। उसे याद आते-आते याद आ गया, "मैं यही चाहता था। दवाओं की तरतीब भले मेरे नशे की वज्ह से बदली थी, मगर मैं होश में भी यही चाहता था।" उसकी पाँचवीं ग़लती माफ़ की जाए कि नहीं इसका फ़ैसला करने वाला जरीस उसकी पाँचवीं ग़लती पर ही क़ुर्बान हो चुका था।

पवित्र वध नहीं हुआ। मृत्यु हुई। या क़त्ल?

दरअस्ल ज़रा-सा और उल्टा चलें, तो ज्ञानचंद ने उससे एक रोज़ का वक़्त माँगा था। जरीस ने उसे एक रोज़ का वक़्त दिया, मगर ये कहते हुए, "हमारे पास एक रोज़ है ज्ञानचंद?" जरीस दुखी था। निराश था। मगर अपने किए-धरे का फिर भी उसे कोई अफ़सोस नहीं था। वो अपनी दोनों बीमारियों का ज़िम्मेदार ज्ञानचंद को ठहराते हुए उसके रुख़्सत होने के पहले उससे आख़िरी बार बादशाहों के लहजे में पेश आया था। उसने कहा था, "अगर हम ठीक नहीं हुए ज्ञानचंद तो ये तलवार, जो अभी तुमने वापस उसकी अपनी जगह पर टाँगी है, उसे तुम आज ही की तरह उतारकर लाओगे। आज ही की तरह अपनी गर्दन झुकाओगे, लेकिन आज की तरह हम तुम्हें यूँ जाने नहीं देंगे। तलवार हमारे हाथ में आते ही अगले पल तुम्हारा सर ज़मीन पर पड़ा होगा। ज्ञानचंद याद रखना," उसने लंबी साँस छोड़ते हुए कहा, "बस एक रोज़।"

अगले रोज़ बिस्तर पर जरीस अपने मुँह से निकले ख़ूनी झाग से सना हुआ अपने आधे सड़े हुए शरीर के साथ बिस्तर पर मरा पड़ा था। वो ज़िंदा होता, तो झल्लाकर कहता, "महल में साफ़-सफ़ाई का महकमा किसका है? कौन है इसका सद्र? किसके रहते हमारे कमरे में इतनी मक्खियों को मँडराने की इजाज़त दी गई है?" उसके कमरे में सब मुँह लटकाकर खड़े थे। सिलसिलेवार- उमराह, मंसूरा, गुज़िश्ता, अक्सीर, हफ़ीज़ और ज्ञानचंद मगर सबसे अलग कुछ दूर।

एक छोटी-सी छलांग लगाते हुए :

हफ़ीज़ ने जरीस की क़ब्र पर मिट्टी बराबर हो जाने के कुछ रोज़ बाद ज्ञानचंद से जानना चाहा कि उसके वालिद को कौन-सी ऐसी बीमारी हुई थी कि अचानक ऐसे— वो फफककर रोने लगा। ज्ञानचंद ने मुख़्तसर जवाब देते हुए कहा, "गुस्ताख़ी माफ़ छोटे हुज़ूर, मगर जाते-जाते उन्होंने मुझसे ये वादा लिया था कि मैं उनकी बीमारी के बारे में कभी किसी को कुछ नहीं बताऊँगा। आपको भी नहीं। आप समझ रहे हैं ना? सचमुच किसी को भी नहीं। और हाँ उन्होंने अपनी

तरफ़ से आपको कुछ तज्वीज़ करने को भी कहा था।" *जबकि नहीं कहा था* "हाँ हाँ ठीक है, हम जानते हैं।" हफ़ीज़ ज्ञानचंद के नुस्ख़े की तमाम अतिरिक्त ख़ुराकें बग़ैर कुछ कहे उसके हाथ में थमाते हुए ज्ञानचंद को पीठ दिखाकर चला गया था। उसके, उसे पीठ देने के बाद ज्ञानचंद परिहास की हँसी हँसते हुए मन ही मन बड़बड़ाया, "मैंने कितनी बार न समझाया होगा पर कमबख़्तो तुम किसी की सुनो तब ना।"

भले ही उसके (और उसके जैसे तमाम) तख़्त की पनाह अंग्रेज़ों के अंडकोषों के नीचे थी। फिर भी ये एक तख़्तनशीं बादशाह की मौत थी। उसकी पहचान खो चुकी माँ की नहीं। उसकी (या किसी की) मौत पर सोग के नाम पर जश्न, जो नहीं होना चाहिए मगर होता है, हुआ था। जरीस की मौत के रोज़ के और चालीसवें दिन के जश्न में फ़क़त इतना फ़र्क़ था कि पहले दिन के जश्न में *हँसते हुए खुलकर बात करने पर सख़्त पाबंदी थी।*

देखा जाए, तो गुज़िश्ता और अक्सीर को इस ख़बर पर ख़ुश होना चाहिए था, मगर वो नहीं थीं। चालीसवें रोज़ तक उनकी शक्लों के रवैए मोनालिसा की पेंटिंग की तरह थे। न हँसते हुए, न रोते हुए। इससे ज़्यादा दुखी तो वो टीपू की हालत देखकर थीं। इससे ज़्यादा ख़ुश टीपू को वापस अपनी ज़िंदगी में आहिस्ता-आहिस्ता लौटते हुए देखकर। अपने बाप के उजागर टुच्चे, वाहियात, निचले दर्जे के कारनामों से बेहतर वाक़िफ़ होने के बाद भी उन्होंने नहीं कहा, *"ये तो होना ही था। ऐसे लोगों के लिए ऐसी मौत ही वाजिब मौत है।"* दरहक़ीक़त वो बस इतने में ख़ुश हो ली थीं कि उनके मन में अपने बाप-भाई के लिए जो भी, जैसी भी, जितनी भी नफ़रत भरी है, वो बहरहाल ग़लत नहीं है। उन्होंने उस नफ़रत को बरक़रार रखा मगर इसके बाद फिर कभी उसे ज़ाहिर नहीं किया। जब कभी उन्हें अपने बीते दिन याद आते और उनके द्वारा उनके दिलों में जबरन दबा दी गईं नफ़रतें कुशल तैराकों की तरह सतह पर आ जातीं, तब उनके द्वारा उन्हें हयुलानी के साथ मौज-मस्ती कर वापस तह में पहुँचा दिया जाता। उदासी और ग़ुस्से से लबरेज़ इस आलम में वो दुआ करतीं कि वो शख़्स जहाँ कहीं भी हो बेहतर हो, ज़िंदा हो। उसकी क्या ग़लती थी, जो उसके साथ वो सब किया गया। वो कब ख़ुद चलकर आया था। उसे तो हम लाए थे।

उस शख़्स को आपने भुला दिया होगा मगर मैंने नहीं। किसी को कब भुलाया जा सकता है। बहुत से बहुत उसे याद न किया जाए, यही किया जा सकता है।

इस अज़ीम मौज़ू से प्रभावित होकर मैंने कभी एक मामूली-सा शेर कहने की भी कोशिश की थी।

मुलाहिज़ा हो :

कोई जाने से कब गया है कभी
कोई जाता नहीं है जाने से

आप मुझे हिक़ारत की नज़रों से न देखें। इतनी तकलीफ़ें तो आपको भी उठानी होंगी। इस मामूली-से अरसे में पंजाब, खड़गपुर, बंबई और दूसरी जगहों में लगातार दंगे हुए, जिनकी वज्ह हिंदू-मुसलमान थे, जिनमें 204 लोग इधर-उधर और 149 लोग सिर्फ़ बंबई में मारे गए। 1000 से ज़्यादा संजीदा तौर पर ज़ख़्मी हुए। आप बेहतर जानते हैं, हमने कितनी तकलीफ़ें उठाई हैं। कौन-कौन न चला गया मगर कोई न गया। वो लड़का भी नहीं, जो महल में काम करने वाले तमाम नौकरों में से एक था। मगर वो किसी का ख़ास नहीं था। उसपर जरीस या हफ़ीज़ की भी उस वाक़िए से पहले कभी नज़र नहीं गई थी। वो नौकरों के नौकरों का नौकर था। यक़ीनन बेहद मामूली नौकर। उसके हुलिए के बारे में सोचने के लिए हिंदी फ़िल्मों में बेहद साइड रोल अदा कर रहे उन लड़कों की एकल छवि ध्यान में लाई जा सकती है, जो लड़कियों के रिझाने पर न-न करते उनके झाँसे में आ जाते हैं। मगर ऐन मौक़े पर उनके बदन का वो उज़्व-ए-मख़्सूस, जिसे अपनी ज़िम्मेदारी उठाते हुए हरकत में आ जाना चाहिए, नहीं आता है। वो हिचकिते रह जाते हैं।

"अरे— उई— अई— एई— गुदगुदी हो रही है— ही ही ही— आउच— "

अगले रोज़ वो शैतान लड़कियाँ अपनी शैतान लड़की दोस्तों से कहती हुई पाई जाती हैं, 'चूतिया है साला।' ऐसे लड़के आख़िर में अक्सर अवसाद के शिकार हो जाते हैं। यहाँ तक होता देखा जा सकता है कि जिस बीवी पर वो अपनी जान लुटाते हैं, उसी के प्यार से महरूम रह जाते हैं। ऐसे में उनकी बीवियाँ उनके ऑफ़िस के वक़्त का नाजायज़ फ़ायदा उठाते हुए नाजायज़ कामों को अंजाम देती हैं। हद देखिए, यहाँ नाजायज़ अपने आप में नाजायज़ दिखाई पड़ रहा है। अगर मैं आपको, पुरुषवादी पुरुष होता दिखाई दे रहा होऊँ, तो आप मुझे टोक सकते हैं। मगर मैं बता दूँ कि मैं किसी ख़ास पुरुष वर्ग का पक्ष नहीं ले रहा, बल्कि उनकी वो कमज़ोरियाँ उजागर कर रहा हूँ, जो उन्हें झिझक के दायरे से बाहर आकर वक़्त रहते दूर कर लेनी चाहिए। ऐसे लड़के अपनी प्रेमिकाओं या बीवियों को प्यार करने के तरीक़े नहीं जानते। वो उनका माथा, होंठ, आँखें चूमकर उनसे इशारों में अपने

जज़्बात का इज़हार नहीं कर पाते कि उन्हें उनसे प्यार करने का मन है। वो सीधे-सीधे कह देते हैं, 'आज कुछ हो जाए क्या ?' इसपर भी वो नाकामयाब रह जाते हैं।

बहनों को इस बात का अफ़सोस नहीं था कि वो चूतिया था, बल्कि वो जानती थीं कि वो सहमा हुआ था। डरा हुआ था। आख़िर वो उनके नौकरों के नौकरों के नौकरों में से था। वो पकड़े भी गए और उसे कितनी बुरी सज़ा दी गई। "सलामत रखने वाला उसे सलामत रखे। माफ़ करने वाला हमें इस अज़ीम गुनाह के लिए माफ़ करे।"

आपको याद होना चाहिए, वो लड़का साहिराबाद में फिर कभी नहीं देखा गया। मुझे जहाँ तक याद आता है ये वही लड़का था, जो विल्सन को अपनी यात्रा के दौरान ट्रेन में मिला था। वो उस यात्रा में शामिल नहीं था। यूँ समझ लीजिए कि वो उस यात्रा का और वैसी कई यात्राओं का मामूली-सा हिस्सा था। वो स्टेशनों में रुकी हुई गाड़ियों में अपने भिखमंगे गिरोह, जिन्हें हमेशा इस लापरवाह समाज ने हिजड़ा कहकर पुकारना मुनासिब समझा, के साथ चार-छह आने की भीख माँगते हुए, भीख देने वालों को दुआएँ देते हुए देखा गया था। उसने अपने सर के बाल बढ़ा लिए थे और अपनी बारीक मूँछों को हमेशा के लिए उड़ा दिया था। कुल मिलाकर वो औरतों के रूप में ढल चुका था। उसकी छातियाँ उसके ब्लाउज़ के भीतर भरे हुए कपड़ों की वज्ह से फूली-फूली दिखती थीं। जब कभी कोई लफ़ंगा उसकी छातियों पर हाथ धरने की कोशिश करता, तो वो उससे कहता, "कुछ नहीं है बे ले देख ले।" उसकी जाँघों के बीच में हाथ लगाने वालों को 'मुँह में लेगा' टाइप तंज़ कसकर वहाँ से फ़ारिग़ हो लेता था। विल्सन ने उसके हाथ में इतने पैसे रख दिए थे, जितने उसे एक साथ कभी किसी ने नहीं दिए थे। उसने उसे दुआ दी, "साहब ख़ूब लंबी उम्र हो आपकी।" उसने पूछा, "कहाँ के रहने वाले हैं साहब ?" विल्सन का जवाब सुनते ही, "वैसे तो कहीं का नहीं फिर भी साहिराबाद का।" वो उसके दिए पैसे वहीं उसी डिब्बे में फेंककर भाग गया। विल्सन ने उसका पीछा करना चाहा मगर वो प्रेत की तरह हवा में ग़ायब हो चुका था। विल्सन ने लौटकर डिब्बे में उसके फेंके (बचे-खुचे) पैसे बटोरे। कुछ देर संजीदगी से कुछ सोचा। अपनी गर्दन झटकी, कंधे उचकाए और वापस उस किताब की तरफ़ लौट गया, जिसे वो इस घटना से पहले पढ़ रहा था। अफ़वाहों के मुताबिक़, हिजड़ों की दुआएँ हमेशा काम आती हैं, मगर उसकी दुआ विल्सन के काम नहीं आई। दरअस्ल वो हिजड़ा नहीं था। हिजड़ों ने उसकी जान बचाते हुए उसे एहसास दिलाया था कि

वो अब हिजड़ा (जैसा हो चुका) है। उसे अब हिजड़ों की बिरादरी में शामिल हो जाना चाहिए।

आप शायद उस दृश्य को पढ़ने के लिए उतावले हो रहे होंगे कि कब, कैसे और कहाँ हिजड़ों ने उसकी जान बचाई होगी। उस वक़्त उसकी हालत क्या रही होगी। दरअस्ल हम बुरी हालतें देखने के आदी हो चुके हैं। सच कहूँ, तो हम सब क्रिमिनल हैं। हम सब क्राइम को देखकर लुत्फ़ उठाते हैं। हर वो किताब या फ़िल्म सुपरहिट होती है जिसमें हत्याएँ हों, लूट-पाट हो, बलात्कार हो। कुल मिलाकर किसी न किसी तरह हम क्राइम को पढ़ना और देखना पसंद करते हैं। मैं भी आपकी तरह एक क्रिमिनल हूँ, मगर मैं तारीख़ और तारीख़ों से वाबस्ता वाक़िआत से मुँह नहीं फेर सकता। मैं आपसे छोटा-मोटा क्राइम करने की इजाज़त लेते हुए बताता हूँ कि उस रोज़ ख़ून से सनी अपनी पतलून को जाँघों के बीच भींचे हुए बेशुमार ख़ून टपकाता, गुहार लगाता हुआ वो नदी की तरफ़ भाग रहा था। उसे उस तरफ़ भागते हुए आम लोगों ने देखा और देखकर रह गए। मगर हिजड़ों का वो गिरोह, जिसमें अब वो ख़ुद एक इज़ाफ़ी रुक्न के तौर पर शामिल था, चाहकर भी उसे दरगुज़र नहीं कर सका, उसके पीछे भागने लगा। उन्होंने उसे नदी में कूदते हुए देखा और डूबते हुए भी। जब वो पानी की सतह पर देर तक वापस नहीं आया, तो उन आठ में से दो ने नदी में छलांग लगा दी। उसे ढूँढ़कर किनारे पर उतारा। उसका इलाज करवाया और एक सिर्फ़ उसके लिए उन सभी ने हमेशा के लिए साहिरबाद छोड़ दिया।

वो ज़िंदा है। सलामत है। बहनों की दुआ उसके काम आई। मगर ऐसी दुआ किस काम की?

ठीक है, जरीस एक बादशाह था, मगर उसकी क़ब्र भी वैसे ही खोदी गई, जैसे चाँद बीबी की खोदी गई थी, जैसे हर आम आदमी की खोदी जाती है। आख़िर खोदने के काम को किस तौर शाही बनाया जा सकता है। सोने के फावड़े से खोद कर? या खोदने वालों के सरों को सोने के मुकुट पहनाकर या गले में सोने के हार डालकर? मेरी नज़र में ऐसा कोई तरीक़ा नहीं है। लेकिन हर कोई मेरी तरह जाहिल नहीं हो सकता। आख़िर हफ़ीज़, जरीस की पहली औलाद था। जिसके भरोसे वो पश्चिमी हिंदुस्तान पर हुकूमत करने का फ़िज़ूल ख़्वाब देखा करता था। हू-ब-हू उन फ़िज़ूल रातों की तरह जो दिन की रौशनी में तब्दील होने का नाम नहीं ले रही थीं। जिनका अंधेरा इतना घना था कि उसे भेदने में नब्बे साल का वक़्त

लगने वाला था। 10 मई 1857 से शुरू हुई ये लड़ाई 15 अगस्त 1947 तक जारी रहने वाली थी।

हफ़ीज़ ने शाही क़ब्र की खुदाई में हिस्सा लेते हुए पहला फावड़ा ख़ुद मारा। फिर ढेर मज़दूरों ने मिलकर उस शाही खुदाई को अंजाम दिया। मुझे हर एक फ़िक़रे में शाही कहने दीजिए। मैं जरीस की मौत को अपनी ग़फ़लत में दरकिनार करते हुए एक आम मौत में नहीं बदल सकता।

मैं शुरू करता हूँ : शाही क़ब्र की खुदाई मुकम्मल हो जाने के बाद शाही सफ़ेद लिबास में लिपटे जरीस को क़ब्र में शाही तौर-तरीक़े से लिटाया गया। मौक़े पर मौजूद शाही हाज़िरीन ने शाही ढंग से क़ब्र में मिट्टी डाली। शाही दुआएँ पढ़ी गईं। दूर खड़े लोगों में, जो शाही नहीं थे, उन्होंने भी कोशिश की कि वो इस शाही रस्म को शाही बनाए रखने में शाही मदद करते हुए नज़र आ सकें। महल से दूर किरमानियों की शाही ज़मीन के एक शाही टुकड़े में खोदी गई शाही जरीस की क़ब्र को शाही हफ़ीज़ ने जल्द-अज़-जल्द शाही मक़बरे में तब्दील करने का शाही ऐलान किया। मौजूद शाही लोगों ने शाही ऐलान के बाद शाही ऐलान की पुर-ज़ोर हिमायत की। उन तमाम शाही लोगों में आसपास के कई शाही परिवार और शाही अंग्रेज़ अफ़्सर शामिल हुए थे, जो एक-दूसरे को अपनी शाही नज़रों के ज़रीए शाही सलाम पेश कर रहे थे। चूँकि हर कोई शाही था, जो नहीं था वो शाही लोगों के लिए शाही ख़ुशामद करने लिए शाही न होते हुए भी रस्म-ए-शाही का शाही हिस्सा था।

आह! ख़ुदा का शुक्रिया उसने मेरी मदद की। वाक़ई जरीस की मौत शाही मौत थी, जिसे मैंने शाही बनाए रखने की काफ़ी हद तक कामयाब कोशिश की है।

नहीं?

जश्न तमाम हुआ। आप और भी जानना चाहते हैं, तो जान लीजिए, उस रोज़ खुले-आम शराब का इंतिज़ाम नहीं था, मगर पीने वाले कोना पकड़कर रह-रह दो-दो घूँट मार लेते थे। बेशतर काम-काजी लोग थे? लिहाज़ा उन्होंने खाने-वाने से इनकार कर दिया और शाम तक अपने-अपने घरों और महलों की तरफ़ हो लिए। चालीसवें दिन उन्हें फिर हाज़िर होना था।

वो हाज़िर हुए लेकिन उस रोज़ हाज़िरीन की तादाद में जादुई इज़ाफ़ा हुआ। मतलब इतना कि मैंने उनकी गिनती करने में अपना वक़्त ज़ाया करना मुनासिब नहीं समझा। आप बस इतना जान लीजिए कि चालीसवें रोज़ सब की हाज़िरी ख़ुशनुमा थी। किसी को अपने चेहरे पर शिकन पैदा करने की नाटकीय कोशिश

नहीं करनी पड़ी। कोने में जाकर शराब नहीं पीनी पड़ी। और तो और, वो एक दूसरे से इशारे में नहीं, खुलकर बात कर रहे थे। मटन, चिकन, हिरन का गोश्त, लगभग एक सौ चालीस तरह की तरकारियाँ, सलाद, जी सलाद, पचास, हरगिज़ पचास तरह की सलाद। अब और क्या चाहिए? तिसपर चालीस दिनों तक रोज़ मक़ामी अख़बारों में जरीस की मौत के बारे में ख़बरें आना, महल के सबसे ऊँचे गुंबद पर लगे आख़िरी मुग़ल सल्तनत के झंडे की नक़्ल (जिसके हरे पसमंज़र पर पीले रंग का अंग्रेज़ी के अक्षर C की शक्ल में चाँद बना हुआ था) का चालीस रोज़ तक झुका रहना कोई आम सोग की अलामत नहीं हो सकता। हालाँकि मरी या मारी जा चुकी साहिराबाद की अवाम को उसके मरने से कोई फ़र्क़ नहीं पड़ा। उनकी ज़िंदगियाँ जैसी की तैसी रहीं। मरी हुई, लड़ियल, सुस्त। आप समझने में ग़लती न करें, मैं यहाँ फ़ारूक़ी, दत्त, डॉ. विल्सन, विद्या या टीपू की बात नहीं कर रहा। उनके जैसे किसी एक की भी नहीं। एक बात और, जो किसी लिहाज़ से बताना ज़रूरी नहीं फिर भी मैं बता दूँ कि फ़ारूक़ी, दत्त, डॉ. मंडेला, विद्या और टीपू इस सोग के जश्न में शामिल नहीं हुए थे। 'बस यूँ ही' जुमले की तीसरी मगर वाहियात मिसाल।

हर दिन रात तक चलेगा
हर रात पूरी रात चलेगी
रात रात तक चलेगी
कितनी लंबी रातें?

बारह

मेरी किताब मौतों के दस्तावेज़ के रूप में ढलती जा रही है। मौत के बारे में मैं अपनी बात को फिर-फिर दोहराकर आपके नाक (लाशें सड़ जाएँ, तो उनसे बदबू आती है), कान (मौत की ख़बरें उमूमन डरावनी होती हैं) और आँख (आप पढ़ रहे हैं) ज़ख़्मी नहीं करना चाहता। मैं ज़िंदगियों की तरफ़ लौटता ही हूँ कि एक मौत हो जाती है या हो चुकी होती है। इसमें चौंकने या रंजीदा होने जैसा कुछ नहीं है। मैंने समझाया था आपको। ये बिल्कुल ऐसा है, जैसे हर रोज़ हिंदुस्तान में 73787 (ये डाटा इक्कीसवीं सदी का है) लोग पैदा होते हैं और 26789 (ये डाटा भी इक्कीसवीं सदी का है) लोग हर रोज़ मरते हैं। अगर बर्थ रेट की तरफ़ जाएँ, तो हर एक हज़ार में पैदाइश का रेट 19.3 फ़ीसद है और मौत का 7.3 फ़ीसद (याद रहे इक्कीसवीं सदी) इस लिहाज़ से आपको मुझे दाद देनी चाहिए कि मेरी कहानी का बर्थ रेट बहरतौर कम है। अनजाने में सही मगर मैंने अपने मुल्क के हक़ में कुछ न कुछ भला काम तो किया ही है। और फिर मेरी कहानी में कोई दशमलव के साथ न पैदा हुआ, न मरा। कुल मिलाकर न कोई औना पैदा हुआ न पौना मरा। अगर आप एक वैज्ञानिक के तौर पर सोच रहे हैं, तो बेशक आप ठीक सोच रहे हैं। वो सब, जो बीमारियों के सबब मरे, वो पूरे के पूरे नहीं मरे लेकिन मरना फिर मरना होता है। हालाँकि अगर कोई पूरा का पूरा पैदा नहीं होता, तो उसपर दुख ज़ाहिर किया जा सकता है।

ज़ाहिरन हयुलानी वही एक सर, सर पर अनगिनत घने काले बाल, एक माथा, दो भौहें, दो आँखें, एक नाक, दो गाल, दो होंठ, एक ज़बान, एक ठोढ़ी, एक गला,

दो हाथ, (जिनमें कंधे, कोहनियाँ हथेलियाँ और उँगलियाँ वग़ैरा सब दुरुस्त थीं) एक छाती, छाती में दो निप्पल, एक पेट, एक नाभि, दो पैर (जिनमें जाँघें, घुटने, टखने और तलवे और उनकी उँगलियाँ वग़ैरा सब ठीक थीं) और मर्दों को उनकी पहचान दिलाने वाला वो अंग विशेष, जिससे अभी तक उसने मूत्र त्याग करने के अतिरिक्त कोई काम नहीं लिया था, भी एकदम सही-सलामत लेकर पैदा हुआ था। अंदरूनी तौर पर भी उसके शरीर का पुर्ज़ा-पुर्ज़ा दुरुस्त था।

उमूमन शाहज़ादे हज़ारों बेतुके ख़्वाबों के साथ पैदा होना पसंद करते हैं। ख़्वाबों के बारे में क्या कहूँ, आप पहले ही तमाम तरह के बेतुकेपन से रू-ब-रू हो चुके हैं। आपको याद होगा चार मर्द औलादें, चार दिशाएँ और एक हिंदुस्तान का दिल और इसी बेतुके ख़्वाब के चलते दो बहनों का हादिसे के तौर पर पैदा हो जाना। बात दरअस्ल उन्नीसवीं सदी के ख़ात्मे के सालों की है। औरंगज़ेब की मौत के कुछ बरस बाद की। तब जरीस की उम्र क्या थी, का अंदाज़ा लगाने के लिए इतना इशारा काफ़ी है कि वो दो मर्द औलादों को पैदा कर चुका था। जब उसके बेतुके ख़्वाब को पूरा करने की कोशिशें नाकाम होने लगीं, तब उसे एक रोज़ मालूम हुआ कि उमराह अब माँ नहीं बन सकती।

दरहक़ीक़त मैं आपको एक ऐसे राज़ की बुनियाद की जानिब ले चलने की कोशिश कर रहा हूँ, जो क़िले की बाहरी ऊँची दीवारों की बुनियाद में कहीं दफ़्न है। हीर की बड़ी बहन एमाइली, जो एक फ़िरंगी अफ़्सर की रखैल थी। मैं रखैल कहते हुए झिझक महसूस कर रहा हूँ, मगर उस वक़्त ऐसी औरतों को, जिन्हें सिर्फ़ संभोग के मक़्सद से उनका ख़र्चा पानी उठाते हुए अपने निजी घरों से दूर किसी दूसरी जगह *रखा* जाता था, रखैल ही कहा जाता था। मैं झिझककर या शर्मिंदा होकर कर भी क्या सकता हूँ? रखैल लफ़्ज़ मैं इक्कीसवीं सदी में साँस लेने के बाद भी चौंतीस साल से सुन रहा हूँ। ख़ैर, एमाइली का अस्ल नाम इमली था। एमाइली कैसे हुआ ये आप बेहतर समझ चुके होंगे। अगर नहीं, तो जैसे बंबई बॉम्बे हुआ था ठीक वैसे।

ओके?

अफ़वाह थी (या सच था?) कि एमाइली में संभोग करने की अद्‌भुत कला थी और बच्चे जनने की अद्‌भुत क्षमता। हालाँकि वो फ़क़त दो बच्चों को जन्म देने का दुख उठा सकी (यक़ीनन आपने दुख को दुख ही पढ़ा होगा)। बाक़ी के बच्चे उसकी कोख में नुमू होने के पहले ही मार दिए जाते थे। नाम रखना भी एक रस्म है। हद्द है, क्या मैं यहाँ रस्म अदाएगी करने के लिए ही बैठा हूँ? मैं बग़ैर वक़्त

ज़ाया किए, बग़ैर कुछ सोचे उस फ़िरंगी अफ़्सर का नाम लैटिन ज़बान के एंटिमा (Antemna) से बने अंग्रेज़ी के लफ़्ज़ एंटिना (Antenna) की तर्ज़ पर एंटन रखना चाहूँगा। बात अगर साफ़-साफ़ कही जाए, तो एंटन और जरीस पक्के दोस्त थे। 'पक्के दोस्त' उर्दू में जिसके लिए सबसे मुफ़ीद लफ़्ज़ है 'जिगरी' और जब बात दो दोस्तों की हो तब लंगोट न पहनने वाले भी किसी को अपना लंगोटिया यार कहने से कब गुरेज़ करते हैं। सो आप जो भी समझना चाहें। एंटन एक अव्वल दर्जे का रंडीबाज़ था। हर वक़्त औरतों पर अपनी लार लपकाने वाला। बावजूद इसके उसका ज़िक्र विल्सन की किताब में कहीं नहीं था। यक़ीनन वो चालाक भी था।

मैं देख रहा हूँ, बात कितनी भी सीधी और साफ़ कही जाए मगर उसमें उलझाव पैदा हो ही जाता है। उसपर मुश्किल ये कि मैं जितना आगे बढ़ने की कोशिश करता हूँ, ये कहानी मुझे उतना पीछे धकेल देती है। और तो और मुझे मजबूर करती है कि मैं एक मौत का ज़िक्र और करूँ। लेकिन मैं नहीं करूँगा। क्या फ़र्क़ पड़ता है एंटन ज़िंदा है या मर गया। मर गया तो कैसे मरा? कब मरा? किसलिए मरा? किस के लिए मरा? *इसका तो कोई सवाल ही पैदा नहीं होता।* लिहाज़ा मैं वहीं आता हूँ जहाँ से भटका था। दरअस्ल ये सही रास्ते पर लौटकर आने की एक बेहतरीन तरकीब है : जहाँ से भटके थे वापस वहीं पहुँचकर सोचो कि यहाँ से क्यों भटके थे? हालाँकि मैं इतना भटकाऊ नहीं हूँ कि भटकता ही रहूँ। हुआ यूँ कि जब जरीस पर पूरी तरह से खुल गया कि वो हिंदुस्तान की एक दिशा और उसके दिल पर हुकूमत करने से महरूम रह जाएगा, तब उसने अपनी इस (वाहियात) परेशानी को एंटन से साझा किया। तमाम मामला सुन लेने के बाद एंटन का वही हाल था, जो ख़फ़ीफ़ मुसद्दस सालिम का ज्ञानचंद की परेशानी सुनने के बाद था। फ़र्क़ महज़ पानी और व्हिस्की का था। वहाँ पानी में व्हिस्की नहीं थी, यहाँ व्हिस्की में पानी। बहरहाल, वो दोनों दोस्त थे। *दोस्तों में इतना तो चलता है।* एंटन ने जरीस के आगे एक सुझाव पेश किया। उसने कहा कि वो एक ऐसी औरत को जानता है जो उसके लिए बच्चे पैदा कर सकती है। फिर आगे उसकी क़िस्मत। जरीस ने ऐतराज़ जताते हुए कहा, "ये किस तरह की तज्वीज़ है यार, ऐसा कौन करता है? एब्सॉल्यूटली रिडीकुलस।" "तुम करो न करो, वो कर सकती है। उसे करना पड़ेगा," एंटन ने कहा, "तुम्हारे लिए मेरे यार उसे करना ही पड़ेगा।" नतीजतन वही हुआ जो नहीं होना चाहिए था। मैं उमराह की निहायत बेवक़ूफ़ाना हरकत पर सोचकर रह जाने पर मजबूर हूँ कि आख़िर उसने जरीस की लाग-लपेट में आकर कैसे हामी भर दी

और सिलसिलेवार दो साल पेट में कपड़ा बाँधकर हामिला औरत की तरह चाल-ढाल, हाव-भाव बरतते हुए काट दिए और किसी को कोई भनक भी नहीं लगने दी। पहले बरस गुज़िश्ता हुई, दूसरे बरस अक्सीर। जरीस चाहता तो एक के बाद एक उन दोनों का गला घोंटकर उनकी मासूम लाशों को नदी में फिंकवा देता, मगर उमराह औरत होने के नाते अपनी पहली और दूसरी औलाद को क्या जवाब देती?

यहाँ ड्रामा खींचा जा सकता है?

मैं 'ही ही' करता हूँ। अपने दाँत काढ़ता हूँ। आगे बस इतना कहूँगा कि मंसूख़ के बचपन की जिन यादों को लेकर उसकी याद्दाश्त ने बेहद लापरवाही भरा रवैया अपनाते हुए उन्हें आसानी से यूँ ही मिट जाने दिया, उनमें से एक थी कि वो बहुत ज़िद्दी था; शाही ख़ानदान में पैदा होने के बावजूद बचपन में सफ़ेद नमक के साथ चावल खाने की उसकी अजीब-ओ-ग़रीब, बल्कि मैं कहना चाहूँगा कि ग़रीब और अजीब ज़िद उसके पूरे ख़ानदान को शर्मिंदगी के दलदल में धकेल देती। "आख़िर कब तक ये ग़रीबों की तरह सोचता रहेगा?" उमराह कहती। "इसकी रगों में हमारा ख़ून होने के बाद भी ये; ऐसा; मगर कैसे?" जरीस कहता। और दोनों शर्म से भरी नज़रों से उसे देखते रह जाते। मुझे नहीं भूलना चाहिए कि उसे दोनों बहनों से इतना लगाव हो गया था कि जरीस और उमराह को, उसके मन में उसकी बहनों के प्रति ग़ुबार और नफ़रत भरते हुए उसके जवान होने तक, मजबूरन उसे दूर-देश भेजने का फ़ैसला लेना पड़ा। मसअला यहीं ख़त्म नहीं होता, बल्कि और पेचीदा होता है। जब बहनों की जायज़ माँ, आए दिन जरीस को धमकी देने लगी थी कि वो उसे अपनी बीवी के तौर पर महल में जगह दे वर्ना वो सबको बता देगी, "ये उमराह और आपकी नहीं, मेरी औलादें हैं। मेरी अपनी जायज़ औलादें, जो आपके लिए नाजायज़ हैं।" जरीस को सुझाव देने या उसकी मदद करने के लिए एंटन इस दुनिया में मौजूद नहीं था। लिहाज़ा जरीस ने उसे महल के क़ैदख़ाने में क़ैद करवा दिया। ये बात फिर सिवाए जरीस, उमराह और एंटन के, जो चाहकर भी इस वाक़िए का गवाह नहीं बन सकता था, किसी को मालूम न हो सकी कि दोनों बहनें दरअस्ल एक तरह से नाजायज़ बिरादरी की औलादें हैं। दोनों बहनों को भी नहीं। हालाँकि उनके ज़ेहनों में बारहा ऐसा ख़याल आया कि अगर उमराह हमारी अम्मी है और जरीस अब्बा, तो फिर हमें जवानी के पहले मरहले पर इसकी भनक क्यों लगी। सो भी बेहतर, मगर ये हमसे हमेशा से ऐसे क्यों पेश आते रहे हैं, जैसे हम इनकी औलाद ही नहीं हैं। शुक्र कि वो नाजायज़ के जायज़ ख़याल तक तब भी

नहीं पहुँच सकी थीं। अब भी नहीं। इस राज़ से वाक़िफ़ दो लोग मर चुके, मगर दो अब भी ज़िंदा थे। एक बहनों की नाजायज़ माँ उमराह, जो अब राजमाता है और उनकी अस्ल माँ के किरदार में है, बल्कि वाक़ई वो उनसे उनकी सचमुच की माँ की तरह पेश आने लगी है। दूसरी एमाइली उनकी जायज़ माँ, जो हर हाल में उन्हें माँ का प्यार दे सकने से महरूम रह गई, महल की जेल में अपनी छोटी बहन हीर के साथ क़ैद है। ये उन रहस्यों में से है, जो कई मर्तबा वक़्त से पहले खुलकर दिलों में बेचैनियाँ, ग़ुबार और ज़िंदगियों के प्रति एक उदास रवैया पैदा कर देते हैं। कभी-कभी मुनासिब वक़्त पर या देर से खुलकर। और कई मर्तबा ऐसे रहस्य कभी नहीं खुलते। अगर रहस्यों की बात करूँ तो मैं भी इनसे अछूता नहीं रहा हूँ।

वाक़िआ तक़रीबन आज, यानी जिस वक़्त मैं इस उपन्यास को पूरा करने की कोशिश कर रहा हूँ, यानी 1 फ़रवरी 2021 से उन्नीस साल पहले का है। उसका नाम शमशेर जैन था। अमूमन जैन बिरादरी से मेल न खाने वाला नाम, लेकिन उसके हुलिए के मुताबिक़ ये नाम उसके लिए क़तई मुनासिब नाम था। वो छह फ़िट से भी ज़्यादा लंबा था। उसका रंग भुरभुरा काला, आँखें छोटी, नाक बेडौल इतनी लंबी और ऊँची, जिसका हक़दार वो किसी तौर नहीं था। गल्ले की ख़रीद-फ़रोख़्त, जो कभी उसका प्राथमिक व्यापार होता था, देखते-देखते उसका अतिरिक्त व्यापार कब और कैसे हो गया किसी को क्या उसे ख़ुद भी मालूम नहीं पड़ा। मुझे भी नहीं। ये इस दूसरे रहस्य में निहाँ पहला रहस्य है। वो अव्वल दर्जे का जुआरी हो गया था। लाखों की बाज़ी खेलने वाला। दो-चार-दस लाख हार जाने पर अफ़सोस ज़ाहिर न करने वाला, बल्कि हारे हुए जुआरियों को दस-बीस हज़ार देने में भी उसने कभी नहीं सोचा। इस रहस्य में निहाँ दूसरा रहस्य ये है कि वो अमूमन हारता नहीं था और जब हारता, तो जितना हारता, दो-चार रोज़ में उससे कहीं ज़्यादा जीत लेता था। सिवाए उसकी पत्नी के, उसके ख़ानदान में किसी को भी उसकी हराम की कमाई और उसकी अय्याशाना ज़िंदगी से कोई ऐतराज़ नहीं था। सब के सब मौज की ज़िंदगी जी रहे थे; बग़ैर किसी रोक-टोक के। वाक़ई रोका-टोकी एक बुरी चीज़ है, मगर ऐसी लापरवाही भी किस काम की कि शमशेर की सबसे बड़ी बेहद होनहार औलाद उसके नक़्श-ए-क़दम पर चलते-चलते उसी की तरह जुआरी हो जाए, नशे में धुत रहने लगे और पढ़ाई-लिखाई छोड़कर लफ़ंगई करने लगे, और तो और अपने छोटे भाई को भी अपनी चाल-चलन के शिकंजे में ऐसा कसे कि वो लगभग-लगभग बर्बाद हो जाए। "मैं कहती हूँ अब भी वक़्त है

सुधर जाओ," शमशेर की बीवी कहती। मगर शमशेर उससे कुछ न कहता और एक चुभने वाली मुस्कान छोड़कर चलता बनता। "उसी के पैसों से सबने ऐश किए हैं और उसी को नसीहत दी जा रही है," शमशेर की माँ बड़बड़ाते हुए शमशेर की बीवी से कहती। "लालची इंसानो, तुम इंसान की कोख से क़ुदरती तौर पैदा हुए नहीं लगते। तुम सब ज़रूर किसी न किसी साज़िश के तहत राक्षसों की तरफ़ से मजबूर और बेवक़ूफ़ औरतों की कोखों में रखवाए गए होगे," वो बड़बड़ाती। "हुँह! मुँह बंद रखा कर अपना," शमशेर की माँ कहती, "सुख की दुश्मन। शांति की विरोधी।" "बेचारी शमशेर की औरत," मोहल्ले के लोग कहते, "और उसकी कलमुही अम्मा। सबकी मति हर ली है उसने।" मैं कहता हूँ किसी को शह देना तब तक ही ठीक है, जब तक कि वो उसका नाजायज़ फ़ायदा न उठाए। शह देने के और प्रभावित होने के सिलसिले में उसी की देखा-सीखी शमशेर के भाई बल्लू ने भी जुआ खेला और तीस लाख जीत गया। उसने दस पहिया ट्रक ख़रीदा और एक आलीशान मकान तनवा दिया। एक रोज़ शराब का पहली बार लुत्फ़ लेने जा रहे बल्लू की, उसका पहला घूँट खींचते ही मौत हो गई। क्या कहा जाए? बुरे काम का बुरा नतीजा? अगर ऐसा है, तो शमशेर की बीवी? आप सोचते रहिए, फ़ैसला लेते रहिए, नतीजे निकालते रहिए और मैं आपसे कहने जा रहा हूँ कि ये रहस्य नहीं, बल्कि उजागर घटनाएँ हैं। सबकी नज़रों के सामने घटित हुई घटनाएँ। रहस्य ये है, जो इस रहस्य के रहस्यों का बुनियादी रहस्य है कि शमशेर ने कुछ रोज़ के लिए अचानक शहर छोड़ दिया और जब वापस लौटकर आया, तब उसका भेस एक साधू का भेस था। पतलून के साथ क़मीज़ मगर गले में ढेर रुद्राक्ष की मालाएँ, एक हाथ में चिमटा और दूसरे हाथ में मोर के पंखों का गुच्छा हिलाते हुए वो शहर की सड़कों पर बम-बम भोले कहता हुआ दिन भर इधर से उधर गुज़रता रहता। उस वक़्त मेरी उम्र इतनी नहीं थी कि मैं एक महान जुआरी अचानक साधू कैसे बन गया, समझ सकूँ। ये सिलसिला चलता रहा और मैं लोगों से, जिनसे पूछ सकता था, पूछता रहा कि ऐसा क्यों हुआ? कैसे हुआ? जवाब देने वाले "पागल हो गया होगा या जुए में सब हार गया होगा," कहकर ज़हमत तमाम कर लेते थे। उसकी शक्ल उसके साधू हो जाने के बाद और भी डरावनी हो चुकी थी। इतनी कि मैं सीधे तौर पर उससे उसके अचानक साधू हो जाने का राज़ कभी नहीं पूछ सका कि क्या तुम्हें अपने भाई की मौत का सदमा लगा है? या कुछ और जिसकी वज्ह से तुम साधू बन गए?

मेरे शहर में एक ख़ास जगह थी जहाँ हज़ारों कैसेटों का संग्रह हुआ करता था। चूँकि संगीत मेरा सबसे पसंदीदा शौक़ रहा है (अब भी है) लिहाज़ा वो जगह मेरे तईं शाम बिताने के लिए एक बेहतरीन जगह होती चली गई, जहाँ से मैं किराए पर या कभी-कभी मुफ़्त में फ़िल्मी गाने सुनने के लिए कैसेटें ले जाया करता था। शमशेर को संगीत से कोई लगाव नहीं था, फिर भी वो उस जगह पर आने लगा। और देर तक वहीं बैठा रहने लगा। एक दिन वो मेरे इतने क़रीब आ बैठा कि मेरा दम उखड़ने लगा। बदन में कँपकँपी उठने लगी। दिल की धड़कन लय से बाहर हो गई। मैंने दोबारा उस जगह पर फिर कभी न जाने का फ़ैसला किया। और फिर उसके बाद मेरी उससे कभी कोई मुलाक़ात नहीं हुई। मगर अपनी जिज्ञासा से मजबूर मैं, ये रहस्य हर हाल में जान लेना चाहता था। कई बरस बाद लगभग इंजीनियरिंग के दूसरे साल के दौरान, मैं उस जगह पर दोबारा गया और मैंने उस जगह के मालिक चेखव के आगे शमशेर के साधू हो जाने की वज्ह के बारे में अपनी जिज्ञासा व्यक्त की। मुझे मालूम हुआ कि चेखव की भी उससे कई महीनों से कोई मुलाक़ात नहीं हुई है। उसने मुझे बताते हुए कहा कि वो बस इतना जानता है कि शमशेर न पागल हुआ था, न साधू और न जुए में कुछ हारा था। मैं रुक नहीं सका, मैंने उससे फ़ौरन सवाल किया, "तो फिर?" उसने कहा, "दरअस्ल उसे किसी औरत से इश्क़ हो गया था और वो अपनी बीवी से छुटकारा चाहता था।" मैंने सुना और सुनकर रह गया, जबकि मुझे ख़ुश होना चाहिए था कि जिस रहस्य को फ़ाश करने के लिए मैं सालों से परेशान था वो खुल चुका था। ख़ैर, मुझे बहुत बाद में मालूम हुआ कि शमशेर की बीवी अस्ल में पागल हो चुकी है। हयुलानी की तरह, जिसकी हरकतों को पागलपन कहा जा सकता है, मगर उसे पागल नहीं। दरअस्ल उसके लिए दीवाना लफ़्ज़ अधिक मुनासिब बैठता है। उसकी दीवानगी की वज्हें आम पागलों से सिरे से अलग थीं। अलग इसलिए, क्योंकि मंडेला ने उसमें दिमाग़ी मरज़ की कोई अलामत नहीं देखी और इसीलिए भी कि उसपर मंडेला की सुझाई कोई दवा असर नहीं करती थी। मंडेला के इलाज को दरगुज़र कर दिया जाए, तो *'कोई भी दवा'* असर नहीं करती थी। दरअस्ल वो ज्ञानचंद की दुआओं से एक बेहतरीन अफ़ीम-ची हो चुका था। ज्ञानचंद के इस कारनामे पर उसे कोई सज़ा इसलिए भी नहीं हुई क्योंकि जिसे भी उससे थोड़ी बहुत भी मुहब्बत थी, वो उसकी नींद के लिए दुआएँ करता था। एक अकेली अफ़ीम ही थी, जिसने उसपर जादुई असर किया और इतना कि वो कभी-कभी नशे की पीनक में नींद को

प्यारा हो जाता था। ज़िंदगी में आप किसी को प्यारे हों न हों लेकिन नींद को ज़रूर प्यारे हों (अल्लाह को तो एक न एक दिन हो ही जाएँगे)। अफ़ीम का सिलसिला एक पिद्दी-सी ख़ुराक से शुरू हुआ, यानी चार रोज़ में बढ़ आए हाथ की किसी उँगली के नाख़ुन में समाने वाले मैल के चौथाई हिस्से से भी कम। मैं अपने बचपन की उस उम्र से अफ़ीम के बुरे चक्करों से वाक़िफ़ हूँ, जिन्हें मैं अपनी याद्दाश्त में चाहकर भी महफ़ूज़ नहीं कर सका। मुझे ये सब तब मालूम हुआ—

नहीं, मुझे शुरू से शुरू करने दीजिए : ये बात तब की है, जब कैसेटों का दौर हौले से सरककर सीडियों के दौर के पीछे आ खड़ा हुआ था। कैसेटें देखते-देखते ख़ज़ानों से कचरे में तब्दील हो गईं, लेकिन फिर भी चेखव से मेरी दोस्ती क़ायम रही। वो जगह अब एक ऐसे अड्डे में बदल चुकी थी, जिसे शराब का अड्डा (मेरी ग़रज़ इससे वाबस्ता नहीं थी) कहें कि जुए का (इसमें भी मेरी कोई दिलचस्पी नहीं थी) कि जिसे एक धर्मशाला (शहर में मेरा अपना घर होते हुए मैं वहाँ क्यों ठहरने लगा) कहें, जहाँ बाहरी लोग आकर ठहरने लगे थे। वो वहाँ शराब पीते, जुआ खेलते और एक अच्छी शाम बिताने लगे।

सुब्ह का वक़्त था, जब मैं वहाँ किसी काम से पहुँचा। ये उस वक़्त की बात है, जब मेरे शहर में अचानक राजस्थानी नंबरों वाले ट्रैक्टरों की इफ़रात नज़र आने लगी थी। मैं अपनी पतलून की बेल्ट खोलकर एक कुर्सी पर बैठा। मैंने चेखव से कहा, "क्या तुम्हें अब भी यक़ीन हो रहा है कि ये हज़ारों कैसेटें अब किसी काम की नहीं रह गई हैं?" "मुझे फ़र्क़ नहीं पड़ता," उसने कहा, "क्योंकि अब भी ये मेरे काम की हैं। मैं इन्हें आसानी से प्ले कर सकता हूँ और अपना मन-पसंद संगीत सुन सकता हूँ।" "मगर आने वाले अच्छे संगीत के बारे में तुम्हारा क्या ख़याल है?" मैंने कहा, "क्या तुम्हें लगता है, आइंदा भी ये म्यूज़िक कंपनी वाले उनकी कैसेटें निकालते फिरेंगे?" उसने कहा, "सो तो है।" "और फिर अगर चोरी से ऐतराज़ न किया जाए, तो कहाँ सौ-पचास रुपए में दस-बारह और कहाँ उन्नीस रुपए में सैकड़ों गाने," मैंने कहा, "और फिर सीडियों से फ़िल्मों का लुत्फ़ भी तो आसानी से लिया जा सकता है।" "ज़माना कब बदल जाए कुछ कह नहीं सकते," उस अजनबी शख़्स ने, जो उन्हीं ट्रैक्टर वालों में से ही कोई एक था, कहा, "इसी से समझ लो कि आज बग़ैर ट्रैक्टर और हार्वेस्टर के खेती करना लगभग-लगभग नामुमकिन-सा हो चुका है।" उसने एक डिबिया, जो अक्सर फ़ोटोग्राफ़रों के नज़दीक पाई जाती थी, में माचिस की उलटी तीली डाली, उसे घुमाया और माशे

भर च्यवनप्रास जैसा दिखने वाला कोई पिघला पदार्थ लपेटा और उसे चाट गया। मैंने उससे पूछा, "ये क्या है ?" उसने कहा, "खाकर देखो। इससे बेहतर नींद आती है और भूख खुलती है।" चेखव ने चुपके से मेरी ओर देखा और मुझे नहीं का इशारा किया। "नहीं," मैंने कहा, "मुझे फ़िलहाल नींद और भूख को लेकर कोई परेशानी नहीं है।" "फिर भी कभी मन हो, तो ट्राय कर के देखना," उसने कहा। और मेरे न-न करते भी, उसने लगभग एक तोला अफ़ीम सिल्वर फ़ॉइल एक टुकड़े में लपेटकर मेरे हाथ में धर दी। मैंने चुप-चाप उसे अपनी क़मीज़ की जेब में रखा, चेखव की तरफ़ देखा और वहाँ से चलता बना। मुझे वहाँ से रुख़्सत करते वक़्त मेरे कान में फुसफुसाते हुए चेखव ने कहा था, "ये अफ़ीम है बे। मत खाना कभी। वर्ना इतनी ख़ुराक तमाम होने के बाद तुम इसे ढूँढ़ते फिरोगे और ये कहीं नहीं मिलेगा। मिल भी जाएगा तब भी दोबारा मुफ़्त में रत्ती भर अफ़ीम भी नहीं देगा।" बिलाशुब्हा मैं ये नहीं जानता था कि वो क्या चाट रहा था, मगर मैं अफ़ीम के ख़ुश और बद दोनों क़िस्म के प्रभावों से वाक़िफ़ था। बहरहाल, मैं घर पहुँचा और उस अफ़ीम की पुड़िया को अपने पिता के सामने रखकर कहा, "अफ़ीम है। आयुर्वेद के तमाम नुस्ख़ों का एक ख़ास अज्ज़ा।" "और ये तुम्हें कहाँ से मिली ?" उन्होंने पूछा। "है एक ट्रैक्टर वाला, नाम नहीं जानता," मैंने सहजता से जवाब देते हुए कहा। "ये अभागी यहाँ खेती के कामों से पैसे कमाने आते हैं कि अफ़ीम बेचने," मेरे पिता ने एक नपे-तुले ग़ुस्से का इज़हार करते हुए कहा। "मैं चाहता तो फेंक देता या उससे लेता ही नहीं," मैंने कहा, "मगर फिर सोचा क्या मालूम ये आपके किसी जानने वाले के काम की चीज़ साबित हो जाए।" "बेहतर है इसे फेंक ही दो," उन्होंने कहा, "मुझे अच्छे से याद है, जब तुम कोई तीन बरस के थे, तुम्हें हैज़ा हो गया था और तुम्हारे भोंदू दादा ने इलाज के तौर पर तुम्हें अफ़ीम चटवा दी थी," वो झल्लाए, "जानते हो तुम दो रोज़ तक सोते रह गए थे। वो अपने ख़ानदान का अफ़ीम से जुड़ा आख़िरी प्रयोग था। उसके बाद फिर कभी नहीं। किसी ने नहीं। किसी के साथ नहीं।" मगर बदक़िस्मती से हयुलानी पर किया गया पहला प्रयोग कभी आख़िरी साबित नहीं हो सका। रोज़-बा-रोज़ उसकी ख़ुराकें बढ़ती गईं और वो ज्ञानचंद से भी बड़ा अफ़ीमची साबित होता जा रहा था।

नींद का रोग हर हाल में बुरा होता है, ख़ासकर तब, जब उसकी वज्ह की शिनाख़्त कोई भी डॉक्टर न कर पा रहा हो। अगर अपने बारे में बात करूँ, तो इन दिनों मैं कम सोता हूँ। दिन में मुझे नींद नहीं आती, बल्कि सोने की कोशिश

की शुरुआत में ही ऐसे अजीब-ओ-ग़रीब ख़्वाब आने लगते हैं जिनके बारे में मैंने कभी सोचा भी नहीं होता। मेरी ज़िंदगी से जिनका दूर-दूर तक कोई वास्ता नहीं होता, जैसे मैं किसी चाइनीज़ लड़की के साथ अपने गाँव में रहने लगा हूँ। उस चाइनीज़ लड़की की शक्ल यूरोपियन लड़कियों से मिलती है, जिसे चाइनीज़ ज़बान हरगिज़ नहीं आती और वो तेलगू ज़बान की उस्ताद है। ख़्वाब की हद देखिए कि मैं चाइनीज़ ज़बान जानता हूँ और लू ज़न के रचे साहित्य का ज्ञाता हूँ, जबकि मैंने शास्त्रीय चीनी ज़बान की कभी किसी से कहीं कोई तालीम हासिल नहीं की है। दूसरे ख़्वाबों में मैं अपने आप को एक क़ातिल के तौर पर पाता हूँ। तीसरे में मैं देखता हूँ कि मेरे अंदर एक अद्‌भुत शक्ति प्रवेश कर चुकी है और मैं एक पल में इंसान से कबूतर बन जाता हूँ। ख़्वाब में भी ये मेरा ख़्वाब होता है। मगर क्यों? मैं कबूतर क्यों बनना चाहता हूँ? कुल मिलाकर इस बेहूदगी में ऐसे बेशुमार बेहूदा ख़्वाब शामिल हैं।

रात में मुझे लगभग तीन से साढ़े तीन घंटे के लिए बेहतर नींद आ जाती है। बग़ैर किसी बेहूदा ख़्वाब के। मगर उसके बाद; उसके बाद इस उपन्यास के किरदार मेरे ख़्वाब में आकर मेरी नींद तबाह कर देते हैं। ख़ासतौर पर हयुलानी। कैसा किरदार है ये? क्या ये अपने आप बड़ा नहीं हो सकता? क्या इसकी परवरिश का ज़िम्मा मेरा है? क्या अब मुझे ही कोई टोना-टोटका कर झट से इसे युवा बनाना होगा?

अज़ीज़ क़ारईन मुझे माफ़ कीजिएगा। मुझे मजबूर किया गया है।

हयुलानी की तालीम के लिए महल में रसूल या पंडित जैसा कोई उस्ताद पक्का नहीं किया गया था। उसे ज़रूरी तालीम हासिल करने के लिए एक कान्वेंट स्कूल में दाख़िला लेना पड़ा। कान्वेंट यानी ईसाई साध्वियों का आश्रम, जहाँ हर विषय की तालीम दी जाती है : आपको ईसाई बनने के फ़ायदे गिनाने से लेकर विज्ञान, इतिहास, गणित, भूगोल, अर्थशास्त्र वग़ैरा-वग़ैरा। इन स्कूलों में यहाँ तक होता आया है कि हिंदू देवी देवताओं की पत्थर की मूर्तियाँ पानी में फेंककर बच्चों को दिखाया जाता है कि किस तरह से बेचारे हिंदुओं के देवी-देवता ख़ुद अपनी रक्षा नहीं कर सकते। वहीं ईसा मसीह का प्लास्टिक का पुतला फेंककर ये साबित करना कि जीसस कभी नहीं डूबते। वो अपनी हिफ़ाज़त के साथ-साथ पूरी कायनात की हिफ़ाज़त भी कर सकते हैं। अगर मुस्लिमों का यक़ीन बुत परस्ती में होता, तो बेशक उनके अल्लाह के बुत के साथ भी यही सुलूक किया जाता। फिर भी वो क़ुरआन को डुबाकर तो दिखा ही सकते हैं।

ओह जीसस।

फिर भी इन स्कूलों में इस सहूलत को ग़नीमत के तौर पर लिया जाए कि यहाँ सिर्फ़ मज़हबी तालीमें नहीं दी जातीं, न इनमें तमाम लड़कों को तमाम लड़कियों को बहन की नज़र से देखने की कोई पाबंदी होती है। ये राखी बाँधने की रस्म नहीं मानते। अच्छा ही है, जब ख़ुद अपनी ही बहन की रक्षा करना एक मुश्किल फ़र्ज़ की शक्ल इख़्तियार करता जा रहा हो, ऐसे में हर साल तीस-पैंतीस (या इससे भी ज़्यादा) बना दी जाने वाली नई बहनों की रक्षा?

हे ईश्वर।

या अल्लाह।

हयुलानी की कोई बहन नहीं थी, न होने जा रही थी, न उसे बहन की कोई ज़रुरत थी। मज़हबी इल्म के लिए उसकी माँ मंसूरा काफ़ी थी, बाक़ी के लिए उसकी बुआएँ। मगर तब तक सब कुछ बदल चुका था। ख़ुद को तालीमयाफ़्ता साबित करने के लिए अब तालीम से ज़्यादा सनदों की ज़रुरत होने लगी थी। अच्छी बात है। लेकिन जब मैं ख़ुद के बारे में सोचता हूँ, तो पाता हूँ कि मेरे पास अगर इंजीनियरिंग की डिग्री होती, तब भी क्या मैं इंजीनियर होता? मेरे पास साहित्य से संबंधित कोई डिग्री नहीं है, पर मैं लेखक हूँ। इतना तो हूँ कि आपका वक़्त बर्बाद कर सकूँ।

क्या वाक़ई ऐसा है?

नहीं, सचमुच, यक़ीन कीजिए। आप दूध से कितना भी जल चुके हों, मगर मुझ छाछ को पीने के लिए आपको एहतियातन फूँक मारने की कोई ज़रुरत नहीं है।

अब आप शायद बेहतर महसूस कर रहे होंगे?

हयुलानी ऐसे ही किसी स्कूल में पढ़ता था। जहाँ इक्का-दुक्का गेहुँआ रंग के बदन बड़ी मुश्किल से देखने को मिलते थे। हयुलानी उनमें सबसे गोरा था। उसका रंग और सूरत विल्सन की तरह थी (मगर वो विल्सन की जायज़ या नाजायज़ औलाद नहीं था) यानी वो चाहे, तो अपना नाम बदलकर हेमिलेने रख सकता है। पढ़ाई-लिखाई के मामले में लड़ियल, मगर एक अजीब सुपरपावरयाफ़्ता हयुलानी स्कूली इम्तिहानों में कभी फ़ेल नहीं हुआ। उसके हमजमात लड़के-लड़कियों ने उसे बहुत कम उम्र में जंगली नाम दे दिया था। अगर कल्पनाओं के आगे छाई हुई मतवाली धूल को छाँटकर देखा जाए, तो उस पार एक तस्वीर साफ़-साफ़ दिखाई देती है, जिसमें हयुलानी एक 'जेंटल बॉय' की तरह नज़र आता है। पर्याप्त क़द,

लंबे-लंबे हाथ, पतली-पतली उँगलियाँ, सीधी-सुडौल नाक, व्यवस्थित गुलाबी होंठ, घनी बरौनियों वाली पलकें, नीमकश आँखें। कुल मिलाकर वो इतना रूपवान था कि उसपर लड़कियों के साथ लड़के भी फ़िदा हो सकते थे। सो था भी ऐसा ही। उसे जंगली नाम देने के बावजूद उसकी जमात के तमाम लड़के-लड़कियाँ उसे अपने हीरो के तौर पर देखते थे। फिर भी न उसका कोई दोस्त था, न वो किसी का। वो इस बात से अनभिज्ञ था कि उसकी किस ख़ूबी के होते उसकी जमात, बल्कि तमाम स्कूल के बच्चे उसपर इस क़दर फ़िदा हैं। वो शाहज़ादे का मतलब नहीं जानता था, न नवाब का, न बादशाह का, न रहनुमा का और न ही हीरो का। मगर अंदर-अंदर वो महसूस करने लगा था कि वो कहीं न कहीं बाक़ी स्कूली बच्चों से ख़ास है। वो एक हीरो है।

मेरी कहानी का ये किरदार बाक़ी कहानी के स्कूली बच्चों की तरह स्कूल में बेचारा नहीं है। उसे जंगली के अलावा कोई और लानत कभी नहीं उठानी पड़ी, बल्कि एक वक़्त के बाद यूँ हुआ कि उसने ख़ुद ऐलान कर दिया कि स्कूल के भीतर मुझे कोई हयुलानी नहीं, बल्कि सिर्फ़ और सिर्फ़ जंगली कहेगा 'वाइल्ड बॉय'। उसकी नशे में डगमगाती हालत का भी कभी कोई नाजायज़ फ़ायदा नहीं उठा सका। डेस्क पर ऊँघते हुए वाइल्ड बॉय पर कभी किसी फ़ादर, मदर या सिस्टर ने चॉक का टुकड़ा नहीं सन्नाया। कभी किसी की हिम्मत नहीं हुई कि उसकी लड़खड़ाहट के दरमियान उसके पाँव में लत्ती बिधा दे, और उसके चित्त गिर जाने के बाद उसके मुँह पर मुक्का जड़कर उसकी तरफ़ अपनी उँगली कर उसे हवा में चार बार लहरा सके। हयुलानी किसी से बात नहीं करता था। किसी की बात नहीं सुनता था। उसके कानों में हर वक़्त कोई सन्नाटा छाया रहता था।

सनन्
नन्नन्नन्नन्नन्नन्नन्न

न्नन्नन्नन्नन्नन्न

न्नन्नन्नन्नन्नन्न

न्नन्नन्नन्नन्नन्न

न्न

न्नन्नन्नन्नन्नन्न

और आँखों के आगे इतनी ही धुंध, जितनी इस वक़्त आपकी आँखों के आगे छाई हुई है। इस क़दर घनी धुंध को काटकर सरपट जवान हो जाना क़ुदरती होकर

भी उसके लिए नामुमकिन-सा था। आख़िर उसके बचपन का एक अहम हिस्सा तांत्रिकों के ऊल-जलूल अबूझ मंत्रों और उसकी दादी की सुनाई बेतुकी कहानियों के दरमियान गुज़रा था।

दो पिशाचनियों का साया। दो पिशाचनियों का साया।

दो पिशाचनियों का साया।

हा हा हा हा।

इलीम किलीम डूम डुडूम डडाम।

इस सबके दरमियान, तमाम क़िस्म के झाँसों में फँसे रहने के बाद भी उसने कर दिखाया था। छल्लहे बालों वाला हयुलानी अपनी जवानी के पहले मरहले तक आते-आते बेसुध और ख़यालों के मामले में इतना स्वार्थी हो चुका था कि वो किसी का भी कोई ख़याल नहीं रखता था। अगर ऐसे शख़्स को बेअदब कहा जा सकता है, तो बेशक वो बेअदब है क्योंकि उसकी परवरिश एक राजघराने में होने के बाद भी वो किसी को आदाब नहीं करता था। उमराह को नहीं, हफ़ीज़ को भी नहीं। वो समझता था कि उसकी माँ उसके आदाब की आदी नहीं है और न होना चाहती है। होश के लम्हों में बुआएँ उसकी सबसे अच्छी दोस्त थीं, सो उन्हें भी नहीं। यानी दोस्त क्या होते हैं, दोस्ती क्या होती है, के बारे में उसका ज्ञान न के बराबर था। उसे आदाब करने वालों की तादाद इन दो के मुक़ाबले में इतनी थी कि दोनों के बीच किसी तरह का मुवाज़ना करना किसी तौर ज़ेब नहीं देगा। यूँ भी कि कहाँ एक शहर और कहाँ ये दो। वज्ह क्या थी ? उसका कमज़ोर हाफ़िज़ा ? अफ़ीम का चोखा नशा ? या उसकी दीवानगी ? मैं नहीं जानता। मैं इसके बारे में कुछ नहीं जानता कि वो कैसे अपनी ज़िंदगी का हर एक बीता हुआ लम्हा भूल जाता था। और उसे कुछ भी तब तक याद नहीं आता था, जब तक उसे वो सब याद करने लिए प्रेरित न किया जाए। जब तक उसके आगे हाथ न जोड़े जाएँ, बल्कि जब तक उसे हिप्नोटाइज़ न किया जाए। तांत्रिकों के मंत्रों, उमराह की कहानियों के बाद उसकी ज़िंदगी में वशीकरण की कलाकारियों का प्रवेश हो चुका था। वशीकरण की चालबाज़ियों में कितनी भी नफ़ासत क्यों न रही हो मगर वो भी उसे अपने उस ख़्वाब को अनदेखा करने में कारगर साबित नहीं हुईं, जिसके कारण उसने अपने बाप का गरेबान अपनी मुट्ठी में भींचकर कहा था, “मुझे वो चाहिए हफ़ीज़ किरमानी, मुझे वो चाहिए।”

वाइल्ड बॉय के अपने आपे से बाहर आने का कोई वक़्त तय नहीं था। रातों

में उसका दहाड़ें मारना, चिल्लाना आम घटनाएँ हो गई थीं। उसने झूठ नहीं कहा था कि वो पूरे महल में आग लगा देगा। वाक़ई, एक आग की लपट उसके कमरे से उठती हुई महल के दसवें हिस्से को तबाह कर चुकी थी, मगर उस शैतान की औलाद (नहीं, उसके बाप को बीच में नहीं लाना चाहिए) को एक आँच भी नहीं आई थी। और यही उस हादिसे की सबसे बड़ी ग़नीमत थी। सफ़ेद महल की अंदरूनी दीवारें काली पड़ गईं और कोने-कोने में लगे फ़र्नीचरों का अंबार राख के ढेर में बदल गया। उस भयंकर आग को बुझाने में इतना पानी ज़ाया हुआ कि नदी की सतह बैठ गई। महल के उस ख़ास हिस्से को अपनी उसी शान-ओ-शौक़त तक वापस लाने में कई महीने लग गए।

आप ज़्यादा मत सोचिए। ये उसकी उस उम्र का वाक़िआ है, जब वो अपनी मुख़्तलिफ़ ख़्वाबगाह का हक़ रखता था।

आप नहीं जानते, मेरे जैसे नेक और शरीफ़ लेखक के लिए, जिसने अपनी अब तक की तमाम ज़िंदगी में तैश खाकर कभी एक गिलास भी न फोड़ा हो, वाइल्ड बॉय के किरदार को तफ़्सील देना कितना मुश्किल है। मैंने अफ़ीम के नाम पर सिर्फ़ अफ़ीम देखी है। महलों का मेरी ज़िंदगी से दूर-दूर तक कोई नाता नहीं है। भले मेरे ख़ानदान के लोग अपने आप को चंदेल डायनेस्टी की नस्ल बताते रहें, लेकिन मैंने अपने आप को कभी युवराज की नज़रों से नहीं देखा। फिर देखने से मैं कब का युवराज हो जाने का था। स्कूल के दिनों की बात करूँ, तो पहली कक्षा में जब एक बच्चा चलना-दौड़ना-बोलना सीख रहा होता है, तब मैं संस्कृत के उस शिक्षक से पीठ पर तीखी, तेज़ और दर्दनाक छड़ियाँ खा रहा था, जिसे संस्कृत के नाम पर सिर्फ़ धार्मिक कर्म-कांडों के अशुद्ध मंत्र आते थे। संस्कृत का ज्ञाता न होने के बाद भी अपने आप को संस्कृत का ज्ञाता समझने वाला वो जल्लाद मास्टर बेइंतिहा शान से धोती और पीला कुर्ता पहना करता था। मेरे वालिदैन नर्मदिल इंसान रहे हैं, सो उन्होंने मेरे मत्थे मढ़ी जाने वाली तमाम अजनबी बहनों से पहले ही उस स्कूल से मेरा नाम रद्द करवा दिया। दूसरे स्कूल में भी मेरी शैतानियों का कोई क़िस्सा मेरे घर तक नहीं पहुँचा। बहरहाल, बच्चों को बात-बात पर मारने-पीटने का चलन वहाँ भी था, सो वहाँ भी कभी हाथ की हथेलियाँ, कभी पीठ, कभी गाल, बारी-बारी से ज़ख़्मी होते रहे। कॉलेज के दिनों की कोई याद मेरे ज़ेहन में महफ़ूज़ नहीं है। मुख़्तसर, मैंने जब से होश सँभाला, तब से अपने आप को काफ़ी सीधा-सादा पाया है।

जंगली नाम से नवाज़े जा चुके हयुलानी के बारे में आप किसी तरह की कोई राए क़ायम न करें। उसके साथ जो हुआ वो सब होते-होते होता चला गया। मेरी तरह। हम दो जुदा सिम्तों पर चलने वाले राहगीर हैं, फिर भी मुझे उसकी परवाह करनी होगी। आप इब्तेदा से अच्छी तरह से वाक़िफ़ हैं, दरमियान से भी। और इंतिहा यानी ये सब कब कैसे कहाँ ख़त्म होगा, से भी वाक़िफ़ हो जाएँगे मगर इब्तेदा और दरमियान के दरमियान शायद कुछ रह गया है। मुझे आपको वहीं लेकर चलना है।

आप तैयार हैं?

हम सन् तीस में थे : बीसवीं सदी, अट्ठाइस से तीस के बीच क्या-क्या न हो गया। जरीस तक मारा जा चुका। नाजायज़ बहनों को नाजायज़ माँ से जायज़ माँ का प्यार मिलने लगा। वो शाहज़ादियों की ख़ास ज़िंदगी में लौट आईं। हफ़ीज़ के फ़रमान अब आँख बंद कर के नहीं माने जाते थे। मंसूरा के दिल में उसके लिए वैसी इज़्ज़त नहीं रही थी। अब साहिराबाद की नाम की गद्दी पर उमराह बैठ चुकी थी। हफ़ीज़ शाहज़ादा का शाहज़ादा रह गया था। हयुलानी पिद्दी-सी उम्र में मुँह पर मूतने का मतलब समझने लगा था। यहाँ-वहाँ भटकने के बाद हम हयु के कान्वेंट स्कूल में दाख़िला हो जाने तक पहुँच चुके थे। मैं टेलीविज़न प्रोग्राम में रिकैप बताए जाने के बाद किए जाने वाले ऐलान को दोहराते हुए कहता हूँ, अब इसके आगे :

तवज्जो; आगे बढ़ते हुए मैं महीनों के नाम, सनों की संख्या का ज़िक्र नहीं करूँगा। अगर हो जाए, तो उसे शिल्प के ऐब के तौर पर नहीं, बल्कि हुस्न-ए-इज़ाफ़ी के तौर पर लिया जाए।

मैं अपने निहायत शरीफ़ बचपन को एक बिगड़ैल छोकरे के बचपन में तब्दील करते हुए आपसे अर्ज़ करना चाहूँगा कि मैंने जिन-जिन स्कूलों से तालीम हासिल की है, उनमें से किसी एक में भी कोई इतना गोरा नहीं था कि उसे अंग्रेज़ कहा जा सके। एक लड़का था, मगर उसका फक्क भूरा रंग क़ुदरती नहीं, बल्कि किसी बीमारी के कारण था। उसकी आँखें पूरी नहीं खुलती थीं। वो मेरे देखते कभी सूरज से आँखें नहीं मिला सका। उसके माँ-बाप ने उसका नाम उसके रंग की बिना पर 'भूरा' रख दिया था। ये उन भूरे लड़कों में से नहीं था, जो भूरे नहीं होते फिर भी 'भूरा' होते हैं। कभी-कभी ऐसे लड़कों का नाम 'भूरेलाल' तक रख दिया जाता है। हयु का स्कूल मेरे स्कूल का एकदम उलट था। वहाँ किसी क़ुदरती

भूरे लड़के का नाम भूरा नहीं था। भूरेलाल भी नहीं, न ब्राउन, न ब्राउनरेड। उसके स्कूल में मेरे स्कूल की तरह कोई कल्लू भी नहीं था। कल्लू, भूरा ऐसे नाम हैं, जो उम्र भर आपका पीछा नहीं छोड़ते। ये बात और कि ये कल्लू, भूरा जवान होने के बाद अपना असली नाम किसी को नहीं बताते और चालाकी से अपना नाम बदल लेते हैं। बचपन से अपने नाम की काफ़ी क़ीमत चुका चुके ऐसे कल्लू और भूरा एक वक़्त के बाद सिंघानिया, ओबेरॉय जैसे सर नेम को अपने नाम के तौर पर अपना लेते हैं। मज़ाक़ों और फब्तियों से फिर भी न बच सकने वाले कल्लू, भूरा; सिंघानिया, ओबेरॉय हो जाने के बाद भी लानतों के बराबर हक़दार बने रहते हैं। कुछ नहीं तो "शक्ल से सिंघानिया नहीं लगते।" "शक्ल से तो ओबेरॉय नहीं लगते" वग़ैरा-वग़ैरा। बताइए शक्ल से भला कौन क्या लग सकता है ? मुझे ख़ुद भी लोगों ने मेरे काम की बजाए मेरी शक्ल की वज्ह से लेखक ज़्यादा कहा है। "आप शक्ल से ही लेखक लगते हैं।" "और आप चूतिए।" देखिए हयुलानी मुझपर हावी हो रहा है। मैं तो एक ऐसी मामूली-सी गाली से अपना काम चला ले गया, जिसके बारे में लोगों के दरमियान कई तरह के तर्क मौजूद हैं। कुछ इसे गाली के तौर पर अपनाने के लिए राज़ी नहीं हैं। और कई इसे स्त्री या पुरुष के अंग विशेष से जोड़कर देखते हैं, और बात-बात में चूतिया कहने वालों से पर्याप्त दूरियाँ बनाकर चलते हैं। कई ऐसा भी कहते हैं कि चूतिया संस्कृत के लफ़्ज़ च्युत से बना है। च्युत यानी जो दिग्भ्रमित हो यानी जो अपने मक़सद से भटक जाए। मैं इज़ाफ़त का सरासर ग़लत इस्तेमाल करते हुए कहता हूँ : लफ़्ज़-ए-च्युत से ही उन अंग विशेषों का नामकरण हुआ है, के बारे में मैंने कोई तर्क या दावा कहीं नहीं पढ़ा। हयुलानी होता, तो मेरी तरह इस मामूली गाली से अपना काम नहीं चलाने वाला था। वो ऐसी बेतुकी तारीफ़ पर सामने वाले का सर फोड़ देता। जी हाँ, सर फोड़ देता। उसने ऐसा किया था। "कभी कुछ बोला भी कर इतना चुप क्यों बैठा रहता है।" जैसे आम सवाल पर उसने पूछने वाले बच्चे का सर फोड़ दिया था। मैं उम्र भर अपने पाँवों के भरोसे या पाँवों का भरोसा करते हुए साइकिल पर स्कूल गया हूँ। मगर हयुलानी महल में संगृहीत सबसे महँगी कार में स्कूल जाता रहा है। उसके ड्राइवर के तौर पर स्टेयरिंग पर उसका बाप हफ़ीज़ बैठता था, जिसे उसने कभी सीधी निगाह से नहीं देखा। कभी कोई बात भी नहीं की। फ़िरंगी लड़के का सर फोड़ने का वाक़िआ इतना तूल पकड़ चुका था कि उसे स्कूल से निकालने की नौबत आ गई थी, मगर ऐसा नहीं हो सका। हफ़ीज़ ने स्कूल की तरक़्क़ी के लिए इमदाद के तौर पर उन्हें इतने पैसे

दे दिए थे कि हयु कितने भी सर फोड़ने का हक़दार हो चुका था।

मैंने लोगों द्वारा दुनिया में अपनी मौजूदगी साबित करने के लिए किए गए उन जटिल संघर्षों को अपनी बग़ैर चश्मे वाली आँखों से नाकामयाब होते देखा है। फिर जब ऐसा वक़्त आया कि मुझे दूर का कुछ धुँधला-सा दिखाई देने लगा, तब मैंने बग़ैर कोई वक़्त ज़ाया किए, एक नेत्र-विशेषज्ञ को अपनी आँखें दिखवाकर उन्हें चश्मे की आड़ में महफ़ूज़ कर लिया। दरअस्ल मैं कुछ भी अनदेखा नहीं करना चाहता था। चश्मे के बाद भी मैंने पाया कि दुनिया जस-की-तस है। वही नाकामयाब होने वाले संघर्ष और जो कामयाब हुए वो मेरी वैज्ञानिक बीनाई की दस्तरस से कहीं दूर थे। यहाँ तक कि मेरी अपनी कामयाबियाँ भी उन आँखों के सामने कभी नहीं आईं जिनके गिर्द वो हर वक़्त मँडराती रही हैं। ऐसे में अगर कोई वजूद मौजूद होने के बावजूद नामौजूद हो फिर भी उसकी मौजूदगी कोई अनदेखी न कर सके यानी : होते हुए भी न होना फिर भी होना ये कोई आम ख़ूबी नहीं कहला सकती। वाइल्ड बॉय जहाँ-जहाँ भी मौजूद रहा है, अक्सर वहाँ कभी मौजूद नहीं रहा है। उसकी मौजूदगी में ग़ैर-मौजूदगी के बावजूद उसकी मौजूदगी एक करिश्मा थी। उसमें इस हैरतअंगेज़ ख़ूबी के अलावा कोई और ख़ूबी नहीं थी। सिवाए रंगों से खेलने के, तलवार भाँजने के, जिसकी रियाज़त के लिए महल में कोई तलवारबाज़ ज़िंदा नहीं था, उसे किसी खेल और कला में कोई दिलचस्पी नहीं थी। फ़ारस की मौत के कुछ वक़्त बाद वो तलवार को हाथ लगाना तक भूल चुका था। उसने अपनी बेहूदा पेंटिगों से इतने कैनवास बर्बाद कर दिए जिनकी कोई तादाद नहीं। उसके फेंके कैनवासों से कचरे का इतना बड़ा ढेर इकठ्ठा हो चुका था कि उसकी लकड़ी अगर किसी और मक़्सद में काम में लाई जाती, जैसे फ़र्नीचर बनाने के, तो छोटी-मोटी हवेलियों के कोने भरने के लिए उनसे पर्याप्त फ़र्नीचर बनाया जा सकता था। मैं तलवार चलाना नहीं जानता। दरहक़ीक़त मैंने बहुत नज़दीक से कभी कोई तलवार देखी तक नहीं है, फिर उसे हाथ लगाने का कोई सवाल ही नहीं बनता। पेंटिंग करने और गाना गाने के बारे में मुझे भूलकर भी कभी कोई ख़याल नहीं आया। हालाँकि मैं चाहता हूँ कि मुझे रंगों को समझने की तमीज़ हासिल हो, वर्ना मेरी तमाम उम्र गहरे नीले और काले रंग में से एक चुनते-चुनते गुज़र जाएगी। दरअस्ल ये मेरी पसंद के मामले से ज़्यादा एक ट्रिक है, जब आप रंगों के चुनाव में कच्चे हों तब काले या नीले को चुन सकते हैं, फिर शान का सूचक मगर सबसे लाचार रंग सफ़ेद कहीं नहीं गया है। मुझमें एक ही हुनर है यानी : मेरे अंदर जब

लेखक बनने का भूत जागा (जी हाँ, यहाँ जज़्बे को भूत कहा जाता है) तब तक टाइप-राइटर के युग का अंत हो चुका था। मैंने जैसे ही काग़ज़ों को बर्बाद करने की तरफ़ अपने हाथ बढ़ाए, वैसे ही अचानक सस्ते लैपटॉप और कम्प्यूटरों का दौर आ गया। मेरे हक़ में ये एक इत्मीनान की तरह से था कि मैंने कितने पेड़ों को उजड़ने से बचा लिया।

ये बात तब की है, जब हयुलानी की समझ इस मरहले पर आ चुकी थी कि वो नींद का मतलब भी समझने लगा था और अपने इकलौते ख़्वाब का भी। उसने अपने गिर्द (बेचारे) सफ़ेद कपड़ों से लिपटे कैनवासों का एक घेरा बनाया और एक-एक कर उसमें अपने ख़्वाब की सचित्र व्याख्या करने की कोशिश की और बुरी तरह नाकामयाब हुआ। उसने तमाम कैनवासों की टाँगें ज़ख़्मी कर दीं। किसी का सर, किसी का सीना, तो किसी को अपने पैरों से कुचलकर शीशे की तरह चकनाचूर कर दिया। "मैं नहीं बना सका उसे। मैं नहीं बना सका। मुझसे वो कभी नहीं बनेगा," मैं और हम के इस्तेमाल को लेकर हमेशा भ्रमित रहने वाले हयुलानी ने कहा, "अम्मी हमने उसे बनाने की कितनी कोशिश की मगर नहीं बना सके।" उसने अफ़ीम चाटी और टप-टप आँसू बहाते हुए अपने बिस्तर पर पीठ के बल हाथ फैलाकर लेट गया। भरी हुई आँखें लिए, उसके पास बैठी मंसूरा ने उसके सर पर हाथ रखा। वो नींद में उतरने को था कि भभककर जाग गया। उसकी साँसों की लय सामान्य नहीं थी। वो उठा। उसने इधर-उधर देखा और मंसूरा से लिपट गया। हयुलानी वाक़ई हर हाल में मुझसे कहीं ज़्यादा हुनरमंद है। मैं शाम ढले आँखों पर पड़ने वाले बोझ को नींद के मआनी के तौर पर लेता था। मेरी ज़िंदगी से फिर ये सुख जाता रहा, मगर बहुत बाद में तक़रीबन अठारह की उम्र में, जब मैं ज़िंदगी में पहली मर्तबा बारहवीं के इम्तिहान में गणित के विषय में फ़ेल हुआ था, मेरे लिए ये एक नामुमकिन तजरबा था। मैं कभी किसी इम्तिहान में फ़ेल नहीं हुआ था, बल्कि मेरा शुमार उन विद्यार्थियों में होता था, जो कभी किसी इम्तिहान में फ़ेल नहीं होते। फिर भी मैंने अपने दुख को कम करने के लिए सीनों की तलाश नहीं की। तब से लेकर आज तक। मेरे लिए ये एक वक़्त में दो तजरबे हासिल करने जैसा था। उनमें से दूसरा नींद का दूसरा मतलब था। यानी आँखों पर असीमित बोझ पड़ने के बाद भी नींद न आना। नींद न आना ही नींद का मूल अर्थ होना चाहिए। आप देखते नहीं हैं, पूरी दुनिया किस दर्जा जागी हुई है। मैंने अपने अनुभव से जाना कि दुख को साझा करने से उसे तूल मिलता है और हमारा कंकड़, पत्थर या चट्टान जैसा

दुख हमें पहाड़ जैसा लगने लगता है। लेकिन हयुलानी ख़ासकर अपनी माँ के आगे इस रहस्य से नावाक़िफ़ था। मैंने अपनी माँ के आगे कभी अपने किसी ऐसे दुख का इज़हार नहीं किया जो उसकी नींदों में ख़लल पैदा कर दे। फिर भी वो अपनी उम्र के इस पड़ाव में जब मैं चौंतीस साल का हूँ, इसीलिए कम सोती है क्योंकि कम-अज़-कम मैंने ऐसा कोई ख़्वाब नहीं देखा है, जिसकी व्याख्या के लिए उसे या मुझे किसी दशवंत की ज़रूरत महसूस हो। मेरा ख़्वाब आपके सामने है। आपके हाथों में। फिर भी। यक़ीन कीजिए फिर भी। मुझे इस वक़्त ये नहीं भूलना चाहिए कि मंसूरा भी एक माँ थी। इससे अलग कि वो एक बादशाह की बहू थी। बादशाह के बाद बादशाहत के दावेदार (जो बादशाह के बाद बादशाह नहीं बन सका) की बीवी थी। कुछ भी, यानी कुछ भी होने से जुदा होता है माँ होना। आप उमराह को ही देख लीजिए। लेकिन इस मामले में उमराह का मामला उलट है। यहाँ उसे सिर्फ़ एक माँ के तौर पर देखना चाहिए। उमराह जैसी माएँ उन माओं जैसी होती हैं, जो अपने तमाम बच्चों में से सबसे ज़्यादा प्यार करने के लिए एक बच्चा चुन लेती हैं। बदक़िस्मती से अक्सर वो बच्चा नस्ल से नर होता है। अगर पिताओं की बात करें तो बेशक ऐसे पिता भी होते हैं। ऐसी माओं और पिताओं को अपनी इस माफ़ न की जाने लायक़ ग़लती का एहसास होने में इतना वक़्त लग जाता है कि उनकी बाक़ी औलादों को तब तक इनके प्यार की कोई ज़रुरत नहीं रह जाती। ऐसी औलादों के नज़दीक प्यार करने के लिए तब उनकी बीवियाँ या शौहर होते हैं और प्यार बाँटने के लिए उनकी *अपनी* औलादें। नर औलादों के लोभ में जबरन पैदा करवाई गई मादा औलादें नहीं, जो अपनी अस्ल माँ के प्यार से महरूम रह जाती हैं और उनकी नक़ली माँ उनकी परवरिश का ज़िम्मा नौकरानियों के हवाले कर देती हैं। ऐसी घटनाओं के घटित होने का कोई दौर, कोई ज़माना नहीं होता। ऐसी घटनाएँ आसानी से किसी भी दौर में घटित होती हुई देखी जा सकती हैं। अगर ग़लतफ़हमियों का शिकार न हुआ जाए, तो मैं ज़िम्मेदारी के साथ कह सकता हूँ कि मेरे साथ ऐसा बिल्कुल नहीं हुआ, लेकिन मेरी माँ या पिता के साथ ऐसा नहीं हुआ, का दावा नहीं कर सकता। मगर हाँ, मैं ये बात ज़िम्मेदारी के साथ कह रहा हूँ कि मैंने हमेशा चश्मे से ढकी रहने वाली अपनी वैज्ञानिक आँखों से ऐसा होते हुए देखा है कि एक बाप तीन औलादों में से सबसे ज़्यादा प्यार करने के लिए उनमें से सबसे छोटी मर्द औलाद को चुन लेता है और विलेन होते हुए भी बचपन से ही उसके आगे अपनी छवि एक हीरो के तौर पर पेश करता है : मैंने सबके लिए

इतना किया और मेरे साथ— मेरे बुरे वक़्त में किसी ने मेरा साथ नहीं दिया, सबने मेरी क़ुर्बानियाँ भुला दीं वग़ैरा-वग़ैरा। मगर सूरत-ए-हाल हमेशा से इसके उलट रही है। बदक़िस्मती से मैंने ला-तादाद गुज़िश्ता-अक्सीर अपनी आँखों से देखी हैं। और ऐसे मंसूख़, जो सच की लड़ाई में अपना छोटा-मोटा योगदान देकर हमेशा के लिए उस जंग से किनारा काटकर सूरत-ए-हाल से हज़ारों मील दूर जाकर ख़ुशफ़हमी में अपनी ज़िंदगी गुज़ार देते हैं। मैं इस वक़्त जिन गुज़िश्ता, अक्सीर की बात कर रहा हूँ वो नाजायज़ नहीं हैं और अपनी माँ के प्यार से महरूम भी नहीं, मगर बाप का प्यार और फ़र्ज़ उनके नज़दीक भूले से भी नहीं भटकता। मैं चाहता हूँ कि इन गुज़िश्ता, अक्सीर की ज़िंदगी में शामिल मंसूख़ अपने फ़र्ज़ को समझे और निभाए। ये मंसूख़ फ़िलवक़्त इतना ही छोटा है, जितना हयुलानी, जितना छोटा मैं भी कभी था, जितना छोटा कभी असली मंसूख़ था। अगर आप मैं को मैं न समझें, बल्कि उसे एक किरदार के तौर पर क़ुबूल फ़रमाएँ, तो मैं इस मैं के बारे में आगे बात कर सकता हूँ और बताना चाहूँगा कि मैं जब हयु की उम्र का था, तब मैं किसी तरह का कोई नशा नहीं करता था। नींद के लिए अफ़ीम का मोहताज नहीं था, बल्कि सिगरेट पीने वालों को भी हिक़ारत की निगाह से देखा करता था। मैं, पुरसुकून तबीयत वाला, एक चुप रहने वाला लड़का रहा है। मैं ने बेहद कम उम्र में संगीत को अपनी तन्हाई का साथी बना लिया था। एक पंजाबी गायक, जो राजस्थान में पैदा हुआ था, जिसने अपने सर और दाढ़ी के बाल कटाकर एक आम आदमी की शक्ल में अपनी गायकी से बेइंतिहा नाम कमाया था, मैं का पसंदीदा हुआ करता था। मैं भी उन लोगों में शुमार था, जो एहतियातन रिकी मार्टिन, जेनिफ़र लोपेज़, मेडोना के गाने सिर्फ़ बतोलेबाज़ी के लिए सुना करते हैं, जो अक्सर ज़ोर देकर कहा करते हैं, "एंड्रिके का फ़लाँ गाना सुना?" जिस गाने के बोल के तौर पर उन्हें उस गाने के इब्तेदाई कुल दो या तीन लफ़्ज़ याद होते हैं, बल्कि समझ भी उतने ही आते हैं : *बेबी आय एम एडिक्टेड।*

मैं शायद कुछ भूल रहा हूँ!

हाँ, याद आया। तीन उपमाएँ, जो एक लाचार और यूँ-ही-सी एंट्री के साथ इस कहानी में शामिल हुई हैं : गुज़िश्ता, अक्सीर, मंसूख़। नाम नहीं बदले जाएँगे, बल्कि तीनों नए किरदारों को नयापन देने के लिए छोटी गुज़िश्ता, छोटी अक्सीर और छोटा मंसूख़ कहा जाएगा। कहीं-कहीं छोटी गुज़िश्ता को छोटी बड़ी बी और छोटी अक्सीर को छोटी छोटी बी कहा जाएगा, दोनों छोटी-बड़ी, छोटी-छोटी बहनें

भी।

छोटी गुज़िश्ता और छोटी अक्सीर में कुछ ख़ास फ़र्क़ हैं। पहला : दोनों का राजघराने से कोई ताल्लुक़ नहीं है और दूसरा ये कि दोनों हम-जिंस-परस्त नहीं हैं। ज़ाहिर है, छोटा मंसूख़ भी एक आम परिवार से ताल्लुक़ रखता है। सबसे अहम, इन तीनों का मुझसे कोई ताल्लुक़ नहीं है। छोटी गुज़िश्ता पर सबसे पहली तोहमत तब लगाई गई, जब उसकी सपाट छातियाँ दो सुडौल पहाड़ियों में नुमायाँ हो रही थीं। कहा गया कि *लड़की हाथ से निकल गई है।* किसी अजनबी ने उसे किसी अजनबी के साथ किसी अजनबी जगह पर एक स्वर में *'अजनबी कौन हो तुम'* गाते हुए देखा था। ऐसे अजनबी लोग, उन अजनबी लोगों से, इस तरह की अजनबी ख़बर पहुँचाने की ग़रज़ से, फ़ौरन पहचान निकाल लेते हैं। नतीजतन वो लड़की अपने बाप के लिए अचानक ही अजनबी हो जाती है। ऐसे में क्या उनका अपना घर अपने लिए जेल-सा नहीं हो जाता? मैंने तो कहा भी है कि लड़कियाँ जेल से भागती हैं, घरों से नहीं। फिर भागना तो एक क्रिया है। भला कौन नहीं भागता? कौन नहीं भाग रहा है? भागने के इस सिलसिले में अगर कोई *'भाग गया* तो *भाग गया।'* दरअस्ल इस तरह की घटनाओं को अक्सर मुद्दा बनाए जाने की वज्हें साफ़ हैं और वो ये कि उनके निकम्मे, नाकामयाब बाप अपनी नाकामयाबियाँ और निकम्मेपन को आड़ दे सकें। मैं इस नाटक में और नाटकीयता शामिल करते हुए वहाँ से शुरू करूँगा, जब मेरी उम्र छोटे मंसूख़ के बराबर थी, यानी हयुलानी जितनी। इन तीनों का मेरी तरह मैं से भी कोई ताल्लुक़ नहीं होने के बाद भी तीनों को आवारा छोड़ने से बेहतर है, मैं उनसे मैं का किसी तरह का कोई ताल्लुक़ क़ायम कर दूँ। कम-अज़-कम इतना कि अगर मैं के घरवाले छुट्टियाँ बिताने इनके घरवालों के घर जाना चाहें, तो जा सकें।

धुँधलके के उस पार मुझे इसकी शुरुआत वहाँ से करनी चाहिए जब छोटी गुज़िश्ता और छोटी अक्सीर के बाप का बाप अचानक एक दिन अपने दफ़्तर में, हवा में गोली चला देता है। जी, असली बंदूक़ से असली गोली। पैंसठ की जंग में जब लगातार फ़ौजियों की भर्तियाँ हो रही थीं, तब छोटे औरंगज़ेब को भी थल सेना ने फ़ौजी के तौर पर नियुक्त कर लिया था। मैंने छोटे औरंगज़ेब के बारे में जहाँ तक सुना था कि वो हमेशा से पागल रहा है। लेकिन इस मर्तबा उसका हवा में गोली चला देना इस शक को साबित कर गया कि वो सचमुच पागल है। उसे फ़ौज से निकाला नहीं गया था, बल्कि उस डरपोक ने ख़ुद जंग के फ़ौरन बाद, जिसमें उसने

एक भी गोली नहीं चलाई थी, फ़ौज को इस्तीफ़ा दे दिया और एक सरकारी दफ़्तर में गार्ड की नौकरी करने लगा। औरंगज़ेब की दस औलादें थीं। वो कुल बारह। धीरे-धीरे उसकी बेटियाँ बड़ी होती गईं और घर में सदस्यों की तादाद घटते-घटते नौ रह गई। और कुछ बरस बाद, दस फिर नौ, फिर दस, फिर ग्यारह। ये वाक़िआ घर में सदस्यों के घटते क्रम और बढ़ते क्रम के इसी सिलसिले के दौरान का है। लेकिन आप भूल न करें, ये क्रम उसकी सरफिरी बंदूक़ से निकली गोलियों का नतीजा नहीं था। दरअस्ल जब उसकी तीन बेटियों का ब्याह हुआ तब वो नौ रह गए फिर उसके बड़े लड़के का ब्याह हुआ, तो वापस दस फिर एक लड़की का ब्याह हुआ, तो संख्या गिरकर नौ पर आई और जब उसके बड़े लड़के को बेटी हुई तब वापस दस। ग्यारहवाँ अभी पैदा नहीं हुआ है, लेकिन फिर भी मैं कहता हूँ कि हो गया है। उसके बड़े लड़के के दूसरी लड़की और इसी दरमियान उसकी आख़िरी बेटी का भी ब्याह हो चुका है, और वो अब दस की तादाद में घर में क़ैद रहते हैं। छोटी बड़ी बी और छोटी छोटी बी अभी इस दस की संख्या का हिस्सा नहीं हुई हैं। उसने अपनी किसी लड़की का ब्याह सिवाए एक के, किसी नौकरीशुदा लड़के से नहीं किया। उसने कुबड़े मैदानों में जाकर उनकी ज़मीने देखीं और उन्हें, उनके यहाँ ब्याह दिया। सोचिए, उसने ज़मीन के पट्टे देखना सिर्फ़ इसीलिए मुनासिब नहीं समझा कि उसकी इस नीच हरकत से कहीं उसकी बेटियों का ब्याह रद्द न हो जाए। ज़मीनें झूठी निकलीं। सौ के झूठ पच्चीस के सच में खुले। अगर मैं मान लूँ कि उसकी बड़ी बेटी मैं की माँ थी, तो मुझे उसके संघर्ष की छोटी-मोटी कहानी आपसे साझा करनी चाहिए। हम चार भाई बहन हैं। बड़ा भाई लंदन में अंग्रेज़ी का प्रोफ़ेसर है। मैं जो हूँ सो हूँ। बाक़ी दो जो हैं सो हैं।

ये सब इकहत्तर की जंग के बाद होने जा रहा था, मगर इन घटनाओं का इकहत्तर की जंग और पाकिस्तान से कोई वास्ता नहीं है। फिर भी मैं कहना चाहूँगा कि जंगें सिर्फ़ दो मुल्कों के दरमियान नहीं होतीं, बल्कि मख़्सूस इंसान की अपनी मख़्सूस जंग होती है। मैं की माँ और बाप जब ब्याहे गए, तब वो दोनों सोलह के थे। औरंगज़ेब ने मैं की माँ को कभी लड़कों के स्कूल में पढ़ने नहीं दिया। उम्र भर उसकी ज़िंदगी में जो लड़के आए वो या उसके भाई थे या उसका शौहर। मैं ने उसके मुँह से कभी कोई प्रेम कहानी का क़िस्सा नहीं सुना। उसे ऐसी शिक्षा दी गई थी कि उसके लिए विपरीत लिंग के साथ शादी से पहले किसी भी तरह का कोई भी रिश्ता बनाना ख़ानदान की इज़्ज़त में बट्टा लगाने जैसा है। वो इतनी सीधी

और सरल थी कि उसने चुप-चाप अपने वालिदैन की इस नसीहत को बग़ैर किसी सवाल-जवाब के मान लिया और ग़ैर मर्द की तरफ़ निगाह उठाने, उसके बारे में सोचने को वो ईश्वर के ख़िलाफ़ क़दम उठाने की तरह लेने लगी। लड़कियों को अमूमन न मिलने वाली आज़ादियों को वो बेहतर संस्कारों का नमूना समझती रही है। यक़ीन कीजिए अब तक भी समझती है, जब उसके संघर्षों के दिन तमाम हो चुके और वो अपनी कमाई पर एक ख़ुशनुमा ज़िंदगी बसर कर रही है। जब उसका ब्याह हुआ तब वो और उसका शौहर दोनों सिर्फ़ दसवीं पास थे। उसे ग्यारवीं का इम्तिहान सिर्फ़ इसीलिए रद्द करना पड़ा क्योंकि औरंगज़ेब का समधी एक साल तक अपने दसवीं पास बेटे की शादी के लिए रुक नहीं सकता था। इस सब के बावजूद उसे हमेशा यही लगता रहा कि उसके बाप ने उसे एक बेहतर तालीम दी है। मेरी नज़र में ऐसी परवरिश को अजीब परवरिश कहा जा सकता है, जब परिवार के सदस्य खाने के लिए अपने हिस्से का इंतज़ार करते रहे हों। एकदम बराबर हिस्सा, फिर चाहे कोई उम्र में बड़ा हो या छोटा। चाहे आम हों, अँगूर हों, अनार हों। अनार के दानों तक का हिस्सा?

हियह!

साहब दूध, दही, घी, रोटी, दाल, चावल हर चीज़ का बराबर हिस्सा। मैं समझ सकता हूँ कि वो हमेशा से पागल रहा है। वो हमेशा से पागल था, जुमला मैं ने अपने बाप की ज़बान से जब पहली बार सुना, तब मैं को ऐसी तसल्ली हुई जैसी हमारे किसी ख़याल को ताईद मिलने के बाद हम सभी को होती है। मैं के लिए उसका पागल होना उसका अपना ख़याल ही था। सोचिए औरंगज़ेब घर के बच्चों से ये तक कह देता था कि तुम कितने मर्तबा पानी पीते हो। तुम्हें कितनी भूख लगती है। कितना हगते हो तुम।

हियह हियह हियह!

पाठको मूतने तक का हिसाब। सोचिए उसकी दबी आवाज़ में पूछे गए ऐसे बेहूदा सवालों को सुनकर मैं अपनी चड्डी गीली कर देता था।

सोचिए—

ज़रा सोचिए कि उसकी मौत पर मैं को ज़ाती तौर पर ख़ुशी हुई थी। मैं को उसकी मौत ने तसल्ली दी कि अब छोटी बड़ी बी और छोटी छोटी बी के घर ठहरना आसान ठहरेगा।

औरंगज़ेब की बड़ी बेटी जब-जब फटे हाल उसके घर गई तब-तब उसने उसे

बातें सुनाईं, उसका हाथ झटका, उसे चिढ़ी हुई नज़र से देखा और कहा कि आ गई भिखारन। जबकि ज़मीनों का जायज़ा लेने हर बार, हर जगह ख़ुद औरंगज़ेब गया था।

क्या कहा जाए?

मैं की माँ उसकी ससुराल की तेरहवीं सदस्य थी। और बारह लोगों का खाना बनाने का ज़िम्मा उसके अकेले हाथों और कंधों पर था। तेरहवाँ इसीलिए नहीं कि वो बचा-कुचा खाने को एक आदर्श बहू का कर्तव्य और संस्कार समझती थी। न केवल औरंगज़ेब, बल्कि उसका समधी भी उसी दर्जे का पागल था, मगर बदक़िस्मती से कभी साबित नहीं हो सका। खाने की चीज़ों के बँटवारे की रिवायत को अपनी ससुराल में न पाकर मैं की माँ काफ़ी मायूस थी। इससे भी ज़्यादा वो इस रिवाज से थी कि खाने में कितना नमक और कितनी हल्दी पड़ेगी, ये उसकी सास या उसकी ननदें तय करती थीं। गड़बड़ होने पर फेंकी गई थालियों की ज़िम्मेदार वो ख़ुद हुआ करती थी। मैं की माँ के ससुराल वालों का औरंगज़ेब की तरह अंग्रेज़ों से कोई वास्ता नहीं था, मगर वो सब के सब चाय के ऐसे आदी थे, मानो चाय न हो गई अफ़ीम हो गई कि जिसके बग़ैर हयु सो नहीं सकता और ज्ञानचंद ज़िंदा नहीं रह सकता। ख़ैर, वो सब चाय के ऐसे आदी क्यों थे, मैं नहीं जानता, जबकि चाय के अस्ल स्वाद से वो आज भी पूरी तरह नावाक़िफ़ हैं। इतनी बेहूदा और घटिया चाय।

यक्क!

मैं की माँ को उसके ससुराल वालों ने पहली बार जान से मारने की धमकी सिर्फ़ इसीलिए दी थी क्योंकि उसने मैं के पिता के कुछ एक गंदे कपड़े धोने की जुर्रत की थी। और दूसरी बार उसे ठीक यही धमकी तब दी गई जब उसके शौहर ने अपने रोते हुए बच्चे को चुप कराने के स्वार्थ से गोद में ले लिया था। मैं ऐसे जाहिलों के बीच पला-बढ़ा था।

आप था को हूँ पढ़ सकते हैं।

लेकिन मैं क़सम खाकर कहता हूँ मैं मैं नहीं हूँ। और आप चालाकी से पेश आते हुए मेरे मुँह के आगे अपना घिसा-पिटा जुमला मारने की कोशिश मत कीजिएगा कि झूठ को सच साबित करने के लिए आवाज़ बुलंद कर ली जाती है। उसे बार-बार दोहराया जाता है और मज़ीद सफ़ाइयाँ पेश की जाती हैं। नहीं, ऐसा बिल्कुल नहीं है।

मैं का बड़ा भाई पैदा होते ही अचानक घर में मौजूद छब्बीस आँखों का तारा

हो गया था। मैं की माँ इस दर्जा तहज़ीबदार दी थी कि अपने बड़े बच्चे की पैदाइश के दौरान खाने के लिहाज़ से मिलने वाले कत्थई गुड़ के टुकड़े और पीने के लिहाज़ से मिलने वाले एक गिलास पीले दूध को वो बेहतर देखभाल का उम्दा नमूना समझती थी। मैं की माँ ने अपनी बड़ी औलाद को पैदा करने से पहले इंटर का इम्तिहान पास करने के लिए पाँच बार तैयारी की थी; एक बार ख़ुद के लिए और चार बार अपने शौहर के लिए। अब वो दोनों *पढ़े-लिखे* थे। लिहाज़ा मैं के बाप को उसकी ख़ानदानी खेती में, जो सौ के झूठ के साथ पच्चीस के सच में खुली थी, कोई दिलचस्पी, जो पहले से नहीं थी, अब बिल्कुल नहीं रह गई थी। लिहाज़ा उससे ये कहते हुए उसे रोटियों में घी लगाकर नहीं दिया जाने लगा कि इसे कौन-सा हल जोतने जाना है। लिहाज़ा मैं की माँ और पिता इस लापरवाह परवरिश से सूखकर काँटा होते जाने लगे। मैं के पिता को घर से ये कहकर निकाल दिया कि पढ़ाई की है, तो नौकरी ढूँढ़। मैं के पिता का संघर्ष कई सालों तक चला। आख़िरश उसे एक सरकारी नौकरी मिल गई और उसने गाँव छोड़कर एक क़स्बे में रहना गवारा किया। एक बिस्तर, एक तवा, और एक पंखा लेकर, जिसके बारे में हर उस वक़्त बात हुई, जब-जब उनके घर में बँटवारे की बात हुई। ये एक इत्तिफ़ाक़ था कि मैं के बाप के भी चार भाई और पाँच बहनें थीं। मैं के बड़े चाचा की क़द-ओ-क़ामत पहलवानों की तरह थी। लंबा, चौड़ा और थुलथुल। उसकी तोंद इतनी फूली हुई थी कि वो खड़े-खड़े अपनी आँखों से कभी अपना लिंग नहीं देख पाया। और भी लोग थे मगर, जिनका इस कहानी से कोई ताल्लुक़ नहीं है, उनके हुलियों के बयान में सफ़्हे ज़ाया करने का क्या मतलब? और फिर किसी की शक्ल में ऐसा कोई आकर्षण नहीं था कि मैं उसे बयान करने में अपनी दिलचस्पी दिखाऊँ। मेरा मतलब वो नहीं है, जो आप समझ रहे हैं। शक्लें कभी तनक़ीद के दायरे में नहीं आतीं। मगर जब सब की सब एक-सी हों, कमीनेपन से सनी हुई, तब नौ बार एक ही बात दोहराना कि उनके होंठ उनपर जवानी के चढ़ते ही सूख गए थे, उनके मुँहों से तंबाकू की ज़हरीली बू आती थी, उनकी पथरीली आँखों में ईर्ष्या के सिवा कुछ नहीं दिखाई देता था, उनके सिकुड़े माथों और हथेलियों पर दुर्भाग्य की लकीरों के सिवा कुछ नहीं था वग़ैरा-वग़ैरा बहरतौर नाजायज़ साबित होगा। ख़ैर मुझे मुद्दे पर आना चाहिए। मैं के बड़े भाई के बाद उसके दो और भाई हुए और ज़िंदगी में पहली मर्तबा कुछ होने पर उसको ख़ासी तकलीफ़ हुई कि ये दोनों क्यों? उसका पचास का प्यार बँटकर पच्चीस में होने जा रहा था, मगर ऐसा नहीं हुआ और ऐसा

बहुत कम होता है। मैं के माँ-बाप ने उन चारों में से किसी को ज़्यादा प्यार करने के लिए नहीं चुना। सबको बराबर प्यार दिया : सौ का सौ। मैं सच कह रहा हूँ, ऐसा होने में न औरंगज़ेब की परवरिश का कोई हाथ था, न उसके समधी का, बल्कि औरंगज़ेब के समधी का चहेता उसका सबसे छोटा बेटा रहा है और औरंगज़ेब का चहेता उसका पहला बेटा, जो उसकी चार बेटियों के बाद मुश्किलों से पैदा हुआ था। ऐसे में उन चारों बेटियों की ज़िम्मेदारी थी कि वो उस एक बेटे का उसकी माँ से भी बढ़कर ख़याल रखें। ऐसे भाइयों को अपनी मर्ज़ी से उनकी बड़ी बहनें, जिन्हें अक्सर उनकी पैदाइश के बाद मालूम होता है कि अपनी औलाद से प्यार करने के अस्ल तरीक़े क्या होते हैं, कैसा प्यार होता है, जो दरअस्ल सिर्फ़ औलाद के लिए होता है, ख़ुशी-ख़ुशी वैसा ही प्यार देने के लिए राज़ी हो जाती हैं, जैसा उन्हें कभी हासिल नहीं था। मैंने अपनी ज़िंदगी में स्वीकृति का इससे बेहतर नमूना कभी नहीं देखा, जबकि हर एक स्वीकृति के पीछे एक रंज की गुंजाइश बनी ही रहती है। ऐसे लड़कों को अल्लाह का फ़ज़ल या ईश्वर की कृपा के तौर पर अपनाया जाता है। फ़रिश्ते से बस कुछ कम। ये फ़रिश्ते अपनी कमउम्री से ही चालाक होते हैं। इन्हें मालूम होता है कि कब और कैसे अपने ओहदे (न होते हुए भी ये ओहदेदार होते हैं, सिंहासन पर विराजमान) का ग़लत इस्तेमाल करते हुए अपनी बहनों की ग़लतियाँ, जो उन्होंने की भी नहीं होती हैं, निकालना और उन्हें माँ-बाप के आगे क़ुसूरवार ठहरा देना है। ऐसे बाप, जो मिन्नतों से पाँच-पाँच लड़कियों के बाद ईश्वर की कृपा प्राप्त करते हैं, बग़ैर कुछ सोचे-समझे बेटियों को छड़ियों से पीटना शुरू कर देते हैं। चालाकी की हद देखिए कि औरंगज़ेब का लड़का कुएँ में गिर जाता है और ज़िंदा वापस निकल आता है, बल्कि उसे निकाला जाता है और निकलने के बाद वो मासूमियत से बयान देता है कि उसे किन्हीं ईश्वरीय हाथों ने थाम रखा था। ये एक जुमला उसे लगभग फ़रिश्ते से भगवान बना देता है। वो कुछ भी कर सकता है। अपनी बारह साल बड़ी बहन को समाज के बीच में ज़लील कर सकता है। उसे घूँसे मार सकता है। वो कह सकता है कि बाहर मत निकला करो वर्ना तुम्हारे पैर काट के कुत्तों को खिला दूँगा। *बेहया कहीं की। बेशर्म कहीं की। कुतिया। कमीनी।* और बहनें बड़ी ख़ुशी से इसका इज़हार करते हुए नहीं थकतीं कि देखो हमारा भाई कितना समझदार हो गया है। उसे हमारी कितनी परवाह है। वो कितना चाहता है हमें। वो सबको बताती हैं। पूरे मोहल्ले को। अपने बाप को भी। और पीटी जाती हैं : *क्यों गईं तुम घर के बाहर।* इसपर भी वो ख़ुश होती हैं :

ठीक ही तो किया पिता जी ने। ग़लतियों की सज़ाएँ मिलने से इंसान ग़लतियाँ करने से डरता है। ये सब उनपर बहुत बाद में तब खुलता है, जब उनके देखते-देखते वो अपनी घर की नहीं कहलाने लगतीं। उनकी देखभाल का ज़िम्मा यक-ब-यक उनके शौहरों का हो जाता है या उन ज़मीनों का, जिनके पट्‌टे देखना मुनासिब नहीं समझा गया था। मौक़े आने पर जब कभी वो अपने पराए हो चुके घर में कुछ रोज़ बिताने और अपने माँ-बाप की ख़ैरियत से रू-ब-रू होने की ग़रज़ से जाती हैं, तो उन्हें मालूम पड़ता है कि वो सब प्यार के ग़लत तरीक़े थे, जो उनके भाई पर आज़माए गए थे। जब वो देखती हैं कि उनका शराबी भाई अपनी बीवी और दो बच्चियों (दूसरी पैदा हो चुकी है) को बेइज़्ज़त कर रहा है। मार रहा है। और उन्हें घसीटकर बेवज्ह घर से बेदख़्ल करने की कोशिश कर रहा है और कोई कुछ नहीं कह रहा है।

जैसा कि आपको मालूम है कि मैं के बाप के बाप का न अंग्रेज़ों से कभी कोई संबंध रहा है, न उनके ज़माने से। वो ठीक 1951 में पैदा हुआ था। उसका फ़ौज से भी कोई लेना-देना नहीं था, वो अलमबरदार भी नहीं था बावजूद इसके उसे नंबर-दार, बल्कि लंबरदार कहा जाता था। लफ़्ज़ों के इमला बिगाड़ने में माहिर इलाक़ा, जहाँ बेफ़िक्र और निश्चिंत से अलग एक विचित्र शब्द 'निस्फ़िकर' बोला जाता है, और नंबरदार को 'लंबरदार।' मैं नहीं जानता कि उसे लंबरदार क्यों कहा जाता था। जहाँ तक मुझे मालूम है, गाँव की ज़मींदारी तो उनके हिस्से कभी नहीं आई, जबकि लंबरदार तो नंबरदार को कहा जाता है। हालाँकि उसने अपने ख़ानदान के बारे में कुछ झूठ इस अंदाज़ से फैला रखे थे कि उनपर किसी का बग़ैर सोचे-समझे यक़ीन कर लेना एक आम बात थी, जैसे उसके ख़ानदान को विजयगढ़ के महाराज ने राजस्थान के किसी इलाक़े से यहाँ अपनी ज़मीनें देने का वादा करते हुए आमंत्रित किया था। इतनी ज़मीनें जो इंसान की नज़र में नहीं समा सकतीं। लेकिन मैं ने इतनी ज़मीनें कभी नहीं देखी थीं, बल्कि मैं ने उसकी ज़मीन के हर एक टुकड़े से दूसरे मालिकों की ज़मीनों के टुकड़े लगे हुए देखे थे। मैं के बाप का बाप का बाप नामी डकैत था और अपने दुश्मनों के हाथों बुरी मौत मारा गया था। बदले में मैं के बाप के चाचा ने उस क़ातिल को हू-ब-हू वैसी ही मौत मार डाला। उसे जेल जाना पड़ा। नतीजतन उसे जेल से छुड़ाने के लिए मैं के बाप के बाप को पच्चीस के सच में खुली ज़मीन का आधा हिस्सा बेचना पड़ा। आधे का आधा मैं के बाप के बाप का बड़ा भाई जुए में हार गया। नतीजतन बँटवारे की बात आई। लेकिन

अभी तक पंखा नहीं ख़रीदा गया था। लिहाज़ा उसकी कोई बात बीच में नहीं आई।

अब आप बची हुई ज़मीनों का हिसाब लगाते रहिए।

इस ख़ानदान में कोई पढ़ा-लिखा नहीं था, सिवाए मैं के बाप के, माँ के और उसके बाप के बाप के। वो सिर्फ़ आठवीं तक पास था। फिर भी सरकारी मुलाज़िम था। उसकी ज़िंदगी का आख़िरी अच्छा काम यही था कि उसकी पेंशन पर उसकी बेवा बीवी एक अच्छी ज़िंदगी गुज़ार रही है। मैं के बाप के बाप और मैं की माँ के बाप की उनके जीते-जी आपस में कभी नहीं बनी और उनकी न बनने का ख़ामियाज़ा हमेशा मैं की माँ और उसके बाप ने भुगता। मैं की माँ और औरंगज़ेब के साथ-साथ उसका तमाम ख़ानदान पढ़ा-लिखा था। मगर सरकारी मुलाज़िम मैं की माँ और औरंगज़ेब के सिवा कोई न हुआ, बल्कि कभी किसी को कहीं कोई नौकरी नहीं मिली, बल्कि ये उसके पागलपन की इंतिहा थी कि उसने करने ही नहीं दी। पाँच बेटियों के बाद पैदा हुआ भगवान झोला छाप नजूमी बन गया और उन तांत्रिकों की तरह, जो महल की जेल में क़ैद हैं, लोगों को बेवक़ूफ़ बनाकर गुज़र-बसर करने लगा। एक रोज़, शराब के नशे में छत से पाँव फिसल जाने से उसकी मौत हो गई और छोटे मंसूख़ के बाप ने, जो उस ख़ानदान की दूसरी मर्द औलाद था, ज़िंदगी भर शराब न पीने की क़सम खाई, लेकिन वो अपनी क़सम नहीं निभा सका। नतीजतन वो अपने बड़े भाई से भी बड़ा पियक्कड़ साबित हुआ और नशे-नशे में अपनी तमाम जायदाद जुए में हार गया। इस बीच छोटी गुज़िश्ता और छोटी अक्सीर पैदा हो चुकी थीं, बल्कि उन्होंने अपने बाप को कहीं का न रहते हुए ख़ुद अपनी आँखों से देखा, कुछ हद तक छोटे मंसूख़ ने भी। छोटा मंसूख़ अपने ख़ानदान की मौजूदा नस्ल का इकलौती मर्द औलाद था। उसकी बल्ले-बल्ले थी। हिप-हिप-हुर्रे थी।

औरंगज़ेब के पागलपन के साथ उसके शरीर का दाहिना हिस्सा काँपने लगा था। उसका कंपन किसी बिगड़े हुए इंजन से कम नहीं था। इतना तेज़ कि उसका बिस्तर तक काँपने लगता था। मजबूरन उसे अपनी नौकरी से वक़्त से पहले रिटायर्मेंट लेना पड़ा। अब मैं आगे, जो कहूँगा उसपर शायद आपको यक़ीन न आए या बरबस आपकी हँसी छूट जाए। औरंगज़ेब ने अपनी ज़िंदगी के आख़िरी दिन उस मकान में गुज़ारे, जिसमें बीस कमरे थे मगर उसने अपने ठिकाने के तौर पर तब भी रसोई को चुना। उसने अपनी तमाम ज़िंदगी रसोई में गुज़ारी थी। क्या वो पागल नहीं था ? अपनी तमाम ज़िंदगी रसोई में काटने के बाद उसकी नाक ने सूँघने के अपने

दूसरे फ़र्ज़ से इस्तीफ़ा दे दिया। उसे किसी तरह की कोई गंध महसूस नहीं होने लगी थी। किसी तरह का कोई स्वाद महसूस नहीं होने लगा था। उसकी बीमारी, मैं जैसों के लिए डरने, घबरा जाने का विषय हो चुकी थी। वो अचानक नींद से उठता और किसी को भी पकड़कर ज़ख़्मी करने लगता। गालियाँ देता। ख़ुदकुशी करने की कोशिश करता। ख़ाली कुएँ में कूद जाने के बाद भी वो कुछ खरोंचों के साथ वापस सही-सलामत निकाल लिया जाता। उसकी मौत उसकी बड़ी मर्द औलाद की मौत के बाद हुई थी।

आप जानते हैं, छोटी गुज़िश्ता, छोटी अक्सीर से पहले उसके ख़ानदान में दो लड़कियाँ पैदा हुईं थीं। उन्हें सिरे से नकारते हुए मैं छोटी गुज़िश्ता और छोटी अक्सीर पर आता हूँ क्योंकि उन दो बहनों (और उनकी माँ) का मानसिक संघर्ष उनके बाप की मौत के बाद ख़त्म हो चुका था। उनकी माँ ने ज़मीन का अपना हिस्सा बँटवाकर उसे अधिया पर दे दिया और ख़ुद एक नौकरी करने लगी। कुल जमा वो ख़ुश थी और उसके अपनों की तरफ़ से बार-बार सुझाव देने के बाद भी उसने दूसरी शादी नहीं की। लेकिन छोटी गुज़िश्ता और छोटी अक्सीर का संघर्ष अब शुरू होने को था और बड़ी गुज़िश्ता और बड़ी अक्सीर की तर्ज़ पर अपने बल पर ख़त्म होने को। लेकिन उनका संघर्ष इस उपन्यास के ख़त्म हो जाने के बाद भी जारी रहने वाला है।

लेकिन आगे क्या होगा?

मैं नहीं जानता।

क्या-क्या हुआ होगा?

गुज़िश्ता, अक्सीर के साथ जो हुआ, उससे भी बढ़कर, जायज़ औलाद होने के बाद भी उन्हें तन्हाइयों का शिकार हो जाने दिया। उनकी बुनियादी ज़रूरतों; ज़रूरी अंदरूनी लिबासों तक को फ़िज़ूल ख़र्ची बताकर पूरा नहीं किया गया। अपनी बेहतर तालीम के लिए उनके पास पंडित जैसा कोई उस्ताद नहीं था। स्कूल था, जिसकी फ़ीस कभी नहीं भरी गई, फिर भी वो लगभग बड़ी गुज़िश्ता और बड़ी अक्सीर जितना पढ़-लिख गईं और पढ़ाने-लिखाने लगीं। ऐसे में कभी अगर बड़ी छोटी बहन किसी मर्द की तरफ़ आकर्षित हुईं, तो उसे जान से मारने की नाकामयाब कोशिश की गई। उसने ख़ुद अपनी जान लेने की नाकामयाब कोशिश की। मुझे आपको बताना होगा कि दोनों नाकामयाबियों के बाद उसके बाप ने इस टुच्चे से वाक़िए को बलात्कार जैसे बड़े हादिसे का रंग देते हुए केस को रफ़ा-दफ़ा

करने के लिए लड़के से पैसों की माँग की थी, मगर उसके हाथ एक धेला भी नहीं लगा। "इससे अच्छा तो इसे मार ही डालता," उसने सोचा। "इससे अच्छा तो मैं मर ही जाती," छोटी गुज़िश्ता ने सोचा। ये नींदें उजड़ जाने का दौर है। हर एक नींद के उजड़ जाने का दौर। तेज़ रफ़्तार इख़्तियार करने के बावजूद उजड़ी हुई नींदें कभी पीछा नहीं छोड़ती हैं।

मुझे उजड़ी हुई नींदों के उस दौर में वापस लौटना होगा।

और— हम लौट आए हैं उसी संसार की तरफ़, जहाँ एक उजड़ी हुई नींद ने न जाने कितनी आँखों की नींदें उजाड़ दी हैं।

कुछ का हिसाब तो मेरे पास भी है : दस उसके पास मौजूद उसके अपनों : मंसूरा, हफ़ीज़, उमराह, अक्सीर और गुज़िश्ता की आँखें। और दो अफ़सोस से भरी हुई ज्ञानचंद की आँखें, जिन्हें हर वक़्त उसे घूरती हुई दो आँखों से रू-ब-रू होने की ज़हमत उठानी पड़ रही है। बड़ी बी की आँखों ने ज्ञानचंद की ख़ातिर हमेशा के लिए एक सवालिया ज़ाविया इख़्तियार कर लिया है। ज्ञानचंद उन दोनों आँखों के इकलौते सवाल का आँखों ही आँखों में एक ही जवाब देता है, "मैं क्या करता।" इस सब के बाद भी वफ़ादारी के मामले में ज्ञानचंद अब भी मुलाज़िमों में अव्वल है। नुक़्सानदेह कोरस में गाने वाले गवैए की मानिंद आख़िरी सफ़ में अपने सुर लगाता रहता है, मगर उसे अपनी इस मेहनत के बदले में कोई पहचान नहीं मिल रही है। अगर मैं उसे ठिकाने भी लगा दूँ, तब भी कहानी में कोई असर नहीं पड़ने वाला। नुक़्सानदेह जैसों की आँखें, अलावा आँखें हैं। और मैं ऐसी आँखों के बारे में कोई ज़िक्र नहीं करने जा रहा हूँ, जो घटित होती हुई घटनाओं को देखने के सिवा कुछ नहीं कर रही हैं। ये हयुलानी की बदक़िस्मती है या इत्तिफ़ाक़ ? ये मंसूरा का अल्लाह जाने मगर वो गुज़िश्ता, अक्सीर के लाख कहने पर भी उनके साथ घूमने-फिरने की ग़रज़ से कहीं नहीं गया। कभी नहीं गया। बूढ़ा होता जा रहा ज्ञानचंद अब भी पहले की तरह चंट है। उसका एकतरफ़ा इश्क़ और बदन दोनों ही ठंडे नहीं पड़े। उसके इकहरे बदन की ताब बढ़ने लगी थी। पहले से और भी रौशन। अगर मैं की माँ की शादी की उम्र को आपने नहीं भुलाया है, तो ज़ाहिर है गुज़िश्ता, अक्सीर की उस वक़्त के आम रिवाज के मुताबिक़ अब तक अढ़ाई मर्तबा शादियाँ हो जानी चाहिए थीं। लेकिन नहीं, उन्होंने उमराह के आगे हाथ जोड़कर कभी शादी न करने का फ़ैसला ग़ुस्साते हुए पेश किया : थप्प, (उसकी दोनों हथेलियाँ आपस में टकराईं) "हमें शादी नहीं करनी।" हमें, जो गुज़िश्ता ने एक वचन के तौर पर बोला

था, उसका मतलब बहुवचन के तौर पर लिया गया। "क्या तुम दोनों को? उमराह ने आँखें फाड़ते हुए पूछा, "मगर क्यों?" "क्योंकि नहीं करनी है," दोनों बहनों ने एक स्वर और एक आवाज़ में कहा, "माफ़ करो हमें। नहीं करनी है 'थप्प'। नहीं करनी है 'थप्प'। नहीं करनी है 'थप्प'। बस नहीं करनी है।"

बस एक ऐसा लफ़्ज़ है, जिसे जवाब के तौर पर बरतने के बाद, हम किए जाने वाले दूसरे सवाल से काफ़ी आसानी से किनारा काट सकते हैं।

"तुम्हें मुझसे इश्क़ क्यों है?"

"बस है।"

"ये तुमने कैसे किया?"

"बस कर दिया।"

"तुम मुझे कैसे जानते हो?"

"बस।"

साथ ही कंधे भी उचकाए जा सकते हैं।

"हयु तुम किसकी तस्वीर बनाना चाहते हो? क्या है वो?"

"बस है कोई।"

"कोई? मगर कौन?"

"बस है," हयुलानी ने मंसूरा की तरफ़ देखा और मुस्कुराते हुए शर्म से अपनी आँखें झुका लीं।

बेशक हयुलानी *शर्म* का मतलब भी समझने लगा था। जी वो शर्माता भी था। मुस्कुराता भी था।

बस बहुत हो गया। मैंने ग़लतियाँ की हैं। मैंने हमेशा हयुलानी का महज़ एक पहलू बयान करते हुए आपको गुमराह किया और अपने आप को गुमराह होने दिया है। मैंने ग़लती की है। मैं भुलक्कड़ हूँ। इंसान भुलक्कड़ होता है। इंसान चिंपांज़ियों से भी ज़्यादा भुलक्कड़ होता है। बस होता है।

मुझे याद करने दीजिए—

याद आया—

हयुलानी की बड़ी बुआ के इश्क़ में *'हज़ार'* हो चुका ज्ञानचंद उसका वफ़ादार था। दोस्त था। वो ज्ञानचंद को उसके नाम से नहीं बुलाता था, बल्कि उसे बाबा कहकर अदब के साथ आवाज़ देता था।

"बाबा।"

"जी छोटे हुज़ूर।"

"आप मुझे हुज़ूर क्यों कहते हैं?"

"बस।"

"आप मेरा नाम लिया करिए।"

"नहीं छोटे हुज़ूर।"

"मगर क्यों?"

"बस।"

"उफ़्फ़! चलिए छोड़िए। क्या आप मुझे उस पहाड़ी के उस टीले पर लेकर चल सकते हैं?" हयुलानी ने महल की मँझली छत में टहलते हुए, जहाँ से सामने नदी और नदी से दूर खड़ी पहाड़ी नज़र आती थी, की तरफ़ इशारा करते हुए कहा। "बेशक छोटे हुज़ूर," ज्ञानचंद ने बेहद नर्म लहजे में एक अदृश्य मुस्कान के साथ कहा, "कब चलेंगे?" "अभी," हयुलानी ने कुछ सोचते हुए कहा, "हाँ-हाँ अभी, अभी के अभी।" "मगर अभी तो सूरज ढलने को है," ज्ञानचंद ने कहा, "कल सुब्ह चलें छोटे हुज़ूर।" "नहीं, अभी के अभी," हयुलानी ने चिल्लाते हुए कहा। "मगर बड़ी मालकिन, बड़े हुज़ूर, छोटी मालकिन— " ज्ञानचंद ने झिझकते हुए कहा। "क्या करूँ मैं बड़ी मालकिन का? बड़े हुज़ूर का? *तुम* चलोगे कि नहीं बा— बा—" उसकी आवाज़ पहले से और तेज़, तीखी और उलझी हुई थी। "चलूँगा छोटे हुज़ूर, अभी चलूँगा," ज्ञानचंद ने सकपकाते हुए कहा। "फिर चलो।" "जी छोटे हुज़ूर," ज्ञानचंद ने झेंपते हुए कहा, "आप इजाज़त दें, तो मैं छोटी मालकिन से इजाज़त ले लूँ?" "नहीं, हम पूछ लेते हैं उनसे। आप चलिए हम आते हैं।" ज्ञानचंद मंसूरा के कमरे के दरवाज़े के बाहर हयु के आने का इंतज़ार करते हुए अपने हाथ बाँधे खड़ा था। उसके एक पैर के जूते का सपाट सोल सफ़ेद संगमरमर पर उछलता हुआ फट-फट की आवाज़ें कर रहा था। हयु मंसूरा के साथ कमरे से बाहर आया मंसूरा ने ज्ञानचंद को पलक झपकाते हुए इशारा किया कि ले जाओ। उसने कहा, "ध्यान से ज्ञानचंद।"

ये बताने की ज़रुरत नहीं होती। मगर मुझे बताना होगा क्योंकि ये सब कुछ हयुलानी के बारे में है, वो दोनों पहाड़ी के नज़दीक गाड़ी में बैठकर गए थे। ड्राइवर नुक़्सानदेह था, जो अब ज्ञानचंद के नीचे काम करता था। नीचे इसीलिए क्योंकि हफ़ीज़ के राज़ अब राज़ नहीं रह गए थे। उसकी करतूतें उजागर थीं। फिर इज़्ज़त खो चुके मालिक के नौकर की हैसियत भी क्या होती है। हैसियत तो किसी नौकर

की ही नहीं होती।

हयुलानी ने पहाड़ी पर चढ़ने से पहले अफ़ीम चाटी। ज्ञानचंद ने चुपके से अपने किए-धरे पर अफ़सोस ज़ाहिर किया। "लेकिन मैं क्या करता," उसने सोचा और चालाकी से अपनी रफ़्तार धीमी करते हुए हयुलानी की पीठ पीछे उसने भी अफ़ीम चाट ली। नुक़्सानदेह आधी पहाड़ी चढ़ने के बाद इस दर्जा हाँफने लगा था, मानो उसे दमा के दौरे ने अपनी गिरफ़्त में ले लिया हो। मगर उसपर किसी का ध्यान नहीं था। और वो जरीस की तरह गुपचुप मौत मरने के लिए राज़ी नहीं था। उसने साँसों की रफ़्तार और तेज़ की, ताकि ज्ञानचंद और हयुलानी में से किसी का उसपर ध्यान जाए। ध्यान गया। ज्ञानचंद ने उससे पूछा, "क्या हुआ नुक़्सानदेह।" "ऐं पहलवान साहब," उसने हाँफते-हाँफते जवाब दिया, "कुछ नहीं, बस कुछ साँस-सी चलने लगी है।" "तो क्या तुम अपनी साँस को बंद करना चाहते हो?" हयुलानी ने उसे अनदेखा करते हुए कहा, "लड़ियल हो तुम। बुज़दिल, कायर, कमज़ोर। जाने क्या-क्या हो तुम। कमज़र्फ हो तुम। उल्लू हो। उल्लू के पट्ठे हो। तुम पट्ठे भी नहीं हो। सूअर हो," उसने और आगे कहा, "तुम हमारे साथ चलने के लायक़ नहीं हो। अब ठहर जाओ। पड़े रहो यहीं, हाँफते आलसी कुत्तों की तरह," उसने ज्ञानचंद का हाथ पकड़ते हुए कहा, "आप चलिए हमारे साथ उस टीले के पास। कुछ दिखाना है आपको।" ज्ञानचंद हयुलानी के किरदार के दोनों पहलुओं से बेहतर वाक़िफ़ था। वो दबी हुई मुस्कान के साथ उससे कहता है, "मैं तैयार हूँ छोटे हुज़ूर।" पहाड़ी का वो टीला उनसे इतनी दूरी पर था, जितनी देर में सूरज दिन को उसके हिस्से का बचा आख़िरी लाल रंग सौंपकर आसमान के पार डूब जाने को था। सूरज ग़र्क़ हो चुका था। लाल रंग की मिक़्दार ख़त्म होने को थी। हयुलानी ने टीले की जानिब उँगली बढ़ाते हुए कहा, "ये टीला।" "जी छोटे हुज़ूर," ज्ञानचंद ने कहा, "मगर क्या है इस टीले में ऐसा, जिसने आपको अपने पास बुलाने पर मजबूर कर दिया।" "आपको नहीं दिख रहा कुछ," हयुलानी ने विनम्रता के साथ कहा। "काफ़ी पुराना लगता है, इतना पुराना," ज्ञानचंद ने कहा, "जैसे इस पहाड़ी के बनने की शुरुआत इसी टीले से हुई हो। कोई पाँच हज़ार साल पुराना।" "और कुछ नहीं दिख रहा?" हयुलानी ने हल्की-सी सख़्ती के साथ कहा। ज्ञानचंद का दिमाग़ तिलमिला गया। उसने अपनी पलकों पर हथेलियाँ रगड़ीं। उसने अमूमन एक सेकंड में एक बार झपकने वाली पलकों को दस बार झपकाया। उसे ग़ौर से देखा। और ग़ौर से देखा और सकुचाते हुए कहा, "नहीं, छोटे हुज़ूर।" "आपको

इसमें एक ख़ूबसूरत चेहरा नहीं दिखा?" हयुलानी ने ज़रा-सा और सख़्त होते हुए कहा, "ग़ौर से देखिए।" "नहीं, छोटे हुज़ूर," ज्ञानचंद ने डरते-डरते कहा। "क्या *तुम* अंधे को बाबा? *तुम्हें* वो नहीं दिख रहा, जो मुझे दिख रहा है? वो उसकी आँखें देखो, वो है नाक, वो हैं होंठ, वो उसकी गर्दन—" "छोटे हुज़ूर, यहाँ— यहाँ— कहाँ— यहाँ—" "*तुम्हारे* इशारे ग़लत हैं। *तुम* अंधे हो बाबा अंधे। *तुम* नहीं देख सकते। कोई नहीं देख सकता," हयुलानी ने अपने सनक भरे अंदाज़ में कहा, "*तुम* सबके सब अंधे हो। *तुम* अंधे, *तुम्हारे* बड़े हुज़ूर अंधे, *तुम्हारी* बड़ी मालकिन अंधी, सब अंधे। सब के सब अंधे। अंधे— अंधे— अंधे—"

आसमान अब लाल नहीं था। सूरज की जगह, लाखों तारों से घिरे चाँद के एक पिद्दी-से टुकड़े ने ले ली थी। हयुलानी अपने बिस्तर में पड़ा हुआ चीख़ रहा था। अपने हाथ पटक रहा था, पैर पटक रहा था।

तेरह

मैं नाम तो नहीं लेता मगर ये बताना दिलचस्प है, इस बीच उसने मुझे तंग करना नहीं छोड़ा। आख़िर उसने मुझसे पूछ ही लिया कि इस कहानी में सच क्या है? मैं उसकी उद्दंडता और लापरवाही पर एक बदमाश हँसी हँसा। बदमाश जो बद-मआश की छोटी शक्ल है। बद यानी बुरा, मआश यानी काम। बद-मआश यानी बुरा काम करने वाला। बदमाश हँसी यानी बुरा काम करने वाली हँसी। नहीं, मेरी हँसी तो इतनी भी चालाक नहीं कि उसपर फ़िदा होकर कोई अपनी जान लुटा दे। वाक़ई मेरी हँसी हँस सकने की सहूलत के सिवा कुछ भी नहीं। मेरी हँसी को एक शरारती हँसी मानते हुए मुझे माफ़ किया जाए।

मैं अपनी सफ़ाई पेश करता हूँ :

मैंने उससे कहा, "कहानियों का सच नहीं होता। सच की कहानियाँ होती हैं। झूठ की भी। लेकिन ऐसे सच और झूठ का ब्रह्मांड की तरह फैला हुआ और बड़ा होना ज़रूरी है, जैसे राजा हरिशचंद्र के सच। और मेरा झूठ कि अकबर मुग़ल नहीं था। मुस्लिम भी नहीं था। वो एक ब्राह्मण था और मैथिलि ज़बान बोलता था। क्या मेरा ये झूठ कहानियाँ लिखे जाने की हैसियत नहीं रखता?"

"नहीं, हरगिज़ नहीं। और फिर तुम्हारी कहानी मौतों का ही नहीं, झूठों का भी दस्तावेज़ है। क्या कोई राजघराना इतना जाहिल हो सकता है?" उसने अपनी ताक़तों के घमंड पर इठलाते हुए कहा।

"कितना?" मैंने इस बात की फ़िक्र किए बग़ैर कि वो कुछ भी कर सकती है, ऊँची आवाज़ में पूछा।

उसने एक प्रवाह तड़तड़ाते हुए कहा, "इतना कि ख़ुद बादशाह इस दर्जा टुच्ची मौत मर जाए कि उसे एक दवा के डोज़ और ओवरडोज़ का फ़र्क़ नहीं मालूम। इतना कि उसने एंटन के कहने पर किसी इमली से बेटी नहीं, दो-दो बेटियाँ पैदा कर लीं और अपनी बीवी को झूठी उलटियाँ करने, पेट फुलाने और लँगड़ाकर चलने का नाटक करने के लिए राज़ी भी कर लिया और किसी को भनक भी नहीं लगने दी। वाह वाह। क्या ख़ूब है तुम्हारी कहानी। ज़रा ठहरो, मैं और कहूँगी। इतना कि एक कल के छोकरे को तुमने अफ़ीमची बना दिया। इतना कि दोनों बहनों को अपनी जवानी के पहले मरहले पर मालूम पड़ता है कि महल की नौकरानी मेहर उनकी असली माँ नहीं है, उनकी असली माँ उमराह है जबकि तुमने ही ये झूठ गढ़ा है कि उनकी असली माँ एक वैश्या है, जो महल की जेल में क़ैद है। और ये शायद उन्हें आगे कभी मालूम भी नहीं होगा।" वो सुस्ताई, उसने अपने गले में जमा बलग़म थूका। भरपूर साँस खींची और कहा, "तुम अपनी कहानी अपने पास ही रखो। मैं इतना झूठ सुनने की आदी नहीं हूँ। जरीस, जब इतना सब कुछ कर सकता था, तो उन्हें मार क्यों नहीं दिया? बोलो— बोलो— चुप क्यों हो बोलो?"

"सच कहूँ, तो मुझे धक्का लगा है। तुम इतनी चतुराई से पेश आती हुई मुझे अच्छी नहीं लग रही हो। लेकिन फिर भी मैं तुम्हारे आख़िरी सवाल के जवाब से शुरू करता हूँ; उसने उन्हें नहीं मारा, ये ठीक ऐसा है, जैसे मैं तुमसे अपना पिंड छुड़ाने की हर मुमकिन कोशिश करता हूँ लेकिन कामयाब नहीं होता।"

"मतलब?" उसने कहा।

"कुछ नहीं। और हाँ, बादशाह, जिनका निशाना कभी नहीं चूकता था, बंदूक़ चला लेते थे, हथियारबाज़ी के माहिर होते थे, लेकिन जूतों के फीते नहीं बाँध पाते थे। अपने लिबास ख़ुद नहीं पहन पाते थे। तो क्या वो बेवक़ूफ़ नहीं? और जो कुछ भी हुआ वो सब, वो सब कुछ उनकी बेवक़ूफ़ियों के नतीजे हैं। क्या तुमने अकबर को बीरबल के जवाबों से बेवक़ूफ़ बनते रहने की कहानियाँ नहीं सुनी हैं? रोज़ों के दौरान एक बार जब अकबर ने बीरबल से पूछा कि बीरबल कोई ऐसा तरीक़ा बताओ कि मैं खाऊँ-पियूँ भी और मेरा रोज़ा भी ना टूटे, तब बीरबल ने कह दिया कि जहाँपनाह आप लोगों के लात-घूँसे खाइए और इसके बाद अपना ग़ुस्सा पी लीजिए। सब कुछ टूटेगा लेकिन आपका रोज़ा नहीं। अब या तो ये झूठ है या अकबर बेवक़ूफ़ या कमज़ोर कि उसने बीरबल को उसकी इस गुस्ताख़ी के लिए कोई सज़ा तक नहीं सुनाई?"

"और तुम्हारी किताब, जो एक अज़ीम क़िले की सुंदरता के बखान से शुरू होती है, एक महल पर आकर अटक गई है। कहाँ गया वो क़िला? क्या क़िले में और महल में कोई फ़र्क़ नहीं होता?"

"मैं तुम्हारी इस बेवक़ूफ़ी पर व्यंग्यात्मक हँसी हँसते हुए कहना चाहूँगा कि होता है। बग़ैर किसी शुब्हे के होता है। महल में क़िला नहीं हो सकता। महल क़िला नहीं हो सकता। अब मैं 'तुमपर' हँसते हुए कहता हूँ कि तुम्हें अपनी ताक़तों के झूठे घमंड से बाहर निकलकर चीज़ों को देखना चाहिए। यक़ीनन तुमने बहुत कुछ अनदेखा किया है, ये भी कि जहाँ क़िला होना था वहाँ क़िला है, और जहाँ महल होना था वहाँ महल। मैंने कोई ग़लती नहीं की है। और हाँ, महल में क़िला नहीं होता, बल्कि महल क़िला नहीं होता, लेकिन क़िले में महल होते हैं; हो सकते हैं, एक या एक से ज़्यादा महल।"

"मैं जा रही हूँ।"

"बेशक, लेकिन क्या मैं अपनी वज़ाहत ठीक से पेश नहीं कर सका?"

"मैं नहीं जानती।"

"तुम नहीं जानतीं? ये भी कोई जवाब हुआ? मैंने मिसालें देकर तुम्हें समझाने की कोशिश की है। तुम्हें इसकी क़द्र करनी चाहिए। क्या नहीं?

"मैं नहीं जानती।"

"तुम जा सकती हो। तुम्हारा चला जाना ही ठीक है। और बराए-मेहरबानी दोबारा लौटकर कभी मत आना।"

"मैं जा रही हूँ।"

"हाँ जाओ और मुझे अपना काम करने दो।"

क्या आपको उसके जाने के पीछे का तर्क ठीक लगा? और मुझसे तर्कों पर बहस कर रही थी। अच्छा ही है, जाती है तो जाए। आप तो यहीं हैं ना?

ऑल इंडिया मुस्लिम लीग के लाहौर अधिवेशन में बंगाल प्रांत के प्रमुख फ़ज़लुल हक़ द्वारा 'पाकिस्तान रेज़लुशन' का प्रस्ताव पेश और विधिवत पारित किया जा चुका था। लिहाज़ा जिन्ना-मुस्लिम लीग ने पहली बार खुले तौर पर भारतीय मुसलमानों के लिए एक अलग मुल्क की माँग की। अंग्रेज़ी सरकार ने सुभाष चंद्र बोस और नेहरू जैसे नेताओं को गिरफ़्तार, केंद्रीय विधान सभा ने वित्त विधेयक को ख़ारिज और वायसराय लॉर्ड लिनलिथगो का युद्ध प्रयासों में समर्थन के प्रस्ताव को राष्ट्रवादियों ने अस्वीकार कर दिया था। गाँधी व्यक्तिगत सत्याग्रह

के संगठन में 1500 सदस्यों को चुनने के साथ गोला बारूद के कारख़ानों में सेना की दख़्लअंदाज़ी के विरोध और विश्व युद्ध दो से समर्थन वापस लेने के मक़्सद से राजनीतिक परिदृश्य में दोबारा इंदिराज हुए। पहले सत्याग्रही विनोबा भावे गिरफ़्तार किए गए। ये सब तब हुआ, जब हयुलानी बारह बरस का हो चुका था।

अब आगे :

साहिराबाद का राज घराना एक सुस्त राजघराना था। यहाँ गद्दियों में बैठने की कोई नियमावली नहीं थी। औरंगज़ेब से पहले ये तारीख़ों में कहीं नहीं मिलते। यक-ब-यक गद्दी पर आकर कोई बैठ गया। शहर को एक नाम दे दिया गया और बग़ैर जंगें लड़े अपने आप वो एक ठीक-ठाक रियाया का रूप लेता चला गया। जरीस के बाद क़ायदे के मुताबिक़ हफ़ीज़ को गद्दी पर बैठना था, लेकिन उमराह बैठ गई। ये सोचकर कि वो फिर से औरंगज़ेब जैसा राज्य स्थापित करेगी। बेतुके ख़्वाब देखना किरमानियों का पैदाइशी शौक़ रहा है। हो सकता है कि ये सरदार पटेल का कहा एक बार में न मानें और अपनी ऊट-पटाँग माँगें पेश कर दें, जो बहरहाल क़ुबूल नहीं की जाएँगी। लेकिन ये सब होने नहीं जा रहा है। साहिराबाद मुल्क के नक़्शे में गुम होती चली जा रही रियासत हो चुका था। सियासत और अपने ही लोगों से कोसों दूर सब कुछ एक महल के अंदर महदूद, जहाँ कोई यहाँ से कहीं नहीं जाता था, कोई कहीं से यहाँ नहीं आता था। वो फ़िरंगी अफ़्सर भी नहीं, जिसने गुज़िश्ता, अक्सीर को छेड़ने के बदले में अपनी जाँघों के बीच उनकी तेज़ प्रतिक्रिया बर्दाश्त की थी। ये वही था, जिसके बारे में वैश्याओं के बीच एक अफ़वाह फैली हुई थी कि उसे वशीकरण की तरकीबें आती थीं। एक वक़्त के बाद वो उनमें से किसी को नज़र नहीं आया।

अब काफ़ी हद तक धुंध छँट गई है।

उजाले में, अब भी पराए उजाले में दिखाई देता है, बारह बरस का हयुलानी, जो दो बरस की अपनी नाज़ुक-सी उम्र में अपने क़दमों को साधकर ढोंगी तांत्रिकों के मुँह पर मूत देता था, अब अक्सर डगमगाता हुआ चलता है। उसकी डगमग चाल और उसकी चाल के बहकावे में उसके घुटने इतनी मर्तबा ज़ख़्मी हुए कि उसका घुटनों का दर्द उसके लिए मुस्तक़िल बीमारी हो सकता है। उसने अपने घुटनों पर हाथ लगाने और नज़र ठहराने का हक़ सिर्फ़ मंसूरा को दिया। भावी नवाब की बीवी होने के बाद भी उसे हयुलानी की वज्ह से कई ऐसे काम करने पड़ते थे, जो अक्सर नौकर या नौकरानियों के काम हुआ करते हैं। उसके जूते

साफ़ करना। उसका बिस्तर ठीक करना। उसके हाथों उजाड़े गए कमरे को वापस तरतीब देना। कुल जमा ये कि उसके कमरे के अंदर आने की इजाज़त मंसूरा के सिवा किसी को भी नहीं थी।

"आप अंदर कैसे आए अब्बा?"

"क्यों? क्या अब हम तुमसे मिलने तुम्हारे कमरे में नहीं आ सकते?"

"नहीं, कोई नहीं आ सकता। आपने इजाज़त क्यों नहीं ली? हम इस वक़्त तन्हा रहना चाहते थे। आपने हमारी तन्हाई को तोड़ने की गुस्ताख़ी की है।" उसका तमीज़दार लहजा बदतमीज़ होता हुआ, उसकी सामान्य आवाज़ चीख़ में बदलती हुई, "कोई है जो आपको सज़ा दे सके? है कोई? कोई है? को— ई— है— को— ई— है— है— को— ई— या मर गए सब के सब?"

"हम चले जाते हैं, मगर हमें भी तो मालूम हो कि तुम्हें हमसे इतनी नफ़रत क्यों है? हम सब से?"

"ये सवाल वो पूछे, जो नफ़रत के नुक़्सान जानता हो। वो पूछे, जिसने कभी किसी से नफ़रत न की हो," हयुलानी ने हफ़ीज़ की आँखों में आँखें डालते हुए कहा।

"हमने कब किसी से नफ़रत की है? आपसे से तो कभी नहीं की।"

"फिर आप नफ़रत का मतलब नहीं जानते हैं। मेहरबानी कर के चले जाइए यहाँ से।"

"लेकिन, तुम कैसे जानते हो कि नफ़रत क्या होती है? उसके नुक़्सान क्या होते हैं? तुम अभी बच्चे हो मेरी जान बच्चे।"

"बच्चों से बेहतर मुहब्बत और नफ़रत का फ़र्क़ कोई नहीं समझता। अब *जाओ* यहाँ से, मुझे और मत *सताओ* वर्ना हम *तुम्हारा* गला काट देंगे *ज्ञानचंद।* समझे कि नहीं?" उसने अपने पास शाही स्टूल पर रखी काँच की शाही दीवट पर तेज़ी से हाथ फेरते हुए उसे चकनाचूर कर दिया। बिखरे हुए काँच के टुकड़े बल्बों की पीली रौशनी में ज़र्द पड़ चुके बूढ़े सितारों की मानिंद टिमटिमाने लगे। हफ़ीज़ वहाँ से पाँव पटककर ये सोचते हुए चला गया कि उसका बेटा ज्ञानचंद को अपना बाप समझता है या अपने बाप को ज्ञानचंद। साहिराबाद की गद्दी पर न बैठ सकने, विल्सन की किताब में अपनी काली करतूतों के खुलासों के बाद, हफ़ीज़ की ज़िंदगी का ये तीसरा सदमा था, जिसका बोझ उसका इकलौता दिल उठा रहा था। मगर वो दिल की बीमारी की चपेट में फिर भी नहीं आने वाला। औरंगज़ेब

के ज़माने से किरमानी मर्दों के लिए जुमला मशहूर हो चुका था कि उनके सीनों में उनकी पैदाइश के रोज़ से ही दिल की बजाए एक सख़्त पत्थर धड़कता है। किरमानी मर्द कभी दिल के दौरे से नहीं मर सकते। उनमें से एक, अपनी दो सौ सातवीं हड्डी (जो वापस लौटकर मांस के एक नन्हे-से टुकड़े में तब्दील हो चुकी थी) और उसके आसपास का मांस सड़ जाने की वज्ह से मरा— एक अवसाद की चपेट में आकर। एक है, जो दिल की बातें अक्सर दिल पर नहीं लेता और एक *दिल-दुनिया* के मायाजाल से दूर देश में एक बेफ़िक्र ज़िंदगी गुज़ार रहा है। और एक है कि जिसे दिल का पता है भी नहीं भी, दिमाग़ का पता है भी नहीं भी, नींद का पता है भी नहीं भी, होश का पता है भी नहीं भी, बेहोशी का पता है भी नहीं भी। उसे क्या पता है, उसे पता है भी, नहीं भी, जैसे उसने अपनी जवानी इसी भूल-चूक की भूलभुलैया में गँवा देने की ठान ली हो। उसकी मासूमियत उसकी आँखों की अमीक़ सतह पर जाकर ग़र्क़ हो गई है। वो तमाम जान-पहचानों के बीच अपने आप में मोगली की तरह, इस उजड़ते जा रहे जंगल में एक अजनबी की तरह हो चुका है, जिसके पीछे कोई शेर ख़ान नहीं पड़ा, बल्कि गाहे-बा-गाहे वो अपनी सनक के चलते ख़ुद शेर ख़ान के किरदार में आकर तमाम जंगल उजाड़ देता है। उसकी शख़्सियत में अफ़सोसों की जगह दिन-बा-दिन घटती जा रही है। उमराह को लेकर उसके मन में बेइंतिहा नफ़रत कहाँ से आई होगी ? मेरा ख़याल है, इसकी वज्ह उसकी दो साल की उम्र में उसके सधे हुए क़दम हैं। क़दम से पहले उसका दिमाग़, जिसके ज़रीए उसने चुप-चाप सब कुछ समझा। उसकी आँखें, जिन्होंने चुप-चाप सब कुछ होते हुए देखा। उसके कान, जिन्होंने चुप चाप वो सारी आवाज़ें सुनीं, जो इस नफ़रत को बरक़रार रखने के लिए काफ़ी थीं। हो न हो इन घटनाओं और शोरों ने उसे उसके पैदाइशी ख़्वाब को ठीक से देखने और समझने नहीं दिया। जब वो जवानी के पहले पाएदान पर आया, तो अफ़ीम की गिरफ़्त में आ गया। धुँधला-धुँधला उसका ख़्वाब उसके सामने कभी साफ़-शफ़्फ़ाफ़ हो जाता है, कभी घुप काला। अंधेरे-उजाले के इस रहस्यमई मुक़ाबले ने उसकी सनक में इज़ाफ़ा करने के सिवा कुछ नहीं किया।

उन्नीस साल की उम्र में लगातार अपनी दूसरी और तीसरी ज़िंदगी हासिल करने के बाद, उसका ख़्वाब उसपर खुलता चला गया। उसकी तस्वीर साफ़ हो गई। वो एक लड़की थी। हू-ब-हू हयुलानी की तर्ज़ की, उसी के लहजे की, उसी के रंग की, उसी के क़द की। वो लड़की उसके ख़्वाब में उसी के साथ-साथ बड़ी

हुई। ये वही लड़की थी, जिसके होते उसकी तरफ़ से उसकी तलवार के बेतुके करतबों के सामने दुनिया भर की लड़कियाँ नकारी जा चुकी थीं। जी, ये वही लड़की है, जो हयुलानी का हो सकने की तमाम ख़ूबियाँ रखती है। मगर वो लड़की है कहाँ? कहाँ है वो लड़की?

दिल का लगना और न लगना, लगने और न लगने वाली चीज़ों में सबसे पुराना है। ये कई मायनों में लगने न लगने का उलट है; जैसे आँख में धुआँ लगना, बदन को धूप, गर्मी या सर्दी लगना, दिल के लगने का उल्टा है। दिल का लगना, लगने में सबसे अच्छा है और न लगने में सबसे बुरा। वहीं बुरा न लगना, न लगने में सबसे अच्छा। ये उलट-पलट सी-सॉ खेल की तरह है, जहाँ सारा मनोविज्ञान और सोच हक़ीक़त के उलट होती है। सामान्यतया नीचे होना हमें हल्का, कमज़ोर और हारा हुआ साबित करता है, लेकिन यहाँ हमारा नीचे होना हमें भारी, मज़बूत और जीता हुआ साबित करता है। देखा जाए, तो दुनिया में मौजूद तमाम क़िस्म की कलाओं के महानतम उदाहरण दिल के लगने और न लगने के नतीजे हैं।

हयुलानी दिल के न लगने का वो मरीज़ है, जिसका दिल कहीं लग चुका है। मैं के दिल का न लगना माहौल की कमज़र्फ़ी है। और मैं, मैं आपसे दिल लगाकर बैठा हूँ और दिलों के लगने न लगने के बारे में डींगें हाँक रहा हूँ। टीपू का दिल लग चुका है। विद्या दोबारा लगे-लगाए दिल के न लगने के बाद, वापस उसे लगाने की कोशिश कर रही है। दरअस्ल हमारी दुआएँ उसके काम आईं। अगर आप नहीं भूले हैं, तो रूमो का दिल रंगों को समझने में कब से लगा हुआ था। और अब उसकी रंगों की समझ इतनी हो चुकी है, जितनी एक सिद्धहस्त मुसव्विरा की होनी चाहिए। नजीब अपना ख़ानदानी कारोबार छोड़कर रूमों की पेंटिगों की एक बेहतरीन नुमाइश के इंतिज़ाम के प्रयासों में दिल लगा चुका है। वो मोनालिसा की तस्वीर से प्रभावित होकर किसी महारानी की अपनी तर्ज़, अपने लहजे की एक मूल तस्वीर इस ग़रज़ से बना रही है कि वो उसे उसके महल के उसी कमरे में टँगा हुआ देखना चाहती है, जहाँ वो रहती है। उसे कुछ और वक़्त लगेगा।

ख़ैर, मैं वापस उस महल की तरफ़ आता हूँ, जिसका ताल्लुक़ मेरी कहानी से ख़त्म होने का नाम नहीं ले रहा है। नाख़ूनों के बढ़ने की रफ़्तार जैसे धीमी पड़ गई हो। न जाने कब इन्हें काटकर अस्ल नाख़ूनों से अलग किया जाएगा। सच कहूँ, तो मैं उदास हूँ। सच कहूँ, तो महल की तरफ़ मेरी वापसी का इरादा मुझे उस महल की तामीर की तारीख़ों से बहुत, बहुत, बहुत पीछे लेकर जा रहा है।

चक्रवर्ती सम्राट, शाहों का शाह, प्राचीन भारत पर जिसकी हुकूमत 269 ई. पू. से 232 ई. पू. तक रही, जिसकी सल्तनत हिंदुकुश, उत्तरी पाकिस्तान के विवादित हिस्से से मध्य अफ़ग़ानिस्तान तक एक हज़ार आठ सौ कि. मी. में फैली हुई तक्षशिला शृंखला (जिसके तीन सबसे ऊँचे पर्वत तिरिच मीर, नोशक और इस्तोर-ओ-नल हैं, जो पामीर पर्वतों से जाकर जुड़तें हैं और हिमालय की एक उपशाखा माने जाते हैं) से लेकर दक्षिण में गोदावरी नदी, सुवर्णगिरी पहाड़ी के दक्षिण और मैसूर तक और पूर्व में बाँग्लादेश, पाटलीपुत्र से पश्चिम में अफ़ग़ानिस्तान, ईरान, बलूचिस्तान तक फैल चुकी थी। उसकी विराट सल्तनत हिंदुस्तान की आज तक की तमाम सल्तनतों में से सबसे बड़ी रही है। 304 ई. पू. में पैदा हुए शाहों के शाह के गद्दी पर बैठने के आठ साल बाद 261 ई. पू. में एक जंग का ऐलान किया, जिसमें एक लाख पचास हज़ार लोगों को असीर किया गया, तक़रीबन इतने ही घायल हुए और लगभग एक लाख लोग क़त्ल किए गए।

इससे भी पहले यानी 563 ई.पू. में लुंबिनी में इक्ष्वाकु वंश क्षत्रिय शाक्य कुल के राजा शुद्धोधन के घर में एक युवराज का जन्म हुआ, जिसकी माँ महामाया, जिसका संबंध कोलीय वंश से था, का निधन उसके जन्म के सात दिन बाद हो गया और युवराज की तरबियत का ज़िम्मा उसकी सगी मौसी महाप्रजापती गौतमी को मिला। युवराज के जन्म समारोह के दौरान संत दृष्टा आसित ने अपने पहाड़ के निवास से घोषणा की कि *बच्चा या तो एक महान राजा या एक महान पवित्र पथ प्रदर्शक बनेगा।* युवराज के जन्म के पाँचवें दिन उसके पिता शुद्दोधन ने नामकरण समारोह आयोजित किया और आठ ब्राह्मण विद्वानों को उसका भविष्य पढ़ने के लिए आमंत्रित किया। सभी ने दृष्टा आसित की वही भविष्यवाणी दोहराई, *बच्चा या तो एक महान राजा या एक महान पवित्र पथ प्रदर्शक बनेगा।* वो एक नेक दिल युवराज था, जो घुड़दौड़ के दौरान जीती हुई बाज़ी सिर्फ़ इसीलिए हार जाता था कि वो थके जा रहे घोड़े के मुँह से निकलने वाला झाग नहीं देख सकता था। वो हर खेल में हार जाना पसंद करता था। उसके लिए किसी को हारा हुआ या दुखी देख सकना कठिन और अफ़सोस भरा अनुभव होता था। युवराज ने अपने चचेरे भाई देवदत्त के हाथों तीर से ज़ख़्मी किए गए हँस की मदद करते हुए उसकी जान बचाई थी। वो करुणा और दया की जीती जागती मिसाल था। उसने गुरु विश्वामित्र के पास वेद और उपनिषद् का इल्म, साथ ही राजकाज और युद्धविद्या की भी तालीम हासिल की। कुश्ती, घुड़दौड़, तीरंदाज़ी, रथ हाँकने की कलाओं में उसका कौशल

अद्वितीय था। सोलह बरस की उम्र में युवराज का ब्याह यशोधरा के साथ होने के बाद वो दोनों शुद्धोधन द्वारा ऋतुओं के अनुरूप बनाए गए वैभवशाली और समस्त भोगों से युक्त महल में रहने लगे, जहाँ उसके बेटे राहुल का जन्म हुआ। महल में नाच-गान और मनोरंजन की सारी सहूलतें मुहैया थीं। उसकी दूसरी सेवाओं के लिए तमाम दास-दासियाँ भी महल में उपलब्ध थे। इस सब के दरमियान जब वसंत ऋतु के दिनों में एक दिन युवराज बाग़ीचे की सैर पर निकला, तो उसने सड़क से गुज़रता हुआ, झड़ चुके दाँतों, सफ़ेद बालों वाला एक बूढ़ा आदमी देखा, जो अपने हाथ में सहारे के लिए लाठी थामे धीरे-धीरे काँपता हुआ चला जा रहा था। युवराज, जब दूसरी बार बाग़ीचे की सैर को निकला, तो उसकी आँखों के आगे एक रोगी आ गया, जिसके कंधे ढीले पड़ चुके थे। बाँहें सूख चुकी थीं। पेट फूल गया था। चेहरा पीला पड़ गया था। वो सहारा देने के बाद भी बड़ी मुश्किल से चल पा रहा था। तीसरी बार उसने वहाँ से गुज़रती हुई एक अर्थी देखी। कोई रो रहा था, कोई छाती पीट रहा था और कोई अपने बाल नोच रहा था। इन दृश्यों ने युवराज को मानसिक तौर पर विचलित कर दिया। उसने सोचा कि लानत है ऐसी जवानी को जो जीवन को सोख लेती है। धिक्कार है ऐसे स्वास्थ्य को जो शरीर को नष्ट कर देता है। धिक्कार है ऐसे जीवन को जो इतनी जल्दी अपना अध्याय पूरा कर लेता है। क्या। बुढ़ापा, बीमारी और मौत सदा इसी तरह होती रहेगी? चौथी बार उसने वहाँ से गुज़रते हुए एक सन्यासी को देखा। संसार की सारी भावनाओं और कामनाओं से मुक्त ख़ुशदिल सन्यासी ने युवराज को आकर्षित किया और आख़िरश उसका मन वैराग्य में लग गया। वो सम्यक सुख-शांति के लिए अपनी ख़ूबसूरत बीवी और दूध पीते बच्चे को त्यागकर हमेशा के लिए उनसे दूर चला गया। उसके बहुत बाद शाहों का शाह, युवराज की मानवतावादी शिक्षाओं से प्रभावित होकर, जंग के दो साल पहले उसका अनुयायी हो गया। और जंग के बाद उसने युवराज की ईजाद एक नए मज़हब को अपना मज़हब बना लिया। बाद में उसे सहिष्णुता, सत्य, अहिंसा और शाकाहारी जीवनप्रणाली का सच्चा समर्थक कहा गया। युवराज के मज़हब को अपना मज़हब बनाने के बाद उसने उसके फ़ल्सफ़े और विचारों को अपनी ज़िंदगी में उतारने की कोशिशें शुरू कीं। उसने दान दिए। जीवहत्या बंद कर दी। लोगों की भलाइयों के लिए उसने हस्पताल, सड़कें, स्कूल तामीर करवाए। उसने उस विशेष धर्म के प्रचार के लिए धर्म प्रचारकों को नेपाल, श्रीलंका, अफ़ग़ानिस्तान, सीरिया, मिस्र और यूनान भेजा। इसी काम के लिए उसने अपने बेटे और बेटी को

भी यात्राओं पर भेजा। सम्राट के धर्म प्रचारकों में सबसे अधिक सफलता उसके बेटे महेन्द्र को मिली। महेन्द्र ने श्रीलंका के राजा विताशोका (तिस्स) को बौद्ध धर्म में दीक्षित किया और विताशोका ने बौद्ध धर्म को अपना राजधर्म बना लिया। और वो हिंदुस्तानी मज़हब हिंदुस्तान से बाहर म्यान्मार, लाओस, भूटान, श्रीलंका, सिंगापुर, वियतनाम, कम्बोडिया, मंगोलिया, दक्षिण कोरिया, उत्तर कोरिया, चीन, जापान, थाईलैण्ड जैसे देशों का अहम मज़हब हो गया और उसको मानने वाले अमेरिका, ऑस्ट्रेलिया, इंडोनेशिया, रूस, ब्रुनेई, मलेशिया में भी करोड़ों की तादाद में हो गए।

ये सब दिल के लगने और न लगने के सिलसिले का हिस्सा है। गुज़िश्ता और अक्सीर के दिल के लगने न लगने की कहानी की भूमिका। हम बहुत बहुत बहुत पीछे से मौजूदा वक़्त यानी 1940 से कुछ साल पीछे चलते हैं, जब भारतीय क्रिकेट टीम ने इंग्लैंड के ख़िलाफ़ अपना पहला टेस्ट मैच खेला था। सब कुछ ठीक हो जाने के बाद भी बहनों का दिल महल में नहीं लगने लगा था। हयुलानी में नहीं। फ़ारूक़ी-दत्त की दुकान में नहीं। साहिराबाद में नहीं। ख़ुद अपने आप में भी नहीं। वो अपने आप में रहते हुए भी अपने आप से बाहर आ चुकी थीं।

सर्दियों के उतार के बाद वसंत के महीनों में, जो अपनी क़ुदरती ख़ूबसूरती के लिए मशहूर है। लगभग बहार की वापसी का महीना, जब हर एक मुरझाए शजर और पौधे की ज़र्द पड़ चुकी शाख़ों पर ख़्वाह-मख़्वाह नए-नए फूल, उन्हें ताज़ा करने के उद्देश्य से खिलना शुरू हो जाते हैं। इस मौसम में आसमान अक्सर साफ़ रहते हैं, इतने कि पतंगें भी नज़र आना बंद हो जाती हैं। और मेरे जैसे ख़ुराफ़ाती आसमानों में मँडराते बादलों में भालू, बिल्ली और चूहों की शक्लें तलाशते रह जाते हैं। मैं इस वक़्त लगभग-लगभग अक्सीर का हमउम्र हूँ, मगर मुझमें अक्सीर या गुज़िश्ता जैसी संजीदगी नहीं। हिम्मत? हरगिज़ नहीं। मैं अब भी बादलों में मुख़ालिफ़ जिंस के दो इंसानी चेहरे तलाश कर लेता हूँ। यहाँ तक कि मेरा तसव्वुर; उनके होंठ एक-दूसरे को चूम रहे हैं, भी सच की शक्ल इख़्तियार कर लेता है। देखा जाए, तो बदलने के नाम पर मैंने अपनी ज़िंदगी में सिवाए अपने नज़रिए के कुछ नहीं बदला। और बदलता हुआ देखने के नाम पर अपने क़स्बे (जहाँ मैं पैदा हुआ था) की बीस साल से उजड़ी सड़क को पक्की सड़क में बदलते देखा है, शहरों में कुछ ओवर ब्रिज और ज़मीन के अंदर चलने वाली ट्रेनें वग़ैरा भी। मगर दोनों बहनों ने बदलने के नाम पर कुछ सोचें बदलीं। नेक कामों में टीपू को नई ज़िंदगी बख़्शी। विल्सन की किताब का तर्जुमा कर वैश्याओं का उनकी अपनी

ज़बानों में भला किया। मगर वो अपनी तन्हाइयों के कुओं को नहीं भर पाईं। उन सूखे कुओं में अवसाद, दुख और बेचैनी के उगते जा रहे झाड़ों को वो कभी छाँट नहीं पाईं। वो घने-घने-घने-और घने— और घने— होते चले गए। वो जो महसूस करतीं और समझती थीं, वो कभी किसी को समझा नहीं सकीं, बल्कि उन्होंने किसी को समझाना मुनासिब ही नहीं समझा। वो अपनी जिस्मानी ज़रूरत, जो एक वक़्त के बाद हर एक जिस्म की (भले वो जानवर का हो) बुनियादी ज़रुरत हो जाता है, को दरगुज़र करने की हर कामयाब कोशिश कर चुकी थीं, मगर वो नाकामयाब हुईं। बार-बार, हर बार। उन्होंने कभी किसी औरत को किसी औरत से इश्क़ का इज़हार करते नहीं देखा था, न किसी मर्द को मर्द से मगर मर्दों की मर्दों के साथ हमबिस्तरी के उन क़िस्सों से वो बेहतर वाक़िफ़ थीं, जिनकी मिसालें महल के अंदर ही मौजूद थीं।

ख़बरों का फैलना किसी थुलथुल बेशर्म दिमाग़ वाले इंसान के फैलने जैसा होता है। ऐसी ख़बरों के लिए बहरे कान भी अपना आलस छोड़कर उनके स्वागत में चौकन्ने हो जाते हैं और उन्हें बड़े प्यार से देखते हुए अपने अंदर समा जाने का आग्रह करते हैं। भक्तिराम जैन जैसे भी ऐसी ख़बरों को जान सकने के लालच में लोगों के होंठ पढ़ते हुए देखे जा सकते हैं। बेचैन खुसफुसाते हुए होंठों को पढ़ा जा चुका था। ख़बरें फैल चुकी थीं। बेक़ाबू ज़बानें चल चुकी थीं :

"जहन्नुम की आग का ज़रा-सा भी ख़याल नहीं है क्या उन्हें?" मुँह में पल्लू फँसाए उकड़ूँ बैठी साफ़ ने कहा। "या अल्लाह ये कैसे ख़याल हैं," सुथरी ने गर्दन झटकते हुए कहा, "उन्हें मालूम भी है वो क्या हैं? और क्या सोचती हैं? बदन की चाहत में ऐसी ख़ुदग़र्ज़ी?" सफ़ाई ने अपने होंठ तिरछे करते हुए कहा, "क्या कहा जाए? ये तो बेहयाई और बेशर्मी की इंतिहा है।" "आप शाहज़ादी हैं? और चाहतें आपकी?" बेदाग़ ने लानती अंदाज़ में कहा, "शर्म का मरहला है ये; इंतिहाई शर्म का।" "आप दोनों ही एक साथ क्यों नहीं हो लेती हैं?" पाकीज़ा ने मुँह मरोड़ते हुए कहा, "कैसी-कैसी औरतें खुली घूम रही हैं इस शहर में," मुक़द्दस ने अपने कान पकड़ते हुए कहा, "अल्लाह बचाए ऐसी औरतों से।" "अल्लाह बचाए इस जहालत से," इज़्ज़तदार ने तीखे अंदाज़ में कहा, "ऐसी ख़ुदग़र्ज़ी से, ऐसी मनमानी से। क्या अल्लाह ने अय्याशियाँ करने के लिए हमें नाफ़ के नीचे दो नाज़ुक होंठ दिए हैं?" "और नहीं तो; क्या औरत की छातियाँ औरतों के चूसने की चीज़ें हैं?" काफ़ी देर से चुप बैठी आबरू ने कहा।

अब औरतों की आबरू को हुआ औरतों से ख़तरा, जैसी ख़बर किसी अख़बार में जगह नहीं पा सकी, लेकिन फैलने के मामले में इसने हर तरह की अफ़वाह को टक्कर दी और विजेता घोषित हुई। "औरतों की कोखें भी उनकी ही तरह भेदों का ख़ज़ाना होती हैं," टॉम ने कहा। "वाक़ई देखो तो कैसी-कैसी औलादें पैदा कर देती हैं," डिक ने उलाहना देते हुए कहा। "मर्दों का लौंडापरस्त होना सुना था, अब औरतें भी?" हैरी ने कहा। "भई ज़माना अब बराबरी का है," जैरी ने हैरी का समर्थन करते हुए कहा। "मर्द के पास तो फिर भी एक छेद होता है, लेकिन औरतों के पास वो नहीं होता, जो मर्दों के पास होता है," जोनी ने व्यंग्य कसते हुए जोशीले अंदाज़ में कहा। डेप ने कहा, "सवाल बराबरी का ही है तो केला, बैंगन या गाजर से काम चलाया जा सकता है।" "वर्ना बीच की उँगली कहीं नहीं गई है," बीबर ने गर्मजोशी के साथ कहा और हँसने लगा। सब के सब हँसने लगे।

"बीबी कीड़े पड़ेंगे आपको कीड़े। जहन्नुम में भी जगह नहीं देगा अल्लाह।"

"आवाज़ों का गूँजना इंसानों के भटकने जैसा होता है। है ना?" अक्सीर ने बैठे-बैठे अचानक गुज़िश्ता से कहा। कमरे में इधर से उधर मुँह में क़लम फँसाए टहलती हुई गुज़िश्ता ने कहा, "ऐसी आवाज़ों में ख़ूबी होती है। एक बार सुनाई दे जाएँ, तो उम्र भर गूँजती हैं।" अक्सीर ने पूछा, "हमें किसने बनाया होगा?" गुज़िश्ता ने कहा, "मालूम नहीं, न जाने कौन बनाता है, कैसे बनाता है और क्यों बनाता है? बनाता है, तो बनाए मगर ऐसा क्यों बनाता है? अक्सीर मेरी जान तुम बताओ कोई होगा भला जो सोचता हो कि वो है तो क्यों है? क्या ऐसे होने से न होना बेहतर नहीं है? सिद्धार्थ ने ज़िंदगी को बेहतर समझा था। वाक़ई लानत है ऐसी ज़िंदगी पर, जो इतनी जल्दी तमाम हो जाए। पैदा होना, जवान होना, बूढ़ा होना, बीमार होना, मर जाना क्या इसी तरह होते रहना चाहिए? नहीं, हरगिज़ नहीं।"

और फिर :

अक्सीर के, "क्या अब हम मोंक होने जा रहे हैं।" सवाल के बाद सब कुछ बदल जाता है। सब कुछ से मुराद बहुत कुछ बदल जाने से है, जैसे इसके बाद महल में सिर्फ़ चार किरमानी रह गए। मंसूरा के और दोनों बुआओं के मुताबिक़ हयुलानी के दो बेहतरीन दोस्त, जो लिबास के तौर पर हमेशा सूती के कलफ़ किए हुए चूड़ीदार पाएजामे और घेरदार सफ़ेद कुर्ते पहनना पसंद करते थे, जिनके घने सियाह लंबे केश उनके नितंबों पर झूलते रहते थे, उत्तर दिशा में कहीं हिमालय के आसपास सर मुँडाए, सादा नारंगी लिबासों में शांति की खोज में साधनाओं में लीन

थे। नतीजतन, वो जो नहीं देखना चाहते थे, नहीं देखते थे। जो नहीं सुनना चाहते थे, नहीं सुनते थे। ये भी नहीं कि *'चुड़ैलों ने आख़िर अपना रंग दिखा ही दिया।'* *'रखैलों की कोख से और कैसी औलादों की उम्मीद की जा सकती है।'* ज़ाहिर है ये तंज़ उमराह का मन ही मन में कसा गया तंज़ है। ज़ाहिर है ऐसे हालात में मर्द तोहमतों की दस्तरस से दूर रखे जाते हैं।

गुज़िश्ता, अक्सीर किसी की शरण में नहीं गई थीं। वो सिद्धार्थ को जानती थीं, मगर शांति की, उसकी खोज के तरीक़ों से नावाक़िफ़ थीं।

"हमने अपने सर क्यों मुंडवा लिए? क्या हम किसी और से प्रभावित होकर अपने लिए शांति की तलाश कर पाएँगे? शांति की अपनी-अपनी परिभाषाएँ हैं। नहीं? और फिर हम ये नारंगी लिबास क्यों पहनने लगे हैं?"

"मेरी जान सच कहूँ, तो औरतों के सरों के घने बाल उनकी अस्ल ख़ूबसूरती नहीं हो सकते। होते भी हों, तो हम किस मक़सद से ख़ूबसूरत दिखना चाहें? फिर ख़ूबसूरती से बड़ा धोखा कुछ नहीं होता। ये मेरा अपना मानना है। तुम चाहो तो इससे इनकार भी कर सकती हो और अपने बालों के दोबारा बढ़ने का इंतज़ार भी। तुमने कहा कि नारंगी लिबास क्यों? मैं तुमसे पूछती हूँ, लिबास ही क्यों?"

अक्सीर गुज़िश्ता को फटी हुई आँखों से एकटक देखती रह गई। उसकी आँखों में सवाल के बदले में सवाल तैर गए। उसकी चुप को शाइस्तगी से क़ुबूल करते हुए गुज़िश्ता ने आगे कहा, "दुनिया के मर्द हमारी छातियों पर मर मिटते हैं। उनकी मुक्ति की राह हमारी योनियों से होकर गुज़रती है। औरतें अगर नंगी घूमने लगें, तो हर निगाह उनपर पड़ते ही उनके रोम-रोम से जोंक की मानिंद चिपककर उनके बदन का सारा ख़ून चूस ले, मगर तिसपर भी वो उन्हें बेहया, बेशर्म, फ़ाहिशा, रंडी न जाने क्या-क्या कहते नहीं अघाएँगे। मर्द चाहें तो ऐसा कर सकते हैं। जानती हो ऐसे मर्दों को संत कहा जाता है।"

अक्सीर की दूसरी ख़ामोशी भी स्वाभाविक थी। उसने गहरी साँस खींची और कहा, लेकिन सुकून की तलाश में हमने इतनी ठंडी जगह क्यों चुनी? अगर हम यहाँ मर गए तो?"

"मरने का डर ही तो हमें अपने ज़ेहनों से निकालना है। मौत तो होकर रहेगी। मगर रोज़ मौत के बारे में सोचकर मरना रोज़-रोज़ मरने जैसा है। ऐसा नहीं कि हम किसी गर्म जगह नहीं चल सकते थे। भागने वाले कब सोचते हैं कि किस दिशा में भागना है। तुमने सोचा था?"

"नहीं, और तुमने?"

"नहीं, मैंने भी नहीं। हम भागे क्यों थे? जानती हो?"

"मैं बताती हूँ। हम अपनी पहचानों से दूर अपने आप को पहचानने के लिए भागे थे। समझना दुनिया की सबसे मुश्किल क्रिया है। कोई किसी को नहीं समझता। कई बार हम अपने आप को ही नहीं समझते। सच तो ये है कि ख़ुद को समझ लेना ही शांति की परिभाषा है। हमारे कानों में गूँजने वाली लानतें, पलकें ढाँकते ही आँखों में कौंध जाने वाले जानलेवा मनाज़िर हमारा सच नहीं थे। हमने अपने आप को नहीं, अपनी ज़रूरतों को समझा। वो मनाज़िर, वो लानतें दरअस्ल हमारी ज़रूरतों की कोख से पैदा हुई चंचल औलादें थीं। ऐसी औलादें, जिन्हें ज़िब्ह करना गुनाहों के दायरे में नहीं आता। जिन्हें ज़िब्ह करने से आत्मज्ञान यानी आत्मा का ज्ञान यानी रौशनख़याली हासिल होती है। सोचो हम महल में रहते थे। हम शाहजादियाँ थे मेरी जान, मगर क्या हम ख़ुश थे? बोलो, थे ख़ुश?"

अक्सीर ने नज़र झुकाते हुए गुज़िश्ता का हाथ थाम लिया। उसने कहा, "नहीं।"

"किसी को किसी के पीछे नहीं जाना चाहिए। मुझे तुम्हारे पीछे नहीं। तुम्हें मेरे पीछे नहीं। कोई किसी की ख़ुशी नहीं है। मैं तुम्हारी नहीं। तुम मेरी नहीं। हम ख़ुद अपनी ख़ुशी और दुख का कारण हैं। हम बहुत मामूली-सी ख़ुशियों के तआक़ुब में ज़िंदगी भर भागते हैं और आख़िर में मर जाते हैं। अब्बा एक बादशाह थे और कितनी सस्ती मौत मरे। टीपू की बीवी और इकलौता बच्चा बेमौत मरे। और हम जीते हुए भी मर चुके थे। हमने कभी अपनी अस्ल ख़ुशी नहीं, बल्कि ख़ुश होने के झूठे बहाने खोजे। सोचो हम पैदा अपनी मर्ज़ी से नहीं होते। मरते भी अपनी मर्ज़ी से नहीं हैं। ख़ुदकुशी तक को हमारी अपनी नहीं, किसी और की मर्ज़ी क़रार कर दिया जाता है। सब कुछ फ़रेब है। हम बेघर हैं, मगर मल्लिकाएँ हैं। अपनी-अपनी मर्ज़ी की मल्लिकाएँ। यही है रौशनख़याली और रौशनख़याली ही सुकून और ख़ुशी हासिल करने का वाहिद रास्ता।"

और : दोनों ने अपने-अपने बदन से लिपटे हुए नारंगी लिबास उतारकर फेंक दिए।

चौदह

ख़्वाबों से आज़ाद होने के बाद उनकी ताबीरों का ग़ुलाम हो जाना पड़ता है। मैंने ख़्वाब देखा था कि मैं लेखक बनूँ। मैं बन गया। और अब मैं अपने लेखक होने की छवि और लिखते रहने की आदत का ग़ुलाम हूँ। आप इसे मेरी फ़साहत समझिए या लफ़्फ़ाज़ी लेकिन मैं लिखने के मामले में अजीब क़िस्म का सनकी हूँ। मेरी सनक इतनी अजीब है कि बेश्तर मैं ख़ुद अपनी सनक का अंदाज़ा तक नहीं लगा पाता। फिर ऐसी सनक को नाम देना तो दूर की बात है। मैं भी कैसी बातें कर रहा हूँ? भला सनकों के भी नाम हुआ करते हैं? दुनिया में सनक ही तो वो शय है जिसका कोई नाम नहीं होता। होने को तो सनकें भी तमाम तरह की होती हैं। इतनी कि जिस तरह उन्हें कोई नाम नहीं दिया जा सकता, उसी तरह उनकी गिनती भी नहीं की जा सकती। सनक के हवाले से करने के नाम पर सिर्फ़ एक जुमला गढ़ा गया है : *सनक सवार होना।*

इन्हीं सनकों की मुख़्तलिफ़ क़िस्मों की बात की जाए, तो जरीस की सनक और थी, हफ़ीज़ की और, गुज़िश्ता-अक्सीर की और, विल्सन की और, फ़ारूक़ी की और, टीपू की और, ज्ञानचंद की और, औरंगज़ेब की और, चाँद बीबी की और, मंसूख़ की और तो हयुलानी की और। और इसी सनक ने एक षणयंत्र रचा और हयुलानी को इतना उत्तेजित कर दिया कि उसकी आक्रामक चीख़ ने उसके नज़दीक मौजूद न जाने कितने कानों के पर्दों को छलनी-छलनी कर दिया।

सन्नन्नन्नन्नन्नन्नन्नन्नन्नन्न

सन्नन्नन्नन्नन्नन्नन्नन्नन्नन्न

सन्नन्नन्नन्नन्नन्नन्नन्नन्नन्न

अचानक सारा माहौल *सन्नाटेदार* हो गया। उसने अपनी उसी सन्नाती हुई चीख़ के साथ ज्ञानचंद को अपने कमरे में दरयाफ़्त किया। ज्ञानचंद कान खुजाते हुए उसके कमरे में दाख़िल हुआ। उसने कहा, "जी हुज़ूर।" मगर तब तक अधबहरा हो चुका ज्ञानचंद, हयुलानी की दूसरी चीख़ सुन सकने के क़ाबिल नहीं रहा। हयुलानी ने कहा, "तुम्हें कुछ सुनाई नहीं दिया, हमने क्या कहा?" इससे पहले कि ज्ञानचंद अपने जवाब में अपनी सफ़ाई पेश करते हुए कहता कि छोटे हुज़ूर मैं कुछ सुन नहीं सका, हयुलानी ने उसपर हमला कर दिया। उसने दीवार पर टंगी तेज़धार तलवार को ढाल से उतारा और उसे ज्ञानचंद की छाती पर फेर दिया। ज्ञानचंद ज़मीन पर गिर गया। वो बाल-बाल बच गया। वाक़ई *बाल-बाल।* वाक़ई एक बाल की दूरी ने उसकी जान बचा ली। हयुलानी ज़मीन पर पसरे हुए ज्ञानचंद की छाती पर बैठ गया। उसने उसकी जेबें टटोलीं और अफ़ीम से भरी कुप्पी से तमाम अफ़ीम निकालकर चाट ली। वो अपने कमरे से दौड़ता हुआ बाहर आता है। उसकी कलाइयाँ हवा में तलवार को लापरवाही से भाँजती हुई इस तेज़ी से महल की उस मुंडेर की तरफ़ निकलीं, जहाँ से कुछ दूर पहले हफ़ीज़ उसे रोकने की कोशिश में भागता हुआ चला आ रहा था। उसने हयुलानी को रुक जाने का इसरार करते हुए कहा, "रुक जाओ हयु, मैं कहता हूँ रुक जाओ। अपने ग़ुस्से पर क़ाबू करना सीखो," उसने घुरघुराती हुई तकलीफ़ से काँपती ऊँची आवाज़ में कहा, "तुम इस तरह अपनी मर्ज़ी नहीं चला सकते। जब चाहे किसी पर तलवार फेर दी, जब चाहे किसी का गला पकड़ लिया। अपनी मनमानी बंद करो।" "देखो तो सही मनमानियों के बारे में कौन नसीहत दे रहा है," हफ़ीज़ की तरफ़ दौड़ते आ रहे हयुलानी ने आँखें तरेरते हुए ऊँची आवाज़ में कहा, "आज मेरे सामने मत आ जाना वर्ना हम इसी तलवार से तुम्हारे टुकड़े-टुकड़े कर देंगे। सुन रहे हो खटमल? इसी तलवार से।" उसने अपनी तलवार ज़मीन के लंबवत तानते हुए कहा, "इसी से टुकड़े-टुकड़े कर दूँगा।" "या ख़ुदा, क्या करें हम इसका? मैं और हम के फ़र्क़ से नावाक़िफ़ इस कल के छोकरे के पास इतना फ़ल्सफ़ा आता कहाँ से है," वो अपने आप में बुदबुदाया। उसने गलियारे में टँगी हुई तलवार को दीवार से उतारा और हयुलानी की तेज़ लहराती हुई तलवार को हरकत से बाज़ लाने के लिए उसपर वार किया। वो नाकामयाब हुआ। *ये तो होना ही था। हफ़ीज़ कब तलवार चलाना जानता था।* बंदूक़ चलाने के माहिर हफ़ीज़ के हाथ से हयुलानी के एक वार में तलवार छूट गई। उसने उसकी गर्दन के पास तलवार झुलाते हुए कहा, "क्या कहते

हो? घुसेड़ दूँ?" हफ़ीज़ उसे फटी हुई आँखों से देखता रह गया। "अगर तुम यही चाहते हो, तो बिलाशुब्हा कर गुज़रो," हफ़ीज़ ने हिम्मत जुटाते हुए कहा, "आख़िर हमने क्या कुछ नहीं किया तुम्हारे लिए?" "आख़िर क्या किया?" हयुलानी ने उसकी गर्दन के सामने से अपनी तलवार हटाते हुए कहा, "हम भी तो जानें भला कि तुम जैसा अक़्ल का अंधा बाप अपनी औलाद के लिए क्या-क्या कर चुका है। नींद न आने का मतलब जानते हो तुम?" वो चीख़ा, "जानते हो? एक ज़रा-सा तसव्वुर समझने की औक़ात नहीं है तुम्हारी। न तुम्हारी, न तुम्हारी पनाह में पल रहे किसी दानिश्वर की। ये दुनिया जाहिलों की दुनिया है।" हफ़ीज़ डरते-डरते सरकते हुए दीवार से टिककर बैठ गया। उसने लंबी-लंबी गहरी साँसें खींचते हुए कहा, "तुम्हें ख़ुद नहीं मालूम कि तुम्हें क्या चाहिए? क्या तुम वाक़ई मेरी औलाद हो? जो एक सड़ियल-से ख़्वाब के लिए पागल हुए जा रहे हो?" "मैं क्या जानूँ कि मैं किसकी औलाद हूँ? हम कैसे और कब पैदा हुए? किसी ने हमें बताया था कि पैदा हो जाने के बाद किस तरह और कैसी ज़िंदगी जीना ज़रूरी है? बताया था किसी ने? हम तुमसे पूछ रहे हैं, सुस्त और कमज़ोर शाहज़ादे, तुमसे..." उसने चिल्लाते हुए कहा, "किसी ने हमसे पूछा था कि पैदा होना चाहते हो या नहीं?" उसने अपने आप में सोचते हुए अफ़सोस के साथ रोते हुए कहा, "हम पैदा क्यों हुए थे? हम मरना चाहते हैं।"

"छोटे हुज़ूर," इस ऐतमाद के साथ कि हयुलानी उसकी बात पर ज़रूर कान धरेगा, ज्ञानचंद ने कहा, "मरें आपके दुश्मन। आप ग़ुस्सा थूक दीजिए छोटे हुज़ूर।" ज्ञानचंद उसकी ओर बढ़ा। "वहीं रुक जाइए आप," हयुलानी ने तलवार की नोक ज्ञानचंद की तरफ़ करते हुए कहा। सबने देखा कि हयुलानी महल की पहली मंज़िल की मुँडेर की तरफ़ जाता हुआ किसी धुँधलके में समा गया है। हफ़ीज़ अपनी तलवार के साथ ज़मीन पर पड़ा का पड़ा रह गया। वक़्त के इस छोटे-से वक़्फ़े में : एक भीड़ महल के गलियारे में जमा थी और दूसरी महल के मैदान में। वहाँ, जहाँ पर हयुलानी ने महल की छत से छलांग लगा दी थी। अफ़रा-तफ़री मच गई।

—'हाए अल्लाह ये क्या ग़ज़ब किया तूने?'

आस्तिकता इस बात पर नाज़ फ़रमा सकती है कि अल्लाह ने जो किया, वो सोच समझकर किया। आख़िर इतनी ऊँचाई से गिरने के बाद भी हयुलानी के शरीर में मामूली चोटों के निशान के अलावा कोई घाव नहीं था। उसके हाथ-पैर, यहाँ

तक कि उसका सर तक सही-सलामत था।

"चार-छह लोगों के रहने के लिए सैकड़ों कमरों का महल आख़िर किसलिए?" मंसूरा ने हफ़ीज़ से पहली बार अपने ग़ुस्से का इज़हार करते हुए कहा, "जहाँ एक बेटे की चीख़ एक माँ को नहीं सुनाई दी? क्या फ़ायदा ऐसी शाही ज़िंदगियों का, जो घर की लड़कियों के लिए घुटन का बाइस बनकर रह जाएँ?" उसने अपने स्वर को और पैना करते हुए कहा, "यहाँ किसी को किसी की ख़बर है भी कि नहीं? कोई जानता है कि किन मजबूरियों ने मेरे बेटे को जान से ज़्यादा चाहने वाली उसकी बुआओं को उससे अलग कर दिया? मैं कहे देती हूँ, मुझे मेरा बेटा जैसा का तैसा सही-सलामत वापस चाहिए," उसने हफ़ीज़ को झँझोड़ते हुए कहा, "सुन रहे हैं आप?" हफ़ीज़ ने कुछ नहीं कहा। उसने सोचा, शिकायतें उगली जा रही हैं; उसे सब कुछ ठीक करने के लिए इतना तो ठीक करना ही होगा कि वो हयुलानी को जैसे-तैसे उसकी माँ को सही-सलामत वापस लौटा दे।

हयुलानी की साँसें चल रही थीं। उसकी नब्ज़ और दिल दोनों गड्ड-मड्ड रफ़्तार से सही, मगर धड़क रहे थे। वो ज़िंदा था मगर उसके सर के अंदर पनप चुकी चोटों ने उसे एक लंबी बेहोशी की तरफ़ धकेल दिया था। क्यों न साफ़-साफ़ कह दिया जाए कि एक ऐसी बेहोशी जो सात साल तक उसके होश के आड़े आएगी।

दरअस्ल ये सनकों के बेतुकेपन की इंतिहा है। मैं सिर्फ़ इतना कहूँगा कि हम उतार की तरफ़ हैं।

हक़ीक़तन कुछ ख़्वाब जानलेवा प्रेतों की तरह होते हैं, जो एक बार पीछे लग जाएँ, तो आसानी से पीछा नहीं छोड़ते। कभी-कभी तो उम्र भर नहीं। ऐसे ख़्वाब की नज़रअंदाज़ी हमें कई दूसरे और भी अजीब-अजीब ख़्वाबों की तरफ़ गेंद की मानिंद लुढ़का देती है, जिनसे हमारा अक्सर कोई वास्ता तक नहीं होता। इसे ऐसे समझिए, जब हमें कुछ देखने से रोका जाता है, तब हम, जो देख सकते थे, उसके सिवा वो सब कुछ देख लेते हैं, जो नहीं देख सकते थे। हम सब साज़िशों के शिकार हैं। वक़्त सबसे बड़ा साज़िशी है। वक़्त ने अपने कभी न लौटकर आने वाले जादुई हुनर का ग़लत इस्तेमाल करते हुए एक साज़िश रची और हयुलानी को इशारा फ़राहम करने के लिए एक ऐसी अमीक़ नींद की तरफ़ बुला लिया, जैसी नींद की उसे हमेशा से दरकार थी। ये नींदों का हिसाब बराबर करने के सिवा कुछ नहीं है।

***

मैं आपकी हिम्मत की आज़माइश कर रहा हूँ। मैं आपसे कहने जा रहा हूँ कि आप मुझे कुछ देर के लिए ख़ुशदिल समझ लीजिए और मुझे माफ़ कीजिए कि किरदारों के नामकरण के मामले में मेरा चुनाव हमेशा से कमज़ोर रहा है। ख़ुशदिल उसी कमज़ोरी से उपजा हुआ नाम है।

ख़ुशदिल जब पैदा हुआ, तब कुछ वैसा ही जश्न मनाया गया, जैसा हयुलानी की पैदाइश पर मनाया गया था। ख़ुशदिल की माँ, ख़ुशदिल से पहले तीन औलादें को जन्म दे चुकी थी, मगर उनमें से किसी को ज़िंदगी नहीं दे सकी। एक-एक करके उसकी औलादें मरती चली गईं। ख़ुशदिल, एक ख़ुशख़बर और एक बदख़बर के साथ पैदा हुआ। ख़ुशख़बर थी कि उसने पैदा होने के बाद ज़िंदा रहने की ज़हमत उठाई और बदख़बर एक तरह की भविष्यवाणी थी कि ख़ुदा-न-ख़्वास्ता किसी भूल-चूक के दौरान अगर ख़ुशदिल को कुछ हो गया, तो उसकी माँ फिर कभी माँ नहीं बन पाएगी। थोड़ा और पहले जाएँ, तो ख़ुशदिल की माँ बदतमीज़ को उसके पति मुँहफट से मंसूरा और हफ़ीज़ की तरह कोई इश्क़ वग़ैरा नहीं हुआ था। वो दोनों एक दूसरे से पहली बार उस मंडप के नीचे मिले थे, जहाँ उनसे एक-दूसरे का हो जाने की झूठी क़समें खिलवाई जाने वाली थीं। क़समों पर यक़ीन रखने वाली बदतमीज़ ने क़समें खाईं और उन्हें ठीक वैसे ही निभाया जैसे मंसूरा ने। ये महज़ एक इत्तिफ़ाक़ है कि ख़ुशदिल सिर्फ़ हयुलानी की तरह ज़िंदगी जीने की रस्म अदा कर रहा था। उसने अपनी अजीब-ओ-ग़रीब हरकतों और एक कँटीली मुस्कान के सिवा मुँहफट और बदतमीज़ को कभी कुछ नहीं दिया। ख़ुशदिल की क़िस्मत में हयुलानी की तरह दो जाँबाज़ बुआएँ नहीं थीं, बल्कि आपको ये जानकर बहुत अजीब लगेगा कि मर्दों की इफ़रात वाले उसके ख़ानदान में औरत के नाम पर सिवाए बदतमीज़ के कोई नहीं था। उमराह की तरह बेवक़ूफ़ाना हरकतों को अंजाम देने वाली दादी तक नहीं। मुँहफट, एक पेशेवर जादूगर था। नौजवान लड़के-लड़कियों को हवा में तैरा देना, उनके शरीर के टुकड़े-टुकड़े कर वापस जोड़कर उन्हें ज़िंदा कर देना, जोशीले ग़मगीन गानों की धुन पर नाचते हुए काँच की कतरनों को निगल जाना, ज़ख़्मी हुए बग़ैर अपनी नाभि से ब्लेडों से गुँथा हुआ मीटरों लंबा धागा निकालना और लड़कियों को सफ़ेद कबूतरों में बदलकर वापस उन्हें जैसी की तैसी लड़की बना देना, उसके सबसे दिलचस्प और मशहूर जादुओं में से थे। लोग देखते-देखते उसके इन अटपटे जादुओं पर इस क़दर फ़िदा होने लगे

थे कि वो उनके बीच किसी ख़ुदा से कम हैसियत नहीं रखने लगा था। लोगों की देखा-सीखी और भी लोग उसके पास अपने पागल, बीमार, लँगड़े-लूले बच्चों का इलाज करवाने के लिए लंबी क़तारों में जमा होने लगे। अक़ीदत की हद कि उनकी सेहतें करिश्माई ढंग से बेहतर हो जाने लगीं। बिलाशक मैं अतिश्योक्ति के नमूने पेश कर रहा हूँ, मगर यही सच है, वाक़ई ऐसा ही होने लगा था। मुँहफट ने अपने दिव्य हुनर की बेइंतिहा आज़माइश की और लोगों से मनमाफिक रक़म वसूलने लगा, जबकि वो जानता था कि ये सब धोखा-धड़ी और फ़रेबों का नंगा नाच है। उसके पास जादू की रटी-रटाई चंद तरकीबों के अलावा ऐसी कोई जादुई ताक़त नहीं कि उसके छूते ही बीमारियाँ फुर्र से किसी परिंदे की तरह उड़ जाएँ। अगर मैं ही ख़ुशदिल नहीं हूँ, तो मुझे कहना चाहिए कि आपको इन हवा-हवाई बातों पर आसानी से यक़ीन कर लेना चाहिए, गोकि मेरी ख़ुद अपनी ज़िंदगी के सोलह साल ऐसे झोला छाप डॉक्टरों के हाथों बर्बाद हुए हैं जो ठीक ढंग से लिख-पढ़ तक नहीं सकते। मैं ख़ुशक़िस्मत था, मैं बच गया। मगर कितने लोग अब भी मर रहे होंगे, से परे प्रार्थनाओं और आशीर्वादों का खेल अब तक जारी है।

ख़ुशदिल का बचपन वैसे ही बीत रहा था, जैसा हयुलानी का बीता। मगर उसके पलंग को बनवाने के लिए किसी ख़ास कारीगर के दस्त-ए-हुनर नहीं आज़माए गए थे। हालाँकि मुँहफट ने ख़ुशदिल को बदनज़रों से महफ़ूज़ रखने का ज़िम्मा बदतमीज़ को सौंपते हुए अपने ख़ानदान के तमाम मर्दों के दरमियान ऐलान कर दिया कि उनमें से अब कोई भी उससे कभी नहीं मिल सकेगा। वो उन सबसे दूर मुल्क के कोने में समंदर से लगे एक शहर में जाकर रहने लगा। बदतमीज़ को अपने जादू और *टोनों* के क़ायलों की एक लंबी फ़ेहरिस्त वहाँ भी उतनी ही आसानी से हासिल हो गई, जितनी उसे दिल्ली के उर्दू बाज़ार से लगे एक बड़े इलाक़े में हासिल थी। उसके टोनों की सबसे बड़ी मुरीद उसकी अपनी बीवी बदतमीज़ थी। मुँहफट को लेकर उसके दिल में अथाह प्रेम के साथ कभी न मिटने वाला यक़ीन भी था। मुँहफट ने उसके आगे कभी ज़ाहिर नहीं होने दिया कि वो एक मामूली-से मैजिशियन के अलावा कुछ नहीं है। वो वशीकरण के हुनर से भी आबाद नहीं था। फिर भी बदतमीज़ उसके क़ाबू में थी। और क़ाबू अपने बरअक्स उस रोज़ बेक़ाबू हो गया, जब बदतमीज़ की उजड़ी हुई विधवा माँ, जिसके पूरे ख़ानदान में उजड़ी हुई विधवा औरतों के सिवा कोई नहीं रह गया था, एक मुश्किल बीमारी की चपेट में आते ही मर जाती है। मुँहफट के जाली मंतर उसकी जान बचाने के

लिए नाकाफ़ी साबित होते हैं। और मुँहफट के प्रति बदतमीज़ का अथाह प्रेम और यक़ीन उनके विलोम नफ़रत और बेयक़ीनी में तब्दील हो जाते हैं। इसके बाद भी कुछ नहीं बदलता। मुँहफट ने दुनिया के आगे अपनी वास्तविक कमज़ोरी पर इस नफ़ासत से पर्दा डाला कि शक की कहीं कोई गुंजाइश ही नहीं। ये बेहद अजीब है कि मुँहफट की हक़ीक़त से वाक़िफ़ होने के बावजूद बदतमीज़ ने उसे ढोंग करने से कभी नहीं रोका। रक़में ऐंठने और फ़र्ज़ी इलाजों का जादुई सिलसिला धड़ा-धड़ चलता रहा। पैसे बटोरने की मसरूफ़ियत ने बदनज़रों से महफ़ूज़ ख़ुशदिल को हाशिए पर पहुँचा दिया। ये रंगीन टीवियों के दौर की इब्तेदा थी, जब घरों के मर्द पैसा बटोरने में मसरूफ़ थे और औरतें टीवी के रंगीन पर्दों पर सुपरहीरोज़ की सुपर कहानियों का लुत्फ़ उठाने में। शहरयार, चराग़ रगड़ते ही; जो हुकुम मेरे आका कहते हुए नाज़िल होने वाला जिन और हवा में उड़ने वाली करिश्माई क़ालीन लगातार दिलों पर क़ब्ज़ा करते जा रहे थे। मुँहफट ख़ुद भी ख़ुद को शहरयार से कम नहीं आँकने लगा था। हीरोगरी एक अजीब-सा शब्द है। गरी फ़ारसी का प्रत्यय और हीरो ख़ालिस अंग्रेज़ी का लफ़्ज़ है। इस नौजवान शब्द युग्म का चालू इस्तेमाल करते हुए मैं कहना चाहूँगा कि मुँहफट की हीरोगरी का अंत एक मामूली-से वाक़िए के साथ तब हुआ, जब उसके पास एक ऐसी औरत करिश्मे की उम्मीद से आई, जिसकी तीन साल की तंदुरुस्त औलाद बोल सकने की स्वाभाविक शक्ति से महरूम थी। वो कोई करिश्मा करता, इससे पहले उसे धक्का लगा। उसे याद आया कि उसका मरीज़ उसकी अपनी औलाद ख़ुशदिल की उम्र का है।

क्या ख़ुशदिल भी? बेशक तहें खुलीं और सतह पर पहुँचकर उसे मालूम हुआ कि ख़ुशदिल गूँगा है। इतनी उम्र गए, उसने अपनी ज़बान से अभी तक एक लफ़्ज़ भी नहीं कहा है। वो सदमे में था। और उससे कहीं ज़्यादा बदतमीज़। सदमों से निढाल बदतमीज़ ने अपने आप को उस कमरे में बंद कर लिया, जहाँ ख़ुशदिल पलंग पर चित लेटा हुआ एक ऊनी गुड़िया के साथ खिलवाड़ करते हुए खिलखिला रहा था। बदतमीज़ ने ख़ुशदिल को बाहों में भरा और वो उसे प्यार करते-करते तीख़ी चीख़ों में ऊपर वाले को कोसने लगी।

"ये क्या ग़ज़ब किया तूने? ये ज़ुल्म है। सरासर ज़ुल्म।"

आस्तिकता एक बार फिर इस बात पर नाज़ फ़रमा सकती है कि ऊपर वाला जो करता है, सोच-समझकर करता है। *बुरे काम का बुरा नतीजा।*

मगर ख़ुशदिल?

ज़ाती तौर पर, अगर ऊपर वाला है, तो मुझे, जब मैं ख़ुशदिल नहीं हूँ, उससे ताउम्र ख़ुशदिल के साथ की गई ज़ियादती के लिए शिकायत रहेगी।

मुँहफट ने बदतमीज़ के साथ हमदर्दी के साथ पेश आने की बजाए, उसपर लगातार इल्ज़ाम लगाए कि हो न हो उसने अपने बच्चे की ख़ूबसूरती की नुमाइश की है। उसने उसे ख़बर किए बग़ैर चोरी-छुपे ख़ुशदिल की तस्वीरें उन मर्दों की जान की भूखी विधवा चुड़ैलों तक पहुँचाई हैं। उन्हीं की बदनज़र का नतीजा है कि मेरी औलाद गूँगी हो गई। बदतमीज़ ने एक बार फिर क़समें खाईं और उसे यक़ीन दिलाया कि उसने कभी ऐसा कुछ नहीं किया है। उसने कभी मुँहफट की मसरूफ़ियत का फ़ायदा नहीं उठाया। मुँहफट को बदतमीज़ पर यक़ीन होने में एक लंबा वक़्त लगा, तब तक ख़ुशदिल पाँच बरस का हो चुका था। आख़िरश भरोसों की वापसी के बाद ख़ुदा को भी न मानने वाला विवाहित जोड़ा अचानक आस्तिक हो गया। ख़ुदापरस्त हो गया। बुतपरस्त हो गया। साइंसपरस्त हो गया। अक्सर, जो ख़ुदा को नहीं मानता, वो बहरहाल साइंस को मानता है, मगर यहाँ इसकी भी गुंजाइश नहीं थी। मगर गुंजाइश निकाली गई। ख़ुशदिल पर ताज़ातरीन ईजाद हुई थैरेपियाँ आज़माई गईं। डॉक्टरों के मशविरों पर कान धरे गए। हर मंदिर, हर मज़ार, हर उस जगह पर, जहाँ उन्होंने सुना था कि वहाँ सुनी जाती है, अपनी व्यथा सुनाई, अपना माथा रगड़ा। लेकिन नतीजे के तौर पर ख़ुशदिल की कँटीली हँसी और चुप के सिवा कुछ हासिल नहीं हो रहा था। इस बीच ख़ुशदिल के इलाज और आवाज़ के लिए पैसे पानी की तरह बहाए जा रहे थे, जिसके लिए मुँहफट ने अपने मैजिक के शोज़ की एक सीरीज़ शुरू की और मुल्क के एक-एक कोने में जाकर अपना जादू पेश करने लगा। इसी बीच उसने अपने नक़ली टोनों के झूठे धंधे से हमेशा-हमेशा के लिए तौबा कर ली। वो जब कभी समंदर के हिचकोलों का आनंद उठाने वाले अपने शहर लौटता, तो देखता कि उसके घर के दरवाज़े पर गुहार लगाती हुई एक अच्छी ख़ासी भीड़, क़तारों में धक्के-मुक्के खाती हुई, उसका हफ़्तों से इंतज़ार कर रही है। बदतमीज़ कहती, "मैंने इन्हें लौट जाने को कहा, मगर नहीं माने। जब जब तुम यहाँ नहीं होते, ये यहाँ होते हैं। आज तुम्हें इन्हें कोई पुख़्ता जवाब देकर हमेशा-हमेशा के लिए यहाँ आने से मना करना होगा। तुम्हें मेरी क़सम।" मुँहफट सुस्ताया। उसे तरकीब के तौर पर एक ख़ुराफ़ात सूझी, उसने एक बीमार नौजवान, जिसे दौरा पड़ने की बीमारी थी, से कहा कि अगर वो अपने हाथों से अपनी दसों उँगलियों के नाख़ून उखाड़ता है, तो वो अगले पल ठीक हो

जाएगा। उसने ऐसा कर दिखाया। गुहार मारता नौजवान उससे कहता है, "लो कर दिया। क्या अब मैं ठीक हो जाऊँगा?" मुँहफट ये देखकर बेहोश हो गया। बेफ़िक्र रहिए उसकी बेहोशी हयुलानी जितनी लंबी नहीं। उसे होश आया और उसने सोचा, "लगातार लोगों को उनकी बीमारी के इलाज के बदले में दूसरे तकलीफ़देह उपचार सुझाने के बाद भी ये उसपर अमल करने को राज़ी हैं? ये डरावना है। मैं ये होते हुए नहीं देख सकता।" उसने न चाहते हुए भी ख़ुशदिल को सबके बीच लाकर चिल्लाते हुए कहा, "साथियो देखो। ये मेरी अपनी औलाद है। पाँच बरस की गूँगी औलाद। मैं इसे ठीक नहीं कर सका, तो किसी और को कैसे करूँगा? सुन रहे हैं आप? मैं सिर्फ़ जादू दिखा सकता हूँ, जादू कर नहीं सकता।" मगर टोनों-टोटकों पर हमेशा से यक़ीन करते चले आए उसके भोले मुरीद उसकी बात इतनी आसानी से कैसे मान लेते, जब उन्होंने मंत्रों से टूटी हुई हड्डियों को अपनी आँख के आगे जुड़ते देखा हो। तब भी कैसे, जब उन्होंने झाड़-फूँक से अच्छे-अच्छे बीमारों को चंगा होते हुए देखा हो। ये नामुमकिन था— उनके लिए भी, मुँहफट के लिए भी। "पैसों के लालच में ये क्या मुसीबत सर ले ली," मुँहफट ने सोचा। आख़िरकार उसे अपना शहर छोड़ना पड़ा। उसने दिल्ली के उर्दू बाज़ार से कुछ दूर के एक इलाक़े में अपना डेरा जमाया। उसे ख़बर मिली कि उसने जिन बदनज़रों की नज़र से ख़ुशदिल को दूर किया था, वो सारे के सारे मर्द मर चुके हैं। उसका रंडवा बाप और उसके भाई भी, जो अपने-अपने आख़िरी वक़्तों में ख़ुशदिल को एक नज़र देखने के लिए मरे जा रहे थे। उसे अफ़सोस हुआ। उसे अफ़सोस करना पड़ा।

शहरों की अदला-बदली के उबाऊ अमल से मँझा हुआ जादूगर, अपने जादू की तरफ़ वापस लौट गया। हुनरमंद मुँहफट अव्वल दर्जे का भुलक्कड़ भी हो गया था। वो वक़्त से पहले ही सब कुछ भूल गया। अपने मैजिक की ट्रिकें भी। अपने हाथ की सफ़ाई भी। एक रोज़ उसका शो देखने आए जमा दर्शकों ने उसे जमकर पीटा, इतना कि मुँहफट की जान फड़-फड़ाती हुई उसके मुँह को आ गई, जब उसकी ट्रिक की लापरवाही ने उसके सामने पड़ी बेहोशी का नाटक करती हुई लड़की का सचमुच में पाँव काट दिया। "हरामज़ादे ये क्या किया तूने? मेरी बेटी का पाँव काट दिया," लड़की के बाप ने उसकी गर्दन पकड़कर उसे झँझोड़ते हुए कहा, "वापस जोड़ वर्ना मैं तेरी जान ले लूँगा।" "वापस जोड़ कमीने लड़की का पाँव," भीड़ में से किसी ने कहा। उसने उसे मुक्का मारा *'ढुस'*। दूसरे ने उसे थप्पड़ मारते हुए कहा, "वापस जोड़" *'फट'* "वापस जोड़" *'ढुस ढुस ढुस ढुस ढुस'*।

जगह पर ही लड़की की जान चली गई। उसका बाप अपनी छाती पीटता रह गया। "ख़ुदा ग़ारत करे ऐसे जादूगरों को," उसने अपने बाल नोचते हुए कहा, "अल्लाह तबाह करे। बर्बाद कर दे ऐसे हरामियों को," अपने सीने पर मुक्के मारते हुए उसने कहा, "मैं तो कहीं का नहीं रहा। मेरी एक ही बेटी थी। वो भी इस हरामज़ादे के जादू ने मार दी।" *'ढुस ढुस ढुस ढुस ढुस ढुस ढुस ढुस ढुस ढुस—'* मौजूद पुलिस ने जैसे-तैसे मुँहफट की जान बचा ली, मगर अदालत ने उसे बारह साल जेल की लंबी क़ैद की सज़ा सुना दी। मुँहफट अपनी सफ़ाई में कुछ भी पेश नहीं कर सका। "लोग तो कहते थे कि तुम बेहद मँझे हुए जादूगर हो? ये कैसा जादू करते हो कि लड़की की जान ही ले ली," जज ने कहा, "बताओ क्या दुश्मनी थी लड़की से? सब कुछ सच-सच बताओ।" "मेरी क्या दुश्मनी हो सकती है उससे," सर लटकाए हुए मुँहफट ने कहा, "मैं तो जादूगर हूँ जनाब, मैं उसे क्यों मारूँगा? मैं तो उसे जानता तक नहीं।" "तुम क्या समझते हो, तुम जादूगर हो तो क्या अजनबियों की जान लेते फिरोगे?" जज ने उसे हड़काते हुए कहा, "सब कुछ उगल दो वर्ना बहुत महँगा पड़ेगा तुम्हें।" "जनाब मैं सच कहता हूँ, मैं कुछ नहीं जानता कि कब और कैसे और किस आलम में मुझसे ये ग़लती हो गई।" "ग़लती? ये गुनाह है," जज ने सहज सपाट अंदाज़ में कहा, "तुम जानते हो ना किसी की जान लेना संगीन जुर्म है। तुम्हें बारह साल की क़ैद-ए-बामशक़्क़त सुनाई जाती है।"

बदतमीज़ ख़ुशदिल के लिए अकेली रह गई। वो ऊपर वाले को कोसते हुए कहती, "इतना क़हर मत बर्पा कर हमपर। ये गुनाहों की कैसी सज़ा है? या रब रहम क़र। रहम कर।" उसे कभी कोई जवाब नहीं मिलता। अगर वो पूछती कि ये किन गुनाहों की सज़ा है, तो मुमकिन था कि उसके सामने अंधेरा छा जाता। हवा में डगमगाता हुआ कपास की तरह सफ़ेद धुआँ छा जाता। अचानक तेज़ रौशनी होती। उसकी आँखें चौंधिया जातीं। उसका रब नाज़िल होता, उसे मुस्कुराकर देखता और अगले पल ग़ायब हो जाता। मगर इतने करिश्मों की उम्मीद मत रखिए मुझसे। यहाँ ऐसा कुछ नहीं होने का है। क़ैद के दौरान मुँहफट के साथ जो हुआ, मैं उसे पर्दे के पीछे होने वाली घटना के तौर पर पर्दे की आड़ में ही रखूँगा। मैं महज़ इतना कहूँगा कि धोखे से हो जाने वाले क़त्ल की सज़ा काटने वाले अपराधी को ख़ूँख़्वार अपराधी तस्लीम नहीं करते। जेल की पहली साल में, जब तक वो हमेशा लंगड़ाकर चलने पर मजबूर किया जा चुका था, तब तक अपनी जादू की कला को पूरी तरह भूल चुका था। कुल मिलाकर उसके पास अब ऐसी कोई ख़ास ख़ूबी

नहीं रह गई थी कि वो अपने रुत्बे को वापस हासिल कर सके।

"ओये चल दिखा जादू। सुना है तू तो लड़की को कबूतर बना देता था। चल चल मुझे बना कबूतर। अबे सुन। बना ना। बना ना कबूतर। चूतिया साला।"

"अबे ये कर सकता, तो ख़ुद कबूतर बन के कब का जेल से फ़रार हो चुका होता।"

इन सब तंज़ों के इतर क़ैदियों की एक ऐसी जमात भी थी, जो उसके आगे कबूतर बन जाने के लिए घंटों हाथ जोड़े उकड़ूँ बैठी रहती।

"बना दे यार पच्चीस साल से जेल में हूँ। थक गया हूँ। बना दे भाई। भाग जाऊँगा कहीं उड़ कर। बना दे। बना दे ना भाई।" बेहरकत मुँहफट चुप-चाप बैठा रहा। आख़िर में मायूस होकर वो कहते, "भक्क बहनचोद तुझसे नहीं होगा।" और वहाँ से चले जाते।

अगर वाक़ई मैं ही ख़ुशदिल हूँ, तो मुझे आपको बताना चाहिए कि मेरे जादूगर बाप के जेल चले जाने के बाद भी करिश्मे हो रहे थे और उन करिश्मों से मेरे सिवा कोई और वाक़िफ़ नहीं था। किसी की नज़र ही नहीं पड़ी उसपर। मैं साफ़ कर दूँ कि मैं तीन साल की उम्र में जिस ऊनी गुड़िया के साथ खेला करता था, वो मेरे साथ-साथ बढ़ रही थी। वो भी मेरी तरह गूँगी थी, मगर हम दोनों एक-दूसरे के लिए गूँगे नहीं थे। हम सिवाए बदक़िस्मत के कुछ और थे ही नहीं, और इसलिए कि हमारे पास आवाज़ थी, मगर किसी को सुनाई नहीं देती थी। हवा या पानी जैसी आवाज़। बग़ैर किसी शक्ल और रंग की आवाज़। महसूस करने की आवाज़।

मेरी बढ़ती उम्र के साल सिलसिलेवार ख़राब— और ख़राब— और भी ख़राब— और और ख़राब— बदतर— बदतरीन गुज़रे। मैं अपने गूँगेपन में, एक घर की चार दीवारों में क़ैद हमेशा ये सोचता रहा कि आख़िर ये किस तरह की तन्हाईपसंदी है कि यहाँ न कोई आता, न कोई ठहरता, न किसी को आने दिया जाता और न ठहरने। मुझे किस तरह की बुरी नज़रों से महफ़ूज़ रखा गया, रखा जा रहा है? क्या वाक़ई मेरे गूँगेपन की वज्ह क़ुदरत के सिवा कोई और हो सकती है? मेरे पास कोई जवाब नहीं था। जी! ख़ुशदिल के पास कोई जवाब नहीं था।

गुज़रते हुए सालों और बदतमीज़ की ढलती हुई उम्र ने उसे चुड़ैलों की तरह नज़र आने के लिए मजबूर कर दिया। वो हू-ब-हू अपने ख़ानदान की उस उजड़ी हुई विधवा की तरह दिखने लगी थी, जो उसके मायके की आख़िरी पीढ़ी की आख़िरी ज़िंदा शख़्स थी। लेकिन अपनी ख़ानदानी परंपरा से हटकर बदतमीज़

कभी विधवा नहीं हुई। उसे बहुत बाद में एहसास हुआ कि वो उस ख़ानदान की है ही नहीं। लड़कियों के ख़ानदानों का तबादला उसी रोज़ हो जाता है, जिस रोज़ वो अपने शौहर के साथ सात जन्मों तक जीने-मरने की झूठी क़समें खा लेती हैं।

अगर सफ़ाई पेश की जाए, तो पर्दा हटाना होगा ताकि आप वही देख सकें, जो दिखाई देना चाहिए।

क़समें खाई गई थीं। चार-चार लोगों ने ज़हर की गोलियों की तरह क़समें निगली थीं। दो से आप वाक़िफ़ हैं, जो किसी भी हाल में हों, मगर ज़िंदा हैं, मगर वो दो ज़हर निगलने के बाद बहुत दिनों तक नहीं जिए। कहा गया कि अधर्मियों का नाश ऐसे ही होना चाहिए। पूरी तरह से पर्दा हटाते हुए : बदतमीज़ का शादीशुदा भाई, मुँहफट के भाई की बीवी के साथ कहीं भाग गया था। उन लोगों ने शादी कर ली थी। कुछ रोज़ बाद दोनों की लाशें मिलीं। वो दोनों कैसे मरे, की तरफ़ किसी ने ध्यान नहीं दिया और बग़ैर पोस्टमॉर्टम के उनकी लाशें यमुना में बहा दी गईं। दोनों दूषित, नापाक परिवारों के पास फिर कभी कोई किसी से रिश्ता बाँधने की ग़रज़ से नहीं आया। दोनों ख़ानदानों में— एक से मर्द और दूसरे से औरत ज़ात का ख़ात्मा हो गया। मुँहफट ने अपने ख़ानदान से फ़ौरन सारे रिश्ते तोड़ दिए। मगर उजड़ी हुई विधवाओं या विधवाओं के उजड़े परिवार की तरफ़ उसका झुकाव बरक़रार रहा। और ख़ुशदिल के नैन-नक़्श साफ़ होने तक, मुँहफट ने बदतमीज़ की मदद से उसकी माँ की मौत से पहले चालाकी से उसकी सारी ज़मीन-जायदाद, सोना-चाँदी सब कुछ हड़प लिया और बची विधवाओं को उसे बद्दुआएँ देने के लिए ज़िंदा छोड़ दिया। मैं ये तो नहीं जानता कि दरअस्ल हो क्या रहा था, मगर मेरे बाप की रिहाई के बाद अगर ऐसा है, तो उसे एक और बद्दुआ लगी और मेरी माँ बदतमीज़, ख़ुशियों के आनंद उठाने के मौक़ों की आमद के पहले ही चल बसी। अचानक उसका पेट फूला, उसे असहनीय दर्द हुआ और हस्पताल तक पहुँचते-पहुँचते उसकी जान चली गई। डॉक्टरों ने जो कहा मुझे उसमें ऊपरी तौर पर बस इतना समझ आया कि उसके पेट के अंदर कुछ फट गया था या उसका पेट ही, जिसमें मेरे गूँगेपन का फ़ायदा उठाकर एक नाजायज़ औलाद पाली जा रही थी। दुआओं, बद्दुआओं पर मेरे यक़ीन न करने से क्या होता है, जबकि हक़ीक़त यही है कि बद्दुआओं के असरों ने ही उसके दिमाग़ पर क़ब्ज़ा कर लिया था, वर्ना वो अपने पेट में हमल ठहराने से परे नाजायज़ शारीरिक संबंध का लुत्फ़ उठा सकती थी।

मैं यानी ख़ुशदिल, देख सकता था और सुन भी सकता था। मगर उसने भी ड्रामे की हद कर दी कि वो सत्रह साल तक बहरा बना रहा। डॉक्टर कहते कि इसके कानों में कोई ख़राबी नहीं है। वो उससे कहते, "हेलो! हेलो स्वीटहर्ट! ख़ुशदिल! ख़ुशदिल!" मगर वो चालाकी से उनकी आवाज़ों और आग्रहों को टाल देता और इस अदाकारी के साथ इधर-उधर देखता, जैसे उसने वाक़ई कुछ नहीं सुना। जैसे उसे कुछ सुनाई नहीं दिया। जैसे उसे कुछ सुनाई ही नहीं देता। पर उसने सुना था : उसने बदतमीज़ को अपना नाम एहसानमंद बताया था। ख़ुशदिल के बदन पर उसका पहला साया पड़ते ही वो समझ गया था कि ये इंसान नहीं है, प्रेत है। बद्दुआओं का प्रेत। उसने अपनी चालाकी और संयम से वो सब देखा जो बदतमीज़ ने कभी नहीं देखा। वो दरवाज़े के बाहर जाता और धुएँ की शक्ल इख़्तियार कर हवाओं में कहीं ग़ायब हो जाता। बदतमीज़ एहसानमंद के गोरे-चिट्टे, लंबे-चौड़े डील-डौल पर बुरी तरह फ़िदा हो चुकी थी। ख़ुशदिल ये सोच-सोचकर लंबा हो रहा था कि एक मामूली-से पंक्चर ठीक करने वाले शख़्स से उसकी माँ कैसे चक्कर भिड़ा सकती है, जबकि उसे तो ग़रीबी से इतनी नफ़रत थी कि अमीरी के भूत ने उसे कहीं का नहीं रख छोड़ा था। उसने कैसे अपनी क़समों को भुला दिया और एहसानमंद को बग़ैर रोक-टोक के अपने घर में आने दिया। यहाँ तक कि ख़ुशदिल के कमरे में भी। दरअस्ल वो एहसानमंद के वश में थी। एहसानमंद वाक़ई एक प्रेत था। उसने पहले रोज़ ही उसकी आँख की सियाह पुतलियों को चमकदार लाल रंग में बदलते देखा था। घंटों तक सहवास से न थकने की उसकी क्षमता दुर्लभ थी। किसी भी इंसान से परे। उसने बदतमीज़ को एहसानमंद से कई बार ये कहते हुए सुना था, *"बस करो मेरी कमर टूटी जा रही है। ऐसा क्या खाते हो कि—"* वो कहता, "अरे चुप कर, मेरा अभी हुआ नहीं।" उसने देखा कि एक रोज़ उसकी लंबाई इंसानों की लंबाई से परे किसी जिराफ़ जितनी है। चौदह फ़िट ऊँची छत पर उसका सर रगड़ मार रहा है। वो देखकर हैरान था कि उसकी सवा पाँच फ़िट की माँ उसके कंधों पर हाथ रख, उसके होंठों पर अपने होंठ कैसे रगड़ सकती है। क्या उसे उसकी लंबाई दिखाई नहीं देती? या सिर्फ़ उसे ही वो सब कुछ दिखाई देता है जो किसी को दिखाई नहीं देता। मोहल्ले की निठल्ली औरतों ने बातें बनाना शुरू कर दिया था : *इसके घर न कोई आता, न जाता फिर ये किसके साथ घंटों लगी रहती है। कहीं अपने गूँगे लड़के के साथ तो नहीं। बड़ा ताक़तवर है साला।* ख़ुशदिल बहरा नहीं था पर गूँगा था। वो उनसे कुछ नहीं कह सकता था।

और,

एक रोज़ जेल में ऐलान हुआ। कुछ क़ैदियों की सज़ाएँ, उनके शांत और मेहनती चाल-चलन के चलते, उनकी घोषित सज़ाओं से कम की जानी थीं। सबको बुलाया गया, उनको भी जो इंसान से कबूतर हो जाने की दरख़्वास्त लिए मुँहफट के पास आते थे और अक्सर मायूस होकर लौटते थे। मगर मुँहफट का कहीं कोई नाम नहीं था। वो कहता रह गया, "साहब मैं— ? मैं भी तो— ? मैंने भी तो— ?" जेलर कहता, "नहीं, तुम नहीं। तुम्हारी सज़ा अभी बाक़ी है।" बद्दुआओं के सकारात्मक असर ने मुँहफट की सज़ा को इस पड़ाव पर लाकर खड़ा कर दिया कि अचानक ऐसे अपराध थम गए, जिनमें अपराधियों को सज़ाओं के लिए उस *उतनी* बड़ी जेल में क़ैद किया जाता था, जहाँ अपनी सज़ा के ग्यारहवें साल में मुँहफट अकेला क़ैदी रह गया था। वो रात दिन अपने जादू की ट्रिकों को सोचने में, उन्हें वापस याद करने में डूबा रहने लगा। उसे कुछ याद नहीं आता था। मायूस होकर, वो कभी अपना सर तो कभी हाथ दीवार पर पटकता। अपने बढ़े नाख़ूनों से अपनी दाढ़ी नोचता, अपना गला नोचता और उन्माद में कभी-कभी अपनी छाती के बाल तक उखाड़ लेता था। वहशत की इंतिहा ने एक दिन उसकी जान लेनी चाही। उसने पेड़ों की घेराबंदी के लिहाज़ से लगाए गए तारों का एक नुकीला काँटा बेरहमी से अपनी कलाई पर फेर दिया। ख़ून के फ़व्वारे निकल पड़े लेकिन वक़्त रहते, उसे फिर से बचा लिया गया। उसकी जान नहीं गई, मगर वो कुछ दिनों तक बेहोश रहा। उसने अपनी बेहोशी में एक ख़्वाब देखा। उसके ख़्वाब में ख़ुशदिल ने उसे बताया कि एहसानमंद नाम के एक नर प्रेत ने बदतमीज़ का ज़ेहन कुंद कर दिया है। उसने उसे बताया कि शोरबेदार नाम की एक मादा प्रेत भी है, जो अपने आप को उसका दोस्त बुरावक़्त बताती है। वो वक़्त नाम के एक गिरोह की सबसे चालाक मादा प्रेत है। उसने बताया कि वो जिसके पीछे लग जाए, समझो उसकी तो *लग गई।* वो अक्सर लोगों को बर्बाद करने के मक़्सद से उनके पीछे पड़ती है और उन्हें तब तक बर्बाद करती है, जब तक कि उसे तसल्ली नहीं हो जाती। तब तक, जब तक उसका जी नहीं भर जाता। वो जादुई ढंग से लोगों का ख़ून पीती है और देखते-देखते उन्हें इतना कमज़ोर और बीमार कर देती है कि उन्हें वापस अपनी आबादी की तरफ़ लौटने में बहुत-बहुत वक़्त लग जाता है। कभी-कभी तो वो आबाद होने से पहले मर भी जाते हैं। ख़ुशदिल ने उसे बताया कि वो रोज़ उसके ख़्वाब में उससे मिलने आती है और तरह-तरह की बर्बादियों के तरह-तरह के

क़िस्से सुनाती है। उन सब क़िस्सों में सबसे डरावना क़िस्सा उस प्रेमी युगल का है, जो एक रोज़ अचानक इंसान से जानवर बन जाते हैं, और बेरहमी के साथ लोगों को अपने झाँसे में लाकर, उन्हें ख़बर किए बग़ैर चालाकी से उनका ख़ून चूसते हैं। उनकी अपनी एक औलाद भी थी, मेरी तरह एक गूँगी औलाद, जो सिर्फ़ तमाशा देख सकती थी। किसी प्रेत ने उन्हें इस क़दर अपने क़ाबू में कर लिया था कि एक रोज़ वो अपने ही बच्चे को मारकर उसका ख़ून पी गए। जब उनकी आत्माएँ तृप्त हो गईं, तब उन्हें होश आया कि उन्होंने जूनून में अपनी ही औलाद को मार दिया है। शोरबेदार ने बताया कि उसका नाम लालच था। और जब लालच चली गई, तो वो उनके पीछे लग गई और तब तक लगी रही, जब तक उन्होंने एक-दूसरे को नोच नहीं खाया।

मुँहफट एक अदृश्य घबराहट के साथ, हाँफता हुआ होश में आता है। वो इधर-उधर देखता है। वहाँ कोई नहीं होता। वो हस्पताल में अपने कमरे की खिड़की से कूदकर अपनी जान देने ही वाला होता है कि एक बार फिर उसकी जान बचा ली जाती है। उसे एहसास होता है कि बुरावक़्त ही उसका वफ़ादार है। एक ऐसा दोस्त, जो तब तक किसी बात का बुरा नहीं मानता, जब तक कि वो ख़ुद से दोस्ती को दुश्मनी में बदलने का इरादा नहीं कर लेता।

मुँहफट की जेल अभी दो साल की रह गई थी। ख़ुशदिल ऊनी गुड़िया के साथ-साथ बढ़ता हुआ पंद्रह साल का हो चुका था। बदतमीज़ एहसानमंद के साथ रंगरलियाँ मनाने में इतनी मसरूफ़ हो चुकी थी कि उसने पिछले नौ-दस सालों में ख़ुशदिल के इलाज से लेकर उसकी बेहतर परवरिश तक को हाशिए पर धकेल दिया। ज़माने की नज़र में वो गूँगा का गूँगा ही रह गया। सेहत से कमज़ोर मगर बातूनी (हिंदी का एक नौजवान लफ़्ज़) औरतों की नज़र में इतना ताक़तवर, जो किसी औरत को सहवास के उस चरम तक ले जा सकता है, जो उनकी सोच से भी परे हो। उम्र के इस पड़ाव में आने के बाद भी ख़ुशदिल ने बाहरी दुनिया का मुँह तक नहीं देखा था। वो कुत्ते, बिल्ली, गाय, भैंसों को भी नहीं पहचानता था। वो इंसानों से ज़्यादा शैतानों को पहचानता था। शैतान : एहसानमंद, शोरबेदार उर्फ़ बुरावक़्त, लालच वग़ैरा। कोई एक और था, जिसे वो पहचानता नहीं था मगर उसका नाम जानता था। थी कोई; उस ऊनी गुड़िया के अंदर अपनी पहचान छुपाकर चुपके-चुपके उसका भाग्य लिखने वाली। अगर मैं ख़ुशदिल की हैसियत से बाहर आकर कहूँ, तो मैं उसे पहचानता था। मैं ही नहीं, बल्कि मुँहफट का बाप

भी उसे पहचानता था। आख़िर उसने उसकी क़िस्मत लिखी थी। उसने मुँहफट के बाप को बताया था— सत्रह साल। मगर असीम दुखों में डूबा हुआ उसका बाप सत्रह साल तक ख़ुश-ख़बर का इंतज़ार नहीं कर सका। मगर उसे सब कुछ मालूम था। कब ऐसा होगा और कब तक ऐसा ही होता रहेगा और कब सब कुछ वापस ख़ुशियों की राह पर लौटकर आएगा। तब तक कौन रहेगा, कौन नहीं, वो सब कुछ जानता था। और मैं जानता हूँ, तब तक कोई नहीं रहा था सिवाए ख़ुशदिल और मुँहफट के। बारह साल बाद, जब ख़ुशदिल सत्रह का हो चुका था, वो जेल से छूटकर घर आया। उसी रोज़ उसने देखा कि बदतमीज़ बुरी तरह से पेट के दर्द से कराह रही है।

आप जानते हैं, वो कैसे मरी थी। *ये सवाल नहीं, सूचना है।*

उसी रोज़ उसकी लाश को आग की लपटों के हवाले करते हुए उसने ख़ुशदिल से इशारे-इशारे में पूछा, "एहसानमंद कौन है?" उसने उससे पूछा, "फ़लसफ़्याना कौन है?" हयुलानी ने कहा, "विल्सन कौन है?" मुँहफट हैरान-परेशान था। उसके चेहरे की रंगत यक-ब-यक ज़र्द पड़ गई। उसने ख़ुशदिल से कहा, "तुम बोल सकते हो?" मंडेला ने कहा, "थेंगॉड! इसे होश आ रहा है।" भौचक ख़ुशदिल ने 'हाँ' लफ़्ज़ को मज़ीद लचकदार करते हुए कहा, "*हाँ,* मैं बोल सकता हूँ। मैं, मैं, मैं— मैं बोल सकता हूँ।" मंसूरा ने कहा, "या अल्लाह तेरा लाख-लाख शुक्रिया।" ख़ुशदिल इत्मीनान की तरफ़ आया। उसने कहा, "मैं सुन भी सकता हूँ। मैं सुनता था। मगर मेरी कोई नहीं सुनता था।" हयुलानी ने बिस्तर पर अपने हाथ झटकते हुए कहा, "विल्सन कौन है? कौन है विल्सन।" हफ़ीज़ ने मन ही मन कहा, "*वि— ल्— स— न, सा— ल, विल्सन———*"

पंद्रह

अब यहाँ तीन शब्दों की मदद लेते हुए आगे की बात शुरू की जाएगी : वाक़िआ, हादिसा और सानेहा।

देखा जाए, तो इन तीनों शब्दों के सतही मायने घटना के हैं, मगर और गहराई में उतरकर देखें, तो तीनों के अर्थों में पाताल, ज़मीन और आसमान जितना फ़र्क़ है। मेरी कहानी के मुताबिक़ इस उपन्यास में अभी तक कोई सानेहा नहीं हुआ, वाक़िओं की भरमार है और हादिसे भी अपनी जगह पर काफ़ी मात्रा में घट चुके हैं। वाक़िओं की तरफ़ देखने पर कहा जा सकता है कि हीर का पकड़ा जाना एक वाक़िआ है। मौत किसी की भी हो उसपर हँसना नहीं चाहिए : अगर आप ऐसे तर्कों से इत्तिफ़ाक़ न रखते हों और ऐसा सोचते हों कि बुरे इंसान की मौत पर कैसा मातम, तो जरीस की मौत को भी वाक़िआ कहा जा सकता है। और उसे भी, जब उस सरफिरे अमीरज़ादे ने टीपू से अपना ही बुत बनवाकर उसे पहचानने से इनकार करते हुए उसपर छुरी फेर दी थी, वाक़िआ ही कहा जाएगा, लेकिन अगर इसी दौरान उसकी जान चली जाती, तो ये घटना फ़ौरन वाक़िए से हादिसे की श्रेणी में आ जाती। चाँद बीबी का मर जाना, गुज़िश्ता और अक्सीर का महल छोड़कर कहीं भाग जाना, मुँहफट के कहने पर उस मिर्गी के मरीज़ का अपनी उँगलियों के नाख़ून उखाड़ देना वग़ैरा भी वाक़िओं के दर्जे में आते हैं। टीपू की बीवी-बच्चे दोनों का मर जाना, विल्सन का मर जाना और फ़ारस का क़त्ल जैसी सारी घटनाएँ हादिसे हैं। आपको और गोल-मोल न घुमाते हुए मुझे सीधा-सीधा कहना चाहिए कि ऐसी घटना जिसे आसानी से भूला जा सकता हो और याद करने पर दुख का कोई ख़ास

एहसास न हो; कभी-कभी उसपर हँसी भी आ सके तब उसे वाक़िआ कहेंगे। मगर जब किसी घटना को भुलाया न जा सके और उसे याद करने पर आदमी अंदर तक सिहर जाए, उसे हादिसा कहा जाता है। सानेहा इन सब में सबसे ऊपर है : पहली-दूसरी आलमी जंग जैसी घटनाएँ यानी, जिन्हें पीढ़ियों तक न भुलाया जा सके, सानेहा कहा जाता है। और अगर मैं अपनी बकवास को सिरे से नकारते हुए कह दूँ कि किसी-किसी के लिए सानेहा भी किसी वाक़िए की तरह हो सकता है और वाक़िआ हादिसे की तरह। अगर मैं एक मनोवैज्ञानिक के तौर पर आपसे पूछूँ कि अदीबा का क़त्ल आपके लिए क्या है ? तब आपका जवाब क्या होगा ? आप अपना जवाब अपने पास सुरक्षित रखिए और इतना जान लीजिए कि कभी-कभी छोटे-छोटे वाक़िए सानेहों की शक्ल इख़्तियार कर लेते हैं। *ज़रा सावधानी से।*

'है' और 'था' के फ़र्क़ से आख़िर कौन वाक़िफ़ नहीं है। लेकिन जब यही *'है'* अचानक इसी *'था'* में बदल जाए, तो पाँव काँपने लगते हैं। समय रुक-सा जाता है। कुछ उथल-पुथल-सी हो जाती है।

मसलन :

मुँहफट कमाल का जादूगर है।

है नहीं, था। या

मेनिका निहायत ख़ूबसूरत है।

है नहीं, थी।

आज उसे मेरे घर आना है।

आना है नहीं, आना था।

आने को है।

और

आने को था।

आप ख़ुद फ़र्क़ महसूस कर के देखिए।

'होने को बहुत कुछ है ?' या 'बहुत कुछ होने को है ?' शब्दों के सिलसिले अच्छी ख़ासी बात को औंधे मुँह पटक देने की ताक़त रखते हैं। आप महसूस कर रहे होंगे।

मैं होने को बहुत कुछ है पर आते हुए ये भी कहना चाहूँगा कि बहुत कुछ हो रहा है। अगर दुनिया को सात हिस्सों में बाँटा जाए, तो उसके एक हिस्से की आबादी हिंदुस्तान में एक रहस्यमई बीमारी से पीड़ित है, जिसकी वज्ह से अब तक

दुनिया भर में करोड़ों जानें जा चुकी हैं : *सानेहा।* कई जगहों और शहरों के नाम बदले जा चुके हैं। कई के बदले जा रहे हैं। गुड़गाँव उर्दू का लफ़्ज़ न होते हुए भी बदला जा चुका है और अब गुड़गाँव, गुरुग्राम है। गोरखपुर का अली बाज़ार अब आर्य बाज़ार हो चुका है। मियाँ बाज़ार माया बाज़ार और उर्दू बाज़ार हिंदी बाज़ार हो चुका है। हिंदू धर्म से जुड़े शहरों, जैसे मथुरा वग़ैरा, में शराब और मांस की ख़रीद-फ़रोख़्त पर पाबंदी लगाने की तैयारी हो रही है। कसाइयों और शराब बेचने वालों को दूध-दही वग़ैरा बेचने के मशविरे दिए जा चुके हैं : *छोटे-छोटे वाक़िए।* अफ़वाहें हैं कि ज़िंदा लोगों की मुर्दा ज़बान या मुर्दा लोगों की ज़िंदा ज़बान? उर्दू का वर्तमान ख़तरे में है। उसे बेरहमी से एक ख़ास मज़हब की ज़बान घोषित कर दिया गया है। मुझ जैसे हिंदू को, *हिंदू हो तो हिंदी में लिखो,* जैसे तंज़ों और फ़िक़रों से दो-चार होना पड़ रहा है। किसी चंदेल क्षत्रिय के कहने पर कि चंदेल लगभग हज़ार साल पहले क्षत्रिय नहीं गौंड़ थे, के जवाब में उसे क्षत्रिय जाति समूह के लोगों से सुनना पड़ रहा है कि वो क्षत्रियों की छवि ख़राब कर रहा है और लोगों तक ग़लत इतिहास पहुँचाकर उनकी भावनाएँ आहत कर रहा है। लेकिन वो निर्दोष है। उस जैसा हर शख़्स, बल्कि हिंदुस्तान की पूरी आबादी निर्दोष है। क्यूँकि इस मुल्क की सरकारें इस आबादी तक आज तक सही इतिहास पहुँचाने में नाकामयाब रही हैं। उस देश की जनता पर कैसा दोष मढ़ना, जो अपने देश का दोहरा इतिहास पढ़ती या सुनती चली आई हो?

अकबर महान या महान अकबर या अकबर अकबर या महान महान? कैसी परिस्थिति है ये?

ख़ैर, मैं अकबर महान को महान महान नाम से नवाज़ते हुए एक पाप से बचने की चालाक कोशिश करते हुए कहना चाहूँगा : महान महान, अपने कमख़ाब के ख़ेमे में पानी मिली शराब पी रहा था और अपनी रक्तरंजित-वंश-परंपरा पर अफ़सोस कर रहा था। वो अपने ख़ूँख़्वार पुरखों जैसा नहीं होना चाहता था। हालाँकि उसके पुरखे इतिहास के महानतम लोग थे। वो 'लुटेरे-अतीत' के उन नामों के बोझ तले दबा महसूस करता था, जिन नामों से उसका नाम इंसानी ख़ून के झरनों में झरता हुआ उस तक आया था। उसके दादा बाबर, फ़रगाना के सरदार, जिन्होंने इस नए राज्य को जीता था, मगर उसे हमेशा नापसंद किया था। बहुत ज़्यादा दौलत और बहुत अधिक देवताओं वाला ये 'हिंदुस्तान', सही और सुखद शब्दों के अप्रत्याशित गुणों वाला बाबर, जो लड़ाई का यंत्र था और बाबर से पहले

ऑक्सस नदी के पार मध्य एशिया और मंगोलिया के ख़ूनी बादशाह और सबसे ऊपर प्रबल तेमूजिन : जेंगीज़, चंगेज़, जेंगिस या चिंगिस क़ान, जिसकी वज्ह से उसे, अकबर को, मुग़ल का नाम स्वीकार करना पड़ा, मंगोल बनना पड़ा, जो वो था नहीं या कम-से-कम जो वो ख़ुद को महसूस नहीं करता था। वो महसूस करता था कि वो हिंदुस्तानी है। उसका जत्था न सुनहरी था, न नीला, न सफ़ेद। 'जत्था' लफ़्ज़ ही उसके सुरुचिपूर्ण कानों को भद्दा, घिनौना और घटिया लगता था। वो जत्थे नहीं चाहता था। वो अपने शिकस्त खाए दुश्मनों की आँखों में पिघली चाँदी नहीं डालना चाहता था, न उन्हें उस तख़्त के नीचे दबाकर मार डालना, जिसपर बैठकर वो भोजन कर रहा हो। वो युद्ध से थक चुका था। उसे याद था कि बचपन में उसके उस्ताद, एक ईरानी मीर ने उसे बताया था कि आदमी ख़ुद अपने साथ सुकून के साथ रह सके इसके लिए ज़रूरी था कि वो बाक़ी सब के साथ सुकून से रहे। सुल्हे-कुल, पूरी शांति। कोई ख़ान ऐसे ख़याल को समझ नहीं सकता था। वो एक ख़ानत नहीं, एक देश चाहता था। महज़ तेमूजिन ही का सवाल नहीं था। उसकी रगों में उस आदमी का भी ख़ून दौड़ रहा था जिसका नाम ही लोहा था और जिसका वो सीधा वंशज था।

उसके पुरखों की ज़बान में लोहे के लिए जो लफ़्ज़ इस्तेमाल होता था, वो तैमूर था। तैमूर-ए-लंग, लँगड़ा लौह पुरुष, जिसने दमिश्क और बग़दाद को ध्वस्त कर दिया, जिसने दिल्ली को खंडहर बनाकर छोड़ दिया, जहाँ पचास हज़ार प्रेत मँडरा रहे थे। अगर तैमूर उसका पूर्वज न होता, तो अकबर को अच्छा लगता। उसने तैमूर की चग़तई ज़बान भी बोलना छोड़ दी थी, जिसका नाम चंगेज़ के एक बेटे के नाम पर पड़ा था। इसकी बजाए पहले फ़ारसी अपना ली थी और बाद में फ़ौजी लश्कर की वो दोग़ली मिली-जुली ज़बान उर्दू भी, जिसमें आधा दर्जन आधी समझी जाने वाली भाषाएँ सीटियाँ-सी बजाती हुईं गिटपिट करती थीं और जिन्होंने सब को हैरतज़दा करते हुए एक ख़ूबसूरत नई आवाज़ पैदा की थी : फ़ौजियों के मुँह से पैदा होने वाली शायरों की ज़बान।

वो बादशाह यहीं पैदा हुआ था। यहीं मरा था। यहीं हिंदुस्तान में। उसे अब लुटेरा कहा जाने लगा है।

मैं किसी के पक्ष में नहीं हूँ। मैं सिर्फ़ शब्दों के सही चयन के पक्ष में हूँ। हमलावर हिंदी में : आक्रमणकारी या जंगजू हिंदी में : योद्धा, को लुटेरा नहीं कहा जाना चाहिए। हिंदुस्तान की तारीख़ में बहुत से योद्धा रहे हैं। उनकी सबसे बड़ी

मिसाल शाहों का शाह महान राजा अशोक को कहा जा सकता है। क्या अशोक लुटेरा था? आप मानते हैं? और इस किताब में शाहों के शाह का ज़िक्र कितना प्रेरणादाई रहा है। आपको नहीं लगता?

'जो हुआ सो हुआ' जैसे पवित्र शब्द युग्म के अर्थ पर निष्ठा रखने वाले भारतीय 'जो हुआ वो क्यों हुआ' पर ध्यान-मग्न हैं।

एक वाक़िआ है— असली— मेरा जिया हुआ— मुख़्तसर-सा— बेहद मुख़्तसर :

मैंने एक बार कबूतरों को अपने घर में घोंसला बनाने से नहीं रोका। उन्होंने अपनी औलादें पैदा कीं और फ़ारिग़ हो गए। वापस लौटकर तब आए, जब कबूतरी फिर हमल से हो चुकी थी। मैंने उन्हें अपने घर में घोंसला नहीं बनाने दिया, मगर वो मेरे घर का पता नहीं भूले। बार-बार उन्हें घर में न घुसने देने का नतीजा ये ठहरा कि एक बार उन्होंने मेरे घर के बाज़ू में एक बालकनी में अपनी औलादें पैदा कीं और दूसरी बार मेरे घर की छत पर। मैं समझ नहीं पाया कि उन्होंने ऐसा क्यों किया? वो मेरे घर का रास्ता नहीं भूले थे या मुझे ये दिखाना चाहते थे कि तुम नहीं तो कोई और सही? ये उस सब से जुड़ा हुआ है, जो हो रहा है। ये *अपनी-अपनी* विचारधाराओं का मायाजाल है। एक विचारधारा ऐसी, जो कभी नहीं बदलती (कबूतरों की)। दूसरी ऐसी, जो वक़्त के साथ बदल जाती है या बदल सकती है (मुझ-आप जैसों की)। तीसरी वो जो मौक़ों के हिसाब से बदलती रहती है (इनकी तादाद असीमित है)। यहाँ कबूतर कौन है? मैं हरगिज़ नहीं जानता।

कबूतर आसानी से पीछा नहीं छोड़ते।

क्या हो रहा है, के सिलसिले में एक बार फिर से अफ़ग़ानिस्तान तालिबानियों के नियंत्रण में आ चुका है। 15 अगस्त (2021) के रोज़। उनके मुताबिक़ वो आज़ाद हुए हैं; और तालिबानियों को तालिबानी क्यों कहते हैं, उन्हें अफ़ग़ानी कहिए जैसे कर्कट स्टेटमेंट पर हिंदुस्तानी मीडिया पूरी शिद्दत के साथ अपना वक़्त बर्बाद करने पर आमादा है। ये वो दौर है, जब मीडिया सरकार के विरोध में न के बराबर दिखाई देती है; *लेकिन हम अभी तक आज़ाद नहीं हुए थे।* उनके मुताबिक़ वहाँ एक बार फिर से क़ुरआन के सिवा कोई और किताब नहीं रह जानी चाहिए। ये सब ठीक वैसे ही हो सकता है जैसा एक मर्तबा हो चुका है, जब तालिबानी हथियार और फावड़ों के साथ काबुल म्यूज़ियम में घुस रहे थे। इस्लाम से पहले के तमाम बुत चूर-चूर किए जा रहे थे। इस्लाम के सिवा तमाम तारीख़ी निशानियों

को मिटाया जा रहा था। टीवियों के पर्दे, टांजिस्टरों के वजूद चूर-चूर किए जा रहे थे। क़ुरआन के सिवा बाक़ी सारी किताबों का ढेर लगा उनमें आग लगाकर अब्दुल क़ादिर बेदिल, रूमी, ख़लीली, पजवाक, हाजी दहक़ान, अंसारी, बेताब, अशराकी, जामी, हाफ़िज़, ख़य्याम, निज़ामी और दूसरे बहुत से अदबी वजूद लगातार धुएँ में तब्दील किए जा रहे थे।

ज़रा-सी बकवास और, फिर वापस कहानी की तरफ़ :

ऐसा होने से क्या हो सकता है, के सिलसिले में : दिलरुबा— संगीत— उस्ताद अमरुद्दीन— तालिबान— काबुल— अफ़ग़ानिस्तान :

दिलरुबा— संगीत :

दिलरुबा, फ़ारसी अस्ल का लफ़्ज़ है, जिसके अर्थों में एक अर्थ : एक अरबी वाद्ययंत्र और दूसरे अर्थों में प्रेमिका, माशूक़, दिलबर, मनोरंजक, दिल लुभाने वाला (यानी दिलकश) वग़ैरा हैं। ज़ाहिर है, उर्दू शायरी की रिवायत की बात करें, तो ऐसा बाजा, बल्कि वाद्ययंत्र, जो किसी का दिल मोह ले, होते-होते माशूक़ के इस्तिआरे (रूपक) के तौर पर अपनी जगह बना लेता है। यहाँ सिर्फ़ एक भाषा भर का नहीं, बल्कि उस शब्द के कोमल उच्चारण का भी असर है, वर्ना अब तक माशूक़ाओं को सितार, गिटार, तबला वग़ैरा क्यों नहीं कहा गया।

कमर उस दिलरुबा की दिलरुबा है— वली मोहम्मद वली

अगर आपने कहीं दिलरुबा देखा होगा, तो मेरी बात से ज़रूर एक राए होंगे कि किसी की कमर को दिलरुबा कहना किसी लिहाज़ से ठीक नहीं है।

जिस दिलरुबा सूँ दिल कूँ मिरे इत्तिहाद (एकत्व) है (ये एक बेहतर प्रयोग है।)

दीदार उस का मेरी अँखाँ की मुराद है— वली मोहम्मद वली

दिलरुबा को दिलरुपा भी कहते हैं। क्यों कहते हैं? मैं नहीं जानता। मैं सिर्फ़ इतना जानता हूँ कि मैं वापस दिलरुबा पर आ चुका हूँ। दिलरुबा, जिसका ज़िक्र अब सिर्फ़ और सिर्फ़ एक बाजे के तौर पर किया जाएगा। ये दोहरे, बल्कि कभी-कभी तिहरे (या सही?) इतिहासों को पढ़ने का नतीजा है कि मुझे एक बार फिर से कहना पड़ रहा है, दिलरुबा फ़ारसी का लफ़्ज़ है, जिसे अरबी का वाद्ययंत्र कहा जाता है और इसकी ईजाद आज से लगभग तीन सौ साल पहले हिंदुस्तान में सिक्खों के दसवें गुरु गोबिंद सिंह ने की थी। ये वाद्ययंत्र मयूर वीणा को आधार मानकर उसके मुक़ाबले वज़्न में काफ़ी कम बनाया गया था, ताकि गुरु गोबिंद

सिंह के सैनिक उसे अपने घोड़ों की पीठ पर लादकर आसानी से कहीं भी ले जा सकें। न सिर्फ़ मयूर वीणा, बल्कि दिलरुबा बाक़ी कई हिंदुस्तानी तंतु वाद्ययंत्रों, जैसे : वीणा, सितार, सुरबहार वग़ैरा की तुलना में भी वज़्न के लिहाज़ से काफ़ी हल्का होता है। इसी लिहाज़ से इसे प्रेमिका की कमर कहा जाना लाज़िमी भी ठहरता है।

"क्या तुम्हें नहीं लगता कि तुम अपने पाठकों की एकाग्रता का नाजायज़ फ़ायदा उठा रहे हो?" उसने मुझसे कहा। वो मेरा पीछा नहीं छोड़ रही है। मैंने अपने आप को उससे दूर कर लेने के हर संभव सूत्र अपनाए। शिद्दत से उनका पालन किया, मगर वो है कि— पाठको क्या मुझे उसका जवाब देना चाहिए?

जी, मैं देता हूँ।

"नहीं मुझे ऐसा नहीं लगता। तुम अगर बीच-बीच में मुझे टोकना और सताना बंद कर दो, अपने दिमाग़ से ग़लतफ़हमी की धुंध छाँटकर देखने की कोशिश करो, तो शायद तस्वीरों को साफ़-साफ़ देख सकती हो।"

"मुझे सब कुछ साफ़-साफ़ दिखाई दे रहा है। एक-एक तस्वीर। तुम्हारी चालाकी भी कि तुम किस तरह से शब्दों का जाल बुन रहे हो, और अपने भोले पाठकों को अपनी कहानी के इतर एक सामाजिक समस्या, और तो और एक वाद्ययंत्र के इतिहासों में उलझा रहे हो। कभी कहते हो दिलरुबा को माशूक़ा की कमर नहीं कह सकते हैं, कभी कहते हो कह सकते हैं। और तबला, सारंगी, गिटार— शर्म नहीं आती तुम्हें?"

"ओ हेलो, ज़रा ज़बान सँभालकर। तुम कुछ नहीं जानती हो। कुछ भी नहीं। ये भी नहीं कि आगे क्या होने को है, और चली आई हो बहस करने।"

"मैं सब जानती हूँ।"

"तुम कुछ नहीं जानती हो। ए! ओ! ओए कहाँ गईं अब तुम? हैलो— हैलो—"

लीजिए चली गई। मगर ये सब कुछ कैसे जान सकती है? हेह! छोड़िए उसे। मैं क्या जानता हूँ और आप क्या जानने जा रहे हैं, इसपर आते हैं।

हम कहाँ थे? हाँ, याद आया, फिर भी कुछ शोधों के मुताबिक़ ऐसा भी कहा जाता है कि दिलरुबा की ईजाद गुरु गोबिंद सिंह ने नहीं की थी। क्योंकि उनके दरबार में दिलरुबा का कोई वैध ऐतिहासिक संबंध हासिल नहीं होता है, बल्कि, दिलरुबा व्यापक रूप से कई दशकों बाद गायन के ख़याल प्रारूप के उद्देश्य से बनाया गया था। लेकिन तबला फिर भी उर्दू शायरी में माशूक़ा के किसी उज्व-ए-

मख़्सूस के तौर पर इस्तिआरे की हैसियत नहीं पा सका।

उस्ताद अमरुद्दीन— तालिबान— काबुल— अफ़ग़ानिस्तान :

उस्ताद अमरुद्दीन ने कहा था : सब कुछ अच्छा और बहुत अच्छा चल रहा था। हमारी ज़िंदगियाँ ख़ुशी और बेफ़िक्री में बसर हो रही थीं। लेकिन अब (अब फिर से *आज भी*) सभी लोग फ़िक्रमंद हैं। मैं भी हूँ। मुझे नहीं लगता कि जब ये ग़ैर मुल्की फ़ौजी यहाँ से रुख़सत हो जाएँगे, तब भी यहाँ ज़िंदगी ऐसी ही आज़ाद और ख़ुशहाल रहेगी?

दशकों से, बादशाहों, सिपहसालारों और कम्युनिस्टों के लिए अपने महान संगीत की पेशकशें देने के बावजूद उन्हें गिरफ़्तारी की धमकी दी गई और निर्वासन के लिए मजबूर किया गया। वो नहीं जानते थे कि अमेरिका और उसके सहयोगियों के जाने के बाद आगे क्या होगा। बेशक अफ़ग़ानिस्तान पर सन् 2001 में अमेरिकी सेना के नेतृत्व में किए गए हमलों के बाद वहाँ की बेशतर अवाम दुख झेलने पर मजबूर रह गई थी। लेकिन इसमें भी कोई शक नहीं है कि ये दौर वहाँ के संगीतज्ञों और दूसरे विभिन्न कलाकारों के लिए आज़ादी का दौर था। ये एक गंभीर विषय था *(है)* कि क्या ये प्रगति टिकाऊ है? *(टिकाऊ हो सकती है?)* जबकि काबुल धीरे-धीरे रूढ़िवादी और राजनीतिक रूप से भरे अतीत की तरफ़ फिर से वापसी कर रहा था *(है)*, जब अवाम से लेकर चित्रकारों, कवियों और संगीतज्ञों तक सभी को अपने काम की वज्ह से तरह-तरह के जोखिमों का सामना करना पड़ा *(पड़ रहा)* है।

संगीतज्ञ पिता और महान ग़ज़ल गायक उस्ताद रहीम बख़्श के शागिर्द अमरुद्दीन अफ़ग़ानिस्तान के इकलौते रेडियो स्टेशन में बतौर दिलरुबा वादक नौकरी पर रख लिए गए। 1979 से 1989 के दरमियान सोवियत संघ के क़ब्ज़े और बाद के गृह युद्धों के बाद, अपने बाक़ी संगीतकार दोस्तों, जिनका बतौर कलाकार वर्तमान और भविष्य दोनों तबाह हो चुका था, के उलट अमरुद्दीन का नाम शिखर को हासिल होता जा रहा था। वो अब अफ़ग़ानिस्तान के शहर शेबर्ग़ान में रह रहे थे। और इसी स्वर्णिम और सियाह दहाई के आख़िरी सालों में तालिबान क़ब्ज़े के दौरान पूरे मुल्क में संगीत और दूसरी कलाओं पर पूरी तरह से पाबंदी लगा दी गई। और उस्ताद की संगीत पर गूढ़ रूचि, उनकी चरम साधना उनके भूतकाल की तरह उनका वर्तमान साबित होने लगी। तालिबानियों ने अमरुद्दीन के घर से बरामद हुए संगीत के तमाम उपकरण बर्बाद कर डाले। इससे भी बुरा तब

हुआ जब तालिबानियों को ये मालूम हुआ कि वो एक बदनाम सिपहसालार अब्दुल राशिद दोस्तम के दरबार में नियमित संगीत की प्रस्तुति देते रहे हैं। उन्हें अपनी गिरफ़्तारी का ख़ौफ़ खाने लगा। उन्होंने अपने पिता से विरासत में मिली दिलरुबा के साथ वहाँ से पाकिस्तान भाग जाने की योजना बनाई, मगर वो नाकामयाब हुए। उन्हें बीच रास्ते में एक तालिबानी ने रोका और उनकी दिलरुबा को टुकड़ा-टुकड़ा कर दिया। उन्होंने इस बात पर अफ़सोस ज़ाहिर करते हुए कहा था : मुझे बहुत ग़ुस्सा आया मगर इस डर से कि वो मुझे मार देंगे, मैंने अपने ग़ुस्से को ज़ब्त कर उसे अपने अंदरून किसी कोने में धकेल दिया। सन् 2001 में तालिबान की हार के बाद अफ़ग़ानिस्तान के हालात में सुधार आया। फिर से संगीत कार्यक्रमों का आयोजन होने लगा। फिर भी दक्षिणी प्रांत ग़ज़नी में आयोजित होने जा रहे एक संगीत कार्यक्रम को वहाँ के मक़ामी अफ़्सरों द्वारा प्रतिबंधित कर दिया गया। उनके मुताबिक़ संगीत 'हराम' था *(है)*।

दिलरुबा बजाने वाले बचे इकलौते उस्ताद अमरुद्दीन पाकिस्तान आए और उन्होंने पेशावर में दिलरुबा बजाना शुरू किया। 2001 में तालिबान की हार के बाद वो अफ़ग़ानिस्तान लौटे। और अपने खंडहर हो चुके घर में नई नस्लों को दिलरुबा सिखाने लगे। नब्बे साल की उम्र और गंभीर कूबड़ की तकलीफ़ सहते रहने के बाद भी अमरुद्दीन ने अपना दिलरुबा कभी किसी ग़ैर को नहीं उठाने दिया।

वहाँ, ज़ाहिर है *(आज भी)* कलाकारों को रोज़ मिलने वाली धमकियाँ एक आम शग़ल है।

GlobalPost

April 13, 2013 के मुताबिक़ :

अफ़ग़ानिस्तान के एक टी. वी. शो के जज मोहम्मद क़ासिम रमिशगर ने स्वीकार किया कि वो फ़ोन और इंटरनेट पर प्राप्त होने वाले कुछ धमकी भरे संदेशों से डर गए थे। उन्होंने ग्लोबल पोस्ट को बताया कि विशेष विद्रोही समूहों के बजाए मुख्यधारा की कट्टरपंथ सोच ही अफ़ग़ानिस्तान की अस्ल दिक़्क़त है। उनके मुताबिक़ अफ़ग़ानी अवाम दूसरे आदमी की तुलना में एक मुल्ला की बात आसानी से मान लेते हैं। हालाँकि अफ़ग़ानिस्तान में हमेशा से ऐसा नहीं रहा है जैसा कि आज इस्लाम की रूढ़िवादी सोच ही कलाओं के संदर्भ में प्राथमिक चुनौती मानी जाती है। पिछली तीन दहाइयों के तमाम उथल-पुथल के दौरान, युद्ध के मैदान पर लड़ाई के साथ-साथ एक सांस्कृतिक युद्ध छेड़ा गया है, जिसमें सभी

पक्ष विभिन्न शक्ति संघर्षों में शामिल रहे हैं। दृश्य कला आंदोलन की रफ़्तार कम ज़रूर थी, मगर वो तेज़ हो सकती थी। विकसित हो सकती थी। लेकिन जब रूसी आए, तो उन्होंने इस आंदोलन को रोक दिया। उसी समय से हमने अभिव्यक्ति की आज़ादी या एक व्यक्तिगत कलाकार होने का अधिकार खो दिया। 1980 के दशक में सरकार विरोधी कार्टून बनाने के लिए ओमरज़ाद को एक महीने के लिए जेल में डाल दिया गया था। वो अमेरिकी फ़ौज के हमलों वाले समय को कला की दृष्टि से अफ़ग़ानिस्तान का बेहतरीन समय बताते हैं। उन्होंने स्वीकार किया कि उन्हें धमकियाँ मिल रही हैं, लेकिन उनके इस बयान से कोई और न डरे इस उद्‌देश्य से उन्होंने इस बात को किसी से कहना ठीक नहीं समझा। वो कहते हैं कि हम इन हालात के बारे में नकारात्मक सोच नहीं रखना चाहते। हमें उम्मीद है एक रोज़ यहाँ के हालात बेहतर होंगे।

मगर ? नहीं हो सके— मगर होंगे

पिछले ज़मानों की तरह एक बार फिर से मशहूर और कलाकार औरतों को मुश्किलों का सामना करना पड़ रहा है। यहाँ तक कि उनके अभिवावक भी उनकी प्रसिद्धि से नाख़ुश रहते हैं। जून 2012 में बेहद मशहूर पश्तून गायिका ग़ज़ाला जावेद की उसके पिता के साथ पेशावर के पाकिस्तानी सीमावर्ती शहर में गोली मारकर हत्या कर दी गई थी। एक दूसरी महिला पश्तून गायिका यास्मीन गुल की 2010 में पाकिस्तान के क्वेटा शहर में रहस्यमय परिस्थितियों में मृत्यु हो गई। तीसरी महिला अयमान उदासी 2009 में पेशावर में कथित तौर पर उसके भाइयों द्वारा मार दी गई थी। एक अफ़ग़ानी टी. वी. और फ़िल्म अभिनेत्री सोनिया सरवरी को काबुल में एक शख़्स के द्वारा उसकी आँखों में ज़हरीला पाउडर फेंककर अंधा करने की कोशिश की गई थी। उसे यक़ीन था कि मक़ामी पुलिस उसकी कोई मदद नहीं करेगी। लिहाज़ा उसने उनसे इस घटना का ज़िक्र करना भी मुनासिब नहीं समझा। उन्होंने कहा, "हम जानते हैं कि अगर तालिबानी वापस आए, तो वो सबसे पहले हमें (टी.वी. और सिनेमा से संबंधित लोग) मार डालेंगे। न सिर्फ़ हमें, बल्कि पूरे अफ़ग़ानी समाज को मार डालेंगे।"

मगर वो आ चुके हैं

सोनिया ने ये पूछे जाने पर, कि क्या वो अब भी बतौर टी.वी. अभिनेत्री अपने काम को जारी रखेंगी ? उन्होंने कहा था, "स्वाभाविक-सी बात है, मैं एक अफ़ग़ानी लड़की हूँ। मैं नाकामयाबी को क़ुबूल नहीं कर सकती। मैं इसे अपनी आख़िरी साँस

तक जारी रखूँगी।" जारी रखना चाहिए—

तालिबान की रवानगी के बाद काबुल रेडियो के स्टूडियो में बचे कुल तीन साज़ों में एक रबाब, एक सारिंदा और तबले की एक जोड़ी रह गई थी। वापस काबुल लौटे सवा सौ संगीतकारों में से सिर्फ़ एक को सारिंदा बजाना आता था। *ऐसा होने से ऐसा होता है।* इसी तरह से छोटे-छोटे वाक़िए मिलकर हादिसों का रूप ले लेते हैं। फिर आपकी अपनी संवेदनशीलता के अनुसार इन्हीं हादिसों को कभी वाक़िआ, कभी हादिसा, कभी सानेहा कहा जाता है।

मगर क्या हुआ था? हुआ क्या था?

मंसूख़ जो था वही मंसूख़ *था।*

मैं जानता हूँ आप मेरे इतना समझाने के बाद भी नहीं समझे होंगे। यानी :

जो मंसूख़ था। वो मंसूख़ *था?*

ये सरासर ज़ुल्म है। ख़ैर फिर से समझिए :

जो मंसूख़ था। वो मंसूख़ अब नहीं रहा *था।* जैसे विल्सन।

ये मध्य भारत, साफ़ तौर पर मध्यप्रदेश और भी साफ़-साफ़ कहा जाए, तो भोपाल शहर में पड़ रही शदीद गर्मियों के उतार का महीना था। तब, जब पूरा दिन इस सोच में गुज़र जाता था कि रात की अच्छी नींद के लिए क्या और कैसे एक बेहतर इंतिज़ाम किया जा सकता है। गीली चादरों को ओढ़कर सोने की तरकीबें सिरे से नाकामयाब साबित हो जाती थीं। कूलर का पानी नींद के एक झोंके में तबाह हो जाता था। देखा जाए, तो मुझे नींद न आने के रोग की ज़िम्मेदार कुछ हद तक भोपाल और इंदौर में पड़ने वाली गर्मी को भी ठहराया जा सकता है। फिर भी मैंने, बल्कि हमने (मेरा छोटा भाई भी जो मेरी तरह गर्मियों से नफ़रत नहीं करता) कोई योजना नहीं बनाई। मैं योजनाएँ बनाने के मामले में क़तई पिद्दी हूँ। लेकिन प्राकृतिक रूप से बन जाने वाली योजना या योजनाओं को कौन रोक सकता है। हमारे (अब हम तीन थे। लेकिन तीसरे का ज़िक्र महज़ इतना किया जाएगा कि वो एक बीमार थे। हमसे उम्र में बड़े। जो अब नहीं रहे। जैसे मंसूख़। जैसे विल्सन। जैसे वो, जो थे पर अब नहीं हैं।) टिकट हो चुके थे। हम हिमाचल जाने वाले थे। हिमाचल के एक ख़ूबसूरत शहर धर्मशाला। छत्तीसगढ़ एक्सप्रेस एक थकी हुई ट्रेन, जो गुज़र चुके लंबे वक़्तों में कभी वक़्त पर नहीं आई। ये मेरी ज़िंदगी का पहला सफ़र था, जो मैं अपनी मर्ज़ी से तय कर रहा था। सफ़र के दौरान मैं खिड़कियों से बाहर देखने का आदी नहीं हूँ। मैं सोकर सफ़र काटना एक बेहतर विकल्प समझता

हूँ। ट्रेन के ए. सी. ने गर्मी में ऐसी राहत दी कि सफ़रों से ख़ौफ़ खाने वाला मैं, ये चाहने पर उतर आया कि ये सफ़र अब कभी ख़त्म न हो। लेकिन रास्तों की तरह यात्राओं की भी इंतिहा होती है। हम जालंधर पहुँचे। वहाँ की गर्मी मुझे भोपाल की गर्मी की जुड़वाँ महसूस हुई। आगे का सफ़र हिमाचल रोडवेज़ की उस खटारा बस से तय किया गया जो मध्यप्रदेश रोडवेज़ (जो कांग्रेस सरकार के वक़्तों में दशकों पहले बंद हो चुकी।) की बसों से कई गुना बेहतर थी।

मैं नुक़्स निकालने से कभी नहीं चूकता।

ऐसे में, जब बस की खिड़की खोलने के सिवा कोई दूसरा विकल्प न हो, तब बस की भीड़ को देखना सबसे बदतर, बल्कि बदतरीन विकल्प कहलाता है। ऐसे में, जब आप सफ़र को सोकर गुज़ारने को सबसे बेहतरीन सुझावों में से एक क्यों न समझते हों, लेकिन सो नहीं सकते। खिड़की के बाहर नज़ारों में फ़िलहाल कोई बदलाव नज़र नहीं आ रहा था, सिवाए इसके कि जगह-जगह पर टोपी वाले, पगड़ी वाले और चोटी वाले राहगीरों को रोक-रोककर ठंडी गुलाबी लस्सी और रंगीन ख़ुशबूदार शर्बत पीने के आग्रह कर रहे थे। जब हम रास्ते में उस मरहले पर पहुँच गए, जहाँ हर तरफ़ देखने के लिए खेतों के सिवा कुछ नहीं था, मुझे झपकी आई और मेरी आँख तब खुली, जब एक ठंडी हवा का झोंका मेरे मुँह पर आ लगा। मैंने देखा हमारी बस उन मुश्किल घाटियों से गुज़र रही है, जहाँ से वाहनों को सही-सलामत मंज़िल तक पहुँचाना अपने आप में एक कला है। धुएँ के छल्ले, हिमालय की चोटी, बर्फ़ीली बारिशों और ठंडी हवाओं के आदाब में झुके हुए घर मुझे वहीं बस जाने के लिए उकसाने लगे और कुल एक हफ़्ते के हिमाचल प्रवास के दौरान लगातार उकसाते रहे। लेकिन ऐसा हो न सका। हम फिर चौबीस डिग्री सेल्सियस के तापमान से वापस बयालीस डिग्री सेल्सियस के तापमान पर लौट आए। इस बीच हमने दिल्ली के बाह्य इलाक़ों की जानलेवा गंध को बर्दाश्त किया और पानी का कोई रंग नहीं होता जैसी सच्चाई को झुठलाती हुई यमुना नदी को भी पास से देखा। हिमाचल प्रवास ने मुझे यूरोपीय तर्ज़ और उनके तौर-तरीक़ों की तरफ़ भी आकर्षित किया। मैंने जाना कि रहन-सहन के तरीक़े काफ़ी हद तक मौसमों पर निर्भर करते हैं। फिर चाहे वो मकानों की बनावट हो, पहनावे के ढंग या खान-पान के तरीक़े। मैं एक बार यूरोप ज़रूर जाना चाहूँगा। ख़ासकर UK (बेशक United Kingdom) इसमें भी मेरा चुनाव इंग्लैंड का शहर लंदन हमेशा शीर्ष पर रहेगा।

ओह! लंदन : लंदन से मुझे याद आया। जब हम कुछ याद कर रहे होते हैं,

ठीक उसी वक़्त बहुत कुछ भूल भी रहे होते हैं।

क्या ?

लंदन

और ?

मंसूख़

लंदन जहाँ का मौसम अगस्त में भी यहाँ की शीत ऋतु जितना है। 2021 में भी। मुझे 3 मार्च 1943 में लौटकर जाना चाहिए। क्या हो रहा था और क्या हुआ था पर।

दूसरी आलमी जंग हो रही थी :

हयुलानी इस सब के बारे में कुछ नहीं जानता था। उसकी मंसूख़ से पहली मुलाक़ात तब की थी, जब वो उसे जानता भी होता, तब भी अब तक भूल चुका होता। विल्सन के बारे में भी उसे कुछ भी मालूम नहीं था और विल्सन कौन था, के बारे में उसकी दोनों बुआओं के अलावा महल में किसी को भी कोई पक्की जानकारी नहीं थी। ज़ाहिर है, आज़ादी की लड़ाई और दूसरी आलमी जंग के बारे में भी उसकी मालूमात शून्य रही होगी।

मानव इतिहास की सबसे भयंकर जंग। हयुलानी की बेहोशी से एक साल पहले से लेकर उसके होश में आने के दो साल पहले तक लगातार चलने वाली सबसे भयंकर जंग। *1939 से 1945 तक।* जिसमें दुनिया की कुल आबादी (1940 के मुताबिक़- 230 करोड़) की तक़रीबन तीन फ़ीसद आबादी (लगभग 7-8.5 करोड़) मारी गई थी, जिसमें जंग की वज्ह से सीधे तौर पर होने वाली मौतों (सैन्य और नागरिक मृत्यु सहित) का अनुमान 5-5.6 करोड़, जिसमें युद्ध से संबंधित अतिरिक्त अनुमानित मौतें लगभग 1.9-2.8 करोड़ विभिन्न बीमारियों और भुखमरी के कारण हुईं। नागरिकों की मृत्यु कुल 5-5.5 करोड़ थी। सभी कारणों से मरने वाले कुल सैनिकों की संख्या लगभग 2.1 करोड़ से 2.5 करोड़ के बीच थी, जिसमें युद्ध में भाग लेने वाले लगभग 50 लाख क़ैदी सैनिकों की मौतें, जो उनकी क़ैद के दरमियान हुईं, भी शामिल हैं। *चीन गणराज्य और सोवियत संघ में मृतकों की संख्या कुल हताहतों की संख्या के आधे से ज़्यादा थी।* मुझे यक़ीन है, आप समझ गए होंगे कि सानेहा किसे कहते हैं।

इन मौतों के विषय में समय-समय पर होने वाले संशोधनों की तरफ़ नज़र डालें, तो ये आँकड़े और भी शर्मनाक और डरावने दिखाई देते हैं।

रूसी सरकार के नए आँकड़ों के मुताबिक़, युद्ध के बाद की सोवियत संघ की सीमाओं के अंदर मरने वालों की संख्या 2.66 करोड़ थी, जिसमें अकाल और बीमारी के कारण हुई मौतें लगभग 80 से 90 लाख थीं। अगस्त 2009 में इंस्टीट्यूट ऑफ़ नेशनल रिमेंबरेंस (IPN) के शोधकर्ताओं के अनुमान के मुताबिक़ पोलैंड में मारे गए लोगों की संख्या लगभग 56-58 लाख थी। सैन्य इतिहास अनुसंधान कार्यालय (जर्मनी) के इतिहासकार रुडिगर ओवरमैन ने 2000 में एक अध्ययन प्रकाशित किया था, जिसमें अनुमान लगाया गया था कि जर्मनी में मरने वाले और लापता हुए सैनिकों की संख्या 53 लाख थी, जिसमें 9 लाख लोग जर्मनी की 1937 के बाद की सीमाओं के बाहर, ऑस्ट्रिया में और पूर्व-मध्य यूरोप के लोग भी शामिल हैं। चीन गणराज्य ने युद्ध में मरने वाले लोगों की संख्या कुल 2 करोड़ जबकि जापानी सरकार ने ये संख्या 31 लाख घोषित की।

"लो अब तुम समाचार सुनाने लगे।"

"तुम फिर आ गईं?"

"मैं कभी कहीं गई ही नहीं थी। न कहीं जाने वाली हूँ। तुमने अपने पाठकों से मेरा नाम छुपाया है। लेकिन मैं ऐसा नहीं होने दूँगी। मैं सबको बताने जा रही हूँ, मेरा नाम शोरबेदार है। सुन रहे हैं आप लोग? मेरा नाम शोरबेदार है।"

शोरबेदार उर्फ़ बुरावक़्त

शोरबेदार, जो मुँहफट के पीछे पड़ी हुई *थी।* शोरबेदार, जो मेरे पीछे पड़ी हुई *है।* मैंने उसे नज़र-अंदाज़ करना चाहा, मगर नहीं कर सका। मैं ये कहते हुए एक बार फिर से शर्मिंदगी महसूस कर रहा हूँ कि शोरबेदार शुरुआत से इस कहानी के, बल्कि इसके एक-एक किरदार के पीछे पड़ी हुई है। उसने अब तक किसी को नहीं बख़्शा। मैं फिर से कहता हूँ, ज़रा सँभलकर। वो हमें भटकाने की भरपूर कोशिश करेगी। मगर हम नहीं भटकेंगे। मेरे साथ एक आवाज़ में कहिए :

हम नहीं भटकेंगे।

हम नहीं भटकेंगे।

ये हुई न बात।

ध्यान रहे पूरी दुनिया के पीछे पड़ी हुई, शोरबेदार अब मंसूख के पीछे पड़ी हुई है।

बेथनल ग्रीन, लंदन के बेथनल ग्रीन इलाक़े में बना हुआ एक भूमिगत मेट्रो स्टेशन (ट्यूब स्टेशन) है, जो लिवरपूल स्ट्रीट और माइल एंड स्टेशन के बीच

की मेट्रो लाइन है। इस सेंट्रल लाइन के पूर्वी विस्तार का निर्माण 1930 के दशक में शुरू किया गया था, जिसकी सुरंगें द्वितीय विश्व युद्ध के विस्तार के साथ-साथ काफ़ी हद तक पूरी हो चुकी थीं। हालाँकि तब तक इस लाइन में रेल नहीं बिछाई गई थी। 1940 के आते-आते तक इस सुरंग का इस्तेमाल विश्व युद्ध के दौरान हो रहे या हो सकने वाले हवाई हमलों से लंदन के नागरिकों की हिफ़ाज़त की ग़रज़ से किया जाने लगा था। हालाँकि सन् 1941 की शुरुआत तक वहाँ रात-रात भर छुपे रहने वाले नागरिकों की संख्या लगातार कम होती गई।

लंदन, 1940 अक्टूबर (सर्दियों के आग़ाज़ का महीना : यहाँ मैं अपनी पसंदीदा ऋतु का स्वागत नहीं कर सकता, बल्कि 1939 से 1945 के दरमियान मौसमों का लुत्फ़ ले सकना एक ग़ैर-मामूली हुनर था, जिससे मैं अब तक वंचित हूँ। ऐसे हालात में, जब पूरी दुनिया की तीन फ़ीसद आबादी सिर्फ़ अपने-अपने साम्राज्य की एक कभी न भुलाई जा सकने वाली लड़ाई ने लील ली हो, मौसमों का ज़िक्र करना ही बेतुका है। और इतना बेतुका कि इसे बेतुकेपन की इंतिहा कहना अधिक उचित होगा।) में भारी हवाई हमले शुरू हुए और हज़ारों लोग बेथनल ग्रीन ट्यूब स्टेशन में जाकर छुप गए।

मंसूख़ भाषाओं से संबंधित जिस तरह की तहक़ीक़ (जहाँ तक पहुँची थी- *क्यूनीफ़ॉर्म (Cuneiform) लिपि का नाम क्यूनीफ़ॉर्म, लातीनी भाषा के शब्द क्यूनिअस (Cuneus यानी Wedge shaped यानी तिकोनी शक्ल का, कीलाकार) से पड़ा। क्यूनिअस मानव मस्तिष्क का एक हिस्सा है, जिसकी शक्ल तिकोनी होती है। इसीलिए इसकी इबारत कीलाकार आकृतियों की सहायता से लिखी जाती रही है। क्यूनीफ़ॉर्म लिपि वास्तविक रूप से दक्षिणी मेसोपोटामिया (Southern Mesopotamia या modern Iraq) की सुमेरियन भाषा लिखने के लिए बनाई गई थी। मिस्री हाइरोगलीफ़ (Egyptian hieroglyphs) के साथ-साथ ये शुरूआती लेखन व्यवस्थाओं में से एक है, जो तक़रीबन 3200 B.C. में बनाई गई थी। सुमेरियन (Sumerian) के साथ-साथ क्यूनीफ़ॉर्म लिपि से संबंधित भाषाओं में अक्कादिअन (Akkadian), एब्लाइट (Eblaite), एलेमाइट (Elamite), हिटाइट (Hittite), हुर्रियन (Hurrian), लूवियन (Luwian), यूरेशियन (Urartian), पैलेक (Palaic) और प्राचीन फ़ारसी (Old Persian) भी हैं। अर्थात प्राचीन फ़ारसी की लिपि भी क्यूनीफ़ॉर्म लिपि ही थी। लेकिन एक समय के बाद इस लिपि के साथ-साथ इसे पढ़ने-समझने*

वाले भी ख़त्म हो गए। यूरोप के लोगों का क्यूनीफ़ॉर्म की तरफ़ पहली बार ध्यान 1618 में गया था, जब एक फ्राँसीसी राजदूत प्राचीन पर्सेपोलिस (Persepolis) के खंडहर देखने के उद्देश्य से फ़ारस गए और वहाँ उन्होंने पत्थरों, दीवारों पर अजीब-ओ-ग़रीब खुदाई देखी। उन्हें वो रहस्यमई जटिल लिपि, जिसे क्यूनीफ़ॉर्म कहा गया, समझ नहीं आई। क्यूनीफ़ॉर्म लिपि में लिखित आलेखों की पहली नक़्ल 1657 में पहली बार प्रकाशित की गई थी। उसके बाद क्यूनीफ़ॉर्म लिपि के आलेखों की तमाम प्रतिलिपियाँ प्रकाशित होने के बाद भी एक भी भाषाविद और शोधकर्ता आने वाले 200 सालों तक भी उन्हें पढ़ने में कामयाब नहीं हुआ। सन् 1830 में हेनरी रोलिंसन नाम के एक अंग्रेज़ अफ़्सर को फ़ारसी फ़ौज को यूरोपीय शैली में प्रशिक्षित करने के लिए फ़ारस भेजा गया। हेनरी अपने ख़ाली समय में फ़ारस का भ्रमण करते। इसी बीच एक रोज़, जब हेनरी का स्थानीय गाइड ज़ग्रोस, उन्हें एक पहाड़ी पर ले गया और उसने, उन्हें एक विशाल शिलालेख दिखाया, जिसकी ऊँचाई लगभग 15 मीटर और चौड़ाई लगभग 25 मीटर थी और जिसके सामने वाले हिस्से पर लगभग 500 ईसा पूर्व में बादशाह डेरियस के हुक्म पर, क्यूनीफ़ॉर्म लिपि में तीन भाषाओं : बेबिलोनियन, एलेमाइट और प्राचीन फ़ारसी में शहंशाहों के शाही फ़रमान, बाज़ारों की सरगर्मी और नौकर-शाहों की बहसें वग़ैरा खुदवाई गई थीं। इससे पहले वहाँ के स्थानीय निवासियों में कोई भी उसे पढ़ सकने में समर्थ नहीं था। हेनरी के मन में विचार आया कि अगर वो इस गूढ़लिपि को पढ़ने में सफल हो गए, तो मध्य-पूर्व के अन्य शोधकर्ताओं के लिए, जो पूर्व से ही इस लिपि को समझने के प्रयासों में लगे हुए थे, आसानी होगी। अंततोगत्वा फ़ारसी के जानकार हेनरी क्यूनीफ़ॉर्म लिपि में लिखित प्राचीन फ़ारसी पढ़ने में कामयाब हुए। और उन्होंने 1847 के आते-आते तक इस अभियान को पूरा कर, पत्थर पर खुदी इबारत की हू-ब-हू नक़्ल यूरोप भेज दी। प्राचीन फ़ारसी की उनकी समझ ने एलेमाइट और बेबिलोनियन पर लगे रहस्यमई ताले को खोलने में कामयाबी हासिल की।) को अंजाम देना चाहता था, वो पूरी होती नहीं दिख रही थी। वो और सिफ़ली अब अधिकतर उदासियों और ख़ौफ़ों से भरी हुई ज़िंदगियाँ गुज़ारने पर स्वत: मजबूर थे, बल्कि इन दिनों वो इतने टुच्चे ख़्वाब देख रहे थे कि उन्हें ख़्वाब नहीं ख़ौफ़ कहा जाना चाहिए। एक बम गिरेगा और वो टुकड़ा-टुकड़ा हो जाएँगे। रास्तों में घूमते वक़्त कोई सरफिरी गोली उन दोनों के सीनों को छलनी कर देगी। कॉफ़ी के कपों से उठता हुआ धुआँ, उन्हें बारूद के धुएँ की तरह दिखाई देने लगा

था। मैं बढ़ा-चढ़ाकर न भी कहूँ फिर भी वो लगभग-लगभग पागल हो चुके थे। कई हफ़्ते गुज़र चुके थे जब उन्होंने लंदन के रास्तों की तरफ़ पाँव भी नहीं भटकाया था। जबकि वो इतने कमज़ोर ख़ानदानों से ताल्लुक़ नहीं रखते थे कि लंदन में उनकी सुरक्षा की ज़िम्मेदारी को किसी मुश्किल काम की संज्ञा दी जा सके। फिर भी। हर किसी की तरह उन्हें भी इस बात का बख़ूबी इल्म था कि जान तो किसी की भी जा सकती है। जानों का जाना जाने में सबसे आसान है, वहीं ज़िंदगियों का आना आने में सबसे मुश्किल। वो दोनों हर हाल में दूसरी आलमी जंग की शुरुआत के बारे में सोचने पर इस क़दर मजबूर और मुब्तिला हो चुके थे, जैसे उनकी शोध का अगला विषय यही जंग होने जा रही थी। वो तारीख़ों का गुंतारा लगाते हुए कभी नहीं भूलते थे कि किस तरह 1 सितंबर 1939 को ये जंग शुरू हुई, जब एडॉल्फ़ हिटलर के तहत नाज़ी जर्मनी ने पोलैंड पर हमला किया था। और किस तरह से बाद में 3 तारीख़ को यूनाइटेड किंगडम और फ्रांस ने जर्मनी के ख़िलाफ़ जंग का ऐलान किया था। वो सिलसिलेवार याद करते जाते थे कि अगस्त 1939 के मोलोटोव-रिबेंट्रोप संधि के तहत, जर्मनी और सोवियत संघ ने पोलैंड का विभाजन किया था और फिनलैंड, रोमानिया और बाल्टिक राज्यों में अपने 'प्रभाव के क्षेत्रों' को चिह्नित किया था। 1939 के अंत से 1941 की शुरुआत तक, अभियानों और संधियों की एक श्रृंखला में, जर्मनी ने अधिकांश महाद्वीपीय यूरोप पर विजय प्राप्त कर ली थी या उनपर क़ब्ज़ा कर लिया था और इटली और जापान (बाद में अन्य देशों) के साथ एक्सिस गठबंधन का गठन किया था। किस तरह से इस बढ़ती जा रही जंग के दौरान नाट्सी-सोवियत समझौते के तहत सोवियत रूस अपने छह पड़ोसी मुल्कों, जिसमें पोलैंड भी शामिल था, पर क़ाबिज़ हो गया था। फ्रांस की हार के बाद युनाइटेड किंगडम और दूसरे राष्ट्रमंडल देश ही धुरी राष्ट्रों से संघर्ष कर रहे थे, जिसमें उत्तरी अफ़्रीका की लड़ाइयाँ और लंबी चली अटलांटिक की लड़ाई भी शामिल थी। जून 1941 में यूरोपीय धुरी राष्ट्रों ने सोवियत संघ पर हमला बोल दिया था और इसने इंसानी तारीख़ में ज़मीनी जंग के सबसे बड़े युद्ध क्षेत्र को जन्म दिया था।

दिसंबर (बेशक मेरे पसंद के मौसम का पसंदीदा महीना, जब मौसमों के चक्र में हज़ार फेर-बदल हो जाने के बाद भी सर्दियाँ पड़ने का बंधकत्व होता है। लेकिन मेरी कहानी के उदास किरदारों को ध्यान में रखते हुए मैं इस बारे में कोई बात नहीं करना चाहूँगा।) पूर्वी एशिया तथा इंडो-चाइना पर अपना प्रभुत्व स्थापित करने के

एक तरह के फ़िज़ूल मक़सद से 1941 को जापानी साम्राज्य भी धुरी राष्ट्रों की तरफ़ से इस युद्ध में कूद गया था। उसने प्रशांत महासागर में यूरोपीय देशों के आधिपत्य वाले इलाक़ों और संयुक्त राज्य अमेरीका के पर्ल हार्बर पर हमला बोला और जल्द ही पश्चिमी प्रशांत पर अपना क़ब्ज़ा जमा लिया था।

सन् 1942 में आगे बढ़ती धुरी सेना पर लगाम तब लगी, जब पहले जापान सिलसिलेवार कई नौसैनिक झड़पें हारा, यूरोपीय धुरी ताक़तें उत्तरी अफ्रीका में हारीं और निर्णायक मोड़ तब आया, जब उनको स्तालिनग्राड में हार का मुँह देखना पड़ा था। सन् 1943 में जर्मनी पूर्वी यूरोप में कई झड़पें हारा, इटली में मित्र राष्ट्रों ने आक्रमण बोल दिया और अमेरिका ने प्रशांत महासागर में जीत दर्ज करना शुरू कर दिया था। नतीजतन धुरी मुल्कों को सारे मोर्चों पर सामरिक दृष्टि से पीछे हटने की रणनीति अपनाने को मजबूर होना पड़ा।

1943
और 3 मार्च

39 से 43 के बीच दहशतों का ऐसा दौर पूरी दुनिया पर हावी था जो प्राकृतिक त्रासदियों से कहीं बढ़कर था। मैं बाक़ी दुनिया और ख़ासकर लंदन के बाक़ी नागरिकों का ज़िक्र न करते हुए उन दो उदास हो चुके किरदारों की तरफ़ लौट रहा हूँ, जो 41 की शुरुआत में बेथनल ग्रीन टनल में लगातार कम होते जा रहे शरणार्थियों की संख्या को जंग के दौरान लंदन के लिए शुभ संकेतों में गिनने के लिए किसी तौर तैयार नहीं थे। हालाँकि इस बीच वो अपने घर से बाहर निकलकर लंदन की सड़कों पर वापस उतरने की शक्ति जुटा चुके थे। कभी-कभी उनके क़दम बेथनल ग्रीन टनल के मुख्य द्वार तक भी पहुँच जाया करते थे। इसी रोज़ सुब्ह हालात का डटकर सामना करने वाली अपनी खो चुकी शक्ति को काफ़ी हद तक वापस पा चुके इस दंपति ने आख़िरी बार हिंदुस्तान को याद किया। ख़ासकर मंसूख़ ने, जो हिंदुस्तान का होते हुए भी वापस फिर कभी हिंदुस्तान न लौटने का इरादा कब का पक्का कर चुका था। उसने हिंदुस्तान में चल रही उसकी अपनी आज़ादी की लड़ाइयों और जा चुकी महान जानों का ज़िक्र किया। उन्हें मन ही मन श्रद्धांजलि दी और रोकर अपने मन के बोझ को हल्का करने की एक नाकाम कोशिश की। सिफ़ली के हाथ में भी उसे गले लगा सकने के अलावा कोई और चारा या विकल्प नहीं था। हालाँकि उसने इस वक़्त एक मज़बूत औरत का किरदार अदा किया और *'औरतें रोने में माहिर होती हैं'* जैसे बेबुनियाद फ़िक़रे को लानत

पेश की। मंसूख़ जानता था कि हिंदुस्तान ब्रिटिश हुकूमत का ग़ुलाम है। लिहाज़ा उसे भी इस जंग में मजबूरन हिस्सा लेना पड़ा। उसे मुस्लिम लीग, जो इस युद्ध में ब्रिटिश सरकार के समर्थन में थी (हिंदू महासभा भी ब्रिटिश सरकार के पक्ष में थी), के हामी अपने ख़ानदान की याद आई। उसने शर्म महसूस की। हिंदुस्तान की आज़ादी को लेकर उसके पहले नज़रिए ने उसे सर उठाने का मौक़ा दिया, जब वो जानता था कि भारतीय राष्ट्रीय कांग्रेस ने माँग की थी कि हिंदुस्तान को पहले आज़ाद किया जाए, तब कांग्रेस ब्रिटेन की सहायता करेगी। लेकिन ब्रिटेन ने कांग्रेस की माँग स्वीकार नहीं की, फिर भी कांग्रेस अघोषित रूप से ब्रिटेन के पक्ष में और जर्मनी वग़ैरा धुरी देशों के ख़िलाफ़ काम करती रही। बहुत बाद में अगस्त 1942 में कांग्रेस ने भारत छोड़ो आंदोलन की घोषणा की, जो दुर्भाग्यवश प्रभावी साबित नहीं हो सका। इस बीच, सुभाष चंद्र बोस के नेतृत्व में, जापान ने भारतीय युद्धबंदियों की एक सेना आज़ाद हिंद फ़ौज क़ायम की। नेता जी के नेतृत्व में इस सेना ने अंग्रेज़ों के ख़िलाफ़ लड़ाई लड़ी और भारत के कुछ भूभाग को अंग्रेज़ों से आज़ाद भी करा दिया। और इसी आलमी जंग के दौरान सन् 1943 में बंगाल में एक बड़े अकाल के कारण भुखमरी से लाखों लोगों की मौत हो रही थी।

भूख हमेशा से जानों के जाने का सबसे अहम सबब रही है। फिर वो किसी भी तरह की भूख हो। हालाँकि भुखमरी की वज्ह से हुई मौत एक लाचार मगर इज़्ज़तदार मौत होती है। लेकिन भूख सिर्फ़ पेट तक महदूद नहीं रह जाती। पेट की भूख सबसे आसान और पेट ही की भूख सबसे मुश्किल भूख है। पेट की भूख ज़्यादा से ज़्यादा एक जान ले सकती है। लेकिन दिमाग़ों की भूख कई जानें। दिमाग़ की भूख का आशय उन लालची भूखों से हैं, जिनके कई प्रकार हैं, जैसे : धन की भूख, ज़मीन की भूख, साम्राज्य की भूख, जिस्म की भूख। अगर जरीस जिस्म की भूखों से अघाया होता, तो उसकी जान बच सकती थी। अगर दुनिया साम्राज्यों की भूखों से परे भूख की बुनियादी क़िस्म के बारे में सोचती, तो करोड़ों जानें, जिन्हें नहीं जाना चाहिए था, नहीं जातीं। मगर इस दुष्ट भूख ने अपने जन्म के दिन से ही कभी किसी को अपने सिवाए कुछ भी सोचने नहीं दिया। फिर भी मंसूख़ को किसी तरह की कोई भूख नहीं थी। वो हर तरह से एक अघाया हुआ मानव था, जिसके अंदर भूख के नाम पर सच जानने की जिज्ञासाओं और एक शर्म के अलावा कुछ नहीं रह गया था कि उसने हमेशा सच जाना मगर सच जानते हुए भी सच के पक्ष में कभी कोई ठोस क़दम नहीं उठाया।

"ज़बरदस्त धावे बोले जा चुके हैं। इसका मतलब है सब कुछ ख़त्म होने जा रहा है," मंसूख़ ने घरघराती हुई आवाज़ में कहा, "सब मिट जाएगा। मैं, तुम, हमारी ये मासूम-सी बच्ची हम सब। सब के सब।" "अगर सब कुछ ख़त्म हो सकता, तो दुनिया में कभी कुछ शुरू न होता," आँखें झुकाए किसी किताब के किसी ख़ास पैरा पर निशान लगाते हुए सिफ़ली ने कहा, "कुछ न कुछ रह ही जाता है, जो सब कुछ फिर से शुरू कर देता है।" मंसूख़ ने सिफ़ली की तरफ़ पीठ देते हुए एक सिगरेट जलाई। उसने कहा, "क्या सारी लड़ाइयाँ, सारे क़ब्ज़े अपने लोगों की बेहतरी के लिए किए जाते हैं? अगर ऐसा है, तो कुछ बेहतर क्यों नहीं होता?" उसने सिगरेट की राख झटकते हुए कहा, "अगर ये सब किसी तरह की तरक़्क़ी के लिए है, तो कहाँ है वो तरक़्क़ी और कब तक ये दुनिया हर तरह से तरक़्क़ीयाफ़्ता हो जाएगी और लड़ाइयों के दौर हमेशा-हमेशा के लिए एक गुज़रा हुआ ज़माना हो जाएँगे?" "तरक़्क़ी मुसलसल होते रहने की चीज़ है। तरक़्क़ीयाफ़्ता जैसा कुछ नहीं होता," सिफ़ली ने उसे हाल ही में लगे चश्मे की आड़ से देखते हुआ कहा, "ये दुनिया और इस दुनिया में मौजूद हर एक चीज़ कभी न ख़त्म होने वाले सिलसिले हैं। बहुत से बहुत ख़ानदानों के सिलसिले या मख़्सूस जानवरों की नस्लें ख़त्म होती हैं," ध्यान से सुनो, उसने कहा, "उतना ही सोचना ठीक है जितना सोचने पर हम अपने बारे में न सोचकर वो सब कुछ सोचने लगें जो दरअस्ल हमें नहीं सोचना चाहिए।" "सिफ़ली तुम कमाल हो," अचानक अपने ख़याली डर और अफ़सोसों से बाहर निकलकर मंसूख़ ने कहा, "जानती हो, तुम बेहद लज़ीज़ कॉफ़ी बनाती हो," उसने अपनी मुस्कान बिखेरते हुए कहा, "लेकिन क्या तुम ये जानती हो, मुझे कॉफ़ी कभी पसंद नहीं रही है। तुम याद करो मैंने तुमसे कभी कहा है, मैं कॉफ़ी पीना चाहता हूँ?" "फिर तुम ये कैसे जानते हो कि मैं जो कॉफ़ी बनाती हूँ वो लज़ीज़ होती है?" सिफ़ली ने नाक सिकोड़ी, होंठ मरोड़े और अपनी अधमिची आँखों से उसे देखते हुए कहा। "दरअस्ल अंधों को, न दिखने के बावजूद, आँख वालों की तुलना में दुनिया हमेशा ज़्यादा सुंदर दिखाई देती है," मंसूख़ ने फ़ल्सफ़याना अंदाज़ इख़्तियार करते हुए कहा। "ओहो!" सिफ़ली ने मंसूख़ के फ़ल्सफ़याना अंदाज़ को सराहते हुए कहा, "मगर तुम अंधे नहीं हो।" "लेकिन कॉफ़ी को लेकर मेरी जीभ ज़रूर अंधी है। मेरे बचपन से ही," मंसूख़ ने सिगरेट का आख़िरी कश खींचते हुए कहा। "अगर ऐसा था, तो तुमने मुझे कभी मना क्यों नहीं किया?" सिफ़ली ने उसे छेड़ते हुए कहा, "मैं तुम्हारे लिए चाय बना सकती

थी। शराब के पियाले भी।" "तुम जानती हो मैं शराब नहीं पीता," मंसूख़ ने उसके हाथों को अपने हाथ में लेकर सहलाते हुए कहा, "और कॉफ़ी बनाना, पीना या पिलाना कोई जुर्म नहीं है। और इस मुहब्बत से अपने शौहर को उसकी आधी उम्र तक टॉर्चर करना भी नहीं। मैंने अपराधों और ज़ियादतियों को अपनी आँखों से होते देखा है। मैंने तो उन्हें भी रोकने की कभी कोई कोशिश नहीं की।" "तुम्हें इस तरह अफ़सोसों की तरफ़ लौटकर नहीं जाना चाहिए," सिफ़ली ने प्यार भरे अंदाज़ में उसकी हथेली पर अपने अँगूठे का नाख़ून चुभाते हुए कहा, "वर्ना ये जान लेने के बाद भी कि तुम्हें कॉफ़ी के स्वाद से कोई दिलचस्पी नहीं है, तुम्हें आइंदा भी कॉफ़ी पीने के जोखिम उठाने पड़ेंगे।" उसने अपनी भौहें उचकाते हुए कहा, "सोच लो।" दोनों खुलकर ज़ोर-ज़ोर से हँसने लगे।

ये वाक़िआ तब का है जब ब्रिटिश मीडिया को 1 मार्च की रात बर्लिन पर रैपिड एक्शन फ़ोर्स के छापे की सूचना मिली और 3 मार्च की शाम 8:17 पर जब अचानक एयर रेड सिविल डिफ़ेंस सायरन बज उठा। क्रमबद्ध तरीक़े से हज़ारों लोगों की क़तार में वो दोनों भी बेथनल ग्रीन टनल में ब्लैक-आउट सीढ़ी से अपनी-अपनी जानों को महफ़ूज़ करने जा रहे थे, तभी एक *औरत* और एक *बच्चा* दोनों टनल के आधार से तीन क़दम पहले गिर गए और उनके गिर्द चार और लोग फिसल गए। ये अचल भार 6 लोगों से बढ़ते-बढ़ते 300 लोगों तक पहुँच गया। 137 लोग बच गए, लेकिन औरतों और बच्चों समेत 173 लोग इस भगदड़ में कुचले गए। लगभग 60 लोगों को हस्पताल में दाख़िल किया गया और ब्रिटिश सरकार के द्वारा भगदड़ की इस क्रूर ख़बर को रिपोर्टिंग के लिहाज़ से 36 घंटे के लिए प्रतिबंधित कर दिया गया।

इस तरह की अप्राकृतिक मौतों के आँकड़े संख्याओं में हमेशा 'लगभग' शब्द के साथ पेश किए जाते हैं। इन लगभग 300 लोगों में शामिल लगभग के धन या ऋण चिह्न के साथ उन दोनों में से एक मंसूख़ भीड़ के पाँवों तले दबकर मर गया और दूसरी सिफ़ली जो अचेत अवस्था में अस्पताल में भर्ती की गई थी। उनकी बेटी जिसका ज़िक्र जानबूझकर नहीं किया गया है। मेरी संवेदना ने मुझे ऐसा करने से रोका। मेरी तरह सिफ़ली भी एक संवेदनशील औरत है। उसकी याद्दाश्त पूरी तरह से चली गई।

कहाँ हूँ मैं? मैं कहाँ हूँ?

मैं कहाँ था?

सोलह

मैं अरबी ज़बान के बारे में सिर्फ़ इतना जानता हूँ कि इसने उर्दू जैसी नई-नवेली ज़बान के साथ अपने कई अल्फ़ाज़ साझा किए हैं, लेकिन अगर अर्थ समझने की बात आए, तो मैं बग़ैर किसी डर के, बग़ैर हिचकिचाए ये कह सकता हूँ कि ये लचकदार गोल-गोल घुमावदार ज़बान मुझे न के बराबर ही समझ आती है, फिर भी इस कहानी की कई तरह की रोमांचक और शोक-पूर्ण घटनाओं से ऊबते हुए, मैं मन बहलाने के लिहाज़ से अरबी जैज़ संगीत सुन लेता हूँ। समझ न आने के बाद भी। सिर्फ़ इसलिए कि मैं ज़ाती तौर पर अपने लिए कुछ-बहुत एक ऐसा वक़्त चाहने लगता हूँ, जब मैं किसी ऐसी दुनिया में दाख़िल हो सकूँ जो मेरी समझ से परे हो। लेकिन मैं अपनी समझ का क्या करूँ, जब मैं इस एहसास से पूरी तरह हाथ धो बैठा होऊँ कि इस संसार में कुछ भी ऐसा नहीं जो मुझे समझ न आए। मैं उदास होकर फिर उसी हिंदी, उर्दू और अंग्रेज़ी की सीमित दुनिया की तरफ़ वापस लौट आता हूँ। एक ऐसी दुनिया में, जिसे अब तक मैं इस हद तक समझ चुका हूँ कि यहाँ मुझे बेवक़ूफ़ नहीं बनाया जा सकता। फिर भी ज़ुल्म तो किए ही जा सकते हैं। सताया भी जा सकता है। शोरबेदार मेरी आप बीती से वाक़िफ़ है, बल्कि मेरी हालत-ए-ज़ार का सबब भी वही है। वो मन की बात पढ़ लेती है। उसने मुझसे कहा था, "ख़ुदा इम्तिहान लेता है।" मैं उससे ख़ौफ़ खाता होता, तो उसे अचंभित आँखों से देखते हुए सर लटकाकर उसकी बकवास पर चुप-चाप यक़ीन कर लेता। मगर नहीं। मैंने उसे घूरा, उसकी आँखों में देखते हुए कहा, "ख़ुदा कोई मास्टर है जो इम्तिहान लेता है ? हम ख़ुद अपना इम्तिहान लेते हैं। अपनी आज़माइश करते हैं।

हम ख़ुद अपना दायरा खींचते हैं और उसके पार न जाना ही ख़ुद-ब-ख़ुद अपना इम्तिहान लेना है, अपनी आज़माइश करना है। मैं लफ़्फ़ाज़ हूँ मगर झूठा नहीं और अगर किसी भी तरह की कोई भी मजबूरी मुझे झूठा न बना सके, तो इसे इम्तिहान में कामयाब होना कहते हैं," मैंने उससे चिल्लाते हुए कहा, "समझी तुम?" उसने मुझे इस निगाह से देखा जैसे उसे मेरी किसी बात का कोई असर ही न हुआ हो। उसकी नज़रों में हिक़ारत थी। उसने मुझे इशारे-इशारे में अपनी दुनिया में लौट जाने को कहा।

अपनी दुनिया से मुँह फेर लेना भी एक तरह की बुज़दिली है। अपने दायरे से बाहर जाना अपने आप में नाकामयाब होना है। मैं लौट आया हूँ :

आप भूले नहीं होंगे। ये सन् सैंतालीस है। साहिराबाद में जितनी शिद्दत सर्दियों में होती है, गर्मियाँ भी उतनी ही शदीद होती हैं। ये मार्च का मौसम था। बहार के साथ-साथ सर्दियाँ भी लौट-लौटकर आ रही थीं। मौसम का प्राकृतिक चक्र हफ़ीज़, मंसूरा, उमराह और मंडेला की तरह भ्रमित था। *'आख़िर क्या किया जाए? आख़िर हो क्या रहा है?'* इन चारों दिमाग़ों में उतने ही ख़ारनुमा फूल उग आए थे, जितने बहार की नज़ाकत के दिनों में पेड़ों की शाख़ों पर उग आते हैं। पौधे भी इसी गिनती में आते हैं। मुख़्तसर कहा जाए, तो हर एक शाख़ फूलों से लदी हुई। और गर्मियों के आगमन को लेकर मेरा निजी डर, उफ़! ख़ैर। साहिराबाद के बाज़ार में ख़बरें गर्म रहने लगी थीं कि ये साल आज़ादी का साल होगा। इसी बीच इसी महीने की पहली तारीख़ को माउंटबेटन ने भारत के विभाजन को आख़िरी शक्ल दी और रेडक्लिफ़ के नेतृत्व में पंजाब और बंगाल के विभाजन के लिए सीमा आयोग की स्थापना की गई। 15 मार्च के दिन पंजाब में हिंदू और मुसलमान आपस में भिड़ गए और इसी दिन माउंटबेटन ने बंगाल के विभाजन को रोकने और मुस्लिम बहुल कश्मीर के विभाजन का संचालन करने के लिए अपनी पहली कोशिश की। इसके अगले ही दिन कश्मीर के महाराजा हरि सिंह ने माउंटबेटन के प्रस्ताव को अस्वीकार कर दिया। इसके ग्यारह दिन बाद यानी 25 मार्च को माउंटबेटन ने बंगाल के विभाजन को रोकने और मुस्लिम बहुल कश्मीर के विभाजन का संचालन करने के लिए अपनी दूसरी कोशिश की। अगले दिन 26 मार्च को जवाहरलाल नेहरू ने माउंटबेटन के प्रस्ताव को अस्वीकार कर दिया, लेकिन जिन्ना ने माउंटबेटन के इस प्रस्ताव को स्वीकार कर लिया।

इसी के साथ समाचार समाप्ति और क्या साहिराबाद में फिर से सर्दी लौटेगी

नामक शंका की समाप्ति की भी घोषणा।

इसी के साथ :

वो सात बरस जो एक बेहोशी, बल्कि एक सोची-समझी साज़िश की चपेट में आकर भुला दिए गए। उन सात सालों का, बल्कि उससे भी पहले छूट गए कुछ सालों में 'क्या हुआ' के जवाब में बस इतना कि उमराह अब चाँद बीबी की उम्र की हो चली थी, मंसूरा उमराह की उम्र की, हफ़ीज़ जरीस की उम्र का और हयुलानी वापस होश में आ चुका था। ज्ञानचंद की सेहत में कोई ख़ास फ़र्क़ नहीं आया था। वो वाक़ई जैसा का तैसा था। सुकड़ा का सुकड़ा। उसका स्वभाव भी जैसा का तैसा था। सिवाए इस एक ग़म के उसे कोई ग़म नहीं था कि उसकी वो प्रेमिका, जिसे वो कभी हासिल नहीं कर सकता था, की शक्ल उसने सालों से नहीं देखी थी। उसकी ज़बान 'बड़ी बी' कहने के लिए तरस गई थी। वो अब अपने ख़्वाबों में भी बड़ी बी को ढूँढ़ता रहता है, "कहाँ होंगी बड़ी बी? कैसी होंगी? और कब आएँगी?" वो नींद से जागता और सोचने लगता, "अगर आना ही होता तो जातीं क्यों?" वो गहरी साँस खींचता और अपने आप में बुदबुदाता, "वो नहीं आएँगी। आप नहीं आएँगी मैं जानता हूँ। मैं जानता हूँ बड़ी बी। आप नहीं आएँगी।" ज्ञानचंद के पास बड़ी बी को याद करने के लिए उसके दिमाग़ में उसे आँखें तरेरकर और कभी प्यार भरे अंदाज़ में देखती हुई उसकी छपी हुई दो तरह की तस्वीरों के सिवा कुछ नहीं था। ज्ञानचंद का प्यार, जैसा कि आप भी जानते हैं कि सिर्फ़ जिस्म तक महदूद रह जाने वाला प्यार नहीं था, फिर भी कौन नहीं चाहता कि वो अपनी प्रेमिका को हाथ लगा सके, उसके होंठों को चूम सके। हक़ीक़त में नहीं, तो उसकी तस्वीर को ही सही। "क्या मुझे टीपू से बड़ी बी का बुत बनवा लेना चाहिए?" ज्ञानचंद सोचकर रह जाता, "मगर उसे रखूँगा कहाँ? और फिर अगर टीपू ने पूछ धरा कि तुमने इतने ग़ौर से शाहज़ादी को देखा है, तब मैं उससे क्या कहूँगा?" उसका ये ख़याली दुख उसकी अफ़ीम की ख़ुराक को लगातार दोगुना, तीन गुना, चार गुना करता जा रहा था।

मंडेला की उम्र या सेहत का ज़िक्र करने के बजाए मैं कहना चाहूँगा कि उसे आगे भी कुछ नहीं होने वाला। वो अंदर बाहर दोनों तरफ़ से चंगा है। इस बीच उसने कई दिमाग़ी मरीज़ों को ठीक किया, मगर उसे अफ़सोस है कि वो उनके सरों से पाकिस्तान नाम के जिन को नहीं उतार सका। वो एक बहादुर डॉक्टर है। आप नहीं जानते कि उसने इस बीच कितने और किस-किस तरह के जोखिम उठाए हैं।

बताइए आप इसे क्या कहेंगे अगर मैं आपसे कहूँ कि एक उजड्ड पागल ने, उसके इतना कहने पर कि तुम पहले अपने दिमाग़ की तरफ़ से ठीक हो जाओ फिर अपने लोगों के लिए कुछ सोचना, मंडेला का गला पकड़ लिया था। उसने कहा था, "तुम नहीं जानते— ये लोग मेरे लोगों को मार डालेंगे। हमारे वजूदों को तार-तार कर दिया जाएगा।" मंडेला उसे देर तक देखता रह गया। "ये दवा दिन में तीन बार, ये दो बार : सुब्ह और रात," मंडेला ने उसे हिदायत देते हुए कहा, "उछल-कूद कम किया करो और हाँ, आइंदा अपने हाथों को ज़रा क़ाबू में रखना।"

दत्त और फ़ारूक़ी अपने कामों में पहले की तुलना में और भी व्यस्त हो चुके थे, सो उन्हें अपनी बढ़ चुकी उम्रों की कोई ख़बर ही नहीं थी। उनके प्रिंटिंग-प्रेस से निकली हुई कुछ किताबों ने बाज़ार में काफ़ी धूम मचाई। उनके सारे घाटे बराबर होकर फ़ायदे की तरफ़ आ चुके थे। विल्सन की किताब की कमाई का कुछ हिस्सा तयशुदा वक़्त पर विद्या को दे दिया जाता है। विद्या कहती, "फ़ारूक़ी साहब आप और दत्त साहब ने मेरे लिए क्या कुछ नहीं किया। ये सब रहने दीजिए।" फ़ारूक़ी एक बाप की हैसियत से उससे कहता, "शागिर्द को उस्ताद का क़र्ज़ चुकाने के बारे में कभी सोचना भी नहीं चाहिए। यूँ भी कि ये हर तरह से नामुमकिन है बेटी।" वो उसके सर पर हाथ फेरते हुए कहता, "ये तुम्हारा हक़ है और तुम्हें अपने बाप समान फ़ारूक़ी को उसे ऐसा करने से नहीं रोकना चाहिए। चलो अब इसे रखो भी।"

हर किसी की तरह मंसूख़ और सिफ़ली को भुलाया जा चुका था। उमराह कभी-कभी इस बात का अफ़सोस करती रहती है कि उसी ने उसे ख़ुद से, इस महल से दूर रहने की आदत डलवाई थी। 'अब देखो वो कभी नहीं आएगा। हो न हो, कहीं न कहीं उसकी मौत की ज़िम्मेदार मैं भी हूँ।' वो अपने ख़ुदा से गाहे-बगाहे मन ही मन शिकायत करती रहती है, "मेरी औलाद के साथ तुझे इस तरह बेरहमी से पेश नहीं आना था।" और उसकी बेटी? उसका ख़याल सिफ़ली तक नहीं जाता था। उसकी शिकायतों और उलाहनों में सिफ़ली का कभी कोई ज़िक्र नहीं होता था। लिहाज़ा इस तस्कीन के साथ कि आहिस्ता-आहिस्ता उसकी याद्दाश्त वापस आने लगी है, मुझे कहने दीजिए कि विल्सन को आख़िरश बेवफ़ा नहीं समझा गया और ये शुब्हा यक़ीन में तब्दील कर दिया गया कि किसी दंगे या किसी फ़साद में बेवज्ह फँसकर उसकी मौत हो गई होगी। विद्या उसकी मौत की तस्दीक़ किए बग़ैर उसका इतना मातम मना चुकी थी कि टीपू के साथ उसकी नई-नई हमबिस्तरी को गुनाह के

दायरे में नहीं रखा जा सकता। गुज़िश्ता और अक्सीर कहाँ थीं? कैसी थीं? न कोई जानता था और सिवाए ज्ञानचंद के न कोई जानना चाहता था। *मगर मैं जानता हूँ*—

जानने के क्रम में हफ़ीज़ जानना चाहता था कि ये *साला* विल्सन कौन है। मेरे हाथ आ गया, तो समझो गया। मंडेला मरे हुए विल्सन को जानता था। और विद्या को भी। मगर हफ़ीज़ के मसअले, जो दरअस्ल हयुलानी का मसअला था, का हल विद्या नहीं, टीपू था। तो विद्या कहाँ से आ गई बीच में?

एनी क्लू?

फ़ॉरगेट इट।

अब आगे :

अब तक ये ज़ाहिर हो चुका है कि उमराह और हफ़ीज़ अपने आप को जितना चतुर और क़ाबिल समझते हैं, दरअस्ल वो उसके उलट हैं। दिमाग़ से क़तई कमज़ोर। अजीब तरह के जाहिल। अपनी बेहोशी से पूरी तरह उबर आने के बाद हयुलानी ने अपने इर्द और गिर्द मौजूद तमाम नाकों में दम कर रखा था। कुल मिलाकर कुल चार महीनों बाद हिंदुस्तान को मिलने वाली आज़ादी के अलावा तमाम तरह की आज़ादियों के स्वागत में तरह-तरह की तैयारियाँ गर्म थीं। उनमें *सबसे* अहम हयुलानी की अपने ख़्वाब से आज़ादी, *सबसे* बड़ा और पेचीदा मुद्दा हो चुकी थी। चूँकि अब वो एक बालिग़ नौजवान था, जिसकी कलाइयाँ तलवारों का बोझ उठाने के लिए पूरी तरह से तैयार हो चुकी थीं। इस उम्र में उसके किसी भी वार से कोई भी बाल-बाल नहीं बच सकता था। और तो और अब उसकी कमर में एक लोडेड पिस्तौल भी हमेशा फँसी रहने लगी थी। मंसूरा ने उसे टोका था, "तुम्हें इस पिस्तौल की क्या ज़रुरत? तुम किसी जंग पर नहीं हो और न अपने दुश्मनों के बीच।" उसने कहा, "आप बेफ़िक्र रहिए अम्मी, हम इससे कभी किसी बेगुनाह को नहीं मारेंगे। हम वादा करते हैं।" "फिर भी मेरे बेटे," मंसूरा ने उसे टोकते हुए कहा, "हरदम हथियारबंद रहना एक नौजवान के लिए अच्छी अलामत नहीं है। तुम्हें क्या ख़ुद मुझे भी हर वक़्त ऐसा महसूस होगा, जैसे तुम किन्हीं संगीन शुब्हों के दरमियान जीते हो। ये महज़ शौक़ है या बेमक़्सद कोई जूनून?" वो जवाब में कुछ नहीं कहता और एक लंबी ख़ामोशी की तरफ़ जाते हुए ज़रा-सी आहट से उचट जाने वाली बेवफ़ा नींद के झोंकों में समा जाता।

दो बातें :

एक : अगर आप सोच रहे हों कि इस बीच उसकी भाषा की समझ बढ़ी है।

वो मैं और हम के फ़र्क़ को समझने लगा है, तो बेशक आप ठीक सोच रहे हैं।

दो : अफ़ीम उसकी सबसे अज़ीज़ दोस्त और ज्ञानचंद उसका *ख़ास* से *ख़ासम-ख़ास* हो चुका है। उसका सबसे वफ़ादार सिपाही। अफ़ीम में उसकी बराबरी ज्ञानचंद से की जा सकती है। मगर अफ़ीम के अथाह नशे में भी उसके क़दम कभी लड़खड़ाने का नाम *भी* नहीं लेते।

ये सब जो भी हुआ, ये हो जाने में सबसे आसान 'हो जाना था'। इसे प्राकृतिक रूप से 'हो जाना' भी नहीं कहा जा सकता।

जो ज्ञानचंद, विल्सन और विद्या को जानता था, उससे *ही* नहीं पूछा गया कि क्या तुम विल्सन और विद्या को जानते हो। जो मंडेला, विल्सन और विद्या को जानता था, उससे *भी* कभी नहीं पूछा गया कि क्या तुम विल्सन और विद्या को जानते हो। उल्टा चलें, तो ज्ञानचंद को क्या मालूम कि उसके छोटे हुज़ूर को विल्सन या विद्या से क्या काम। मंडेला को भी क्या मालूम कि हयुलानी को विल्सन और विद्या से क्या काम। आख़िरकार हयुलानी एक सनकी अफ़ीमची था। "ये कुछ दवाइयाँ हैं, इन्हें फ़लाँ-फ़लाँ वक़्त पर फ़लाँ-फ़लाँ तरह से इसे खिलाइए। अब ये जल्द ही पूरी तरह से ठीक हो जाएगा," कहकर मंडेला अपने भलाई के काम को एक बेहतरीन अंजाम दे चुका था। ऐसा हुआ भी कि हयुलानी के गहरे घाव भी भरे और उसका ज़ेहनी तवाज़ुन भी बेहतर हुआ। मगर सनक किसी बीमारी का नाम तो है नहीं। हालाँकि मंडेला ने कई बार सीधे तौर पर हयुलानी से कहा था, "तुम ख़्वाह-मख़्वाह दिमाग़ में ख़लल पैदा कर रहे हो। कोई ख़्वाब किसी को बीमार नहीं कर सकता।" "मगर बर्बाद कर सकता है," हयुलानी ने झट से उसे जवाब दिया, जो अपनी बेहोशी से उबरने के बाद हर तरह के सवालों का हर तरह से जवाब देने का माहिर हो चुका था। "मगर तुमने बेवज्ह अपने तंदुरुस्त दिमाग़ को ख़राब होने दिया है। और लगातार होने दे रहे हो। तुम ठीक हो चैंपियन। पूरी तरह से ठीक।" "लेकिन आप नहीं," हयुलानी ने सहजता से मगर खिंची हुई आवाज़ में कहा, "क्यूँकि आपने कभी हमारी तरह का कोई ख़्वाब नहीं देखा है।" हयुलानी अधिकतर अपनी इस काउंसिलिंग को इस मरहले पर लाकर खड़ा कर देता कि कई बार डॉक्टर मंडेला को अपनी डॉक्टरी पर शक होने लगता। और हुआ यूँ कि जिस हफ़ीज़ को विल्सन की सालों से तलाश थी, उसे उसकी तलाश में लगना ही पड़ा। बग़ैर ये जाने-समझे कि विल्सन का उसकी औलाद की सनक से क्या रिश्ता हो सकता है। वो सोचकर रह जाता था, "आख़िर ये हरामज़ादा विल्सन है कौन,

जिसने मुझसे मेरी गद्दी और औलाद दोनों का सुख छीन लिया।"

गर्मा-गर्मियों के दौरान गर्मियों ने भी अपनी असली सूरत दिखानी शुरू कर दी थी। अप्रैल के गुज़रते-गुज़रते तक नाज़ुक, ख़ूबसूरत रंगों वाले चमकदार फूल अब फल हो जाने की तरफ़, हो जाने में, प्राकृतिक रूप से हो जाने की मिसालें बनने जा रहे थे। हफ़ीज़ धीरे-धीरे अपनी जान, बल्कि अपनी हर चीज़ के दुश्मन होते जा रहे हयुलानी की फ़िक्र में सिवाए उसके सब कुछ भूल चुका था, यहाँ तक कि अपने बाप जरीस का सपना भी। वो तरह-तरह की ख़बरों से दूर एक जासूस-की-सी ज़िंदगी बिताने पर मजबूर था, जिसका मक़्सद पिद्दी-से विल्सन को ढूँढ़ निकालना था। हफ़ीज़ एक बड़ा जासूस था, जिसके नीचे कई छोटे-छोटे जासूस काम कर रहे थे। दिन-दिन भर और कई बार हफ़्तों-हफ़्तों तक उसके नीचे काम कर रहे जासूस, जब ख़ाली हाथ लौटकर आते, तो वो सिर्फ़ 'च्च्चह' करके रह जाता। एक दिन जब उसके नीचे काम कर रहे जासूसों में से एक ने सुब्हदम ख़ुशी के मारे उसकी नींद में ख़लल पैदा करते हुए ख़बर सुनाई कि हुज़ूर विल्सन का पता चल गया। हफ़ीज़ उठा और उसने दराज़ से चमचमाती हुई गन (मैं यहाँ बंदूक़ कहने से बचूँगा) निकाली जो हाल ही में पॉलिश की गई थी। गन की नली और हत्थे की चमक आसपास मौजूद सुब्ह की पहली रौशनी के अक्स के तौर पर खिलकर सामने आ रही थी। उसने अपनी गन की नली को एक साफ़-सफ़ेद कपड़े से और भी चमकाने की कोशिश की। "मगर हुज़ूर वो मर चुका है। दिल्ली के एक हस्पताल में किसी टीबी नाम के मरज़ से उसकी मौत हो चुकी है हुज़ूर।" हफ़ीज़ ने उसकी तरफ़ घूरकर देखा और ग़ुस्से में एक हवाई फ़ायर दाग़ दिया। सीलिंग में एक गहरा सूराख़ हो गया और उसका चेहरा, जो ग़ुस्से से लाल था, धूल से धुँधला हो गया। गोली का छर्रा उसके कमरे में मौजूद उस शीशे को चकनाचूर करते हुए ज़मीन पर बेहरकत हुआ, जिसे वो हमेशा एक पर्दे से ढाँककर रखता था, ताकि उसे अपने टूट चुके दाँत के दुख को भुलाने में आसानी हो। *मगर अब तक ? हद है !* "हुज़ूर लेकिन मेरे पास एक और ख़बर है। ये विद्या उसी विल्सन की बीवी है।" हफ़ीज़ चाहता, तो इस ख़बर से ख़ुश हो सकता था। लेकिन वो नहीं हुआ, क्योंकि उसकी तलाश विल्सन था। वो उसे कम-से-कम एक बार अपनी आँखों से देखना चाहता था। उसकी गर्दन मरोड़कर उसे जान से मार देना चाहता था। उसने कहा, "तुम जा सकते हो।" उसने कहा, "हुज़ूर।" गोली चलने की आवाज़ कोई मामूली आवाज़ नहीं होती। उसकी ग़ैर-ज़िम्मेदाराना हरकत और इस ग़ैर-मामूली आवाज़

ने उसके कमरे के बाहर भीड़ जमा करवा दी। उस भीड़ में उमराह भी थी, जो अब इस वक़्त उसके कमरे में मौजूद थी। त्योरियाँ चढ़ाए खड़ी उमराह ने एक राजमाता की हैसियत से उसे फटकार लगाते हुए कहा, "ये सब क्या है हफ़ीज़? हवा में गोलियाँ चलाने का ये किस तरह का नया शौक़ पाला है तुमने?" "विल्सन का पता चल चुका है," हफ़ीज़ ने अपनी गन को वापस जहाँ का तहाँ रखकर अपने कमरे के एक दरीचे से बाहर की तरफ़ देखते हुए अफ़सोस भरे अंदाज़ में कहा, "मगर वो अब ज़िंदा नहीं है। मुझे ख़बर मिली है कि विद्या उसी की बीवी है।" "तो गोली क्यों चलाई?" वो चिल्लाई। "मेरा बस चलता तो मैं छत पर नहीं उसके सीने पर गोली दाग़ता," हफ़ीज़ ने दाँत किटकिटाते हुए कहा, "मगर अफ़सोस वो बच निकला। वर्ना—" "वर्ना क्या?" "वर्ना उसके बदन का पुर्ज़ा-पुर्ज़ा छलनी कर देता," हफ़ीज़ ने ग़ुस्से में लंबी-लंबी साँसें खींचते हुए कहा।" "तुम मेरे बेटे हो इसलिए कहती हूँ, अपने ग़ुस्से पर क़ाबू रखा करो," उमराह ने उसे समझाते हुए कहा, "वर्ना तुम बेहतर जानते होगे, ग़ुस्सा आदमी का सबसे बड़ा बैरी है।" उसका ग़ुस्सा ठंडा हुआ। उसने धैर्यपूर्वक हफ़ीज़ से पूछा, "मगर ये विद्या कौन है?"

गर्मी

धूप

तेज़ धूप

सूरज

अंग्रेज़

और विद्या

विद्या का दूसरा इश्क़ परवान चढ़ा और उसकी कोख दूसरी बार भरी। वो फिर माँ बनी। एक सुंदर-से लड़के की माँ। ये कमियाँ पूरी होने का समय था। विद्या ने मेनिका की कमी पूरी की, टीपू ने विल्सन की और जाँबाज़ (जानबाज़ क्यों नहीं? मैं नहीं जानता। मगर जाँबाज़ भी क्यों? मैं जानता हूँ। टीपू हर तरह से अपने बेटे को बहादुर बनाना चाहता था। हर तरह की अप्राकृतिक मौतों से लड़ने के क़ाबिल।) ने टीपू के मर चुके बेटे की। अवसादों की धुंध काफ़ी हद तक छँट चुकी थी।

विद्या पहले से ही एक दाग़दार औरत थी। उसके दाग़ों को जैसे-तैसे विल्सन ने अपने सीने में छुपाया था। टीपू से उसकी शादी से पहले वो एक और नए दाग़ (रंडी के बाद) रखैल के लिए तैयार नहीं थी और न इस दाग़ से बचने के लिए वो चाहती थी कि उसे टीपू की पनाह मिले। मगर एक वक़्त के बाद; काफ़ी बाद दो टूटे हुए,

इंतज़ारों के अमल को दोहरा-दोहराकर थक चुके दिलों के पास इसके सिवा कोई और चारा नहीं रह गया था। जैसे-तैसे में एक और जैसे-तैसे, यानी आपको याद होगा, जैसे-तैसे फ़ारूक़ी और दत्त ने मिलकर मामले को सँभाला और दोनों को शादी के लिए जैसे-तैसे राज़ी किया था। अब सब कुछ जायज़ था यानी बहुत कुछ जो नाजायज़ हो सकता था, नहीं हो सका। विद्या ने अपनी बेटी *(मेरी भविष्यवाणी सही निकली)* का नाम विन्दू रखा *(मैं विद्या से नाराज़ हूँ, ख़ुद से शर्मिंदा और आपके आगे क्षमाप्रार्थी। उसने मेरी बात नहीं मानी)*। ख़ैर! विन्दू— *ओह मेरी प्यारी बिंदू*, नहीं, बिंदू नहीं। बिंदु भी नहीं। विन्दू, विद्या *वि* चंदू *न्दू*— विन्दू। टीपू विद्या की बेटी के इस अनोखे नाम के पीछे की हक़ीक़त जानता था, मगर उसे इस बात पर न कभी कोई ऐतराज़ हुआ, न कोई दुख। वो उसे बड़े प्यार से विन्दू कहकर पुकारता, बल्कि पलटकर देखें, तो उसने विन्दू के बचपन को ख़ुशियों से भर दिया था। टीपू ने विन्दू की परवरिश, बाप की और *'बाप बाप होता है'* की, हैसियत से नहीं, बल्कि बापों के बाप की हैसियत से की। परवरिश के नाम पर अगर मैं अपनी बात न करूँ, तो मैंने अक्सर, ता-ज़िंदगी अजीब-ओ-ग़रीब परवरिश के ही नमूने देखे हैं (छोटी गुज़िश्ता, छोटी अक्सीर, छोटा मंसूख़, मैं, मैं की माँ, बाप, भाई, सास, ससुर, ननद और ख़ुशदिल वग़ैरा), जहाँ मर्द औलाद ने हमेशा बाज़ी मारी है। कभी-कभी तो चार बेटियों में उनके इकलौते बाप को उसकी एक ही बेटी प्यारी है, जैसी मिसालें भी देखी हैं। ऐसे-ऐसे बाप देखें हैं जिन्होंने अपनी बीवियों को पढ़ने-लिखने नहीं दिया। यहाँ तक कि अपनी अनपढ़ बीवियों की कमाई खाने वाले पति भी देखे हैं। उस वक़्त जब लोग जैसे-तैसे अंग्रेज़ी सीखकर सरकारी नौकरियों की जुगत में भिड़े रहते थे, तब टीपू चुप-चाप मुजस्समासाज़ी की तरफ़ वापस लौट आया था और विद्या को बग़ैर किसी रोक-टोक के अंग्रेज़ी सीखने दे रहा था। वो अपनी दूसरी बीवी और उससे जन्मी दोनों औलादों के प्रति बेहद नर्मदिल और सरल था। उसके लिए संगतराशी का हुनर साइकिल चलाने के हुनर जितना आसान था। एक बार आ गया तो आ गया। उसने अपनी कई सालों की रुकी हुई प्रैक्टिस के बाद भी अपने हुनर में ऐसी वापसी की, जैसे मैं सिगरेट के धुएँ से छल्ले बनाने के हुनर को सिगरेट छोड़ने के बाद भी कभी नहीं भूला। मेरे इसी हुनर ने मुझे बार-बार सिगरेट की तरफ़ आने के लिए मजबूर किया। फिर मैं रम के कसैले-मीठे घूँटों का भी शौक़ीन होता चला गया। देखा जाए, तो मैं हमेशा से मजबूर रहा हूँ और मेरी मजबूरियों के सबब मुझे कभी नहीं मिल सके। लिहाज़ा मैं मजबूर का मजबूर

रह जाने के लिए मजबूर रह गया। कभी-कभी तो मेरी मजबूरियों ने मुझे इतना मजबूर किया कि मैं बेगुनाह होते हुए भी अपनी बेगुनाही के सुबूत कभी पेश नहीं कर पाया और मैं एक मजबूर गुनहगार बनता चला गया। पर *ख़ुदा झूठ न बुलवाए,* टीपू और विद्या फिर कभी मजबूरियों की तरफ़ नहीं लौटे। टीपू ने अपने काम से इतनी तरक़्क़ी की कि रूमो और नजीब का घर भी उनका घर हो गया था। उसकी मरम्मत का काम भी पूरा हो चुका था और रूमो अपनी हसरत के मुताबिक़ चाँद बीवी की एक ऐसी पेंटिंग बनाने में कामयाब हो चुकी थी कि उसे महल के किसी कमरे या गलियारे में लटकाने की उसकी प्रार्थना को क़ुबूल फ़रमाने से कोई भी आनाकानी नहीं कर सकता।

टीपू ने अपनी पहली बीवी मेनिका के बुत को हमेशा पर्दों के पीछे महफ़ूज़ रखा, ताकि कभी किसी बदनिगाह की उसपर निगाह न पड़ सके। फ़ारूक़ी और दत्त के (यहाँ ज्ञानचंद के उठाए गए जोखिमों और गुज़िश्ता-अक्सीर की हिम्मत को नहीं भूलना चाहिए) एहसानमंद दंपति मेरे पसंदीदा दंपतियों में से एक हो चुके हैं। मैं चाहता, तो उनके बारे में कोई बात नहीं करता और इस डर से कि मेरी ज़बान ऐसे मामलों में काली हो जाती है; मेरी दुआएँ अचानक ही बद्दुआओं में तब्दील हो जाती हैं। यक़ीन कीजिए ऐसा हुआ है। मैं एक साहसी महिला के साहस का क़ायल था। उसकी तरफ़ मेरे प्राकृतिक और सकारात्मक झुकाव ने अफ़वाह की शक्ल में एक शुब्हे को जन्म दिया कि कहीं न कहीं मेरे और उस साहसी महिला के बीच में किसी न किसी तरह का कोई *चक्कर* तो है। मैंने सफ़ाई पेश की और कहा कि ऐसा हरगिज़ नहीं है, बल्कि मैं तो उसके पति का भी उतना ही क़ायल हूँ, जितना उस औरत का। ऐसे पति विरले ही देखने को मिलते हैं, जो अपनी पत्नी की आज़ादी से न ख़ौफ़ खाते हों, न जलते हों। मैं उन्हें दुआएँ देता हूँ कि वो हमेशा ऐसे ही ख़ुश और चंगे रहें। मगर ऐसा नहीं हुआ। चंद महीने बीते और उन दोनों ने सरे-आम ऐलान कर दिया कि वो अब एक साथ नहीं हैं। यहाँ तक कि अफ़वाहों के डर से मैं भी उसके साथ नहीं हूँ। मैं मजबूर *था।* मैं मजबूर *हूँ।* आप था और हूँ को तेज़ आवाज़ में पढ़कर मुझे गुनहगार साबित करने के गुनाह से बच सकते हैं। लेकिन *यहाँ तो चांस ही नहीं है।* ऐसा कुछ नहीं होने वाला। टीपू और विद्या अब आख़िरी साँस तक के लिए एक-दूसरे के हो चुके हैं।

आप ऐसा मत सोचिए कि पहले से ही मेरी कई भविष्यवाणियाँ ग़लत साबित होती आ रही हैं और मैं अपने बड़बोलेपन में एक और भविष्यवाणी कर रहा हूँ।

यक़ीन कीजिए ऐसा ही होगा। फिर भी मैं ये तो कहता हूँ कि यहाँ जो हुआ, जो हो रहा है और जो होगा वो एकदम सही है। मगर ये नहीं कहता कि वहाँ जो हुआ, वो ग़लत हुआ। आख़िर ज़ेहनी सुकून सबसे ऊपर है। सर्वोपरि।

होने को तो पहले भी ऐसा हुआ है, बहुत पहले, हयुलानी की पैदाइश से भी सात साल पहले 8 मार्च 1921 में, अब्दुल हई, जब लुधियाना में पैदा हुआ, तब लुधियाना बड़ा शहर नहीं था। लुधियाना में मुस्लिम तबक़े की तादाद हिंदू और सिख तबक़े के मुक़ाबले में बेहद कम थी। अब्दुल के दोस्तों में अक्सर हिंदू और सिख दोस्त शुमार होते थे, जो फ़ारसी लिपि में लिखी जाने वाली पंजाबी बोलते थे। अब्दुल भी गुरुमुखी और फ़ारसी लिपि के साथ-साथ पंजाबी और उर्दू ज़बान का ख़ासा इल्म रखता था। फ़िरक़ापरस्ती के नाम-ओ-निशान से दूर-दूर तक वास्ता न रखने वाले लुधियाना ने अब्दुल को जज़्बात और एहसास का एक ख़ुशनुमा माहौल मुहैया कराया। उसका तख़्लीक़ी ज़ेहन शायरी की जानिब राग़िब होने लगा। गुज्जर मुस्लिम अब्दुल के अय्याश और ख़ुदग़र्ज़ बाप का नाम चौधरी फ़ज़्ल मुहम्मद था।

औरत को सिर्फ़ एक *जिस्म* की *नज़र* से देखने वाले फ़ज़्ल ने कुल बारह शादियाँ कीं। जब चौधरी फ़ज़्ल ने अपने बारहवें निकाह को अंजाम दिया, तब अब्दुल की माँ सरदार बेगम सुर्ख़ सेंड स्टोन हवेली का ऐश-ओ-आराम छोड़कर अब्दुल के साथ अपने मायके चली आई। उसने ज़मीन-जायदाद बेचकर अय्याशी करने वाले चौधरी फ़ज़्ल पर मुक़दमा दायर कर दिया, जो तेरह सालों तक चला और आख़िरश अदालत का फ़ैसला बेगम के हक़ में आया। लेकिन चौधरी ने ज़मीन की ख़रीद-फ़रोख़्त करने वाले तमाम माफ़िए बेगम के पीछे लगा दिए। धमकियाँ यहाँ तक दी गईं कि अब्दुल को चौधरी के हवाले कर दिया जाए, वर्ना उसे क़त्ल कर दिया जाएगा। इस सब के बावजूद बेगम ने हार नहीं मानी और डटकर मुश्किलों का सामना किया। नतीजतन अब्दुल के ज़ेहन में इन तमाम घटनाओं का गहरा असर पड़ा और होते-होते अब्दुल हई एक बड़ा शायर हो गया। साहिर लुधियानवी। लेकिन यक़ीन मानिए साहिर का साहिराबाद से दूर-दूर तक कोई वास्ता नहीं है। साहिर यानी जादूगर। साहिराबाद यानी ऐसा शहर जहाँ जादूगर आबाद रहते हों। जैसे टीपू— पत्थरों का जादूगर। जैसे ज्ञानचंद— जादूगरों का जादूगर।

चलिए सुकून की तरफ़ लौटते हैं :

टीपू की दोनों औलादों ने मुझे वैसा परेशान नहीं किया जैसा हयुलानी ने किया। उतना भी नहीं जितना हयुलानी ने किया। इतना उतना भी नहीं। दोनों के दोनों क़ुदरती तौर पर अपने आप बड़े होते चले गए, बल्कि हयुलानी की सात साल की बेहोशी को जोड़कर कुल उन्नीस सालों में उन दोनों में से अपने आप एक उन्नीस साल की होने को है और एक दो साल का हो चुका है। उसका बेटा विद्या पर गया था और बेटी विल्सन पर।

"हाए! देख तो कैसी सुंदर लगती है इस काले कलूटे की बेटी। बिल्कुल अंग्रेज़न लगती है अंग्रेज़न," गप्पन कहती है। "करिश्मा ही कह लो बहन," गपोड़ी कहती है, "वर्ना भला ऐसा कहीं होता है कि औलाद की शक्ल न बाप से मिले न उसकी माँ से।" "ठीक ही कहती है गपोड़ी," ज़बानवाली ने कहा, "मुझे तो कोई घाल-मेल लगता है।" "घाल-मेल तो ऊपर वाला जाने," क़ैंची ने मुँह मटकाते हुए कहा, "या कोई जासूस या कोई इनका अपना सगा जो कोई दूर-दूर तक नज़र नहीं आता।"

"अदाएँ हैं छोरी में। कैसे मटक-मटककर चलती है," गप्पू कहता है, "सुना है, कलाकार खुली मानसिकता के होते हैं।" टपलीबाज़ ने हुक़्क़ा खींचते हुए कहा, "कैसी छूट दे रखी है लड़की को। इधर से उधर, उधर से इधर दिन भर मुँह उठाए फिरती है।" "बाक़ी सब ठीक है। उसकी लड़की है वो जाने लेकिन," बकबक कहता है, "उसको ये रंग कहाँ से मिला होगा?" "किसी अंग्रेज़ का लिया होगा," किचकिच कहता है, "या केसर का कमाल हो। ईश्वर जाने।"

शहरियों के इन तारीफ़ी तानों से टीपू लुत्फ़ उठाने लगा था।

"डैडी (उसपर कहीं न कहीं विल्सन का असर तो था ही) मैंने तो सुना है औलादों की शक्लें उनके माँ-बाप से मिलती हैं। मगर मेरी तो न आप से मिलती है, न मम्मी से? ऐसा क्यों? मैं आप ही की औलाद हूँ ना? आप ही की होऊँगी वर्ना नाजायज़ औलादों को इतने दुलार से कौन पालता है।" टीपू मुस्कुरा देता। विद्या कुछ देर को उदास हो लेती। "नहीं, तू हमारी बेटी नहीं है। तुझे हम चोर बाज़ार से चुराकर लाए थे," दोनों कहते और तीनों हँसने लगते।

विन्दू एक बालिग़ लड़की हो चुकी थी। उस ज़माने के रिवाजों को नज़र में रखते हुए कहा जाए, तो वो ब्याहने लायक़ हो चुकी थी। यक़ीनन वो चोर बाज़ार से चुराकर नहीं लाई गई थी। वो चोरी नहीं हुई थी, मगर उसका कुछ चोरी हो चुका था।

उसका दिल।

जी उसका दिल, उससे उम्र में दो साल छोटा एक लड़का चुरा चुका था। और इन दिनों हर वक़्त उसका दिल उसके पास महफ़ूज़ रहने लगा था। वो रंगे हाथों पकड़े गए। एक बाग़ में। गले मिलते हुए। ऐतराज़ किसी को नहीं हुआ सिवाए समाज के। विन्दू की रगों में पहले से ही दो मज़हबों का ख़ून उबालें मार रहा था। ऊपर से ये तीसरा। बददिमाग़ नाम था उसका। फ़ारसी-अरबी ज़बान के मेल के नाम के तौर पर एक अजीब नतीजा। ये उसका निक नेम नहीं था। न वो साहिर की तरह शायर था कि उजलत या आलस में किसी उस्ताद ने उसे ऐसा ऊल-जुलूल तख़ल्लुस ठिंगा दिया हो। हो न हो उसके माँ-बाप की बददिमाग़ी का उसपर ऐसा असर पड़ा हो कि उसे इस बदसूरत नाम को ख़ुशी-ख़ुशी तस्लीम करना पड़ा हो। होने को कुछ भी हो सकता है। यहाँ तक, उन दिनों हिंदुस्तान में जो भी हो रहा था वो कुछ भी से कुछ कम नहीं था।

"सुना है, उस कल्लू की अंग्रेज़न औलाद का किसी कटुए से चक्कर-वक्कर चल रहा है।"

एक और फ़िक़रा; लुत्फ़ उठाइए; टीपू ने उठाया था। आप भी उठाइए।

सच अफ़वाह की शक्ल में विन्दू के घर पहुँचने से पहले पहुँच चुका था।

"सुना है, तुम किसी लड़के के साथ घूम रही थीं," विद्या ने एक माँ की तरह फ़िक्र जताते हुए पूछा। टीपू ने विद्या को देखकर आँख मारी, (आँख मारना और कुछ मारने से बेहतर विकल्प है) वो मुस्कुराया और तिरछी गर्दन लिए उसे निहारने लगा। विन्दू ने कहा, "यस ऑफ़कोस। हिज़ नेम इज़ बददिमाग़।" "तुम्हारी लड़की क्या कह रही है?" "कह रही है, हाँ, एक लड़का है, बददिमाग़ नाम है उसका।" "बददिमाग़? ये कैसा नाम हुआ?" "हाँ, बददिमाग़ ये कैसा नाम हुआ?" उसने जवाब दिया, "व्हाट इज़ इन द नेम। कम-से-कम वो सिर्फ़ नाम से बददिमाग़ है। लोग तो *दिमाग़* से ही *बददिमाग़* होते हैं। ही इज़ सच अ स्वीट गाय।" "ओके-ओके।" टीपू इतनी अंग्रेज़ी तो जानता ही था।

विन्दू साफ़गो थी। तिसपर चालाक भी नहीं थी। इतनी चालाक तो बिल्कुल नहीं जितना, ज़ालिम सिंह था।

मेरी बचपन की यादों में ज़ालिम सिंह मुझे हमेशा याद रहेगा। मैं उसे भूलूँ भी कैसे। मैं तब कोई नौ-दस बरस का रहा होऊँगा। ख़ानदान में दूर की रिश्तेदारी में एक शादी थी। मैं हिंदू हूँ, तो क्या मुझे विवाह कहना चाहिए?

मेरे पिता की बुआ के लड़के के लड़के की शादी। कोई गाँव था, नाम याद नहीं आता। मुझे उस शादी से जुड़े वाक़िओं में कुछ ही बातें याद हैं, जैसे : वहाँ पकाए जाने वाले चावलों में चावल से ज़्यादा कीड़े होते थे। कई औरतें घंटों पहले उनसे कीड़े अलग किया करतीं। फिर उन्हें पकाया करतीं। मगर मेरे ख़ुशदिमाग़ में मेरी बददिमाग़ी के चलते एक बात घर कर चुकी थी कि कोई कितनी भी कोशिश कर ले मगर एक-आध कीड़ा तो चावलों के साथ ज़रूर पक जाता होगा। बस इसी एक वज्ह से मैंने भूखा रहना मंज़ूर किया लेकिन चावलों को निगलने का जोखिम एक भी दिन नहीं उठाया। मगर उन बच्चों का क्या, जो मुझसे भी ज़्यादा बददिमाग़ थे, जो ज़ालिम सिंह की चालाकी से कभी नहीं बच सके। ईश्वर जाने उनकी ज़बानों में अब भी ज़ालिम सिंह के गू का ज़ायक़ा घुला हुआ होगा कि वो इसे भूल चुके होंगे। शायद नहीं, क्योंकि भूल जाना, हो जाने में सबसे मुश्किल है। मुझे ये भी याद है कि कुछ रोज़ वहाँ भागवत कथा सुनाने का सिलसिला भी एक दक्ष ब्राह्मण ने क़ायम किया था। आपने ठीक पढ़ा सिर्फ़ सुनाने का। सुनने का भी कह दिया जाए, फिर भी समझने का हरगिज़ नहीं। दक्ष ब्राह्मण हज़ार कोशिशें करने के बाद भी उन अनपढ़ बददिमाग़ों के दिमाग़ में भगवान कृष्ण के उपदेशों का प्रवेश नहीं करवा सका। अचानक झगड़ा होने लगा। "तुमने आज मेरे खेत की एक हाथ ज़मीन जोती है। कल दो जोतोगे। परसों पूरे खेत पर क़ब्ज़ा कर लोगे।" "भोसड़ी के वो ज़मीन हमारी थी। बेईमानी तो तुम लोग करते आ रहे हो। अपने पुरखों के ज़माने से तुम लोगों ने और किया ही क्या है।" वग़ैरा-वग़ैरा। और मुझे ये भी याद है कि उस गाँव में बिजली की बड़ी क़िल्लत थी। या तो वो गुल रहती थी या वोल्टेज इतना कम कि वन टेन के बल्बों के अलावा रौशनी पैदा करने का एक ही विकल्प हुआ करता था : फेज़ टू फेज़ लाइन फँसाने का विकल्प। और ऐसा करते ही एक के बाद एक वन टेन के बल्ब मामूली-से धमाके के साथ चूर हो जाया करते थे। उस शाम भी बिजली नहीं थी और तेज़ गर्मी से राहत पाने की ग़रज़ से टेंट हाउस से मँगवाए गए फर्राटा पंखे घर के कोनों पर तैनात ऊँघ रहे थे। मेरी उम्र के, मुझसे कम उम्र के और कुछ मुझसे उम्र में कुछ बड़े बच्चे उस पूरे घर के इकलौते पक्के कमरे की छत पर थे। फर्राटा पंखों के साथ-साथ पेड़ भी ज़मीन में गड़े हुए ऐसे ऊँघ रहे थे, जैसे उन्हें भी बिजली के आ जाने का इंतज़ार था। हम सब में सबसे बड़ा ज़ालिम सिंह था, जो मुझसे कंचों के नक्की-दुआ के खेल में कभी नहीं जीता। वो अक्सर खेलों के मामले में एक हारा हुआ खिलाड़ी साबित

होता रहा। मगर वो अपनी हारों के बदले चुकाना कभी नहीं भूलता था। बदला लेने की उसकी सब तरकीबों में सबसे ख़तरनाक तरकीब थी : अपने गुदा में उँगली डालना और ये कहकर कि उसका ड्रामाई शरबत मीठा हुआ कि नहीं, उन जीते हुए मासूम बच्चों को चटा देना। कई बार तो एक ही बच्चे ने उसकी गू से महकती हुई उँगली को एक से ज़्यादा बार चाटा होगा। वो उचककर खिलखिलाते हुए कहता, "और पट्ठो कैसा महसूस हो रहा है ?" सारे तोतले बच्चे उसे 'हलामजादे' कहकर रह जाते। जिनकी ज़बानें साफ़ हो चुकी थीं वो बहनचोद कहते और अपने गले में उँगलियाँ डाले देर तक उल्टियाँ करते रहते। उनकी माएँ पीठ पर हाथ थपकते हुए कहतीं, "गर्मी बहुत हो रही है इन दिनों।" और बेचारे बच्चे उन्हें कुछ न बता पाते। और तो और, उन्हें अपनी मर्ज़ी के ख़िलाफ़ उसी घर में बनाया गया जीवन-रक्षक घोल भी पीना पड़ता और कई-कई बार उन्हें रात का खाना देने से भी उनकी माएँ उनके सरों को दुलारते हुए प्यार भरे अंदाज़ में मना कर देतीं। मैं अपनी ज़बान पर क़ाबू रखते हुए भी कहूँ, तो भी यही कहूँगा कि मर्द ज़ात में उनके बचपन से ही एक अजीब तरह की ख़ुद्दारी होती है। वो चूतिया बन जाने के बाद भी इस बात को क़ुबूलने से हमेशा से डरते और सकुचाते आए हैं कि वो चूतिया बन चुके हैं।

और मैं ?

नहीं, मैं बच निकला।

ख़ैर, आप बताइए क्या इस वाक़िए को भुलाया जा सकता है ? क्या वे बच्चे, जिनके ख़ुद के बच्चे हो चुके हैं, इस वाक़िए को, बल्कि उनके साथ हुई इस ज़ियादती को भुला सके होंगे ? क्या ज़ालिम सिंह के ये ज़ुल्म भुलाए जा सकने वाले ज़ुल्म हैं ?

आप भले ही इस उपन्यास को एक सिटिंग में ख़त्म कर डालें। लेकिन मैं इसे एक सिटिंग में नहीं लिख रहा हूँ। कई-कई बार पूरा दिन किरदारों की फ़िक्र में गुज़र जाता है। कई-कई बार एक-एक हफ़्ता। महीने के महीने साहब, महीने के महीने। लिहाज़ा मुझे हर वक़्त ऐसा लगता है कि बहुत कुछ हो चुका है। दरअस्ल जो नहीं हुआ, वो भी हो चुका है। मगर होता-जाता कुछ नहीं है। कुछ हुआ भी नहीं था।

टीपू को अपनी बेटी की नई-नवेली आशिक़ी से कोई ऐतराज़ नहीं था। और मैंने जिस लड़के को ज़ोर देकर मुस्लिम बताया था, उसपर तो टीपू और विद्या में से किसी का ध्यान भी नहीं गया।

ये सब कब तक, कैसे और कैसे-कैसे चला :

जब-जब विन्दू बददिमाग़ के बारे में सोचती, उसका मन हिलकोरें मारने लगता। जैसा अक्सर इश्क़ में होता है। दिल उछल-उछल जाता और ख़ुशनुमा घबराहटों के दौर चलने लगते। मैं ऐसा इसीलिए जानता हूँ कि तब मैं भी कोई विन्दू की उम्र का रहा होऊँगा, जब मुझे पहली मर्तबा इश्क़ हुआ था। फिर इश्क़ होने के सिलसिले कभी नहीं थमे। मैं तो कहता हूँ, इश्क़ होते रहना चाहिए, वर्ना आदमी अपनी कमउम्री में बूढ़ा हो जाता है। विन्दू शर्म के शर्मनाक नतीजों से पैदा हुई लड़की नहीं थी। सो उसमें बेबात की कोई शर्म भी नहीं थी। वो सिर्फ़ उतनी शर्मीली थी, समाज के मुताबिक़ 'कम-से-कम' जितना शर्मीला एक लड़की को होना चाहिए। यही कपड़े वग़ैरा बदलते वक़्त कोई आड़ वग़ैरा खोजना। हगते वक़्त ये कोशिश करना कि शौचालय से किसी तरह की कोई आवाज़ बाहर न जाने पाए वग़ैरा-वग़ैरा।

तीन ख़ानदानों से मिलकर बने एक ख़ानदान से इश्क़ का दूसरा चर्चा आम हो रहा था। विन्दू के बारे में एक बात और कि वो मेनिका के ख़ून से बनी हुई लड़की नहीं थी, मगर वो ख़ूबसूरत उतनी ही थी, जितनी मेनिका। उसके गिर्द मँडराने वाले, उसपर जान लुटाने वाले लड़कों की भीड़ दिन-बा-दिन दुगुनी, तिगुनी, चौगुनी होती जा रही थी। बददिमाग़ वो लड़का था, जिससे शहर का हर लड़का जलता-भुनता था। और आप जानते हैं कि जलन का तापमान बाक़ी किसी भी तरह की आग से अधिक होता है। उन दोनों की मुलाक़ात स्कूल कॉलेज वग़ैरा में नहीं हुई थी और न राह चलते बददिमाग़ की क़िस्मत ने बाज़ी मारी थी कि उसने विन्दू को प्रत्यक्ष रूप से देखा हो, उनकी आँखें लड़ी हों और देखते-देखते बददिमाग़ ने एक ख़ुशदिमाग़ लड़की का दिल झपट लिया हो। सिलसिला अप्रत्यक्ष रूप से एक पोस्टर से शुरू हुआ था, जिसमें विन्दू की काली-सफ़ेद तस्वीर छपी थी और उसमें ऊपर लिखा था : फ़लाँ स्कूल की लड़की ने, इंटर का इम्तिहान, इतने-इतने नंबरों से पूरे शहर में टॉप किया। और नीचे उसका नाम लिखा था 'विन्दू'। विन्दू पूरे शहर में एक ही लड़की का नाम था : विन्दू का। बददिमाग़ के ख़ुशदिमाग़ ने रोज़-रोज़ उसके स्कूल का चक्कर लगाना शुरू कर दिया और एक दिन आख़िरश उसने उसे ढूँढ़ ही निकाला। उसने उछलते हुए कहा, "आख़िर मैंने कर दिखाया।" वो इस तरह से उछल रहा था, जैसे ट्रॉफियाँ जीतने के बाद खिलाड़ी उछलते हैं। "ख़यालों की आग में रखी हुई पुलाव की देगची उतार दो," जलनकेतापमान ने, जिसने बददिमाग़ के मन में विन्दू के लिए फूट रहे प्यार के एहसास को भाँप लिया था, उसे हठीली

नज़रों से देखते हुए कहा, "इस सफ़ में तुम अकेले नहीं हो। बहुत हैं। मैं ख़ुद हूँ," उसने अपने गालों को शान के साथ सहलाते हुए कहा, "फिर तुम तो नए-नए हो। हुँह ! भूल जाओ मिस्टर। अपने काम से काम रखो और चलते बनो," उसने उसके सीने पर अपनी उल्टी हथेली फेरते हुए कहा, "समझ गए ना बेटे? चलो अब निकलो यहाँ से।" मगर बददिमाग़ इतनी आसानी से कहाँ मानने वाला था। उसके हाथ में मौक़ा आते ही उसने विन्दू से डरे और झिझके बग़ैर कह दिया, "मैं तुम्हारी मुहब्बत में हूँ। क्या मेरे एहसास को तुम्हारे इक़रार की पनाह मिल सकेगी?" किताबों से अपने सीने को छुपाए, मुँह बनाते हुए विन्दू ने कहा, "चलो फूटो यहाँ से।" विन्दू इतनी आसानी से कहाँ मानने वाली थी। मगर वो मान गई। ठीक वैसे ही जैसे काफ़िर मान गया था। इश्क़ में लिए जाने वाले छुट-पुट इम्तिहानों के लिए जाने के बाद, जैसे : तुम मेरे लिए क्या-क्या कर सकते या सकती हो? "कहकर देखो फिर मालूम होगा।" "क्या तुम मेरे लिए ज़माने से लड़ सकते हो या सकती हो?" "ज़माना क्या मैं तो ख़ुदा से भी लड़ जाऊँगा या जाऊँगी।" वग़ैरा वग़ैरा।

काफ़िर उस लड़की से उम्र में उतना ही छोटा था, जितना बददिमाग़ विन्दू से छोटा है। दो साल। ये इक्कीसवीं सदी का वो दौर था, जब उर्दू ज़बान मदरसों की ज़बान होकर रह गई थी। इसके बावजूद काफ़िर का ताल्लुक़ जिन-जिन मुस्लिम लड़कों से था, उनमें से कोई भी उर्दू न लिख सकता था, न पढ़ सकता था। हालाँकि अगर काफ़िर के बचपन की तरफ़ लौटें, तो वो तब छठी जमात में रहा होगा, जब उसने पहली मर्तबा उर्दू इबारत कहीं लिखी हुई देखी थी। अपने पिता के एक दोस्त के घर में, उनके ड्रॉइंग हॉल में। मगर वो भी उर्दू नहीं समझते थे। ठीक वैसे ही जैसे बाज़ हिंदू संस्कृत के श्लोक बड़-बड़ाते हैं, मगर उनके अर्थ नहीं समझते। "ये सोफ़े के पीछे जो किसी अजीब से हरे-हरे मंदिर की तस्वीर लगी है, उसमें उर्दू में क्या लिखा है?" आख़िर काफ़िर ने काफ़ी देर से उस तस्वीर की तरफ़ एकटक देखते हुए अपने दोस्त ग़ायब के वालिद गुमशुदा से पूछ ही लिया। उसने पीछे पलटकर देखते हुए कहा, "मेरे ख़याल से ये उर्दू नहीं अरबी है।" काफ़िर अंदर-अंदर समझ गया कि जब गुमशुदा को इस बात तक का अंदाज़ा नहीं है कि लिखी हुई इबारत उर्दू की है या अरबी की, तो आगे बात चलाना ही बेकार है। उसने चाय के साथ परोसे गए बिस्किट को चाय में डुबोया और उसके गलकर प्याली की सतह में बैठ जाने के बाद मन ही मन सोचने लगा कि क्या चलन आँख बंद कर के अपनाए जाने चाहिए? भला मीठी चाय के साथ मीठे बिस्किट का क्या मेल?

अगले रोज़ उसने ग़ायब से कहा, "ये दुनिया..." उसने ठहरकर कहा, "दरअस्ल; ये दुनिया बददिमाग़ों का जमघट है।" उसने पूछा, "कैसे?" काफ़िर उसे देखकर मुस्कुराया और वहाँ से चला गया।

बहरहाल, मैंने काफ़िर के *वालिद* के लिए *पिता* लफ़्ज़ का इस्तेमाल किया है। दरअस्ल काफ़िर एक हिंदू लड़का था, जिसने अपनी किसी सनक के चलते इस नाम को अपना नाम बना लिया, जब उसने किसी किताब में काफ़िर का अर्थ 'वो जो किसी की भी नहीं सुनता' पढ़ा था। काफ़िर वाक़ई किसी की नहीं सुनता था। ये उसकी ज़िंदगी में उर्दू से जुड़ा एक दूसरा वाक़िआ था जब उसने किसी मौलाना को उर्दू की इबारत बाँचते हुए देखा। तीसरा वो जब उसके किसी एक सहपाठी ने उसे उर्दू की वर्णमाला लिखकर दिखाई। उसने कहा, "कमाल है यार।" उसके बाद सिलसिला थम गया। उसने अपनी उर्दू सीखने की चाहत को भुला दिया। ये वो वक़्त था जब स्कूलों में इंटर के इम्तिहान की जगह हायर सेकेंडरी के इम्तिहान होने लगे थे। वो इम्तिहान में अव्वल आया। उसके पोस्टर भी पूरे शहर में लगवाए गए और ठीक ऐसे ही जैसे बददिमाग़ का दिल विन्दू पर आया था, वैसे ही नय्यारा का दिल काफ़िर पर आ गया। ये रंगीन तस्वीरों का वो दौर था जब अपनी तस्वीर के मुक़ाबले में सामने वाला अक्सर अधिक ख़ूबसूरत निकलता था। नय्यारा ने भी काफ़िर को ठीक वैसे ही ढूँढ़ निकाला :

जैसे?

इक्ज़ेक्टली

शहर से लगी पहाड़ियों, जंगलों और बाहर नालों के ऊपर बने छोटे-छोटे पुलों पर उनकी मुलाक़ातों के सिलसिले शुरू हो चुके थे, जबकि विन्दू जब भी बददिमाग़ से मिलती, खुले-आम मिलती। उसे किसी का डर नहीं था। मगर काफ़िर को था। जहाँ उसे हिंदू उसके नाम काफ़िर की वज्ह से उसे इस्लाम के असर में बताने लगे थे, वहीं मुसलमान ये कहने लगे थे कि लो अब हिंदू खुले-आम अपने को काफ़िर कहने लगे हैं। काफ़िर शर्मीला था, और इतना, जितना लड़कियाँ भी नहीं होतीं। इतना, जितना एक लड़के को कभी नहीं होना चाहिए : हाँ भई इसी समाज के मुताबिक़। एक तरफ़, जहाँ विन्दू बददिमाग़ को हाथ लगाना, उसे चूमना, उसे गले लगाना एक फ़ितरती भाव समझती थी, वहीं दूसरी तरफ़ काफ़िर के लिए ये सब एक तरह से कुफ़्र से कम नहीं था। जब-जब नय्यारा ने चाहा कि वो उसे गले लगाए, वो उससे दूर हो लिया। कभी-कभी तो उसने उसके हाथ छूने जैसी आम

बात पर भी अपना ऐतराज़ दर्ज कराया। वो कहता, "मैं तुम्हें जब तक ब्याह कर अपने घर नहीं ले जाऊँगा, तब तक तुम ये सब भूल जाओ।" उसके इस बयान और इस हरकत पर नय्यारा शर्माती थी, हँसती थी, मगर उसने उसे *चूतिया* कभी नहीं समझा। काफ़िर ने, इस ग़रज़ से कि बग़ैर किसी ताम-झाम के वो नय्यारा से रोज़ मिल सके, नय्यारा के कॉलेज में दाख़िला ले लिया। ये वही दिन थे जब कॉलेजों में रैगिंग के ख़िलाफ़ कोई कठिन क़ानून नहीं बने थे और रैगिंग देना और लेना दोनों दिमाग़ी विकास के लिए अहम अमल समझा जाता था। न जाने कितने ही इल्म के तालिब रैगिंग के डर से कॉलेज छोड़ दिया करते थे। मैं ऐसी एक जीती-जागती मिसाल का चश्मदीद रहा हूँ। घाटेकासौदा नाम था उसका। पहले इंजीनियरिंग की कोचिंगों के सिलसिले में वो उत्तरप्रदेश के एक शहर जाता है, फिर राजस्थान के एक और शहर, और आख़िर में मध्यप्रदेश के किसी एक शहर के एक कॉलेज में दाख़िला ले लेता है। पहले से डरे हुए घाटेकासौदा को और डराया जाता है। और वो इस डर के चक्कर में ये भूल जाता है कि सीनियर बाप होता है। और बाप बाप होता है। जनाब उसने अनजाने में अपने एक सीनियर से हाथ मिला लिया और उसे मुँह की खानी पड़ी। सज़ा के तौर पर उसे अपने हमजमात लड़कों के सामने हस्त मैथुन करने के लिए कहा गया। वो नहीं कर पाया। जनाब उसने *इत्ती*-सी बात पर कॉलेज छोड़ दिया। मैंने उससे पूछा क्यों? उसने कहा, "मैं सिर्फ़ एक डिग्री के लिए ये पाप नहीं कर सकता था।"

मैं इक्कीसवीं सदी के उन सालों में हूँ, जब इंजीनियरिंग हिंदुस्तान में दुनिया की सबसे महान पढ़ाई घोषित की जा चुकी थी। मैं आधुनिक युग में हूँ। इंजीनियरिंग के लहू से लथ-पथ उस दौर में, जहाँ ज़बान का गिरा हुआ स्तर ही, उसका उच्चतम स्तर कहलाता है, बल्कि अफ़वाहें यहाँ तक हैं कि जो ऐसी ज़बान से गुरेज़ करता है, वो कहीं का नहीं रहता। लिहाज़ा मैं हल्की-फुल्की, निचले दर्जे की बातें करूँ, तो माज़रत चाहूँगा, जैसे कॉलेज की हर सीनियर लड़की जूनियरों की माँ कहलाती थी। और हर सीनियर लड़का उनका बाप (जैसा कि मैं पहले भी अर्ज़ कर चुका हूँ) तब माँ—, माँ— दूँगा और मादर— (आप इशारा समझ गए होंगे। मुझे आप पर पूरा यक़ीन है।) जैसी भद्दी गालियाँ, गालियाँ नहीं मानी जाती थीं। ऐसे में ग़ैरमुमकिन था कि शर्मीला काफ़िर ख़ुद से दो साल सीनियर लड़की से आँख मिला सके। वो उसकी नानी के दर्जे पर थी। सब कुछ बहुत मुश्किल होता चला गया। इंजीनियरिंग कॉलेज की सबसे कट्टर रिवायत के तहत नय्यारा का पहले से किसी

भी लड़के से कोई चक्कर-वक्कर नहीं था। दरहक़ीक़त, उसने कभी किसी को घास नहीं डाली। मगर गधे फिर गधे होते हैं और इतने गधे कि गर्मियों के मौसमों में सूखे पड़े खेत हमेशा से उनके मोटापे का कारण रहे हैं। (आप तो जानते हैं) फिर अगर कोई गधों का गधा हो, तो? दरअस्ल मुँह मारना उसकी आदत थी। उसने मुँह मारा। और घास न मिलने पर वो और और और मुटाता गया। कुल मिलाकर उसे चर्बी चढ़ गई थी, जो चाहकर भी काफ़िर नहीं उतार पा रहा था।

मैं और आगे बढ़ूँ इससे पहले, काफ़िर को कॉलेज में काफ़िर ही कहा जाता था, मगर उसका असली नाम था उठापटक (भला उसने अपना नाम बदलकर कौन-सा गुनाह किया?) और उस गधे का नाम था शमीम हुसैन। नय्यारा का चचेरा भाई।

काफ़िर सोचकर रह जाता कि कैसे कोई भाई अपनी बहन पर फ़िदा हो सकता है। सीधे-सीधे कहूँ, तो लाइन मार सकता है। लेकिन वो नहीं जानता था कि दक्षिण भारत के हिंदुओं में भी ऐसी रिवायत है। और फिर चोरी-छुपे अपनी चचेरी-फुफेरी-ममेरी बहनों की इज़्ज़त पर हाथ साफ़ करने से बेहतर है, खुले-आम उनसे विवाह या निकाह कर लेना। हिंदू इतिहास की महान नायिका कुंती भगवान कृष्ण की बुआ थी और महान योद्धा अर्जुन के कई विवाहों में से एक कृष्ण की ही बहन सुभद्रा से भी हुआ था। और तो और भागकर हुआ था। यहाँ सुभद्रा को भगाने में ख़ुद उनके भाई कृष्ण ने मदद की थी।

ऐसा कृष्ण ने क्यूँ किया?

ये सिर्फ़ कृष्ण जानते थे, समाज नहीं।

कृष्ण के बड़े भाई बलराम अपना गदा भाँजते रह गए। ये कहते रह गए कि अर्जुन ने उनके साथ विश्वासघात किया है।

और एक रोज़ जब काफ़िर से रहा न गया, उनकी आपस में झड़प हो गई। काफ़िर, जो कभी किसी की नहीं सुनता था, दो सालों से अपने लंपट सीनियरों की सुन रहा था, अपनी शर्म से बाहर आया और उसने शमीम को धर दबोचा। उसका हाथ मरोड़कर उसकी हड्डी चटख़ा दी। उसके सीने की पसलियाँ टुकड़ा-टुकड़ा कर दीं। नौबत उसके जेल जाने तक पहुँच गई। काफ़िर, जो अपनी ज़िंदगी के हर इम्तिहान में हमेशा से अव्वल आता रहा, इश्क़ के इस इम्तिहान में फ़ेल हो गया। नय्यारा उससे कहती ही रह गई, "इतना मत मारो उसे काफ़िर, इतना मर मारो, छोड़ो उसे, छोड़ो, मैं कहती हूँ छोड़ दो उसे, मर जाएगा वो, तुम्हें मेरी क़सम।"

मुझे नहीं लगता था कि अगर नय्यारा ने काफ़िर को अपनी क़सम न दी होती, तो शमीम बचने वाला था। मगर शमीम बच गया और काफ़िर को जेल हो गई। मुख़्तसर कहूँ, तो उसका पुलिस रिकॉर्ड ख़राब हो गया। और देखते-देखते नय्यारा का कॉलेज पूरा हो गया। अब उसके निकाह की तैयारियाँ ज़ोरों पर थीं। मगर वो बहानों की आड़ में महीने-दर-महीने, साल-दर-साल अपनी शादी की तारीख़ें टालती रही।

शमीम पूरा एक साल तक बिस्तर पर था और काफ़िर के जेल से छूटने की राह देख रहा था। शमीम के आराम के दिन पूरे हुए और काफ़िर की जेल के। दोनों में एक बार फिर से झड़प हुई और इस बार इस झड़प ने हिंदू, मुस्लिम दंगे की शक्ल इख़्तियार कर ली। पूरा शहर गोलियों की आवाज़ों से गूँज गया। आधा शहर आग की लपटों के बीच घिरकर रह गया।

हू-ब-हू साहिराबाद की तरह।

ये बात तय हो चुकी थी कि पाकिस्तान तो अब बनकर रहेगा।

3 जून 1947 से कुछ पहले :

समाचार पत्रों, रेडिओ और लोगों के ज़रीए ये ख़बर लोगों-लोगों तक (सिवाए कुछ भूमिहीन किसानों के) पहुँचने लगी थी कि 3 जून 1947 को ब्रिटिश भारतीय सल्तनत तक़्सीम होने वाली है। लोगों ने दिल्ली से प्रसारित ऑल इंडिया रेडियो में चार लोगों की तक़रीरें सुनीं, जिसमें वो आज़ादी के बाद भारत-पाकिस्तान जैसे दो मुल्कों की शक्ल में साम्राज्य के विभाजन की योजना का ज़िक्र कर रहे थे। जून की झुलसा देने वाली उमस भरी गर्मी की उस शाम एक निकट ऐलान की अफ़वाह हर तरफ़ फैल चुकी थी। पत्रकार पूरी तरह से सचेत और सावधान थे। और जो मैनिफ़ेस्टो नेता पढ़ने वाले थे, उनकी एक-एक प्रति उनके हाथ में पहले से थी, ताकि घोषणाओं के दौर गुज़र जाने के साथ ही अख़बारों का विशेष अंक प्रकाशित करने में उन्हें सहूलत हो।

ब्रिटिश सल्तनत से आज़ादी के साथ सल्तनत की तक़्सीम का ऐलान :

उन भाषणों में सभी नेताओं के भाषण सीधे-सपाट थे। यहाँ तक कि जो माउंटबेटन हमेशा अपने व्याख्यानों पर गर्व किया करते थे, उनकी आवाज़ में भी बहुत संकोच सुनाई दिया। ब्रिटिश सरकार की तरफ़ से की जाने वाली घोषणाएँ अजीब और चौंका देने वाली थीं, जिनमें ये कहा गया कि हिंदुस्तानी अवाम को जून 1948 के पहले-पहले सत्ता सौंप दी जाएगी। लेकिन कुछ ही महीनों बाद

इस संभावित तारीख़ को एक निश्चित तारीख़ में बदलकर 15 अगस्त 1947 कर दिया गया। तात्कालिक अंग्रेज़ प्रधानमंत्री एटली के मुताबिक़ कांग्रेस और मुस्लिम लीग को बंगाल और पंजाब दोनों राज्यों की विधानसभाओं में उनके नुमाइंदों को अपनी-अपनी अक्सरियत साबित करना थी। एटली ने बात को गोल-मोल घुमाते हुए कहा था कि दोनों राज्यों के विभाजन विधानसभा में दोनों पार्टियों के वोटों की बुनियाद पर होगा। अगर ये विभाजन तय हो जाता है, तो हालात को मद्दे-नज़र रखते हुए इंतिज़ाम किए जाएँगे। समझने वाले समझ चुके थे कि इस बात का सीधा-सीधा मतलब ये है कि दक्षिण एशियाई मुस्लिम राष्ट्र पाकिस्तान के गठन का मंसूबा कामयाब हो चुका है। फिर भी इन घोषणाओं और भाषणों में एटली और माउंटबेटन ने कहीं भी 'पाक' शब्द का इस्तेमाल नहीं किया था। यहाँ तक कि इस पूरे प्रस्ताव को एक सवाल के तौर पर पेश कर दिया गया कि हिंदुस्तानी अवाम जैसा चाहेगी वैसा होगा।

आत्मनिर्णय की इस प्रक्रिया नियोजन को स्वीकृति देने के बाद नेहरू ने भी पेश की गई योजना को स्वीकारने के लिए अवाम की हौसलाअफ़्ज़ाई की। लेकिन उन्होंने भी अपने किसी भी भाषण में 'पाक' शब्द का इस्तेमाल नहीं किया। उनमें से मुस्लिम लीग के नेता जिन्ना ही अकेले ऐसे थे जिन्होंने अपने भाषणों में खुलकर पाकिस्तान की बात की। जिन्ना ने अपने संबोधन में ब्रिटिश भारत के उत्तर-पूर्व और उत्तर-पश्चिम में रहने वाले 10 करोड़ दक्षिण एशियाई मुस्लिमों का नेता होने के साथ-साथ पूरे उपमहाद्वीप में इधर-उधर गाँवों क़स्बों में रहने वाले मुस्लिमों का नेता होने का दावा किया और इशारे-इशारे में अपनी जीत के संकेत दिए।

लेकिन अवाम क्या चाहती थी?

अभी रुकिए

पहले ये सोचिए। कहाँ था भारत? कहाँ था पाकिस्तान? कौन भारतीय होने जा रहा था और कौन पाकिस्तानी? और किस बिना पर?

साहिराबाद के नज़ारे सन् 47 के शुरूआती महीनों से ही बदलावों की तरफ़ थे। मर चुके एक सुस्त बादशाह की अवाम भी अपने बादशाह की मानिंद अजीब-ओ-ग़रीब ख़्वाब पाल बैठी थी। मुस्लिम बहुल इलाक़ों में घरों के दरवाज़ों पर जिन्ना की सफ़ेद-काली तस्वीरें चिपकी हुई थीं। दीवारों-दीवारों पाकिस्तान लिखा हुआ था। कुल मिलाकर ऐसा ही हुआ, जैसा 1946 में वसंत के महीने में एक क़दीम मुग़ल शहर, जो अब कुछ और ही होता जा रहा था, में होना शुरू हो चुका

था। मस्जिदों और गलियों के नुक्कड़ों से पाकिस्तान की माँग की आवाज़ें अक्सर फ़सादों और गर्मा-गर्म बहसों को, बल्कि बहसों की गर्मा-गर्मी को जन्म देने लगी थीं। इन तंग गलियों में क़ैंचियाँ, ताले और हथियार-औज़ार वग़ैरा बनाए जा रहे थे, जिन्हें पूरे उपमहाद्वीप में बेचा जा रहा था। हिंदुस्तानी ज़बान बोलने वाले प्रदेश के बीचो-बीच स्थित इस शहर में पाकिस्तान की माँग अपने चरम पर थी। जहाँ पाकिस्तान को लेकर जूनून में लगातार इज़ाफ़ा हो रहा था, वहीं मुस्लिम महिलाएँ भी लीग का डटकर समर्थन कर रही थीं। उन्होंने सिलसिलेवार कई सभाएँ कीं और लीग के सहयोग की अपनी इच्छा को मद्दे-नज़र रखते हुए अपने गहने तक बेच डाले। उनके शौहरों और बच्चों ने पाकिस्तान को वजूद में लाने के लिए छपे किताबचे और पोस्टरों का जुलूसों में मज़हबी नारों के साथ जमकर इस्तेमाल किया।

इस अटपटे, गुथे हुए माहौल से कुछ लोग डरे हुए भी थे, और कुछ लोग निडरता से इसकी मुख़ालिफ़त भी कर रहे थे। इस सब के दौरान शहर की ग़ैरमुस्लिम अवाम इन हालात से परेशान होने लगी। वो पाकिस्तान को लेकर अस्पष्ट माँग से फैले उन्माद से इतने डरे हुए थे कि वो अपनी सुरक्षा को लेकर स्थानीय नेताओं से गुहार लगाने के लिए मजबूर हो गए। ऐसे में, जब पुलिस स्टेशन शहर के मुस्लिम बहुल इलाक़े में था, शहर की कांग्रेस कमेटी के अध्यक्ष को अपराधों के ख़िलाफ़ लोगों की शिकायत दर्ज कराने की व्यवस्था कांग्रेस कार्यालय में ही करने के लिए कहा गया। कुछ हफ़्तों के इस उन्माद भरे माहौल के बाद एक वक़्त ऐसा आया, जब शहर पूरी तरह से दो गुटों में तक़्सीम हो चुका था। एक गुट, जो पाकिस्तान न बनने देना चाहता था, न किसी सूरत पाकिस्तान का नागरिक होना चाहता था। और एक वो, जिसे पाकिस्तान की ज़िद और और और उन्मादी बनाती जा रही थी। वो इस दर्जा उन्मादी, बल्कि उपद्रवी हो चुके थे कि कपड़े की क़ीमत को लेकर छिड़ी एक मामूली-सी बहस को इस अंजाम तक ले गए कि उन्होंने कुछ लोगों को ज़िंदा जला दिया। पूरे बाज़ार में आग लगा दी। शहर के एक हिस्से को तहस-नहस और बर्बाद कर डाला। वैसे ही जैसे साहिराबाद में हुआ। बददिमाग़ के वालिद भी ऐसी ही किसी कपड़े की दुकान के मालिक थे। वो जला दी गई थी। वो इस नए-नवेले उन्मादी माहौल से इस क़दर डरे हुए थे कि आख़िरश उन्होंने पाकिस्तान में बसने का फ़ैसला कर लिया। उस पाकिस्तान में, जो कुछ महीनों बाद पूर्वी पाकिस्तान और पश्चिमी पाकिस्तान की शक्ल में उभरकर सामने आने वाला

था। ज़ाहिर है, वो पश्चिमी पाकिस्तान में बसने जा रहे थे।

उधर उन दंगों में न शमीम मरा न काफ़िर। काफ़िर ने जेल से छूटकर अपनी बाक़ी की बची पढ़ाई पूरी की। वो सिलसिलेवार अव्वल-अव्वल आया और अपनी नौकरी के सिलसिले में न्यूयॉर्क में जाकर रहने लगा।

इधर नय्यारा अकेले रह गई। उसने ताउम्र शादी न करने की क़सम खा ली। अब वो एक मशहूर लेखिका है। और अपनी किताबों में अपनी ज़िंदगी और दीगर ज़िंदगियों के ढँके-मुँदे अजीब-ओ-ग़रीब रोमांचक पहलुओं को अंग्रेज़ी ज़बान में उजागर कर ख़ूब पैसे कमा रही है। उसकी किताबें पश्चिमी देशों में भी मक़्बूलियत हासिल कर रही हैं। काफ़िर उसकी किताबों में ख़ुद को ढूँढ़ने की कोशिशों में हर बार सिवाए निराशा के अब तक कुछ हासिल नहीं कर पाया है।

उधर बददिमाग़ ने विन्दू की एक नहीं सुनी। उसने हर बार सिर्फ़ इतना ही कहा, "तुम नहीं समझोगी।"

इधर विन्दू—

क्या कहा जाए?

आप यही सोच रहे होंगे कि हफ़ीज़ क्या सोच रहा होगा? आख़िर उसकी अपनी क्या योजना है?

ज़ाहिर है, साहिराबाद की गद्दी पर वो नहीं उसकी माँ क़ाबिज़ है। उसका बाप और भाई दोनों मर चुके हैं। बहनें, जो उसकी कभी नहीं सुनने वाली थीं, कहीं भाग गई हैं। उसकी औलाद को सिर्फ़ एक ही धुन, बल्कि सनक सवार है। उसकी अकेले की इतनी हिम्मत और औक़ात नहीं रह गई है कि वो अपने क़िले को छोड़कर कहीं उस मुल्क में जाकर बस जाए, जो 16 अगस्त 1947 के पहले कोई मुल्क ही नहीं था। मुख़्तसर— उसकी सुनने वाला कोई नहीं है। न अंग्रेज़ी हुकूमत, न कांग्रेस।

सत्रह

दिया तले अंधेरा। दिमाग़ के होते हुए बेदिमाग़ होने जैसा है। दिमाग़ होने के बावजूद बेदिमाग़ होना बददिमाग़ होने से कहीं बदतर है। बदतरीन है। मैं अपनी बात न करूँ, फिर भी कोई भी कैसे इस बात पर यक़ीन करे कि जहाँ सीधे तौर पर टीपू को ढूँढ़ना चाहिए था, वहाँ विल्सन को ढूँढ़ने की सनक ने हफ़ीज़ को इस क़दर जुनूनी बना दिया कि बीते एक साल में सब कुछ (यानी सब कुछ) भुलाकर वो उन दुर्लभ संगतराशों और चित्रकारों की तलाश में मुल्क का कोना-कोना छानने में लीन हो गया, जिनकी क़ाबिलियत टीपू के आगे रेत के एक ज़र्रे जितनी थी। सरे-आम, बार-बार, हर बार हयुलानी से ज़लील होता रहा।

"*तुम* जैसे फिसड्डी बाप से अच्छा तो बाप का न होना है। *तुम* नहीं कर सकते हो। तुम नहीं कर पाओगे। ये कैसे कलाकारों का मुल्क है, जो किसी दूसरे के तसव्वुर नहीं समझ पाते! ये— ये— तस्वीरें??? इन्हें अपने पिछवाड़े में भर लो। और इन बुतों को गलाकर इनकी मिट्टी अपनी खुदने वाली नापाक क़ब्र की पाकीज़गी के लिए महफ़ूज़ कर लो।"

और विल्सन का पता भी किसने लगाया? उसके नीचे काम कर रहे एक टुच्चे जासूस ने। विद्या का पता भी उसी ने लगाया था। और ये पिद्दी-से (उसके लिहाज़ से) टीपू तक नहीं पहुँच पाया। क्या टीपू की कामयाबियों के चर्चों ने उसके कान गर्म नहीं किए थे? क्या वो नहीं जानता था कि शाही घरानों की लड़कियाँ नुमाइश का सामान नहीं होतीं? फिर भी वो किस ग़फ़लत में था कि उसने ऐसा किया? क्या उसकी माँगी गई माफ़ियाँ उसके काम आएँगी? क्या वो तमाम शाह उसकी

इस शर्मनाक हरकत को दरगुज़र कर सकेंगे?

"इनमें से किसी की शक्ल इस क़ाबिल नहीं कि हम उसके प्यार में पड़कर अपने ख़्वाब से मुँह फेर लें। ले जाओ इन सबको। हमें वही चाहिए। सिर्फ़ वही।"

क्या वो हयुलानी की इन बदसलूकियों को भुला देंगे?

और मैं क्या करूँ? *वो,* जी *वही,* शोरबेदार। वो मुझे हमेशा के लिए छोड़कर जाने का महज़ नाटक कर रही थी। आप जानते हैं? दरअस्ल वो कहीं नहीं गई थी। वो यहीं थी। हमारे बीच। वो यहीं है। हमारे बीच। और ख़्वाबों में मुझसे बहसें करती है। मुझे ताने देती है कि मेरी कहानी एक हवा-हवाई कहानी है। एक शाहज़ादे को नहीं मालूम कि उसी की सल्तनत में एक ऐसा मूर्तिकार है, जो उसके बहुत सारे वक़्त के साथ-साथ उसे हर तरह की बेइज़्ज़तियों और दुश्मनियों से बचा सकता था।

क्या उसे वाक़ई 'दिया तले अंधेरा' कहावत का मतलब मालूम नहीं होगा? क्या मुझे फिर से मिसालों के साथ अपनी वज़ाहत पेश करनी होगी? क्या सचमुच ये कहावतें हवा-हवाई कहावतें हैं, जो बग़ैर सोचे समझे हमारे मत्थे मढ़ दी गई थीं? क्या ये अमली तौर पर खरी नहीं उतरतीं? उसने कभी दिया नहीं जलाया होगा? उसके नीचे अंधेरा नहीं देखा होगा?

मैं कुछ नहीं कहना चाहता। और वज़ाहत? किस बात की वज़ाहत? मैं तो चाहता हूँ कि वो किसी न किसी तौर मेरी किसी बात का बुरा मान जाए और मेरा (बल्कि हमारा, बल्कि इन सब का) उससे पिंड छूट जाए।

दुआ कीजिए।

हफ़ीज़ के दिमाग़ के पतन के पीछे चार वज्हें थीं। अव्वल कि वो एक बददिमाग़ बादशाह की औलाद था। दूसरी, उसके उसी बददिमाग़ बादशाह बाप की मौत और उसकी मौत के पीछे की मंतिक़। तीसरी, विल्सन जिसने उसे शाहज़ादे का शाहज़ादा रहने दिया। और चौथी, उसकी अपनी औलाद। दिए के नीचे का अंधेरा कोई नया अंधेरा नहीं था और फिर हम एक तरफ़ से रँगी हुई चादर को कितनी भी एहतियात के साथ ओढ़ें, वो हमारी नींद का फ़ायदा उठाकर उल्टी हो ही जाती है। आप समझ रहे हैं मैं क्या कह रहा हूँ? ख़ैर, छोड़िए। अस्ल बात पर आया जाए।

टीपू पिद्दी नहीं था। उससे उसे मिलना ही होगा। मिलना ही था। टीपू मिल गया। लेकिन क्या वाक़ई इस आसानी से टीपू का पता मिलने वाला था? मैं हैरान

हूँ। बहुत हैरान। क्या शोरबेदार मेरी बातों का बुरा मान गई? या आपकी दुआएँ काम आईं?

"आदाब बड़े *मालिक,*" हयुलानी के कमरे से बाहर निकलते हुए ज्ञानचंद ने गलियारे में कुछ सोचते हुए टहल रहे हफ़ीज़ से कहा।

"आदाब, हयु कैसा है? क्या कर रहा है?"

"छोटे हुज़ूर— क्या कहूँ— गुस्ताख़ी माफ़— मगर— अफ़ीम की पीनक का लुत्फ़ ले रहे हैं।"

"हाँ, ठीक है जाओ यहाँ से," हफ़ीज़ ने झल्लाते हुए कहा।

"जी हुज़ूर।"

"और सुनो, इधर आओ। तुम किसी विल्सन को जानते हो?"

"हुज़ूर मैं बस एक ही विल्सन को जानता हूँ।"

"कौन है वो?"

"विद्या का शौहर था। कहीं गया था फिर लौटकर नहीं आया।"

"वो मर चुका है।"

"क्या? कब? कैसे?" ज्ञानचंद ने इस तरह चौंकते हुए पूछा, जैसे उसे किसी अपने के मरने की ख़बर मिली हो।

"वो सब छोड़ो। ये विद्या कौन है?"

"टीपू की घरवाली।"

"और ये टीपू?"

"हुज़ूर एक नेक दिल इंसान, जिसने उस औरत को अपनी पनाह दी, उससे निकाह किया, जो हमल से थी और उसके शौहर का कहीं कोई अता-पता नहीं था। हुज़ूर विद्या ने तो, जितनी हो सकती थी, विल्सन की उतनी राह देखी। लेकिन एक ऐसी औरत, जो एक बेटी की माँ हो और उसके शौहर का कुछ पता न हो, ऐसे में लोग किसी को अपनी जली-कटी सुनाने से कब चूकते हैं? टीपू ने उसे निकाह के लिए बहुत मनाया। बहुत मनाया तब जाकर। आज— आज— वो उसकी बीवी है। उसको तो टीपू से एक लड़का भी है हुज़ूर," ज्ञानचंद ने झेंपते हुए कहा, "हुज़ूर—"

"क्या?"

"वो विल्सन—"

"क्या विल्सन?"

"वो— वो— वो— मरा कैसे...?" ज्ञानचंद ने हिचकिचाते और हकलाते हुए पूछा।

"तुम क्यों जानना चाहते हो?"

"कुछ ख़ास नहीं हुज़ूर, बस विद्या को बताऊँगा, तो उसे तसल्ली हो जाएगी कि उसने कुछ ग़लत नहीं किया।"

"लेकिन विद्या से तुम्हारी इस हमदर्दी का सबब?"

"हुज़ूर, टीपू मेरा दोस्त है। और वो टीपू की घरवाली। टीपू बताता रहता है कि सब कुछ अच्छा होने के बावजूद विद्या को कहीं न कहीं अफ़सोस है और ये डर भी कि अगर कभी अचानक विल्सन उसके सामने आ गया, तो वो उसे क्या जवाब देगी।"

हफ़ीज़ ने सिगार सुलगाया और उसका मख़मली कश खींचते हुए कहा, "टी. बी. का मरज़ हो गया था उसे। जब वो मरा, तब वो दिल्ली में था। दिल्ली के किसी हस्पताल में।" सिगार की आग से एक तिनका उड़ता हुआ उसके सुनहरे कोट पर गिरा। उसने उसे सरसरी बुझाते हुए कहा, "तुम जा सकते हो।"

"हुज़ूर।"

"रुको।"

"हुज़ूर।"

"और ये टीपू करता क्या है?"

"हुज़ूर—" ज्ञानचंद ने हैरतज़दा लहजे में कहा, "क्या आप नहीं जानते हुज़ूर?"

"हम नहीं जानते ज्ञानचंद इसीलिए तुमसे पूछ रहे हैं," हफ़ीज़ ने सुलगते सिगार को अपनी उँगलियों से मसलकर, अपने दाँत किटकिटाते हुए कहा।

"माफ़ी हुज़ूर," ज्ञानचंद ने अपनी भौहें चढ़ाकर हफ़ीज़ को देखते हुए पूछा, "क्या आपने मुझे माफ़ कर दिया हुज़ूर?"

"ज्ञानचंद—" हफ़ीज़ ने अपनी जल चुकी उँगलियों को आपस में रगड़ते हुए, खिसियाई हुई आवाज़ में कहा, "वो क्या करता है ज्ञानचंद? वो क्या करता है?"

"हुज़ूर बस आप इतना समझ लीजिए कि आप उसे कोई भी, कैसा भी तसव्वुर बताएँगे, वो उसे बुत में ढाल देगा।" उसने अपनी आवाज़ को और मद्धिम करते हुए उसके कान के पास जाकर कहा, "ख़ासकर अगर वो कोई परीज़ाद है। कोई लड़की है हुज़ूर।"

"और तुम ये हमें अब बता रहे हो?"

"कब बताना था हुज़ूर?"

"क्या तुम्हें कुछ नहीं मालूम? कब बताना था?"

"*मालिक* आपने कभी पूछा ही नहीं," ज्ञानचंद अफ़ीम की पीनक के असर में बोला।

"तुम जा सकते हो ज्ञानचंद।"

"हुज़ूर।"

***

दो ऐसे नए मुल्क, जिनके मुल्क हो जाने की बुनियाद सिर्फ़ एक मज़हब था। उनके मुताबिक़ अक़्लियय्त। हिंदुस्तान में और भी अल्पसंख्यक समुदाय थे, मगर किसी के दिमाग़ में अपने लिए नए मुल्क का कोई ख़याल मौजूदा वक़्त तक नहीं पनपा था। 'जो जहाँ जाना चाहे वहाँ जाकर रह सकता है' की आज़ादी के साथ लोगों को आज़ाद कर दिया गया। नतीजतन कुछ आए, कुछ गए, कुछ कहीं नहीं गए। न वहाँ से यहाँ, न यहाँ से वहाँ। और जिस अक़्लियय्त ने अपनी बेहतरी के लिए ये क़दम उठाया था, वो अक़्लियय्त कभी ख़त्म नहीं हुई, बल्कि एक नई क़िस्म की अक़्लियय्त पैदा हुई। यहाँ वही की वही। और वहाँ, वो जो वहाँ से यहाँ नहीं आए। और ये कभी न ख़त्म होने वाली मुश्किल जैसी की तैसी बनी रही। भला अपनी ज़मीने छोड़कर कहीं से कहीं जाना कोई आसान काम है?

लोग मर रहे थे। कट रहे थे। मार रहे थे। काट रहे थे। डर इतना फैल चुका था कि रूमो ने चाँद बीबी की वो तस्वीर, जो वाक़ई महल की दीवारों की मुस्तहक़ थी, वहीं अपने नए घर में छोड़ दी और एक ऐसे मुल्क को अपना मुस्तक़बिल चुन लिया, जिसकी सरहदें भी अभी नहीं खींची गई थीं, जो एक इंसान के दो कटे हुए दो हाथों की तरह उस सूरत-ए-हाल की अक्कासी कर रही थीं कि एक इधर (पूरब में) पड़ा है और एक उधर (पश्चिम में)। ज़ाहिर है बददिमाग़ के ख़ानदान की तरह रूमो ने भी पश्चिमी पाकिस्तान चुना। दोनों ख़ानदान बहुत कम मुश्किलों को उठाते हुए पाकिस्तान पहुँच गए। वो पाकिस्तान के किस शहर में बसे? कैसे बसे? वहाँ जाकर वो ज़िंदा रहे या मर गए? या ज़िंदा रहे, तो ज़िंदा रहने के लिए उन्होंने क्या किया? जैसे सवालों का जवाब इसीलिए नहीं दिया जाएगा क्यूँकि साहिराबाद की सरहदों के अंदर भी बहुत कुछ बाक़ी है, जिसका ज़िक्र करना ज़रूरी है। और

मेरा फ़र्ज़ भी बनता है कि मैं हिंदुस्तान की सरहद के इस पार बिखरी हुई, बिखर चुकी, बिखरती जा रही ज़िंदगियों के सिलसिले स्थापित करूँ।

गुज़िश्ता और अक्सीर को भी ख़बर लग गई कि पाकिस्तान वजूद में आ चुका है। उस वक़्त वो हिंदुस्तान के जिस हिस्से में रहकर सुकून के एहसास को महसूस कर उसका लुत्फ़ उठा रही थीं, वो अब हिंदुस्तान का हिस्सा नहीं रह गया था। वो एक रोज़ आज़ाद हिंदुस्तान में साँस लेना चाहती थीं, मगर हिंदुस्तान ऐसी सूरतें पैदा कर आज़ाद होगा, उनके साथ-साथ किसी ने भी नहीं सोचा था।

मैल्कम लयाल डार्लिंग ने 1946 में, अच्छी तरह से समझ लेने के बाद कि अब बहुत जल्द हिंदुस्तान से ब्रिटिश सरकार का दख़्ल हमेशा-हमेशा के लिए ख़त्म होने जा रहा है, आर्थर यंग की तरह, जिन्होंने अठारहवीं सदी में घोड़े पर बैठकर पूरे फ्रांस का दौरा किया था, घोड़े की सवारी कर इस ग़रज़ से पूरे उत्तरी हिंदुस्तान का दौरा करने की ठानी, ताकि वो जान सकें कि उत्तर भारत और पंजाब के मैदानी इलाक़ों में रहने वाली आम हिंदुस्तानी अवाम ख़ासतौर पर किसान, ब्रिटिश राज से मिलने जा रही आज़ादी के और पाकिस्तान की तक़्सीम के बारे में क्या राए रखते हैं। वो जानना चाहते थे कि दूसरी आलमी जंग के बाद किसानों पर उसका क्या असर पड़ा और वो इस युद्ध के बारे में क्या सोचते हैं। दरअस्ल वो आशंकाओं का जायज़ा लेना चाहते थे कि आम आदमी की ज़िंदगी में क्या तरक़्क़ी हुई है। खेती की नई तकनीकों से किसानों को क्या फ़ायदा हुआ। औरतों की हालत में क्या-क्या और कितना सुधार हुआ है। उन्होंने अपनी यात्रा के दौरान ये एक सवाल, उस हर शख़्स से पूछा, जिसने उन्हें ठहरने के लिए जगह दी, चाय पिलाई, खाना खिलाया और बातचीत की कि एक आम हिंदुस्तानी आज़ादी से क्या चाहता है। क्या सिर्फ़ साम्राज्यवादी शासन से मुक्ति ही उनका एक मात्र मक़्सद है या इससे परे भी कुछ और?

सब के अपने-अपने जवाब थे।

पंजाब के एक गाँव मियानी गोंडल के लोगों से सवाल किया कि कांग्रेस और लीग में क्या फ़र्क़ है? इसपर उन्हें एक शख़्स ने जवाब दिया, "हमें इससे कोई ग़रज़ नहीं है।" किसी दूसरे ने कहा, "हमारा इलाक़ा अलग होना चाहिए और हिंदुओं का अलग।" पंजाबी मुसलमानों के समूह से बातचीत के बारे में उन्होंने लिखा कि सफ़र के दौरान मेरी मदद करने वाले गाँवों के अधिकतर प्रधान मुस्लिम लीग के हिमायती थे। उन्होंने जब उनसे पूछा कि लीग का मक़्सद क्या है, तो

उनमें से एक ने जवाब दिया, "हमें कुछ नहीं मालूम।" और दूसरे ने कहा, "ये मुसलमानों का मामला है।" किसी तीसरे ने और खुलकर कहा, "अगर मुस्लिम लीग न होती, तो हिंदू हमारी ज़मीनें हड़प लेते।" पंजाब के बालकसर नाम के गाँव के खत्री सिख समुदाय के सदस्यों से बात करने पर उन्हें जवाब मिला, "सिख और मुसलमान यहाँ बहुत प्यार से रहते आए हैं, लेकिन पाकिस्तान को लेकर उठी आवाज़ों ने सब कुछ उलट दिया। लोग अब एक-दूसरे को शक की निगाह से देखने लगे हैं।" मैल्कम ने उनसे पूछा, "क्या आप वाक़ई आज़ादी चाहते हैं?" इसपर एक नौजवान ने उन्हें जवाब दिया, "आज़ादी सिर्फ़ बर्बादी है। और पाकिस्तान क़ब्रिस्तान।" लियालपुर ज़िले के एक पंजाबी गाँव के सिखों के एक समूह से पूछे गए सवाल पर कि वो आज़ादी के लिए क्या करने वाले हैं? मैल्कम ने कुछ इस तरह लिखा कि आज़ादी शब्द को लेकर किसी को कोई आपत्ति नहीं थी। सभी चाहते हैं कि उन्हें आज़ादी मिले। उनके पूछे जाने पर कि वो आज़ादी मिलने के बाद क्या करेंगे? एक ने जवाब दिया, "अभी हम सब ग़ुलाम हैं। जब आज़ाद हो जाएँगे, तो स्वतंत्र रूप से अपने लिए काम कर पाएँगे। तब हम ख़ुशी-ख़ुशी कर अदा करेंगे।" किसी दूसरे ने, जो पहले की अपेक्षाकृत ज़्यादा तालीमयाफ़्ता लगता था, जवाब दिया, "आज़ादी के बाद ही हम ख़ुशहाल हो पाएँगे।"

'द ग्रेट पार्टीशन' किताब की लेखिका यास्मीन ख़ान के मुताबिक़ : *डार्लिंग के तथ्यों को शक के दायरे में रखा जाना चाहिए। क्यूँकि हिंदुस्तानियों में अपनी दिलचस्पी और उदारवादी रवैये के बावजूद वो अंग्रेज़ी सरकार के ख़ात्मे को लेकर परेशान थे। डार्लिंग की कहानियाँ मौजूदा हिंदुस्तान में क़ौम-परस्ती के अज़ीम जज़्बात को कमतर बताती हैं। लिहाज़ा उनके साहित्य को अंग्रेज़ी साम्राज्य के विस्तार को उचित ठहराने वाले साहित्य के तौर पर ही पढ़ा जा सकता है।*

जंग के ख़ात्मे के बाद भी अपने राज्य की क़िस्मत को सँवारने वाले उच्च शिक्षित, स्पष्ट और क़ाबिल राजनैतिक हिंदुस्तानियों की कहीं कोई कमी नहीं थी। लेकिन उनका मर्क़ज़ी सवाल अपनी जगह दुरुस्त था कि आम अवाम अपनी आज़ादी से क्या चाहती है। उनकी आज़ादी को लेकर क्या उम्मीदें हैं। और दूसरी आलमी जंग के ख़ात्मे के बाद, जब हिंदुस्तानियों ने ख़ुद को क्रांति की कगार पर खड़ा पाया, तो उस वक़्त उनकी क्या उम्मीदें थीं और क्या सपने थे? इस सब के बाद डार्लिंग एक मामले में बिल्कुल सही थे। जब वो ठंड के मौसम में पंजाब के उर्वर मैदानों से होकर गुज़र रहे थे, तब उन्होंने भविष्यवाणी की थी कि जिस ज़मीन

पर हिंदू, मुसलमान और सिख इस तरह मिल-जुलकर रह रहे हैं, वहीं ये तोड़क सियासत उन्हें अलग-थलग कर देगी। बर्बाद कर देगी। और यही हुआ। तक़्सीम हुई और अपनी यात्रा के दौरान जिन-जिन लोगों से वो मिले थे, उनमें से कई लोगों का घर छिन गया, कई बेसहारा कर दिए गए और कई मार दिए गए।

सब कुछ बदल गया, सिवाए इसके कि आज़ादी हर किसी को चाहिए थी : एक-एक आदमी को; औरत को; बच्चों को; बच्चे को; हयुलानी को।

गुज़िश्ता और अक्सीर वापस साहिराबाद की तरफ़ चल पड़ी थीं। वापसी के अपने इस सफ़र के दौरान उन्होंने मैल्कम की तरह जिस भी आने-जाने वाले शख़्स से सवाल पूछा : क्यों आ रहे हो? क्यों जा रहे हो? कहाँ से आ रहे हो? कहाँ जा रहे हो? और किसलिए? कोई इस्लामाबाद से आ रहा था, कोई लुधियाना से जा रहा था, कोई लाहौर से आ रहा था, कोई अमृतसर से जा रहा था, सबका एक ही जवाब था— सब कुछ अपनी आज़ादी के लिए। जो कहीं नहीं जा रहे थे, कहीं से नहीं आ रहे थे, उनका भी जवाब था— *आज़ादी के लिए।*

उजड़े हुए शहर, जहाँ कभी शांति और सुकून के साथ लोग रहते आ रहे थे, बर्बाद हो चुके थे। लाशों के ढेर कचरे के ढेरों जितने स्वाभाविक और आसान दिखाई पड़ते थे। शोकालापों से गूँज रहे नदियों के किनारे आग की दहकती लपटों में धुआँ-धुआँ हो रहे थे। ऐसे में, जब आज़ादी जैसी मुतलक़ हक़ीक़त दुनिया का सबसे बड़ा झूठ लगने लगे, तो मुझे सोचना चाहिए कि दत्त और ख़ासतौर पर फ़ारूक़ी क्या सोच रहा होगा?

फ़ारूक़ी सोच रहा था कि नस्लें ऐसे ही तबाह होती हैं और उनके शजरे ख़त्म होते-होते ख़त्म हो जाते हैं। उसे तसल्ली हुई कि जो हुआ, सो हुआ। उसे मालूम हुआ कि इस दुनिया में वो इकलौता फ़ारूक़ी नहीं था। उसने अब तक कड़ी मेहनत से यकजा किए तमाम दस्तावेज़ कूड़ेदान में डाल दिए। उसने दत्त से पूछा, "यार मेरी सनक ने मुझे शराबी बनाया था कि मेरी शराब ने सनकी?" दत्त ने धमाकेदार ठहाका लगाते हुए कहा, "ख़ुद ही सोचो।" उसने अपनी हँसी पर क़ाबू करते हुए आगे कहा, "मैंने कितनी मर्तबा तुमको समझाया है, इस दुनिया में तुम अकेले फ़ारूक़ी नहीं हो। पर तुम कब मेरी सुनने लगे।" "भक्क साला। कितना वक़्त बर्बाद कर दिया मैंने। आज से शराब बंद।" और कुछ महीनों के लिए फ़ारूक़ी और दत्त की साझे की दुकान भी बंद हो गई। मगर दत्त ने संजीदगी के साथ अपना शराब का गिलास। ओह! शायद मैं बताना भूल गया कि अब दत्त भी फ़ारूक़ी

और मेरी तरह शराब के कसैले घूँटों का लुत्फ़ लेने लगभग-लगभग हर मंगलवार फ़ारूक़ी की पनाह में जाने लगा था। "बहुत गाढ़े पियाले बनाते हो यार," दत्त कहता, "ज़रा पानी वग़ैरा की तासीर पर भी तुम्हें यक़ीन होना चाहिए।" उसने अपने पियाले में और पानी मिलाते हुए आगे कहा, "अब देखो इसकी रंगत भी ढल गई और कसैलेपन में भी कमतरी आई है।" "मगर अब किस मुँह से कहोगे कि शराब पी रहे हो?" फ़ारूक़ी उसकी बात का जवाब देते हुए अपनी गर्दन तानकर उससे कहता, "ये तो पानी हो गया। हल्का सुर्ख़-नारंगी पानी, जिससे सिर्फ़ शराब की बू भर आ रही है। अस्ल मज़ा तो इसे सीधा-सीधा छोटे-छोटे घूँटों में गटकने में आता है।" वो कहता, "जब तक शराब की बू, बल्कि मैं तो कहता हूँ, ख़ुशबू नाक और उसका स्वाद गला न तर कर दे, तब तक शराब पीने का क्या मज़ा।" "तुम मँझे हुए शराबी हो," दत्त उसे छेड़ते हुए कहता, "तुम ये सब समझते हो, सो इसका लुत्फ़ भी ले सकते हो।" फ़ारूक़ी उसे टोकते हुए कहता, "यार तुम तो मुझे शराबी न कहा करो।" दत्त हँसते हुए कहता, "अच्छा-अच्छा, नहीं कहता।" वो आगे कहता, "हाँ, मैं कहाँ था? हाँ, तुम ये सब समझते हो, सो इसका लुत्फ़ भी ले सकते हो। मेरे लिए तो शराब हल्का-फुल्का सुरूर पैदा करने की चीज़ है; बस।" जब और नशा चढ़ता तो वो कहता, "और माफ़ी चाहता हूँ अज़ीज़म; शराब को लेकर मेरी राए ग़लत थी। ये बढ़िया चीज़ है। बस अगर एक दायरे में ली जाए, तो।" "तुम बुज़ुर्गी के अंदाज़ में बातें कर रहे हो," फ़ारूक़ी कहता, "ये आम जुमला शराब की ईजाद के रोज़ से लोगों में मशहूर है। जब तक तुम्हारे जैसे लोग रहेंगे; आने वाली नस्लों को यही नसीहत देते रहेंगे।" वो दत्त के पियाले से अपना पियाला टकराकर कहता, "पियो तो दिल खोलकर।" दत्त आम रिवायत के उलट शराब के बाद गड़बड़ अंग्रेज़ी नहीं, बल्कि बलखाती हुई लचकदार साफ़-सुथरी उर्दू बोलने लगता था। "तुम्हारी सोहबत में अब और कितनी फ़राख़-दिली दिखाऊँ? ये चौथा है मेरा," दत्त कहता। "हाँ," अकड़ते हुए फ़ारूक़ी कहता, "मेरे एक के बराबर। हुँह।" मंगलवार ही था। जब चौथे पियाले के बाद दत्त ने अचानक फ़ारूक़ी से कहा था, "यार ये कैसी आज़ादी है? सब कुछ गड़बड़-सड़बड़ हो गया। हमारी दोस्ती और दुकान भी तो— ये तो नहीं टूटी।" "छोड़ो यार जो हो रहा है और जो होगा, वो तो होगा ही होगा।" फ़ारूक़ी ने कहा, "तुम्हें ये सब इतनी संजीदगी से नहीं सोचना चाहिए।" दत्त कुछ देर को ख़ामोश रहा। वो उठा और कूड़ेदान से वो सारे काग़ज़, जो फ़ारूक़ी ने भावुक होकर फेंक दिए थे, उठाकर फ़ारूक़ी को देते

हुए कहता है, "इन्हें सँभालकर रखो; तुमने बड़ी मेहनत और लगन से इसमें एक नायाब तारीख़ी सिलसिला क़ायम किया है।" उसने कहा, "और थोड़ी-बहुत शराब चलती रहने दो। छोड़ना क्या है? मेरी भी तो सोचो।" "वाह मेरे यार!" फ़ारूक़ी ने उसके मशविरे का ज़ोरदार स्वागत करते हुए कहा, "दोस्त हो तो ऐसा।"

बर्बादी से बचने के लिए बहुत कुछ किया गया। मगर बहुत कुछ फिर भी बर्बाद होता चला गया। कैसे बर्बाद हुआ?

सिलसिलेवार शुरू करते हैं :

बहनों को बहुत कम वक़्त में इस बात का एहसास हो चुका था कि बेलिबासी की आज़ादी औरत के लिए सिर्फ़ और सिर्फ़ उसके एकांत तक महदूद है या फिर उस मर्द के आगे, जो उनका शौहर या प्रेमी होता है या वो जो उनकी इज़्ज़त पर हाथ साफ़ करने वाला होता है। बेलिबासी का हक़ सिर्फ़ मर्दों को है। उन्हें पहले से ही मालूम था कि ऐसे मर्दों को साधू, संत और महान विचारक भी कहा जाता है। एक मख़्सूस मज़हब भी किसी ऐसे ही सरफिरे नंगे आदमी की ईजाद था, जिसमें औरत ज़ात को बेलिबासी का हक़ नहीं होता। ज़ाती तौर पर मैंने उस मज़हब के महान विचारकों और विद्या के सागरों को औरतों को पर्दे में रहने की हिदायतें देते हुए भी सुना है।

सब कुछ बहुत तेज़ी से बदलने लगा था। वो लिबासों की पाबंदियों की तरफ़ लौट आई थीं। उन्होंने सब कुछ एक बार फिर से उजड़ते हुए देखा। गाँव के गाँव, क़स्बे के क़स्बे, शहर के शहर। ज़िंदगियाँ, सपने, उम्मीदें सब कुछ।

एक दिन उनकी शांति की खोज उनके लिए अशांति का सबसे बड़ा कारण बनकर उनके सामने आ गई। कई सवालों के साथ वो वापस बेसुकूनी की तरफ़ लौट आईं। उनके वापसी के इस सफ़र में, जो सबसे बड़ा सवाल पैदा हुआ, वो ये कि आख़िर सुकून है कहाँ? दुनिया में हो रही ज़ियादतियों की हज़ारों क़िस्मों से मुँह फेर लेने में? या चुप-चाप अपने ही मुल्क को लुटते और बर्बाद होते हुए देखने में? या अपनी ही आज़ादी को दरगुज़र करने में? या बेहिसी में? ग़फ़लत में? बेहोशी में? कहाँ है सुकून? सुकून है कहीं? कहीं नहीं। ये ज़मीन अशांतियों का जमघट है। मुक्ति का द्वार मृत्यु है। शांति की राह मौत है। या नहीं? या फिर से हमें हमसे पूछे बग़ैर दोबारा किसी के पेट में पलना होगा? फिर से इसी दुनिया में आना होगा? क्या कुछ भी कभी ख़त्म नहीं होता? "नहीं होता," गुज़िश्ता ने अक्सीर से कहा। "कुछ भी न होने पर होता है कुछ भी न होने का होना," अक्सीर

ने गुज़िश्ता से कहा, "तुम जानती हो मेरी जान।"

इस वापसी के दौरान उन्हें अंग्रेज़ी के एक प्रकाशन में नौकरी मिल गई। वो अच्छा-ख़ासा पैसा कमा रही थीं। और देखते-देखते उन्होंने ख़ुद का एक प्रिंटिंग-प्रेस ख़रीदकर औरतों की बेहतर तालीम के लिए नए सिरे से नई किताबें लिखने, उन्हें छापने और निहायत सस्ते दामों में बेचने तक का सिलसिला क़ायम किया। उन्होंने अपने नाम नहीं बदले और हौले-हौले गुज़िश्ता, अक्सीर किरमानी उन औरतों के लिए प्रेरणा बनती चली गईं, जिन्होंने ता-ज़िंदगी ख़ुद की बेहतरी के लिए ख़ुद से कभी कोई क़दम नहीं उठाया था। क़दम उठाने के बारे में सोचा तक नहीं।

मैं मुहब्बत की बुनियादी परिभाषा के उलट एक वक़्त में दो औरतों के इश्क़ में पड़ गया हूँ। एक तरह से देखें, तो ये एक वक़्त में दो लोगों से मुहब्बत का हो जाना नहीं, बल्कि बेवफ़ाई है। मगर मैं मजबूर हूँ। मुझे दोनों बहनों से एक ही वक़्त में बराबर का इश्क़ हो गया है। न इतना कम, न इतना ज़्यादा। जवान बने रहने की मेरी हसरत ने मुझसे गुनाह करवाया है। मगर मैं मजबूर हूँ। आप जानते हैं, मैं मजबूरियों का पुतला हूँ। फिर भी मैं आपको यक़ीन दिलाता हूँ कि मेरा एकतरफ़ा इश्क़ दोनों बहनों को कभी कोई नुक़्सान नहीं पहुँचाएगा। उन्हें कभी इस बात की भनक भी नहीं लगेगी कि ज्ञानचंद के अलावा कोई है, जिसे बड़ी बहन के साथ-साथ छोटी बहन से भी इश्क़ है; एकतरफ़ा इश्क़। मैं बहनों का एक दिन में क़ायल नहीं हुआ हूँ। ये सिलसिला तवील है और आपके सामने से होकर गुज़रा है। मैं उनकी दिमाग़ी क़ुव्वत को दाद देता हूँ, जिसने उन्हें हर वक़्त, वक़्त से पहले चेताया और उन्हें बर्बाद होने से रोक लिया। उनके उन दिमाग़ों की इज़्ज़तअफ़्ज़ाई करता हूँ, जिन्होंने दियों की रौशनियों के साथ-साथ उनके नीचे पल रहे अंधेरे को कभी अनदेखा नहीं किया। शाबाश बहनो। शाबाश। वर्ना मैंने, अपने दिमाग़ों से पस्त ऐसे-ऐसे लोग देखे हैं, जो तक़रीबन पागल हो जाने की कगार पर हैं। बावजूद इसके वो अपने दिमाग़ों के बिगड़ चुके हालात के बारे में कभी किसी से बात नहीं करते। देखा जाए, तो दिमाग़ की ख़राबी के बारे में किसी से बात करने को बददिमाग़ी समझा जाता है। ख़ासतौर पर मामला अगर लड़की का है। बाज़ माँ-बाप तो उनके दिमाग़ से पहले उनकी शादियों के बारे में सोचने लगते हैं। और अगर उनका इलाज कराते भी हैं, तो इस पोशीदगी के साथ, जैसे दिमाग़ की बीमारी कोई गुप्त बीमारी हो। गुप्त बीमारी? बात तो इसपर भी खुलकर होना चाहिए। हुई होती, तो जरीस बच जाता। जरीस बच जाता, तो इस कहानी का क्या होता? रहने

दीजिए। फ़िलहाल गुप्त बीमारियों को गुप्त रहने दीजिए।

शब्दों की गरिमा का उदाहरण पेश न करते हुए कहा जाए, तो *बहनों की निकल पड़ी थी।* अपनी कमाई का घर, अपनी कमाई की गाड़ी और अपनी मर्ज़ी की ज़िंदगी। ज़िंदगी अपनी मर्ज़ी की ही होनी चाहिए। उनकी अपनी मर्ज़ी की ज़िंदगी और अपनी मर्ज़ी के फ़ैसलों में उनके घर की तारीफ़ लाज़िमी है। चार कमरों और एक बड़े हॉल का, यूरोपियन तर्ज़ में बना हुआ उनका घर, मुझे ललचाने पर मजबूर कर रहा है। लेकिन मैं अपने मन में, उन्हें अपने इश्क़ का झाँसा देकर उनके घर को हड़पने के नीच इरादे को कभी पनपने नहीं दूँगा। गेरुआ रंग के उनके घर की छतों के ढाल, मौसमों के स्वागत में हमेशा झुके रहते थे। कमरों में किताबी शेल्फ़ों की और शेल्फ़ों में किताबों की इफ़रात भी मेरी ख़ुशनीयत को बदनीयत में बदलने के लिए उकसाने लगी है। मगर हमेशा मजबूरियों का शिकार रहा मैं, अपने दिमाग़ की तरफ़ से चुस्त हूँ। मुख़्तसर, मेरा अपने दिमाग़ पर क़ाबू है। हमेशा से रहा है। उन्होंने अपने बिस्तर और बेडरूम मुख़्तलिफ़ नहीं रखे। उनकी इस वापसी में उनकी हमबिस्तरी की वापसी को दरगुज़र नहीं किया जाना चाहिए। *ज़िंदगी अपनी मर्ज़ी की होनी चाहिए।* काँच के झूमरों और रंगीन फ़ानूसों से सजे हुए घर में ग़ौर करने लायक़ बैठक का कमरा भी था, जहाँ तीस-चालीस लोग आराम से साँस ले सकते थे और बहनों की हिदायतों, मशविरों और व्याख्यानों को ग़ौर से सुन सकते थे। ये बात और कि इस भीड़ में मर्द ज़ात इक्का-दुक्का ही शामिल होती थी। बेश्तर लड़कियाँ, औरतें और बच्चे, जिन्हें वापस घर लौटने पर उनके पिताओं और पतियों की फटकारें सुननी पड़ती थीं—

वो दोनों तुम लोगों को बर्बाद कर देगीं। औरतों का इस दर्जा मुँह उठाकर कहीं जाना, किसी की भी सुन लेना कोई भली बात नहीं है। और फिर इन बेहया चुड़ैलों की सुनना, जो हम-जिन्सी की क़ायल हैं और लोगों के दरमियान इस गुनाह को राइज करने पर तुली रहती हैं। औरतों को आज़ादी चाहिए? औरतों की सबसे बड़ी कमज़ोरी उनकी ज़ेहनी ग़ुलामी है? क्या तुम किसी तरह से, किसी की ग़ुलाम हो? मुँह लटकाकर क्यों खड़ी हो? बोलो? किसने ग़ुलाम बना रखा है तुमको? मैंने? मेरे बाप ने? किसने? आख़िर क्या कमी है यहाँ? बोलो, ख़ामोश क्यों हो? मुँह में बर्फ़ जम गई क्या? क्या कानों पर ताले मढ़ दिए हैं उन हरामज़ादियों ने?

बहनों में पंडित के साए का असर था। उन्होंने ज़िंदगी के इस मरहले पर पहुँचने के बाद सोचा, 'क्यों न अपनी ज़िंदगी लोगों पर आज़माई जाए?' उन्होंने

अपनी ज़िंदगी से वाबस्ता उन सारे तजरबों को, जिनके बारे में उन्हें मालूम था, सिलसिलेवार तरतीब दी और एक प्ले की शक्ल में ढाला। उसपर किरदारों की अदायगी के लिए अदाकार ढूँढ़े और बाक़ायदा उसे मंच पर पेश किया। प्ले, वहाँ मौजूद दर्शकों की आधी आबादी के बीच सुपरहिट और आधी आबादी के बीच सुपरफ़्लॉप हुआ। उन्हें जितनी दाद मिली, उतनी ही गालियाँ। गालियाँ सुनने की उनकी पुरानी आदत ने उन्हें गालियाँ दरगुज़र करते हुए दाद की तरफ़ ध्यान देने के लिए प्रेरित किया और वो हौसलाअफ़्ज़ाई और ख़ुशियों के इज़ाफ़े की ओर लौट आईं। उनके प्ले से प्रेरित औरतों और लड़कियों में बात यहाँ तक आ पहुँची कि उनमें से बेश्तर ने अपने घर छोड़ दिए और अपनी क़ुदरती ताक़तों की आज़माइश में लग गईं। बहनें जहाँ थीं, वहाँ उन्हें विरासत में दुश्मन मिले और कमाई से दोस्त। बहनें जहाँ हैं, वहाँ भी उन्हें मुफ़्त में दुश्मन मिले और जी-जान ख़र्चने पर दोस्त। इस दरमियान हमेशा उनके दुश्मनों और दोस्तों की तादाद में प्राकृतिक तौर पर एक हैरतअंगेज़ तवाज़ुन बना रहा। बहनों के हामियों में मुस्लिम भी उतने ही थे, जितने हिंदू। आख़िर सोच तो ज़ाती तौर पर इंसान की ही होती है।

एक रोज़ उस वक़्त अचानक, जब वो दोनों एक दूसरे की आग़ोश में समा जाने की भूमिका बनाते हुए एक-दूसरे से अटखेलियाँ कर रही थीं, एक-दूसरे के उलझे हुए बालों से खेल रही थीं, एक-दूसरे की आँखों, होंठों और सीनों को निहार रही थीं, एक-दूसरे के कानों, गालों और कमरों को होंठों से सहला रही थीं, उनके घर के सद्र दरवाज़े से अजनबी दस्तकों की आवाज़ें आने लग गईं। बरबस, बहुत मामूली-से वक़्फ़े में वो सहज और जिस्मानी हसरतों से बाहर आ गईं। अक्सीर ने सलवार के नाड़े की ढील चुस्त की। गुज़िश्ता ने अपना दुपट्टा सँभाला। उसने अपने बिखरे हुए बालों को बाँधते हुए अक्सीर से कहा, "देखो कौन है इस वक़्त? अचानक किसे क्या ऐसा काम आन पड़ा कि उसने घड़ी में वक़्त देखना भी मुनासिब नहीं समझा।"

"अरे ठहरो, कौन है— आई— आई बाबा आई।"

वो चारों अजनबी थे। दो औरतें और दो मर्द। एक पति-पत्नी का जोड़ा और दूसरे पति-पत्नी का जोड़ा। नाम सिलसिलेवार बेगम शाहनवाज़, घनश्याम दास बिड़ला, ज़िल्मे-पख़्तून और वॉविल लेकिन ये बेगम वो बेगम नहीं है, जिसने मुस्लिम महिलाओं को दावत दी थी कि अगर अंग्रेज़ों ने मुत्तहिद हिंदुस्तान क़ायम [illegible] ऐसे हालात में मजबूरन उन्हें पाकिस्तान के लिए अपने

शौहरों और बच्चों को हथियार उठाने के लिए बढ़ावा देना होगा। ये बेगम इस तरह की फ़िज़ूल क़ुर्बानियों और इम्तिहानों के लिए बिल्कुल तैयार नहीं थी। ये बिड़ला, घनश्याम दास बिड़ला की तरह कोई उद्योगपति और मिलों का मालिक नहीं था, मगर वो ये समझ चुका था कि तक़्सीम के ये इरादे मज़बूत और संयुक्त हिंदुस्तान को तोड़कर रख देंगे; बर्बाद कर देंगे। ज़िल्मे-पख़्तून भी किसी ऐसे पठान गिरोह का नाम नहीं, जिसने अहिंसा के इरादे को सिरे से नकार दिया था और जिसके सदस्यों ने अपने लाल रंग की वर्दियों के कॉलर और कफ़ पर ममनूअ पट्टियाँ लगा ली थीं, बल्कि ज़िल्मे-पख़्तून सिर्फ़ एक औरत का नाम है : ज़िल्मे-पख़्तून का, जो इस वक़्त बहनों के घर के दरवाज़े के बाहर खड़ी है। और वोविल वायसराय वोविल नहीं था, जिसकी ज़ाती डायरियाँ इन शुब्हों से भरी पड़ी थीं कि हिंदुस्तान से अंग्रेज़ी हुकूमत के दिन तमाम होने को हैं, बल्कि वोविल हिंदुस्तान में पैदा हुआ वो अंग्रेज़ था, जिसकी सोच डॉक्टर मंडेला जैसी थी, जिसे मंडेला जितनी ही ख़ुशी थी कि आख़िरकार हिंदुस्तान से फ़िरंगी हुकूमत का ख़ात्मा होने जा रहा है। घनश्याम नया-नया बेगम शाहनवाज़ का शौहर बना था और ज़िल्मे-पख़्तून नई-नई वोविल की बीवी। दरअस्ल, ये दोनों अपने शौहरों की नाक के नीचे पल रही ज़िंदगियों को लात मारकर नई ज़िंदगियाँ जीने की हसरत के नतीजे थे।

"आप लोग कौन? और इस वक़्त ऐसा क्या काम आ गया कि आप लोगों से सुब्ह तक का इंतज़ार नहीं किया गया।" "कौन है अक्सीर?" गुज़िश्ता तब तक उन चारों के सामने बैठकख़ाने तक आ चुकी थी। उसने फिर पूछा, "आप लोगों की तारीफ़? अभी इस वक़्त? सब ख़ैरियत?" "जी मैं बेगम शाहनवाज़।"

"किसकी बेगम हैं आप?" गुज़िश्ता ने दरवाज़े की चौखट को पकड़कर झूलते हुए शरारती अंदाज़ में अपनी भौहें उचकाकर पूछा। उसने कहा, "जी इनकी।" बिड़ला ने अपनी क़मीज़ की कॉलर को आहिस्तगी के साथ हाथ लगाते हुए कहा, "मैं घनश्याम दास बिड़ला।" अक्सीर ने गुज़िश्ता की कमर पर च्यूँटी काटते हुए बिड़ला से पूछा, "आप की शक्ल कुछ बदली-बदली-सी लग रही है और आपने दूसरी शादी कब की?" "जी मैं वो बिड़ला नहीं हूँ," वो हिचकिचाया। उसने रुक-रुककर अपना जवाब देते हुए कहा, "हालाँकि दूसरी शादी की है; मैंने नहीं; इन्होंने— मुझसे।" "इन्होंने दूसरी शादी...?" गुज़िश्ता ने हैरानगी जताते हुए बिड़ला से पूछा, "आपसे? मैं समझी नहीं। मगर क्यों?" "बस यूँ समझ लीजिए आपके प्ले में जादू था। आपकी बातों में जादू है। आ[illegible] मुझे मेरी मुहब्बत

मिल गई।" बेगम ने बिड़ला की बात के बीच में अपनी बात रखते हुए कहा, "और मुझे मेरी ज़िल्लत भरी ज़िंदगी से आज़ादी।" "और आप दोनों?" अक्सीर ने पूछा। "मैं ज़िल्मे-पख़्तून और ये मेरे हस्बैंड मिस्टर वोविल।" गुज़िश्ता ने तुक्का लगाते हुए अपनी भौहें चढ़ाकर पूछा, "और आप दोनों ने भी नई नई— दूसरी?" वोविल ने अपनी उत्सुकता पर क़ाबू करते हुए कहा, "यस ऑफ़कोस।" "और यहाँ भी सबब हमारा प्ले था?" गुज़िश्ता ने हवा में उँगली घुमाते हुए उत्सुकतावश ज़िल्मे-पख़्तून से पूछा। "जी बेशक। शादी भी कोई बग़ैर मर्ज़ी के करता है? और उससे, जिसके लिए इस्लाम के मुताबिक़ वो सब हराम है, जो हराम है, लेकिन शराब नहीं। आप नहीं जानतीं कि आपने हमें कितनी ज़िल्लतों से उबारा है। आप न होतीं, तो शायद हमने ये क़दम कभी न उठाए होते।" "और आपके बच्चे वग़ैरा?" गुज़िश्ता के इस सवाल पर बेगम ने फ़ौरन अपना जवाब दर्ज कराते हुए कहा, "पैदा ही नहीं हो सके।" "बेहतर हुआ," गुज़िश्ता ने तसल्ली भरे लहजे में कहा, "वर्ना ऐसे हालात में बच्चों की ज़िंदगियाँ ख़राब होती हैं। वो न इधर के रहते हैं, न उधर के। और बचपन की ऐसी ख़ौफ़नाक यादें कभी धुँधली नहीं होतीं। बहरहाल, क्या आप लोग इस वक़्त हमें शुक्रिया कहने आए हैं?" "यूँ भी समझ लीजिए। लेकिन— " बिड़ला ने कहा। "लेकिन?" गुज़िश्ता ने उसकी बात काटते हुए पूछा। "बात दरअस्ल कुछ और है," ज़िल्मे-पख़्तून ने कहा। "क्या बात है?" अक्सीर ने सीधे-सपाट अंदाज़ में पूछा। "बात कुछ ऐसी है कि— " बेगम ने हिचकिचाते हुए कहा। "आइए, अंदर आइए। बैठिए। इत्मीनान से बताइए," गुज़िश्ता ने, उन चारों को, अपनी पीठ की तरफ़ से मेहराबनुमा, गाढ़े बैंगनी रंग के, जिसमें युद्ध लड़ती औरतों की तस्वीरें बनी हुई थीं, सोफ़े पर बैठने का इशारा किया। वो बैठे। अक्सीर ने कहा, "मैं चाय लेकर आती हूँ।" "क्या बात है आराम से कहिए," गुज़िश्ता कहते-कहते उनके सामने रखे हल्के बादामी रंग के सिंगल सोफ़े पर बैठ गई। "बात ज़रा संजीदा है," बेगम ने कहा। "च्च्च!" हर तरह की हैरानियों से अघाई हुई गुज़िश्ता ने कहा, "आख़िर कितनी संजीदा? हमारे माज़ी या मौजूद से ज़्यादा?" "मैंने आपके बारे में शहर के एक गिरोह को अजीब-ओ-ग़रीब साज़िशें रचते सुना है," बेगम ने कहा। "मैंने भी," ज़िल्मे-पख़्तून ने बेगम की बात से बात मिलाते हुए कहा। उसने आगे कहा, "बात उस रोज़ की है, जब हम ख़रीदारी के सिलसिले में लियाक़त बाज़ार के नुक्कड़ पर कुछ रूमाल और गमछे वग़ैरा ख़रीद रहे थे। वो कह रहे थे— मैंने पता लगाया, तो मालूम हुआ कि वो सारे लीग के हामी

लोग हैं।" "हमारे बाप की तरह," गुज़िश्ता ने दबी हुई आवाज़ में कहा। "और हमारे इस शहर को भी पाकिस्तान का हिस्सा मानने लग गए हैं," बिड़ला ने अपनी बात पूरी करते हुए कहा। वोविल ने बात को आगे बढ़ाते हुए कहा, "हम लोगों को आपकी जान की परवाह तो है ही, साथ ही अपनी-अपनी बीवियों की भी। कहीं वो इन्हें भी—" "इन्हें? क्या-क्या? इन्हें क्यों? और क्या?" गुज़िश्ता ने फ़िक्र जताते हुए पूछा। "लीजिए गर्मा-गर्म चाय," गुज़िश्ता ने अक्सीर को हाथ से इशारा करते हुए पास रखे सोफ़े पर बैठने और उन चारों की बातें ग़ौर से सुनने को कहा। अक्सीर ने चाय की ट्रे मेज़ पर रखकर इत्मीनान के साथ सोफ़े पर बैठते हुए कहा, "लीजिए; चाय लीजिए। हाँ तो आप क्या कह रहे थे? उन्हें इनसे क्या परेशानी है और हमसे भी क्यों है? आख़िर आपने उन्हें क्या कहते हुए सुना है? किस तरह की साज़िशें?" उसने बेगम की तरफ़ चेहरा घुमाते हुए उससे पूछा। "कह रहे थे हमारे शहर में वो जो दो तवायफ़ें आईं हैं; उन्हें मज़ा चखाना है। सरे-बाज़ार नंगा कर के ज़मीन की धूल न चटवाई तो कहना। माफ़ करना दीदी—" बेगम हिचकिचाई। उसने आगे कहा, "वो कह रहे थे कि हरामज़ादियों की पहले आबरू लूटेंगे, फिर घर और फिर कहीं का नहीं छोड़ेंगे।" "हुँह!" गुज़िश्ता ने गर्दन झटकते हुए कहा। "इसमें डरने और घबराने की क्या बात है? ऐसे लंपट मर्दों से लड़ते-लड़ते ही हमारी उम्रें ख़र्च हुई हैं। क्यों अक्सीर?" "हरामियों को धूल न चटवाई तो कहना," अक्सीर ने तड़कते हुए कहा। "लेकिन आप लोग इन दोनों को लेकर किसलिए फ़िक्रमंद हैं। हम अपनी तो मानते भी हैं। मगर ये? लेकिन क्यों?" गुज़िश्ता ने वोविल की तरफ़ देखते हुए कहा। "हम दोनों भी इसी शहर से हैं दीदी; और हमारे शौहर भी। आपको लगता है, वो हरामी हमें ऐसे ही जाने देंगे?" फ़िक्रमंद पख़्तून ने घबराई-हुई-सी आवाज़ में कहा। "और हम, हम में से कोई भी पाकिस्तान का नहीं होना चाहता। हम पाकिस्तान ही नहीं चाहते। हमें यहीं रहना है। हिंदुस्तान में। अपने मुल्क में," बेगम ने ज़ोर देकर कहा, "हमें इस्लाम की नहीं, क़ानून की बुनियाद पर बना हुआ मुल्क चाहिए। गाँधी और नेहरू का मुल्क; किसी जिन्ना का नहीं।" "आप लोगों की ज़िंदगियों में आए ज़लज़ले की अस्ल वज्ह हम हैं। तो फिर सब कुछ हमपर ही छोड़ दीजिए," गुज़िश्ता ने उन्हें तसल्ली देते हुए कहा, "रही बात हमपर गुज़रने वाले ख़तरों की, तो आप इस जानिब से भी बेफ़िक्र हो जाइए। और आप पर गुज़रने वाले ख़तरों से भी हम निबट लेंगे। ऐसा कीजिए, सारे फ़ैसले हो जाने तक, इसी घर को अपना क़याम समझिए। यहीं रहिए। यक़ीन कीजिए आप

महफ़ूज़ रहेंगे।"

तसल्लियों की उम्रें बहुत कम होती हैं। फ़ैसले हो चुके थे। अब इस पार या उस पार के फ़ैसले को फ़ैसले की ज़रुरत थी।

फ़ैसले लिए जा चुके थे।

इस पार :

शहर-ए-मख़्सूस अब शहर नहीं रह गया था। जंग के मैदान में बदलते जा रहे शहर में, "काफ़िरों के ख़ात्में का वक़्त आ गया है। पाक ज़मीन को ना-पाक नहीं होने देंगे। मारो इन्हें। भगाओ इन्हें," नारे लगाती हुई सनकी अवाम ने पूरे शहर को तहस-नहस कर दिया। मार-काट अपने चरम पर थी। इंसानी जिस्म का, जो हिस्सा उनके तेज़-धार हथियारों के आगे आया, उसे काट दिया गया। हाथों, पैरों, गर्दनों, औरतों की छातियों, किसी अंग को नहीं बख़्शा गया। हिंदुओं को मुस्लिम धर्म अपनाने के लिए की जाने वाली ज़ोर-ज़बरदस्ती, उन्हें जबरन गाय का मांस खिलाना, 'पाकिस्तान ज़िंदाबाद' के नारे लगवाना, आम घटनाओं में से एक हो चुका था। बलात्कार और धर्म परिवर्तन की शर्म से बचने के लिए लोग ख़ुदकुशी का आसान रास्ता चुन रहे थे। लाशें और जिस्मों के पुर्ज़े सड़कों पर कचरे की तरह फैले हुए थे। छतों की मुंडेरों पर गिद्धों के हुजूम, इस बात का सबूत थे कि उनकी भूखी नीयतों और पेटों की जद्दो-जेहद अब तवील अरसे के लिए ख़त्म हो चुकी है, इस बात की अलामत थे कि कुछ भी अच्छा नहीं हो रहा था। भगदड़ और चीख़ों के जमे नज़ारे पिघलने का नाम नहीं ले रहे थे। बड़े-बड़े घरों की जलकर राख हो चुकी लकड़ियों के मलबे के ढेर के ढेर लगते जा रहे थे।

दोनों बहनों का घर ज़मीन में धुआँ फेंकता हुआ बिखरा पड़ा था। सुब्ह होने से पहले; वो सारे आए थे। उनके साथ और भी कई लोग थे, जैसे : उन लड़कियों के बाप और उन औरतों के शौहर जिनकी बेटियों और बीवियों ने अपनी बीती ज़िंदगी को चित कर नई शुरुआत करने की ठानी थी। "मैं जानता हूँ, मेरी बीवी अपने काफ़िर ख़सम के साथ इन्हीं रंडियों की पनाह में आई होगी," पख़्तून का शौहर हाथ में मशाल लिए उनके घर के बाहर खड़ा चिल्ला रहा था, "बाहर निकालो इन मज़हब के दुश्मनों को।" उसने कहा, "मैं कहता हूँ पुर्ज़ा-पुर्ज़ा फूँक दो इस बदमाश और दोग़ली क़ौम का।" "मैं भी नहीं बख़्शूँगा इन्हें," बेगम के शौहर ने आक्रोशित लहजे में कहा, "बाहर निकालो इन हराम के जनों को। भाइयो टुकड़ा-टुकड़ा कर दो इन्हें।" "ज़िंदाबाद पाकिस्तान, हिंदुस्तान क़ब्रिस्तान," सब ने एक

आवाज़ में नारेबाज़ी करना शुरू कर दिया, "जो अल्लाह के मुख़ालिफ़ जाएगा, वो क़ब्र में ख़ुद को पाएगा।" "ज़िंदाबाद पाकिस्तान, हिंदुस्तान क़ब्रिस्तान।" बेगम के शौहर ने उनके घर के सद्र दरवाज़े पर केरोसिन डालकर मशाल से उसमें आग लगा दी। उसने कहा, "अब देखता हूँ, ये जहन्नुमी कैसे बचते हैं हमसे।" उसने चेतावनी देते हुए ऊँची आवाज़ में कहा, "अब नहीं बच पाओगे तुम लोग। एक ही सूरत है, मेरी बीवी को बाहर भेज दो।" "उनसे कहो मैं भी यहीं हूँ," पख़्तून के शौहर ने बेगम के शौहर से कहा। उसने पेट्रोल बम की एक शीशी खिड़की से अंदर फेंक दी। एक ज़ोरदार धमाका हुआ : बूम। आग की लपटों से घिरा हुआ घर का दरवाज़ा राख होकर ज़मीन पर बिखर चुका था। आग से बचते-बचाते पूरी भीड़ उनके घर में घुस गई। मगर वहाँ कोई नहीं था। ज़िंदा, न मुर्दा। बहनों की बहादुरी और चतुराई ने एक बार फिर से कमाल कर दिखाया। शाबाश मेरी *जानो।* उन्होंने संयम से काम लिए और चालाकी से अपनी जानें बचा लीं। शाबाश शाबाश।

उनके घर में एक चोर दरवाज़ा था। जब उन्होंने इस बँगले को ख़रीदा था, तब दलाल ने घर की तमाम ख़ूबियाँ बताते हुए गुज़िश्ता के कान में फुसफुसाकर कहा था, "बीबी जी आइए, आपको इस घर की सबसे ज़बरदस्त ख़ूबी दिखाता हूँ।" "अब भी कुछ बाक़ी रह गया है?" काफ़ी देर से उसकी बकबक झेल रही गुज़िश्ता ने उसे फटकारते हुए कहा, "क्या तुम नहीं जानते कि ये एक मामूली-सा घर ही है, कोई महल नहीं।" "जाने दो जान," अक्सीर ने दबी हुई आवाज़ में गुज़िश्ता से कहा, "इसे क्या मालूम कि हम किस बुलंदक़ामत महल में रहते रहे हैं।" "चलिए जनाब अब हमें उस ज़बरदस्त ख़ूबी से भी रू-ब-रू करवा दीजिए," अक्सीर ने ओवर-कॉन्फ़िडेंस (दलाल का नाम) से कहा। ओवरकॉन्फ़िडेंस ने ओवरकॉन्फ़िडेंट निगाह से उन्हें देखते हुए उस चोर दरवाज़े का दीदार करवाया जिसके बारे में उस घर के पुराने मालिक और ओवरकॉन्फ़िडेंस के अलावा कोई नहीं जानता था। "अरे वाह! कमाल है," गुज़िश्ता ने कहा, "इस छुटके-से घर में चोर दरवाज़ा भी है।" "चोर दरवाज़ा तो एक राज़ की तरह होता है," अक्सीर ने ओवरकॉन्फ़िडेंस से कहा, "और इस राज़ से तुम वाक़िफ़ हो; कैसे?" "बात कुछ ऐसी है बीबी जी कि ये घर एक ऐसे जुनूनी इंक़लाबी का घर है जो मुल्क की आज़ादी के लिए कुछ भी सकता है।" "अल्लाह करे वो आज भी सही-सलामत हो," ओवरकॉन्फ़िडेंस अपने आप में बुदबुदाया। उसने आगे कहा, "आप पर ऐतमाद है सो बता रहा हूँ कि उसकी अपनी एक फ़ौज भी थी। एक रोज़ जब

अंग्रेज़ी फ़ौज के एक जत्थे ने उसपर हमला बोला, तो वो इसी दरवाज़े से बचकर भाग निकला था। वो कॉलेज के दिनों में मेरा साथी रहा है। उसने मुझसे कह रखा था कि अगर वो दो साल तक वापस न आए, तो मैं ये घर किसी क़ाबिल इंसान को बेच दूँ।" "क़ाबिल?" गुज़िश्ता ने उसकी बात काटते हुए कहा, "घर बेचने की ऐसी अजीब-सी शर्त हमने पहले कभी नहीं सुनी। और तुम्हें कैसे मालूम कि हम क़ाबिल हैं?" "हाँ-हाँ बताओ कैसे?" अक्सीर ने कहा। "आपसे आधा शहर मुतास्सिर है। और आप कहती हैं; मुझे कैसे मालूम?" ओवरकॉन्फ़िडेंस ने गुज़िश्ता के हाथ में घर की चाबियाँ रखते हुए कहा, "अब मुझे निकलना चाहिए।"

***

अब सब कुछ छोड़कर उनके सफ़र के ब्यौरे की तरफ़ आया जाए :

बेगम ने रास्ते में गुज़िश्ता से पूछा, "हम कहाँ जा रहे हैं। कहाँ जाएँगे हम? सब कुछ ख़त्म हो गया। शुरू होने से पहले ही— सब कुछ।" वो घबराई हुई थी। उसकी आँखों में आँसू आकर रह गए। "आप में से किसी को डरने की या घबराने की ज़रुरत नहीं है। मुझे यक़ीन है, वहाँ ऐसा कुछ नहीं हो रहा होगा," गुज़िश्ता ने सबको तसल्ली देते हुए ख़ुद-ऐतमादी के साथ कहा। "वहाँ? वहाँ कहाँ?" बिड़ला ने पूछा। गुज़िश्ता ने उसे जवाब दिया, "साहिराबाद, यहाँ से कुछ दूर। यही कोई तीन सौ-चार सौ मील।" "तीन-चार सौ?" मुँह बाए हुए पख़्तून ने हैरानी जताते हुए पूछा। "हाँ! पर, पहुँच जाएँगे। कल की दोपहर तक हम वहीं होंगे," गुज़िश्ता ने कहा। उसने कहा, "लेकिन! इतने दूर, साहिराबाद ही क्यों?" "यहाँ से सौ-पचास मील पर ही शायद कोई शहर होगा, जो अब भी हिंदुस्तान की सरहद से उछलकर इस पार नहीं आया होगा," वोविल ने सकपकाहट भरे अंदाज़ में कहा। "वहाँ कहाँ रुकोगे? क्या खाओगे? किसे खाओगे?" अक्सीर ने अपने ग़ुस्से को दबाते हुए उसे जवाब दिया। "जो हमें कहीं का नहीं रहते देते, वो डर इसी तरह के नाजायज़ डर होते हैं। मुक़ाबला करना सीखिए। वर्ना ख़बर भी नहीं लगेगी कि ये सर कब तलवार के सामने आ गया। एई साले हरामी। लो अब इस हरामी भीड़ से निपटो फिर आगे जाओ," गुज़िश्ता ने अचानक गाड़ी से नज़र आने वाली सरफिरी भीड़ को मासूम भीड़ पर हमला करते हुए देखकर कहा। घबराई हुई पख़्तून ने कहा, "अब क्या होगा दीदी? क्या हम मार दिए जाएँगे?" "अररएएएए— चुप रहो तुम लोग। ख़ामोशी से गाड़ी में बैठे रहो," अक्सीर ने ग़ुस्से में कहा। उसने गाड़ी की

डैश से एक चाकू और एक नन्ही-सी, मगर सीना छलनी कर देने की क़ाबिलियत रखने वाली गन निकाली। उसने कहा, "रेत देंगे सालों को। उड़ा देंगे।" "नहीं माने, तो गोली चला देना हरामज़ादों पर," गुज़िश्ता ने अक्सीर की तरफ़ देखे बग़ैर कहा। उसने एक कप्तान की हैसियत से अपने डरे हुए लश्कर को समझाइश देते हुआ कहा, "सावधान साथियो, अपनी हथेलियों को अपने सीनों से लगा लो। रफ़्तार अब बहुत तेज़ होने को है।" उनकी गाड़ी की तेज़रफ़्तारी ने भीड़ को दो टुकड़ों में बाँट दिया। आधी सड़क के बाएँ, आधी सड़क के दाएँ। उनकी गाड़ी हवा में ऐसे ग़ायब हुई कि आक्रामक भीड़ को उनका पीछा करने का ख़याल भी नहीं आया।

वो आगे निकल आए थे। बहुत आगे। उनकी गाड़ी अब किसी नदी के पुल से गुज़र रही थी। घनश्याम ने फ़ौरन अपनी जेब से एक सिक्का निकाला और नदी की तरफ़ उछाल दिया। अक्सीर ने उसे तिरछी निगाह से देखा। उसने अपना ऐतराज़ जताया। उसने कहा, "सिक्के कोई नदियों में उछालने की चीज़ होते हैं? अगर तुम्हारे जैसा हर आता-जाता तुम्हारी तरह सिक्के उछालने लगे, तो नदियों की सतहें सिक्कों से भर जाएँगी। और अगर किसी मछली या कछुए या किसी और जीव ने इसे निगल लिया तो?" घनश्याम ख़ामोश रहा। बेगम ने उसके कंधे पर कोहनी मारते हुए कहा, "ठीक ही तो कह रही हैं।" "बहन जी, लेकिन आपने अभी तक नहीं बताया कि साहिराबाद ही क्यों?" बिड़ला ने स्टीयरिंग पर मसरूफ़ गुज़िश्ता से पूछा। "क्योंकि साहिराबाद हमारी जा-ए-पैदाइश है। वहाँ हमारा पाँच कमरों का नहीं, सैकड़ों कमरों वाला अच्छा-ख़ासा महल है। हम वहाँ के किरमानी शाही ख़ानदान की जवान नस्ल हैं। वहाँ राज चलता है हमारा। समझे तुम? हम वहाँ की शाहज़ादियाँ हैं। अब समझे कुछ?" उसने स्टीयरिंग के ऊपर लगे शीशे में घनश्याम को घूरते हुए कहा। "साहिराबाद! वो किरमानियों का साहिराबाद?" पख़्तून हैरान थी। उसके बाद सिलसिलेवार तीनों हैरान होते चले गए। बिड़ला, बेगम, और वोविल।

"साहिराबाद!"

"वो— वो— किरमानियों का—"

"जरीस किरमानी! हफ़ीज़ किरमानी!"

"ओह! तो वो यहाँ तक मशहूर हैं," गुज़िश्ता ने चुटकी लेते हुए कहा। "आए थे कभी यहाँ। उनके बारे में मक़ामी अख़बारों में ख़ूब छपा था," बेगम ने याद करते हुए कहा, "तब मेरा निकाह नहीं हुआ था। सोलह की थी मैं। हम

सबने पढ़ा था। अच्छे से याद है हमें। शायद लीग की तरफ़ से कोई मजमा था। उनकी तक़रीरों पर यहाँ के मुसलमान जान लुटाते थे।" "यहाँ तक कि मेरे शौहर ने *उसकी*... माफ़ करना बहन," पख़्तून ने अफ़सोस और हिचकिचाहट के भाव के साथ कहा, "लेकिन उसकी अच्छी नींद के लिए मुझे *उसके* साथ सोने के लिए ज़ोर-ज़बरदस्ती भी की थी। मगर मैंने इनकार कर दिया। उस रात उसने बहुत मारा था मुझे।" गुज़िश्ता ने अक्सीर की तरफ़ देखा। वो कुछ देर ख़ामोश रही। उसने कहा, "वो मर चुका है। हम मरे हुए मर्दों के, बल्कि मुर्दों के ख़ानदान से हैं।" एक वक़्फ़े के लिए गाड़ी के अंदर सन्नाटा-सा छा गया। सब एक-दूसरे की तरफ़ चौंकी हुई नज़रों से देखने के बाद नीचे अपनी दोनों जाँघों की तरफ़ देखने लगे। गुज़िश्ता को ये चुप्पी जायज़ नहीं लगी। उसने थूक का गाढ़ा घूँट गटका। उसके गले में उसे, उसकी नाभि की तरफ़ उतरते हुए देखा जा सकता था। उसने आगे बात चलाई, "हमारा बाप जरीस मर चुका है। जब हमने महल की शाही ज़िंदगी, जो हमें एक अर्से बाद नसीब हुई थी, को लात मारकर अपनी-अपनी आज़ादी चुनने का फ़ैसला लिया, तब महल के अंदर हमारे भाई हफ़ीज़ की भी कोई औक़ात नहीं रह गई थी। तब वहाँ का तख़्त-ए-शाही हमारी माँ उमराह के कूल्हों के नीचे रहने लगा था। बाक़ी हमें नहीं पता कि अब वहाँ के क्या हालात हैं। कौन ज़िंदा है। कौन मर गया।" "लेकिन राजकुमारियों की ज़िंदगी छोड़कर आप लोग यहाँ? मगर क्यों?" "वोविल मियाँ, मैंने कहा न आज़ादी। आज़ादी हर तरह के ऐश-ओ-आराम से बड़ी चीज़ है," उसने शीशे में बेगम और पख़्तून की तरफ़ देखते हुए कहा, "तुम दोनों पर तो आज़ादी का मतलब खुल ही चुका है।" "ऐसे हालात में आज़ादी और असीरी के मतलब बदल जाते हैं," पख़्तून ने कहा, "हिंदुस्तान में आज़ादी का ऐलान होने को है। पाकिस्तान में हो चुका। एक मुल्क के तीन टुकड़े हो गए। एक इधर, एक उधर, एक वहाँ। सब कुछ बिखरा पड़ा है। आज़ादी के नाम पर इज़्ज़तें लूटी जा रही हैं। घर लूटे जा रहे हैं। जाने ली जा रही हैं।" उसने सिहरते हुए कहा, "इस अहद को अपनी आँखों से देखने वाला ता-ज़िंदगी इसके ज़ुल्मों को नहीं भुला सकेगा। ये यादें बचपन की बुरी यादों की तरह हो जाने को हैं।" गुज़िश्ता और अक्सीर ने अचानक आगे सड़क पर एक कटा हुआ हाथ देखा। मगर वो ख़ामोश रहीं। उन्होंने गहरी साँस खींची। अक्सीर ने संजीदा माहौल को ठंडा करने के लिए विल्सन की किताब से एक क़िस्सा छेड़ दिया। उसने कहा, "एक लड़की थी। सोलह बरस की। चकोरी नाम था उसका। वो जिस्म फ़रोशी के धंधे में कैसे

आई उसे ठीक से याद नहीं था। पहले ग़ैर मर्ज़ी से फिर अपनी क़िस्मत समझकर इस धंधे को अपनी रोज़ी समझने लगी। उसने बताया कि रोज़ नए-नए छैल-छबीले उसके इश्क़ में पड़ जाते थे और नशा उतरते ही छू-मंतर। लेकिन एक शख़्स था, जो रोज़ बग़ैर किसी नशे के उसकी हाँ सुनने के लिए आया करता था। हमबिस्तरी तो दूर वो उसे कभी हाथ भी नहीं लगाता था। उसने महीनों तक उसके इश्क़ का इम्तिहान लिया। और वो मुसलसल कामयाब होता रहा और एक रोज़ उसे, उसपर यक़ीन हो ही गया। उसने हाँ कर दी। वो दोनों निकाह करने वाले थे।" "आगे क्या हुआ?" बिड़ला ने पूछा। "आगे क़िस्सा ख़त्म। हमने इतना ही क़िस्सा पढ़ा है। कुल जमा ये कि कब, कौन, कैसे, किस असीरी से आज़ाद हो जाए, कह नहीं सकते। कभी क़िस्मत तो कभी हिम्मत का खेल है सब।" "आगे— उस लड़की ने उस मर्द से शादी की। नए नाम और नए मज़हब के राज़ी-ख़ुशी क़ुबूलनामे के साथ। उसके शौहर ने उसे और भी यक़ीन दिलाया। इतना यक़ीन कि उसे लगने लगा था कि उसके लिए उसके शौहर का फ़ैसला ही ख़ुदा का फ़ैसला है। वक़्त गुज़रता गया। यक़ीन बढ़ता गया। और एक रोज़ मालूम हुआ कि वो चरस की गोलियों के धुओं का शौक़ीन है। धीरे-धीरे उसपर सब खुलने लगा, जब उसके घर में चरस के ज़हरीले कशों का दौर चलने लगा और उसके शौहर के दोस्त यार उसकी इज़्ज़त पर हाथ डालने लगे। और वो उसका मर्द, उसे ऐसा करने के लिए ज़ोर-ज़बरदस्ती करने लगा। वो मुसलसल इनकार करती रही और अपने बदन को रोज़ चोटों की नई-नई क़िस्मों के हवाले करती गई। अपनी कोख को बचाते-बचाते टूट चुकी थी वो। मरने वाली थी वो। वो मरने वाली थी। आप दोनों न होतीं तो मर चुकी होती वो। वो मर चुकी होती," पख़्तून ने घरघराती हुई आवाज़ में एक प्रवाह में कहा। वो चीख़-चीख़कर रोने लगी। वोविल ने उसे गले से लगाया। उसे चुप कराने की हर कामयाब कोशिश की। वो सिसकती रही। सिसकती रही। सिसकती रही। उसने कहा, "अगर वोविल भी उसकी तरह बेवफ़ा निकल गया तो? मैं कहीं की नहीं रहूँगी। जान दे दूँगी अपनी। नदी में कूदकर। आग लगाकर। ज़हर खाकर। कुछ भी कर के। मगर ज़िंदा नहीं रहूँगी।" वोविल ख़ामोश था। उसने अपनी सफ़ाई में कुछ नहीं कहा। गुज़िश्ता ने उसकी आँखें ग़ौर से देखीं। उसे तसल्ली हुई कि अब ऐसा कुछ नहीं होने वाला है। गुज़िश्ता ने कहा, "पख़्तून ऐसा कुछ नहीं होगा। होगा तो तुम क्यों मरने लगीं। अगर ऐसा कुछ हुआ भी, तो हम वोविल को मार देंगे।" उसने अक्सीर की तरफ़ देखते हुए ऊपरी दाँतों से अपना निचला होंठ दबाते हुए

आँख मारी। उसने आगे कहा, "अब बस चुप।" उसने अचानक नाज़िल हुए एक पेट्रोल-पंप के पास गाड़ी रोकी। वहाँ कोई मौजूद नहीं था। उसने दिमाग़ के दाहिने हिस्से पर दाहिने हाथ की पहली उँगली रगड़ी। कंधे उचकाए और गाड़ी में पेट्रोल भरने लगी। उसने उकड़ूँ बैठकर अपनी थकी हुई टाँगों को राहत दी। उँगलियाँ फोड़ीं। इधर-उधर हाथ झटके और पानी से अपना मुँह धोने लगी। उसने पख़्तून को उँगली से इशारा करते हुए गाड़ी से बाहर आने को कहा। वो बाहर आई। उसने उसे मुँह धोने को कहा और कहा, "ज़रा वर्ज़िश कर लो, वर्ना बदन अकड़ जाएगा।" अक्सीर ने कहा, "आप लोग भी चाहें तो—" बेगम, बिड़ला और वोविल तीनों गाड़ी से बाहर आकर अपने अकड़े हुए हाथों, पैरों और गर्दनों को चटख़ाने लगे।

"पख़्तून, यक़ीन और बेयक़ीनी का सिलसिला अगर शुब्हों के दायरों में पनपता रहे, तो इस सिलसिले का ख़ात्मा कभी नहीं हो सकता। बेवफ़ाई के डर से ज़िंदगी का दामन छोड़ देना बुज़दिली है। हमेशा ज़िंदा रहो। लड़ती रहो," गुज़िश्ता ने सफ़र के दूसरे आग़ाज़ में, माहौल की संजीदगी के सहज हो जाने के बाद गाड़ी का दूसरा, फिर तीसरा गियर बदलते हुए कहा। वोविल ने (बार-बार) पख़्तून को गले लगाने की कोशिश की। पख़्तून ने (बार-बार) उसे झटक दिया। सब के सब हँसने लगे। गुज़िश्ता और अक्सीर भी। बेगम और बिड़ला भी। पख़्तून और वोविल भी। "लेकिन तुम्हारा नाम ज़िल्मे-पख़्तून क्यों?" अक्सीर के तजस्सुस से पनपा सवाल। पख़्तून चुप थी। वोविल ने उसे कंधा मारा। कहा, "अब चुप क्यों हो? बताओ भी।" "ये मेरी ज़िंदगी का तीसरा नाम है। मेरा नाम चकोरी कभी था ही नहीं। मैंने उन गोरे साहब को अपना झूठा नाम बताया था। मेरा पहला नाम महेश्वरी था, फिर सलमा, फिर ज़िल्मे-पख़्तून : ज़िल्मे-पख़्तून अफ़ग़ानियों का एक गिरोह, जिसे (1920 से लेकर 1946 तक) गाँधी की अहिंसावादी नीति पर यक़ीन रहा, मगर लीग के वाहियातपन ने उन्हें हिंसक बना दिया। वैसे ही जैसे अब कांग्रेस के लोग बन चुके हैं। वैसे ही जैसे—" उसने गहरी साँस खींची।

रिश्ता ढूँढ़ने से निकल ही आता है।

"ओहो! मैडम कमाल है। बहुत अच्छा। अब फिर से नाम बदलने का कोई इरादा?" अक्सीर ने शरारत भरे लहजे में कहा। पख़्तून ने अपनी मुस्कान बिखेरते हुए आत्मविश्वास के साथ जवाब देते हुए कहा, "नहीं, अब नहीं। नाम बदलने से ज़िंदगी नहीं बदलती। ज़िल्मे-पख़्तून मतलब ज़िल्मे-पख़्तून; बस।" रात हो चुकी थी। सन्नाटे पर सन्नाटों की आमद का वक़्त। आसमान साफ़ था। हर मर चुका

या मारा जा चुका शख़्स सितारों की सूरत आसमान में रौशन था। "अब और कितना दूर?" बिड़ला ने पूछा। "दोपहर के होने तक। मैंने बताया था ना। बिड़ला तुम भुलक्कड़ हो क्या?" गुज़िश्ता ने बेगम को छेड़ते हुए जवाब दिया। बिड़ला ने कहा, "लेकिन आपने अभी तक नहीं बताया कि महल के सैकड़ों कमरे और पाँच कमरों के घर के बीच के सफ़र में, जो ख़ाली है, वो क्या है?" "जो हमारे प्ले में था," अक्सीर ने अपनी नाक में खुजली करते हुए कहा। गुज़िश्ता ने आगे कहा, "उसमें एक शख़्स का ज़िक्र नहीं था। हमारी जान, जान-ए-मन, जान-ए-जान हयुलानी का।" अक्सीर ने कहा, "वो तो अब काफ़ी बड़ा हो गया होगा ना? क्यों?" "हाँ, काफ़ी बड़ा। एक उन्नीस साल का नौजवान," गुज़िश्ता ने उसे याद करते हुए कहा, "अब पता नहीं क्या करता होगा। क्या-क्या कर चुका होगा।"

***

पर्दा गिराया जा रहा है। लाइटें जला दी गई हैं।

पर्दा उठाया जा रहा है। लाइटें बुझाई जा रही हैं।

अंधेरा हो गया। बहुत अंधेरा।

रात हो गई है।

सुब्ह होने वाली है—

प्राकृतिक सुब्ह।

प्राकृतिक उजाला।

अपना उजाला।

अपना सूरज।

बहुत जल्द।

और— हयुलानी ने एक और जान ले ली।

और— एक ही दिन में चार-चार मौतें हो गईं।

क़त्ल फिर क़त्ल होता है। फिर चाहे करने वाला कोई भी हो और मरने वाला कोई भी। फिर भी मैं जानता हूँ, आप इस कहानी के बीमार किरदार को अपना हीरो चुन चुके हैं। और हो न हो, मन ही मन सोच रहे होंगे, 'इआह! अब किसको चटका दिया कमबख़्त ने।' मैं ये भी जानता हूँ कि आप उसके हाथों हुए गुनाहों के गुनाह को भी गुनाह के तौर पर नहीं गिन रहे होंगे। *उसने जो किया होगा अच्छा ही किया होगा।*

धक्का; माफ़ कीजिए दिल पर धक्का लगने से होने वाली मौत का ज़िम्मेदार किसे ठहराया जा सकता है? साफ़ तौर पर बग़ैर किसी हथियार, ज़हर, आग, पानी और जान लेने का किसी भी तरह का कोई भी नुस्ख़ा आज़माए बग़ैर किसी की जान ले लेना।

उधर उसने कहा, "उसने उसे मार दिया।" इधर धक्का लगा और इसकी जान चली गई।

सरहद के इस पार, उस पार और उस पार हर तरफ़ विन्दूओं और बददिमाग़ों के ढेर लगते जा रहे थे। बेचैन अधूरी प्रेम कहानियाँ, अफ़सोसों और उदासियों के दायरे में फँसी फड़फड़ा रही थीं। कल्पनाओं से परे इन घटनाओं के घटते इस दिन, 15 अगस्त 1947 को आख़िर किस तरह गिना जाए? सब कुछ भुलाकर आज़ादी के दिन के तौर पर? या त्रासदियों की मरकज़ी वज्ह के तौर पर? आख़िर सब कुछ आज ही के दिन होना था? कौन आज़ाद हुआ था? कौन असीर? कौन असीर का असीर रह गया था?

कोई जवाब?

ये सब कैसे शुरू हुआ था?

पाँव पलटते हुए:

ज्ञानचंद उस रोज़ के अगले रोज़, जब हफ़ीज़ को ये मालूम हुआ कि उसकी मुश्किल का हल उसी के शहर में है, जो इतने सालों की मशक़्क़त के बाद भी हाथ नहीं लगा और लगा तो एक झटके में लग गया; टीपू से मिला था। टीपू के घर की तरफ़ जा रहे ज्ञानचंद के चेहरे पर किसी तरह का कोई भाव नहीं था। वो उत्सुक भी नहीं था, उत्तेजित भी नहीं। वो टीपू के घर पहुँचा; उसकी पहली नज़र कोने में बैठी उदास विन्दू पर पड़ी, दूसरी विद्या पर, जो अपने दो साल के बच्चे को मसली हुई रोटी का टुकड़ा और दाल खिलाने की कोशिश कर रही थी, और आख़िरी टीपू पर, जो पहले से बने बनाए बुतों को अपने हाथों का आख़िरी लम्स दे रहा था। उसने कहा, "और टीपू मियाँ? सब बेहतर? और तू क्यों मुँह लटकाकर बैठी है?" उसने अपनी नज़र वापस विन्दू की तरफ़ लौटाई। "कुछ नहीं ज्ञानचंद। ये सब कुछ तक़्सीम की सनक के नतीजे हैं। सब इधर का उधर हो गया। इसे, जिस लड़के से इश्क़ था, वो उस पार चला गया है। कुछ मिलने पर कुछ खो जाना इसी को कहते हैं। इधर हम अंग्रेज़ी हुकूमत से आज़ाद होने वाले हैं। उधर कसैली, कड़वी यादों के ग़ुलाम। आज़ादी और ग़ुलामी का सिलसिला, कभी न ख़त्म होने वाला सिलसिला

है। बहुत समझाता हूँ इसे पर समझती नहीं है। बस यही चेहरा लिए इसी जगह बैठी रहती है। ख़ैर! वक़्त वक़्त की बात है।" "समझ जाएगी मियाँ। क्यों समझ जाएगी ना?" ज्ञानचंद ने विन्दू के गाल पर च्यूँटी काटते हुए कहा। टीपू ने गहरी साँस छोड़ते हुए कहा, "अच्छा ही है अगर समझ जाए। तुम बताओ कैसे आना हुआ?" "बस ऐसे ही। कुछ बात करनी थी तुमसे।" टीपू ने इत्मीनान के साथ कहा, "कहो, क्या बात है।" ज्ञानचंद ने हड़बड़ी में सही, लेकिन एक बेहतर फ़ैसला लिया कि विद्या और विन्दू के सामने उसे ऐसी बात नहीं करनी चाहिए। उसने टीपू से कहा, "चलो बाहर चलते हैं। यहाँ घुटन-सी हो रही है।" "घुटन? इतना खुला-खुला-सा तो महसूस हो रहा है," टीपू ने चकित अंदाज़ में कहा। "अरे मियाँ अब चलो भी। समझ लो मेरा जी घबरा रहा है। *बस।*" "अच्छा-अच्छा, चलो-चलो।" वो दोनों बाहर आए। टीपू ने कहा, "कहो ज्ञानचंद क्या बात है?" "मियाँ पहली बात तो ये कि..." उसने अपनी आवाज़ को हौले-हौले नीचे गिराते हुए कहा, "विल्सन मियाँ नहीं रहे। दिल्ली में किसी हस्पताल में टी.बी. के मरज़ ने उनकी जान ले ली थी।" "तुम्हें कैसे पता?" टीपू ने घरघराती हुई आवाज़ में पूछा। "ऐसा हुआ कि एक रोज़ मैं छोटे हुज़ूर की ख़िदमत तमाम कर उनके कमरे से बाहर निकला ही था कि बड़े मालिक हफ़ीज़ टकरा गए," ज्ञानचंद ने कहा, "और बातों-बातों में बहुत-सी बातें हो गईं। उसमें पहले विद्या बहन का ज़िक्र निकला, फिर विल्सन मियाँ का, फिर तुम्हारा।" टीपू ने हैरत जताते हुए कहा, "मगर उन्हें विद्या से क्या काम?" "मैं नहीं जानता कि तुम्हारे ज़िक्र का आग़ाज़ विद्या की बुनियाद पर कैसे और क्यों हुआ। जो भी हो," उसने कहा, "कुल निचोड़ ये है कि उन्हें विद्या से कोई काम नहीं, उन्हें काम तो तुमसे है।" "भला मुझसे उन्हें क्या काम?" टीपू ने उसी हैरत के साथ कहा। "उन्हें तुमसे नहीं तुम्हारे काम से काम है," ज्ञानचंद ने उसके कंधे पर हाथ रखते हुए कहा, "तुम्हारी संगतराशी के हुनर से काम है।" "क्या उन्हें भी कोई ख़्वाब सताने लगा है?" टीपू ने कहा, "या बस यूँ कि बाक़ी शाहज़ादों की तरह उन्हें भी कोई परी-चेहरा सूझ आया है और बला मेरे माथे धर दी जाने वाली है कि तराशो इस चेहरे को?" उसने गर्दन झटकते हुए कहा, "यार ये शाही लोग भी। आओ अंदर आकर देखो। ऐसे-ऐसे चेहरे बनवाते हैं, जैसे कभी बन ही नहीं सकते। कम-से-कम कोख से तो पैदा नहीं ही हो सकते।" "अरे सुनो यार। रुको ज़रा," उसने टीपू का हाथ खींचते हुए कहा, "उन्हें नहीं, मगर उनके जिगर के टुकड़े शाहज़ादे हयुलानी को एक ख़्वाब आता है। उस ख़्वाब ने उनकी ज़िंदगी

उजाड़कर रख दी है। नींद न आने के रोग ने उनका बचपन, जवानी सब तबाह कर दिया। रातों सोते नहीं थे। मैं उनकी इस परेशानी को अपनी आँखों से देख नहीं पाता था। पागल-से हो गए थे वो।" "तो क्या तुमने उन्हें भी—" टीपू ने माथे पर अपनी हथेली पीटते हुए कहा, "अरे यार ज्ञानचंद! क्या करते हो तुम!" "हाँ यार, भूल तो हुई है मुझसे। अब तक तो बहुत देर हो चुकी। वो तो अफ़ीम में मुझे मुक़ाबला देने लगे हैं। क्या कहूँ, एक रोज़ तो अफ़ीम की पीनक में तलवार तक फेर दी मुझपर। बाल-बाल बचा हूँ।" टीपू ने अपने दोनों हाथ हवा में उछालते हुए कहा, "कमाल है यार! कमाल! ग़ज़ब!" "मैं क्या करता यार?" ज्ञानचंद ने शर्मिंदा होते हुए कहा, "हालात ही कुछ ऐसे थे।" "कैसे? जैसे उस बैल के थे? जैसे मेरे थे?" टीपू ने ज्ञानचंद को उलाहना देते हुए कहा, "ज्ञानचंद, यार ये बहुत ग़लत बात है।" "अरे छोड़ो यार पुरानी बातें। मुद्दे पर आओ, उस दिन भी उन्हें, छोटे मालिक को और मुझे दोनों को अंधा-धुंध नशा चढ़ा था। मुझे उस वक़्त तो कुछ समझ नहीं आया, जब हफ़ीज़ साहब ने तुम्हारे ज़िक्र पर मुझसे चिल्लाकर कहा था, *"तुम मुझे टीपू के बारे में अब बता रहे हो?"* मुझे कुछ समझ नहीं आ रहा था कि माजरा क्या है।" ज्ञानचंद ने माथा खुजाते हुए कहा, "लेकिन जब रात गए नशे का ज़वाल आया, तो समझ आया कि उन्हें तुमसे क्या काम होगा। उन्हें तुमसे यही काम है। बेशक यही, जो मैंने बताया। तुम्हारे काम से काम।"

'काम से काम लेना' के हमजोली 'काम से काम रखने' को नहीं भुलाया जाना चाहिए। अक्सर अपने काम से काम न रखने वाले लगातार शिकस्तों का शिकार होते आए हैं, इसके बावजूद वो काम से काम रखने की एहमियत नहीं समझ पाते। इसके उलट वो काम से काम न रखें, के लिए बेशुमार कामों की तलाश में लगे रहते हैं और आख़िर में वो किसी काम के नहीं रह जाते। क्यों न मैं भी अपने काम से काम रखूँ और बताता चलूँ कि ऐसा ही हुआ था, जबकि मुझे नहीं बताना चाहिए था। क्यूँकि आप जान चुके थे कि ऐसा ही होगा। मगर कैसे होगा? किस तरह होगा? किस तरह हुआ होगा?

कुछ इस तरह:

ज्ञानचंद उसके बाद टीपू के घर फिर आया था, जब टीपू विद्या को विल्सन की मौत का सच बता चुका था, और विन्दू ये जान चुकी थी कि उसका असली बाप टीपू नहीं विल्सन था। उसे इस बात से उतना ही फ़र्क़ पड़ा, जितना पड़ना चाहिए था। वो हैरान थी, लेकिन परेशान नहीं। उसने सब कुछ शुरुआत से जाना

कि दरअस्ल विद्या का अतीत क्या था। विद्या अपने अतीत में क्या थी और किस तरह से विल्सन की मदद से उसने अपने अतीत से पीछा छुड़ाया था। किस तरह विल्सन और विद्या की प्रेम कहानी परवान चढ़ी और विन्दू वजूद में आई थी। विन्दू का नाम विन्दू क्यों है, का आशय भी वो समझ चुकी थी। एक ही वक़्त में दो-दो आशिक़ी के क़िस्से सुनकर, उसपर ये रहस्य काफ़ी हद तक खुल चुका था कि मुहब्बत फिर मुहब्बत है। किससे हो जाए, कब हो जाए, क्यों हो जाए और कब तक के लिए हो जाए, समझना आसान नहीं है। मगर एक के बाद दूसरी, के बाद तीसरी, के बाद चौथी, पाँचवीं, छटवीं, सातवीं— ये सिलसिला अनंत है। इसके पीछे की वज्हें अनंत हैं। उसने अपने दोनों नए दुखों पर पर्दा डाला और दूसरी मुहब्बत करने के लिए तैयार हो गई। टीपू ने भी उसे अपने अतीत के बारे में सब कुछ बताया। वो उसका अतीत जानकर दंग थी। "मेरा शक सही था," उसने कहा था, "मुझे लगता ही था कि मुझमें अंग्रेज़ी ख़ून की मिलावट है।" उसने कुछ देर रुककर कहा, "कमाल की दास्तानें हैं। इन पर आँसू बहाने से बेहतर है, सर ऊँचा कर फ़ख़्र के साथ आसमान को निहारा जाए; कहा जाए कि देख ऊपर वाले; हम इंसानों का हौसला देख।" उसने उछलते हुए कहा, "आय लव बोथ ऑफ़ यू।" विद्या ने राहत की साँस महसूस की और अपनी आँखों की कोरों पर उतर आए आँसुओं को झटकते हुए कहा, "थैंक यू बेटा।" टीपू ने विद्या को ध्यान से निहारते हुए कहा, "अरे वाह! अंग्रेज़ी!" और इसी के साथ, विद्या अपने शुब्हे और अफ़सोस से फ़ारिग़ हुई। और टीपू ने एक बार फिर एक बेमिसाल बाप और धमाकेदार पति के किरदार में वापसी की। विद्या के निर्देशों के अनुसार टीपू ने विल्सन का एक ज़ोरदार बुत बनाया और उसे सबकी मर्ज़ी से बैठक ख़ाने में शान के साथ स्थापित कर दिया।

"हुज़ूर की तरफ़ से बुलावा आया है मियाँ। आख़िरकार मेरे यार; आख़िरकार, तुम महल में अपने हुनर के दम पर पाँव रखने जा रहे हो। बस कुछ ऐसा कर दो कि तुम छा जाओ मेरे यार; छा जाओ," ज्ञानचंद ने उत्साह भरे लहजे में टीपू से कहा। टीपू अपनी दबी हुई मुस्कान के साथ ज्ञानचंद को एकटक ग़ौर से देख रहा था और मन ही मन सोच रहा था कि हो न हो आज फिर इसकी अफ़ीम बोल रही है। वर्ना मैंने ऐसा कब चाहा था? मैं तो राजे-रजवाड़ों के बेतुकेपन से यूँ भी ख़ौफ़ खाता हूँ। न जाने आज किस तरह के बेतुकेपन से सामना होने जा रहा है मेरा। *ऊपर वाले ख़ैर करना।* ये साले शाहज़ादे कब तलवार निकाल लें, कब गोली चला दें,

कोई भरोसा नहीं है इनका। उसने अपने कंधे पर छुरी के घाव के निशान को देखा और उसे उस अमीरज़ादे का वाहियातपना याद आया, जो ख़्वाह-मख़्वाह अपना ही बुत बनवा रहा था और उसे पहचानने से सरासर इनकार कर रहा था। *कमीने ने छुरी तक चला दी थी। ऊपर वाले ख़ैर...।*

अब तक ऐसा ही होता आया था कि टीपू जाने के नाम पर कहीं नहीं गया था। जो आया, जब आया, जिसलिए आया उसी के पास आया। उसके काम से काम लेने वालों के यहाँ जाने का तो सवाल ही नहीं बनता था। आख़िर ग़रज़ उनकी थी। मगर *अनहोनी को कौन टाल सकता है?*

आपने मुझे एक बार फिर शक की निगाह से देखा होगा और सोचा होगा : अगर टीपू के पास तरह-तरह के अमीरज़ादे, शाहज़ादे, शाह, शाहों के शाह तशरीफ़ लाते थे, तब ऐसे में कैसे मुमकिन था कि हफ़ीज़ के कानों तक इसकी ख़बर नहीं पहुँचती थी?

बात साफ़ है, *अनहोनी को कौन टाल सकता था?*

टीपू पहुँचा। हफ़ीज़, उमराह, मंसूरा और बेशक ज्ञानचंद की मौजूदगी में, हयुलानी ने अपने ख़्वाब की तशरीह फ़रमाना शुरू किया। सब की निगाहें टीपू और हयुलानी पर इस तरह टिकी हुई थीं, जैसे अगले पल किसी मुंतज़िर फ़ैसले का ऐलान होने जा रहा था।

टीपू को धक्का लगा। उसने अपना एक क़दम पीछे खींचा। उसने कहा, "नहीं! ऐसा नहीं हो सकता। आपकी तशरीह एक लापरवाह तशरीह है। ज़रा ग़ौर से सोचिए जनाब। एक बार और।" हयुलानी ने हाथ पटकते हुए कहा, "फिर से वैसा ही एक कमज़ोर कलाकार।" उसने आगे कहा, "आप हमारे अज़ीज़ के अज़ीज़ हैं। वर्ना—" वो ग़ुस्से में तनतनाता हुआ अपनी कुर्सी से उठा और धम्म से वापस बैठ गया। ज्ञानचंद को, उसके मन में हाल ही में पैदा हुआ शक मन ही मन चूहों की मानिंद कुतरने लगा। उसने सोचा : छोटे हुज़ूर ही बोल रहे हैं या अफ़ीम की पीनक। या छोटे हुज़ूर कभी बोले ही नहीं। या हमेशा अफ़ीम की पीनक ही उनकी तरफ़ से सबसे मुख़ातिब होती आई है। *ये हो क्या रहा है?* मेरे चक्कर में टीपू न निपट जाए कहीं। *या ख़ुदा ख़ैर।*

"माफ़ी चाहूँगा जनाब। मैं ये काम नहीं कर सकता। ये सही नहीं है," टीपू ने कहा। "अबे क्या बक रहा है? क्यों नहीं करेगा? कर दे भाई। वर्ना तू भी जाएगा और मैं भी," ज्ञानचंद ने मन ही मन कहा। "लेकिन क्यों नहीं करोगे?" हफ़ीज़ ने

झल्लाते हुए कहा, "वज्ह क्या है? साफ़-साफ़ बताओ।" "या तो इनसे कोई भूल हो रही है या मुझसे। लेकिन मुझसे ऐसी भूल कभी नहीं हुई है। ये... ये... जो भी ये बता रहे हैं, उसपर मुझे यक़ीन नहीं हो रहा। आख़िर ऐसा-कैसे हो सकता है? मैं नहीं मानता," टीपू ने कहा, "जनाब कहीं न कहीं कुछ न कुछ गड़बड़ है।" "किसपर यक़ीन नहीं हो रहा? क्या नहीं मानते? कैसी गड़बड़? खुलकर क्यों नहीं बताते?" उमराह ने हल्की सख़्ती के साथ चिड़चिड़ाते हुए कहा। मंसूरा हाथ पर हाथ धरे बैठे सब कुछ ख़ामोशी से देख रही थी। संजीदा और गर्म माहौल अगर एक ही हैं, तो समझिए वहाँ कुछ ऐसा ही माहौल पैदा हो चुका था; गर्मा-गर्मी का माहौल। बात आपे से बाहर तब चली गई, जब हयुलानी ने टीपू के सामने अपनी गन तान दी। उसने कहा, "हम क्या तुम्हें ज़ेहनी तौर पर कमज़ोर; कोई मरीज़ लगते हैं?" मंसूरा दौड़कर हयुलानी के पास आई। उसने उसकी कमर को अपने हाथों में कसकर बाँधा और उसे पीछे खींचा। उसने कहा, "तुमको मेरी क़सम। ऐसा कुछ नहीं करोगे तुम।" हयुलानी अचानक गर्दन झटकता है, जैसे वो किसी ताज़ातरीन बेहोशी से अचानक बाहर आया हो। उसने फुसकारते हुए गहरी साँस छोड़ी। गहरी साँस खींची। गहरी साँस छोड़ी। वो वापस टीपू से कुछ दूर एक दूसरी कुर्सी पर जाकर बैठ गया। उसने झुँझलाते हुए कहा, "इन्हें ले जाओ यहाँ से। हमारा कुछ नहीं हो सकता। हम ऐसे ही मर जाएँगे।" उसने अपने पास रखा एक गुलदान उठाया और दीवार पर दे मारा। उससे एक फूल उचककर हफ़ीज़ के मुँह पर गिरा। मंसूरा उसके पास गई। उसने कहा, "इधर आओ तुम। चलो मेरे साथ।" वो ख़ामोशी से उठा और मंसूरा के साथ अपने कमरे में चला गया। मंसूरा ने उससे पूछा, "क्या बात है? तुमको अच्छे से याद है ना? तुम्हारे ख़्वाब में हू-ब-हू वही लड़की आती है?" उसने जवाब दिया, "अम्मी यहाँ हम झूठ क्यों बोलेंगे? क्या हमें इस रोज़-रोज़ की घुटन से आज़ादी नहीं चाहिए। क्यों बोलेंगे हम झूठ? आप बताइए क्यों?" मंसूरा के पास कोई जवाब नहीं था। किसी के पास कोई जवाब नहीं था। मगर टीपू के पास था। मगर टीपू ख़ामोश था।

"टीपू तुम हमारे ग़ुस्से और सब्र दोनों का इम्तिहान ले रहे हो। ज्ञानचंद तो हमसे कह रहा था, तुम्हारे लिए कुछ भी नामुमकिन नहीं," हफ़ीज़ ने इधर-उधर अपने हाथ झटकते हुए कहा, "ये क्या कि तुम साफ़ इनकार कर रहे हो? नहीं करोगे? कितने पैसे चाहिए बोलो? अगर ऐसी कोई बात है, तो खुलकर बोलो कितने पैसे? पर उस चेहरे को हमारे हवाले कर दो। किसी भी क़ीमत पर। हम तैयार हैं। तुम

सुन रहे हो ना; हम तैयार हैं।" "जनाब बात तो ऐसी है कि..." टीपू ने रह-रहकर कहा, "मैं इस काम के पैसे भी नहीं माँग सकता।" "अरे क्यों नहीं माँग सकते? क्यों नहीं कर सकते? क्यों नहीं करोगे? जवाब देते हो कि—" हफ़ीज़ का ग़ुस्सा फट पड़ा। वो इतने ग़ुस्से में था कि अगले पल टीपू की जान ले सकता था। मगर वो जानता था कि अब टीपू ही उसकी आख़िरी उम्मीद है। उसने ऐसा नहीं किया। "माफ़ी हुज़ूर, ग़ुस्सा थूक दीजिए। आप कहें, तो मैं इससे अकेले में बात करता हूँ। आप बैठ जाइए हुज़ूर," ज्ञानचंद ने हफ़ीज़ को अपनी औक़ात से बाहर आकर तसल्ली और समझाइश देते हुए कहा। "ज्ञानचंद, पूछो इससे। क्या वज्ह है? ये अब तुम्हें करना है। तुम्हारे लिए, इसके लिए, हमारे लिए, हम सब के लिए," उमराह कहती हुई कमरे के बाहर चली गई। ज्ञानचंद ने उससे इशारे-इशारे में कहा, "मैं करता हूँ कुछ।"

"क्या हुआ टीपू मियाँ? क्यों नहीं बनाओगे बुत?" ज्ञानचंद बोला। टीपू उसके कान के पास जाकर फुसफुसाया। ज्ञानचंद ने कहा, "च्च्च! ये तो बड़ी मुसीबत हो गई यार।" "अब बोलो, क्या ये मेरी बात पर यक़ीन करेंगे?" टीपू ने गर्दन झटकते हुए कहा, "और ये इनकी तुनकमिज़ाजी? देख रहे हो ना?" "मैं समझ सकता हूँ। ख़ैर, सुनो," ज्ञानचंद ने कहा, "इनके यक़ीन करने से क्या होता है। छोटे मालिक का यक़ीन करना ज़रूरी है।" "मगर यार?" टीपू ने धीमी आवाज़ में मगर तनतनाते हुए कहा, वो भी क्या कुछ; कम; ख़ैर।" "दोस्त, छोटे हुज़ूर की ज़िंदगी का सवाल है," ज्ञानचंद ने उससे इल्तिजाई अंदाज़ में कहा, "क्या तुमने उनकी दीवानगी नहीं देखी अभी?" "मैं उसी की बात कर रहा था," टीपू ने उसकी बात काटते हुए कहा। "मेरी बात तो सुनो संगतराशों के संगतराश," ज्ञानचंद ने उसके आगे हाथ जोड़ते हुए कहा, "उनके लिए लड़कियों की कोई कमी है क्या?" ज्ञानचंद ने अपना बदन लहराते हुए कहा, "एक से एक राजघरानों की हाज़रियाँ लग चुकी हैं यहाँ। उनमें से कोई नहीं निकला। कोई नहीं। छोटे हुज़ूर झूठे होते, उनकी मुहब्बत झूठी होती, तो वो ख़ुद को दीवाना होने देते भला?" "मगर।" "क्या मगर?" ज्ञानचंद ने कहा, "तुम ख़ुद ही सोचो क्या वो किसी भी ख़ूबसूरत लड़की पर उँगली रखकर हाँ ना कह देते कि यही है वो। फिर क्या काम रहता उन्हें तुमसे? तुम्हारी संगतराशी से? दुनियाभर के मुसव्विर बेइज़्ज़त हो चुके हैं; समझो यार," ज्ञानचंद ने टीपू के कंधों पर हाथ रखते हुए कहा, "अब हम दोनों का सर ओखली के अंदर है।" "तुम मुसीबतों का पहाड़ हो ज्ञानचंद," टीपू ने कहा।

***

पर्दा गिराया जा रहा है। लाइटें जला दी गई हैं।

पर्दा उठाया जा रहा है। लाइटें बुझाई जा रही हैं।

अंधेरा हो गया। बहुत अंधेरा।

रात हो गई है।

सुब्ह होने वाली है—

प्राकृतिक सुब्ह।

प्राकृतिक उजाला।

अपना उजाला।

अपना सूरज।

बहुत जल्द।

जल्द-अज़-जल्द।

सारे ख़ुलासे हो चुके थे। चेहरा पहचाना जा चुका था। हफ़ीज़ को टीपू की हरकत नागवार गुज़री। उसने सिरे से इनकार कर दिया, "नहीं, ये नहीं हो सकता। झूठे हो तुम। हमारी औलाद; हफ़ीज़ किरमानी की औलाद और इतना टुच्चा ख़्वाब? नामुमकिन। हम चाहें, तो तुम्हें अभी के अभी ख़त्म कर दें," उसने दाँत किटकिटाते हुए कहा। उसने अपने ग़ुस्से पर क़ाबू किया। उसने कहा, "ज्ञानचंद इसे ले जाओ यहाँ से।" शर्म हौले-हौले अपनी जगह बनाती जा रही थी। हफ़ीज़ शर्मशार था। बेशर्मी का बादशाह शर्मशार था। लानत है।

टीपू ने उसे कोई जवाब नहीं दिया। वो चला गया। उसने ज्ञानचंद से कहा, "यही होना था। यही हुआ। यही हो सकता था।" "माफ़ी चाहूँगा दोस्त। इस सबकी वज्ह मैं ही हूँ," ज्ञानचंद ने झेंपी हुई आवाज़ में कहा, "लेकिन मेरा यक़ीन करो, मुझे तुम्हारे तसव्वुर करने के अज़ीम हुनर पर ज़रा-सा भी शुब्हा नहीं है।" "ज्ञानचंद, तुम अफ़ीम के नशे से बाहर आकर भी कुछ देखा-सोचा करो," टीपू ने ज्ञानचंद की बातों पर झल्लाते हुए कहा, "क्या मैं झूठा साबित होने पर रंजीदा हूँ? क्या मैंने सचमुच कोई झूठ बोला है? क्या मैंने कोई साज़िश रची है?" "नहीं। माफ़ कर दो मियाँ। तुम्हारे जैसे कलाकार को ये सनकी शाही लंपट कहाँ समझेंगे? मैं अपने किए-धरे पर शर्मिंदा हूँ।"

लीजिए अब ज्ञानचंद भी।

"तुम्हारा शरीर, तुम्हें किसी तरह का बोझ उठाने की इजाज़त नहीं देता," टीपू ने आहिस्तगी के साथ कहा, "मेरी तरफ़ से बेफ़िक्र रहो। और अपनी शर्मिंदगी से बाहर आओ।"

ज्ञानचंद ने कुछ नहीं कहा। वो ख़ामोश रहा।

शर्म एक ऐसी संज्ञा है, जो हर इंसानी दिमाग़ में विशेषण की तरह विशेषता की शक्ल में हर हाल में मौजूद होती है। न जाने कितनी मौतें, कितने ऐसे हादिसे हैं, जिनकी तरफ़ देखा जाए, तो मुझ जैसा सीधा-सादा शख़्स शर्मिंदगी के सिवा कुछ महसूस नहीं कर सकता, जिनके पीछे सिर्फ़ और सिर्फ़ शर्म का हाथ है। काफ़िर शर्म से बचने के लिए अपने पहले इश्क़ को छोड़कर दूर मग़रिब के एक मुल्क जा बसा। घाटेकासौदा ने शर्म से बचने के लिए अपना कॉलेज छोड़ दिया। बेशर्म शर्म ने एक मामूली-से नौकर को मर्द से नपुंसक, नपुंसक से हिजड़ा बन जाने लिए ज़िंदा छोड़ दिया। एक शर्म ही थी, जिसने गुज़िश्ता और अक्सीर को उनकी असली माँ से कभी मिलने नहीं दिया और नक़ली माँ के प्यार से महरूम रखा। शर्म की वज्ह से मंसूख़ ने वापस कभी हिंदुस्तान न लौटने का फ़ैसला लिया, वो मारा गया। शर्म ने जरीस की जान ले ली। बेशर्मी के बादशाह ने एक पेशेवर बेशर्म औरत का बेरहमी से क़त्ल कर दिया, क्यूँकि उसकी बेशर्म हरकत ने उसे शर्मिंदा होने के लिए मजबूर किया था। उसे विल्सन की तलाश भी सिर्फ़ इसीलिए थी। *शर्म। शर्म। शर्म।*

मैं हैरान हूँ कि ऐसा वाक़ई हुआ था :

एक नींद में डूबा हुआ बच्चा, अपने बाप को किसी ग़ैर औरत के साथ बिस्तर में लिपटा हुआ देखता है। वो शर्मिंदा होता है। शर्म से बचने के लिए वो चुप रहता है। लेकिन शर्म उसके अंदर एक दुष्ट जानवर की तरह पनपने लगती है और होते-होते उसे बेशर्म बना देती है। यक़ीन कीजिए शर्म ही हमें बेशर्म बनाती है। वो इतना बेशर्म और ढीट हो चुका था कि उसके अय्याश बाप की बेरहम छड़ियाँ उसके बदन पर निशान तक नहीं छोड़ती थीं। ज़ुल्म बढ़ता गया। बेशर्मी बढ़ती गई। नब्बे के दशक में जब फ़िल्में और फ़िल्मों के किरदार नई नस्लों के ज़ेहन अपाहिज कर रहे थे; तब एक हादिसा हुआ। बेशर्म एंटन के भाई चेखव की मौत हो गई। दरअस्ल उसका उसकी मौत से पहले एक मामूली-सा एक्सीडेंट हुआ था। वो शर्मिंदा था कि उसे मोटर साइकिल के हेंडिल पर से हाथ उठाकर हवा में नहीं लहराने चाहिए थे। उसने झूठ कहा कि वो पैदल जाता हुआ, पानी की सरकारी पाइपलाइन के रिसाव की वज्ह से सड़क पर मची हुई गीली मिट्टी पर फिसलकर गिर गया था। पूरा

एक दिन गुज़रने के बाद चेखव के बाप की निगाह अपनी मोटर साइकिल के एक ज़ख़्मी हिस्से पर पड़ी। उसे मामले की सच्चाई समझ आई और उसने चेखव का इलाज कराने की बजाए उसे एंटन की तरह छड़ियों से पीटा। चेखव के अंदर सिर्फ़ इतनी ही शर्म थी कि जो उसे बेशर्म नहीं बना सकती थी। उसके बदन ने पुराने घावों के साथ-साथ नए घावों के दर्द और निशानों को जगह दी। उन्हें उठने और उभरने दिया। कुछ साल बीते और उसके बदन का ख़ून गाढ़े थक्कों में बदल गया। वो मर गया। बेशर्म एंटन और बेशर्म हो गया। उसने बेशर्मी से चेखव की बीवी और बच्चों का ख़याल रखा। और वो बेशर्मी के साथ एक वैश्या के इश्क़ में पड़ गया। और ख़बरें उड़वा दीं कि जिसे जो करना हो, कर सकता है; मैं किसी से नहीं डरता। एंटन का बाप शर्म से बचने के लिए उससे बग़ैर पूछे उसका ब्याह तय कर आया। एंटन की बेशर्मी ने उसे ब्याह करने से नहीं रोका। इधर इश्क़, उधर बीवी। उसका इश्क़ बेशर्मी के पेशे में था। फिर भी उसमें इतनी शर्म थी कि वो किसी शादीशुदा मर्द की ज़िंदगी तबाह नहीं कर सकती थी। वो अपनी शर्म से बाहर आई और उसने अपने बेशर्मी के धंधे को छोड़कर फ़ौरन एक शर्मीले कुँवारे लड़के से शादी कर ली। एंटन का बाप सिरे से बेशर्म था। उसकी बेशर्मी में उसकी शर्म का कोई हाथ नहीं था। उसने शर्मों से बचने के लिए सबको सज़ाएँ दीं। यहाँ तक कि उन्हें कहीं का नहीं छोड़ा। उसकी बेशर्मी ने अपनी ख़ानदानी ज़मीनें बेच डालीं। आए पैसे अपनी अय्याशियों में उड़ा दिए और अपनी मौत से कुछ पहले शर्म से बचने के लिए अपनी बूढ़ी, अधमरी माँ के साथ बेमक़्सद आज़ाद हिंदुस्तान के दौरे पर चला गया और सालों तक नहीं लौटा। और जब लौटा, तो उसने चेखव की बीवी को पटाकर एंटन पर आबरूरेज़ी का इल्ज़ाम लगाने के लिए उकसाया। उसे शर्म आई और उसने बेशर्मी के साथ पूरा मामला एंटन को बताया। ये बेशर्मियों की इंतिहा थी। एंटन निहायत बेशर्म था। उसने सर-ए-आम अपने बाप सुल्तान का सर फोड़कर उसे क़त्ल कर दिया। उसकी माँ चाँदनीबार ने कहा, "अच्छा किया।" सुल्तान की माँ ने कहा, "बुरा किया, बहुत बुरा।" उसे *धक्का* लगा और वो मर गई।

उमराह मर गई, उसे *धक्का* लगा था। मंसूरा मर गई, उसे भी *धक्का* लगा था। टीपू ने विद्या को सिलसिलेवार सारी कहानी सुनाई। विद्या हैरान थी। "ऐसा कैसे हो सकता है, जबकि न वो कभी इधर— *(आए)* न हम कभी उधर— *(गए)*"

हयुलानी ने इन चंद दिनों को अपनी ज़िंदगी के फ़ैसले के दिनों में शुमार कर लिया था। उसकी लड़ाई इस पार या उस पार की थी। या तो उसे वो चाहिए या

मौत। टीपू की नाकामयाबी ने उसे बुरी तरह से मायूस किया था, जबकि वो नहीं जानता था कि टीपू अपने हुनर के हवाले से कभी नाकामयाब होने वालों में से नहीं था। उसने ये जानते हुए भी कि उसके और विन्दू के साथ कुछ भी हो सकता है, सब कुछ सच-सच बताया था। मामला दर्जे और मर्तबे का था। बिरादरी का था। बराबरी का था।

"हयुलानी और वो? एक साथ? नामुमकिन।"

हयुलानी ने, उन सारे इंजेक्शनों की शीशियाँ, जिन्हें उसकी रगों में चौबीस-चौबीस घंटों के वक़्फ़ों में दौड़ाया जाता था, फोड़कर एक बार में शराब का घूँट समझकर पी लीं। उसने उबकाइयाँ भरना शुरू कीं और इतनी उल्टियाँ कीं कि उसकी अँतड़ियाँ उसके मुँह को आने को थीं। वो बेहोश हो गया। उसकी जीभ सफ़ेद गाढ़े बुलबुले थूकने लगी। वो ज़मीन में मछली की तरह तड़प रहा था। पूरे महल में अफ़रा-तफ़री मच गई। ज्ञानचंद से मंडेला को सब कुछ बताकर फ़ौरन पेश होने के लिए कहा गया। वो नुक़्सानदेह के साथ कार में सवार होकर मंडेला के पास गया। उसने उसे सब कुछ बताया। मंडेला ने कहा, "ओह गॉड।" उसने अपने साथी डॉक्टर को फ़ोन किया और उसे फ़ौरन-से-पेशतर मिलने के लिए कहा। उसने कहा, "जीसस।" वो दोनों हड़बड़ाते हुए महल में दाख़िल हुए। हयुलानी के नज़दीक खड़ी मंसूरा उसके मुँह पर पानी के छींटे बरसा रही थी। उमराह दहाड़ें मारकर रो रही थी। हफ़ीज़ इधर से उधर, उधर से इधर पाँव पटकता हुआ टहल रहा था। मंडेला ने कहा, "दूर हटिए।" पिट ने कहा, "डोंट वरी आइल सी।" उन्होंने पूरा दिन हयुलानी को दवा के नाम पर ज़हर पिला-पिलाकर उल्टियाँ करवाईं और उसके अंदर से वो सारा तरल निकाला, जो दवा होते हुए भी ज़हर बन चुका था। हयुलानी अब काफ़ी ठीक था; मगर ख़ामोश। उसकी हालत कुछ बोलने और करने लायक़ नहीं रह गई थी। पिट और मंडेला ने आपसी राए से हयुलानी को कुछ दवाएँ दीं और हर वक़्त उसके साथ किसी न किसी की मौजूदगी को ज़रूरी घोषित किया। नतीजतन मंसूरा ने हयुलानी की किसी भी ज़िद को मानने से इनकार कर दिया। उसने कहा, "तुम अब इस कमरे में कभी अकेले नहीं रहोगे। कभी नहीं। एक लम्हे के लिए भी नहीं। तुमने सुना ना! एक लम्हे के लिए भी नहीं।" हयुलानी का उतरा हुआ मायूस और शर्म से लबरेज़ चेहरा, उसकी ख़ूनी लाल आँखें, मंसूरा को एकटक देख रही थीं। मंसूरा की आँखें आँसुओं से भर गईं। उसने उसका माथा चूमा और कहा, "तुम चाहे इसे अब कुछ भी समझो मेरे बेटे, क़ैद या आज़ादी या

क़ैद में अपनी ज़िंदगी की हिफ़ाज़त की कोई तरकीब, लेकिन न अब मैं यहाँ से कहीं जाऊँगी और न तुम। तुम अपने आप को देखो। तुमने कितना परेशान किया है ख़ुद को और मुझे; अपनी माँ को; हम सब को। तुमने कभी सोचा कि अगर तुम उसके बग़ैर नहीं रह सकते, तो मैं भी तुम्हारे बग़ैर नहीं रह सकती। क्या तुम मेरे लिए इतना नहीं करोगे, इतना-सा कि बस अपनी ज़िंदगी से प्यार करने लगो?" हयुलानी ने हाँ का इशारा करते हुए अपनी पलकें झपकाईं।

अब सब कुछ ठीक था?

नहीं, अनहोनी को कौन टाल सकता था?

ज्ञानचंद कमरे में दाख़िल होता है। उसके हाथों में इस बार हयु को देने के लिए अफ़ीम नहीं, बल्कि नाश्ते की ट्रे थी। उसने उस ट्रे को कमरे में रखी इटालियन अंदाज़ की लहराते हुए पायों वाली मेज़ पर रखा और उन दोनों को औपचारिक आदाब करते हुए उल्टे पाँव जाने लगा। मंसूरा ने उसे रोका, "ठहरो ज्ञानचंद।" वो पलटा, उसने झुकते हुए कहा, "जी मालकिन।" मंसूरा ने उसे हाथ से इशारा करते हुए कहा, "इधर आओ।" ज्ञानचंद ने उसके पास जाकर कहा, "जी, हुक्म।" "हमें सच सच बताना— क्या टीपू वाक़ई— ?" मंसूरा ने ज्ञानचंद को ध्यान से देखते हुए कहा, "वो वाक़ई नाकामयाब हुआ? फिर वो किस बात का अज़ीम संगतराश है?" "नहीं, मालकिन वो कामयाब हुआ था।" ज्ञानचंद ने झिझकते हुए कहा, "मगर— " "मगर क्या?" मंसूरा ने ज़ोर देकर कहा, "क्या मगर? मगर क्या ज्ञानचंद?" "मगर— माफ़ कीजिएगा..." ज्ञानचंद ने अपने आपे और औक़ात दोनों से बाहर आते हुए कहा, "उसपर हुज़ूर ने यक़ीन नहीं किया। उसे झूठा साबित किया और बेइज़्ज़त कर भगा दिया।" "मगर क्यों?" मंसूरा ने अपना माथा सिकोड़ते हुए हैरत के साथ पूछा। ज्ञानचंद उसके कानों में खुसफुसाया। मंसूरा और हैरान थी। वो सोच में पड़ गई कि ये किस शर्म से बचने के लिए बेशर्मी की इंतिहा पार कर दी गई कि एक बेमतलब की शर्म, जो शर्म है ही नहीं; उसके लिए अपनी औलाद की ज़िंदगी की भी परवाह नहीं की गई? उसने कहा, "अगर ऐसा है, तो हम तुम्हें हुक्म देते हैं। टीपू को विन्दू के साथ यहाँ हाज़िर करो। उसे किसी भी तरह का कोई नुक़्सान नहीं पहुँचने दिया जाएगा। हम ज़िम्मेदारी लेते हैं।"

***

पर्दा गिराया जा रहा है। लाइटें जला दी गई हैं।

पर्दा उठाया जा रहा है। लाइटें बुझाई जा रही हैं।

टीपू ने ज्ञानचंद के इसरार को मानने से ये कहते हुए इनकार कर दिया कि वो किसी तरह का जोखिम उठाने के लिए तैयार नहीं है। वो सनकी बाप-बेटे बात-बात पर पिस्तौल तान देते हैं। मैं तो ठीक हूँ, मगर मेरी बेटी? क्या मैं जानबूझकर उसकी बलि चढ़ा दूँ? "नहीं, नहीं बिल्कुल नहीं, तुम जाओ यार।" "दोस्त तुम किसी की ज़िंदगी बचाने और बनाने जा रहे हो," ज्ञानचंद ने उसे मनाते हुए कहा। "और अपनी बेटी की जान की क़ीमत पर?" टीपू ने गर्दन झटकते हुए कहा, "नामुमकिन इरादा है ये। हरगिज़ नामुमकिन। और फिर हयुलानी सच्चा निकला, फिर भी मेरी बेटी? उसे ज़रूरी है कि उससे इश्क़ हो?" "मैं मानता हूँ, लेकिन मैं ज़िम्मेदारी लेता हूँ," ज्ञानचंद ने उसे यक़ीन दिलाते हुए कहा, "मैं तुम्हें और विन्दू को कुछ नहीं होने दूँगा। यक़ीन करो वो एक बार विन्दू को देख लेंगे, तो अपनी सनक से फ़ारिग़ हो जाएँगे। मंडेला ने ख़ुद कहा था कि जब तक उनका दिमाग़ी फ़ितूर हक़ीक़त में उनसे रू-ब-रू नहीं होगा, तब तक उनकी सनक के दौरे इसी तरह बरक़रार रहेंगे। बस एक बार दोस्त। मेरे लिए।"

***

यहाँ एक नाटकीय सीन की गुंजाइश है :

'कुछ भी हो सकता है' के अंदेशे से वाक़िफ़ ज्ञानचंद, अपने माज़ी की तरफ़ लौटता है और उसे अचानक एक अजीब-ओ-ग़रीब कहानी याद आती है। ग़फ़लतपसंद की कहानी। ग़फ़लतपसंद, प्रेतों और जिन्नों की कहानियों में गहरी दिलचस्पी रखने वाला एक सनकी और अपनी तरह का ख़ूँख़्वार अय्याश नौजवान, जो अपने ख़्वाबों में मादा प्रेतों को आमंत्रित करता था। उनका स्वागत करता था और उन्हें चकमा देते हुए, उनके साथ आबरूरेज़ी को अंजाम देते हुए आख़िरश उनकी हत्या कर देता था। मगर हर बार उसके हिस्से में इस दर्जा आसानी नहीं आ सकती थी। नतीजे के तौर पर उसने एक ख़्वाब देखा, जिसमें आमंत्रित मादा प्रेत के हाथों उसे मुँह की खानी पड़ी; वो बुरी तरह हारा। हार के क्रूर सदमे ने उसे नींद से जगा दिया और उसे एक अजीब-ओ-ग़रीब बीमारी का शिकार बना दिया। उसे लगने लगा था कि उसकी जाँघें हमेशा ख़ून से लथपथ रहती हैं, और उसका तौलीदी-उज़्व अपनी जगह से ग़ायब। नतीजतन लगे हाथ उसे नींद न आने की बजाए हमेशा नींद आने की बीमारी लग गई। उसके बाद उसने अपनी ज़िंदगी के

तमाम ज़रूरी काम नींद में पूरे किए। मगर, वो प्रेत, जिसे वो हर हाल में कुतिया की मौत मारना चाहता था, उसके हाथ नहीं लग रही थी। पैंतालीस बरस की नींद के लंबे समयांतराल में उसे, अचानक अपने ख़्वाब के दरमियान उस मादा प्रेत के दर्शन हुए। वो तैश में आ गया। उसने उसकी एड़ियों से लिपटकर घिसटने वाली चोटी को जमकर अपनी मुट्ठियों में कस लिया। उसने उसके पैर में अपना पैर भिड़ाकर उसे ज़मीन पर चित कर दिया। *"अब बोल हरामज़ादी?"* प्रेत ने उसपर वार किया और वो धड़ से उल्टे मुँह ज़मीन पर बिछ गया। *"अब बोल हरामी?"* बदले की आग आगों में सबसे भड़काऊ आग होती है। उसने अपने मुँह से पान की पीक की मानिंद थूक का एक घूँट थूका। अपनी जाँघों के बीच हाथ लगाया और बेतहाशा भड़क गया। उसने अपना दाँव दोहराया और उसके ऊपर चढ़ गया। जब उसकी नींद खुली तो उसने देखा, उसने रुई से भरे एक तकिए को तहस-नहस कर दिया है और छोटे-छोटे बादलों की शक्ल में रुई के गुच्छे हवा में डगमगाते हुए तैर रहे हैं। यक-ब-यक उसे एहसास हुआ कि दरअस्ल कुछ हुआ ही नहीं था।

"मगर कुछ हो तो सकता है," ज्ञानचंद ने मन ही मन सोचा। उसने कहा, "नहीं, विन्दू हमारे साथ नहीं जाएगी। तुम भी नहीं।" "फिर?" टीपू ने चौंकते हुए कहा। "अब मैं तुम्हें बेदिमाग़ कहूँ, तो बुरा मत मानना," ज्ञानचंद ने कहा। टीपू हैरान था। उसने मन ही मन सोचा, "अब क्या ज्ञानचंद भी बेदिमाग़ी और दिमाग़दारी का फ़र्क़ जानने लगा है?" उसने कहा, "ख़ैर, कहो; क्या कहना चाहते हो।" ज्ञानचंद ने हौले से उसके कान में एक बेहतरीन मशविरा लुढ़काते हुए कहा, "विन्दू और तुम्हें वहाँ जाने की क्या ज़रूरत? विन्दू का बुत बनाओ। मैं ले जाऊँगा उसे। क्यों क्या कहते हो?" टीपू ने उछलते हुए कहा, "कमाल है यार!"

अब मुझे सीधा-सीधा कहने दीजिए कि टीपू ने विन्दू को हू-ब-हू एक बुत में तराशकर उसे ज्ञानचंद के सुपुर्द किया। ज्ञानचंद ने चालाकी से छुपते-छुपाते उसे हयुलानी और मंसूरा के सामने पेश किया। और; हयुलानी विन्दू के सुनहरे बुत को देखते ही सरपट अपने बिस्तर से उठा। उसने कहा, "यही है वो। अम्मी यही है वो। बिल्कुल यही। ऐसी की ऐसी।" मंसूरा देखकर दंग थी कि सात साल की लंबी बेहोशी के दर्दनाक एहसासों से गुज़रने वाला एक अरसे का बीमार हयुलानी विन्दू के बुत को देखते ही ठीक हो गया। उसकी तबीयत शाद हो गई। ऐसे जैसे वो कभी बीमार था ही नहीं। मंसूरा का दिल आख़िर एक माँ का दिल था। उसने उसी दिल से काम लेते हुए नर्मदिली के साथ कहा, "ज्ञानचंद शुक्रिया।" ज्ञानचंद ने कहा,

और आख़िर में—
अगर कुछ हुआ तो ख़बर की जाएगी।

संदर्भ-ग्रंथ सूची

1. Amrita Sher-Gil: A Biography' by N. Iqbal Singh: Vikas Publishing House: ISBN13: 9780706924749
2. R.C. Majumdar, (ed.) (2006), The Delhi Sultanate, Bharatiya Vidya Bhavan, Mumbai. pp. 169–70.
3. Nonica Datta (September 30, 2019). 'The Forgotten History of Hussaini Brahmins and Muharram in Amritsar'. The Wire (Indian News and Opinion Website). Archived from the original on 17 December 2020. Retrieved 17 December 2020.
4. History of the Mohyals, published in 1911 CE
5. Mahdi Nazmi (1984). Reg-i-Surkh: Dut Brahman Imam Hussain se Rabt o Zabt. Abu Talib Academy, New Delhi. pp. 63–71.
6. Mohyals, Muslims and Mustafabad: The Tribune: Chandigarh. 8 August 1993.
7. Nadeem Inamdar, Rizwan khan. 'Brahmins who went to war for the Imam'. Times group, India. The Times of India. Archived from the original on 27 January 2016. Retrieved 22 January 2016.
8. Tomsen, Peter (2011). The Wars of Afghanistan: Messianic Terrorism, Tribal Conflicts, and the Failures of Great Powers. PublicAffairs. pg. 42. ISBN 9781586487812. Retrieved 2013-07-15.
9. Great Minds, The Tribune, 12 March 2000.
10. Revolution personified | Christie's'. Retrieved 14 May 2017.
11. The Indian Frida Kahlo. Telegraph.co.uk. Retrieved 14 May 2017.
12. New York library: Banned Books Week: The Well of Loneliness by Radclyffe Hall by Sherri Machlin, Mulberry Street Library: September 26, 2013.
13. Theguardian.com: smithinamerica: Sun 2 Jan 2005.
14. Wright, Colin (26 March 2009). 'Spence's Hotel, Calcutta'. British Library.
15. Ghosh, Bishwanath (11 July 2016). 'Inside India's oldest hotel'. The Hindu.
16. Mukherjee, Ps (10 March 2013). 'Heritage structures of Bengal: The Treasury Building & Spence's Hotel: the connection'. Heritage structures of Bengal.
17. Dalrymple, William; Anand, Anita (2017). Koh-i-Noor: The History of the World's Most Infamous Diamond. Bloomsbury Publishing. pp. 256–258. ISBN 9781635570762.
18. Rushdie, Salman: 'Enchantress of Florence': Vintage 2009.

pp147-148. ISBN 978009942194.

19. Jagersma, Abraham Hendrik (2010). A descriptive grammar of Sumerian (PDF) (Thesis). Leiden: Faculty of the Humanities, Leiden University. pg. 15. In its fully developed form, the Sumerian script is based on a mixture of logographic and phonographic writing. There are basically two types of signs: word signs, or logograms, and sound signs, or phonograms.
20. Sara E. Kimball; Jonathan Slocum. 'Hittite Online'. The University of Texas at Austin Linguistics Research Center. Early Indo-European OnLine (EIEOL). University of Texas at Austin. pg. 2 The Cuneiform Syllabary. ...Hittite is written in a form of the cuneiform syllabary, a writing system in use in Sumerian city-states in Mesopotamia by roughly 3100 B.C.E. and used to write a number of languages in the ancient Near East until the first century B.C.E.
21. Patil, Narendranath B. (2003). The Variegated Plumage: Encounters with Indian Philosophy : a Commemoration Volume in Honour of Pandit Jankinath Kaul 'Kamal'. Motilal Banarsidass Publications. pg. 249. ISBN 9788120819535.
22. Auroux, Sylvain (2000). History of the Language Sciences. Berlin, New York: Walter de Gruyter. pg. 1156. ISBN 3110167352.
23. Roger Blench, Archaeology and Language: methods and issues. In: A Companion To Archaeology. J. Bintliff ed. 52–74. Oxford: Basil Blackwell, 2004.
24. Wheeler, Kip. 'The Sanskrit Connection: Keeping Up With the Joneses'. Dr.Wheeler's Website. Retrieved 16 April 2013.
25. Anquetil Duperron (1808) 'Supplément au Mémoire qui prècéde' (Supplement to the preceding memoir), Mémoires de littérature, tirés des registres de l'Académie royale des inscriptions et belles-lettres (Memoirs on literature, drawn from the records of the Royal Academy of Inscriptions and Belle-lettres), 49: 647-697.
26. John J. Godfrey (1967) 'Sir William Jones and Père Coeurdoux: A philological footnote' Journal of the American Oriental Society, 87 (1): 57-59.
27. Campbell & Poser 2008, pg. 37.
28. T. Ballantyne (2002). Orientalism and Race: Aryanism in the British Empire. Palgrave Macmillan UK Publications. pg. 27. doi:10.1057/9780230508071. ISBN 978-0-230-50703-6.
29. Indo-European Practice and Historical Methodology (cited on pp. 14–15)' (PDF). Retrieved 2010-08-07.

fall of Singapore, and so forth. The Chinese would correct this by identifying the Marco Polo Bridge incident as the start, or the Japanese seizure of Manchuria earlier.

64. Ben-Horin 1943, pg. 169; Taylor 1979, pg. 124; Yisreelit, Hevrah Mizrahit (1965). Asian and African Studies, pg. 191.
65. For 1941 see Taylor 1961, pg. vii; Kellogg, William O (2003). American History the Easy Way. Barron's Educational Series. pg. 236 ISBN 0-7641-1973-7.
66. There is also the viewpoint that both World War I and World War II are part of the same 'European Civil War' or 'Second Thirty Years War': Canfora 2006, pg. 155; Prins 2002, pg. 11.
67. Beevor 2012, pg. 10.
68. 'In Many Ways, Author Says, Spanish Civil War Was 'The First Battle Of WWII''. NPR.org.
69. Frank, Willard C. (1987). 'The Spanish Civil War and the Coming of the Second World War'. The International History Review. 9 (3): 368–409. doi:10.1080/07075332.1987.9640449. JSTOR 40105814 – via JSTOR.
70. Commonwealth War Graves Commission Annual Report 2013-2014 Archived 4 November 2015 at the Wayback Machine, page 44. Figures include identified burials and those commemorated by name on memorials.
71. Gupta, Diya (8 November 2019). 'Hunger, starvation and Indian soldiers in World War II'. Livemint. Retrieved 26 August 2020.
72. Broad, Roger (27 May 2017). Volunteers and Pressed Men: How Britain and its Empire Raised its Forces in Two World Wars. United Kingdom: Fonthill Media. ISBN 978-1781553961.
73. Manu, Bhagavan (2 March 2012). The Peacemakers: India And The Quest For One World. India: HarperCollins Publishers India. ISBN 978-93-5029-469-7.
74. Frank Moraes (2007). Jawaharlal Nehru. Jaico Publishing House. pg. 266. ISBN 9788179926956.
75. Sankar Ghose (1993). Jawaharlal Nehru: A Biography. Allied Publishers. pp. 114–18. ISBN 9788170233435.
76. Day & Reed 2010, pg. 116.
77. Skibbereen Eagle. 'Bethnal Green tube disaster'. Southern Star. Skibbereen, Co. Cork. Archived from the original on 20 June 2019. Retrieved 22 June 2019.
78. A London Inheritance (6 May 2018). 'Bethnal Green's Ordeal'. Retrieved 22 June 2019.